Nouveau
T^{le}

FOCUS BAC avec SCHOOLMOUV

Physique Chimie

Spécialité

Benjamin Presson
Professeur agrégé de physique-chimie
Lycée Boutet de Monvel à Lunéville (54)

Avec la participation de
Marion Petipré (fiche Grand Oral)
Conceptrice et directrice du programme D.U. ParéO
(Passeport pour réussir et s'orienter) à l'Université de Paris.

Belin: ÉDUCATION
SCHOOLMOUV

170 bis, boulevard du Montparnasse, 75680 Paris Cedex 14.

ISBN 979-10-358-1954-5

Épreuves mi mars
LD Ep. Spé

CNED ✳ chap à réviser pour Ep. Spé

Sommaire

CONSTITUTION ET TRANSFORMATIONS DE LA MATIÈRE

6

MOUVEMENT ET INTERACTIONS

7

L'ÉNERGIE : CONVERSIONS ET TRANSFERTS

3

ONDES ET SIGNAUX

Tout ce que tu dois savoir sur l'épreuve de physique-chimie au Baccalauréat

COMMENT S'ORGANISE L'ÉPREUVE ?

L'épreuve de spécialité se déroule en **deux parties** :
- une **partie écrite**, où tu devras travailler sur trois exercices indépendants ;
- une **partie pratique**, où l'examinateur évaluera tes compétences expérimentales sur un sujet que tu tireras au hasard.

COMBIEN DE TEMPS DURE-T-ELLE ?

La partie écrite dure **3 heures 30** et la partie pratique dure **1 heure**.

QUEL MATÉRIEL DOIS-JE APPORTER ?

Tu dois apporter plusieurs **stylos et crayons**, une **gomme** et ton **matériel de géométrie** (utile si tu dois réaliser des schémas !). N'oublie pas ta **calculatrice**, qui doit impérativement disposer du mode « Examen ». Attention ! Parfois, la calculatrice est interdite, mais ça... tu le sauras le jour de l'épreuve. Pour la partie pratique, n'oublie pas ta **blouse** de chimie.

QUAND SE DÉROULE-T-ELLE ?

Les deux parties (écrite et pratique) de l'épreuve se déroulent généralement au **retour des vacances de printemps**. C'est ton lycée ou ton académie qui fixe les dates, alors n'oublie pas de te renseigner !

QUEL EST LE POIDS DE L'ÉPREUVE DE SPÉCIALITÉ PHYSIQUE-CHIMIE ?

Dans le nouveau Baccalauréat, l'ensemble des épreuves terminales compte pour 60 % de la note finale. Le coefficient de l'épreuve terminale de spécialité de physique-chimie est de **16 (sur 100)**.

SUR QUELLE PARTIE DU PROGRAMME VAIS-JE ÊTRE ÉVALUÉ(E) ?

- Pour la **partie écrite**, tu ne pourras pas être interrogé(e) sur les notions suivantes : la modélisation microscopique **(partie 2 du chapitre 3)**, l'évolution d'une transformation nucléaire **(chapitre 4)**, le forçage du sens d'évolution d'un système **(partie 3 du chapitre 5)**, la modélisation de l'écoulement d'un fluide **(chapitre 10)** et l'effet photoélectrique **(chapitre 14)**.
- Pour la **partie pratique**, les compétences expérimentales suivantes sont exclues : réaliser une pile et un circuit électrique intégrant un électrolyseur, utiliser un dispositif permettant d'étudier la poussée d'Archimède, mesurer une pression et une vitesse d'écoulement dans un gaz et dans un liquide, utiliser une cellule photovoltaïque.

COMMENT LES POINTS SONT-ILS RÉPARTIS ENTRE LES DIFFÉRENTES PARTIES ?

Les deux parties sont notées chacune sur 20 points. Ensuite, on multiplie la note de la **partie écrite par 0,8**, puis celle de la **partie pratique par 0,2** et on additionne les deux notes pour obtenir la note finale, qu'on arrondit à l'entier supérieur.

Par exemple, si tu as eu 18 à la partie écrite et 17 à la partie pratique, ta note finale sera :
$0,8 \times 18 + 0,2 \times 17 = 17,8$, soit 18/20.

QUELLES SONT LES ATTENTES DU JURY ?

- Sur la partie écrite, on évaluera bien sûr ta **maîtrise du cours**, mais également tes capacités à **modéliser** et à **extraire des informations** de documents parfois assez longs ! La qualité de ton **raisonnement**, la justesse de tes **calculs** et ta capacité à exercer ton **esprit critique** seront également prises en compte. Certaines questions peuvent appeler des **prises d'initiative** : tu peux gagner des points en présentant correctement toutes les étapes de ta démarche, même si elle n'a pas abouti !
- Sur la partie pratique, l'examinateur évaluera ta capacité à t'approprier la problématique, à mettre en œuvre ou à élaborer un protocole, et à communiquer tes résultats. Ton **autonomie** et ton **sens de l'initiative** seront valorisés !

COMPRENDRE
l'épreuve du Grand Oral

OBJECTIFS

→ Comprendre les finalités de l'épreuve.
→ Connaître les attentes du jury.

Une épreuve pour te préparer à l'entrée dans l'enseignement supérieur	Une épreuve pour t'amener à « savoir parler en public »
> L'épreuve du Grand Oral te permet de **travailler sur ton projet d'orientation**, en t'amenant à formaliser tes choix pour ta poursuite d'études. > Elle t'invite également à **te préparer pour réussir dans l'enseignement supérieur** : s'exprimer en public, collaborer, mener à bien une présentation et exercer son esprit critique sont en effet des compétences attendues d'un étudiant dans l'enseignement supérieur. > La **forme de l'exposé oral** est une **modalité d'évaluation** qui jalonnera l'ensemble de ton parcours d'études supérieures. Le Grand Oral est une **véritable opportunité de te préparer à devenir étudiant** en adoptant dès maintenant les bons réflexes et en te projetant vers l'avenir.	Une prise de parole efficace implique **d'être convaincant(e) et de savoir capter son auditoire**, ce qui nécessite les compétences suivantes : > mobiliser ses connaissances ; > structurer son propos ; > développer son esprit critique ; > élaborer une présentation structurée et argumentée ; > être en mesure d'expliciter ses choix et les positions défendues ; > maîtriser son trac ; > poser sa voix et adopter le bon rythme de parole ; > gérer sa communication non verbale.

Les points à maîtriser pour réussir son Grand Oral

1. Je choisis des sujets en lien avec mon programme de spécialité et mon projet d'orientation.
2. Je développe mes compétences oratoires et je maîtrise mon trac pour être capable de m'exprimer clairement.
3. Je suis en mesure de développer une argumentation.
4. Je respecte le délai imparti à chaque étape de l'épreuve.
5. J'exécute ma présentation sans notes et debout.
6. Je présente mon projet d'orientation et le cheminement mené pour le construire en vue d'expliquer mes choix de poursuite d'études.

Connaître les attentes du jury

Le jury se compose de deux enseignant(e)s de disciplines différentes, dont l'un(e) au moins enseigne l'une des spécialités choisies par le (la) candidat(e). Il valorise **« la solidité des connaissances du candidat, sa capacité à argumenter et à relier les savoirs, son esprit critique, la précision de son expression, la clarté de son propos, son engagement dans sa parole, sa force de conviction »** selon les critères suivants :

	Qualité orale de l'épreuve	Qualité de la prise de parole en continu
🙂	La voix soutient efficacement le discours. Qualités prosodiques marquées (débit, fluidité, variations et nuances pertinentes, etc.). Le candidat est pleinement engagé dans sa parole. Il utilise un vocabulaire riche et précis.	Discours fluide, efficace, tirant pleinement profit du temps et développant ses propositions.
😐	Quelques variations dans l'utilisation de la voix ; prise de parole affirmée. Il utilise un lexique adapté. Le candidat parvient à susciter l'intérêt.	Discours articulé et pertinent, énoncés bien construits.
🙁	La voix devient plus audible et intelligible au fil de l'épreuve mais demeure monocorde. Vocabulaire limité ou approximatif.	Discours assez clair mais vocabulaire limité et énoncés schématiques.
☹️	Difficilement audible sur l'ensemble de la prestation. Le candidat ne parvient pas à capter l'attention.	Énoncés courts, ponctués de pauses et de faux démarrages ou énoncés longs à la syntaxe mal maîtrisée.

	Qualité des connaissances	Qualité de l'interaction	Qualité et construction de l'argumentation
🙂	Connaissances maîtrisées, les réponses aux questions du jury témoignent d'une capacité à mobiliser ces connaissances à bon escient et à les exposer clairement.	S'engage dans sa parole, réagit de façon pertinente. Prend l'initiative dans l'échange. Exploite judicieusement les éléments fournis par la situation d'interaction.	Maîtrise des enjeux du sujet, capacité à conduire et exprimer une argumentation personnelle, bien construite et raisonnée.
😐	Connaissances précises, capacité à les mobiliser en réponse aux questions du jury avec éventuellement quelques relances.	Répond, contribue, réagit. Se reprend, reformule en s'aidant des propositions du jury.	Démonstration construite et appuyée sur des arguments précis et pertinents.
🙁	Connaissances réelles, mais difficulté à les mobiliser en situation à l'occasion des questions du jury.	L'entretien permet une amorce d'échange. L'interaction reste limitée.	Début de démonstration mais raisonnement lacunaire. Discours insuffisamment structuré.
☹️	Connaissances imprécises, incapacité à répondre aux questions, même avec une aide et des relances.	Réponses courtes ou rares. La communication repose principalement sur l'évaluateur.	Pas de compréhension du sujet, discours non argumenté et décousu.

Grille d'évaluation officielle de l'épreuve orale terminale
(https://www.education.gouv.fr/bo/20/Special2/MENE2002780N.htm?cid_bo=149115).

1 Transformations acide/base

LE CHAPITRE EN UN COUP D'ŒIL

RETENIR L'ESSENTIEL

1 Transformations et couples acide/base

Définition d'une transformation acide/base

→ Une **transformation acide/base** implique un transfert d'ion hydrogène H^+ entre un acide et une base.

→ L'ion H^+ est appelé « **proton** » car c'est un atome d'hydrogène qui a perdu son seul électron : il ne reste que son noyau, constitué d'un seul proton.

Acide et base au sens de Brønsted

Dans la théorie de Brønsted :

- un **acide** est une espèce chimique capable de libérer un ou plusieurs ion(s) H^+ ;
- une **base** est une espèce chimique capable de capter un ou plusieurs ion(s) H^+.

Définition d'un couple acide/base

→ Deux entités forment un **couple acide/base** s'il est possible de passer de l'une à l'autre par transfert d'ion H^+. L'acide est souvent noté AH et la base est souvent notée A^-. Le couple acide/base est alors noté AH / A^-. On dit que AH et A^- sont **conjugués**.

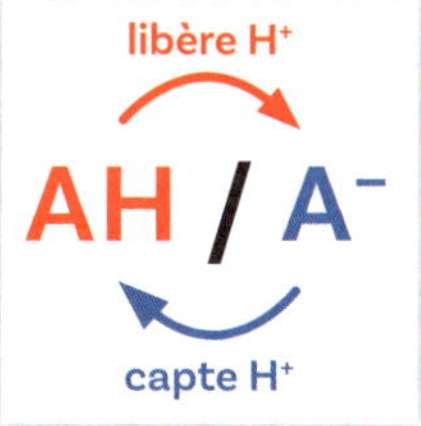

→ À un couple acide/base est associée une **demi-équation acide/base**, qui modélise le transfert d'ion H^+ :

$AH = A^- + H^+$ ou $A^- + H^+ = AH$

Couples de l'eau

→ L'eau appartient au **couple acide/base H_2O / HO^-**. Dans ce couple, l'eau est un acide. L'ion HO^- est la base conjuguée de l'eau.
L'eau appartient aussi au **couple acide/base H_3O^+ / H_2O**. Dans ce couple, l'eau est une base. L'ion H_3O^+ est l'acide conjugué de l'eau.

→ L'eau peut soit être un acide, soit être une base. Elle est alors qualifiée d'espèce **amphotère**, ou plus simplement d'**ampholyte**.

Couples de l'acide carbonique

→ L'**acide carbonique** CO_2,H_2O est un acide instable, qui se forme lors de la dissolution du CO_2 dans l'eau : $CO_{2(g)} + H_2O_{(\ell)} \leftrightarrows CO_2,H_2O_{(aq)}$

→ L'**ion hydrogénocarbonate** HCO_3^- appartient au **couple acide/base CO_2,H_2O / HCO_3^-**. Dans ce couple, l'ion HCO_3^- est une base. L'acide carbonique est l'acide conjugué de l'ion HCO_3^-. L'acide carbonique appartient aussi au **couple HCO_3^- / CO_3^{2-}**. Dans ce couple, l'ion HCO_3^- est un acide. L'ion CO_3^{2-} est la base conjuguée de l'ion HCO_3^-. L'ion HCO_3^- est donc une espèce **amphotère**.

Couples des acides carboxyliques

→ Un **acide carboxylique** est représenté par la formule générale R–COOH, où R représente une chaîne carbonée.

→ Un acide carboxylique appartient au couple acide/base R–COOH / R–COO⁻.
R-COO⁻ est appelé **ion carboxylate**. Un acide carboxylique et un ion carboxylate peuvent être représentés par les schémas de Lewis ci-contre.

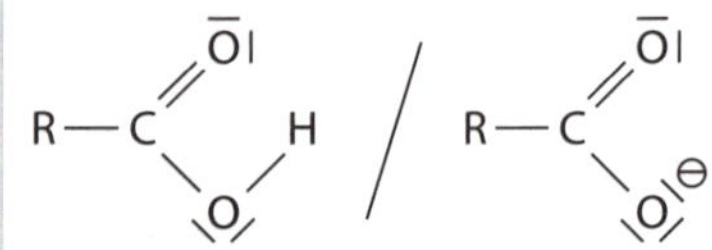

Acide carboxylique / Ion carboxylate

Couples des amines

→ Une **amine** est représentée par la formule générale $R\text{-}NH_2$, où R représente une chaîne carbonée.

→ Une amine appartient au couple acide/base $R–NH_3^+$ / $R–NH_2$.
$R–NH_3^+$ est appelé **ion alkylammonium**. Une amine et un ion alkylammonium peuvent être représentés par les schémas de Lewis ci-contre.

Ion alkylammonium / Amine

2 Écriture de l'équation d'une réaction acide/base

Une **réaction acide/base** fait intervenir deux couples acide/base. L'équation de réaction symbolise la réaction entre l'acide d'un couple et la base de l'autre couple. Tous les ions H^+ libérés par l'acide du couple 1 sont captés par la base du couple 2.

Couples A_1H / A_1^- et A_2H / A_2^-

$$A_1H = A_1^- + H^+$$
$$A_2^- + H^+ = A_2H$$
$$A_1H + A_2^- \rightarrow A_1^- + A_2H$$

A_2^- capte H^+

A_1H libère H^+

Transfert d'un ion H^+ de A_1H vers A_2^- ⇒ Les ions H^+ n'apparaissent pas dans l'équation

3 pH d'une solution aqueuse

→ Le **pH** est une grandeur sans unité, comprise entre 0 et 14. Il quantifie l'acidité d'une solution. Il est calculé grâce à la relation :

$$pH = -\log\left(\frac{[H_3O^+]}{c^o}\right)$$

pH : valeur du pH (sans unité)
$[H_3O^+]$: concentration en quantité de matière effective en ion oxonium (en mol · L⁻¹)
c^o : concentration standard qui vaut 1 mol · L⁻¹

À l'inverse, la connaissance du pH d'une solution renseigne sur sa **concentration en ions oxonium H_3O^+** : $[H_3O^+] = c^o \times 10^{-pH}$

→ Plus le pH est faible, plus la concentration en ions H_3O^+ est élevée et plus la solution est **acide**. Plus le pH est élevé, plus la concentration en ions H_3O^+ est faible et plus la solution est **basique**.

SAVOIR FAIRE

Méthode 1 Identifier des couples acide/base

ÉNONCÉ

Les solutions acides font de parfaits décapants pour les métaux, en particulier l'acide nitrique, qui a un pouvoir oxydant.
On considère l'équation de la réaction entre le nitrate d'hydrogène (HNO_3) et les ions hydroxyde (HO^-) :

$$HNO_{3(aq)} + HO^-_{(aq)} \rightarrow NO^-_{3(aq)} + H_2O_{(\ell)}$$

→ Écrire les deux couples acide/base mis en jeu lors de cette transformation.

SOLUTION

• On repère, parmi les réactifs, quelle espèce libère un ion H^+ (l'acide) et quelle espèce capte un ion H^+ (la base) :
HNO_3 se transforme en NO_3^- en perdant un H^+ : HNO_3 est donc l'acide ;
HO^- se transforme en H_2O en gagnant un H^+ : HO^- est donc la base.

• On identifie, parmi les produits obtenus, les espèces conjuguées des réactifs.
HNO_3 intervient dans la demi-équation :
$HNO_{3(aq)} = NO^-_{3(aq)} + H^+_{(aq)}$
HO^- intervient dans la demi-équation :
$HO^-_{(aq)} + H^+_{(aq)} = H_2O_{(\ell)}$

• On écrit les couples acide/base :
$HNO_{3(aq)} / NO^-_{3(aq)}$ et $H_2O_{(\ell)} / HO^-_{(aq)}$.

L'INFO À RETENIR

Dans un couple acide/base, l'acide a toujours un « H » de plus que la base.

Méthode 2 Reconnaître une espèce chimique amphotère

ÉNONCÉ

La glycine, de formule $^+H_3N - CH_2 - COO^-$, est le plus simple de tous les acides aminés qui existent. Les couples acide/base de la glycine sont :

$$^+H_3N - CH_2 - COOH \,/\, ^+H_3N - CH_2 - COO^- \quad (1)$$

$$^+H_3N - CH_2 - COO^- \,/\, H_2N - CH_2 - COO^- \quad (2)$$

→ La glycine est-elle une espèce chimique amphotère ? Justifier.

SOLUTION

On repère, dans les couples donnés, la formule de la glycine.
Dans le couple (1), la glycine se trouve à droite. C'est donc ici une base.
Dans le couple (2), la glycine se trouve à gauche. C'est donc ici un acide
Étant donné que la glycine est une base dans un couple et un acide dans l'autre, c'est une espèce chimique amphotère.

L'INFO À RETENIR

Une espèce amphotère appartient obligatoirement à deux couples acide/base.

Méthode 3 Établir l'équation d'une réaction acide/base

ÉNONCÉ

L'ion oxonium (de formule H_3O^+) et l'ammoniac (de formule NH_3) peuvent réagir ensemble selon une réaction acide/base.
Les couples acide/base mis en jeu sont :
- ion oxonium/eau : $H_3O^+_{(aq)}$ / $H_2O_{(\ell)}$;
- ion ammonium/ammoniac : $NH^+_{4(aq)}$ / $NH_{3(aq)}$.

→ Écrire l'équation de la réaction qui modélise la transformation.

SOLUTION

- En s'aidant de l'énoncé, on identifie l'acide et la base :

	Ammoniac	Ion oxonium
Couple	NH_4^+ / NH_3	H_3O^+ / H_2O
Réactif	NH_3 (base)	H_3O^+ (acide)

- On écrit ensuite les demi-équations associées à chaque couple, en écrivant les réactifs du côté gauche.

Demi-équation de l'ion oxonium (celui-ci est écrit à gauche) :

$$H_3O^+_{(aq)} = H_2O_{(\ell)} + H^+$$

Demi-équation de l'ammoniac (celui-ci est écrit à gauche) :

$$NH_{3(aq)} + H^+ = NH^+_{4(aq)}$$

- On additionne les deux demi-équations membre à membre, en veillant à pouvoir simplifier par les ions H^+ :

$$H_3O^+_{(aq)} = H_2O_{(\ell)} + H^+$$

$$NH_{3(aq)} + H^+ = NH^+_{4(aq)}$$

$$\underbrace{H_3O^+_{(aq)}}_{\text{Acide}} + \underbrace{NH_{3(aq)}}_{\text{Base}} \rightarrow \underbrace{NH^+_{4(aq)}}_{\text{Acide conjugué}} + \underbrace{H_2O_{(\ell)}}_{\text{Base conjuguée}}$$

Méthode 4 Représenter le schéma de Lewis des espèces conjuguées d'un couple acide/base

ÉNONCÉ

Écrire le schéma de Lewis de la méthanamine, de formule CH_3NH_2, et de l'ion éthanoate, de formule CH_3COO^-.

SOLUTION

• On commence par écrire les formules développées de ces deux molécules.

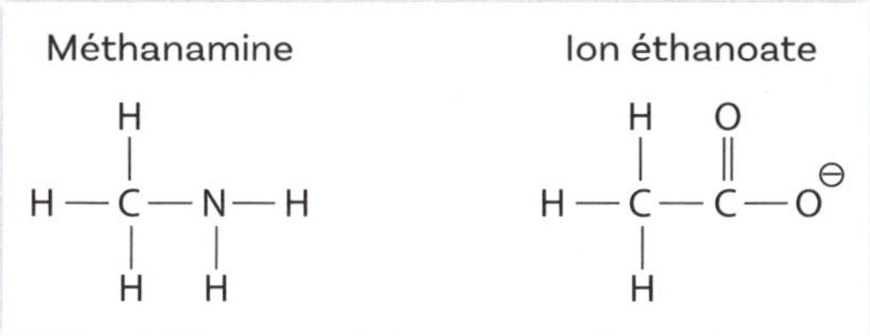

L'ERREUR À NE PAS FAIRE

Seul un schéma de Lewis fait apparaître les doublets non liants. Les autres représentations (développée et semi-développée) ne doivent pas les faire apparaître.

• On compte les doublets liants autour de chaque atome.
Si les atomes sont neutres : H a 1 doublet liant ; N a 3 doublets liants ; C a 4 doublets liants ; O a 2 doublets liants.

- Pour la méthanamine :
C : 4 doublets liants chacun ;
H : 1 doublet liant chacun ;
N : 3 doublets liants.

Ces trois atomes ont le bon nombre de doublets liants dans la molécule de méthanamine

- Pour l'ion éthanoate :
C : 4 doublets liants chacun ;
H : 1 doublet liant chacun ;
O en double liaison : 2 doublets liants ;
O avec la charge – : 1 doublet liant

Les trois atomes ont bien le bon nombre de doublets liants dans l'ion éthanoate
Le deuxième atome d'oxygène a un seul doublet liant au lieu de 2, c'est donc bien lui qui doit porter la charge

• On rajoute autant de doublets non liants que nécessaire pour arriver à 4 (sauf pour l'hydrogène, qui ne peut avoir qu'un seul doublet liant et aucun non liant). On obtient les schémas de Lewis suivants.

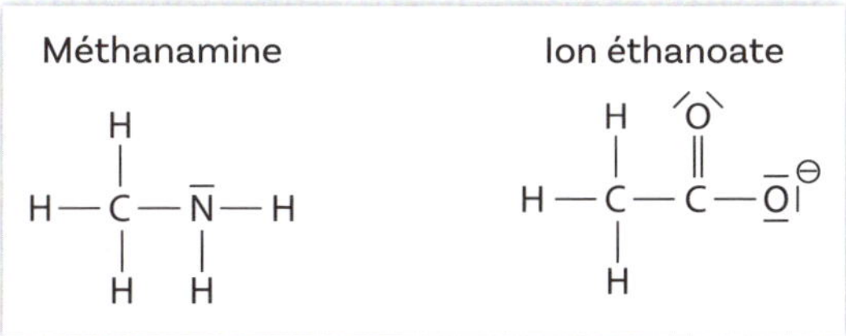

Méthode 5 Calculer le pH d'une solution ou sa concentration en ions oxonium

ÉNONCÉ

On considère une solution S_0 d'acide chlorhydrique, contenant des ions H_3O^+ à la concentration $[H_3O^+]_{S_0} = 1{,}5 \times 10^{-2}\ mol \cdot L^{-1}$.

1. Calculer le pH de la solution S_0, noté pH_0.

2. La solution précédente est diluée d'un facteur 100. On obtient alors la solution S_1, contenant des ions H_3O^+ à la concentration $[H_3O^+]_{S_1}$.
Calculer la concentration $[H_3O^+]_{S_1}$ et le pH de la solution S_1, noté pH_1.

3. On considère maintenant une solution S_3 d'hydroxyde de sodium, contenant des ions H_3O^+ à la concentration $[H_3O^+]_{S_3}$ et dont le pH est $pH_3 = 10{,}5$.

Calculer la concentration en ions oxonium $[H_3O^+]_{S_3}$ de la solution S_3.

4. Lorsqu'on dilue S_3 d'un facteur 10, son pH passe à 9,5.
La concentration en ions oxonium a-t-elle augmenté ou diminué ? Justifier la réponse.

SOLUTION

1. On utilise la relation $pH = -\log\left(\frac{[H_3O^+]}{c^\circ}\right)$.

$$pH_0 = -\log\left(\frac{[H_3O^+]_{S_0}}{c^\circ}\right) = -\log\left(\frac{1{,}5 \times 10^{-2}}{1{,}0}\right) = 1{,}8$$

FOCUS MATHS
La fonction logarithme décimal, notée log, est la fonction réciproque de la fonction $x \mapsto 10^x$. Autrement dit, si $y = 10^x$, alors $x = \log(y)$.

2. La solution S_0 étant diluée 100, fois on obtient la concentration de S_1 en divisant celle de S_0 par 100 :

$$[H_3O^+]_{S_1} = \frac{[H_3O^+]_{S_0}}{100} = \frac{1{,}5 \times 10^{-2}}{100} = 1{,}5 \times 10^{-4}\ mol \cdot L^{-1}$$

On calcule la valeur du pH de la solution S_1 :

$$pH_1 = -\log\left(\frac{[H_3O^+]_1}{c^\circ}\right) = -\log\left(\frac{1{,}5 \times 10^{-4}}{1{,}0}\right) = 3{,}8$$

3. On utilise la relation $[H_3O^+] = c^\circ \times 10^{-pH}$.

$$[H_3O^+]_{S_3} = c^\circ \times 10^{-pH_3} = 1{,}0 \times 10^{-10{,}5} = 3{,}2 \times 10^{-11}\ mol \cdot L^{-1}$$

4. Si, lors de la dilution, le pH de la solution diminue (elle passe de 10,5 à 9,5), alors la concentration en ions H_3O^+ augmente, car plus le pH est petit, plus $[H_3O^+]$ est élevé.

L'ERREUR À NE PAS FAIRE
Ce n'est pas parce que l'on dilue la solution que sa concentration en ions $[H_3O^+]$ diminue : ce n'est le cas que si la solution est acide !

10 min

SE TESTER

Donner la ou les bonne(s) réponse(s) en 10 minutes chrono !

1. Un acide est une espèce chimique capable de :

- **a** capter un ion hydrogène H^+
- **b** libérer un ion hydrogène H^+
- **c** libérer un électron

2. Dans le couple C_6H_5COOH / $C_6H_5COO^-$, l'acide est :

- **a** C_6H_5COOH
- **b** $C_6H_5COO^-$
- **c** H^+

3. La base conjuguée de l'eau est :

- **a** HO^-
- **b** H_3O^+
- **c** H^+

4. L'acide conjugué de l'eau est :

- **a** HO^-
- **b** H_3O^+
- **c** H^+

5. Les couples acide/base intervenant dans la réaction d'équation $NH_{4(aq)}^+ + HO_{(aq)}^- \rightarrow NH_{3(aq)} + H_2O_{(\ell)}$ sont :

- **a** NH_4^+ / HO^- et NH_3 / H_2O
- **b** NH_4^+ / NH_3 et HO^- / H_2O
- **c** NH_4^+ / NH_3 et H_2O / HO^-

6. Le pH d'une solution aqueuse est donné par la formule :

- **a** $pH = \log\left(\frac{[H_3O^+]}{c°}\right)$
- **b** $pH = -\log\left(\frac{c°}{[H_3O^+]}\right)$
- **c** $pH = -\log\left(\frac{[H_3O^+]}{c°}\right)$

7. Lorsqu'on dilue une solution acide :

- **a** le pH augmente
- **b** le pH diminue
- **c** $[H_3O^+]$ diminue

→ Corrigés page 23

S'ENTRAÎNER

Exercice 1 Couples acide/base Voir Méthode 1 p. 13

Former des couples acide/base en utilisant les espèces chimiques suivantes, puis écrire la demi-équation associée à chaque couple.

H_2O	HCO_3^-	H_2SO_4	H_3O^+	$(CH_3)_2NH$
CO_3^{2-}	HSO_4^-	$(CH_3)_2NH_2^+$	NH_3	$HC\ell$
CO_2,H_2O	NH_4^+	$C\ell^-$	HO^-	HCO_3^-

→ Corrigé p. 23

Exercice 2 Acides et bases Voir Méthode 1 p. 13

Pour chacune des équations ci-dessous, qui modélisent une transformation acide/base, identifier l'acide et la base parmi les réactifs, puis écrire les couples acide/base qui sont mis en jeu.

a. $H_3PO_{4(aq)} + HO^-_{(aq)} \rightarrow H_2PO^-_{4(aq)} + H_2O_{(\ell)}$

b. $NH_{3(aq)} + H_2O_{(\ell)} \rightarrow NH^+_{4(aq)} + HO^-_{(aq)}$

c. $PO_4^{3-}{}_{(aq)} + H_3O^+_{(aq)} \rightarrow HPO_4^{2-}{}_{(aq)} + H_2O_{(\ell)}$

d. $CH_3COOH_{(aq)} + CO_3^{2-}{}_{(aq)} \rightarrow CH_3COO^-_{(aq)} + HCO^-_{3(aq)}$

e. $HAuC\ell_{4(aq)} + H_2O_{(\ell)} \rightarrow AuC\ell^-_{4(aq)} + H_3O^+_{(aq)}$

f. $NH^-_{2(solv)} + CH_3OH_{(\ell)} \rightarrow NH_{3(g)} + CH_3O^-_{(solv)}$

g. $CH_3CH_2OH_{(\ell)} + H^-_{(solv)} \rightarrow CH_3CH_2O^-_{(solv)} + H_{2(g)}$

Remarque : (solv) signifie que l'espèce chimique est en solution, mais que le solvant n'est pas l'eau.

→ Corrigé p. 23

Exercice 3 Couples de l'acide phosphorique Voir Méthode 2 p. 13

L'acide phosphorique H_3PO_4 peut perdre successivement trois protons.
Les différents couples acide/base de l'acide phosphorique sont :

$$H_3PO_4 / H_2PO_4^- \; ; H_2PO_4^- / HPO_4^{2-} \text{ et } HPO_4^{2-} / PO_4^{3-}.$$

→ Identifier, dans ces différents couples, les espèces chimiques amphotères.

→ Corrigé p. 24

Exercice 4 La vitamine C Voir Méthode 3 p. 14

L'acide ascorbique (ou vitamine C), de formule $C_6H_8O_6$, est un antioxydant naturel présent dans les fruits et les légumes.

1. Donner la formule chimique de la base conjuguée de l'acide ascorbique.

2. Écrire l'équation modélisant la transformation acide/base entre l'acide ascorbique et l'eau.

→ Corrigé p. 24

Exercice 5 Transformations acide/base Voir Méthode 3 p. 14

Écrire les équations modélisant les transformations acide/base entre les réactifs suivants.

Réactifs	Couple acide/base
$CH_3COOH_{(aq)}$ et $HO^-_{(aq)}$	$CH_3COOH_{(aq)}$ / $CH_3COO^-_{(aq)}$ $H_2O_{(\ell)}$ / $HO^-_{(aq)}$
$H_3O^+_{(aq)}$ et $CO_3^{2-}{}_{(aq)}$	$H_3O^+_{(aq)}$ / $H_2O_{(\ell)}$ $HCO^-_{3(aq)}$ / $CO_3^{2-}{}_{(aq)}$
$C_3H_6O_{3(aq)}$ et $HO^-_{(aq)}$	$C_3H_6O_{3(aq)}$ / $C_3H_5O^-_{3(aq)}$ $H_2O_{(\ell)}$ / $HO^-_{(aq)}$

→ Corrigé p. 24

Exercice 6 Acide méthanoïque et éthanamine Voir Méthode 4 p. 15

L'acide méthanoïque HCOOH peut réagir avec l'éthanamine $CH_3CH_2NH_2$ pour former l'ion méthanoate $HCOO^-$ et l'ion éthylammonium $CH_3CH_2NH_3^+$.

1. Écrire l'équation de la réaction en utilisant les formules brutes des réactifs et des produits.

2. Écrire l'équation de la réaction en utilisant les schémas de Lewis des réactifs et des produits.

→ Corrigé p. 25

Exercice 7 pH et concentration Voir Méthode 5 p. 16

Dans le tableau ci-dessous, on donne pour chaque solution son pH ou sa concentration en quantité de matière en ions H_3O^+.

Solution n°	pH	$[H_3O^+]$ en mol·L^{-1}
1	1,5	
2		$2{,}5 \times 10^{-3}$
3	11	
4		$3{,}2 \times 10^{-13}$
5	9,8	
6		$1{,}6 \times 10^{-11}$
7	3,2	
8		$7{,}9 \times 10^{-3}$

→ Compléter le tableau en calculant, pour chaque solution, la grandeur manquante.

→ Corrigé p. 25

SE PERFECTIONNER

Exercice 8 ★ Une odeur de poisson

Certains poissons contiennent de la triméthylamine $(CH_3)_3N$, espèce chimique très peu soluble dans l'eau et dont l'odeur est désagréable. Cependant, son acide conjugué n'a pas d'odeur, il est soluble dans l'eau et très peu volatil.

1. Donner la formule de l'acide conjugué de la triméthylamine.

2. Écrire l'équation de la réaction qui modélise la transformation chimique entre la triméthylamine et l'acide citrique H_3Cit.

3. Justifier l'intérêt d'ajouter du jus de citron, qui contient de l'acide citrique, à la soupe de poisson.

CONSEIL
2. L'acide citrique peut libérer 3 ions H^+. Il ne doit plus y avoir d'ions H^+ dans l'équation de la réaction.

→ Corrigé p. 25

Exercice 9 ★ Réaction de l'aspirine avec l'eau

On dissout un sachet de 1 000 mg d'aspirine (ou acide acétylsalicylique), de formule $C_9H_8O_4$, dans de l'eau pour obtenir 500,0 mL de solution. L'équation de la réaction qui modélise la transformation entre l'aspirine et l'eau est :

$$C_9H_8O_{4(aq)} + H_2O_{(\ell)} \leftrightarrows C_9H_7O^-_{4(aq)} + H_3O^+_{(aq)}$$

1. Écrire les couples acide/base qui interviennent.

2. En considérant la transformation totale, déterminer l'avancement maximal x_{max}. En déduire la valeur finale du pH de la solution.

3. En réalité, le pH de la solution est de 2,9. Calculer alors la valeur x_f de l'avancement final de la réaction.

4. Comparer x_f et x_{max}, puis conclure.

Donnée. $M(C_9H_8O_4) = 180{,}0\ g \cdot mol^{-1}$

→ Corrigé p. 26

Exercice 10 ★★ Un acide aminé

L'alanine est l'un des acides aminés les plus fréquents dans les protéines. En solution aqueuse, l'alanine n'existe pas sous la forme ci-contre car il se produit un transfert d'hydrogène intramoléculaire d'ion H^+. On obtient alors une molécule possédant une charge positive et une charge négative, appelée zwitterion (ou amphion).

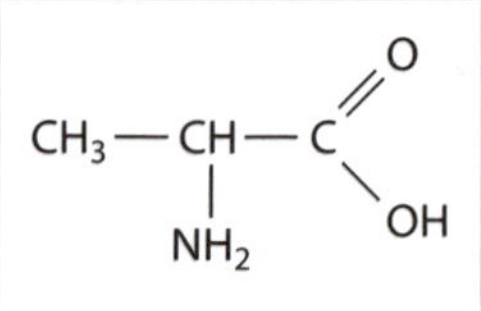

1. Repérer, dans la molécule d'alanine, l'ion hydrogène H^+ pouvant être libéré et l'atome pouvant capter cet ion H^+.

2. Écrire la formule semi-développée et le schéma de Lewis du zwitterion formé par l'alanine en solution aqueuse.

3. En solution aqueuse, le zwitterion de l'alanine est une espèce amphotère. Donner le schéma de Lewis de la base conjuguée et de l'acide conjugué du zwitterion.

→ Corrigé p. 27

Exercice 11 ★★ Détartrage d'une cafetière

Le tartre qui se dépose dans les cafetières lors de leur utilisation est un dépôt de carbonate de calcium, de formule $CaCO_3$. Pour détartrer une cafetière, on peut utiliser du vinaigre blanc, qui contient de l'acide éthanoïque CH_3COOH et qu'il faut alors tiédir.

1. Écrire la formule de la base conjuguée de l'acide éthanoïque, puis donner la demi-équation associée au couple de l'acide éthanoïque.

2. Écrire l'équation de la réaction modélisant la transformation acide/base entre l'acide éthanoïque et l'eau.

3. Identifier l'espèce acide présente à la fin de la transformation.

4. L'espèce acide précédente réagit avec les ions carbonate CO_3^{2-} présents dans le tartre. Écrire l'équation de la réaction acide/base entre l'espèce acide et les ions carbonate.

Données. Couples mis en jeu :
- $CH_3COOH_{(aq)}$ / $CH_3COO^-_{(aq)}$;
- $H_3O^+_{(aq)}$ / $H_2O_{(\ell)}$;
- $HCO^-_{3(aq)}$ / $CO_3^{2-}{}_{(aq)}$.

CONSEIL
2. Écrire les réactifs du côté gauche dans les demi-équations : l'un est l'acide et l'autre est la base. Il ne doit plus y avoir de H^+ dans l'équation de réaction.

→ Corrigés p. 27

Exercice 12 ★★ Neutralisation d'un acide

En fin de séance de TP, on récupère un volume $V_A = 250$ mL d'une solution d'acide nitrique ($H_3O^+_{(aq)} + NO^-_{3(aq)}$) à la concentration $C_A = 2{,}5 \times 10^{-2}\ mol \cdot L^{-1}$.
Avant de récupérer cette solution dans un bidon de recyclage, il convient de remonter son pH autour de 7 (c'est-à-dire de la neutraliser), à l'aide d'un volume $V_A = 12$ mL d'une solution d'hydroxyde de potassium ($K^+_{(aq)} + HO^-_{(aq)}$) à la concentration $C_B = 5{,}0 \times 10^{-1}\ mol \cdot L^{-1}$.
Les couples acide/base intervenant dans la transformation sont :

$$H_3O^+_{(aq)} / H_2O_{(\ell)} \text{ et } H_2O_{(\ell)} / HO^-_{(aq)}.$$

1. Calculer le pH de la solution d'acide nitrique.

2. Écrire l'équation de la réaction entre l'acide nitrique et la solution d'hydroxyde de potassium.

3. Calculer la quantité de matière n_A en ions H_3O^+ présente dans la solution d'acide nitrique et la quantité de matière n_B en ions HO^- apportée par la solution d'hydroxyde de potassium.

4. Calculer les quantités de matière en ions H_3O^+ et HO^- dans l'état final, sachant que la transformation mise en jeu est totale.

5. La solution d'acide nitrique a-t-elle bien été neutralisée ?

CONSEIL
5. Calculer le pH de la solution après réaction entre H_3O^+ et HO^-. En déduire la nouvelle valeur du pH pour répondre à la question.

→ Corrigé p. 28

SUJET ÉPREUVE BAC CONTRÔLE CONTINU

SE PRÉPARER À L'EXAMEN

SUJET

Quand un acide rencontre une base (30 min)

Document > Une expérience amusante

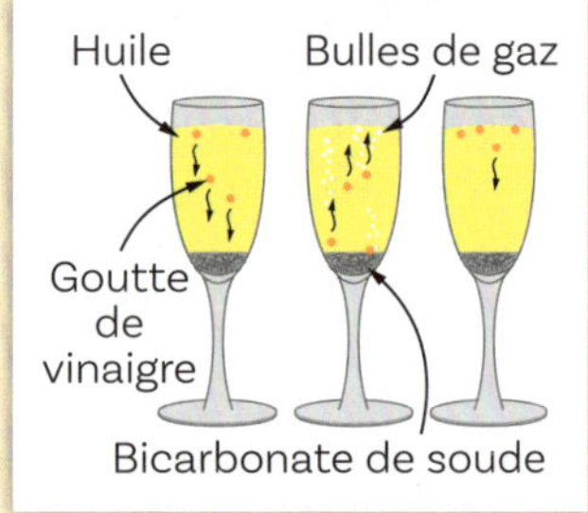

Une expérience instructive, très simple à réaliser, consiste à disposer du bicarbonate de soude au fond d'une flûte à champagne, puis à y ajouter délicatement de l'huile végétale claire et, au-dessus, du vinaigre (voir ci-contre).
[...] Le vinaigre pénètre dans l'huile en formant des gouttelettes qui descendent au fond du verre. Puis, à peine touchent-elles le fond qu'elles remontent jusqu'à la surface, avant de redescendre à nouveau. [....] Il faut attendre cinq bonnes minutes avant que cette danse ne s'arrête. [...] Au bout du voyage, les gouttes entrent en contact avec le bicarbonate de soude. Cela provoque une réaction chimique qui conduit à une émission de dioxyde de carbone. Rapidement, le gaz ainsi créé s'agrège en bulles qui s'accrochent sur les gouttelettes de vinaigre. Le volume de ces bulles augmente jusqu'à ce qu'elles remontent, entraînant avec elles les gouttelettes. Une fois arrivées à la surface, les bulles éclatent. Résultat : débarrassées des bulles, les petites gouttes de vinaigre redescendent dans l'huile. Et le manège recommence, jusqu'à disparition du vinaigre.

D'après Alain Schuhl dans *Science et Vie Junior* n° 165 (juin 2003).

On considère la réaction chimique correspondant à la transformation qui a lieu lorsque la gouttelette de vinaigre touche le bicarbonate de soude solide se trouvant au fond du verre. Le « bicarbonate de soude » du commerce est en réalité de l'hydrogénocarbonate de sodium $NaHCO_3$. Le vinaigre est une solution aqueuse d'acide acétique CH_3COOH.

1. Écrire l'équation de la réaction chimique étudiée.

2. Calculer la quantité de matière à l'état initial correspondant à 1,00 g d'hydrogénocarbonate de sodium.

3. La quantité de matière d'acide acétique à l'état initial contenue dans une goutte de vinaigre, de volume $V = 3{,}7 \times 10^{-2}$ cm^3, est égale à $3{,}7 \times 10^{-5}$ mol. Établir le tableau d'avancement de la réaction. En déduire l'avancement maximal et le réactif limitant.

4. Dans les conditions de l'expérience, le volume molaire des gaz est $V_m = 23{,}9$ L·mol^{-1}.
Le volume total de gaz dégagé par la réaction, dans les conditions de l'expérience, vaut 0,89 mL.
Déterminer la valeur numérique de l'avancement final x_f de cette réaction.

CONSEIL
4. La valeur de x_f est liée à la quantité de matière en CO_2 formé. On le déduit du tableau d'avancement.

5. Calculer le taux d'avancement final τ de cette transformation et conclure.

Données.
- Couples acide/base :
- acide acétique/ion acétate : CH_3COOH / CH_3COO^- ;
- acide carbonique/ion hydrogénocarbonate : CO_2,H_2O / HCO_3^-.
- $M(NaHCO_3) = 84{,}0$ g·mol^{-1} et $M(CH_3COOH) = 60{,}0$ g·mol^{-1}.

→ Corrigé page 29

CORRIGÉS

SE TESTER

1. b ; 2. a ; 3. a ; 4. b ; 5. c ; 6. c ; 7. a et c.

S'ENTRAÎNER

LE RÉFLEXE À AVOIR

Chercher à regrouper les espèces chimiques par deux, en s'assurant qu'elles ont des formules proches.

Exercice 1 Couples acide/base

Il faut repérer deux espèces chimiques qui diffèrent entre elles d'un seul H^+.

Espèces chimiques	Couple	Demi-équation
CO_2,H_2O est l'acide conjugué de HCO_3^-	$CO_2,H_2O_{(aq)}$ / $HCO_{3(aq)}^-$	$CO_2,H_2O_{(aq)} = HCO_{3(aq)}^- + H^+_{(aq)}$
H_2SO_4 est l'acide conjugué de HSO_4^-	$H_2SO_{4(aq)}$ / $HSO_{4(aq)}^-$	$H_2SO_{4(aq)} = HSO_{4(aq)}^- + H^+_{(aq)}$
H_3O^+ est l'acide conjugué de H_2O	$H_3O^+_{(aq)}$ / $H_2O_{(\ell)}$	$H_3O^+_{(aq)} = H_2O_{(\ell)} + H^+_{(aq)}$
$(CH_3)_2NH_2^+$ est l'acide conjugué de $(CH_3)_2NH$	$(CH_3)_2NH_{2(aq)}^+$ / $(CH_3)_2NH_{(aq)}$	$(CH_3)_2NH_{2(aq)}^+ = (CH_3)_2NH_{(aq)} + H^+_{(aq)}$
NH_4^+ est l'acide conjugué de NH_3	$NH_{4(aq)}^+$ / $NH_{3(aq)}$	$NH_{4(aq)}^+ = NH_{3(aq)} + H^+_{(aq)}$
$HC\ell$ est l'acide conjugué de $C\ell^-$	$HC\ell_{(g)}$ / $C\ell^-_{(aq)}$	$HC\ell_{(g)} = C\ell^-_{(aq)} + H^+_{(aq)}$
HCO_3^- est l'acide conjugué de CO_3^{2-}	$HCO_{3(aq)}^-$ / $CO_3^{2-}{}_{(aq)}$	$HCO_{3(aq)}^- = CO_3^{2-}{}_{(aq)} + H^+_{(aq)}$
H_2O est l'acide conjugué de HO^-	$H_2O_{(\ell)}$ / $HO^-_{(aq)}$	$H_2O_{(\ell)} = HO^-_{(aq)} + H^+_{(aq)}$

Exercice 2 Acides et bases

LE RÉFLEXE À AVOIR

Il faut repérer deux espèces chimiques, l'une à gauche et l'autre à droite de la flèche, qui ont des formules proches ne différant que par un H.

a. L'acide est $H_3PO_{4(aq)}$ car il perd un H^+ pour devenir $H_2PO_{4(aq)}^-$.

La base est $HO^-_{(aq)}$ car elle gagne un H^+ pour devenir $H_2O_{(\ell)}$.

Les couples mis en jeu sont donc : $H_3PO_{4(aq)}$ / $H_2PO_{4(aq)}^-$ et $H_2O_{(\ell)}$ / $HO^-_{(aq)}$.

b. L'acide est $H_2O_{(\ell)}$ car il perd un H^+ pour devenir $HO^-_{(aq)}$.

La base est $NH_{3(aq)}$ car elle gagne un H^+ pour devenir $NH_{4(aq)}^+$.

Les couples mis en jeu sont donc : $NH_{4(aq)}^+$ / $NH_{3(aq)}$ et $H_2O_{(aq)}$ / $HO^-_{(aq)}$.

c. L'acide est $H_3O^+_{(aq)}$ car il perd un H^+ pour devenir $H_2O_{(\ell)}$.

La base est $PO_4^{3-}{}_{(aq)}$ car elle gagne un H^+ pour devenir $HPO_4^{2-}{}_{(aq)}$.

Les couples mis en jeu sont donc : $H_3O^+_{(aq)}$ / $H_2O_{(\ell)}$ et $HPO_4^{2-}{}_{(aq)}$ / $PO_4^{3-}{}_{(aq)}$.

d. L'acide est $CH_3COOH_{(aq)}$ car il perd un H^+ pour devenir $CH_3COO^-_{(aq)}$.
La base est $CO_3^{2-}{}_{(aq)}$ car elle gagne un H^+ pour devenir $HCO^-_{3(aq)}$.
Les couples mis en jeu sont donc : $CH_3COOH_{(aq)}$ / $CH_3COO^-_{(aq)}$ et $HCO^-_{3(aq)}$ / $CO_3^{2-}{}_{(aq)}$.

e. L'acide est $HAuC\ell_{4(aq)}$ car il perd un H^+ pour devenir $AuC\ell^-_{4(aq)}$.
La base est $H_2O_{(\ell)}$ car elle gagne un H^+ pour devenir $H_3O^+_{(aq)}$.
Les couples mis en jeu sont donc : $HAuC\ell_{4(aq)}$ / $AuC\ell^-_{4(aq)}$ et $H_3O^+_{(aq)}$ / $H_2O_{(\ell)}$.

f. L'acide est $CH_3OH_{(\ell)}$ car il perd un H^+ pour devenir $CH_3O^-_{(solv)}$.
La base est $NH^-_{2(solv)}$ car elle gagne un H^+ pour devenir $NH_{3(g)}$.
Les couples mis en jeu sont donc : $CH_3OH_{(\ell)}$ / $CH_3O^-_{(solv)}$ et $NH_{3(g)}$ / $NH^-_{2(solv)}$.

g. L'acide est $CH_3CH_2OH_{(\ell)}$ car il perd un H^+ pour devenir $CH_3CH_2O^-_{(solv)}$.
La base est $H^-_{(solv)}$ car elle gagne un H^+ pour devenir $H_{2(g)}$.
Les couples mis en jeu sont donc : $CH_3CH_2OH_{(\ell)}$ / $CH_3CH_2O^-_{(solv)}$ et $H^-_{(solv)}$ / $H_{2(g)}$.

Exercice 3 Couples de l'acide phosphorique

- Il faut remarquer que H_3PO_4 n'est présent que dans le premier couple (en tant qu'acide). Cette espèce ne peut pas être une base (elle ne peut pas capter plus de proton H^+). Ce n'est donc pas une espèce chimique amphotère.

L'INFO À RETENIR

Une espèce amphotère est présente dans deux couples différents.

- L'espèce chimique PO_4^{3-} est présente dans le dernier couple, en tant que base. Elle n'a plus de proton à perdre et ne peut donc pas jouer le rôle d'acide dans un autre couple. Ce n'est donc pas une espèce chimique amphotère.
- L'espèce chimique $H_2PO_4^-$ est présente dans le premier couple en tant que base (à droite du « / ») et dans le deuxième couple en tant qu'acide (à gauche du « / »). C'est donc une espèce chimique amphotère.
- L'espèce chimique HPO_4^{2-} est présente dans le deuxième couple en tant que base (à droite du « / ») et dans le troisième couple en tant qu'acide (à gauche du « / »). C'est donc une espèce chimique amphotère.

Exercice 4 La vitamine C

1. La formule de l'acide ascorbique est $C_6H_8O_6$. Pour écrire la formule de la base conjuguée (appelée ion ascorbate), il faut retirer un H **et** une charge + (il va donc rester une charge – sur l'ion ascorbate).
La formule de l'ion ascorbate est donc $C_6H_7O_6^-$.

2. L'acide ascorbique étant un acide, il réagit avec l'eau qui joue alors le rôle de base dans le couple $H_3O^+_{(aq)}$ / $H_2O_{(\ell)}$:

$C_{6}H_8O_{6(aq)}$ / $C_6H_7O^-_{6(aq)}$: $C_6H_8O_{6(aq)} = C_6H_7O^-_{6(aq)} + H^+_{(aq)}$

$H_3O^+_{(aq)}$ / $H_2O_{(\ell)}$: $H_2O_{(\ell)} + H^+_{(aq)} = H_3O^+_{(aq)}$

$$C_6H_8O_{6(aq)} + H_2O_{(\ell)} \rightarrow C_6H_7O^-_{6(aq)} + H_3O^+_{(aq)}$$

Exercice 5 Transformations acide/base

Dans chaque cas, il faut identifier l'acide et la base, puis écrire les demi-équations :

$CH_3COOH_{(aq)}$ / $CH_3COO^-_{(aq)}$: $CH_3COOH_{(aq)} = CH_3COO_{(aq)} + H^+_{(aq)}$

$H_2O_{(\ell)}$ / $HO^-_{(aq)}$: $HO^-_{(aq)} + H^+_{(aq)} = H_2O_{(\ell)}$

$$CH_3COOH_{(aq)} + HO^-_{(aq)} \rightarrow CH_3COO_{(aq)} + H_2O_{(\ell)}$$

$H_3O^+_{(aq)} / H_2O_{(\ell)}$: $H_3O^+_{(aq)} = H_2O_{(\ell)} + H^+_{(aq)}$

$HCO^-_{3(aq)} / CO^{2-}_{3\ (aq)}$: $CO^{2-}_{3\ (aq)} + H^+_{(aq)} = HCO^-_{3(aq)}$

$$H_3O^+(aq) + CO^{2-}_{3\ (aq)} \rightarrow HCO^-_{3(aq)} + H_2O_{(\ell)}$$

$C_3H_6O_{3(aq)} / C_3H_5O^-_{3(aq)}$: $C_3H_6O_{3(aq)} = C_3H_5O^-_{3(aq)} + H^+_{(aq)}$

$H_2O_{(\ell)} / HO^-_{(aq)}$: $HO^-_{(aq)} + H^+_{(aq)} = H_2O_{(\ell)}$

$$C_3H_6O_{3(aq)} + HO^-_{(aq)} \rightarrow C_3H_5O^-_{3(aq)} + H_2O_{(\ell)}$$

L'INFO À RETENIR

On compare les réactifs avec les couples donnés, en gardant en mémoire que, dans un couple, l'acide est l'espèce chimique à gauche du « / ».

Exercice 6 Acide méthanoïque et éthanamine

1. L'acide est $HCOOH$ et la base est $CH_3CH_2NH_2$. L'équation de la réaction est :

$$HCOOH_{(aq)} + CH_3CH_2NH_{2(aq)} \rightarrow HCOO^-_{(aq)} + CH_3CH_2NH^+_{3(aq)}$$

2.

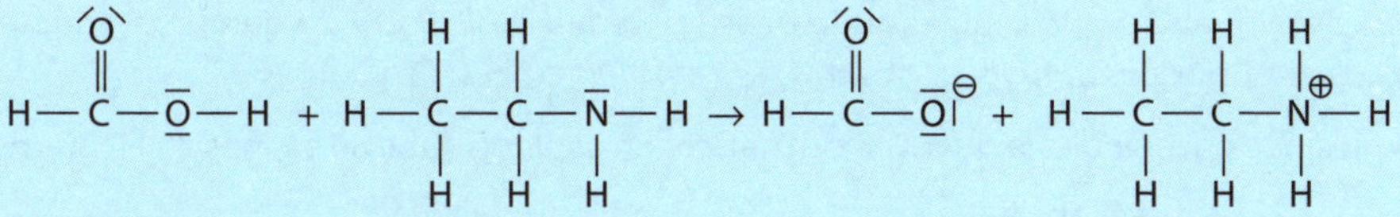

Exercice 7 pH et concentration

Pour compléter le tableau, il faut utiliser la relation donnée dans le cours, ou sa réciproque :

$$pH = -\log\left(\frac{[H_3O^+]}{c°}\right) \text{ ou } [H_3O^+] = c° \times 10^{-pH}.$$

On utilise alors la calculatrice pour compléter :

Solution	pH	$[H_3O^+]$ en $mol \cdot L^{-1}$
1	1,5	**$3{,}2 \times 10^{-2}$**
2	**2,6**	$2{,}5 \times 10^{-3}$
3	11	**$1{,}0 \times 10^{-11}$**
4	**12,5**	$3{,}2 \times 10^{-13}$
5	9,8	**$1{,}6 \times 10^{-10}$**
6	**10,8**	$1{,}6 \times 10^{-11}$
7	3,2	**$6{,}3 \times 10^{-4}$**
8	**2,1**	$7{,}9 \times 10^{-3}$

L'INFO À RETENIR

Sur la calculatrice, utiliser la touche « log » pour calculer le pH et la touche « 10^x » (ou « $\times 10^x$ ») pour calculer la concentration en ions oxonium.

SE PERFECTIONNER

Exercice 8 Une odeur de poisson

1. À la lecture de l'énoncé, on peut en déduire que la triméthylamine est une base (« son acide conjugué n'a pas d'odeur »). Pour écrire la formule de son acide conjugué, on lui ajoute un H et une charge +.

Son acide conjugué, l'ion triméthylammonium, a donc pour formule $(CH_3)_3NH^+$.

2. Étant donné que l'acide citrique est un triacide (il peut libérer 3 H^+), il réagit avec 3 molécules de triméthylamine.

$H_3Cit_{(aq)} / Cit^{3-}_{(aq)}$: $H_3Cit_{(aq)} = Cit^{3-}_{(aq)} + 3H^+_{(aq)}$

$(CH_3)_3N_{(aq)} / (CH_3)_3NH^+_{(aq)}$: $(CH_3)_3N_{(aq)} + H^+_{(aq)} = (CH_3)_3NH^+_{(aq)}$ $(\times 3)$

$$H_3Cit_{(aq)} + 3\ (CH_3)_3N_{(aq)} \rightarrow Cit^{3-}_{(aq)} + 3\ (CH_3)_3NH^+_{(aq)}$$

3. Le jus de citron contient de l'acide citrique, qui peut réagir avec la triméthylamine (ayant une odeur désagréable). Il se forme l'ion triméthylammonium, sans odeur. L'ajout de jus de citron permet donc de neutraliser la mauvaise odeur dégagée par le poisson.

Exercice 9 Réaction de l'aspirine avec l'eau

1. En regardant l'équation de la réaction de l'aspirine avec l'eau, on voit que l'aspirine perd un H^+ et que l'eau en gagne un. L'aspirine est donc ici un acide (et sera à gauche du « / » dans son couple) tandis que l'eau est une base (et sera à droite du « / » dans son couple). Les couples sont donc : $C_9H_8O_{4(aq)} / C_9H_7O^-_{6(aq)}$ et $H_3O^+_{(aq)} / H_2O_{(\ell)}$.

2. On commence par calculer la quantité de matière en aspirine dans un sachet de 1 000 mg :

$$n = \frac{m}{M} = \frac{1{,}000}{180{,}0} = 5{,}556 \times 10^{-3}\ \text{mol}$$

On dresse et on complète le tableau d'avancement de la réaction :

Équation de réaction		$C_9H_8O_{4(aq)}$	$+\ H_2O_{(\ell)}$	$\rightarrow C_9H_8O_{4(aq)} +$	$H_3O^+_{(aq)}$
État du système	**Avancement (en mol)**	**Quantités de matière (en mol)**			
initial	0	$5{,}556 \times 10^{-3}$	Excès	0	0
final réel	x_f	$5{,}556 \times 10^{-3} - x_f$	Excès	x_f	x_f
final maximal	x_{max}	$5{,}556 \times 10^{-3} - x_{max}$	Excès	x_{max}	x_{max}

Si on considère la réaction comme totale, celle-ci s'arrête lorsqu'il n'y a plus d'aspirine. C'est le réactif limitant, car l'autre réactif (l'eau) est présent en excès :

$5{,}556 \times 10^{-3} - x_{max} = 0$ d'où $x_{max} = 5{,}556 \times 10^{-3}$ mol.

D'après ce tableau d'avancement, la quantité de matière maximale en ions H_3O^+ est $x_{max} = 5{,}556 \times 10^{-3}$ mol.

L'INFO À RETENIR

Si une réaction chimique est totale, alors $x_f = x_{max}$.

On calcule la concentration maximale en ions H_3O^+ dans la solution d'aspirine :

$$[H_3O^+]_{max} = \frac{x_{max}}{V} = \frac{5{,}556 \times 10^{-3}}{500{,}0 \times 10^{-3}} = 1{,}111 \times 10^{-2}\ \text{mol} \cdot \text{L}^{-1}$$

On détermine le pH de la solution :

$$\text{pH} = -\log\left(\frac{[H_3O^+]_{max}}{c^o}\right) = -\log\left(\frac{1{,}111 \times 10^{-2}}{1}\right) = 2{,}0$$

3. Le pH de la solution est en réalité plus élevé que prévu. La concentration en ions H_3O^+ finale est donc moins élevée que prévue précédemment.

On calcule la concentration finale en ions H_3O^+ :

$[H_3O^+]_{finale} = c^o \times 10^{-pH} = 1 \times 10^{-2{,}9} = 1{,}3 \times 10^{-3}\ \text{mol} \cdot \text{L}^{-1}$

On calcule la valeur finale (réelle) de l'avancement :

$x_f = [H_3O^+]_{finale} \times V = 1{,}3 \times 10^{-3} \times 0{,}5000 = 6{,}5 \times 10^{-4}$ mol

4. On remarque que $x_f < x_{max}$. Ainsi, la réaction entre l'aspirine et l'eau n'est pas totale.

Exercice 10 Un acide aminé

1. L'hydrogène pouvant être libéré doit être lié à un atome électronégatif. On a le choix ici entre l'hydrogène lié à l'oxygène ou l'un des hydrogènes liés à l'azote.
Or, la liaison O-H est plus fragile que la liaison N-H. Ainsi, c'est l'hydrogène lié à l'oxygène qui est libéré.
L'hydrogène libéré est capté par l'atome d'azote (qui a un doublet d'électrons non liant, devenant doublet d'électrons liant).

2. L'atome d'oxygène qui se sépare de H^+ porte alors une charge - et l'atome d'azote captant le H^+ porte alors une charge +.

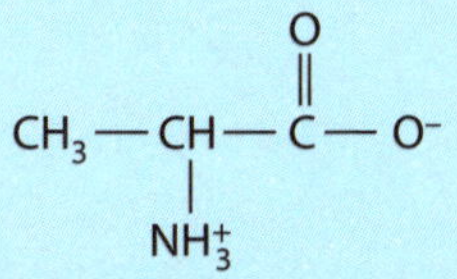

Formule semi-développée

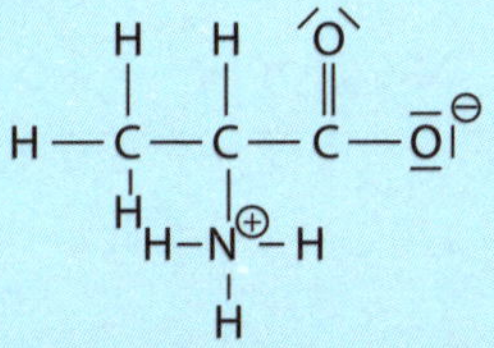

Schéma de Lewis

> **L'ERREUR À NE PAS FAIRE**
> Il ne faut pas confondre schéma de Lewis et représentation semi-développée. Le schéma de Lewis fait apparaître les doublets non liants.

3. Si le zwitterion de l'alanine est une espèce amphotère, il peut se comporter soit comme un acide soit comme une base.

• Dans le cas où le zwitterion se comporte comme une base : c'est l'oxygène (chargé –) qui capte le H^+. L'alanine est alors totalement protonée ($-NH_3^+$ et $-COOH$).
L'acide conjugué du zwitterion a pour schéma de Lewis :

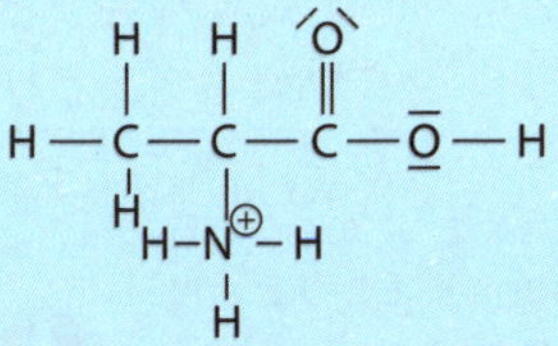

• Dans le cas où le zwitterion se comporte comme un acide : c'est l'azote (chargé +) qui perd le H^+.
L'alanine est alors totalement déprotonée ($-NH_2$ et $-COO^-$).
La base conjuguée du zwitterion a pour schéma de Lewis :

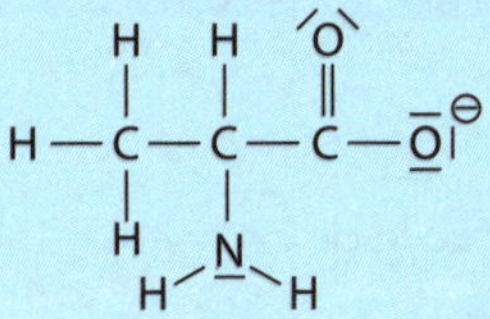

Exercice 11 Détartrage d'une cafetière

1. La base conjuguée de l'acide éthanoïque est l'ion éthanoate.
La formule de l'ion éthanoate est CH_3COO^-.

> **LE RÉFLEXE À AVOIR**
> Pour écrire la formule de la base conjuguée, on retire l'hydrogène du groupe carboxyle (–COOH) et on rajoute une charge - (car on a retiré une charge +).

2.

$CH_3COOH_{(aq)} / CH_3COO^-_{(aq)}$: $CH_3COOH_{(aq)} = CH_3COO^-_{(aq)} + H^+_{(aq)}$

$H_3O^+_{(aq)} / H_2O_{(\ell)}$: $H_2O_{(\ell)} + H^+_{(aq)} = H_3O^+_{(aq)}$

$$CH_3COOH_{(aq)} + H_2O_{(\ell)} \rightarrow CH_3COO^-_{(aq)} + H_3O^+_{(aq)}$$

3. L'acide présent à la fin de la réaction est l'acide conjugué de l'eau : c'est l'ion oxonium H_3O^+.

4.

$H_3O^+_{(aq)} / H_2O_{(\ell)}$: $H_3O^+_{(aq)} = H_2O_{(\ell)} + H^+_{(aq)}$

$HCO^-_{3(aq)} / CO_3^{2-}{}_{(aq)}$: $CO_3^{2-}{}_{(aq)} + H^+_{(aq)} = HCO^-_{3(aq)}$

$$CO_3^{2-}{}_{(aq)} + H_3O^+_{(aq)} \rightarrow HCO^-_{3(aq)} + H_2O_{(\ell)}$$

Exercice 12 Neutralisation d'un acide

1. On utilise la relation du cours :

$$pH = -\log\left(\frac{[H_3O^+]}{c°}\right) = -\log\left(\frac{2{,}5 \times 10^{-2}}{1}\right) = 1{,}6$$

2. L'équation de la réaction de l'acide nitrique (contenant les ions H_3O^+) avec la solution d'hydroxyde de potassium (contenant les ions HO^-) est :

$H_3O^+_{(aq)} / H_2O_{(\ell)}$: $H_3O^+_{(aq)} = H_2O_{(\ell)} + H^+_{(aq)}$

$H_2O_{(\ell)} / HO^-_{(aq)}$: $HO^-_{(aq)} + H^+_{(aq)} = H_2O_{(\ell)}$

$$H_3O^+_{(aq)} + HO^-_{(aq)} \rightarrow 2\,H_2O_{(\ell)}$$

3. • Quantité de matière n_A en ions H_3O^+ dans le volume V_A de solution d'acide nitrique :

$n_A = C_A \times V_A = 2{,}5 \times 10^{-2} \times 0{,}250$
$= 6{,}3 \times 10^{-3}$ mol

• Quantité de matière n_B en ions HO^- dans le volume V_B de solution d'hydroxyde de potassium :

$n_B = C_B \times V_B = 5{,}0 \times 10^{-1} \times 0{,}012$
$= 6{,}0 \times 10^{-3}$ mol

> **L'ERREUR À NE PAS FAIRE**
> Pour que les calculs soient corrects, il ne faut pas oublier de convertir les volumes en L.

4. Pour cette question, il est plus facile de dresser un tableau d'avancement :

Équation de réaction		$H_3O^+_{(aq)}$ +	$HO^-_{(aq)}$ →	$2\,H_2O_{(\ell)}$
État du système	**Avancement (en mol)**	**Quantités de matière (en mol)**		
initial	0	$6{,}3 \times 10^{-3}$	$6{,}0 \times 10^{-3}$	Excès
intermédiaire	x	$6{,}3 \times 10^{-3} - x$	$6{,}0 \times 10^{-3} - x$	Excès
final	x_f	$6{,}3 \times 10^{-3} - x_f$	$6{,}0 \times 10^{-3} - x_f$	Excès

• On détermine la valeur de x_f et le réactif limitant :
- si H_3O^+ est réactif limitant, alors $6{,}3 \times 10^{-3} - x_f = 0$, d'où $x_f = 6{,}3 \times 10^{-3}$ mol ;
- si HO^- est réactif limitant, alors $6{,}0 \times 10^{-3} - x_f = 0$, d'où $x_f = 6{,}0 \times 10^{-3}$ mol ;

On garde la plus petite valeur des deux :
$x_f = 6{,}0 \times 10^{-3}$ mol et HO^- est le réactif limitant.

• On remplace x_f par sa valeur dans le tableau d'avancement :

Équation de réaction		$H_3O^+_{(aq)}$ +	$HO^-_{(aq)}$ →	$2\,H_2O_{(\ell)}$
État du système	**Avancement (en mol)**	**Quantités de matière (en mol)**		
final	x_f	$6{,}3 \times 10^{-3} - x_f = 3{,}0 \times 10^{-4}$	$6{,}0 \times 10^{-3} - x_f = 0$	Excès

$n(H_3O^+)_{final} = 3{,}0 \times 10^{-4}$ mol et $n(HO^-)_{final} = 0$ mol.

5. Pour savoir si la solution a été neutralisée, il faut calculer son nouveau pH.

• Calcul de la nouvelle concentration en ions H_3O^+ :

$$[H_3O^+]_{finale} = \frac{n(H_3O^+)_{final}}{V_{total}} = \frac{3{,}0 \times 10^{-4}}{0{,}250 + 0{,}012}$$
$$= 1{,}1 \times 10^{-3}\ \text{mol}\cdot\text{L}^{-1}$$

• Calcul de la nouvelle valeur du pH de la solution :

$$pH = -\log\left(\frac{[H_3O^+]_{final}}{c^o}\right) = -\log\left(\frac{1{,}1 \times 10^{-3}}{1}\right) = 3{,}0$$

Le pH de la solution a bien augmenté, mais elle n'a pas été totalement neutralisée.

L'ERREUR À NE PAS FAIRE

Ne pas oublier que la solution d'acide nitrique a été diluée. Son volume a donc augmenté : il faut en tenir compte dans le calcul de la nouvelle concentration en ions H_3O^+.

SE PRÉPARER À L'EXAMEN

SUJET Quand un acide rencontre une base

1. On écrit les demi-équations acide-base et on les additionne :

$CH_3COOH_{(aq)} / CH_3COO^-_{(aq)}$: $CH_3COOH_{(aq)} = CH_3COO^-_{(aq)} + H^+_{(aq)}$

$CO_2{,}H_2O_{(aq)} / HCO^-_{3(aq)}$: $HCO^-_{3(aq)} + H^+_{(aq)} = CO_2{,}H_2O_{(aq)}$

$$CH_3COOH_{(aq)} + HCO^-_{3(aq)} \rightarrow CH_3COO^-_{(aq)} + CO_2{,}H_2O_{(aq)}$$

2. On applique une relation vue en Première :

$$n = \frac{m}{M(NaHCO_3)} = \frac{1{,}00}{84{,}0} = 1{,}19 \times 10^{-2}\ \text{mol}$$

3.

Équation de réaction		$CH_3COOH_{(aq)}$ +	$HCO^-_{3(aq)}$	→ $CH_3COO^-_{(aq)}$ +	$CO_2{,}H_2O_{(aq)}$
État du système	**Avancement (en mol)**	**Quantités de matière (en mol)**			
initial	0	$3{,}7 \times 10^{-5}$	$1{,}19 \times 10^{-2}$	0	0
intermédiaire	x	$3{,}7 \times 10^{-5} - x$	$1{,}19 \times 10^{-2} - x$	x	x
final maximal	x_{max}	$3{,}7 \times 10^{-5} - x_{max}$	$1{,}19 \times 10^{-2} - x_{max}$	x_{max}	x_{max}

Si CH_3COOH est le réactif limitant, alors $3{,}7 \times 10^{-5} - x_{max} = 0$, donc :
$x_{max} = 3{,}7 \times 10^{-5}$ mol
Si HCO_3^- est le réactif limitant, alors $1{,}19 \times 10^{-2} - x_{max} = 0$, donc :
$x_{max} = 1{,}19 \times 10^{-2}$ mol

On garde la plus petite valeur des deux. CH_3COOH est donc le réactif limitant et : $x_{max} = 3,7 \times 10^{-5}$ mol.

4. L'avancement final de la réaction correspond à la quantité de matière en CO_2 formé. On utilise la relation donnant le volume molaire des gaz :

$V_m = \dfrac{V_{CO_2}}{n_{CO_2}}$ d'où $n_{CO_2} = \dfrac{V_{CO_2}}{V_m}$.

$$x_f = n_{CO_2} = \frac{0,89 \times 10^{-3}}{23,9} = 3,7 \times 10^{-5} \text{ mol}$$

5. On calcule le taux d'avancement final τ :

$\tau = \dfrac{x_f}{x_{max}} = \dfrac{3,7 \times 10^{-5}}{3,7 \times 10^{-5}} = 1$, soit $\tau = 100$ %.

Comme $\tau \geqslant 99$ %, la transformation entre les ions hydrogénocarbonate HCO_3^- et l'acide acétique CH_3COOH est une réaction totale.

Chapitre 1 Transformations acide/base

Tu viens de voir les notions à connaître sur les acides et les bases. Pour t'aider à retenir l'essentiel et t'entraîner pour le Bac, voici ton kit de révisions clé en mains conçu par SchoolMouv !

Vidéo

Pour mieux comprendre et t'en souvenir à coup sûr, regarde la vidéo. C'est parfois bien plus clair en images.

Vidéo **Les acides et les bases de Brönsted**

https://flashbelin.fr/focusbacschoolmouv/pc/1

Contenu additionnel

Voici un bonus autour du même sujet. La curiosité n'est pas toujours un vilain défaut. Il te suffit de créer ton compte pour avoir plein de contenus supplémentaires.

Quiz **Acides et bases selon Brönsted**

https://www.schoolmouv.fr/eleves/cours/acides-et-bases-selon-bronsted/qcm

Tchat avec un prof

Pour poser toutes tes questions à un prof particulier, découvre l'abonnement tchat. Tu peux le tester gratuitement pendant 7 jours : fini les questions sans réponses, tu vas devenir incollable.

https://focusbac.schoolmouv.fr/offre

2 Analyser un système chimique

LE CHAPITRE EN UN COUP D'ŒIL

RETENIR L'ESSENTIEL

SAVOIR FAIRE

SCHOOLMOUV

Ton **KIT DE SURVIE** pour le Bac p. 57

RETENIR L'ESSENTIEL

1 Analyse par mesure d'une grandeur physique

Mesure d'absorbance

- L'**absorbance** A_λ est une grandeur sans unité qui caractérise la capacité d'une solution à absorber une radiation de longueur d'onde λ.
  La couleur de la solution correspond à la somme des radiations non absorbées. L'absorbance est mesurée grâce à un spectrophotomètre.
- La **loi de Beer-Lambert** s'applique si la solution est limpide et peu concentrée :

$$A_\lambda = \varepsilon_\lambda \times \ell \times C$$

A_λ : absorbance à la longueur d'onde λ (sans unité)
ε_λ : coefficient d'extinction molaire de l'espèce chimique (en $L \cdot mol^{-1} \cdot cm^{-1}$)
ℓ : largeur de la cuve contenant la solution (en cm)
C : concentration en soluté apporté (en $mol \cdot L^{-1}$)

L'absorbance 0 est attribuée au solvant de l'espèce mesurée.

Mesure de conductivité

- La **conductance** G quantifie la capacité d'une solution ionique à conduire le courant. Elle s'exprime en siemens (S).
  La conductance est l'inverse de la **résistance** R :

$$G = \frac{1}{R} = \frac{I}{U}$$

G : conductance (en S)
R : résistance (en Ω)
I : intensité du courant (en A)
U : tension entre les plaques (en V)

- La **conductivité** σ d'une solution est mesurée par une sonde constituée de deux plaques métalliques de surface S, parallèles entre elles et séparées d'une distance L :

$$\sigma = G \times \frac{L}{S}$$

σ : conductivité (en $S \cdot m^{-1}$)
G : conductance (en S)
L : distance entre les plaques (en m)
S : surface des plaques (en m^2)

REMARQUE La conductance G dépend de la sonde de mesure, mais pas la conductivité σ.

$k_{cell} = \frac{L}{S}$ est appelé **constante de cellule** et s'exprime en m^{-1}.

- La **loi de Kohlrausch** donne la conductivité d'une solution contenant plusieurs ions à différentes concentrations :

$$\sigma = \sum_{i=1}^{n} \lambda_i \times [X_i]$$

σ : conductivité de la solution (en $S \cdot m^{-1}$)
λ_i : conductivité ionique molaire de l'ion X_i (en $S \cdot m^2 \cdot mol^{-1}$)
$[X_i]$: concentration de l'ion X_i (en $mol \cdot m^{-3}$)

Mesure de pression

Le **modèle du gaz parfait** est valable pour des faibles pressions et pour une température éloignée de la température de d'ébullition du gaz.

Loi des gaz parfaits :

$$P \times V = n \times R \times T$$

- P : pression du gaz (en Pa)
- V : volume du gaz (en m^3)
- n : quantité de matière (en mol)
- R : constante des gaz parfaits ($R = 8{,}314\ J \cdot K^{-1} \cdot mol^{-1}$)
- T : température du gaz (en K)

Dosage par étalonnage

- **Doser** une espèce chimique en solution, c'est déterminer sa concentration dans une solution.
- On mesure une grandeur physique X qui dépend de la concentration (σ ou A). On trace un graphique d'étalonnage. On détermine la concentration de la solution inconnue par lecture graphique, ou en modélisant le graphique obtenu.

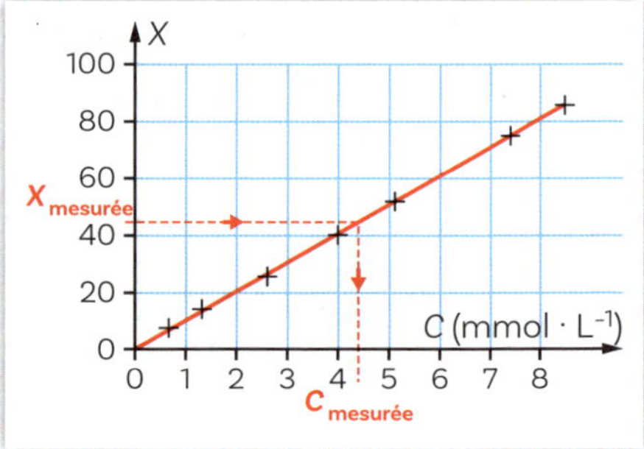

2 Analyse par des méthodes chimiques

Titre massique d'une solution

- Le **titre massique** w n'a pas d'unité et peut s'exprimer en pourcentage :

$$w = \frac{m_{\text{soluté}}}{m_{\text{solution}}}$$

- Il s'exprime aussi :

$$w = \frac{C_m}{d_{\text{solution}} \times \rho_{\text{eau}}}$$

- w : titre massique (sans unité)
- C_m : concentration en masse (en $g \cdot L^{-1}$)
- d_{solution} : densité de la solution (sans unité)
- ρ_{eau} : masse volumique de l'eau (en $g \cdot L^{-1}$)

Principe d'un titrage

- Un **titrage** est un dosage qui met en jeu une transformation chimique. La transformation chimique réalisée au cours du titrage doit être : **totale, rapide, unique et spécifique** de l'espèce chimique titrée.
- Soit la réaction support d'un titrage, d'équation :

$$a\,A_{(aq)} + b\,B_{(aq)} \rightarrow c\,C_{(aq)} + d\,D_{(aq)}.$$

À l'équivalence, les réactifs titré et titrant ont été introduits dans les proportions stœchiométriques et ont donc été totalement consommés :

$$\frac{n_i(A)}{a} = \frac{n_E(B)}{b} \quad \text{soit} \quad \frac{C_A \times V_A}{a} = \frac{C_B \times V_E}{b}.$$

Titrage pH-métrique

→ La transformation chimique qui permet de suivre un titrage pH-métrique doit être modélisée par une **réaction acide-base**.
La solution titrante est versée mL par mL.

→ On trace la courbe de suivi pH-métrique : $pH = f(V_{versé})$.

→ Il y a deux méthodes pour déterminer le **volume à l'équivalence**.

- Méthode des tangentes
- Méthode de la dérivée

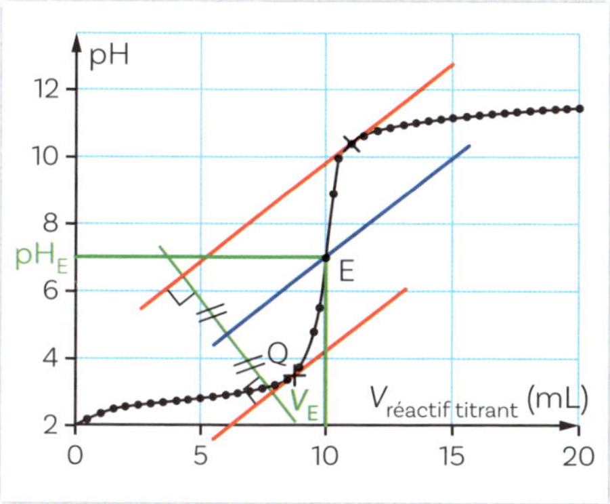

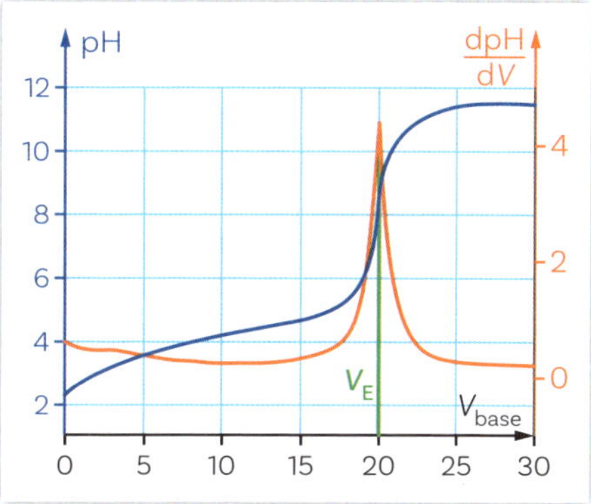

Titrage conductimétrique

→ La transformation chimique qui permet de suivre un titrage conductimétrique doit être modélisée par une **réaction faisant intervenir des espèces ioniques**.
La solution titrante est versée mL par mL.

→ On trace la courbe de suivi conductimétrique : $\sigma = f(V_{versé})$ ou $G = f(V_{versé})$.

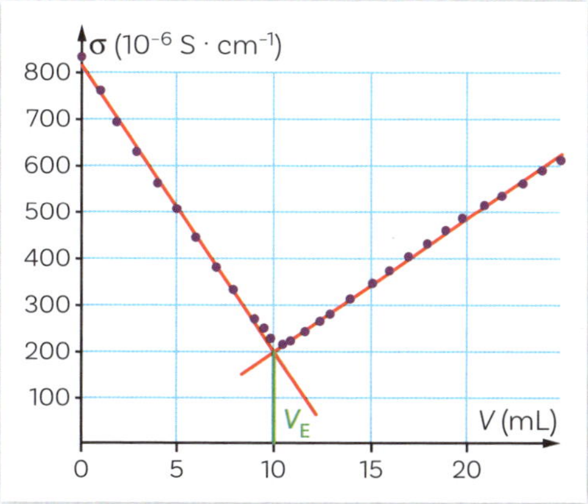

→ Le **volume à l'équivalence** est déterminé par l'intersection des deux segments de droite.
L'abscisse qui correspond au point de croisement des deux portions de droite correspond à la valeur du volume à l'équivalence.

SAVOIR FAIRE

Méthode 1 Utiliser la loi de Beer-Lambert

ÉNONCÉ

À la longueur d'onde de 640 nm, l'absorbance d'une solution aqueuse de bleu patenté vaut $A_{640} = 0{,}97$.

→ Calculer la concentration en quantité de matière du bleu patenté dans la solution.

Données.

- Coefficient d'extinction molaire du bleu patenté à 640 cm :
$\varepsilon_{640} = 9{,}7 \times 10^4\ \text{L}\cdot\text{mol}^{-1}\cdot\text{cm}^{-1}$.
- Largeur de la cuve utilisée pour la mesure d'absorbance : $\ell = 1{,}0$ cm.

SOLUTION

D'après la loi de Beer-Lambert : $A_{640} = \varepsilon_{640} \times \ell \times C$ d'où $C = \dfrac{A_{640}}{\varepsilon_{640} \times \ell}$.

$$C = \frac{0{,}97}{9{,}7 \times 10^4 \times 1{,}0} = 1{,}0 \times 10^{-5}\ \text{mol}\cdot\text{L}^{-1}.$$

Méthode 2 Utiliser la loi de Kohlrausch

ÉNONCÉ

La conductivité d'une solution S obtenue par dissolution de chlorure de magnésium solide $MgC\ell_2$ dans l'eau vaut $\sigma_S = 12{,}9 \times 10^{-3}\ \text{S}\cdot\text{m}^{-1}$.

L'équation de dissolution du chlorure de magnésium est :

$$MgC\ell_{2(s)} \rightarrow Mg^{2+}_{(aq)} + 2\ C\ell^{-}_{(aq)}$$

1. Écrire les relations entre les concentrations effectives des ions Mg^{2+} et $C\ell^-$ et la concentration en soluté apporté C.

2. Appliquer la loi de Kohlrausch et calculer la concentration en soluté apporté de la solution.

Données.

Conductivités molaires ioniques (en $\text{S}\cdot\text{m}^2\cdot\text{mol}^{-1}$) :
$\lambda_{Mg^{2+}} = 10{,}6 \times 10^{-3}$; $\lambda_{C\ell^-} = 7{,}6 \times 10^{-3}$.

SOLUTION

1. Pour 1 mol de $MgC\ell_2$, il se forme 1 mol d'ions Mg^{2+}. Pour 1 mol de $MgC\ell_2$, il se forme 2 mol d'ions $C\ell^-$. Donc $[Mg^{2+}] = C$ et $[C\ell^-] = 2 \times C$.

2. On utilise la loi de Kohlrausch : $\sigma = \sum_{i=1}^{n} \lambda_i \times [X_i]$.

$$\sigma = \lambda_{Mg^{2+}} \times [Mg^{2+}] + \lambda_{C\ell^-} \times [C\ell^-] = \lambda_{Mg^{2+}} \times C + \lambda_{C\ell^-} \times 2 \times C$$

$$\sigma = C \times (\lambda_{Mg^{2+}} + 2\,\lambda_{C\ell^-})$$

d'où $C = \dfrac{\sigma}{\lambda_{Mg^{2+}} + 2\,\lambda_{C\ell^-}}$.

$$C = \frac{12{,}9 \times 10^{-3}}{10{,}6 \times 10^{-3} + 2 \times 7{,}6 \times 10^{-3}}$$

$= 0{,}50\ mol \cdot m^{-3} = 5{,}0 \times 10^{-4}\ mol \cdot L^{-1}$.

LE RÉFLEXE À AVOIR

$\times 1\,000$

$1\ mol \cdot L^{-1} = 1\,000\ mol \cdot m^{-3}$

$\div 1\,000$

Méthode 3 Exploiter une courbe d'étalonnage

ÉNONCÉ

Le Ramet Dalibour est un antiseptique contenant du sulfate de cuivre. Ce soluté donne une couleur bleue à la solution.

On a réalisé des solutions de sulfate de cuivre, à différentes concentrations, et mesuré leur absorbance à la longueur d'onde $\lambda = 810$ nm, dans des cuves d'épaisseur $\ell = 2{,}0$ cm.

Les résultats sont réunis dans le tableau ci-dessous.

Solution n°	1	2	3	4	5
C (en $g \cdot L^{-1}$)	0,5	0,8	1,2	1,5	2
A	0,040	0,070	0,100	0,120	0,160

→ Déterminer la concentration en sulfate de cuivre dans le Ramet Dalibour, sachant que son absorbance, mesurée dans les mêmes conditions, est $A_{RD} = 0{,}085$.

SOLUTION

On trace la courbe représentative de $A = f(C)$ et on détermine la concentration du Ramet Dalibour par lecture graphique.

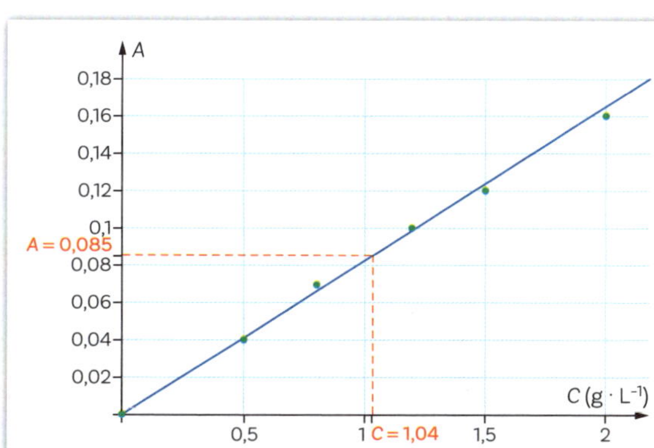

Par lecture graphique, on détermine une concentration de $1{,}04\ g \cdot L^{-1}$ en sulfate de cuivre dans le Ramet Dalibour.

Méthode 4 Déterminer une concentration à partir du titre massique

ÉNONCÉ

On dispose d'une solution commerciale d'acide nitrique (HNO_3) dont le titre massique est $w = 0{,}676$ (soit 67,6 %) et la densité est $d = 1{,}41$.

→ Déterminer la concentration en quantité de matière de cette solution.

Donnée. Masse molaire de l'acide nitrique : $M = 63{,}0\ \text{g}\cdot\text{mol}^{-1}$.

SOLUTION

• On détermine la masse volumique de la solution : $d = \dfrac{\rho}{\rho_{eau}}$ d'où $\rho = d \times \rho_{eau}$

$\rho = 1{,}41 \times 1{,}00 \times 10^3 = 1{,}41 \times 10^3\ \text{g}\cdot\text{L}^{-1}$.

• On calcule la masse de 1 L de solution commerciale :

$\rho = \dfrac{m_{solution}}{V_{solution}}$ d'où $m_{solution} = \rho \times V_{solution}$

$m_{solution} = 1{,}41 \times 10^3 \times 1{,}00 = 1{,}41 \times 10^3$ g.

• On détermine la masse de soluté dans 1 L de solution commerciale :

$w = \dfrac{m_{soluté}}{m_{solution}}$ d'où $m_{soluté} = w \times m_{solution} = 0{,}676 \times 1{,}41 \times 10^3 = 953$ g.

• On calcule la quantité de matière en soluté correspondante :

$n_{soluté} = \dfrac{m_{soluté}}{M} = \dfrac{953}{63{,}0} = 15{,}1\ \text{mol}$.

• On détermine la concentration en quantité de matière de la solution :

$C_0 = \dfrac{n_{soluté}}{V_{solution}} = \dfrac{15{,}1}{1{,}00} = 15{,}1\ \text{mol}\cdot\text{L}^{-1}$.

LE RÉFLEXE À AVOIR

Il est possible de ne faire qu'un seul calcul, en combinant toutes les formules. On obtient :

$$C_0 = \frac{w \times d \times \rho_{eau}}{M}.$$

Méthode 5 Utiliser les résultats d'un titrage

ÉNONCÉ

On réalise le titrage d'un volume $V_0 = 10{,}0$ mL d'une solution de diiode ($I_{2(aq)}$) à la concentration C_0 par une solution de thiosulfate de sodium ($2\,Na^+_{(aq)} + S_2O^{2-}_{3(aq)}$) à la concentration $C = 5{,}0 \times 10^{-2}\ \text{mol}\cdot\text{L}^{-1}$.

Le volume équivalent est repéré par colorimétrie : $V_E = 18$ mL.

L'équation de la réaction support du titrage est :

$$I_{2(aq)} + 2\,S_2O^{2-}_{3(aq)} \rightarrow 2\,I^-_{(aq)} + S_4O^{2-}_{6(aq)}.$$

→ Déterminer la masse de diiode présent dans un volume total $V_{Tot} = 500$ mL de solution de diiode.

Donnée. Masse molaire du diiode $M = 254\ \text{g}\cdot\text{mol}^{-1}$.

SOLUTION

• On écrit la relation entre les quantités de matière à l'équivalence, puis la relation donnant la concentration C_0 de la solution titrée :

$$\frac{n_{I_2}}{1} = \frac{n_{S_2O_3^{2-}}}{2} \text{ d'où } \frac{C_0 \times V_0}{1} = \frac{C \times V_E}{2} \text{ et donc}$$

$$C_0 = \frac{C \times V_E}{2 \times V_0}$$

$$C_0 = \frac{5{,}0 \times 10^{-2} \times 18}{2 \times 10{,}0} = 4{,}5 \times 10^{-3} \text{ mol} \cdot \text{L}^{-1}.$$

LE RÉFLEXE À AVOIR

La relation à l'équivalence est obtenue en divisant les quantités de matière des réactifs par leur coefficient stoechiométrique respectif.

• On calcule la quantité de matière contenue dans les 500 mL de solution :

$$C_0 = \frac{n}{V_{Tot}} \text{ d'où } n = C_0 \times V_{Tot}$$

$$n = 4{,}5 \times 10^{-3} \times 0{,}500 = 2{,}3 \times 10^{-3} \text{ mol}.$$

• On calcule enfin la masse de diiode contenue dans les 500 mL de solution :

$$m = n \times M$$

$$m = 2{,}3 \times 10^{-3} \times 254 = 0{,}58 \text{ g}.$$

Méthode 6 Déterminer un volume à l'équivalence

ÉNONCÉ

Lors d'un titrage, on a réalisé en même temps le suivi pH-métrique et le suivi conductimétrique. On a tracé la courbe du pH et la courbe de conductivité.

1. À l'aide de la courbe de pH, déterminer la valeur du volume à l'équivalence.

2. À l'aide de la courbe de conductivité, déterminer la valeur du volume à l'équivalence.

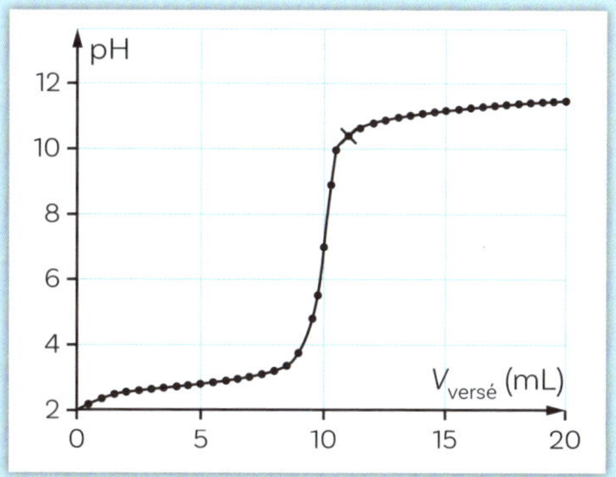

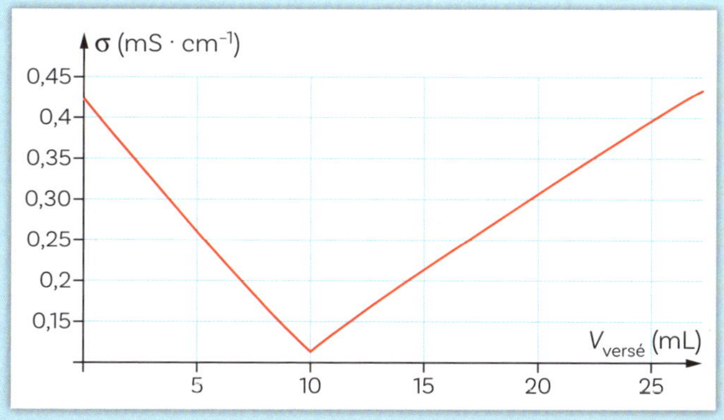

SOLUTION

1. On choisit deux points P et Q de part et d'autre de la zone d'équivalence dans les parties les plus arrondies de la courbe.

On trace deux tangentes en P et Q, parallèles à la courbe. Ces deux droites sont appelées P_1 et P_2.

On trace une droite perpendiculaire à P_1 et P_2. Les points d'intersection sont appelés A et B.

On trace la droite P_3 médiatrice du segment [AB]. P_3 est parallèle aux tangentes P_1 et P_2.

Le point d'intersection entre la droite P_3 et la courbe de titrage correspond au point équivalent, noté E. Il permet d'obtenir le pH de la solution titrée à l'équivalence et le volume de solution titrante versé à l'équivalence.

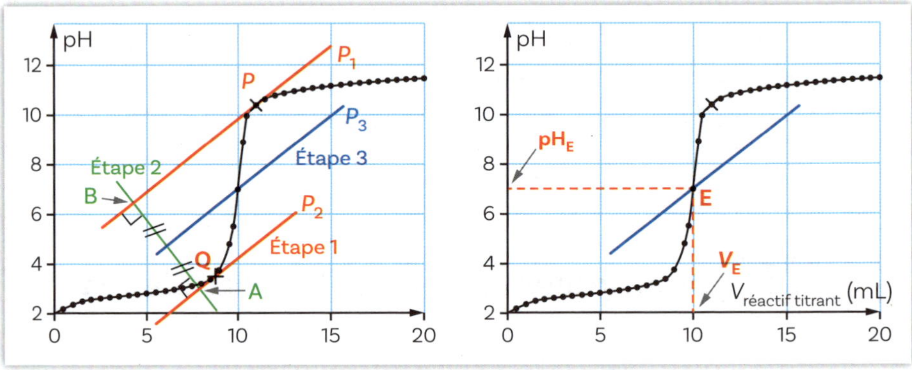

On mesure ici $V_E = 10$ mL.

LE RÉFLEXE À AVOIR

Sur papier, si la courbe de la dérivée de pH n'est pas donnée, utiliser la méthode des tangentes.

2. Le volume à l'équivalence correspond à l'abscisse du point d'intersection des deux portions de droites de la courbe de titrage.

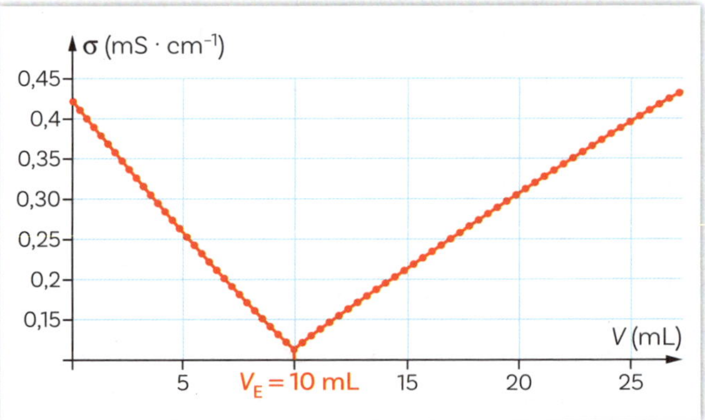

On mesure ici $V_E = 10$ mL.

SE TESTER

10 min

Donner la ou les bonne(s) réponse(s) en 10 minutes chrono !

1. Si une solution colorée est diluée 2 fois, alors son absorbance est :

a multipliée par 2 b divisée par 2 c inchangée

2. La conductance d'une portion de solution dépend de :

a la surface des plaques
b la concentration effective des ions
c la distance entre les électrodes

3. Dans la loi de Kohlrausch, la concentration s'exprime en :

a $g \cdot L^{-1}$ b $mol \cdot L^{-1}$ c $mol \cdot m^{-3}$

4. Une solution d'ammoniac dont le titre massique vaut 30 % signifie que :

a 100 g de solution contiennent 70 g d'eau
b 100 mL de solution contiennent 30 g d'ammoniac
c 100 g de solution contiennent 30 g d'ammoniac

5. Lors d'un titrage, le volume de solution titré est prélevé avec :

a une éprouvette graduée
b une pipette jaugée
c une burette graduée

6. Lors d'un titrage suivi par pH-métrie, on ajoute de l'eau distillée pour immerger la sonde. Cela modifie :

a la quantité de matière en réactif titré
b le volume à verser pour atteindre l'équivalence
c le volume de la solution contenue dans l'erlenmeyer

→ Corrigés page 49

S'ENTRAÎNER

Exercice 1 Loi de Beer-Lambert Voir Méthode 1 p. 36

Une solution de permanganate de potassium ($K^+_{(aq)} + MnO^-_{4(aq)}$) de concentration $C = 1{,}5 \times 10^{-4}$ mol·L^{-1} est introduite dans une cuve de spectrophotomètre de largeur $\ell = 5{,}0$ cm.

1. Calculer son absorbance à la longueur d'onde $\lambda = 520$ nm.

2. Une autre solution de permanganate de potassium est introduite dans une cuve identique à la précédente. Son absorbance à la longueur d'onde $\lambda = 520$ nm est mesurée et vaut $A = 1{,}3$.
Calculer la concentration de cette seconde solution.

Donnée. Coefficient d'extinction molaire du permanganate de potassium à la longueur d'onde $\lambda = 520$ nm : $\varepsilon_{520} = 2\,120$ L·mol^{-1}·cm^{-1}.

→ Corrigé p. 49

Exercice 2 Conductivité d'une solution Voir Méthode 2 p. 36

On prépare une solution S de sulfate de fer III à la concentration $C = 2{,}50 \times 10^{-3}$ mol·L^{-1}, par dissolution du solide $Fe_2(SO_4)_3$.

1. Écrire l'équation de la réaction de dissolution du sulfate de fer III dans l'eau.

2. Exprimer les concentrations effectives $[Fe^{3+}]$ et $[SO_4^{2-}]$ des ions présents dans la solution S avec la concentration en soluté apporté C.

3. À partir de la loi de Kohlrausch, exprimer la conductivité σ_S de la solution à partir de la concentration C.

4. Calculer la conductivité σ_S de la solution S.

Données. Conductivités molaires ioniques (en S·m^2·mol^{-1}) :
$\lambda_{Fe^{3+}} = 20{,}4 \times 10^{-3}$; $\lambda_{SO_4^{2-}} = 16{,}0 \times 10^{-3}$.

→ Corrigé p. 49

Exercice 3 Courbe d'étalonnage Voir Méthode 3 p. 37

Pour déterminer la concentration en chlorure de sodium dans un sérum physiologique, on réalise une série de solutions étalons de concentrations différentes C_i en chlorure de sodium, puis on mesure leur conductivité.

Solution	S_1	S_2	S_3	S_4	S_5
C_i (mol·L^{-1})	$1{,}0 \times 10^{-3}$	$2{,}5 \times 10^{-3}$	$5{,}0 \times 10^{-3}$	$7{,}5 \times 10^{-3}$	$1{,}0 \times 10^{-2}$
σ_i (mS·cm^{-1})	0,125	0,305	0,645	0,932	1,145

La conductivité du sérum physiologique dilué 20 fois vaut $\sigma_{dilué} = 0{,}972$ mS·cm^{-1}.

1. À partir des mesures réalisées, tracer la courbe d'étalonnage.

2. Par lecture graphique, déterminer la concentration $C_{dilué}$ du sérum physiologique dilué.

3. Calculer la concentration $C_{sérum}$ du sérum physiologique (non dilué cette fois).

→ Corrigé p. 49

Exercice 4 Concentration du vinaigre Voir Méthode 4 p. 38

Le vinaigre est une solution aqueuse d'acide éthanoïque (CH_3COOH). Sur une bouteille de vinaigre, on lit les informations suivantes : « vinaigre à 8 %, d = 1,0 ».

→ Déterminer la concentration en quantité de matière en acide éthanoïque dans le vinaigre.

Données.

- Masse molaire de l'acide éthanoïque : $M = 60{,}0\ \text{g}\cdot\text{mol}^{-1}$.
- Masse volumique de l'eau : $\rho_{eau} = 1{,}00\ \text{g}\cdot\text{mL}^{-1}$.

→ Corrigé p. 50

Exercice 5 Titrage Voir Méthode 5 p. 38

On réalise le titrage d'un volume $V_A = 10{,}0\ \text{mL}$ d'une solution d'acide benzoïque C_6H_5COOH par une solution d'hydroxyde de sodium ($Na^+_{(aq)} + HO^-_{(aq)}$) de concentration $C_B = 1{,}5 \times 10^{-2}\ \text{mol}\cdot\text{L}^{-1}$. L'équation de la réaction support du titrage est :

$C_6H_5COOH_{(aq)} + HO^-_{(aq)} \rightarrow C_6H_5COO^-_{(aq)} + H_2O_{(\ell)}$.

Le volume de solution d'hydroxyde de sodium versé à l'équivalence est V_{BE} = 9,5 mL.

1. Schématiser le dispositif expérimental en précisant les réactifs titrant et titré.

2. Rappeler la définition de l'équivalence d'un titrage.

3. Déterminer la concentration en quantité de matière C_A de la solution d'acide benzoïque.

→ Corrigé p. 50

Exercice 6 Titrage pH-métrique Voir Méthode 6 p. 39

On réalise le titrage d'une solution de baryte ($Ba^{2+}_{(aq)} + 2HO^-_{(aq)}$) par une solution d'acide sulfurique ($2H_3O^+_{(aq)} + SO^{2-}_{4(aq)}$). La courbe de suivi pH-métrique est donnée ci-contre.

→ En utilisant la méthode des tangentes, déterminer la valeur du volume équivalent V_E.

→ Corrigé p. 51

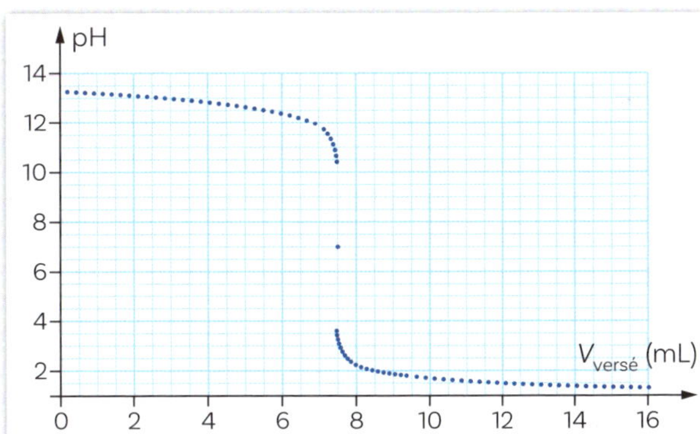

Exercice 7 Titrage conductimétrique

Voir Méthode 6 p. 39

On réalise le titrage d'une solution d'acide éthanoïque $C_2H_4O_{2(aq)}$ par une solution d'hydroxyde de sodium ($Na^+_{(aq)} + HO^-_{(aq)}$). La courbe de suivi pH-métrique est donnée ci-contre.

→ Déterminer la valeur du volume équivalent V_E.

→ Corrigé p. 51

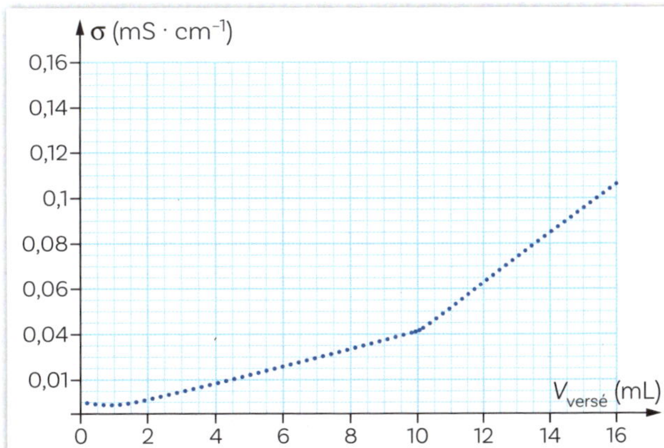

SE PERFECTIONNER

Exercice 8 ★ Ion tétrachlorocobalt $CoC\ell_4^{2-}$

L'ion $CoC\ell_4^{2-}$ est bleu en milieu acide. On donne ci-contre les spectres de cet ion pour deux concentrations différentes. Les cuves utilisées pour tracer ces courbes ont une épaisseur $\ell = 1{,}0$ cm.

→ Déterminer le coefficient d'extinction molaire de l'ion $CoC\ell_4^{2-}$ pour la longueur d'onde correspondant l'absorption maximale.

CONSEIL Penser à convertir les concentrations en $mol \cdot L^{-1}$

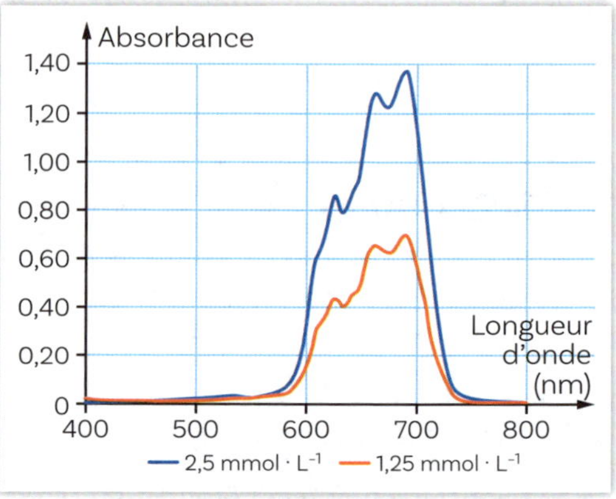

→ Corrigé p. 51

Exercice 9 ★ Titrage des ions chlorure dans un sérum physiologique

Le sérum physiologique est une solution aqueuse de chlorure de sodium ($Na^+_{(aq)} + C\ell^-_{(aq)}$) à 0,9 % en masse. Sa densité est $d = 1{,}00$ et la masse molaire du chlorure de sodium est $M = 58{,}5\ g \cdot mol^{-1}$.

Pour vérifier ces indications, on réalise le titrage suivi par conductimétrie d'un sérum physiologique acheté en pharmacie. Le protocole est le suivant.

- Un volume $V_0 = 5{,}0$ mL de sérum physiologique est prélevé avec une pipette jaugée, préalablement rincée, et introduit dans un bécher de forme haute.
- Un volume de 600 mL d'eau est ajouté afin de diluer le sérum physiologique.
- Une solution titrante de nitrate d'argent ($Ag^+_{(aq)} + NO^-_{3(aq)}$) à la concentration $C = 5{,}00 \times 10^{-2}\ mol \cdot L^{-1}$ est placée dans une burette graduée.
- La solution titrante est versée mL par mL dans la solution titrée. La conductivité de la solution est relevée après chaque ajout de solution titrante. On trace la courbe de la conductivité en fonction du volume versé.

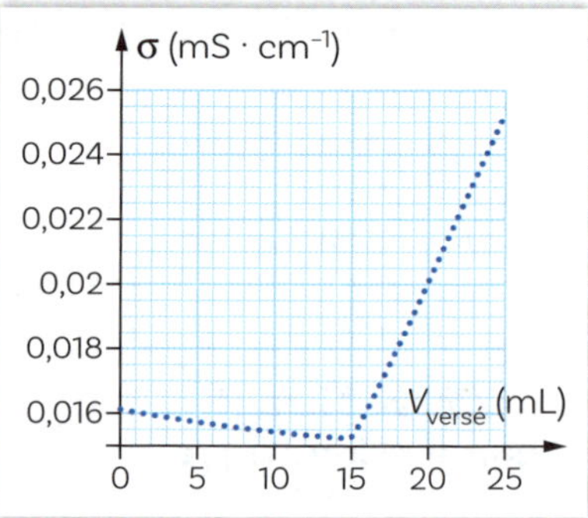

L'équation de la réaction support du titrage est :
$Ag^+_{(aq)} + C\ell^-_{(aq)} \rightarrow AgC\ell_{(s)}$.

On rappelle que la masse volumique de l'eau est $\rho_{eau} = 1{,}00\ g \cdot mL^{-1}$.

1. Exploiter la courbe de titrage pour déterminer le volume équivalent V_E.

2. Écrire la relation entre les quantités de matière en réactifs titré et titrant à l'équivalence.

3. Calculer la concentration C_0 en chlorure de sodium dans le sérum physiologique.

4. Déterminer le titre massique du sérum physiologique et comparer le résultat avec l'indication de l'énoncé.

→ Corrigé p. 51

Exercice 10 ★ Titrage pH-métrique d'une solution d'acide chloroéthanoïque

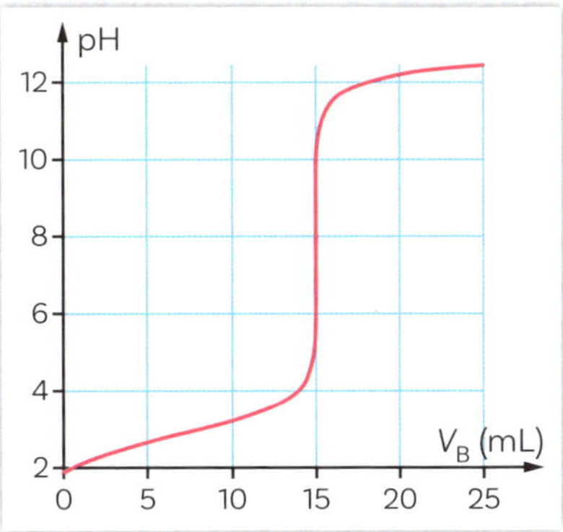

On considère le titrage pH-métrique d'un volume $V_1 = 10{,}0$ mL d'une solution d'acide chloroéthanoïque $C\ell CH_2COOH_{(aq)}$ à la concentration C_A par une solution d'hydroxyde de sodium $(Na^+_{(aq)} + HO^-_{(aq)})$ de concentration en soluté apporté $C_B = 1{,}0 \times 10^{-1}$ mol·L^{-1}.

1. Écrire l'équation de la réaction support du titrage.

2. Déterminer la concentration en quantité de matière C_A en acide chloroéthanoïque dans la solution.

3. À l'aide d'un tableau d'avancement, calculer la quantité de matière de toutes les espèces chimiques présentes dans le bécher lorsque le volume de solution titrante versé V_B est égal à $\frac{V_E}{2}$.

Donnée. Couple de l'acide chloroéthanoïque : $C\ell CH_2COOH_{(aq)}$ / $C\ell CH_2COO^-_{(aq)}$.

→ Corrigé p. 52

Exercice 11 ★★ Mélange de deux solutions

CONSEIL Le mélange de deux solutions agit comme une dilution. Il faut recalculer les concentrations en tenant compte du volume total du mélange.

On mélange un volume $V_1 = 150$ mL d'une solution de sulfate de sodium $(2\,Na^+_{(aq)} + SO^{2-}_{4(aq)})$ de concentration en soluté apporté $C_1 = 2{,}5 \times 10^{-1}$ mol·L^{-1} et un volume $V_2 = 250$ mL d'une solution de bromure de cuivre II $(Cu^{2+}_{(aq)} + 2Br^-_{(aq)})$ à la concentration en soluté apporté $C_2 = 1{,}0 \times 10^{-1}$ mol·L^{-1}.

Il ne se produit aucune transformation entre les ions présents dans la solution.

1. Calculer la quantité de matière de chaque ion dans la solution.

2. Calculer la concentration effective des ions dans la solution mélange.

3. Écrire la loi de Kohlrausch pour la solution préparée.

4. Calculer la conductivité de la solution.

5. Pour une cellule conductimétrique constituée de plaques de surface $S = 1{,}0$ cm^2 et séparées d'une distance $L = 2{,}0$ cm, calculer la conductance de la solution.

Données. Conductivités molaires ioniques en S·m^2·mol.$^{-1}$:
$\lambda_{Na^+} = 5{,}0 \times 10^{-3}$; $\lambda_{SO_4^{2-}} = 16{,}0 \times 10^{-3}$; $\lambda_{Cu^{2+}} = 10{,}7 \times 10^{-3}$; $\lambda_{Br^-} = 7{,}8 \times 10^{-3}$.

→ Corrigé p. 53

Exercice 12 ★★ Dosage du permanganate de potassium dans le Dakin

Sur la notice du Dakin (un désinfectant), on peut lire : « contient 0,0010 g de permanganate de potassium pour 100 mL ».
Afin de vérifier cette indication, on réalise une gamme de solution étalon en permanganate de potassium et on mesure leur absorbance.
Le spectre d'absorption de l'ion permanganate est donné ci-contre.

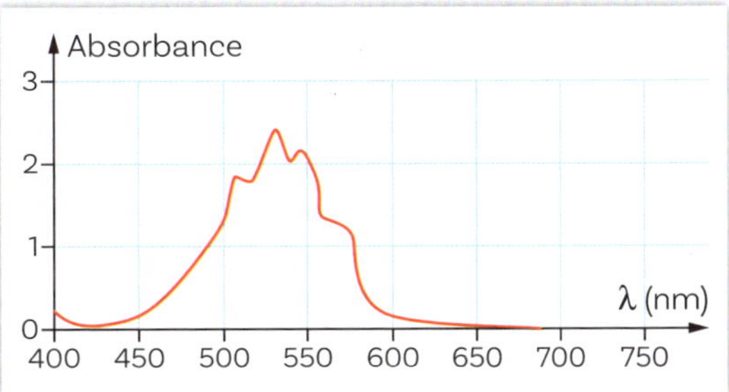

Les résultats de mesure sont répertoriés dans le tableau suivant.

Solution	S_1	S_2	S_3	S_4	S_5
C_i ($mol \cdot L^{-1}$)	$1{,}0 \times 10^{-5}$	$2{,}5 \times 10^{-5}$	$5{,}0 \times 10^{-5}$	$7{,}5 \times 10^{-5}$	$1{,}0 \times 10^{-4}$
A_i	0,02	0,06	0,11	0,17	0,22

1. Grâce au spectre d'absorption de l'ion permanganate, déterminer la longueur d'onde à laquelle on doit faire les mesures d'absorbance. Justifier.

2. Tracer la courbe d'étalonnage de l'absorbance de l'ion permanganate en fonction de sa concentration.

3. Déterminer le coefficient directeur k de la droite obtenue (on pourra utiliser la fonction régression linéaire de la calculatrice).

4. Réécrire la relation entre A_i et C_i en remplaçant k par sa valeur.

CONSEIL Si on ne dispose pas de tableur, on calcule le coefficient directeur comme en maths : on choisit deux points sur la droite et on divise la différence des ordonnées par la différence des abscisses.

5. En utilisant la loi de Beer-Lambert, déterminer le coefficient d'extinction molaire de l'ion permanganate à la longueur d'onde de travail.

6. Déterminer la concentration expérimentale C_{exp} en permanganate dans le Dakin.

7. Sachant que l'incertitude-type sur la concentration est $u(C) = 1 \times 10^{-6}\ mol \cdot L^{-1}$, le résultat expérimental est-il acceptable compte-tenu dans l'indication de la notice ?

Données.
- Masse molaire du permanganate de potassium : $M = 158{,}0\ g \cdot mol^{-1}$.
- L'absorbance du Dakin est mesurée avec une cuve de largeur $\ell = 1{,}0$ cm : $A_{Dakin} = 0{,}13$.

→ Corrigé p. 53

Exercice 13 ★★ Préparation d'une solution à partir d'une solution commerciale

On dispose d'une solution d'acide perchlorique ($HC\ell O_4$), affichant un titre massique de 70 % et une densité $d = 1{,}68$. La masse molaire de l'acide perchlorique est $M = 100{,}5\ g \cdot mol^{-1}$. On souhaite préparer un volume $V_1 = 250$ mL de solution d'acide perchlorique à la concentration $C_1 = 0{,}50\ mol \cdot L^{-1}$.

1. Calculer la masse d'acide perchlorique contenue dans un volume de 1,00 L de solution commerciale.

2. Déterminer la concentration C_0 en quantité de matière d'acide perchlorique de la solution commerciale.

3. Calculer le volume V_0 de solution commerciale à prélever pour préparer, par dilution, la solution voulue.

4. Le volume étant difficile à prélever avec les instruments classiques, il est nécessaire de peser la solution à prélever. Calculer la masse m_0 de solution commerciale, correspondant au volume V_0 précédemment calculé.

→ Corrigé p. 54

Exercice 14 ★★★ **PROBLÈME** **Solution de perchlorure de fer**

Afin de fabriquer des circuits imprimés, sur lesquels sont soudés les composants électroniques, il est nécessaire de réaliser une étape appelée « gravure ».
Elle nécessite l'utilisation d'une solution de « perchlorure de fer » : il s'agit d'une solution de chlorure de fer III ($Fe^{3+}_{(aq)} + 3\,C\ell^{-}_{(aq)}$).

Document 1 > La solution de perchlorure de fer

L'étiquette d'une bouteille de perchlorure de fer porte les indications suivantes :

- Solution de chlorure de fer III ($Fe^{3+}_{(aq)} + 3\,C\ell^{-}_{(aq)}$)
- Masse molaire : $M = 162{,}2\ g\cdot mol^{-1}$
- Titre massique : 40 %
- Densité : $d = 1{,}42$

Document 2 > Protocole de titrage

- La solution commerciale, de concentration en quantité de matière C_0, est tout d'abord diluée par 50. On obtient une solution S_1 à la concentration C_1.
- On réalise le titrage suivi par pH-métrie d'un volume $V_1 = 10{,}0\ mL$ de solution S_1 par une solution d'hydroxyde de sodium ($Na^{+}_{(aq)} + HO^{-}_{(aq)}$) à la concentration $C = 0{,}200\ mol\cdot L^{-1}$.

L'équation de la réaction support du titrage est :

$$Fe^{3+}_{(aq)} + 3\,HO^{-}_{(aq)} \rightarrow Fe(OH)_{3(s)}$$

Document 3 > Courbe de titrage pH-métrique

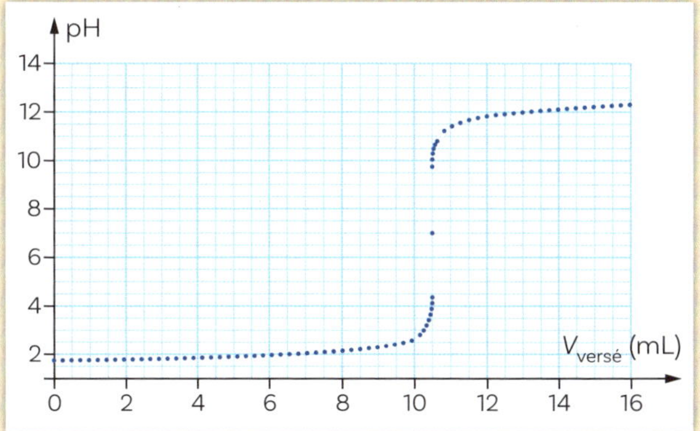

→ À l'aide des documents, montrer si les indications portées sur l'étiquette de la bouteille de solution de perchlorure de fer sont correctes ou non.

CONSEIL Calculer la concentration en quantité de matière grâce à l'étiquette (doc. 1) et comparer à la valeur obtenue par l'expérience (docs. 2 et 3).

→ Corrigé p. 55

SUJET ÉPREUVE BAC CONTRÔLE CONTINU

SE PRÉPARER À L'EXAMEN

SUJET De la vitamine C dans la rose (40 min)

Le fruit de la rose ou de l'églantier est nommé cynorhodon. Il est très utilisé en phytothérapie pour prévenir la fatigue et renforcer les défenses immunitaires. Il contient des tanins, les vitamines A et B et il est aussi très riche en vitamine C ou acide ascorbique. On trouve en pharmacie de l'extrait de cynorhodon sous forme de gélules. La formule de l'acide ascorbique est $C_6H_8O_6$.

Dans la suite de l'exercice, on notera l'acide ascorbique sous la forme AH, acide du couple AH / A^-. On désire comparer l'apport en vitamine C d'une gélule de cynorhodon, produit naturel, avec celui d'un comprimé de type Laroscorbine 500®, produit de synthèse.
Pour cela, on détermine par titrage, la quantité d'acide ascorbique présente dans une gélule.

Document > Protocole expérimental

On dissout dans l'eau, le contenu d'une gélule de cynorhodon dans une fiole jaugée de 100,0 mL.
Puis, on réalise le titrage suivi par pH-métrie du contenu de la fiole à l'aide d'une solution aqueuse d'hydroxyde de sodium de concentration molaire $C_B = 0{,}100 \text{ mol} \cdot L^{-1}$.

Données.
Masses molaires atomiques :
$M(H) = 1{,}0 \text{ g} \cdot \text{mol}^{-1}$; $M(C) = 12{,}0 \text{ g} \cdot \text{mol}^{-1}$; $M(O) = 16{,}0 \text{ g} \cdot \text{mol}^{-1}$.

1. Calculer la masse molaire moléculaire de l'acide ascorbique notée $M(AH)$.

2. Écrire l'équation de la réaction support du titrage.

3. L'équivalence acido-basique.
a. Définir par une phrase l'équivalence acido-basique.
b. Donner la relation entre les quantités de matière des réactifs introduits à l'équivalence.

CONSEILS
3.b. Utiliser l'équation de la réaction support du titrage. On peut faire appel à un tableau d'avancement.

4. Le suivi du titrage permet le tracé de la courbe fournie ci-contre.

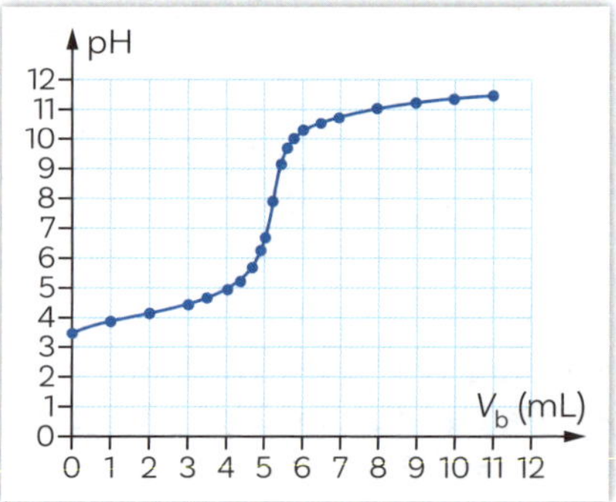

a. En précisant la méthode employée, déterminer les coordonnées du point d'équivalence de ce titrage.
b. En déduire la quantité de matière en acide ascorbique n_{AH} contenue dans une gélule de cynorhodon.
c. En déduire la masse m_{AH} d'acide ascorbique présente dans une gélule.
d. Un comprimé de Laroscorbine 500® contient 500 mg d'acide ascorbique. Quel est, entre la gélule de cynorhodon et le comprimé de Laroscorbine, le composant le plus riche en vitamine C ?

→ Corrigé page 56

CORRIGÉS

SE TESTER

1. b ; **2.** a, b et c ; **3.** c ; **4.** a et c ; **5.** b ; **6.** c.

S'ENTRAÎNER

Exercice 1 Loi de Beer-Lambert

1. D'après la loi de Beer-Lambert :
$A_{520} = \varepsilon_{520} \times \ell \times C = 2\,120 \times 5{,}0 \times 1{,}5 \times 10^{-4} = 1{,}6.$

2. Toujours d'après la loi de Beer-Lambert :
$$C = \frac{A_{520}}{\varepsilon_{520} \times \ell} = \frac{1{,}3}{2120 \times 5{,}0} = 1{,}4 \times 10^{-4}\ \text{mol} \cdot \text{L}^{-1}.$$

Exercice 2 Conductivité d'une solution

1. L'équation de la réaction de dissolution du sulfate de fer III dans l'eau est :
$Fe_2(SO_4)_{3(s)} \rightarrow 2\,Fe^{3+}_{(aq)} + 3\,SO^{2-}_{4(aq)}.$

2. D'après l'équation de dissolution du sulfate de fer III :
$[Fe^{3+}] = 2 \times C$ et $[SO_4^{2-}] = 3 \times C.$

3. On écrit la loi de Kohlrausch :
$\sigma_S = \lambda_{Fe^{3+}} \times [Fe^{3+}] + \lambda_{SO_4^{2-}} \times [SO_4^{2-}]$
$\sigma_S = \lambda_{Fe^{3+}} \times 2 \times C + \lambda_{SO_4^{2-}} \times 3 \times C$
$\sigma_S = C \times (2\lambda_{Fe^{3+}} + 3\lambda_{SO_4^{2-}}).$

> **L'ERREUR À NE PAS FAIRE**
> Ne pas oublier d'exprimer la concentration en $\text{mol} \cdot \text{m}^{-3}$.

4. On convertit la concentration : $C = 2{,}5 \times 10^{-3}\ \text{mol} \cdot \text{L}^{-1} = 2{,}5\ \text{mol} \cdot \text{m}^{-3}$
$\sigma_S = 2{,}50 \times (2 \times 20{,}4 \times 10^{-3} + 3 \times 16{,}0 \times 10^{-3}) = 0{,}222\ \text{S} \cdot \text{m}^{-1}.$

Exercice 3 Courbe d'étalonnage

1. On place les points sur le graphique et on trace une droite moyenne, en essayant de mettre autant de points au-dessus et en-dessous d'elle.
Certains logiciels (Regressi par exemple) peuvent la tracer grâce à la fonction « modélisation », modèle « linéaire » (droite qui passe par l'origine du repère).

> **LE RÉFLEXE À AVOIR**
> Si le graphique est fait sur papier millimétré et que les points semblent alignés, on les relie à la règle, sinon à main levée.

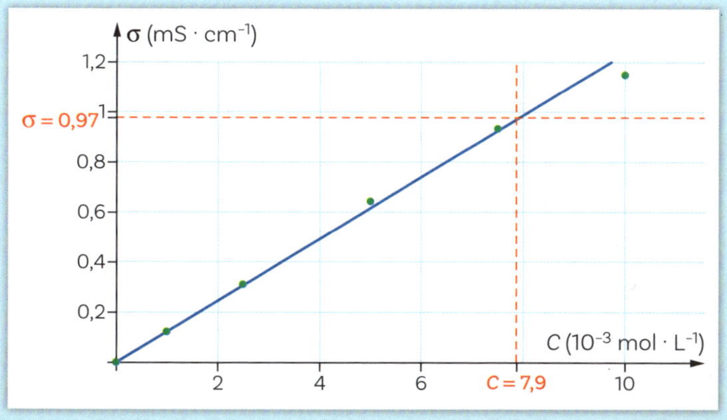

2. Par lecture graphique : $C_{\text{dilué}} = 7{,}90 \times 10^{-3}\ \text{mol}\cdot\text{L}^{-1}$.

3. En tenant compte de la dilution qui a été faite sur le sérum physiologique :
$C_{\text{sérum}} = 20 \times C_{\text{dilué}} = 20 \times 7{,}90 \times 10^{-3} = 0{,}16\ \text{mol}\cdot\text{L}^{-1}$.

Exercice 4 Concentration du vinaigre

• On calcule la masse volumique de la solution commerciale.

Par définition : $d = \dfrac{\rho}{\rho_{\text{eau}}}$ d'où $\rho = d \times \rho_{\text{eau}} = 1{,}0 \times 1{,}00 = 1{,}0\ \text{g}\cdot\text{mL}^{-1}$.

• On calcule la masse correspondant à un volume de solution commerciale de 1,00 L :

$\rho = \dfrac{m_{\text{solution}}}{V_{\text{solution}}}$ d'où :

$m_{\text{solution}} = \rho \times V_{\text{solution}} = 1{,}0 \times 1{,}00 \times 10^3 = 1{,}0 \times 10^3$ g.

> **L'ERREUR À NE PAS FAIRE**
> Ne pas confondre densité et concentration en masse. Si elles ont une unité similaire, ce n'est pas la même chose.

• On calcule la masse d'acide éthanoïque contenue dans une masse de $1{,}0 \times 10^3$ g de solution commerciale : $w = \dfrac{m_{\text{soluté}}}{m_{\text{solution}}}$ d'où :

$m_{\text{soluté}} = w \times m_{\text{solution}} = 0{,}080 \times 1{,}0 \times 10^3 = 80$ g.

• On calcule la quantité de matière d'acide éthanoïque correspondant masse de 80 g :

$n = \dfrac{m_{\text{soluté}}}{M} = \dfrac{80}{60{,}0} = 1{,}3\ \text{mol}$.

• On calcule la concentration en quantité de matière d'acide éthanoïque dans la solution commerciale : $C = \dfrac{n}{V_{\text{solution}}} = \dfrac{1{,}3}{1{,}00} = 1{,}3\ \text{mol}\cdot\text{L}^{-1}$.

Exercice 5 Titrage

1. Schéma du montage ci-contre.

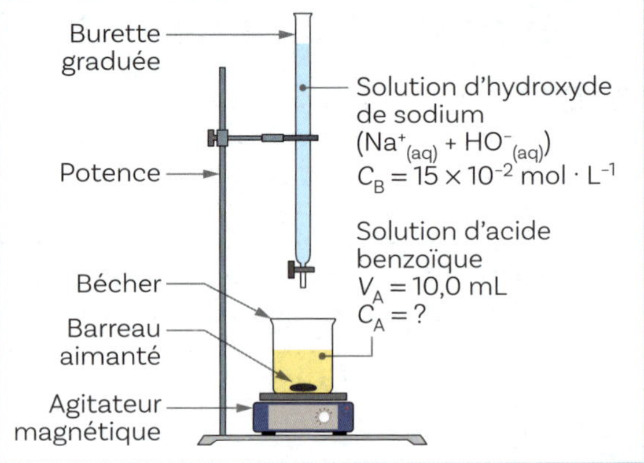

> **L'INFO À RETENIR**
> Un titrage se fait toujours avec ce montage. Selon la situation, on pourra rajouter un pH-mètre ou un conductimètre.

2. L'équivalence d'un titrage correspond au changement de réactif limitant :
• avant l'équivalence, le réactif limitant est le réactif titrant ;
• après l'équivalence, le réactif limitant est le réactif titré ;
• à l'équivalence, les réactifs titrant et titrés sont introduits dans les proportions stœchiométriques.

3. La relation entre les quantités de matière de réactifs titré et titrant introduites à l'équivalence est : $\dfrac{n_{C_6H_5COOH}}{1} = \dfrac{n_{HO^-}}{1}$

d'où $\dfrac{C_A \times V_A}{1} = \dfrac{C_B \times V_{BE}}{1}$ et $C = \dfrac{C_B \times V_{BE}}{V} = \dfrac{1{,}5 \times 10^{-2} \times 9{,}5}{10{,}0} = 1{,}4 \times 10^{-2}\ \text{mol}\cdot\text{L}^{-1}$.

Exercice 6 **Titrage pH-métrique**

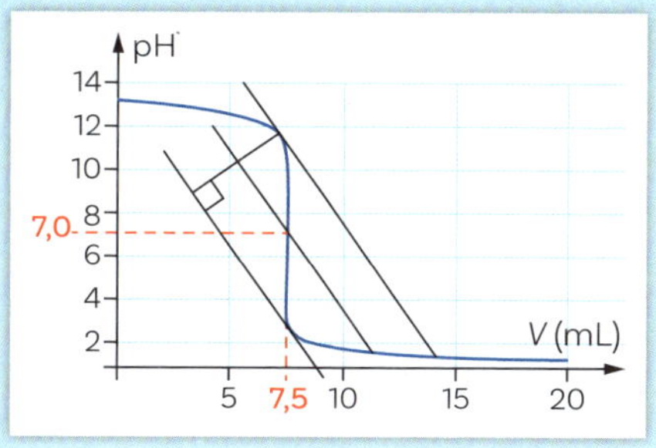

On trace deux tangentes, parallèles entre elles, au niveau des parties arrondies de la courbe. On trace un segment perpendiculaire à ces deux tangentes, et la médiatrice de ce segment. L'abscisse du point de croisement entre la médiatrice et la courbe de titrage nous donne le volume à l'équivalence : ici, on mesure $V_E = 7{,}5\,\text{mL}$.

Exercice 7 **Titrage conductimétrique**

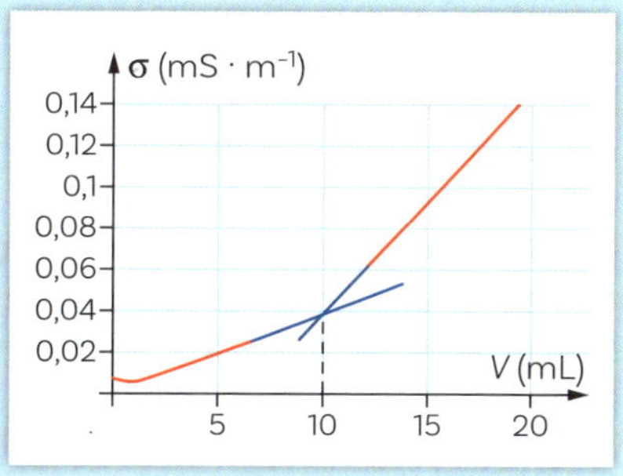

On trace les droites correspondant aux portions de la courbes de titrage. L'abscisse de leur point d'intersection nous donne le volume à l'équivalence. On mesure $V_E = 10\,\text{mL}$.

SE PERFECTIONNER

Exercice 8 **Ion tétrachlorocobalt $CoC\ell_4^{2-}$**

Par lecture graphique, on détermine la longueur d'onde où l'absorption est maximale : $\lambda = 690\,\text{nm}$.

D'après la loi de Beer-Lambert : $A_{690} = \varepsilon_{690} \times \ell \times C$ d'où $\varepsilon_{690} = \dfrac{A_{690}}{\ell \times C}$.

- Avec la solution à la concentration de $1{,}25\,\text{mmol}\cdot\text{L}^{-1}$:

on mesure à cette longueur d'onde, une absorbance $A_{690} = 0{,}70$.

$$\varepsilon_{690} = \frac{0{,}69}{1{,}0 \times 1{,}25 \times 10^{-3}} = 5{,}5 \times 10^2\,\text{L}\cdot\text{mol}^{-1}\cdot\text{cm}^{-1}.$$

- Avec la solution à la concentration de $2{,}5\,\text{mmol}\cdot\text{L}^{-1}$:

on mesure à cette longueur d'onde, une absorbance $A_{690} = 1{,}38$.

$$\varepsilon_{690} = \frac{1{,}38}{1{,}0 \times 2{,}5 \times 10^{-3}} = 5{,}5\,\text{L}\cdot\text{mol}^{-1}\cdot\text{cm}^{-1}.$$

On trouve bien deux fois la même valeur.

Exercice 9 **Titrage des ions chlorure dans un sérum physiologique**

1. Le volume équivalent est $V_E = 15\,\text{mL}$.

2. À l'équivalence, les réactifs sont introduits dans les proportions stœchiométriques :

$$\frac{n_{Ag^+}}{1} = \frac{n_{C\ell^-}}{1}.$$

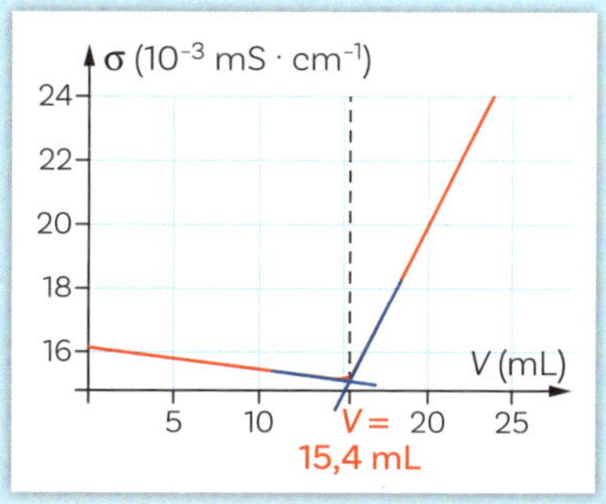

3. On a $\dfrac{C \times V_E}{1} = \dfrac{C_0 \times V_0}{1}$ d'où $C_0 = \dfrac{C \times V_E}{V_0}$.

$$C_0 = \frac{5{,}00 \times 10^{-2} \times 15{,}4}{5{,}0} = 1{,}5 \times 10^{-1}\,\text{mol}\cdot\text{L}^{-1}.$$

4. La concentration expérimentale en quantité de matière dans le sérum physiologique est de $1{,}5 \times 10^{-1}\,\text{mol}\cdot\text{L}^{-1}$. Ainsi, dans 1,0 L de sérum physiologique, il y a $n = 1{,}5 \times 10^{-1}$ mol de chlorure de sodium.

LE RÉFLEXE À AVOIR

La formule étant « symétrique », on peut laisser les volumes dans la même unité (en mL).

On calcule la masse de chlorure de sodium correspondante :
$m_{soluté} = n \times M = 1{,}5 \times 10^{-1} \times 58{,}5 = 8{,}8$ g.
On calcule la masse volumique du sérum physiologique :
$d = \dfrac{\rho}{\rho_{eau}}$ d'où $\rho = d \times \rho_{eau} = 1{,}0 \times 1{,}00 = 1{,}00$ g·mL^{-1}.
On calcule la masse de sérum qui correspond à un volume de 1L :
$\rho = \dfrac{m_{solution}}{V_{solution}}$ d'où $m_{solution} = \rho \times V_{solution} = 1{,}00 \times 1{,}0 \times 10^3 = 1{,}0 \times 10^3$ g.
On calcule le titre massique du sérum physiologique :
$w = \dfrac{m_{soluté}}{m_{solution}} = \dfrac{8{,}8}{1{,}0 \times 10^3} = 8{,}8 \times 10^{-3}$ soit 0,88 %.
Les indications de l'étiquette sont donc cohérentes

Exercice 10 **Titrage pH-métrique d'une solution d'acide chloroéthanoïque**

1. On écrit les demi-équations acide-base associées aux couples mis en jeu. Les réactifs titré ($C\ell CH_2COOH$) et titrant (HO^-) sont écrits du coté gauche (ce sont des réactifs). Puis on additionne membre à membre :

$C\ell CH_2COOH_{(aq)} / C\ell CH_2COO^-_{(aq)}$: $C\ell CH_2COOH_{(aq)} = C\ell CH_2COO^-_{(aq)} + H^+$

$H_2O_{(\ell)} / HO^-_{(aq)}$: $HO^-_{(aq)} + H^+ = H_2O_{(\ell)}$

$$C\ell CH_2COOH_{(aq)} + HO^-_{(aq)} \rightarrow C\ell CH_2COO^-_{(aq)} + H_2O_{(\ell)}$$

2. En exploitant la courbe de titrage pH-métrique, on détermine le volume à l'équivalence : $V_E = 15$ mL.
À l'équivalence, les réactifs sont introduits dans les proportions stœchiométriques.
La relation entre les quantités de matière de réactifs titré et titr nt est :
$\dfrac{n_{C\ell CH_2COOH}}{1} = \dfrac{n_{HO^-}}{1}$ d'où $\dfrac{C_A \times V_1}{1} = \dfrac{C_B \times V_{BE}}{1}$.
On obtient : $C_A = \dfrac{C_B \times V_{BE}}{V_1}$.
$C_A = \dfrac{1{,}0 \times 10^{-1} \times 15}{10{,}0} = 1{,}5 \times 10^{-1}$ mol·L^{-1}.

3. On détermine la quantité de matière de toutes les espèces chimiques présentes dans le système, lorsque l'on a versé un volume $V_B = \dfrac{V_E}{2}$. On se trouve alors avant l'équivalence : c'est donc le réactif titrant (HO^-) qui est réactif limitant.

LE RÉFLEXE À AVOIR
Il faut vérifier au préalable si on est avant, après, ou à l'équivalence.

Équation de réaction		$C\ell CH_2COOH_{(aq)}$ +	$HO^-_{(aq)}$	$\rightarrow C\ell CH_2COO^-_{(aq)}$ +	$H_2O_{(\ell)}$
État du système	**Avancement (en mol)**	**Quantités de matière (en mol)**			
État initial	0	$C_A \times V_1$	$C_B \times \dfrac{V_E}{2}$	0	Excès
Avant l'équivalence	$x < x_E$	$C_A \times V_1 - x$	$C_B \times \dfrac{V_E}{2} - x = 0$	x	Excès

• On détermine x : $C_B \times \dfrac{V_E}{2} - x = 0$ d'où $x = C_B \times \dfrac{V_E}{2}$.

• Quantité de matière en acide chloroéthanoïque $C\ell CH_2COOH$:

$n_{C\ell CH_2COOH} = C_A \times V_1 - x = C_A \times V_1 - C_B \times \frac{V_E}{2}$.

$n_{C\ell CH_2COOH} = 1{,}5 \times 10^{-1} \times 10{,}0 \times 10^{-3} - 1{,}0 \times 10^{-1} \times \frac{15}{2} \times 10^{-3} = 7{,}5 \times 10^{-4}$ mol.

• Quantité de matière en ions HO^- :

$n_{HO^-} = 0$ mol (réactif limitant).

• Quantité de matière en ions chlotoéthanoate $C\ell CH_2COO^-$: $n_{C\ell CH_2COO^-} = x = C_B \times \frac{V_E}{2}$.

$n_{C\ell CH_2COO^-} = 1{,}0 \times 10^{-1} \times \frac{15}{2} \times 10^{-3} = 7{,}5 \times 10^{-4}$ mol.

• Quantité de matière en ions sodium Na^+(introduits avec les ions HO^-) : $n_{Na^+} = C_B \times \frac{V_E}{2}$.

$n_{Na^+} = 1{,}0 \times 10^{-1} \times \frac{15}{2} \times 10^{-3} = 7{,}5 \times 10^{-4}$ mol.

Exercice 11 Mélange de deux solutions

1. Calculs des concentrations de tous les ions dans la solution

• Ions Na^+ : $n_{Na^+} = 2\,C_1 \times V_1 = 2 \times 2{,}5 \times 10^{-1} \times 0{,}150 = 7{,}5 \times 10^{-2}$ mol.

• Ions SO_4^{2-} : $n_{SO_4^{2-}} = C_1 \times V_1 = 2{,}5 \times 10^{-1} \times 0{,}150 = 3{,}8 \times 10^{-2}$ mol.

• Ions Cu^{2+} : $n_{Cu^{2+}} = C_2 \times V_2 = 1{,}0 \times 10^{-1} \times 0{,}250 = 2{,}5 \times 10^{-2}$ mol.

• Ions Br^- : $n_{Br^-} = 2\ C_2 \times V_2 = 2 \times 1{,}0 \times 10^{-1} \times 0{,}250 = 5{,}0 \times 10^{-2}$ mol.

2. Il faut tenir compte du volume total de la solution (somme des volumes des deux solutions). Dans la solution mélange :

$$[Na^+] = \frac{n_{Na^+}}{V_1 + V_2} = \frac{7{,}5 \times 10^{-2}}{0{,}150 + 0{,}250} = 1{,}9 \times 10^{-1}\,\text{mol} \cdot \text{L}^{-1}$$

$$[SO_4^{2-}] = \frac{n_{SO_4^{2-}}}{V_1 + V_2} = \frac{3{,}8 \times 10^{-2}}{0{,}150 + 0{,}250} = 9{,}5 \times 10^{-2}\,\text{mol} \cdot \text{L}^{-1}$$

$$[Cu^{2+}] = \frac{n_{Cu^{2+}}}{V_1 + V_2} = \frac{2{,}5 \times 10^{-2}}{0{,}150 + 0{,}250} = 6{,}3 \times 10^{-2}\,\text{mol} \cdot \text{L}^{-1}$$

$$[Br^-] = \frac{n_{Br^-}}{V_1 + V_2} = \frac{5{,}0 \times 10^{-2}}{0{,}150 + 0{,}250} = 1{,}3 \times 10^{-1}\,\text{mol} \cdot \text{L}^{-1}$$

3. D'après la loi de Kohlrausch :

$\sigma = \lambda_{Na^+} \times [Na^+] + \lambda_{SO_4^{2-}} \times [SO_4^{2-}] + \lambda_{Cu^{2+}} \times [Cu^{2+}] + \lambda_{Br^-} \times [Br^-]$

4. $\sigma = 5{,}0 \times 10^{-3} \times 1{,}9 \times 10^2 + 16{,}0 \times 10^{-3} \times 9{,}5 \times 10^1$
$+ 10{,}7 \times 10^{-3} \times 6{,}3 \times 10^1 + 7{,}8 \times 10^{-3} \times 1{,}3 \times 10^2$

$\sigma = 4{,}2\ \text{S} \cdot \text{m}^{-1}$

LE RÉFLEXE À AVOIR

Attention à bien convertir les concentrations en $\text{mol} \cdot \text{m}^{-3}$!

5. La conductance se calcule à partir de la conductivité : $\sigma = k_{cell} \times G$ d'où $G = \frac{\sigma}{k_{cell}}$.

Par ailleurs : $k_{cell} = \frac{L}{S}$ d'où $G = \sigma \times \frac{S}{L}$.

$G = 4{,}2 \times \frac{1{,}0 \times 10^{-4}}{2{,}0 \times 10^{-2}} = 2{,}1 \times 10^{-2}\ \text{S} = 21\ \text{mS}$.

Exercice 12 Dosage du permanganate de potassium dans le Dakin

1. Le maximum d'absorption sur le spectre donné est à $\lambda = 525$ nm.
C'est donc à cette longueur d'onde que l'on réalise les mesures d'absorbance.

2. On trace la courbe ci-dessous.

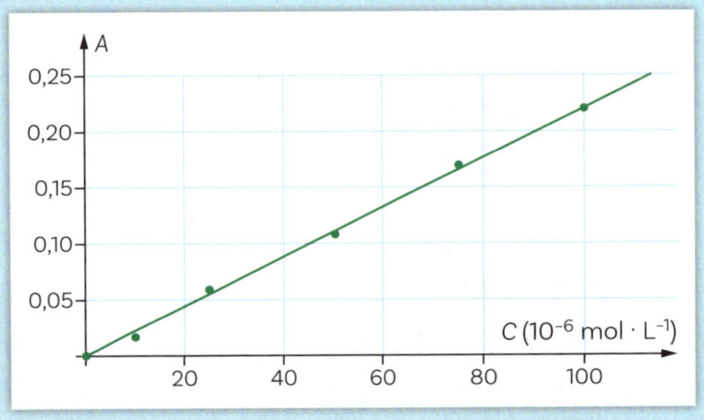

LE RÉFLEXE À AVOIR

Pour avoir l'unité du coefficient directeur, on divise l'unité de ce qui est en ordonnée par l'unité de ce qui est en abscisse.

3. D'après le tableur grapheur, le coefficient directeur est $k = 2{,}23 \times 10^3\ \text{L} \cdot \text{mol}^{-1}$.

4. On peut donc réécrire le lien entre A_i et C_i : $A_i = 2{,}23 \times 10^3 \times C_i$.

5. La loi de Beer-Lambert s'écrit : $A_i = \varepsilon_{525} \times \ell \times C_i$.
Par identification avec la réponse précédente, on peut écrire :

$$\varepsilon_{525} \times \ell = 2{,}23 \times 10^3 \text{ d'où } \varepsilon_{525} = \frac{2{,}23 \times 10^3}{\ell}.$$

$$\varepsilon_{525} = \frac{2{,}23 \times 10^3}{1{,}0} = 2{,}23 \times 10^3\ \text{L} \cdot \text{mol}^{-1} \cdot \text{cm}^{-1}.$$

6. D'après la réponse de la question **4** : $A_{\text{Dakin}} = 2{,}23 \times 10^3 \times C_{\text{Dakin}}$ d'où $C_{\text{Dakin}} = \dfrac{A_{\text{Dakin}}}{2{,}23 \times 10^3}$.

$$C_{\text{Dakin}} = \frac{0{,}13}{2{,}23 \times 10^3} = 5{,}8 \times 10^{-5}\ \text{mol} \cdot \text{L}^{-1}.$$

7. Avec les données de la notice, on détermine la concentration en quantité de matière en permanganate de potassium théorique dans le Dakin.
On calcule la quantité de matière de permanganate de potassium dans 100 mL de Dakin :

$$n = \frac{m}{M} = \frac{0{,}0010}{158} = 6{,}3 \times 10^{-6}\ \text{mol}.$$

On calcul la concentration en quantité de matière de permanganate de potassium dans le Dakin : $C_{\text{Dakin,th}} = \dfrac{n}{V} = \dfrac{6{,}3 \times 10^{-6}}{0{,}100} = 6{,}3 \times 10^{-5}\ \text{mol} \cdot \text{L}^{-1}$.

La mesure est acceptable si C_{Dakin} est compris dans l'intervalle
$[C_{\text{Dakin,th}} - 2\,u(C)\,;\ C_{\text{Dakin,th}} + 2\,u(C)]$, soit
$[6{,}3 \times 10^{-5} - 2 \times 1 \times 10^{-6}\,;\ 6{,}3 \times 10^{-5} + 2 \times 1 \times 10^{-6}] = [6{,}2 \times 10^{-5}\,;\ 6{,}4 \times 10^{-5}]\ \text{mS} \cdot \text{cm}^{-1}$.

Or, la valeur expérimentale $C_{\text{Dakin}} = 5{,}8 \times 10^{-5}\ \text{mol} \cdot \text{L}^{-1}$ n'entre pas dans cet intervalle et n'est donc pas acceptable.

Exercice 13 Préparation d'une solution à partir d'une solution commerciale

1. • On calcule la masse volumique de la solution :

$$d = \frac{\rho}{\rho_{\text{eau}}} \text{ d'où } \rho = d \times \rho_{\text{eau}} = 1{,}68 \times 1{,}00 = 1{,}68\ \text{g} \cdot \text{mL}^{-1}.$$

• On calcule la masse de solution commerciale correspondant à un volume de 1,00 L :

$$\rho = \frac{m_{\text{solution}}}{V_{\text{solution}}} \text{ d'où } m_{\text{solution}} = \rho \times V_{\text{solution}} = 1{,}68 \times 1{,}00 \times 10^3 = 1{,}68 \times 10^3\ \text{g}.$$

• On calcule la masse d'acide perchlorique contenue dans $1{,}68 \times 10^3$ g de solution :

$$w = \frac{m_{\text{soluté}}}{m_{\text{solution}}} \text{ d'où } m_{\text{soluté}} = w \times m_{\text{solution}} = 0{,}70 \times 1{,}68 \times 10^3 = 1{,}18 \times 10^3\ \text{g}.$$

2. • On calcule la quantité de matière correspondant à la masse de soluté précédemment calculée :

$$n = \frac{m_{\text{soluté}}}{M} = \frac{1{,}18 \times 10^3}{100{,}5} = 11{,}7 \text{ mol.}$$

• On calcule la concentration en quantité de matière C_0 en acide perchlorique dans la solution commerciale :

$$C_0 = \frac{n}{V_{\text{solution}}} = \frac{11{,}7}{1{,}00} = 11{,}7 \text{ mol}\cdot\text{L}^{-1}.$$

3. La solution mère a une concentration C_0 et il faut en prélever un volume V_0 (à calculer). La solution fille a une concentration notée C_1 et on souhaite en préparer un volume V_1. La relation de la dilution indique que :

$$C_0 \times V_0 = C_1 \times V_1 \text{ d'où } V_0 = \frac{C_1 \times V_1}{C_0} = \frac{0{,}500 \times 250}{11{,}7} = 10{,}7 \text{ mL.}$$

4. Il faut réutiliser la relation de la masse volumique : $\rho = \frac{m_0}{V_0}$
d'où $m_0 = \rho \times V_0 = 1{,}68 \times 10{,}7 = 18{,}0$ g.

Exercice 14 PROBLÈME Solution de perchlorure de fer

Le but de l'exercice est de comparer la concentration en quantité de matière de chlorure de fer III, que l'on peut calculer à partir des données de l'étiquette, avec la valeur de concentration que l'on peut obtenir en exploitant le titrage de la solution.

Exploitation de l'étiquette de la bouteille.

• On calcule la masse volumique de la solution :

$$d = \frac{\rho}{\rho_{\text{eau}}} \text{ d'où } \rho = d \times \rho_{\text{eau}} = 1{,}42 \times 1{,}00 = 1{,}42 \text{ g}\cdot\text{mL}^{-1}.$$

• On calcule la masse de solution commerciale correspondant à un volume de 1,00 L :

$$\rho = \frac{m_{\text{solution}}}{V_{\text{solution}}} \text{ d'où } m_{\text{solution}} = \rho \times V_{\text{solution}} = 1{,}42 \times 1{,}00 \times 10^3 = 1{,}42 \times 10^3 \text{ g.}$$

• On calcule la masse de chlorure de fer III contenue dans $1{,}42 \times 10^3$ g de solution :

$$w = \frac{m_{\text{soluté}}}{m_{\text{solution}}} \text{ d'où } m_{\text{soluté}} = w \times m_{\text{solution}} = 0{,}40 \times 1{,}42 \times 10^3 = 5{,}68 \times 10^2 \text{ g.}$$

• On calcule la quantité de matière correspondant à la masse de soluté précédemment calculée : $n = \frac{m_{\text{soluté}}}{M} = \frac{5{,}68 \times 10^2}{162{,}2} = 3{,}50$ mol.

• On calcule la concentration en quantité de matière C_0 en chlorure de fer III dans la solution commerciale : $C_0 = \frac{n}{V_{\text{solution}}} = \frac{3{,}50}{1{,}00} = 3{,}50 \text{ mol}\cdot\text{L}^{-1}$.

Exploitation des résultats du titrage pH-métrique.

À l'aide de la méthode des tangentes, on détermine la valeur du volume équivalent.

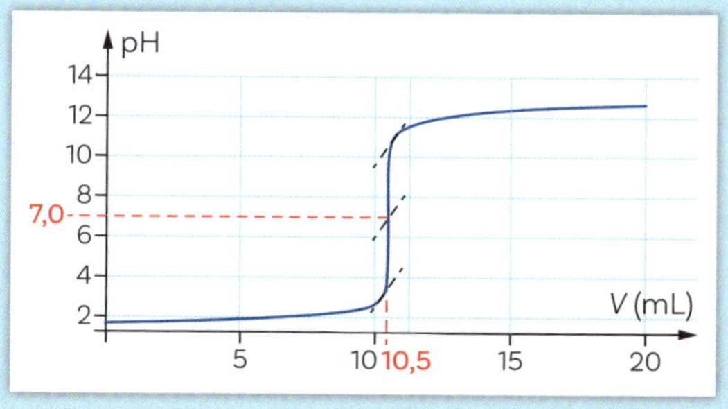

L'ERREUR À ÉVITER

Ne pas oublier les coefficients stœchiométriques dans l'équation du titrage.

On trouve $V_E = 10{,}5$ mL.
En s'aidant de l'équation support du titrage, on écrit la relation entre les quantités de matière en réactifs titré et titrant à l'équivalence. On en déduit ensuite la relation permettant de calculer la concentration C_1 de la solution titrée :
$\frac{n_{Fe^{3+}}}{1} = \frac{n_{HO^-}}{3}$ d'où $\frac{C_1 \times V_1}{1} = \frac{C \times V_E}{3}$.
Pour ne pas se tromper dans les notations de volume et de concentration, on se réfère aux données du document 2.
On détermine C_1 avec les résultats du titrage : $\frac{C_1 \times V_1}{1} = \frac{C \times V_E}{3}$ d'où
$C_1 = \frac{C \times V_E}{3 \times V_1} = \frac{0{,}200 \times 10{,}5}{3 \times 10{,}0} = 7{,}00 \times 10^{-2}\ \text{mol} \cdot \text{L}^{-1}$.
La solution titrée a été obtenue en diluant 50 fois la solution commerciale. On détermine la valeur expérimentale de la concentration de la solution commerciale :
$C_0 = 50 \times C_1 = 50 \times 7{,}00 \times 10^{-2} = 3{,}5\ \text{mol} \cdot \text{L}^{-1}$.

Comparaison des deux valeurs de concentration.
Les concentrations théorique (avec l'étiquette) et expérimentale (avec le titrage) sont similaires. L'indication de l'étiquette est donc correcte.

SE PRÉPARER À L'EXAMEN

SUJET De la vitamine C dans la rose

1. On calcule la masse molaire de la molécule $C_6H_8O_6$:
$M(AH) = 6 \times M(C) + 8 \times M(H) + 8 \times M(O)$
$M(AH) = 6 \times 12{,}0 + 8 \times 1{,}0 + 8 \times 16{,}0 = 176\ \text{g} \cdot \text{mol}^{-1}$.

2. L'équation de la réaction support du titrage est : $AH_{(aq)} + HO^-_{(aq)} \rightarrow A^-_{(aq)} + H_2O_{(\ell)}$.

3. a. L'équivalence correspond au changement de réactif limitant. Ou encore, à l'équivalence, les réactifs titrant et titré sont introduits dans les proportions stœchiométriques.

b. La relation entre les quantités de matière des réactifs à l'équivalence est : $\frac{n_{AH}}{1} = \frac{n_{HO^-}}{1}$

4. a. En utilisant la méthode des tangentes, on détermine le volume équivalent $V_{BE} = 5{,}1$ mL.

b. On en déduit : $\frac{n_{AH}}{1} = \frac{n_{HO^-}}{1}$ d'où $n_{AH} = C_B \times V_{BE} = 0{,}10 \times 5{,}1 \times 10^{-3} = 5{,}1 \times 10^{-4}$ mol.

c. On calcule la masse de vitamine C correspondante.
$m_{AH} = n_{AH} \times M(AH) = 5{,}1 \times 10^{-4} \times 176 = 9{,}0 \times 10^{-2}\ \text{g} = 90\ \text{mg}$.

d. C'est donc le comprimé de Laroscorbine 500® qui est plus le plus riche en vitamine C.

Chapitre 2 Analyser un système chimique

Tu viens de voir les notions à connaître sur l'analyse d'un système chimique. Pour t'aider à retenir l'essentiel et t'entraîner pour le Bac, voici ton kit de révisions clé en mains conçu par SchoolMouv !

Vidéo

Pour mieux comprendre et t'en souvenir à coup sûr, regarde la vidéo. C'est parfois bien plus clair en images.

Vidéo **Propriétés spectrales des substances chimiques et solutions**

https://flashbelin.fr/focusbacschoolmouv/pc/2

Contenu additionnel

Voici un bonus autour du même sujet. La curiosité n'est pas toujours un vilain défaut. Il te suffit de créer ton compte pour avoir plein de contenus supplémentaires.

Quiz **Propriétés spectrales des substances chimiques et solutions**

https://www.schoolmouv.fr/eleves/cours/proprietes-spectrales-des-substances-chimiques-et-solutions/qcm

Tchat avec un prof

Pour poser toutes tes questions à un prof particulier, découvre l'abonnement tchat. Tu peux le tester gratuitement pendant 7 jours : fini les questions sans réponses, tu vas devenir incollable.

https://focusbac.schoolmouv.fr/offre

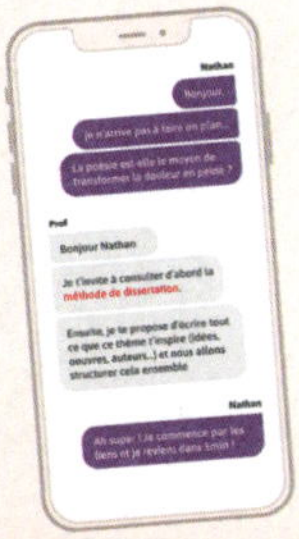

3 Suivi temporel, loi cinétique et modélisation

LE CHAPITRE EN UN COUP D'ŒIL

RETENIR L'ESSENTIEL

SAVOIR FAIRE

SCHOOLMOUV

Ton **KIT DE SURVIE** pour le Bac p. 85

RETENIR L'ESSENTIEL

1 Suivi de l'évolution d'une réaction chimique

Transformations lente et rapide

- Une transformation chimique est dite **lente** si on peut suivre son évolution à l'œil nu ou avec un capteur (elle peut durer de quelques minutes à plusieurs années).
- Dans le cas contraire, elle est dite **rapide** (elle dure quelques secondes).

Vitesses volumiques de disparition et de formation

- La **vitesse volumique de disparition** $v_d(t)$ d'un réactif R exprime la diminution de sa concentration $[R](t)$ par unité de temps :

$$v_d(t) = -\frac{d[R](t)}{dt} = -\frac{1}{V}\frac{dn_R(t)}{dt}$$

$v_d(t)$: vitesse volumique de disparition de R (en $mol \cdot L^{-1} \cdot s^{-1}$)
$[R](t)$: concentration de R (en $mol \cdot L^{-1}$)
V : volume de la solution (en L)
$n_R(t)$: quantité de matière de R (en mol)

REMARQUE Dans le cas de la vitesse de disparition $v_d(t)$ d'un réactif, la dérivée de la concentration $[R](t)$ par rapport au temps $\frac{d[R](t)}{dt}$ est négative. Le signe – permet d'obtenir une vitesse positive.

- La **vitesse volumique de formation** $v_f(t)$ d'un produit P exprime l'augmentation de sa concentration $[P](t)$ par unité de temps :

$$v_f(t) = \frac{d[P](t)}{dt} = \frac{1}{V}\frac{dn_P(t)}{dt}$$

$v_f(t)$: vitesse volumique de formation de P (en $mol \cdot L^{-1} \cdot s^{-1}$)
$[P](t)$: concentration de P (en $mol \cdot L^{-1}$)
V : volume de la solution (en L)
$n_P(t)$: quantité de matière de P (en mol)

- Sur le graphique donnant l'évolution de la concentration d'un produit (ou d'un réactif) au cours du temps, la vitesse volumique de formation (ou de disparition) correspond au **coefficient directeur de la tangente** à la courbe, à la date t considérée (ou **à son opposé**, pour un réactif).

Temps de demi-réaction

Le **temps de demi-réaction**, noté $t_{1/2}$ est le temps nécessaire pour que l'avancement de la réaction soit égal à la moitié de sa valeur finale :

à $t = t_{1/2}$, on a $x = \frac{x_f}{2}$.

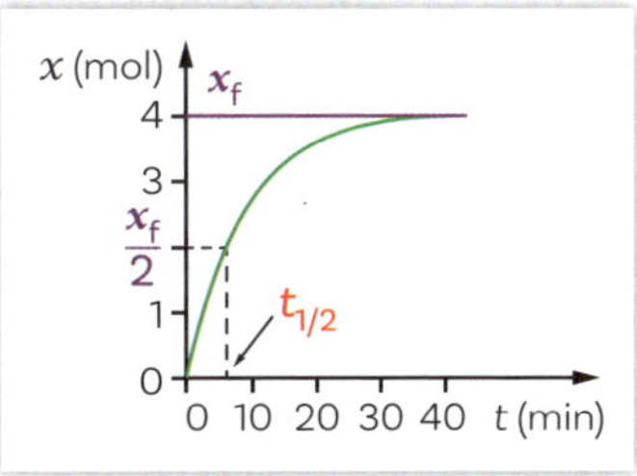

Loi de vitesse d'ordre 1

Soit une transformation chimique modélisée par la réaction d'équation :

$$A \rightarrow B + C.$$

→ La concentration du réactif A suit une loi de vitesse d'ordre 1 si **sa vitesse de disparition est proportionnelle à sa concentration** :

$$v_d(t) = k \times ([A](t))^1$$

$v_d(t)$: vitesse volumique de disparition de A (en $mol \cdot L^{-1} \cdot s^{-1}$)
k : constante de vitesse (en s^{-1})
$[A](t)$: concentration de A (en $mol \cdot L^{-1}$)

→ On a aussi $v_d(t) = -\dfrac{d[A](t)}{dt}$. L'identification de ces deux relations donne l'**équation différentielle** vérifiée par la concentration du réactif A au cours du temps :

$$\frac{d[A](t)}{dt} + k \times [A](t) = 0.$$

La solution de cette équation différentielle est une **fonction exponentielle décroissante**, de la forme :

$$[A](t) = [A]_0 \times e^{-kt}$$

$[A]_0$ étant la concentration initiale du réactif A dans le milieu réactionnel.

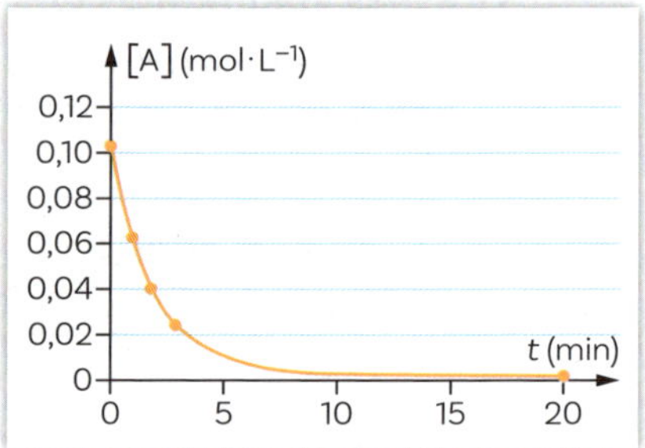

Facteurs cinétiques

→ La **température** est un facteur cinétique : lorsqu'elle augmente, la vitesse de la transformation chimique augmente.

→ La **concentration des réactifs** est un facteur cinétique : lorsqu'elle augmente, la vitesse de la transformation chimique augmente.

Catalyse et catalyseur

→ Un **catalyseur** est une espèce chimique qui augmente la vitesse d'une transformation chimique.
- Il est ajouté en faible quantité par rapport aux réactifs.
- Il est transformé pendant la réaction, puis régénéré à la fin de celle-ci.
- Il est spécifique d'une transformation chimique.
- Il n'apparaît pas dans l'équation de la transformation chimique.

→ Une catalyse est :
- **homogène** si les réactifs et le catalyseur sont dans la même phase (dans une phase liquide) ;
- **hétérogène** si les réactifs et le catalyseur sont dans des phases différentes ;
- **enzymatique** si le catalyseur est une enzyme (molécule de la famille des protéines). C'est un cas particulier de catalyse homogène.

2 Modélisation microscopique

Acte élémentaire et intermédiaire réactionnel

→ Un **acte élémentaire** est une « vraie » réaction à l'échelle microscopique. C'est le résultat d'un **choc efficace** entre un très petit nombre d'espèces qui a lieu avec la rupture et/ou la formation de moins de 3 liaisons chimiques.

→ Un **intermédiaire réactionnel** est une espèce très réactive : il a une durée de vie très courte. Il est formé au cours d'un acte élémentaire.

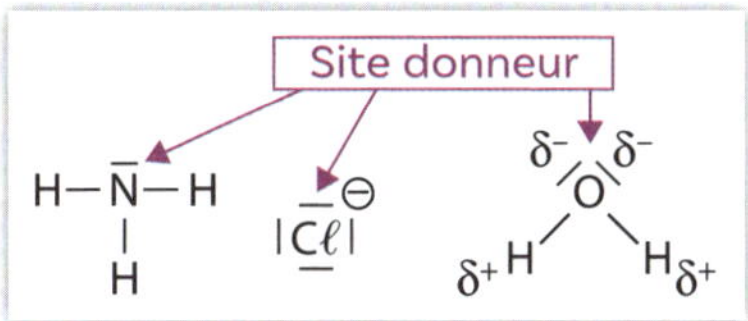

→ Une **flèche courbe** symbolise le déplacement d'un doublet d'électrons durant un acte élémentaire.
Elle **part du site donneur d'électrons**, et est dirigée **vers un site accepteur d'électrons**.
Elle matérialise la rupture ou la formation de liaison.

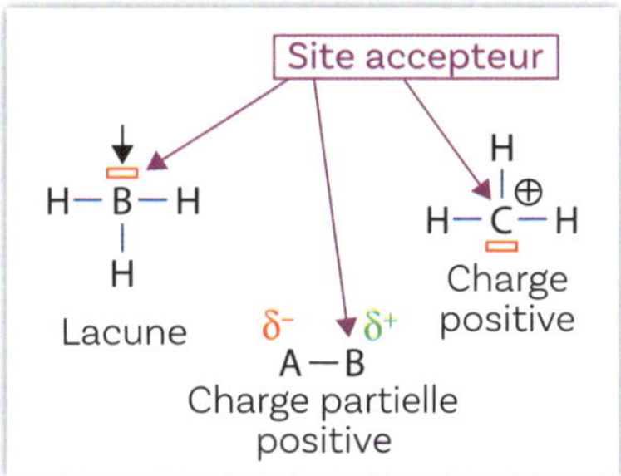

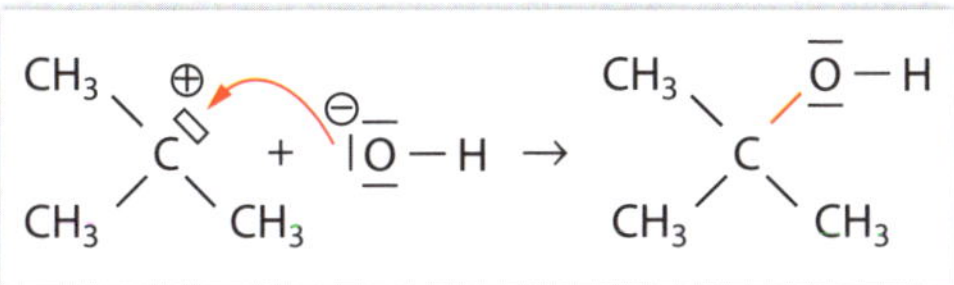

Interprétation microscopique de l'action des facteurs cinétiques

→ Au niveau microscopique, les réactions se produisent par une succession de **chocs efficaces**. Tous les chocs ne sont pas efficaces. Un choc efficace peut créer des espèces réactives (intermédiaires réactionnels) ou les produits de la réaction.

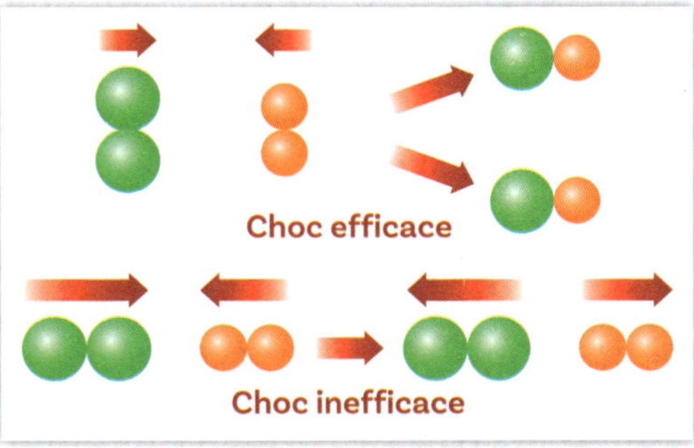

→ À **haute température**, les réactifs sont plus agités, ce qui augmente la probabilité d'un choc efficace.

→ À **forte concentration**, il y a aussi davantage de probabilité d'avoir un choc efficace.

Interprétation microscopique de la catalyse

L'ajout d'un catalyseur **modifie le mécanisme réactionnel** :
- il peut augmenter le nombre d'actes élémentaires, qui sont alors plus rapides ;
- il peut créer de nouveaux intermédiaires réactionnels.

SAVOIR FAIRE

Méthode 1 Choisir un capteur de suivi temporel

ÉNONCÉ

On étudie l'hydrolyse du 2-chloro-2-méthylpropane ($(CH_3)_3CC\ell$). L'équation de la réaction qui modélise la transformation est :

$$(CH_3)_3CC\ell_{(\ell)} + 2\ H_2O_{(\ell)} \rightarrow (CH_3)_3COH_{(aq)} + H_3O^+_{(aq)} + C\ell^-_{(aq)}.$$

1. Proposer un capteur permettant de suivre l'évolution de la transformation chimique.

2. Comment va évoluer le paramètre mesuré avec le capteur ?

SOLUTION

1. Parmi les produits, il faut remarquer l'apparition d'ions H_3O^+ et $C\ell^-$. La formation d'espèces chimiques ioniques peut donc être suivie avec une sonde de conductimétrie.

2. Les espèces chimiques identifiées sont des produits. La conductivité de la solution doit augmenter au cours du temps.

Méthode 2 Déterminer une vitesse volumique

ÉNONCÉ

On étudie la transformation chimique ayant lieu entre les ions iodure I^- et les ions peroxodisulfate $S_2O_8^{2-}$. Celle-ci est modélisée par la réaction d'équation :

$$2\,I^-_{(aq)} + S_2O^{2-}_{8(aq)} \rightarrow I_{2(aq)} + 2\,SO^{2-}_{4(aq)}.$$

Les ions I^- sont introduits en excès, les ions $S_2O_8^{2-}$ sont réactif limitant.

Dans cette transformation chimique, seul I_2 est coloré. Le suivi cinétique peut ainsi être réalisé par spectrophotométrie : toutes les 5 minutes, une mesure de l'absorbance du milieu réactionnel est réalisée, ce qui permet de tracer la courbe de suivi cinétique ci-contre.

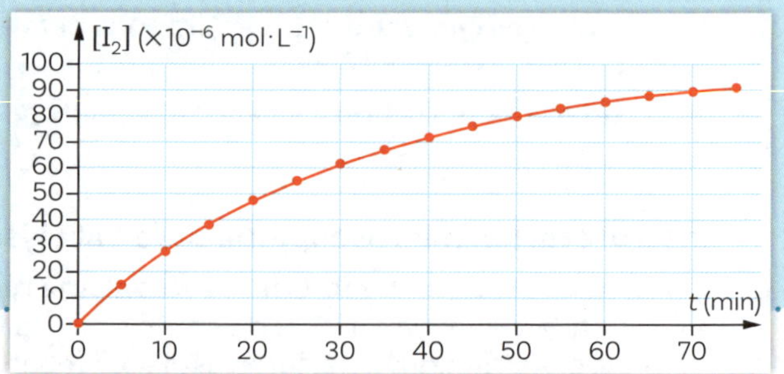

→ Déterminer la vitesse volumique de formation du diiode à la date $t = 30$ min.

SOLUTION

- On trace la tangente à la courbe, à la date t.
- On choisit les points $A(0\,;25\times10^{-6})$ et $B(30\,;61\times10^{-6})$ pour calculer le coefficient directeur de la tangente :

$$a=\frac{[I_2]_B-[I_2]_A}{t_B-t_A}=\frac{61\times10^{-6}-25\times10^{-6}}{30-0}$$
$$=1{,}2\times10^{-6}\ \text{mol}\cdot\text{L}^{-1}\cdot\text{min}^{-1}.$$

- On calcule la vitesse volumique de formation : $v_f=\dfrac{d[I_2](t)}{dt}$.

Or $\dfrac{d[I_2](t)}{dt}=a=1{,}2\times10^{-6}\ \text{mol}\cdot\text{L}^{-1}\cdot\text{min}^{-1}$.

- On en déduit $v_f=1{,}2\times10^{-6}\ \text{mol}\cdot\text{L}^{-1}\cdot\text{min}^{-1}$.

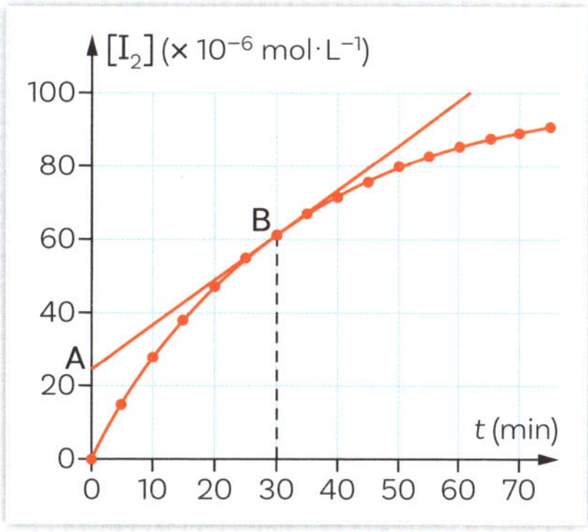

Méthode 3 Déterminer un temps de demi-réaction

ÉNONCÉ

La concentration en ions carboxylate ($RCOO^-_{(aq)}$) au cours d'une hydrolyse basique d'un ester (volume total du mélange : 252 mL) est relevée au cours du temps. Les résultats obtenus sont présentés ci-dessous.

t (min)	0	5	10	15	20	25
$[RCOO^-]$ (mol·L⁻¹)	0	0,353	0,520	0,599	0,636	0,654

→ Déterminer le temps de demi-réaction de cette transformation chimique.

SOLUTION

- On trace la courbe $[RCOO^-]=f(t)$.
- On trace la droite asymptote horizontale à la courbe et on détermine la valeur finale de la concentration : $[RCOO^-]_f=0{,}66\ \text{mol}\cdot\text{L}^{-1}$.
- $\dfrac{[RCOO^-]_f}{2}=\dfrac{0{,}66}{2}=0{,}33\ \text{mol}\cdot\text{L}^{-1}$.
- Par lecture graphique, on détermine la valeur de $t_{1/2}$, qui correspond à la date à laquelle $[RCOO^-](t)=\dfrac{[RCOO^-]_f}{2}$.

On trouve $t_{1/2}=4{,}8$ min.

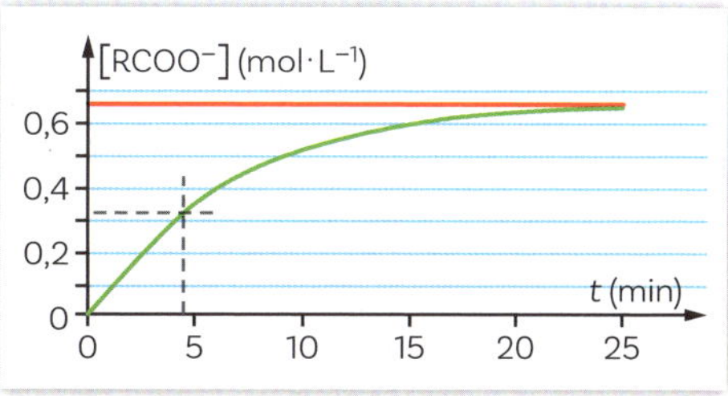

L'ERREUR À NE PAS FAIRE

Attention, une transformation chimique **n'est pas** terminée au bout de $2\times t_{1/2}$!

Méthode 4 Justifier si l'évolution d'une concentration suit ou non une loi de vitesse d'ordre 1

ÉNONCÉ

Au cours de la synthèse du butan-2-ol, la concentration des ions HO^-, l'un des deux réactifs (l'autre étant le 2-chlorobutane), est mesurée au cours du temps. La vitesse v_d de disparition de HO^- est également calculée.

t (min)	0,00	5,00	10,0	15,0	20,0	25,0
$[HO^-]$ **(mol·L⁻¹)**	0,650	0,294	0,133	0,0598	0,027	0,012
v_d **(× 10^{-2} mol·L^{-1}·min^{-1})**	10,3	4,67	2,11	0,95	0,43	0,19

→ Montrer que la transformation chimique étudiée suit une loi de vitesse d'ordre 1.

SOLUTION

LE RÉFLEXE À AVOIR

Pour vérifier que la vitesse de disparition d'un réactif A suit une loi de vitesse d'ordre 1, trois méthodes sont possibles :

- **Méthode 1** Vérifier que l'évolution de la concentration en fonction du temps $[A](t)$ est modélisable par une fonction exponentielle.
- **Méthode 2** Vérifier que : $\ln([A](t)) = f(t)$ est une fonction affine.
- **Méthode 3** Vérifier que la vitesse de disparition du réactif en fonction de sa concentration est une fonction linéaire.

Méthode 1

- On trace le graphique représentant $[HO^-](t)$.
- À l'aide de la calculatrice (mode régression), on modélise la courbe obtenue par une fonction exponentielle de la forme $C(t) = C_i \times e^{-k \times t}$; C_i étant la concentration initiale et k étant la constante de vitesse. On obtient $[HO^-](t) = 0{,}650 \times e^{-0{,}159 \times t}$.
- La courbe modèle (ici en vert) se superpose parfaitement aux points expérimentaux. La transformation chimique suit bien une loi de vitesse d'ordre 1.

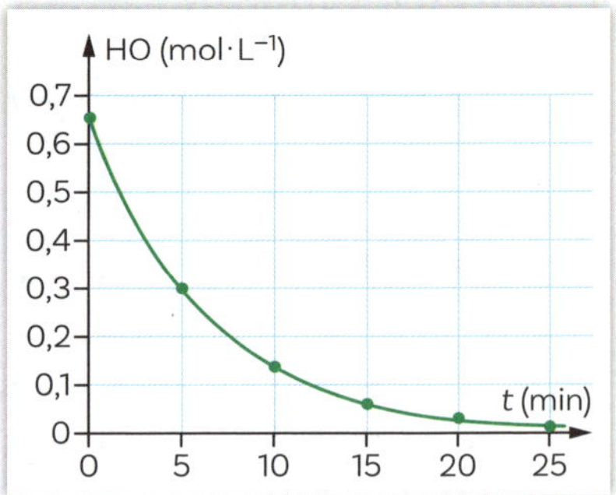

Méthode 2

- On rentre les données dans le tableur de la calculatrice et on calcule les logarithmes népériens de la concentration en réactif : $\ln([HO^-])$.

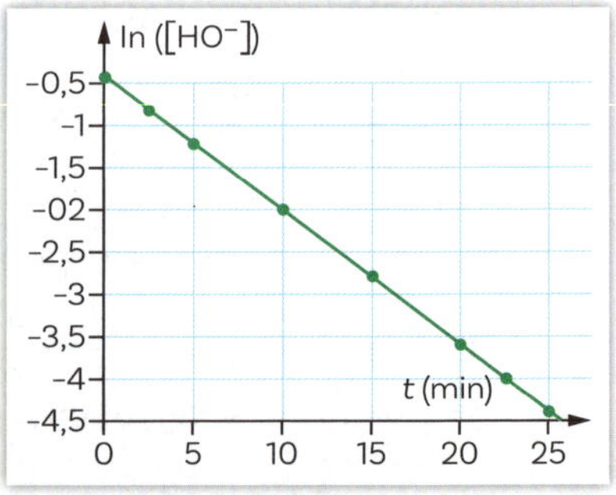

- On trace le graphique représentant $\ln([HO^-]) = f(t)$ et on modélise (mode régression) le graphique par une fonction affine.
- La calculatrice modélise la courbe précédente par la fonction affine d'équation $\ln([HO^-])(t) = -0{,}160 \times t - 0{,}42$. C'est une preuve que la transformation chimique suit une loi de vitesse d'ordre 1.

Méthode 3

- On trace le graphique représentant $v_d = f([HO^-])$.
- À l'aide de la calculatrice (mode régression), on modélise la courbe obtenue par une fonction linéaire de la forme $v_d(t) = k \times [HO^-](t)$; k étant la constante de vitesse.
- La calculatrice modélise la courbe précédente par la fonction linéaire d'équation $v_d(t) = 0{,}159 \times [HO^-](t)$. C'est une preuve que la transformation chimique suit une loi de vitesse d'ordre 1.

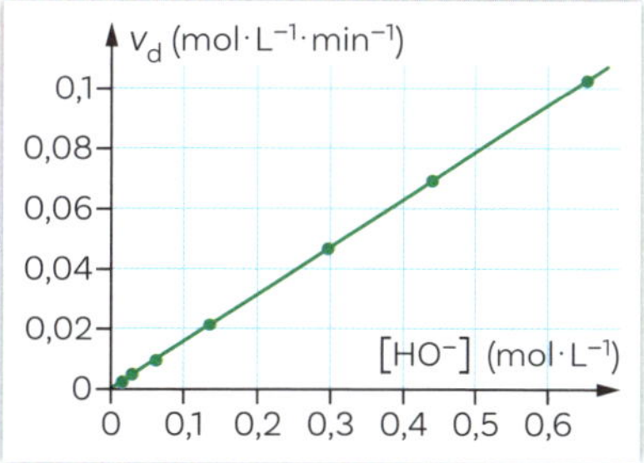

Méthode 5 Identifier des facteurs cinétiques

ÉNONCÉ

La décomposition du saccharose dans l'eau (hydrolyse) en glucose et en fructose est réalisée de trois manières différentes.

À chaque fois, le temps de demi-réaction a été relevé.

- Essai n° 1 : à 4 °C, $t_{1/2} = 140$ min.
- Essai n° 2 : à 37 °C, $t_{1/2} = 28$ min.
- Essai n° 3 : à 37 °C avec addition d'acide sulfurique (espèce non consommée), $t_{1/2} = 4$ min.

→ Identifier le facteur cinétique utilisé et son influence.

SOLUTION

Les facteurs cinétiques sont la concentration, la température ou le solvant. Seule la température a été ici modifiée, entre les essais 1 et 2.

On observe que l'augmentation de la température réduit le temps de demi-réaction (donc augmente la vitesse de réaction).

L'acide sulfurique sert de catalyseur et ne constitue donc pas un facteur cinétique.

L'ERREUR À NE PAS FAIRE

Un catalyseur n'est pas un facteur cinétique.

Méthode 6 Représenter les flèches courbes

ÉNONCÉ

Les ions hydroxyde HO^- (une base) peuvent réagir avec l'acide fluorhydrique HF selon l'équation de réaction :

$$HO^-_{(aq)} + HF_{(aq)} \rightarrow H_2O_{(\ell)} + F^-_{(aq)}.$$

1. Écrire l'équation de la réaction en utilisant le modèle de Lewis.

2. Identifier les sites donneurs et accepteurs d'électrons des réactifs.

3. Représenter les flèches courbes de cet acte élémentaire.

Données.

• Structures électroniques des atomes : H : $(1s)^1$; O : $(1s)^2(2s)^2(2p)^4$; F : $(1s)^2(2s)^2(2p)^5$.

• Électronégativités des atomes (échelle de Pauling) :
$\chi(H) = 2{,}2$; $\chi(O) = 3{,}5$; $\chi(F) = 4{,}0$.

SOLUTION

1. Il faut repérer le nombre d'électrons de valence sur les configurations électroniques données et se souvenir qu'une entité stable possède une couche électronique externe saturée. H est entouré d'un seul doublet, tandis que O et F sont entourés de 4 doublets.

• Côté réactifs : un atome d'oxygène neutre doit faire 2 liaisons. Dans l'ion HO^- l'atome d'oxygène n'en fait qu'une : c'est lui qui porte la charge –.

• Côté produits : un atome de fluor neutre doit faire 1 liaison. Dans l'ion F^- l'atome de fluor n'en fait aucune, ce qui explique qu'il porte la charge –.

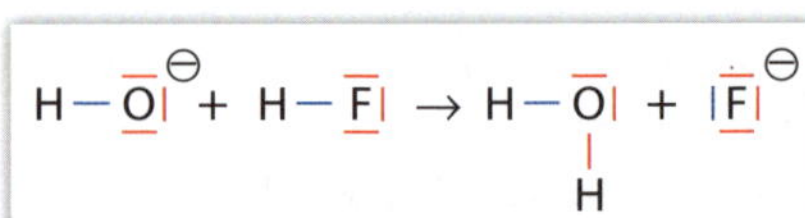

2. La liaison covalente du fluorure d'hydrogène HF est polarisée par la différence d'électronégativité entre les deux atomes.

$\chi(F) - \chi(H)$ est supérieure à 0,4 : le fluor porte une charge partielle δ^- et l'hydrogène porte une charge partielle δ^+.

Le fluor est un site donneur car il porte des doublets d'électrons non liants et une charge partielle négative.
L'hydrogène est un site accepteur car il porte une charge partielle δ^+.

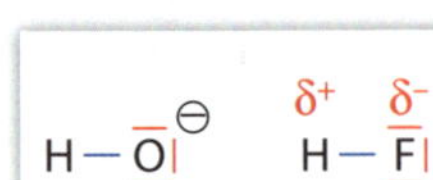

L'atome d'oxygène est un site donneur car il porte des doublets d'électrons non liants et une charge entière négative.

3. On identifie les liaisons rompues et formées en comparant réactifs et produits. On trace la flèche du site donneur vers le site accepteur.

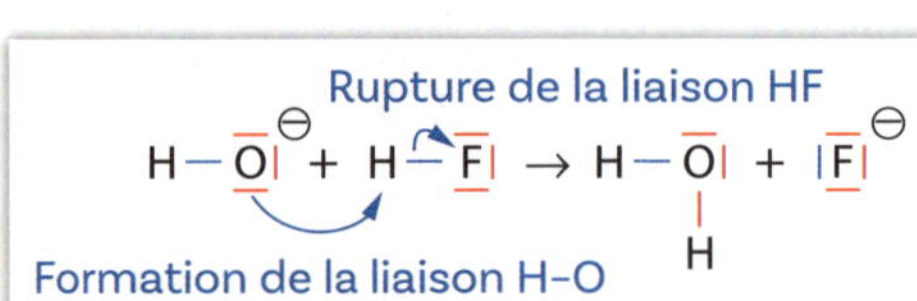

L'ERREUR À NE PAS FAIRE

Une flèche courbe ne va et ne provient **jamais** du côté des produits (côté droit de la flèche) !

SE TESTER

10 min

Donner la ou les bonne(s) réponse(s) en 10 minutes chrono !

1. Une vitesse volumique est :

- **a** toujours positive
- **b** parfois positive
- **c** toujours négative

2. Une vitesse volumique est :

- **a** toujours constante au cours du temps
- **b** croissante au cours du temps
- **c** nulle à l'état final

3. Le temps de demi-réaction est :

- **a** le temps au bout duquel la moitié d'un réactif limitant est consommé
- **b** le temps au bout duquel la moitié de l'avancement final est atteint
- **c** la moitié de la durée nécessaire pour arriver à l'état final

4. Chauffer :

- **a** augmente toujours la vitesse volumique d'apparition ou de disparition d'une espèce
- **b** peut augmenter la vitesse d'apparition ou de disparition d'une espèce
- **c** peut diminuer la vitesse d'apparition ou de disparition d'une espèce

5. Un catalyseur :

- **a** augmente la vitesse de formation des produits
- **b** augmente le taux d'avancement final
- **c** est consommé par la réaction

6. Pour une loi cinétique d'ordre 1 :

- **a** un réactif voit sa concentration décroître de manière exponentielle
- **b** un produit voit sa concentration croître de manière exponentielle
- **c** un réactif voit sa vitesse de disparition croître de manière exponentielle

→ Corrigé page 75

S'ENTRAÎNER

Exercice 1 Choix d'un capteur de suivi temporel Voir Méthode 1 p. 62

Il existe différents types de capteurs que l'on peut utiliser au laboratoire.

Type de capteur	Temps de réponse
Œil humain	0,1 s
Électrode de verre	Moins d'une seconde à quelques dizaines de secondes
Membrane de l'électrode enzymatique pour la mesure de la teneur en glucose	30 s à 45 s
Cellule de conductimétrie	D'une milliseconde à plusieurs dizaines de secondes
Électrode de platine	Moins d'une seconde à quelques secondes

→ Indiquer si les capteurs sont adaptés pour suivre des transformations lentes, rapides ou instantanées.

→ Corrigé p. 75

Exercice 2 Vitesse volumique de réaction Voir Méthode 2 p. 62

Sous l'action de la soude, le chloroéthane, autrefois utilisé comme agent anesthésiant injecté en seringue, peut être transformé en éthanol selon l'équation de réaction : $CH_3CH_2C\ell_{(\ell)} + HO^-_{(aq)} \rightarrow CH_3CH_2OH_{(aq)} + C\ell^-_{(aq)}$.

On réalise un mélange initial constitué d'ions hydroxyde HO^- à la concentration de $0{,}010\ mol \cdot L^{-1}$ et de chloroéthane à la concentration de $0{,}010\ mol \cdot L^{-1}$.

Au bout de 1 300 secondes, il reste des ions hydroxyde à la concentration de $0{,}0015\ mol \cdot L^{-1}$ et du chloroéthane à la concentration de $0{,}0015\ mol \cdot L^{-1}$.

Durant la même expérience, la concentration en éthanol est passée de 0 à $8{,}5 \times 10^{-3}\ mol \cdot L^{-1}$.

1. Calculer la vitesse volumique moyenne de disparition des ions hydroxyde au cours de cette transformation chimique.

2. Calculer la vitesse volumique moyenne d'apparition de l'éthanol.

→ Corrigé p. 75

Exercice 3 Comparer deux vitesses de réaction Voir Méthode 3 p. 63

Le chlorométhane $CH_3C\ell$ est un fluide frigorigène qui peut se décomposer en $C\ell_2$ et en CH_4. Deux essais dans des conditions différentes ont été réalisés et reportés sur le graphique ci-contre, afin d'étudier sa dangerosité pour l'environnement.

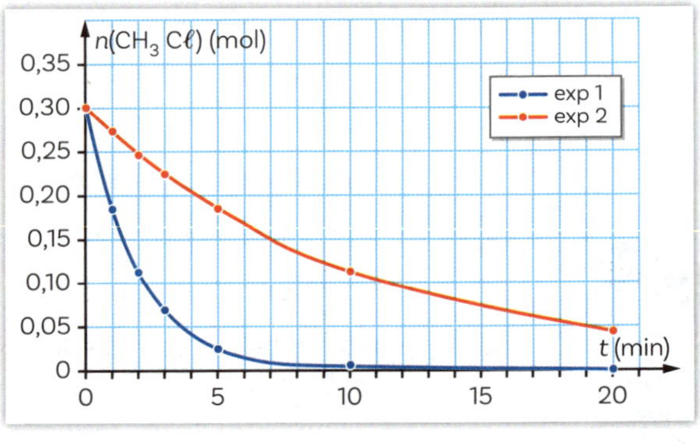

1. Déterminer le temps de demi-réaction de chacune de ces expériences.

2. Indiquer quelle est l'expérience la plus rapide.

→ Corrigé p. 75

Exercice 4 Loi cinétique d'ordre 1 Voir Méthode 4 p. 64

On réalise un mélange d'EDTA (acide éthylène diamine tétra acétique) et d'ions Cr^{3+}. La solution passe alors du vert émeraude au violet. L'équation de la réaction qui modélise la transformation chimique mise en jeu est : $Cr^{3+}_{(aq)} + Y^{4-}_{(aq)} \rightarrow CrY^{-}_{(aq)}$, où Y^{4-} est l'ion éthylène diamine tétra acétate (équivalent de l'EDTA, mais totalement déprotoné) et CrY^- représente l'association entre l'EDTA et l'ion Cr^{3+}, que l'on appelle un « complexe ». Les résultats de l'expérience sont regroupés dans le tableau suivant.

t (min)	0	2	4	6	8	10	12	16	20
$[Cr^{3+}]$(mol·L^{-1})	0,1	0,070	0,052	0,036	0,026	0,018	0,013	0,007	0,003

→ En utilisant deux méthodes différentes au choix, déterminer si la transformation étudiée est une loi de vitesse d'ordre 1. Si oui, déterminer la constante de vitesse k.

→ Corrigé p. 76

Exercice 5 Facteurs cinétiques Voir Méthode 5 p. 65

Le saccharose est un sucre naturel issu de la canne à sucre ou de la betterave, aussi appelé « sucre de table ». Au contact de l'eau, le saccharose se décompose plus ou moins vite en glucose et en fructose. Deux expériences de décomposition du saccharose ont été réalisées. On a tracé les courbes temporelles de concentration en saccharose.

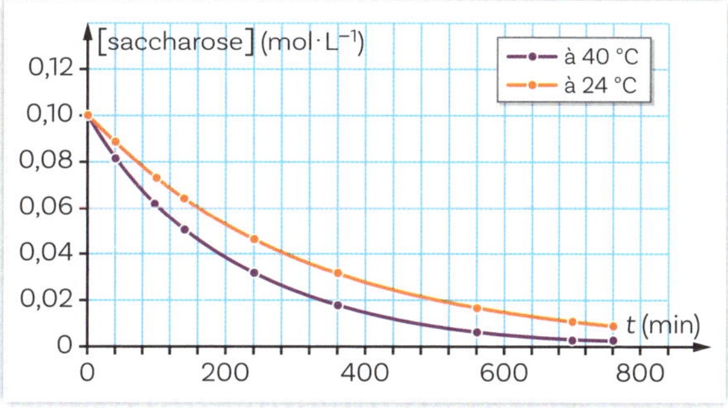

1. Déterminer si la décomposition du saccharose par l'eau est sensible à la température.

2. Citer un autre facteur cinétique qui pourrait augmenter la vitesse de disparition du saccharose.

→ Corrigé p. 76

Exercice 6 Flèches courbes Voir Méthode 6 p. 66

La formation du méthanol peut être réalisée à partir de chlorométhane $CH_3C\ell$, une molécule synthétisée naturellement par différentes algues. La transformation chimique qui a lieu au laboratoire est modélisée par l'équation de réaction suivante :

$CH_3 - C\ell_{(g)} + HO^{-}_{(aq)} \rightarrow CH_3 - OH_{(aq)} + C\ell^{-}_{(aq)}$.

1. Écrire les schémas de Lewis de chaque espèce chimique.

2. Indiquer les charges partielles sur les sites « CH_3 » et « $C\ell$ » de la molécule de chlorométhane.

3. Représenter les deux flèches courbes qui expliquent cette transformation.

Données.
- Structures électroniques des atomes : H : $(1s)^1$; C : $(1s)^2(2s)^2(2p)^2$; O : $(1s)^2(2s)^2(2p)^4$; $C\ell$: $(1s)^2(2s)^2(2p)^6(3s)^2(3p)^5$.
- Électronégativités des atomes (échelle de Pauling) : $\chi(Cl) > \chi(C)$.

→ Corrigé p. 76

SE PERFECTIONNER

Exercice 7 ★ Intermédiaire réactionnel et catalyseur

L'éthylène est un gaz naturel produit par les plantes. On peut l'obtenir à partir de l'éthanol produit par fermentation du sucre tiré de la betterave. On fabrique alors un polyéthylène « vert », issu de ressources naturelles renouvelables. Un mécanisme pour l'obtenir est le suivant.

Étape 1 : $CH_3{-}CH_2OH_{(aq)} + H^+_{(aq)} \rightarrow CH_3{-}CH_2OH^+_{2(aq)}$

Étape 2 : $CH_3{-}CH_2OH^+_{2(aq)} \rightarrow CH_2{=}CH_{2(g)} + H^+_{(aq)} + H_2O_{(\ell)}$

1. Établir l'équation de la réaction.

2. Identifier le catalyseur de la réaction.

3. Identifier l'intermédiaire réactionnel de la réaction.

4. Représenter la flèche courbe du premier acte élémentaire, en justifiant son sens.

Données. $\chi(O) = 3{,}5$; $\chi(H) = 2{,}2$; $\chi(C) = 2{,}5$.

→ Corrigé p. 77

Exercice 8 ★ Optimisation d'une synthèse

Pour rendre plus efficace la synthèse d'un ester odorant (l'éthanoate d'isoamyle, à l'odeur de poire), trois expériences de laboratoire sont menées.

Expérience	Température	Concentration d'espèces
Expérience n° 1	$\theta = 27$ °C	Acide et ester en même concentration dans les trois transformations.
Expérience n° 2 Avec ajout d'ions hydronium H^+	$\theta = 80$ °C	
Expérience n° 3	$\theta = 127$ °C	

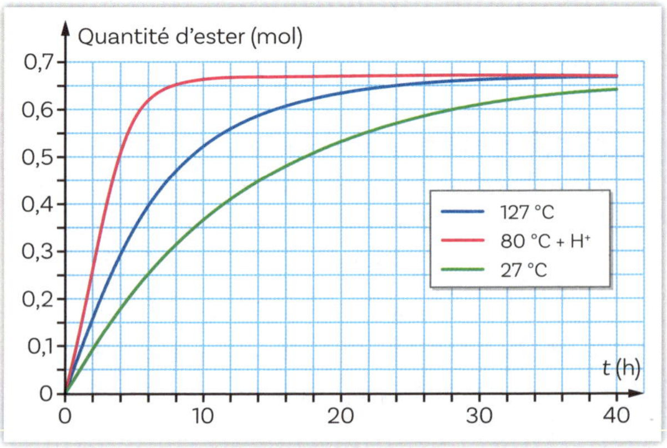

1. Citer la ou les transformation(s) qui implique(nt) un facteur cinétique et indiquer leur influence sur la vitesse de formation de l'ester.

2. Déterminer quelle transformation implique l'usage d'un catalyseur. Indiquer son effet sur la vitesse de formation de l'ester.

3. Les trois transformations étant terminées à $t = 40$ h, calculer le temps de demi-réaction de chacune.

4. Classer ces transformations de la plus rapide à la plus lente et indiquer le rôle de la température et du catalyseur sur ces réactions.

5. La catalyse permet-elle de diminuer l'intensité du chauffage ?

CONSEIL **5.** Quelle serait l'allure de la courbe rose sans ajout d'ions H^+ ?

→ Corrigé p. 77

Exercice 9 ★★ Étude cinétique d'une corrosion du zinc par un acide

En milieu acide, le zinc métallique de formule chimique Zn réagit selon la réaction d'oxydoréduction d'équation : $Zn_{(s)} + 2\ H_3O^+_{(aq)} \rightarrow Zn^{2+}_{(aq)} + H_{2(g)} + 2\ H_2O_{(\ell)}$.

Une plaque de zinc est plongée dans l'acide sulfurique afin de réaliser un bain de décapage en surface du métal. L'acide est à la concentration C et le bain est à la température θ. L'expérience est répétée afin d'étudier l'influence de la température et de la concentration de l'acide sur la transformation chimique.

Expérience	θ (°C)	C (mol·L⁻¹)
1	25	1,0
2	40	1,5
3	40	1,0

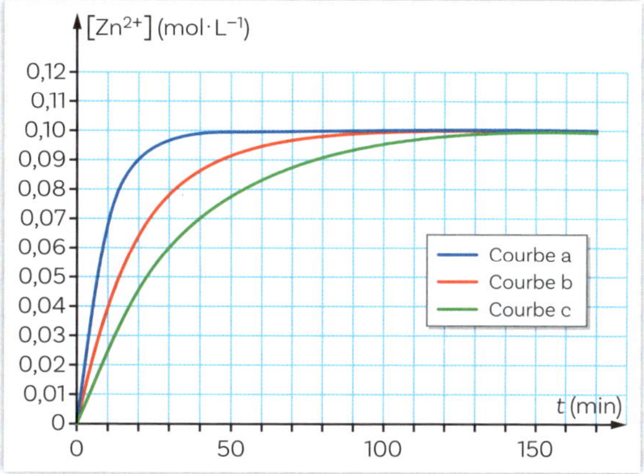

1. Déterminer le temps de demi-réaction de chaque transformation chimique.

2. Calculer la vitesse volumique initiale de formation des ions Zn^{2+} pour chaque transformation.

CONSEIL 2. Une tangente ne touche la courbe qu'en un seul point.

3. Identifier les facteurs cinétiques utilisés ici.

4. A-t-on utilisé un catalyseur ?

5. Associer à chaque protocole la courbe d'évolution de la concentration en ions Zn^{2+} en fonction du temps en justifiant la démarche.

→ Corrigé p. 78

Exercice 10 ★★ Décomposition d'une eau oxygénée

On réalise l'étude cinétique de la décomposition de 20 mL d'une eau oxygénée commerciale. La transformation mise en jeu est modélisée par une réaction d'équation : $2\,H_2O_{2(aq)} \rightarrow 2\,H_2O_{(\ell)} + O_{2(g)}$. On obtient les mesures suivantes.

t (min)	0	1	2	3	10	20	30
C (mol·L⁻¹)	0,100	0,095	0,091	0,086	0,061	0,037	0,022

1. Si le dégagement gazeux de dioxygène était suffisamment conséquent, avec quel type de capteur pourrait-on effectuer un suivi de réaction en temps réel ?

2. Tracer, sur papier millimétré, la courbe $[H_2O_2] = f(t)$.

3. Calculer la vitesse volumique de disparition du peroxyde d'hydrogène (H_2O_2) à la fin des mesures. En déduire si la transformation est terminée.

CONSEIL 3. Calculer le coefficient directeur de la tangente à l'extrémité droite de la courbe.

4. Déterminer, à l'aide de la courbe, le temps de demi-réaction si l'on considère la transformation comme étant totale.

5. Sachant que l'eau oxygénée du commerce est réputée stable, comment a-t-on pu réussir expérimentalement à la décomposer en un peu plus de 30 minutes ?

→ Corrigé p. 79

Exercice 11 ★★ Synthèse d'un anesthésiant local : l'éther

Le diéthyléther $CH_3CH_2OCH_2CH_3$ est un composé organique autrefois utilisé comme anesthésiant. C'est aussi un excellent solvant. Une voie de synthèse de ce composé est proposée ci-dessous en actes élémentaires.

Étape 1 : $CH_3{-}CH_2{-}OH_{(aq)} + NH^-_{2(aq)} \rightarrow CH_3{-}CH_2{-}O^-_{(aq)} + NH_{3(g)}$

Étape 2 : $CH_3{-}CH_2{-}O^-_{(aq)} + CH_3{-}CH_2{-}Br_{(\ell)} \rightarrow CH_3{-}CH_2{-}O{-}CH_2{-}CH_{3(aq)} + Br^-_{(aq)}$

Après la première réaction, l'ammoniac NH_3 et les restes d'amidure NH_2^- sont éliminés. On ajoute ensuite dans le mélange le bromoéthane CH_3CH_2Br.

1. Représenter les flèches courbes pour le premier acte élémentaire, sachant que le site donneur d'un doublet est l'ion NH_2^-.

2. Une fois l'anion $CH_3CH_2O^-$ préparé, il se produit la réaction de synthèse de l'éther. Représenter les deux flèches courbes de cet acte élémentaire.

3. Indiquer si l'anion $CH_3CH_2O^-$ est un intermédiaire réactionnel.

4. La synthèse de l'éthoxyéthane se fait-elle par un mécanisme à deux actes élémentaires ou a-t-on utilisé deux réactions qui étaient toutes deux élémentaires ?

→ Corrigé p. 80

Exercice 12 ★★ Suivi cinétique de la synthèse du tert-butanol

On s'intéresse à la synthèse du tert-butanol. L'équation de la réaction est modélisée par l'équation : $R - C\ell + HO^- \rightarrow R - OH + C\ell^-$. Avec $R -$ correspondant à $(CH_3)_3C -$.
La soude $(Na^+_{(aq)} + C\ell^-_{(aq)})$ est introduite en large excès dans le milieu réactionnel. On cherche à valider l'hypothèse selon laquelle dans ces conditions, la réaction suivrait une loi de vitesse d'ordre 1 pour l'autre réactif (le 2-chloro-2-méthylpropan $R - C\ell$).

t (min)	0,00	2,50	5,00	10,0	15,0	20,0	30,0
$[R - C\ell]$ ($\times 10^{-3}$ mol·L^{-1})	50,0	30,3	18,4	6,77	2,49	0,916	0,124

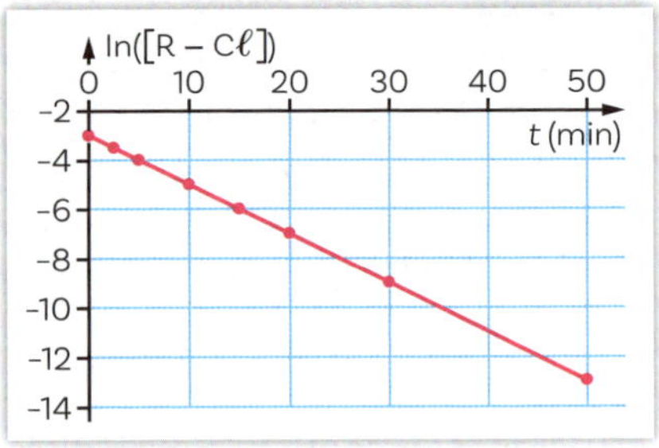

1. Tracer la courbe $[R - C\ell] = f(t)$.

2. Indiquer à l'aide de la courbe si la réaction est terminée au bout des 30 minutes.

3. Justifier à l'aide de la droite ci-contre que la concentration en 2-chloro-2-méthylpropane suit une loi de vitesse d'ordre 1.

4. À l'aide de la courbe et de sa modélisation, déduire la valeur de la constante k.

5. Calculer la valeur du temps de demi-réaction.

6. Pour une cinétique d'ordre 1, on a $t_{1/2} \times k = \ln 2$. Donner la valeur de k.

→ Corrigé p. 80

Exercice 13 ★★★ Hydrolyse du 2-chloro-2-méthylpropane

Dans l'eau, le 2-chloro-2-méthylpropane ($(CH_3)_3CC\ell$) s'hydrolyse selon la réaction d'équation : $(CH_3)_3CC\ell_{(\ell)} + H_2O_{(\ell)} \rightarrow (CH_3)_3COH_{(aq)} + H_3O^+_{(aq)} + C\ell^-_{(aq)}$.
À la date $t = 0$, on mélange $V = 200$ mL d'une solution aqueuse d'éthanol et $V_1 = 1{,}0$ mL de 2-chloro-2-méthylpropane.
La conductivité du milieu réactionnel est mesurée toutes les minutes.

t (min)	0	1	2	3	4	5	6	7	8
σ (S·m^{-1})	0	0,94	1,42	1,66	1,79	1,86	1,89	1,91	1,92

1. Tracer la courbe de suivi temporel de la conductivité de la solution.

2. À l'aide de l'équation de la réaction, donner le lien entre les concentrations.

3. Donner l'expression de la vitesse volumique v_f en fonction de la conductivité σ de la solution.

CONSEIL **3.** Exprimer $[H_3O^+](t)$ en fonction de $\sigma(t)$ avec la loi de Kohlrausch.

4. Calculer la vitesse volumique de formation de $(CH_3)_3COH$ à la date t = 3 min.

5. Calculer la conductivité finale attendue à la fin de la transformation, que l'on considérera comme totale. La transformation est-elle finie au bout de 8 min ?

Données.
- Conductivités molaires ioniques (en S·m^2·mol^{-1}) : $\lambda_{H_3O^+} = 35{,}0 \times 10^{-3}$; $\lambda_{C\ell^-} = 7{,}6 \times 10^{-3}$.
- $M_{(CH_3)_3CC\ell} = 92{,}5$ g·mol^{-1}. $\rho_{(CH_3)_3CC\ell} = 0{,}840$ g·mL^{-1}.

→ Corrigé p. 81

Exercice 14 ★★★ **Mécanisme réactionnel de la synthèse d'un savon**

La réaction de saponification intervient dans la fabrication des savons. Au cours de la réaction, ont lieu trois actes élémentaires. L'équation de la réaction est :

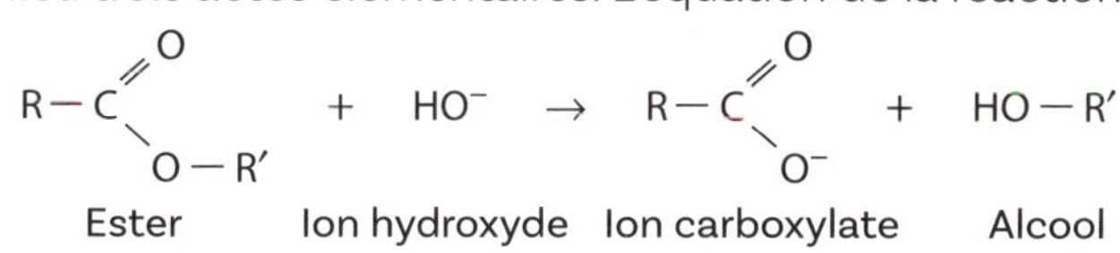

Acte élémentaire n° 1

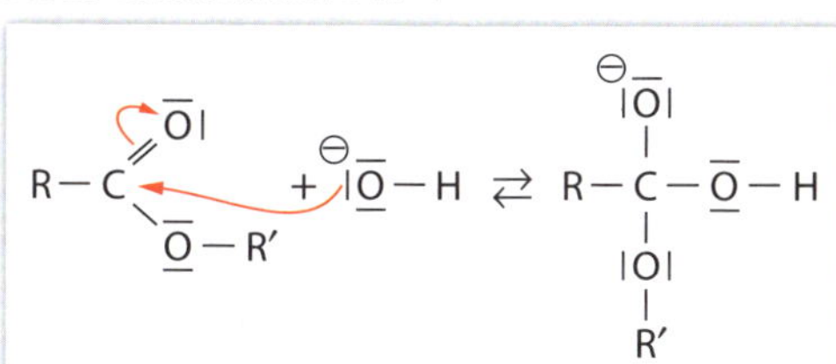

1. Valider l'écriture des flèches courbes dans ce processus élémentaire en faisant apparaître les sites accepteurs et donneurs d'électrons.

2. Montrer qu'il s'agit bien d'un acte élémentaire.

Acte élémentaire n° 2

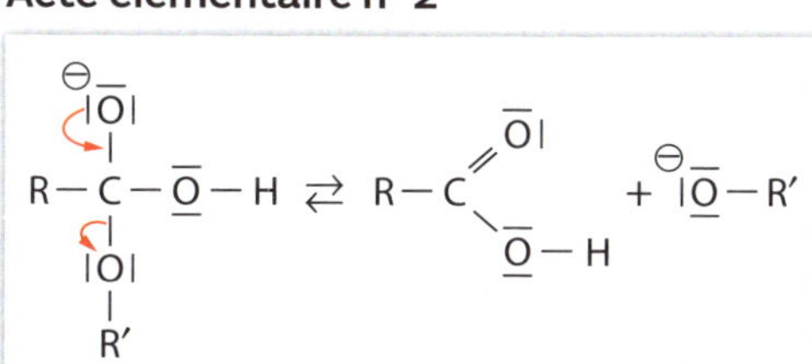

3. Indiquer l'espèce chimique qui est un intermédiaire réactionnel.

4. Indiquer si cette étape fabrique les produits de la réaction.

Acte élémentaire n° 3

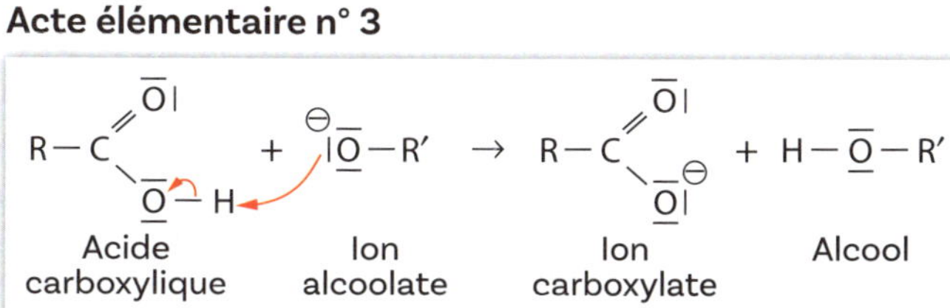

5. Est-ce durant l'acte 3 que sont fabriqués les produits de la réaction ?

6. Déterminer si le fait de mettre la soude en excès accélère la réaction.

7. Montrer que les ions hydroxyde ne sont pas un catalyseur de la réaction.

→ Corrigé p. 82

SUJET

ÉPREUVE BAC

CONTRÔLE CONTINU

SE PRÉPARER À L'EXAMEN

SUJET

Étude cinétique de la dismutation de l'eau oxygénée (50 min)

L'eau oxygénée commerciale est une solution aqueuse de peroxyde d'hydrogène. Ce dernier est capable de réagir sur lui-même selon l'équation de réaction :
$2H_2O_{2(aq)} \rightarrow 2H_2O_{(\ell)} + O_{2(g)}$.
Cette réaction peut être accélérée en utilisant par exemple des ions fer III ($Fe^{3+}_{(aq)}$) présents dans une solution de chlorure de fer III. La transformation étudiée est catalysée par les ions fer III.
À différentes dates, on prélève un petit volume du milieu réactionnel pour en déterminer la concentration en peroxyde d'hydrogène restant.

t (min)	0	5	10	20	30	35
$[H_2O_2]$ ($mol \cdot L^{-1}$)	$7{,}30 \times 10^{-2}$	$5{,}25 \times 10^{-2}$	$4{,}20 \times 10^{-2}$	$2{,}35 \times 10^{-2}$	$1{,}21 \times 10^{-2}$	$0{,}90 \times 10^{-2}$

1. Donner la définition d'un catalyseur.

2. Quel type de catalyse réalise-t-on ici ?

3. Tracer l'évolution de la concentration en peroxyde d'hydrogène en fonction du temps.

4. En utilisant le tableau d'avancement du système proposé ci-dessous, exprimer la quantité de peroxyde d'hydrogène $n_t(H_2O_2)$ présent à l'instant t en fonction de l'avancement de la transformation $x(t)$ et de la quantité initiale de peroxyde d'hydrogène $n_0(H_2O_2)$.

CONSEILS

3. Réaliser un graphique suffisamment grand !

4. $n_t(H_2O_2)$ est la quantité de matière en H_2O_2 dans l'état intermédiaire.

6. Faire le lien entre vitesse et concentration.

8. Utiliser la définition du temps de demi-réaction.

Équation chimique		$2H_2O_{2(aq)}$	$\rightarrow 2H_2O_{(\ell)}$ +	$O_{2(g)}$
État du système	**Avancement (en mol)**	**Quantités de matière (en mol)**		
État initial	$x = 0$	$n_0(H_2O_2)$		$n_0(O_2) = 0$
État intermédiaire	$x(t)$			
État final	x_{max}			

5. L'expression de la vitesse volumique de disparition $v_d(t)$ du peroxyde d'hydrogène est donnée par l'expression : $v_d(t) = -\dfrac{d[H_2O_2](t)}{dt}$.
En s'aidant de cette relation et de la courbe d'évolution de la concentration en peroxyde d'hydrogène en fonction du temps, indiquer comment évolue la vitesse volumique de disparition de H_2O_2 au cours du temps. Expliquer le raisonnement.

6. Comment peut-on expliquer que la vitesse évolue de cette manière au cours de la transformation ?

7. Donner la définition du temps de demi-réaction $t_{1/2}$.

8. Montrer que lorsque $t = t_{1/2}$ alors $[H_2O_2]_{t_{1/2}} = \dfrac{[H_2O_2]_0}{2}$ et en déduire graphiquement la valeur de $t_{1/2}$.

9. Si la transformation chimique étudiée avait été réalisée à une température plus élevée, comment aurait évolué le temps de demi-réaction ? Justifier.

→ Corrigé page 83

CORRIGÉS

SE TESTER

1. a ; **2.** c ; **3.** a et b ; **4.** a ; **5.** a ; **6.** a et b.

S'ENTRAÎNER

Exercice 1 Choix d'un capteur de suivi temporel

Type de capteur	Type de transformation pouvant être étudiée
Œil humain	Rapide ou lente
Électrode de verre	Instantanée, rapide ou lente
Membrane de l'électrode enzymatique pour la mesure de la teneur en glucose	Rapide ou lente
Cellule de conductimétrie	Instantanée, rapide ou lente
Électrode de platine	Instantanée, rapide ou lente

Exercice 2 Vitesse volumique de réaction

1. Initialement, on a $[HO^-]_i = 0{,}010\ mol \cdot L^{-1}$ et à la fin de l'expérience, $[HO^-]_f = 0{,}0015\ mol \cdot L^{-1}$.

La réaction s'est effectuée pendant une durée $\Delta t = t_f - t_i = 1300 - 0 = 1300\ s$.

Par définition de la vitesse volumique de disparition des ions HO^- :

$$v_d = -\frac{\Delta[HO^-]}{\Delta t} = -\frac{0{,}0015 - 0{,}010}{1300}$$

$v_d = 6{,}5 \times 10^{-6}\ mol \cdot L^{-1} \cdot s^{-1}$.

LE RÉFLEXE À AVOIR

Ici, on remplace la notation $\frac{d[HO^-]}{dt}$ par la notation $\frac{\Delta[HO^-]}{\Delta t}$ car on calcule une vitesse volumique moyenne.

2. Initialement, on a $[\text{éthanol}]_i = 0\ mol \cdot L^{-1}$ et à la fin de l'expérience, $[\text{éthanol}]_f = 0{,}0085\ mol \cdot L^{-1}$.

La réaction s'est effectuée pendant une durée $\Delta t = t_f - t_i = 1300 - 0 = 1300\ s$.

Par définition, la vitesse volumique de formation de l'éthanol est :

$$v_f = \frac{\Delta[\text{éthanol}]}{\Delta t} = \frac{0{,}0085 - 0}{1300} = 6{,}5 \times 10^{-6}\ mol \cdot L^{-1} \cdot s^{-1}.$$

Exercice 3 Comparer deux vitesses de réaction

1. Dans le cas de cette transformation, on étudie l'évolution de la quantité de matière n d'un réactif, ayant pour quantité de matière initiale n_0. Le temps de demi-réaction $t_{1/2}$ correspond à l'abscisse du point de la courbe d'ordonnée $\frac{n_0}{2}$.

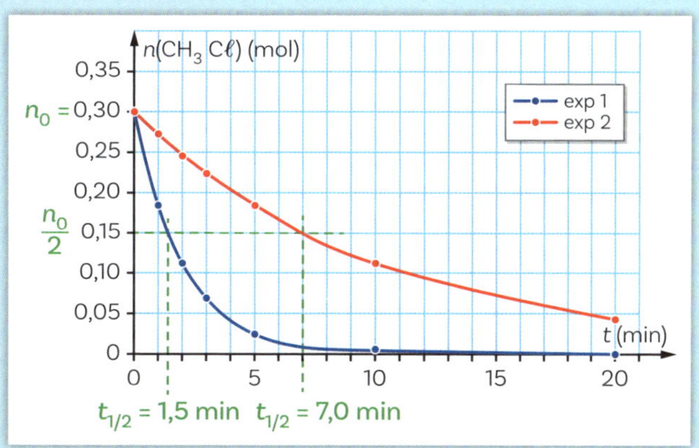

Pour la première expérience, le temps de demi-réaction est

égal à 1,5 min, alors que pour la deuxième expérience, il est de 7,0 min.

2. L'expérience la plus rapide est la première expérience car elle a le temps de demi-réaction le plus faible.

L'INFO À RETENIR
Plus une réaction est rapide, plus son temps de demi-réaction est petit.

Exercice 4 Loi cinétique d'ordre 1

• **Méthode 1.** On entre les résultats expérimentaux dans le tableur d'une calculatrice et on essaye de modéliser le graphique $[Cr^{3+}] = f(t)$ par une fonction exponentielle du type $[Cr^{3+}](t) = [Cr^{3+}]_i \times e^{-k \times t}$. Sur le graphique, on remarque que les résultats expérimentaux (les points) sont plutôt bien en accord avec le modèle proposé par la calculatrice (courbe continue). La concentration en ions Cr^{3+} au cours du temps est modélisable par une fonction exponentielle décroissante d'équation : $[Cr^{3+}](t) = 0{,}10 \times e^{-0{,}169 \times t}$. La transformation étudiée suit donc bien une loi de vitesse d'ordre 1, avec une constante de vitesse $k = 0{,}169\ \text{min}^{-1}$.

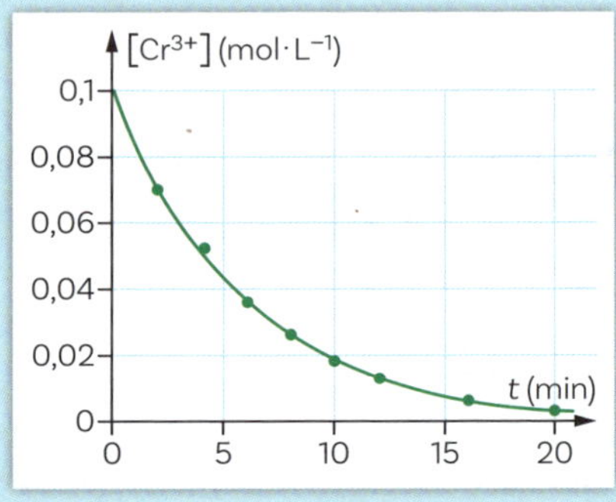

• **Méthode 2.** On trace la courbe $\ln[Cr^{3+}] = f(t)$ à l'aide de la calculatrice.
La courbe obtenue est une droite représentative d'une fonction affine, d'équation $\ln[Cr^{3+}] = -2{,}29 - 0{,}172 \times t$. C'est une nouvelle preuve que la transformation étudiée suit une loi de vitesse d'ordre 1.
Pour déterminer k, il faut repartir de l'équation qui donne la concentration en ions Cr^{3+} au cours du temps et en prendre le logarithme népérien :

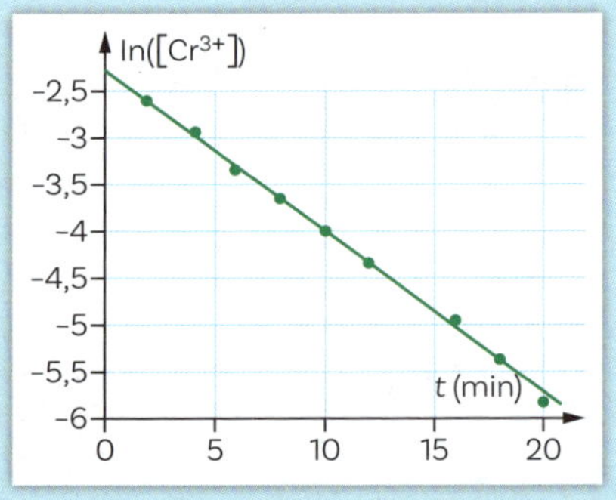

$[Cr^{3+}](t) = [Cr^{3+}]_i \times e^{-k \times t}$
$\ln([Cr^{3+}](t)) = \ln([Cr^{3+}]_i \times e^{-k \times t})$
$\ln([Cr^{3+}](t)) = \ln[Cr^{3+}]_i + \ln(e^{-k \times t})$
$\ln([Cr^{3+}](t)) = \ln[Cr^{3+}]_i - k \times t$ que l'on compare à
$\ln[Cr^{3+}] = -2{,}29 - 0{,}172 \times t$.
Par identification, on retrouve $k = 0{,}172\ \text{min}^{-1}$.

FOCUS MATHS
$\ln(a \times b) = \ln(a) + \ln(b)$

Exercice 5 Facteurs cinétiques

1. À la température de 40 °C, la concentration de la solution de saccharose diminue plus rapidement qu'à la température de 24 °C. La température est donc un facteur cinétique : plus elle est élevée, plus la transformation chimique est rapide.

2. Pour augmenter la vitesse de réaction, la concentration initiale C_0 du saccharose pourrait être augmentée car la concentration d'un réactif est un facteur cinétique.

Exercice 6 Flèches courbes

1. Il faut se souvenir que chaque atome s'entoure de 4 doublets, sauf l'hydrogène qui ne s'entoure que d'un seul doublet :

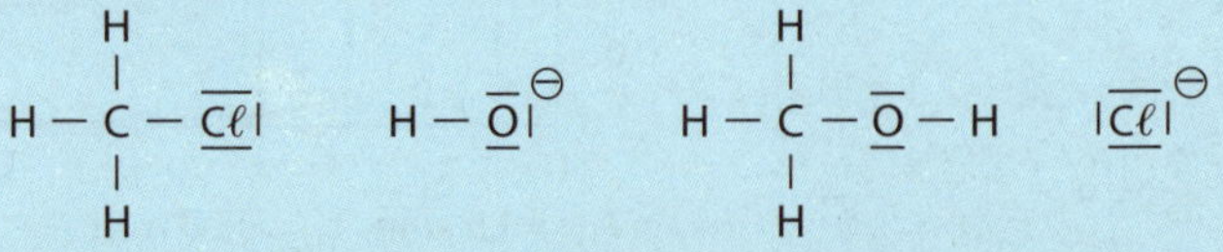

2. L'électronégativité du chlore est supérieure à celle du carbone. La liaison C—Cℓ est donc polarisée. Le chlore, plus électronégatif, porte donc une charge partielle δ^-. Le carbone, moins électronégatif, porte une charge partielle δ^+.

$$\overset{\delta^+}{CH_3} - \overset{\delta^-}{\underline{\overline{C\ell}}}|$$

3. On représente une flèche courbe partant du site donneur (l'atome d'oxygène de l'ion HO^-) et allant vers le site accepteur (l'atome de carbone du chlorométhane) :

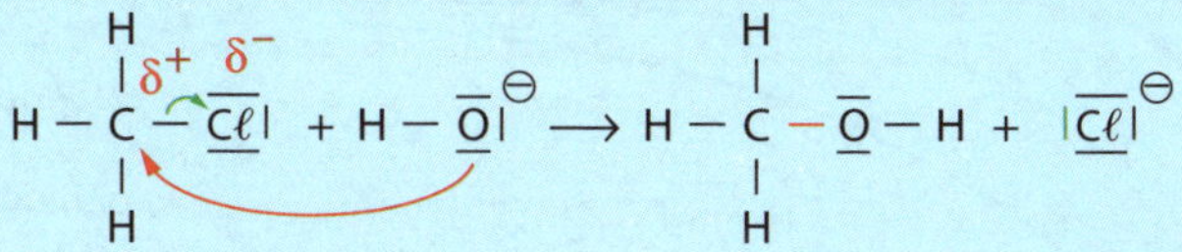

SE PERFECTIONNER

Exercice 7 Intermédiaire réactionnel et catalyseur

1. Pour écrire l'équation globale de la réaction, on additionne membre à membre les équations qui modélisent les deux étapes :

$$CH_3{-}CH_2OH_{(aq)} + H^+_{(aq)} \rightarrow CH_3{-}CH_2OH^+_{2(aq)}$$
$$CH_3{-}CH_2OH^+_{2(aq)} \rightarrow CH_2{=}CH_{2(g)} + H^+_{(aq)} + H_2O_{(\ell)}$$

$$CH_3{-}CH_2OH_{(aq)} + \cancel{H^+_{(aq)}} + \cancel{CH_3{-}CH_2OH^+_{2(aq)}} \rightarrow \cancel{CH_3{-}CH_2OH^+_{2(aq)}} + CH_2{=}CH_{2(g)} + \cancel{H^+_{(aq)}} + H_2O_{(\ell)}$$

$$CH_3{-}CH_2OH_{(aq)} \rightarrow CH_2{=}CH_{2(g)} + H_2O_{(\ell)}$$

2. Le catalyseur est l'espèce chimique introduite avec les réactifs, qui est transformé durant la réaction, puis régénéré à la fin. Ici, il s'agit de l'ion H^+.

3. L'intermédiaire réactionnel n'est présent ni parmi les réactifs, ni parmi les produits de la réaction. Ici, il s'agit de $CH_3{-}CH_2OH_2^+$.

4. La liaison O–H est polarisée. L'hydrogène est moins électronégatif que l'oxygène et la différence d'électronégativité entre ces deux atomes est $\Delta\chi = \chi(O) - \chi(H) = 3{,}5 - 2{,}2 = 1{,}3$, ce qui est bien supérieur à 0,4.

> **L'INFO À RETENIR**
> Les flèches de mécanisme partent des sites donneurs vers les sites accepteurs d'électrons.

La flèche part donc de l'atome d'oxygène de l'éthanol et est dirigée vers le site accepteur (l'ion H^+).

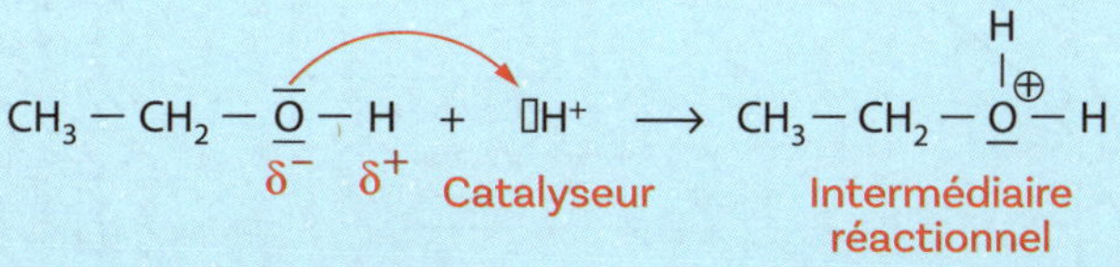

Exercice 8 Optimisation d'une synthèse

1. Les expériences 1 et 3 sont menées sans ajout d'ions H^+ mais à des températures différentes.

La quantité de matière en ester augmente plus rapidement dans le cas de l'expérience 3 (courbe bleue) que dans le cas de l'expérience 1 (courbe verte). La température est donc un facteur cinétique : la vitesse de la transformation est d'autant plus grande que la température du milieu réactionnel est grande.

2. L'expérience 2 (courbe rose) implique un catalyseur : l'ion H^+. En présence d'ions H^+, la quantité de matière en ester augmente plus rapidement que sans. Il permet donc d'augmenter la vitesse de la transformation chimique.

3. On détermine les temps de demi-réaction graphiquement.
On détermine, pour chaque situation, le temps nécessaire pour que la quantité d'ester obtenue soir égale à la moitié de la quantité maximale d'ester attendue.

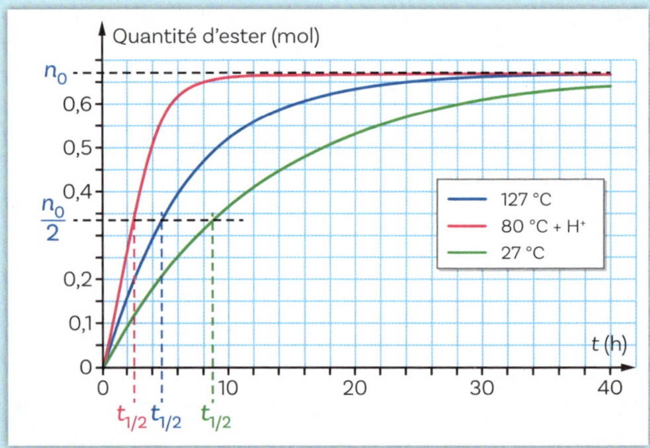

Expérience	Temps de demi-réaction
Expérience n° 1 (27 °C)	9 h
Expérience n° 2 (80 °C et H^+)	3 h
Expérience n° 3 (127 °C)	5 h

4. Plus le temps de demi-réaction est faible, plus la vitesse d'apparition de l'ester est grande.

L'expérience 2 est la plus rapide, puis vient l'expérience 3, puis l'expérience 1. L'augmentation de la température et la présence du catalyseur permettent une augmentation de la vitesse de la réaction.

5. La présence du catalyseur a permis d'obtenir une vitesse d'apparition de l'ester plus grande avec une température plus faible que durant l'expérience 3. La catalyse permet donc de diminuer l'intensité du chauffage.

Exercice 9 Étude cinétique d'une corrosion du zinc par un acide

1. On détermine, pour chaque situation, le temps nécessaire pour que la quantité d'ions Zn^{2+} obtenue soir égale à la moitié de la quantité maximale d'ions Zn^{2+} attendue.

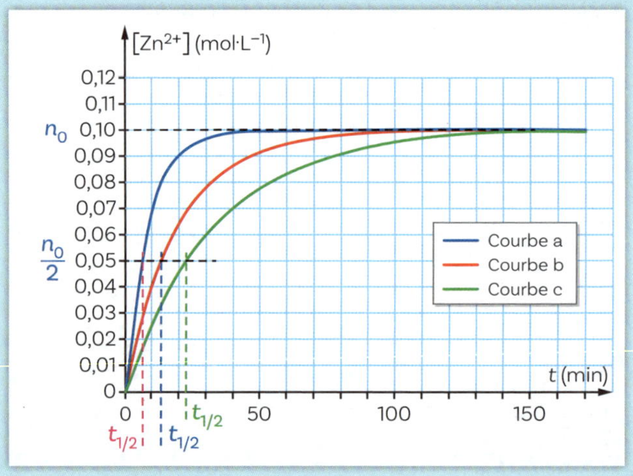

Courbe	Temps de demi-réaction
Courbe a	7 min
Courbe b	14 min
Courbe c	23 min

2. Pour calculer la vitesse volumique initiale (à $t = 0$) de formation des ions Zn^{2+} pour chaque réaction, on trace la tangente à chaque courbe et on détermine son coefficient directeur.

Par définition, la vitesse de formation des ions Zn^{2+} est donnée par : $v_f = \dfrac{d[Zn^{2+}](t)}{dt}$

Pour la courbe a, on choisit les points A(0 ; 0) et B(10 ; 0,07).

Calcul du coefficient directeur a de la tangente :

$$a = \frac{[Zn^{2+}]_B - [Zn^{2+}]_A}{t_B - t_A} = \frac{0{,}07 - 0}{10 - 0}$$

$a = 7 \times 10^{-3}\ mol \cdot L^{-1} \cdot min^{-1}$.

On en déduit

$v_f = 7 \times 10^{-3}\ mol \cdot L^{-1} \cdot min^{-1}$.

Pour les autres courbes, on met en œuvre la même méthode, et on obtient les résultats suivants :

Courbe	$v_{initiale}$ ($mol \cdot L^{-1} \cdot min^{-1}$) de formation de Zn^{2+}
Courbe a	7×10^{-3}
Courbe b	4×10^{-3}
Courbe c	3×10^{-3}

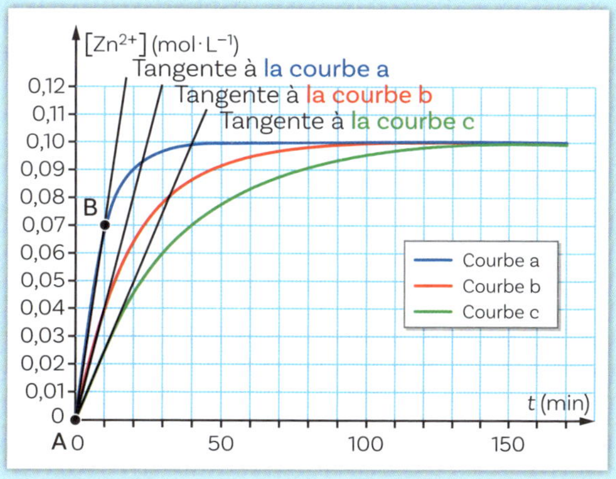

3. Les facteurs cinétiques sont la température et la concentration du réactif.

4. Aucun catalyseur n'a été utilisé puisque les espèces chimiques mises en jeu apparaissent soit au niveau des réactifs soit au niveau des produits dans l'équation de la réaction.

5. La réaction la plus lente est celle menée à plus faible température et avec la plus faible concentration en réactif. L'expérience 1 correspond à la courbe c.

À concentration en réactif égale, si on augmente la température, la vitesse augmente : l'expérience 3 correspond à la courbe b.

À température égale (40 °C), si on augmente la concentration en réactif, on augmente la vitesse de la réaction : l'expérience 2 correspond à la courbe a (cette expérience conjugue deux facteurs cinétiques en faveur d'une augmentation de la vitesse de réaction).

Exercice 10 Décomposition d'une eau oxygénée

1. On pourrait utiliser un capteur de pression, donc un manomètre ou un pressiomètre.

2. Voir courbe ci-contre.

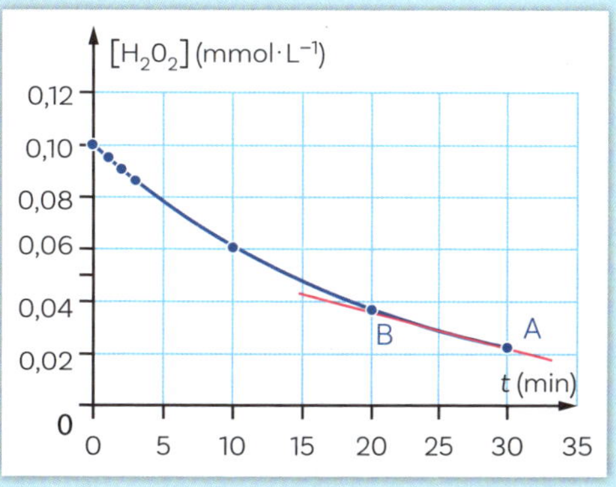

3. Pour calculer la vitesse volumique de disparition du peroxyde d'hydrogène à la fin des mesures, il faut tracer la tangente à la courbe à la date t = 30 min (au point A) et déterminer sa pente a.

En prenant deux points de la tangente A(30 ; 0,021) et B(20 ; 0,035), on calcule :

$$a = \frac{[H_2O_2]_B - [H_2O_2]_A}{t_B - t_A} = \frac{0{,}021 - 0{,}035}{30 - 20}$$

$a = -1{,}4 \times 10^{-3}\ mol \cdot L^{-1} \cdot min^{-1}$.

La vitesse volumique de disparition de H_2O_2 est donc :

$$v_d = -\frac{d[H_2O_2]}{dt} = -a$$

$v_d = 1{,}4 \times 10^{-3}\ mol \cdot L^{-1} \cdot min^{-1}$.

La vitesse calculée n'est pas nulle : la transformation chimique n'est donc pas terminée.

4. On détermine le temps de demi-réaction en lisant l'abscisse correspondant à une ordonnée égale à $\frac{[H_2O_2]_i}{2}$: $t_{1/2} = 14$ min.

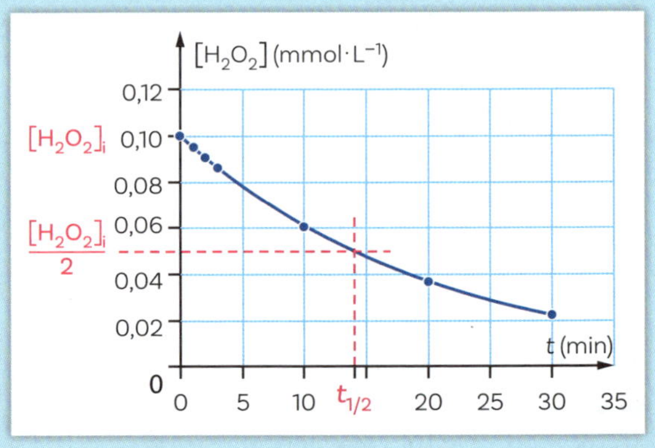

5. Pour accélérer une transformation chimique, il faut soit jouer sur un facteur cinétique (concentration du réactif ou température du milieu réactionnel) soit utiliser un catalyseur. Ici, on se place plutôt dans le cas d'un catalyseur, puisque la vitesse de la réaction est considérablement augmentée.

Exercice 11 Synthèse d'un anesthésiant local : l'éther

1. Dans la première étape, la liaison O–H de l'éthanol est polarisée : l'oxygène porte une charge partielle δ^- et l'hydrogène porte une charge partielle δ^+ car l'oxygène est plus électronégatif. L'hydrogène est donc le site accepteur :

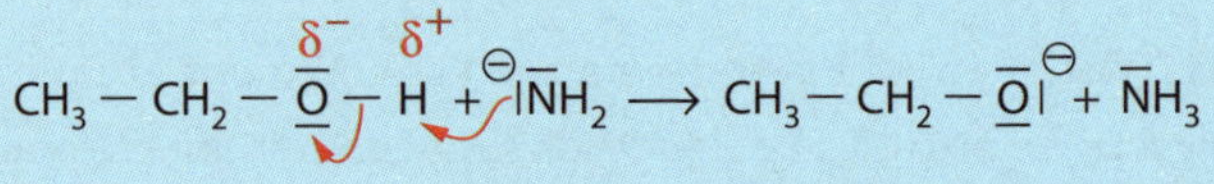

2. Dans la deuxième étape, la liaison C–Br du bromoéthane est polarisée : le brome porte une charge partielle δ^- et le carbone porte une charge partielle δ^+ car le brome est plus électronégatif. Le carbone est donc le site accepteur. L'oxygène de l'ion $CH_3CH_2O^-$ portant une charge entière négative, il joue le rôle du site donneur :

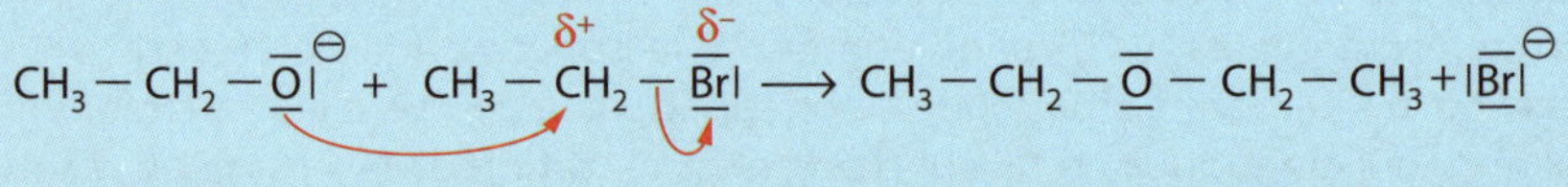

3. L'ion $CH_3CH_2O^-$ n'est pas un intermédiaire réactionnel, car cette espèce chimique est isolée du milieu réactionnel entre la première et la deuxième étape.

4. Les deux étapes présentées ne se font pas successivement de façon spontanée, car on a éliminé NH_3 et NH_2^- du milieu, puis le bromoéthane a été additionné.
Chaque étape fait intervenir moins de trois formations ou ruptures de liaisons, elles peuvent donc être des actes élémentaires. Deux réactions qui étaient toutes deux élémentaires ont été utilisées.

Exercice 12 Suivi cinétique de la synthèse du tert-butanol

1. On trace la courbe $[R-C\ell] = f(t)$. Celle-ci est donnée ci-contre.

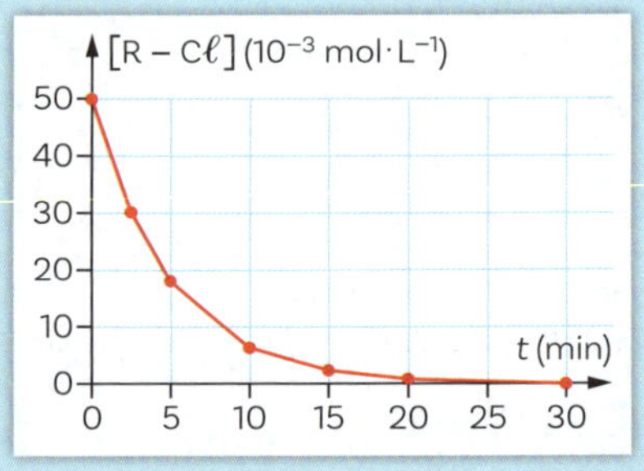

2. Au bout de 30 minutes, la courbe présente un palier proche de 0 : la réaction est donc terminée.

3. Si la concentration d'un réactif suit une loi de vitesse d'ordre 1, la relation suivante est vérifiée : $\ln[R-C\ell](t) = \ln[R-C\ell]_i - k \times t$.
La courbe $\ln[R-C\ell](t)$ doit donc être une droite représentative d'une fonction affine, de pente négative, ce qui est bien le cas. On peut vérifier que l'ordonnée à l'origine correspond bien à $\ln[R-C\ell]_i$: $\ln[R-C\ell]_i = \ln(0{,}050) = -3{,}00$.

On retrouve bien ce résultat sur le graphique de l'énoncé.

4. Une calculatrice permet de donner une équation pour modéliser la courbe donnée dans l'énoncé : $\ln[R-C\ell](t) = -2{,}996 - 0{,}2 \times t$.
Par identification avec la relation $\ln[R-C\ell](t) = \ln[R-C\ell]_i - k \times t$, on trouve $k = 0{,}2\ \text{min}^{-1}$.

5. À l'aide de la courbe tracée dans la question 1, on peut déterminer $t_{1/2}$ par lecture graphique : on cherche l'abscisse du point d'ordonnée égale à $\frac{[R-C\ell]_i}{2} = 0{,}025\ \text{mol}\cdot\text{L}^{-1}$. On trouve $t_{1/2} = 3{,}6\ \text{min}$.

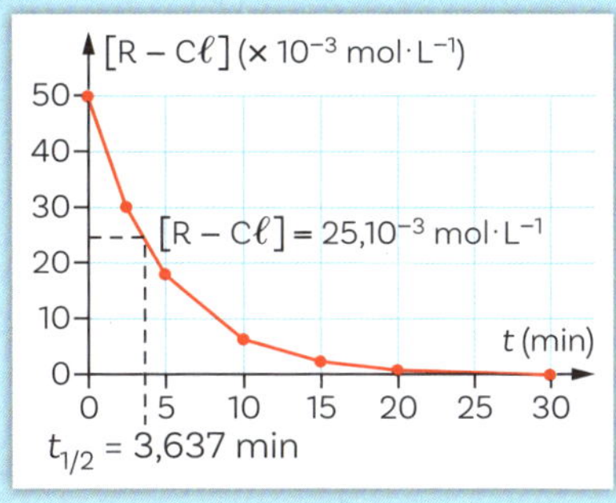

6. On applique la relation donnée dans la question :
$t_{\frac{1}{2}} \times k = \ln(2)$ donc $k = \frac{\ln(2)}{t_{1/2}}$

$k = \frac{\ln(2)}{3{,}6} = 0{,}19\ \text{min}^{-1}$.

Cette nouvelle valeur est cohérente avec celle déterminée dans la question **4**.

Exercice 13 Hydrolyse du 2-chloro-2-méthylpropane

1. On trace la courbe de suivi temporel de la conductivité de la solution.

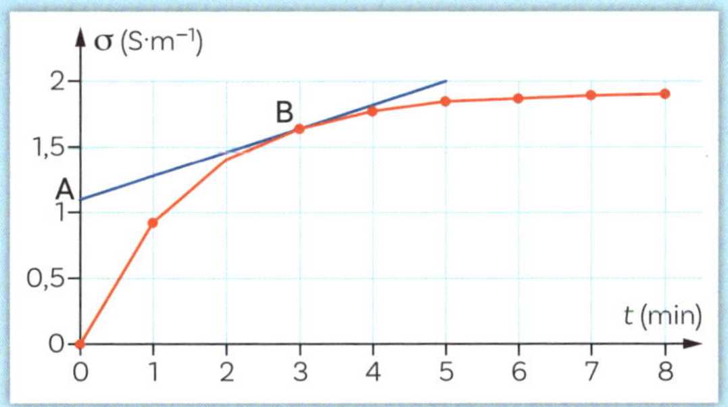

2. D'après l'équation de la réaction, on voit que 1 mol de 2-chloro-2-méthylpropane donne 1 mol de 2-méthylpropan-2-ol, 1 mol d'ions H_3O^+ et 1 mol d'ions $C\ell^-$. Ainsi, les concentrations des trois produits de la réaction sont égales à chaque instant. On note $C(t)$ leur valeur, pour plus de simplicité par la suite : $[(CH_3)_3COH](t) = [H_3O^+](t) = [C\ell^-](t) = C(t)$.

3. La loi de Kohlrausch peut s'écrire ici : $\sigma(t) = \lambda_{H_3O^+} \times [H_3O^+](t) + \lambda_{C\ell^-} \times [C\ell^-](t)$ soit $\sigma(t) = \lambda_{H_3O^+} \times C(t) + \lambda_{C\ell^-} \times C(t)$ et donc $\sigma(t) = C(t) \times (\lambda_{H_3O^+} + \lambda_{C\ell^-})$ et finalement $C(t) = \frac{\sigma(t)}{\lambda_{H_3O^+} + \lambda_{C\ell^-}}$.

Par définition de la vitesse volumique de formation d'un produit :
$v_f(t) = \frac{d[(CH_3)_3COH](t)}{dt}$ d'où $v_f(t) = \frac{dC(t)}{dt}$.
En combinant les deux précédentes relations, on obtient : $v_f(t) = \frac{1}{\lambda_{H_3O^+} + \lambda_{C\ell^-}} \times \frac{d\sigma(t)}{dt}$.
$\frac{d\sigma(t)}{dt}$ représente alors la pente de la courbe de suivi temporel précédemment tracée.

> **L'ERREUR À NE PAS FAIRE**
> Attention ici, ce n'est pas la dérivée temporelle d'une concentration, mais la dérivée temporelle d'une conductivité. Le coefficient directeur n'est donc pas en $\text{mol}\cdot\text{L}^{-1}\cdot\text{min}^{-1}$, mais en $\text{S}\cdot\text{m}^{-1}\cdot\text{min}^{-1}$, car la conductivité est exprimée en $\text{S}\cdot\text{m}^{-1}$.

4. On trace la tangente à la courbe de suivi temporel à la date $t = 3\ \text{min}$ (voir question **1.**), et on choisit deux points situés sur cette droite pour calculer son coefficient directeur. On a choisi ici les points A(0 ; 1,11) et B(3 ; 1,66). On calcule le coefficient directeur a :

$$a = \frac{\sigma_B - \sigma_A}{t_B - t_A} = \frac{1{,}66 - 1{,}11}{3 - 0} = 0{,}18\ \text{S}\cdot\text{m}^{-1}\cdot\text{min}^{-1}.$$

On calcule la vitesse volumique de formation du 2-méthylpropan-2-ol :

$$v_f(t) = \frac{1}{\lambda_{H_3O^+} + \lambda_{C\ell^-}} \times \frac{d\sigma(t)}{dt} \text{ avec}$$

$$\frac{d\sigma(t)}{dt} = a = 0{,}18\ \text{S}\cdot\text{m}^{-1}\cdot\text{min}^{-1}.$$

$$v_f(t) = \frac{1}{(35{,}0 + 7{,}6) \times 10^{-3}} \times 0{,}18 = 4{,}2\ \text{mol}\cdot\text{m}^{-3}\cdot\text{min}^{-1}$$

$$v_f(t) = 4{,}2 \times 10^{-3}\ \text{mol}\cdot\text{L}^{-1}\cdot\text{min}^{-1}$$

L'ERREUR À NE PAS FAIRE

Attention ici la vitesse de formation n'est pas en $\text{mol}\cdot\text{L}^{-1}\cdot\text{min}^{-1}$ car elle est est obtenue avec la conductivité. Or, dans la loi de Kohlrausch, la concentration est en $\text{mol}\cdot\text{m}^{-3}$.

5. On calcule tout d'abord la masse, puis la quantité de matière en 2-chloro-2-méthylpropane qui a été introduite dans le milieu réactionnel :

$$m = \rho \times V_1 = 0{,}84 \times 1{,}0 = 0{,}84\ \text{g}$$

$$n = \frac{m}{M} = \frac{0{,}84}{92{,}5} = 9{,}1 \times 10^{-3}\ \text{mol}.$$

Sachant que 1 mol de 2-chloro-2-méthylpropane donne 1 mol d'ions H_3O^+ et 1 mol d'ions $C\ell^-$ lors de son hydrolyse, on s'attend à obtenir $9{,}1 \times 10^{-3}$ mol d'ions H_3O^+ et $9{,}1 \times 10^{-3}$ mol d'ions $C\ell^-$ à la fin de la transformation. On peut donc calculer les concentrations finales attendues pour ces ions :

$$[H_3O^+]_{finale} = [C\ell^-]_{finale} = C_{finale} = \frac{n}{V} = \frac{9{,}1 \times 10^{-3}}{0{,}200} = 4{,}6 \times 10^{-2}\ \text{mol}$$

soit $C_{finale} = 46\ \text{mol}\cdot\text{m}^{-3}$.

On peut calculer la conductivité finale attendue en fin de transformation, à l'aide de la loi de Kohlrausch :

$$\sigma_{finale} = \lambda_{H_3O^+} \times [H_3O^+]_{finale} + \lambda_{C\ell^-} \times [C\ell^-]_{finale}$$

$$\sigma_{finale} = \lambda_{H_3O^+} \times C_{finale} + \lambda_{C\ell^-} \times C_{finale}$$

$$\sigma_{finale} = C_{finale} \times (\lambda_{H_3O^+} + \lambda_{C\ell^-})$$

$$\sigma_{finale} = 46 \times (35{,}0 + 7{,}6) \times 10^{-3} = 1{,}96\ \text{S}\cdot\text{m}^{-1}.$$

Au bout de 8 minutes, la conductivité est de $1{,}92\ \text{S}\cdot\text{m}^{-1}$, inférieure à la conductivité finale attendue. La transformation chimique n'est donc pas tout à fait terminée.

Exercice 14 Mécanisme réactionnel de la synthèse d'un savon

1. Le site donneur est l'oxygène de l'ion hydroxyde, portant une charge négative entière. Sur l'ester, le site accepteur correspond à l'atome de carbone : il porte une charge partielle δ^+ car il est moins électronégatif que l'atome d'oxygène avec lequel il est lié par une liaison double, qui lui, porte une charge partielle δ^-.

La flèche courbe part du site donneur, et va vers le site accepteur.

Afin que le carbone ne fasse pas 5 liaisons (ce qui est impossible), la double liaison C=O devient une liaison simple C–O et l'atome d'oxygène récupère un doublet non liant et une charge entière négative.

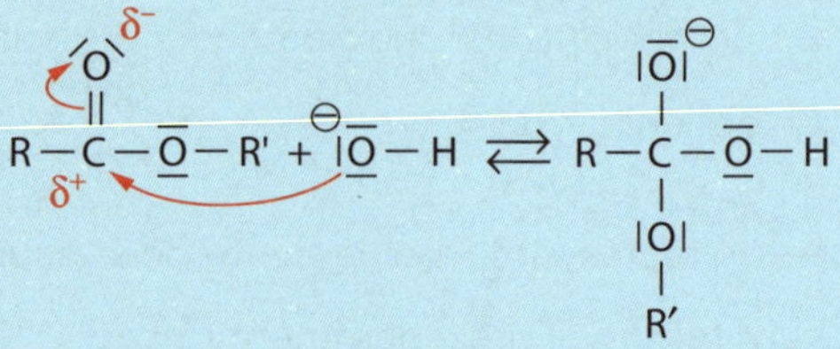

2. Un acte élémentaire fait intervenir moins de trois ruptures ou formations de liaisons, ce qui est le cas ici (une formation et une rupture).

3. L'intermédiaire réactionnel est décrit ci-contre. Cette espèce chimique est trop réactive pour être isolée.

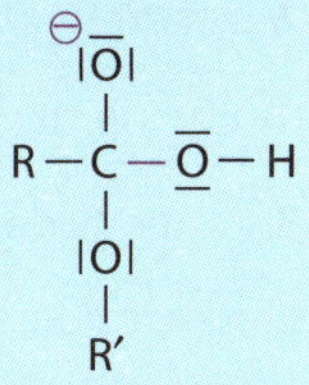

4. Cette étape ne fabrique pas de produit de la réaction. En effet, on doit avoir un ion carboxylate et un alcool en fin de réaction, alors qu'ici on a un alcoolate et un acide carboxylique.

5. C'est durant le 3e acte élémentaire que sont fabriqués les produits de la réaction : le carboxylate et l'alcool.

6. La concentration initiale en réactif est un facteur cinétique, donc mettre de la soude en excès accélère la vitesse de la réaction.

7. Les ions hydroxyde apparaissent au niveau des réactifs dans l'équation globale de la réaction, mais pas au niveau des produits. Or, un catalyseur ne se retrouve pas dans l'équation de la réaction : il est consommé, puis régénéré. Les ions HO^- ne sont donc pas un catalyseur de la réaction.

SE PRÉPARER À L'EXAMEN

SUJET Étude cinétique de la dismutation de l'eau oxygénée

1. Un catalyseur est une espèce chimique qui augmente la vitesse d'une transformation chimique. Il est transformé, puis régénéré à la fin de la transformation.

2. Les ions Fe^{3+} et le peroxyde d'hydrogène sont en solution aqueuse, il s'agit d'une catalyse homogène.

3. On trace l'évolution de la concentration en peroxyde d'hydrogène en fonction du temps.

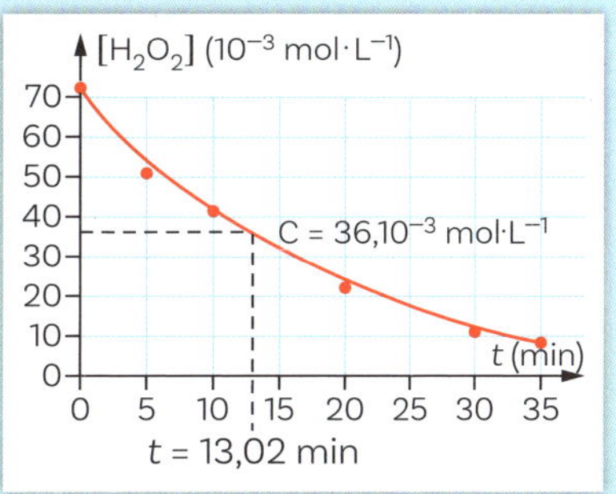

4. D'après le tableau d'avancement :
$n_t(H_2O_2) = n_0(H_2O_2) - 2x(t)$

Équation chimique		$2\,H_2O_{2(aq)}$	→ $2\,H_2O_{(\ell)}$	+ $O_{2(g)}$
État du système	**Avancement (en mol)**	**Quantités de matière (en mol)**		
État initial	$x = 0$	$n_0(H_2O_2)$		$n_0(O_2) = 0$
État intermédiaire	$x(t)$	$n_0(H_2O_2) - 2x(t)$		$x(t)$
État final	x_{max}	$n_0(H_2O_2) - 2x_{max}$		x_{max}

5. $\dfrac{d[H_2O_2]}{dt}$ représente le coefficient directeur de la tangente à la courbe représentative de $[H_2O_2]$ en fonction du temps.
À la date $t = 0$ min, ce coefficient directeur est très négatif, la courbe décroît rapidement. Alors la vitesse volumique de la transformation est la plus élevée.
Puis au cours du temps, la tangente à la courbe est de moins en moins inclinée, la vitesse diminue.

6. La concentration en réactifs est un facteur cinétique. Au début, la concentration en peroxyde d'hydrogène est élevée, la vitesse volumique de la transformation est grande. Au fur et à mesure de la consommation du peroxyde d'hydrogène, sa concentration diminue et donc la vitesse diminue.

7. Le temps de demi-réaction est la durée au bout de laquelle l'avancement a atteint la moitié de sa valeur finale : $x(t_{1/2}) = \frac{x_f}{2}$.

8. En considérant la transformation comme totale, on a $x_f = x_{max}$. Le peroxyde d'hydrogène est alors entièrement consommé et donc : $n_0(H_2O_2) - 2x_{max} = 0$ donc $x_{max} = \frac{n_0(H_2O_2)}{2}$.

D'après la réponse de la question **4** : $n_t(H_2O_2) = n_0(H_2O_2) - 2x(t)$.

Donc, lorsque $t = t_{1/2}$: $n_{t_{1/2}}(H_2O_2) = n_0(H_2O_2) - 2x(t_{1/2})$.

Donc : $n_{t_{1/2}}(H_2O_2) = n_0(H_2O_2) - \frac{2x_{max}}{2}$ soit $n_{t_{1/2}}(H_2O_2) = n_0(H_2O_2) - x_{max}$.

Ce qui donne : $n_{t_{1/2}}(H_2O_2) = n_0(H_2O_2) - \frac{n_0(H_2O_2)}{2} = \frac{n_0(H_2O_2)}{2}$.

En divisant par le volume total du milieu réactionnel, on obtient une relation entre concentrations : $[H_2O_2](t_{1/2}) = \frac{[H_2O_2]_0}{2}$.

Par lecture graphique, on détermine un temps de demi-réaction de 13 minutes (voir réponse de la question **3**).

9. La température est un facteur cinétique, une température plus élevée aurait augmenté la vitesse volumique de la transformation. La concentration initiale étant restée la même, $[H_2O_2]$ aurait diminué plus rapidement et le temps de demi-réaction serait plus court.

Chapitre 3 — Suivi temporel, loi cinétique et modélisation

Tu viens de voir les notions à connaître sur le suivi temporel d'une réaction chimique. Pour t'aider à retenir l'essentiel et t'entraîner pour le Bac, voici ton kit de révisions clé en mains conçu par SchoolMouv !

Vidéo

Pour mieux comprendre et t'en souvenir à coup sûr, regarde la vidéo. C'est parfois bien plus clair en images.

Vidéo **Suivi temporel d'une réaction chimique : modèle macroscopique**

https://flashbelin.fr/focusbacschoolmouv/pc/3

Contenu additionnel

Voici un bonus autour du même sujet. La curiosité n'est pas toujours un vilain défaut. Il te suffit de créer ton compte pour avoir plein de contenus supplémentaires.

Quiz **Suivi temporel d'une réaction chimique : modèle macroscopique**

https://www.schoolmouv.fr/eleves/cours/suivi-temporel-d-une-reaction-chimique-modele-macroscopique/qcm

Tchat avec un prof

Pour poser toutes tes questions à un prof particulier, découvre l'abonnement tchat. Tu peux le tester gratuitement pendant 7 jours : fini les questions sans réponses, tu vas devenir incollable.

https://focusbac.schoolmouv.fr/offre

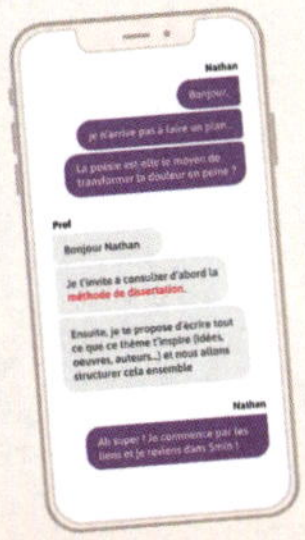

4 Évolution d'une transformation nucléaire

LE CHAPITRE EN UN COUP D'ŒIL

RETENIR L'ESSENTIEL

SAVOIR FAIRE

SCHOOLMOUV

Ton **KIT DE SURVIE** pour le Bac p. 105

RETENIR L'ESSENTIEL

1 La radioactivité

Noyau de l'atome

Le **noyau de l'atome** est constitué de protons et neutrons. Les atomes d'un même élément chimique ont le même nombre de protons mais peuvent avoir un nombre de neutrons différent : ce sont des **isotopes**.

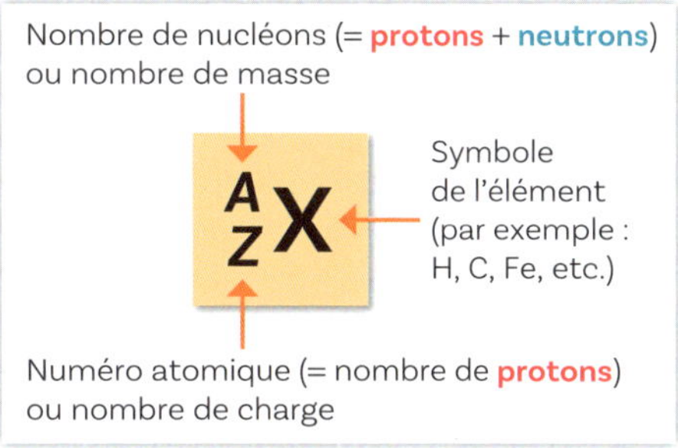

Instabilité des noyaux radioactifs

→ Le noyau de l'atome est le siège de plusieurs interactions dont la résultante assure la **cohésion** des particules qui le constituent. Sous l'action de ces interactions, certains noyaux sont stables et d'autres ne le sont pas. La **radioactivité** est la transformation naturelle et spontanée du noyau d'un atome.

→ Le noyau de l'atome contient Z protons et N neutrons. Le **diagramme (*N*, *Z*)** référence l'ensemble des noyaux connus.

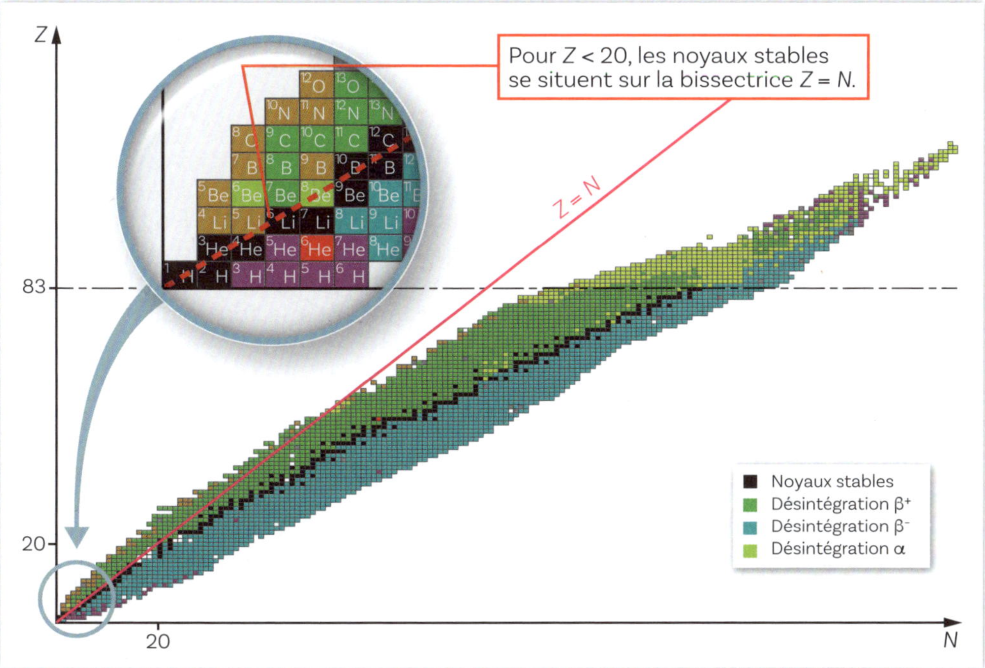

Pour $Z > 20$, l'ensemble des noyaux stables se situe en dessous de la droite $Z = N$ dans la **vallée de la stabilité**. Pour $Z > 83$, il n'existe pas de noyaux stables.

- Les noyaux instables situés en dessous de la vallée de la stabilité subissent une **désintégration β^-**. Ils se désintègrent en émettant un électron :

$$^{A}_{Z}X \rightarrow {}^{A}_{Z+1}Y + {}^{0}_{-1}e$$

- Les noyaux instables situés au-dessus de la vallée de la stabilité subissent une **désintégration β^+**. Ils se désintègrent en émettant un positron :

$$^{A}_{Z}X \rightarrow {}^{A}_{Z-1}Y + {}^{0}_{1}e$$

- Les noyaux lourds subissent une **désintégration α**. Ils se désintègrent en émettant un noyau d'hélium :

$$^{A}_{Z}X \rightarrow {}^{A-4}_{Z-2}Y + {}^{4}_{2}He$$

- Le noyau fils issu d'une désintégration α ou β peut être dans un état excité (avoir trop d'énergie). Il retourne alors à l'état fondamental par **émission d'un photon γ** :

$$^{A}_{Z}Y^{*} \rightarrow {}^{A}_{Z}Y + \gamma$$

L'astérisque signifie que le noyau est à l'état excité.

REMARQUE
On appelle noyau père un noyau qui a une probabilité non nulle de se désintégrer. Ce noyau est dit radioactif. On appelle noyau fils un noyau issu de la désintégration d'un noyau père.

- Un noyau radioactif va subir une ou plusieurs **désintégration(s) spontanée(s)** pour donner à la fin un noyau se trouvant dans la vallée de la stabilité.

2 Loi de décroissance radioactive

Décroissance du nombre de noyaux radioactifs

- On note $N(t)$ le nombre de noyaux radioactifs à l'instant t dans un échantillon. Le **nombre de désintégrations nucléaires** spontanées $|dN(t)|$ qui se produisent pendant un temps infiniment petit dt est proportionnel au nombre de noyaux $N(t)$ et à dt. Cela peut s'écrire sous la forme d'une équation différentielle :

$$\frac{dN(t)}{dt} = -\lambda \times N(t)$$

$N(t)$: nombre de noyaux radioactifs à l'instant t
λ : constante radioactive (en s^{-1})

REMARQUE
$\frac{dN(t)}{dt}$ désigne la dérivée de $N(t)$ par rapport au temps. Le signe « – » signifie que le nombre de noyaux diminue au cours du temps.

La **constante radioactive λ** est caractéristique d'un isotope.

- La solution de cette équation différentielle est appelée « **loi de décroissance radioactive** » :

$$N(t) = N_0 \times e^{-\lambda t}$$

$N(t)$: nombre de noyaux radioactifs à l'instant t
N_0 : nombre de noyaux à l'instant initial choisi

Temps de demi-vie radioactive

→ Le **temps de demi-vie** est noté $\mathbf{t_{1/2}}$. C'est la durée nécessaire pour que la moitié des noyaux radioactifs initialement présents se soient désintégrés. Au bout de $t = t_{1/2}$, le nombre de noyaux restants est $\frac{N_0}{2}$.

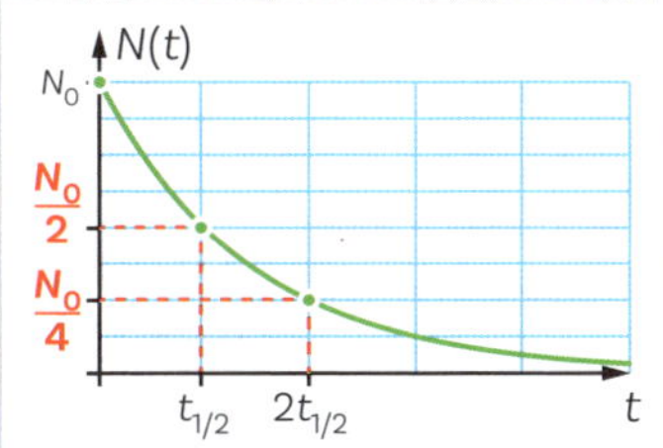

Évolution du nombre de noyaux radioactifs $N = f(t)$

→ On peut faire le lien entre $t_{1/2}$ et la constante radioactive λ :

$$t_{1/2} = \frac{\ln 2}{\lambda}$$

Activité d'un échantillon radioactif

→ L'**activité radioactive** est notée $A(t)$ et s'exprime en Bq (becquerel). Elle exprime le nombre de désintégrations radioactives dans un échantillon par seconde. Elle est liée au nombre de noyaux radioactifs dans l'échantillon :

$$A(t) = \lambda \times N(t)$$

→ La **loi de décroissance radioactive** peut s'écrire en termes d'activité :

$$A(t) = A_0 \times e^{-\lambda t}$$

3 Méthode de datation et radioprotection

Méthode de datation

→ Les composés organiques peuvent être datés grâce à l'étude de la désintégration d'un des isotopes du carbone, le **carbone 14**.

→ Dans un organisme vivant, la **proportion de carbone 14** par rapport à celle de carbone 12, qui est stable, est de 1 pour 10^{12}. À la mort de l'organisme, la quantité de carbone 14 n'est plus renouvelée et la population de noyaux père de ${}^{14}_{6}C$ se désintègre en ${}^{14}_{7}N$ suivant la loi de décroissance radioactive. Dans l'échantillon analysé, la connaissance du nombre $N(t)$ (ou de $A(t)$) de noyaux de ${}^{14}_{6}C$ par rapport à celle de N_0 (ou de A_0) d'un échantillon de référence permet ainsi de « remonter dans le temps » et de le dater.

Exposition à la radioactivité et radioprotection

→ L'ensemble des particules (α et β), ainsi que les photons (X et γ), constituent les **rayonnements ionisants**.

→ La **dose efficace** de l'exposition aux rayonnements ionisants se mesure en **sievert** (Sv), une unité qui permet d'évaluer l'impact des rayonnements sur les êtres humains. L'unité mSv, plus souvent utilisée, tient compte de la quantité d'énergie reçue par seconde et du type de rayonnement. La dose efficace moyenne reçue une personne par an est d'environ 4,5 mSv.

→ Il est nécessaire de **se protéger des rayonnements ionisants** en utilisant des écrans de protection, en limitant la durée d'exposition et en s'éloignant des sources de radioactivité.

SAVOIR FAIRE

Méthode 1 Écrire l'équation de désintégration d'un noyau instable à partir du diagramme (*N*, *Z*)

ÉNONCÉ

Dans la portion du diagramme (*N*, *Z*) ci-contre, les noyaux stables se trouvent dans les cases rouges (vallée de stabilité).

→ Écrire l'équation de la désintégration de l'iode 131.

$^{131}_{52}$Te	$^{132}_{53}$I	$^{133}_{54}$Xe	$^{134}_{55}$Cs
$^{130}_{52}$Te	$^{131}_{53}$I	$^{132}_{54}$Xe	$^{133}_{55}$Cs
$^{129}_{52}$Te	$^{130}_{53}$I	$^{131}_{54}$Xe	$^{132}_{55}$Cs
$^{128}_{52}$Te	$^{129}_{53}$I	$^{130}_{54}$Xe	$^{131}_{55}$Cs

SOLUTION

- On écrit les trois types de radioactivité naturelle et les particules qui y sont associées :

- radioactivité α : particule $^{4}_{2}$He (noyau d'atome d'hélium 4) ;
- radioactivité β^- : particule $^{0}_{-1}$e (électron) ;
- radioactivité β^+ : particule $^{0}_{1}$e (positron).

- On trouve les noyaux stables les plus proches du noyau radioactif $^{131}_{53}$I. Ils se trouvent dans la vallée de stabilité.

Les noyaux stables les plus proches de $^{131}_{53}$I sont : $^{132}_{54}$Xe ; $^{133}_{55}$Cs ; $^{131}_{54}$Xe ; $^{130}_{54}$Xe.

L'INFO À RETENIR

Les éléments stables les plus proches peuvent se trouver sur une ou deux case(s) à côté de l'isotope étudié (même en diagonale).

- Pour la désintégration de ce noyau $^{131}_{53}$I :

- si c'est une désintégration β, le nombre de masse *A* doit être identique ;
- si c'est une désintégration α, le nombre de masse *A* doit diminuer de 4.

Seul le noyau $^{131}_{54}$Xe correspond à une désintégration radioactive, ici de type β.

- On écrit l'équation de la désintégration avec les noyaux père et fils, ainsi que la particule inconnue $^{A}_{Z}$X. Le noyau père est à gauche de l'équation, tandis que le noyau fils et la particule émise sont à droite de l'équation.

L'équation de la désintégration est : $^{131}_{53}\text{I} \rightarrow {}^{131}_{54}\text{Xe} + {}^{A}_{Z}\text{X}$.

- L'équation de désintégration doit être ajustée en nombre de masse et en nombre de charge.

Conservation du nombre de masse :
$131 = 131 + A$, d'où $A = 0$.
Conservation du nombre de charge :
$53 = 54 + Z$, d'où $Z = 53 - 54 = -1$
On remplace *A* et *Z* dans l'équation de la désintégration, et X par le symbole de la particule correspondante.

LE RÉFLEXE À AVOIR

Pour ajuster une équation de désintégration, on utilise les deux lois de conservation (masse et charge).

Si $A = 0$ et $Z = -1$, X correspond à e (la particule émise est un électron) :
$^{131}_{53}\text{I} \rightarrow {}^{131}_{54}\text{Xe} + {}^{0}_{-1}\text{e}$.

Méthode 2 Établir la loi de décroissance radioactive

ÉNONCÉ

Soit un échantillon de radon, contenant un nombre initial de noyaux N_0. Le nombre de noyaux $N(t)$ en fonction du temps est régi par l'équation différentielle :

$$\frac{dN(t)}{dt} + \lambda \times N(t) = 0$$

→ Résoudre l'équation différentielle et donner l'expression de la loi de décroissance radioactive du radon.

SOLUTION

• On écrit la forme générale de la solution de l'équation différentielle.
Pour une équation différentielle du premier ordre à coefficients constants et sans second membre, la solution s'écrit :
$N(t) = K \times e^{-b \times t}$.
On utilise les conditions initiales (à $t = 0$) pour déterminer une relation entre K et N_0
$N(t = 0) = K \times e^{-b \times 0} = K$
Or $N(t = 0) = N_0$.
On en déduit que :
$N_0 = K$ et $N(t) = N_0 \times e^{-b \times t}$.

FOCUS MATHS
Une équation différentielle du premier ordre à coefficients constants et sans second membre est une équation du type : $y' + ay = 0$, où y est la fonction inconnue, y' sa dérivée et a une constante.

• On détermine l'expression de $\frac{dN(t)}{dt}$ en dérivant l'expression de $N(t)$ par rapport à la variable t :

$$\frac{dN(t)}{dt} = -b \times N_0 \times e^{-b \times t}$$

• On remplace $\frac{dN(t)}{dt}$ et $N(t)$ par leurs expressions dans l'équation différentielle de l'énoncé et on détermine une relation entre b et λ :

$$\frac{dN(t)}{dt} + \lambda \times N(t) = 0$$

$$-b \times N_0 \times e^{-b \times t} + \lambda \times N_0 \times e^{-b \times t} = 0$$

On simplifie par $N_0 \times e^{-b \times t}$:
$-b + \lambda = 0$, d'où $b = \lambda$.

• On donne l'expression de la loi de décroissance, en remplaçant K et b par leurs nouvelles expressions.
$K = N_0$ et $b = \lambda$, donc :
$N(t) = N_0 \times e^{-\lambda \times t}$

L'INFO À RETENIR

La démonstration tient ici en deux étapes :
– utiliser la condition initiale ;
– remplacer la solution générale dans l'équation différentielle.

Méthode 3 Exploiter la loi et une courbe de décroissance radioactive

ÉNONCÉ

Un des isotopes du radium, le radium 226, présent en faible quantité dans le minerai d'uranium, a une demi-vie de 1 602 ans. On considère un échantillon comportant initialement 10^{20} noyaux de radium 226. La courbe de décroissance radioactive est donnée ci-contre.

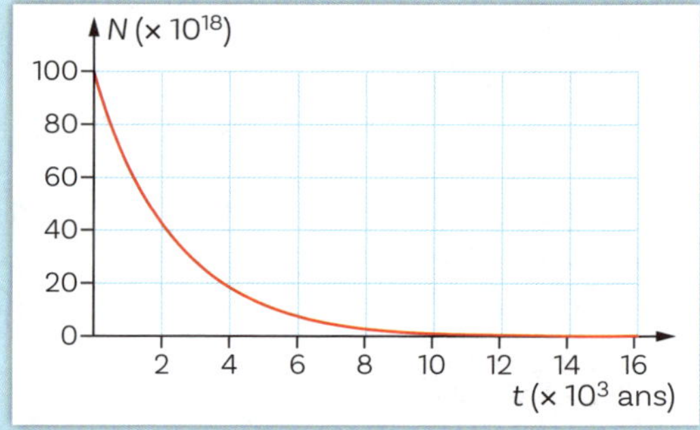

1. Donner l'expression de la loi de décroissance radioactive, qui modélise la courbe donnée dans l'énoncé, en fonction de N_0, t et $t_{1/2}$.

2. À l'aide de l'expression de la loi de décroissance, déterminer le nombre de noyaux qui se seront désintégrés dans 5 000 ans.

3. Retrouver ce résultat par lecture graphique.

SOLUTION

1. D'après le cours, l'expression de la loi de décroissance est :

$N(t) = N_0 \times e^{-\lambda \times t}$

De plus, on peut démontrer que : $\lambda = \dfrac{\ln(2)}{t_{1/2}}$.

En remplaçant l'expression de λ dans celle de la loi de décroissance, on a :

$N(t) = N_0 \times e^{-\frac{\ln(2) \times t}{t_{1/2}}}$.

2. On fait l'application numérique en remplaçant t par 5 000 :

$N = 10^{20} \times e^{-\frac{\ln(2) \times 5\,000}{1\,602}} = 1{,}15 \times 10^{19}$

Il restera $1{,}15 \times 10^{19}$ noyaux. Il s'en sera désintégré $10^{20} - 1{,}15 \times 10^{19}$, soit $8{,}85 \times 10^{19}$.

LE RÉFLEXE À AVOIR

Il n'est pas toujours nécessaire de convertir t en seconde. Il faut en revanche que le temps de demi-vie et le temps t considérés soient exprimés dans la même unité.

3. On cherche l'ordonnée du point ayant pour abscisse $5\,000 = 5 \times 10^3$.

Par lecture graphique, on a :

$N = 12 \times 10^{18}$ noyaux restants,

soit : $N = 1{,}2 \times 10^{19}$.

Il s'en sera désintégré

$10^{20} - 1{,}2 \times 10^{19}$, soit $8{,}8 \times 10^{19}$, ce qui est cohérent avec la réponse à la question **2**.

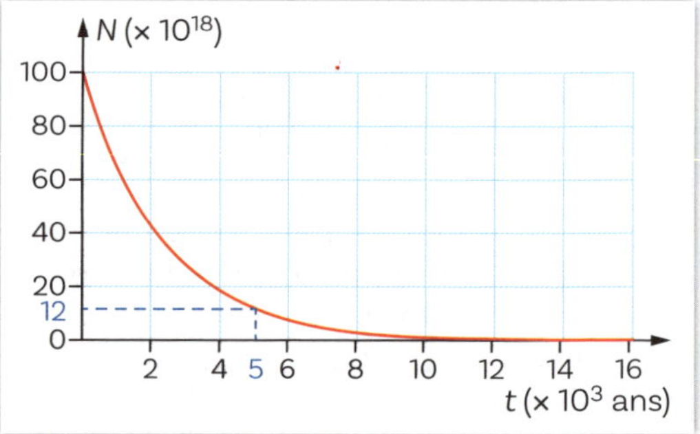

Méthode 4 Dater un événement à l'aide de noyaux radioactifs

ÉNONCÉ

Un bébé mammouth congelé dans un remarquable état de conservation a été retrouvé en Sibérie, dans la péninsule de Yamal, en 2007.
L'analyse des poils par datation au carbone 14 a montré que la fraction de noyaux N de carbone 14 par rapport au nombre initial N_0 est de 0,175.

→ Calculer l'âge du mammouth sachant que le temps de demi-vie du carbone 14 est : $t_{1/2} = 5\,730$ ans.

SOLUTION

- On écrit la loi de décroissance radioactive :
$N(t) = N_0 \times e^{-\lambda \times t}$.
- On sépare le facteur exponentiel du reste de l'équation pour isoler la variable t.

$N(t) = N_0 \times e^{-\lambda \times t}$ donne $e^{-\lambda \times t} = \dfrac{N(t)}{N_0}$.

D'où : $-\lambda \times t = \ln\left(\dfrac{N(t)}{N_0}\right)$.

Soit $t = -\dfrac{1}{\lambda} \times \ln\left(\dfrac{N(t)}{N_0}\right)$.

FOCUS MATHS
La fonction ln est appelée fonction logarithme népérien. C'est la réciproque de la fonction exponentielle : pour tout réel x, $\ln(e^x) = x$.

- On écrit la relation entre la constante radioactive λ et le temps de demi-vie $t_{1/2}$, puis on remplace λ dans l'expression de t par son expression en fonction de $t_{1/2}$.

$$\lambda = \frac{\ln(2)}{t_{1/2}}$$

Or $t = -\dfrac{1}{\lambda} \times \ln\left(\dfrac{N(t)}{N_0}\right)$, donc :

$$t = -\frac{t_{1/2}}{\ln(2)} \times \ln\left(\frac{N(t)}{N_0}\right).$$

D'après l'énoncé, $\dfrac{N(t)}{N_0} = 0{,}175$.

On calcule alors l'âge du mammouth :

$$t = -\frac{5\,730}{\ln(2)} \times \ln(0{,}175) \approx 14\,000 \text{ ans}$$

Le mammouth est âgé d'environ 14 000 ans.

L'ERREUR À NE PAS FAIRE
Il ne faut pas se tromper dans les unités : la date t calculée aura la même unité de temps que $t_{1/2}$ (ici, l'année).

SE TESTER

Donner la ou les bonne(s) réponse(s) en 10 minutes chrono !

1. Dans un diagramme (N, Z) :

- **a** tous les isotopes pour lesquels $Z < 20$ sont stables
- **b** les isotopes pour lesquels $Z < 20$ et $Z = N$ sont stables
- **c** les isotopes pour lesquels $Z > 20$ et $N < Z$ sont instables

2. La solution de l'équation différentielle $\frac{dN(t)}{dt} + \lambda N(t) = 0$ est :

- **a** $N(t) = N_0 \times e^{\lambda t}$
- **b** $N(t) = N_0 \times e^{\frac{t}{\lambda}}$
- **c** $N(t) = N_0 \times e^{-\lambda t}$

3. Le temps de demi-vie :

- **a** est différent pour chaque isotope
- **b** s'exprime en secondes dans le Système international
- **c** est égal à $\frac{\ln(2)}{\lambda}$

4. 75 % des noyaux d'un isotope se sont désintégrés au bout de 10 jours. Le temps de demi-vie est de :

- **a** 15 jours
- **b** 10 jours
- **c** 5 jours

5. La datation au carbone 14 :

- **a** permet de dater des matériaux de 1 million d'années
- **b** est utilisée pour dater les roches
- **c** peut être utilisée pour déterminer l'âge de Toutankhamon

6. Pour se protéger d'une source de rayonnement ionisant, il faut :

- **a** augmenter la distance entre la source et la personne
- **b** augmenter le temps d'exposition
- **c** diminuer le temps d'exposition

→ Corrigés page 100

S'ENTRAÎNER

Exercice 1 Utiliser le diagramme (*N*, *Z*) Voir Méthode 1 p. 90

On donne ci-contre une partie du diagramme (*N*, *Z*).

1. À l'aide de la classification périodique, indiquer les symboles des noyaux stables correspondant aux cases grises.

2. Donner les numéros de ligne et de colonne correspondant aux noyaux $^{14}_{6}C$ et $^{17}_{9}F$.

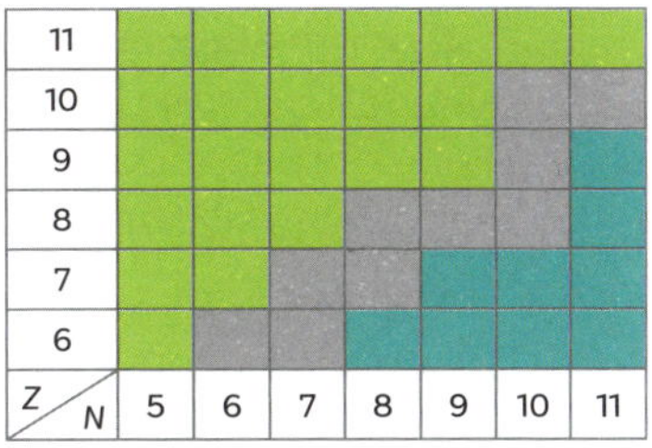

→ Corrigé p. 100

Exercice 2 Type de radioactivité

Voir Méthode 1 p. 90

Avec l'extrait de diagramme (*N*, *Z*) ci-contre, où les cases grises indiquent la vallée de la stabilité, déterminer le type de désintégration des isotopes suivants.

a. $^{9}_{3}Li$

b. $^{8}_{4}Be$

c. $^{15}_{8}O$

N \ Z	1	2	3	4	5	6	7	8
9			$^{12}_{3}Li$	$^{13}_{4}Be$	$^{14}_{5}B$	$^{15}_{6}C$	$^{16}_{7}N$	$^{17}_{8}O$
8		$^{10}_{2}He$	$^{11}_{3}Li$	$^{12}_{4}Be$	$^{13}_{5}B$	$^{14}_{6}C$	$^{15}_{7}N$	$^{16}_{8}O$
7		$^{9}_{2}He$	$^{10}_{3}Li$	$^{11}_{4}Be$	$^{12}_{5}B$	$^{13}_{6}C$	$^{14}_{7}N$	$^{15}_{8}O$
6	$^{7}_{1}H$	$^{8}_{2}He$	$^{9}_{3}Li$	$^{10}_{4}Be$	$^{11}_{5}B$	$^{12}_{6}C$	$^{13}_{7}N$	$^{14}_{8}O$
5	$^{6}_{1}H$	$^{7}_{2}He$	$^{8}_{3}Li$	$^{9}_{4}Be$	$^{10}_{5}B$	$^{11}_{6}C$	$^{12}_{7}N$	$^{13}_{8}O$
4	$^{5}_{1}H$	$^{6}_{2}He$	$^{7}_{3}Li$	$^{8}_{4}Be$	$^{9}_{5}B$	$^{10}_{6}C$	$^{11}_{7}N$	$^{12}_{8}O$
3	$^{4}_{1}H$	$^{5}_{2}He$	$^{6}_{3}Li$	$^{7}_{4}Be$	$^{8}_{5}B$	$^{9}_{6}C$	$^{10}_{7}N$	
2	$^{3}_{1}H$	$^{4}_{2}He$	$^{5}_{3}Li$	$^{6}_{4}Be$	$^{7}_{5}B$	$^{8}_{6}C$		

→ Corrigé p. 100

Exercice 3 Équations de désintégration Voir Méthode 1 p. 90

Équilibrer chacune des équations de désintégration suivantes. Donner le nom de la particule émise et le type de désintégration correspondant.

a. $^{238}_{92}U \rightarrow {}^{234}_{90}Th + {}^{\dots}_{\dots} \dots$

b. $^{14}_{6}C \rightarrow {}^{14}_{7}N + {}^{\dots}_{\dots} \dots$

c. $^{228}_{90}Th \rightarrow {}^{\dots}_{\dots}Ra + {}^{4}_{2}He$

d. $^{228}_{88}Ra \rightarrow {}^{\dots}_{\dots}Ac + {}^{0}_{-1}e$

e. ${}^{\dots}_{\dots}Rn \rightarrow {}^{220}_{85}At + {}^{0}_{1}e$

f. ${}^{\dots}_{\dots}F \rightarrow {}^{18}_{8}O + {}^{0}_{1}e$

→ Corrigé p. 100

Exercice 4 Désintégration de l'uranium 238 Voir Méthode 1 p. 90

L'uranium 238 est un atome radioactif. Son noyau ($^{238}_{92}U$) subit une chaîne de désintégrations α et β^- conduisant à différents noyaux fils. Ils sont tous radioactifs, sauf le dernier de cette chaîne, un noyau de plomb 206 ($^{206}_{82}Pb$).

L'équation globale de désintégration de $^{238}_{92}U$ pour devenir $^{206}_{82}Pb$ est :

$$^{238}_{92}U \rightarrow {}^{206}_{82}Pb + k\ {}^{4}_{2}He + m\ {}^{0}_{-1}e$$

→ En appliquant les lois de conservation, déterminer la valeur des nombres *k* et *m*.

→ Corrigé p. 101

Exercice 5 Le fluor 18 Voir Méthode 3 p. 92

Le fluor 18 est un radionucléide utilisé en tomographie par émission de positrons (TEP) pour détecter la présence de cellules cancéreuses. On donne ci-contre un graphique donnant l'évolution de l'activité radioactive d'un échantillon contenant du fluor 18.

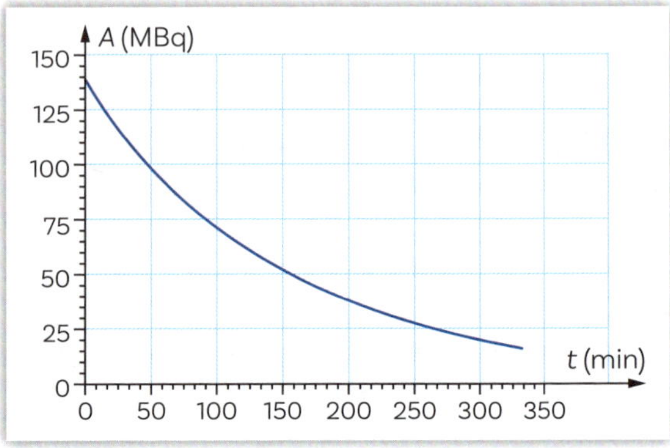

1. Déterminer le temps de demi-vie $t_{1/2}$ du fluor 18.

2. En déduire la constante radioactive λ du fluor 18.

→ Corrigé p. 101

Exercice 6 Les détecteurs de fumée Voir Méthode 3 p. 92

Les détecteurs de fumée contiennent une petite quantité d'américium 241, un radioisotope émetteur α. On considère un détecteur de fumée, contenant une quantité de dioxyde d'américium telle que son activité radioactive initiale est $A_0 = 28{,}0$ kBq. Ce détecteur est mal conçu : on ne peut pas changer la pile, qui a une durée de vie de 10 ans.

La constante radioactive de ${}^{241}_{95}\text{Am}$ est $\lambda = 1{,}60 \times 10^{-3}$ ans.

1. Calculer l'activité radioactive résiduelle au bout des 10,0 ans de durée de vie de l'appareil.

2. Calculer le temps au bout duquel l'américium présent dans le détecteur de fumée aura une activité radioactive de 8 000 Bq, équivalente à l'activité radioactive d'un corps humain moyen.

→ Corrigé p. 101

Exercice 7 L'homme de Cro-Magnon Voir Méthode 4 p. 93

L'Homme de Cro-Magnon est à l'origine le nom donné à un ensemble de fossiles d'*Homo sapiens* découverts en 1868 sur le site de l'abri de Cro-Magnon (en Dordogne).

Un corps humain d'une masse moyenne de 70 kg a une activité radioactive naturelle de 8 000 Bq, dont 4 500 Bq sont dus au potassium 40, dont la demi-vie est très grande (plusieurs milliards d'années). Lors de la découverte de 1868, l'activité radioactive des fossiles était de 4 623 Bq.

1. Écrire la loi de décroissance radioactive du carbone 14, en donnant son activité $A(t)$ en fonction de A_0, λ et t.

On suppose que le nombre de noyaux de potassium 40 est resté identique entre la mort de l'Homme de Cro-Magnon et sa découverte en 1868.

2. Calculer l'activité initiale A_0 de l'échantillon due uniquement au carbone 14.

3. Calculer l'activité A de l'échantillon due uniquement au carbone 14, lors de sa découverte.

4. Calculer le nombre d'années écoulées depuis la mort du fossile.

Donnée. Constante radioactive du carbone 14 : $\lambda = 1{,}21 \times 10^{-4}$ an^{-1}.

→ Corrigé p. 101

SE PERFECTIONNER

Exercice 8 ★ Injection d'un radioisotope

Du phosphore 32 est injecté en intraveineuse à un patient. La solution injectée a une activité initiale $A_0 = 2{,}60 \times 10^9$ Bq. La demi-vie du phosphore 32 est $t_{1/2} = 14{,}3$ jours.

CONSEIL
2. Attention à l'unité de $t_{1/2}$ pour donner son unité à λ ! Il est préférable de convertir $t_{1/2}$ en secondes.

1. Définir le temps de demi-vie.

2. Calculer la constante de désintégration radioactive λ du phosphore 32. Donner son unité.

3. Écrire la loi de décroissance radioactive du nombre de noyaux radioactifs $N(t)$ dans un échantillon.

4. Montrer que l'activité $A(t)$ est proportionnelle à $N(t)$.

5. Déterminer le nombre N_0 de noyaux injectés au patient.

6. Calculer le temps nécessaire, en jours, pour que le patient ne présente plus qu'une activité égale à 20 % de l'activité initiale.

→ Corrigé p. 102

Exercice 9 ★ Protection d'un radiologue

La dose de rayonnement reçue par unité de temps sur la peau est de 60 $mSv \cdot h^{-1}$ à 10 cm d'une certaine source radioactive, de 0,15 $mSv \cdot h^{-1}$ à 2 m et de 0,006 $mSv \cdot h^{-1}$ à 10 m.

1. Un radiologue ne peut être exposé qu'à 20 mSv sur une année. Combien de temps pourrait-il rester (sans protection) à 10 cm de cette source radioactive ?

2. Il est affirmé que « la dose équivalente reçue est inversement proportionnelle au carré de la distance ». Vérifier cette affirmation.

→ Corrigé p. 102

Exercice 10 ★★ L'iode 131

L'iode est un élément capable de se fixer sur la glande thyroïde. Après l'opération d'un patient atteint d'un cancer de la thyroïde, il est nécessaire de détruire le reste de cellules cancéreuses. Pour cela, le patient ingère un comprimé contenant de l'iodure de sodium avec de l'iode 131, radioactif, qui se fixe sur la thyroïde. Le patient est alors dans une chambre, isolé, le temps que l'iode soit évacué dans les urines ou les selles.

On considère un comprimé ayant une activité initiale $A_0 = 2{,}0 \times 10^3$ MBq. On a mesuré l'activité $A(t)$ du comprimé à différentes dates :

t (jours)	0	5	10	15	20	25	30
A(t) (MBq)	20×10^2	13×10^2	$8{,}5 \times 10^2$	$5{,}6 \times 10^2$	$3{,}4 \times 10^2$	$2{,}4 \times 10^2$	$1{,}5 \times 10^2$

1. À l'aide des données du tableau, tracer la courbe de décroissance radioactive du comprimé d'iode 131.

2. Rappeler la définition du temps de demi-vie radioactive, puis déterminer graphiquement sa valeur.

3. En déduire la valeur de la constante radioactive λ, en seconde.

4. Exprimer la loi de décroissance radioactive de l'activité de l'échantillon.

5. On considère que le comprimé n'est plus assez radioactif lorsque son activité initiale est divisée par 1 000.
Au bout de combien de temps le comprimé n'est-il plus assez radioactif ?

6. À l'aide de la valeur initiale de l'activité radioactive du comprimé, déterminer le nombre de noyaux d'atomes d'iode 131 initialement présents dans le comprimé.

7. En déduire la masse initiale d'iode 131 dans le comprimé.

> **CONSEIL**
> **7.** Il faut trouver le lien entre la masse m de ${}^{131}_{53}\mathrm{I}$, sa masse molaire M, le nombre de noyaux dans l'échantillon N et N_A.

Données.
- Masse molaire de l'iode 131 : $M({}^{131}_{53}\mathrm{I}) = 130{,}9\ \mathrm{g \cdot mol^{-1}}$.
- Nombre d'Avogadro : $N_A = 6{,}022 \times 10^{23}\ \mathrm{mol^{-1}}$.

→ Corrigé p. 102

Exercice 11 ★★ Le radon 222

Le radon 222 est un gaz incolore, inodore et insipide qui provient de la désintégration de l'uranium dans la croûte terrestre. Sa demi-vie radioactive de 3,82 jours est très courte mais il est régénéré en tant que membre de la filiation radioactive de l'uranium 238. L'inhalation du radon et de ses descendants représente pour la population française le tiers de l'exposition moyenne aux rayonnements ionisants. Le radon 222 se désintègre en donnant successivement, dans un court délai, du polonium 218, du plomb 214, du bismuth 214, du polonium 214 et du plomb 210. Les quatre premiers peuvent être inhalés sous forme d'aérosols et se déposer sur les cellules pulmonaires. La nocivité du radon est surtout due aux désintégrations α de ses descendants.

1. Donner la définition d'un noyau radioactif.

2. En s'aidant du texte de l'énoncé, écrire les équations de désintégrations successives permettant d'obtenir les trois premiers descendants du radon 222. Indiquer dans chaque cas le type de radioactivité.
La mesure de l'activité du radon dans une cave a donné un résultat de 6 000 becquerels par mètre cube d'air.

3. Calculer la valeur de λ pour le radon 222.

4. Quelle est la masse de radon 222 contenue dans 1,0 m^3 d'air de cette cave ?

5. La loi de décroissance de l'activité en fonction du temps est $A(t) = A_0 \times e^{-\lambda t}$.
En supposant que le radon ne s'infiltre plus et ne s'échappe pas de cette cave, au bout de combien de jours l'activité du radon 222 sera-t-elle de 400 $\mathrm{Bq \cdot m^{-3}}$, seuil au-dessus duquel l'Union européenne recommande d'entreprendre des mesures correctrices simples ?

Données.
- Nombre d'Avogadro : $N_A = 6{,}022 \times 10^{23}\ \mathrm{mol^{-1}}$
- Masse molaire du radon 222 : $M = 222{,}0\ \mathrm{g \cdot mol^{-1}}$
- Symbole et numéro atomique de quelques éléments :

Nom	Plomb	Bismuth	Polonium	Radon
Symbole	Pb	Bi	Po	Rn
Z	82	83	84	86

→ Corrigé p. 103

Exercice 12 ★★★ L'âge de la Terre

La détermination de l'âge de la Terre a commencé vers le XVIe siècle. On l'estimait alors autour de 5 000 ans. Au XIXe siècle, des scientifiques admettaient un âge d'environ 100 millions d'années. La découverte de la radioactivité en 1896, bouleversa toutes les données connues. La datation à l'uranium-plomb permit de déterminer assez précisément l'âge de la Terre. On propose ici de comprendre cette technique de datation.

1. Le noyau d'uranium 238, naturellement radioactif, se transforme en un noyau de plomb 206, stable, par une série de désintégrations successives.

Dans la première étape, un noyau d'uranium $^{238}_{92}U$ subit une radioactivité α. Le noyau fils est du thorium (symbole Th).

a. Qu'est-ce qu'un noyau radioactif ?

b. Écrire l'équation de la réaction de la première étape.

c. Dans la deuxième étape, le noyau de thorium 234 se transforme en un noyau de protactinium $^{234}_{91}Pa$. L'équation de la réaction nucléaire est $^{234}_{90}Th \rightarrow {}^{234}_{91}Pa + {}^{0}_{-1}e$.

Préciser, en justifiant, le type de radioactivité correspondant à cette transformation.

d. L'équation globale du processus de transformation d'un noyau d'uranium 238 en un noyau de plomb 206 est : $^{238}_{92}U \rightarrow {}^{206}_{82}Pb + 6\,{}^{0}_{-1}e + 8\,{}^{4}_{2}He$.

Déterminer, en justifiant, le nombre de désintégrations α et β^- de ce processus.

2. On a constaté, d'une part, que les minéraux d'une même couche géologique, donc du même âge, contiennent de l'uranium 238 et du plomb 206 en proportions remarquablement constantes, et d'autre part que la quantité de plomb dans un minéral augmente proportionnellement à son âge relatif. Si on mesure la quantité de plomb 206 dans un échantillon de roche ancienne, en considérant qu'il n'y en avait pas initialement, on peut déterminer l'âge du minéral à partir de la courbe de décroissance radioactive du nombre de noyaux d'uranium 238.

On étudie un échantillon de roche ancienne dont l'âge, noté t_{Terre}, correspond à celui de la Terre. On considère la courbe de décroissance radioactive (ci-contre) du nombre $N_U(t)$ de noyaux d'uranium 238 dans un échantillon de roche ancienne.

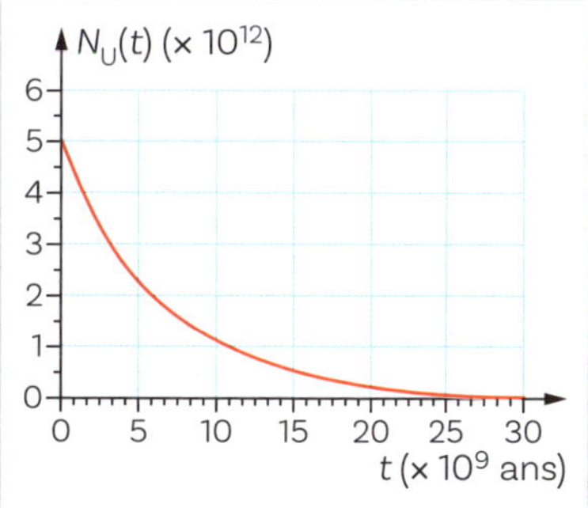

a. Indiquer la quantité initiale $N_U(0)$ de noyaux d'uranium.

b. Déterminer graphiquement la valeur du temps de demi-vie $t_{1/2}$ de l'uranium 238. En déduire la valeur de sa constante radioactive λ.

c. Donner l'expression de $N_U(t)$, nombre de noyaux radioactifs présents dans l'échantillon à la date t, en fonction de $N_U(0)$. Calculer le nombre de noyaux d'uranium 238 qui restent dans la roche à la date $t_1 = 1{,}5 \times 10^9$ années. Vérifier graphiquement le résultat.

d. La quantité de plomb mesurée dans la roche à la date t_{Terre}, notée $N_{Pb}(t_{Terre})$, est égale à $2{,}5 \times 10^{12}$ atomes.

Établir la relation entre $N_U(t_{Terre})$, $N_U(0)$ et $N_{Pb}(t_{Terre})$. Calculer la quantité $N_U(t_{Terre})$ de noyaux d'uranium.

e. Déterminer l'âge t_{Terre} de la Terre.

CONSEIL
2. d. Il faut comprendre que 1 noyau d'uranium conduit à 1 noyau de plomb.

→ Corrigé p. 104

CORRIGÉS

SE TESTER

1. b et c ; **2.** c ; **3.** a, b et c ; **4.** c ; **5.** c ; **6.** a et c.

S'ENTRAÎNER

Exercice 1 Utiliser le diagramme (N, Z)

1. Il faut identifier les éléments par leur numéro atomique Z dans la classification périodique des éléments : si $Z = 6$, c'est le carbone (C) ; si $Z = 7$, c'est l'azote (N) ; si $Z = 8$, c'est l'oxygène (O) ; si $Z = 9$, c'est le fluor (F) ; si $Z = 10$, c'est le néon (Ne) ; si $Z = 11$, c'est le sodium (Na).

2. Il faut calculer le nombre de neutrons de chaque isotope.

• $^{14}_{6}C$: il y a $Z = 6$ protons, et $N = 14 - 6 = 8$ neutrons. Il est donc dans la ligne 6 et la colonne 8.

• $^{17}_{9}F$: il y a $Z = 9$ protons, et $N = 17 - 9 = 8$ neutrons. Il est donc dans la ligne 9 et la colonne 8.

L'INFO À RETENIR

Le nombre A dans $^{A}_{Z}X$ représente la somme des nombres de protons Z et de neutrons N. On calcule N par la relation $N = A - Z$.

Exercice 2 Type de radioactivité

a. Le noyau stable le plus proche est $^{9}_{4}Be$.

On écrit l'équation de désintégration : $^{9}_{3}Li \rightarrow {}^{9}_{4}Be + {}^{A}_{Z}X$.

Par application des lois de conservation : $A = 9 - 9 = 0$ et $Z = 3 - 4 = -1$.

Ce qui donne : $^{9}_{3}Li \rightarrow {}^{9}_{4}Be + {}^{0}_{-1}e$. $^{9}_{3}Li$ est donc radioactif β^-.

b. Les noyaux stables les plus proches sont $^{9}_{4}Be$; $^{10}_{5}B$; $^{7}_{3}Li$; $^{6}_{3}Li$; $^{4}_{2}He$.

Seule la désintégration en $^{4}_{2}He$ donne un type de radioactivité connu (α).

On écrit l'équation de désintégration : $^{8}_{4}Be \rightarrow {}^{4}_{2}He + {}^{A}_{Z}X$.

Par application des lois de conservation : $A = 8 - 4 = 4$ et $Z = 4 - 2 = 2$.

Ce qui donne : $^{8}_{4}Be \rightarrow {}^{4}_{2}He + {}^{4}_{2}He$. $^{8}_{4}Be$ est donc radioactif α.

c. Les noyaux stables les plus proches sont $^{16}_{8}O$; $^{15}_{7}N$; $^{14}_{7}N$

Seule la désintégration en $^{15}_{7}N$ donne un type de radioactivité connu (β).

On écrit l'équation de désintégration : $^{15}_{8}O \rightarrow {}^{15}_{7}N + {}^{A}_{Z}X$.

Par application des lois de conservation : $A = 15 - 15 = 0$ et $Z = 8 - 7 = 1$.

Ce qui donne : $^{15}_{8}O \rightarrow {}^{15}_{7}N + {}^{0}_{1}e$. $^{15}_{8}O$ est donc radioactif β^+.

Exercice 3 Équations de désintégration

Pour chaque cas, il faut appliquer les lois de conservation des nombres de masse et de charge, comme à la méthode 1.

a. $^{238}_{92}U \rightarrow {}^{234}_{90}Th + {}^{4}_{2}He$	Désintégration α ; émission d'un noyau d'hélium.
b. $^{14}_{6}C \rightarrow {}^{14}_{7}N + {}^{0}_{-1}e$	Désintégration β^- ; émission d'un électron
c. $^{228}_{90}Th \rightarrow {}^{224}_{88}Ra + {}^{4}_{2}He$	Désintégration α ; émission d'un noyau d'hélium.
d. $^{228}_{88}Ra \rightarrow {}^{228}_{89}Ac + {}^{0}_{-1}e$	Désintégration β^- ; émission d'un électron.
e. $^{220}_{86}Rn \rightarrow {}^{220}_{85}At + {}^{0}_{1}e$	Désintégration β^+ ; émission d'un positron.
f. $^{18}_{9}F \rightarrow {}^{18}_{8}O + {}^{0}_{1}e$	Désintégration β^+ ; émission d'un positron.

Exercice 4 **Désintégration de l'uranium 238**

On applique la conservation du nombre de masse :
$238 = 206 + 4 \times k + 0 \times m$, ce qui donne $k = 8$.
On applique la conservation du nombre de charge :
$92 = 82 + 2 \times k - 1 \times m$, ce qui donne $m = 6$.
L'uranium 238 subit donc 8 désintégrations α et 6 désintégrations β^- pour conduire à un noyau stable.

Exercice 5 **Le fluor 18**

1.

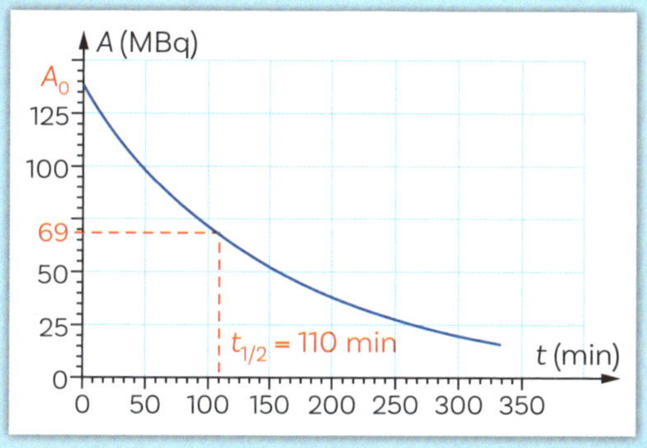

L'INFO À RETENIR

$t_{1/2}$ correspond également à la durée nécessaire pour que l'activité initiale d'un échantillon soit divisée par 2.

On détermine tout d'abord l'activité initiale A_0 par lecture graphique : $A_0 = 138$ MBq.

On cherche la date à laquelle l'échantillon a une activité égale à $\dfrac{A_0}{2} = \dfrac{138}{2} = 69$ MBq.
Par lecture graphique, on détermine alors $t_{1/2} = 110$ min.

2. On écrit la relation entre λ et $t_{1/2}$:

$\lambda \times t_{1/2} = \ln(2)$. D'où $\lambda = \dfrac{\ln(2)}{t_{1/2}} = \dfrac{\ln(2)}{110} = 6{,}30 \times 10^{-3}\ \text{min}^{-1}$

Exercice 6 **Les détecteurs de fumée**

1. On cherche A pour $t = 10{,}0$ ans : $A(t = 10{,}0) = 28{,}0 \times e^{-1{,}60 \times 10^{-3} \times 10{,}0} = 27{,}6$ kBq

2. On transforme la loi de décroissance afin d'exprimer t :

$A(t) = A_0 \times e^{-\lambda t}$

D'où : $t = -\dfrac{1}{\lambda} \times \ln\left(\dfrac{A(t)}{A_0}\right)$

$t = -\dfrac{1}{1{,}60 \times 10^{-3}} \times \ln\left(\dfrac{8\ 000}{28{,}0 \times 10^3}\right) = 783$ ans

LE RÉFLEXE À AVOIR

Il faut respecter le nombre de chiffres significatifs : on écrit le résultat avec le minimum de précision que l'on a (ici, 3 chiffres).

Exercice 7 **L'homme de Cro-Magnon**

1. La loi de décroissance en activité est : $A(t) = A_0 \times e^{-\lambda t}$.

2. On soustrait, à l'activité totale, l'activité due au potassium 40.
L'activité due au carbone 14 est donc $A_0 = 8\ 000 - 4\ 500 = 3\ 500$ Bq.

3. On soustrait cette fois, à l'activité résiduelle, les 4 500 Bq dus au potassium 40, car on considère qu'il a une demi-vie très supérieure à celle du carbone 14.
Le carbone 14 a donc une activité résiduelle $A = 4\ 623 - 4\ 500 = 123$ Bq.

4. On transforme la loi de décroissance afin d'exprimer t :

$A(t) = A_0 \times e^{-\lambda t}$, d'où $t = -\dfrac{1}{\lambda} \times \ln\left(\dfrac{A(t)}{A_0}\right) = -\dfrac{1}{1{,}21 \times 10^{-4}} \times \ln\left(\dfrac{123}{3\,500}\right) = 27{,}7 \times 10^3$ ans.

Il s'est donc écoulé environ 27 700 ans depuis la mort du fossile.

SE PERFECTIONNER

Exercice 8 Injection d'un radioisotope

1. Le temps de demi-vie est le temps nécessaire pour que l'activité d'un échantillon soit divisée par 2.

2. On écrit la relation entre λ et $t_{1/2}$: $\lambda \times t_{1/2} = \ln(2)$.
Pour faire l'application numérique, on convertit $t_{1/2}$ en secondes.

$$\lambda = \frac{\ln(2)}{t_{1/2}} = \frac{\ln(2)}{14{,}3 \times 24 \times 3\,600} = 5{,}61 \times 10^{-7}\ \text{s}^{-1}$$

3. La loi de décroissance radioactive est : $N(t) = N_0 \times e^{-\lambda \times t}$.

4. $A(t)$ et $N(t)$ sont liés par la relation $A(t) = \lambda \times N(t)$. Ces deux grandeurs sont donc proportionnelles, et le coefficient de proportionnalité est λ.

5. On écrit la relation entre A_0 et N_0 et on fait l'application numérique :

$$A_0 = \lambda \times N_0, \text{ d'où } N_0 = \frac{A_0}{\lambda} = \frac{2{,}60 \times 10^9}{5{,}61 \times 10^{-7}} = 4{,}63 \times 10^{15} \text{ noyaux.}$$

6. On cherche la date t à laquelle $A(t) = 0{,}20 \times A_0$, soit $\frac{A(t)}{A_0} = 0{,}20$.
On transforme la loi de décroissance afin d'exprimer t :

$$A(t) = A_0 \times e^{-\lambda t} \text{ d'où } t = -\frac{1}{\lambda} \times \ln\left(\frac{A(t)}{A_0}\right) = -\frac{1}{5{,}61 \times 10^{-7}} \times \ln(0{,}20) = 2{,}87 \times 10^6\ \text{s} = 33{,}2 \text{ jours.}$$

Le temps nécessaire est donc de 33,2 jours.

Exercice 9 Protection d'un radiologue

1. On divise la dose maximale par la dose reçue en 1 h, à 10 cm de la source :

$\frac{20}{60} = 0{,}33$ h, soit 20 min. Il doit donc rester 20 minutes.

2. Pour vérifier l'affirmation, on calcule le rapport des doses équivalentes entre 2 m et 10 m (par exemple), puis le rapport de l'inverse des carrés des distances :

$$\frac{0{,}15}{0{,}006} = 25, \text{ à comparer avec : } \frac{\left(\frac{1}{2}\right)^2}{\left(\frac{1}{10}\right)^2} = \left(\frac{1}{2}\right)^2 \times \left(\frac{10}{1}\right)^2 = 25$$

L'affirmation est donc correcte.

Exercice 10 L'iode 131

1.

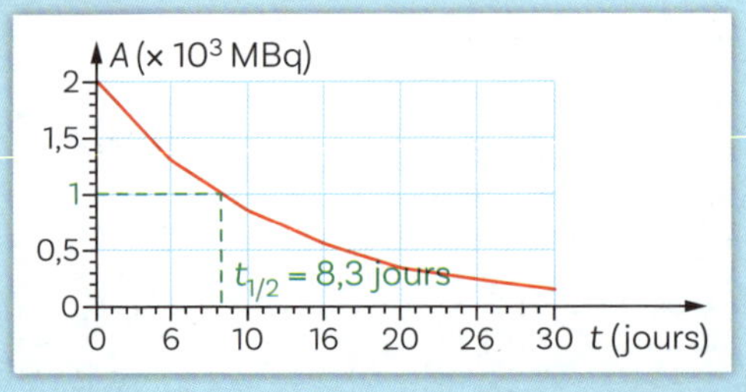

2. Le temps de demi-vie est le temps nécessaire pour que l'activité d'un échantillon soit divisée par 2. Par lecture graphique (voir ci-dessus), on détermine que $t_{1/2} = 8{,}3$ jours.

3. On écrit la relation entre λ et $t_{1/2}$: $\lambda \times t_{1/2} = \ln(2)$.
On convertit $t_{1/2}$ en secondes pour l'application numérique :

$$\lambda = \frac{\ln(2)}{t_{1/2}} = \frac{\ln(2)}{8{,}3 \times 24 \times 3\,600} = 9{,}7 \times 10^{-7}\ \text{s}^{-1}$$

4. La loi de décroissance en activité est $A(t) = A_0 \times e^{-\lambda \times t}$.

5. On cherche la date t à laquelle $A(t) = \dfrac{A_0}{1\,000}$, soit $\dfrac{A(t)}{A_0} = 0{,}001$.

$A(t) = A_0 \times e^{-\lambda t}$ d'où $t = -\dfrac{1}{\lambda} \times \ln\left(\dfrac{A(t)}{A_0}\right)$.

$$t = -\frac{1}{9{,}7 \times 10^{-7}} \times \ln(0{,}001) = 7{,}1 \times 10^{6}\ \text{s} = 82\ \text{jours}$$

Le comprimé n'est plus radioactif au bout de 82 jours.

LE RÉFLEXE À AVOIR

1 j = 24 h = 24 × 60 min
= 24 × 60 × 60 s

6. On a $A_0 = \lambda \times N_0$ d'où : $N_0 = \dfrac{A_0}{\lambda} = \dfrac{2{,}0 \times 10^{9}}{9{,}7 \times 10^{-7}} = 2{,}1 \times 10^{15}$ noyaux

7. On a deux relations pour calculer une quantité de matière :

$n = \dfrac{N}{N_A}$ et $n = \dfrac{m}{M}$, dont on déduit $\dfrac{m}{M} = \dfrac{N}{N_A}$.

D'où $m = M \times \dfrac{N}{N_A} = 130{,}9 \times \dfrac{2{,}1 \times 10^{15}}{6{,}022 \times 10^{23}} = 4{,}5 \times 10^{-7}\ \text{g} = 0{,}45\ \mu\text{g}$.

La masse initiale d'iode dans le comprimé est de 0,45 µg.

Exercice 11 Le radon 222

1. Un noyau radioactif est un noyau qui est susceptible de se transformer en un noyau de nature différente par désintégration.

2. On utilise les données du texte, les numéros atomiques des données et les lois de conservation.

- Transformation du radon 220 en polonium 218 (désintégration α) :
$^{222}_{86}\text{Rn} \rightarrow {}^{218}_{84}\text{Po} + {}^{4}_{2}\text{He}$
- Transformation du polonium 218 en plomb 214 (désintégration α) :
$^{218}_{84}\text{Po} \rightarrow {}^{214}_{82}\text{Pb} + {}^{4}_{2}\text{He}$
- Transformation du plomb 214 en bismuth 214 (désintégration β^-) :
$^{214}_{82}\text{Pb} \rightarrow {}^{214}_{83}\text{Bi} + {}^{0}_{-1}\text{e}$

3. On convertit $t_{1/2} = 3{,}82$ jours en secondes pour faire l'application numérique :

$$\lambda = \frac{\ln(2)}{t_{1/2}} = \frac{\ln(2)}{3{,}82 \times 24 \times 3\,600} = 2{,}11 \times 10^{-6}\ \text{s}^{-1}$$

4. L'air étudié a une activité de 6 000 $\text{Bq}\cdot\text{m}^{-3}$. Il nous faut donc calculer le nombre de noyaux de radon 222 donnant une activité de 6 000 Bq.

$$N = \frac{A}{\lambda} = \frac{6\,000}{2{,}11 \times 10^{-6}} = 2{,}84 \times 10^{9}\ \text{noyaux}$$

On calcule maintenant la masse de radon 220 dans ce mètre cube d'air :

$n = \dfrac{N}{N_A}$ et $n = \dfrac{m}{M}$, dont on déduit $\dfrac{m}{M} = \dfrac{N}{N_A}$.

$$m = M \times \frac{N}{N_A} = 222{,}0 \times \frac{2{,}84 \times 10^{9}}{6{,}022 \times 10^{23}} = 1{,}05 \times 10^{-12}\ \text{g}$$

La masse cherchée est donc $1{,}05 \times 10^{-12}$ g.

5. On cherche t tel que $\frac{A(t)}{A_0} = \frac{400}{6\,000} = \frac{1}{15}$

$$A(t) = A_0 \times e^{-\lambda t} \text{ d'où } t = -\frac{1}{\lambda} \times \ln\left(\frac{A(t)}{A_0}\right) = -\frac{1}{2{,}11 \times 10^{-6}} \times \ln\left(\frac{1}{15}\right) = 1{,}28 \times 10^6 \text{ s} = 14{,}9 \text{ jours}$$

Il faut donc environ 15 jours pour que l'activité soit de $400\ Bq \cdot m^{-3}$.

Exercice 12 L'âge de la Terre

1. a. Un noyau radioactif est un noyau qui est susceptible de se transformer en un noyau de nature différente par désintégration.

b. On écrit l'équation de désintégration, en notant A et Z les nombres de masse et de charge du noyau fils :

$^{238}_{92}U \rightarrow {}^{A}_{Z}Th + {}^{4}_{2}He$

On applique les lois de conservation de masse et de charge :

$A = 238 - 4 = 234$ et $Z = 92 - 2 = 90$.

On en déduit l'équation : $^{238}_{92}U \rightarrow {}^{234}_{90}Th + {}^{4}_{2}He$

L'INFO À RETENIR

L'émission d'un électron est caractéristique d'une désintégration β^-, celle d'un noyau d'hélium d'une désintégration α.

c. Il s'agit d'une désintégration β^- car il y a émission d'un électron.

d. Dans l'équation proposée, on remarque l'émission de 8 noyaux d'hélium ($^{4}_{2}He$) et de 6 électrons ($^{0}_{-1}e$). Il y a donc eu 8 désintégrations α et 6 désintégrations β^-.

2. a. D'après la courbe, le nombre initial de noyau d'uranium est : $N_U(0) = 5 \times 10^{12}$.

b. Pour trouver $t_{1/2}$, on cherche t tel que $N_U(t) = \frac{5 \times 10^{12}}{2} = 2{,}5 \times 10^{12}$.

Par lecture graphique, on détermine alors : $t_{1/2} = 4{,}5 \times 10^9$ ans.

On écrit ensuite l'expression entre $t_{1/2}$ et λ pour calculer λ :

$\lambda \times t_{1/2} = \ln(2)$

D'où $\lambda = \frac{\ln(2)}{t_{1/2}} = \frac{\ln(2)}{4{,}5 \times 10^9} = 1{,}5 \times 10^{-10}\ \text{an}^{-1}$.

c. Il faut écrire la loi de décroissance radioactive en nombre de noyaux :

$N_U(t) = N_U(0) \times e^{-\lambda \times t}$.

On remplace ensuite t par $t_1 = 1{,}5 \times 10^9$ afin de calculer le nombre de noyaux restants à cette date :

$N_U(t_1) = 5 \times 10^{12} \times e^{-1{,}5\times10^{-10}\times1{,}5\times10^9} = 4 \times 10^{12}$ noyaux

Le résultat est cohérent avec le graphique.

d. Il faut comprendre que 1 noyau de $^{238}_{92}U$ conduit à 1 noyau de $^{206}_{82}Pb$.

On peut donc écrire que : $N_U(0) = N_U(t_{Terre}) + N_{Pb}(t_{Terre})$.

Donc : $N_U(t_{Terre}) = N_U(0) - N_{Pb}(t_{Terre}) = 5 \times 10^{12} - 2{,}5 \times 10^{12} = 2{,}5 \times 10^{12}$ noyaux

e. Par lecture graphique, on cherche la date t_{Terre} qui correspond à $N_U(t_{Terre}) = 2{,}5 \times 10^{12}$.

On trouve $t_{Terre} = 4{,}5 \times 10^9$ ans, donc la Terre est âgée de 4,5 milliards d'années environ.

LE RÉFLEXE À AVOIR

Dans ce genre d'exercices, il est utile de vérifier la cohérence du résultat trouvé (c'est-à-dire d'avoir de l'esprit critique). Par exemple, il aurait été surprenant de déterminer un âge de seulement 10 000 ans pour la Terre !

Ton **KIT DE SURVIE** pour le **BAC** avec SCHOOLMOUV

Chapitre 4 Évolution d'une transformation nucléaire

Tu viens de voir les notions à connaître sur l'évolution d'une transformation nucléaire. Pour t'aider à retenir l'essentiel et t'entraîner pour le Bac, voici ton kit de révisions clé en mains conçu par SchoolMouv !

Vidéo

Pour mieux comprendre et t'en souvenir à coup sûr, regarde la vidéo. C'est parfois bien plus clair en images.

Vidéo Évolution d'une population de noyaux radioactifs

https://flashbelin.fr/focusbacschoolmouv/pc/4

Contenu additionnel

Voici un bonus autour du même sujet. La curiosité n'est pas toujours un vilain défaut. Il te suffit de créer ton compte pour avoir plein de contenus supplémentaires.

Quiz Évolution d'une population de noyaux radioactifs

https://www.schoolmouv.fr/eleves/cours/evolution-d-une-population-de-noyaux-radioactifs/qcm

Tchat avec un prof

Pour poser toutes tes questions à un prof particulier, découvre l'abonnement tchat. Tu peux le tester gratuitement pendant 7 jours : fini les questions sans réponses, tu vas devenir incollable.

https://focusbac.schoolmouv.fr/offre

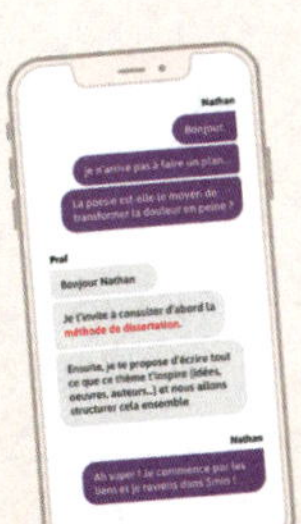

Sens d'évolution d'un système chimique

LE CHAPITRE EN UN COUP D'ŒIL

RETENIR L'ESSENTIEL

SAVOIR FAIRE

SCHOOLMOUV

Ton **KIT DE SURVIE** pour le Bac p. 133

RETENIR L'ESSENTIEL

1 Évolution d'un système chimique

Soit une transformation chimique se déroulant en solution aqueuse du type :

$$aA_{(aq)} + bB_{(aq)} \leftrightarrows cC_{(aq)} + dD_{(aq)}.$$

Quotient de réaction et constante de réaction

	Transformation totale	Transformation non totale
Réactif limitant	Totalement consommé	Pas totalement consommé
Équation de réaction	produits $\rightarrow$ réactifs	produits $\leftrightarrows$ réactifs
État final	Les réactifs en excès et les produits de la transformation.	Tous les réactifs et les produits : leurs quantités de matière n'évolue plus.
Avancement final	$x_f = x_{max}$	$x_f = x_{éq} < x_{max}$. Le système est à l'**équilibre**.
Taux d'avancement final	$\tau_f = \dfrac{x_f}{x_{max}} = 1$	$\tau_f = \dfrac{x_f}{x_{max}} < 1$

→ Le **quotient de réaction** s'écrit : $Q_r = \dfrac{[C]^c \times [D]^d}{[A]^a \times [B]^b}$ $[A], [B], [C]$, et $[D]$ sont les concentrations en quantité de matière des espèces chimiques correspondantes, en $mol \cdot L^{-1}$.
- Si le solvant ou un solide intervient dans l'équation de la réaction, leur contribution est remplacée par le chiffre 1.
- Le cas des gaz est différent et ne sera pas étudié.

→ Lorsque le système est **à l'équilibre**, le quotient de réaction à l'équilibre $Q_{r,éq}$ atteint une valeur constante, appelée **constante de réaction** $K(T)$: $Q_{r,éq} = K(T)$. Pour une réaction donnée, la valeur de K ne dépend que de la température.

Transformation spontanée

→ Le système chimique évolue spontanément vers son **état d'équilibre**.

→ On peut **prévoir** le sens d'évolution spontanée du système chimique :
- si $\mathbf{Q_{r,i} = K(T)}$, le système est **à l'équilibre** ;
- si $\mathbf{Q_{r,i} < K(T)}$, le système évolue dans le **sens direct** de l'équation ;
- si $\mathbf{Q_{r,i} > K(T)}$, le système évolue dans le **sens indirect** de l'équation.

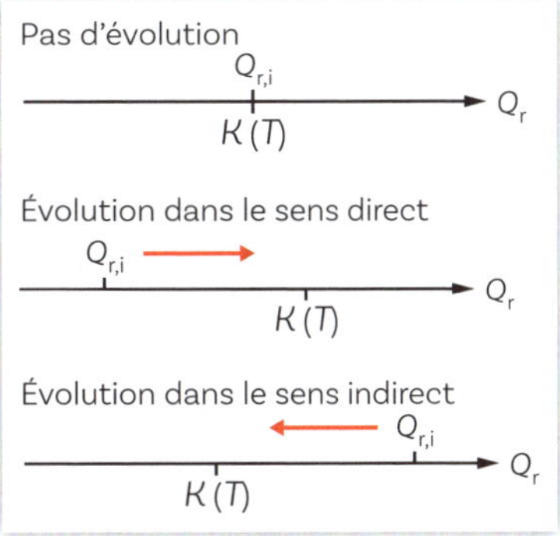

Transformation forcée

Pour forcer le sens d'évolution d'une transformation chimique, il faut apporter de l'**énergie**. Alors, $Q_{r,i}$ **s'éloigne** de $K(T)$.

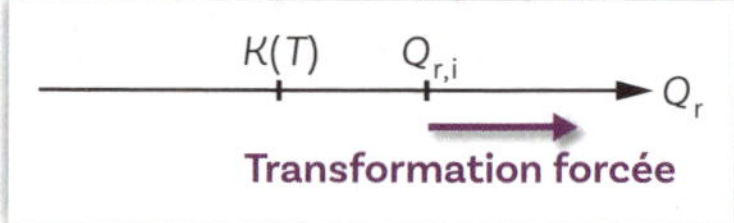

2 La pile : siège d'une transformation spontanée

Transfert d'électrons

- Un transfert d'électrons est modélisé par une **réaction d'oxydoréduction** : un **réducteur** cède des électrons ; un **oxydant** capte des électrons.
- Si l'oxydant et le réducteur sont mélangés en solution, le transfert d'électrons s'effectue **directement**.
- Si l'oxydant et le réducteur sont placés dans des compartiments séparés (demi-piles), le transfert d'électrons s'effectue par **l'intermédiaire d'un circuit électrique**.

Composition d'une pile électrochimique

- Une pile électrochimique est constituée de deux **demi-piles** reliées par un **pont salin :**
  - chaque demi-pile est constituée d'**une électrode** et d'**un électrolyte** (solution ionique) ;
  - le pont salin assure l'**électroneutralité** des solutions électrolytiques et la fermeture du circuit électrique.
- Les **électrons** se déplacent à **l'extérieur de la pile**, de la borne – vers la borne +.
- Les **cations** du pont salin se déplacent dans le sens du courant à l'intérieur de la pile.
- Les **anions** se déplacent dans le sens inverse à l'intérieur de la pile.

Fonctionnement d'une pile électrochimique

- L'électrode siège d'une **oxydation** est appelée **anode**. Dans une pile, c'est le **pôle** –.
- L'électrode siège d'une **réduction** est appelée **cathode**. Dans une pile, c'est le **pôle** +.
- Au cours du fonctionnement d'une pile, Q_r évolue jusqu'à atteindre $K(T)$. Lorsque l'état d'équilibre est atteint, la pile est dite **usée**.
- La **capacité maximale** de la pile correspond à la quantité d'électricité maximale Q_{max} qu'elle peut faire circuler jusqu'à être à l'équilibre.

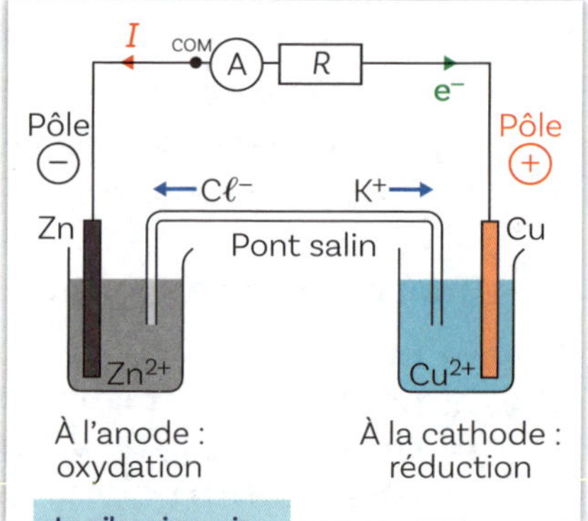

La pile cuivre-zinc

3 L'électrolyse : une transformation forcée

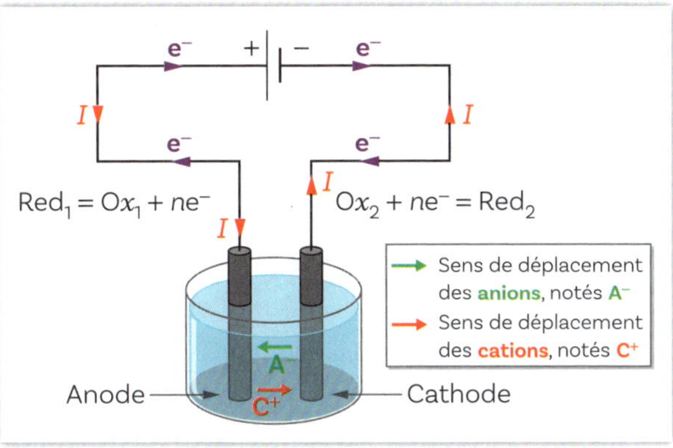

- Un électrolyseur est constitué d'un vase dans lequel se trouvent **deux électrodes**.
- Les électrodes sont reliées à un **générateur**, permettant de faire circuler un courant électrique dans la solution présente dans le vase.
- L'électrode siège d'une **oxydation** est appelée **anode**. Dans un électrolyseur, c'est le **pôle** +.
- L'électrode siège d'une **réduction** est appelée **cathode**. Dans un électrolyseur, c'est le **pôle** −.
- Au cours de l'électrolyse, Q_r **s'éloigne** de plus en plus de $K(T)$.

4 Quantité d'électricité transférée et bilan de matière

Quantité d'électricité transférée

- La **quantité d'électricité** transférée Q est liée à l'intensité du courant I débitée par la pile ou traversée par l'électrolyseur et à la durée de fonctionnement Δt :

$$Q = I \times \Delta t$$

Q : quantité d'électricité transférée (en C)
I : intensité du courant (en A)
Δt : durée de fonctionnement (en s)

- La **quantité d'électricité** transférée Q est aussi liée à la quantité de matière d'électrons transférés :

$$Q = n(e^-) \times N_A \times e = n(e^-) \times F$$

Q : quantité d'électricité transférée (en C)
$n(e^-)$: quantité de matière d'électrons (en mol)
N_A : constante d'Avogadro ($N_A = 6{,}02 \times 10^{23}$ mol^{-1})
e : charge électrique élémentaire ($e = 1{,}60 \times 10^{-19}$ C)
F : constante de Faraday ($F = 9{,}65 \times 10^{4}$ C·mol^{-1})

Variation de quantité de matière

- Lorsque la quantité de matière d'un des réactifs mis en jeu dans le fonctionnement d'une pile arrive à 0, la pile est dite usée.
- Les quantités de matière en produits formés lors d'une électrolyse sont liées à la quantité de matière en électrons transférée.

SAVOIR FAIRE

Méthode 1 Déterminer un taux d'avancement final

ÉNONCÉ

Un système chimique de volume $V = 100$ mL contient $1{,}0 \times 10^{-1}$ mol d'ions nickel Ni^{2+} et $2{,}0 \times 10^{-1}$ mol de cobalt métallique Co.

Le système est le siège d'une transformation chimique modélisée par la réaction d'équation : $Ni^{2+}_{(aq)} + Co_{(s)} \leftrightarrows Ni_{(s)} + Co^{2+}_{(aq)}$.

Dans l'état final de la transformation, on mesure par spectrophotométrie que $[Co^{2+}]_f = 9{,}1 \times 10^{-1}\,\text{mol}\cdot\text{L}^{-1}$.

1. Établir un tableau d'avancement de la transformation chimique étudiée.

2. D'après les données expérimentales, déterminer l'avancement final x_f de la transformation.

3. En déduire le taux d'avancement final de la transformation et indiquer si elle est totale ou non totale.

SOLUTION

1. On construit un tableau d'avancement en tenant compte des coefficients stœchiométriques.

Équation	$Ni^{2+}_{(aq)}$ +	$Co_{(s)}$ $\leftrightarrows$	$Ni_{(s)}$ +	$Co^{2+}_{(aq)}$
État initial ($x = 0$ mol)	$1{,}0 \times 10^{-1}$	$2{,}0 \times 10^{-1}$	0	0
État final	$1{,}0 \times 10^{-1} - x_f$	$2{,}0 \times 10^{-1} - x_f$	x_f	x_f

D'après le tableau d'avancement, la quantité de matière en ions cobalt Co^{2+} dans l'état final est égale à x_f :

$x_f = n_f(Co^{2+}) = [Co^{2+}]_f \times V = 9{,}1 \times 10^{-1} \times 0{,}100 = 9{,}1 \times 10^{-2}$ mol.

2. On calcule la valeur de l'avancement maximal x_{max} en supposant que la transformation est totale :

- si Ni^{2+} est le réactif limitant : $1{,}0 \times 10^{-1} - x_{max} = 0$ soit $x_{max} = 1{,}0 \times 10^{-1}$ mol ;
- si Co est le réactif limitant : $2{,}0 \times 10^{-1} - x_{max} = 0$ soit $x_{max} = 2{,}0 \times 10^{-1}$ mol.

On garde la plus petite valeur des deux : $x_{max} = 1{,}0 \times 10^{-1}$ mol et Ni^{2+} est le réactif limitant.

3. Par définition du taux d'avancement τ :

$$\tau = \frac{x_f}{x_{max}} = \frac{9{,}1 \times 10^{-2}}{1{,}0 \times 10^{-1}} = 0{,}91$$

soit $\tau = 91$ %.

$\tau < 99$ % donc la transformation étudiée est non totale.

LE RÉFLEXE À AVOIR

Pour savoir si une transformation chimique est totale, il faut comparer x_f et x_{max}.

Méthode 2 Déterminer le sens d'évolution spontanée d'un système

ÉNONCÉ

L'état initial d'un système chimique est : $[Fe^{2+}]_i = 2{,}0 \times 10^{-3}\ mol \cdot L^{-1}$;
$[Fe^{3+}]_i = 3{,}0 \times 10^{-3}\ mol \cdot L^{-1}$; $[Cu^{2+}]_i = 5{,}0 \times 10^{-3}\ mol \cdot L^{-1}$;
$n_i(Cu) = 1{,}0 \times 10^{-2}\ mol$.
La transformation susceptible de se produire est modélisée par la réaction d'équation : $2\,Fe^{3+}_{(aq)} + Cu_{(s)} \leftrightarrows 2\,Fe^{2+}_{(aq)} + Cu^{2+}_{(aq)}$.
La constante d'équilibre associée à cette réaction vaut $K(T) = 2{,}2 \times 10^{14}$ à 25 °C.

→ Déterminer le sens d'évolution spontanée du système chimique.

SOLUTION

• On écrit l'expression du quotient de réaction initial de la transformation et on calcule sa valeur :

$$Q_{r,i} = \frac{[Fe^{2+}]_i^2 \times [Cu^{2+}]_i}{[Fe^{3+}]_i^2} = \frac{(2{,}0 \times 10^{-3})^2 \times 5{,}0 \times 10^{-3}}{(3{,}0 \times 10^{-3})^2} = 2{,}2 \times 10^{-3}.$$

• On compare le quotient de réaction initial avec la constante d'équilibre pour en déduire le sens d'évolution spontanée.
On a $Q_{r,i} < K(T)$. Le système va évoluer dans le sens direct de l'équation de réaction.

L'ERREUR À NE PAS FAIRE

Dans les expressions de Q_r ou de $K(T)$, ne pas oublier les coefficients stoechiométriques en exposant.

Méthode 3 Identifier une transformation spontanée et forcée

ÉNONCÉ

À partir d'une solution de bromure de cuivre ($Cu^{2+}_{(aq)} + 2\,Br^-_{(aq)}$) de concentration en soluté apporté $C = 2{,}0 \times 10^{-1}\ mol \cdot L^{-1}$, on réalise la transformation chimique modélisée par l'équation :
$Cu^{2+}_{(aq)} + 2\ Br^-_{(aq)} \leftrightarrows Cu_{(s)} + Br_{2(aq)}$.
Au bout de quelques minutes, l'état final est atteint et les concentrations en quantité de matière sont :
$[Cu^{2+}]_f = 1{,}0 \times 10^{-1}\ mol \cdot L^{-1}$; $[Br^-]_f = 2{,}0 \times 10^{-1}\ mol \cdot L^{-1}$;
$[Br_2]_f = 1{,}0 \times 10^{-1}\ mol \cdot L^{-1}$.
La constante d'équilibre à 25 °C associée à cette réaction vaut :
$K(T) = 8{,}2 \times 10^{-26}$.

→ Déterminer si la transformation est spontanée ou forcée.

SOLUTION

On utilise la formule de la solution : il y a deux fois plus d'ions Br^- que d'ions Cu^{2+}.
$[Cu^{2+}]_i = C = 2{,}0 \times 10^{-1}\,mol \cdot L^{-1}$; $[Br^-]_i = 2 \times C = 4{,}0 \times 10^{-1}\,mol \cdot L^{-1}$;
$[Br_2]_i = 0\,mol \cdot L^{-1}$.

- On exprime puis on calcule le quotient de réaction initial $Q_{r,i}$ de la transformation : $Q_{r,i} = \dfrac{[Br_2]_i}{[Cu^{2+}]_i \times [Br^-]_i^2} = \dfrac{0}{2{,}0 \times 10^{-1} \times (4{,}0 \times 10^{-1})^2} = 0$.
- On exprime puis on calcule le quotient de réaction final $Q_{r,f}$ de la transformation : $Q_{r,f} = \dfrac{[Br_2]_f}{[Cu^{2+}]_f \times [Br^-]_f^2} = \dfrac{1{,}0 \times 10^{-1}}{1{,}0 \times 10^{-1} \times (2{,}0 \times 10^{-1})^2} = 25$.
- On compare l'évolution du quotient de réaction entre l'état initial et l'état final.

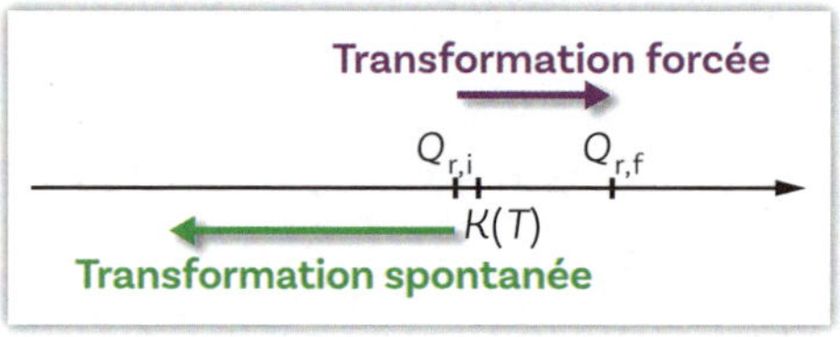

LE RÉFLEXE À AVOIR

Pour savoir si une transformation spontanée ou forcée, il faut observer l'évolution de Q_r par rapport à $K(T)$

Le quotient de réaction s'éloigne de $K(T)$ pendant la réaction. Il s'agit ici d'une transformation forcée.

Méthode 4 Modéliser et schématiser une pile

ÉNONCÉ

On considère la pile Daniell représentée ci-contre.

Branché comme indiqué, le voltmètre indique une tension $U = 1{,}1$ V.

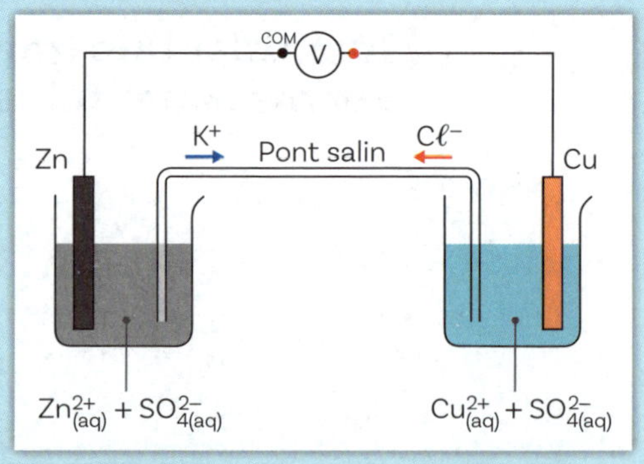

1. Identifier les polarités de la pile.

2. Reproduire le schéma de la pile reliée à une résistance, indiquer le sens du courant et des porteurs de charge dans le circuit.

3. Écrire les demi-équations électroniques se produisant à chaque électrode.

4. En déduire l'équation de fonctionnement de la pile lorsqu'elle débite du courant.

SOLUTION

1. Le voltmètre mesure une tension positive, donc la borne V du voltmètre est branchée sur la borne positive (l'électrode de cuivre) et la borne COM est branchée sur la borne négative (l'électrode de zinc).

2. Le courant circule de la borne + vers la borne –. Dans les parties métalliques, les électrons se déplacent de la borne - vers la borne +. Dans les solutions, les cations se déplacent vers la borne + et les anions vers la borne - pour assurer l'électroneutralité.

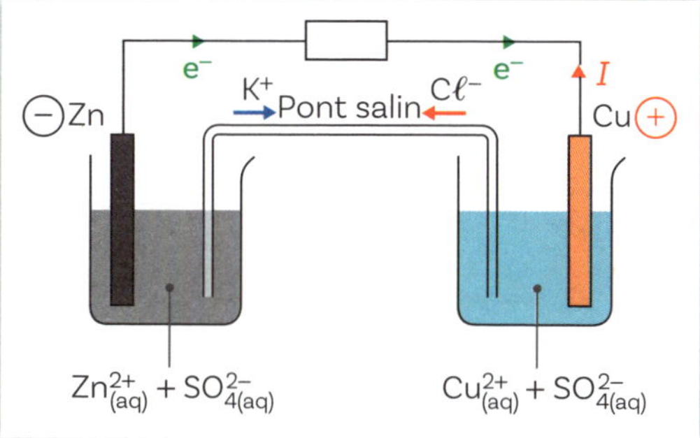

L'ERREUR À NE PAS FAIRE

Ne pas représenter les électrons dans les solutions : ils ne circulent que dans les électrodes et les fils électriques.

3. Sur l'électrode de zinc : $Zn_{(s)} = Zn^{2+}_{(aq)} + 2\,e^-$.

Sur l'électrode de cuivre : $Cu^{2+}_{(aq)} + 2\,e^- = Cu_{(s)}$.

4. Les électrons sont libérés par l'électrode de zinc (borne –) et consommés par l'électrode de cuivre (borne +). On additionne les deux demi-équations en vérifiant qu'elles aient le même nombre d'électrons :

$$Zn_{(s)} = Zn^{2+}_{(aq)} + 2\,e^-$$

$$Cu^{2+}_{(aq)} + 2\,e^- = Cu_{(s)}$$

$$Cu^{2+}_{(aq)} + Zn_{(s)} \rightarrow Zn^{2+}_{(aq)} + Cu_{(s)}$$

Méthode 5 Déterminer la capacité électrique d'une pile

ÉNONCÉ

Soit une pile cuivre-argent formée d'une demi-pile constituée d'un fil d'argent immergé dans une solution de volume $V = 50{,}0$ mL de nitrate d'argent ($Ag^+_{(aq)} + NO^-_{3(aq)}$), de concentration en soluté apporté $C = 1{,}0\ mol \cdot L^{-1}$ et l'autre demi-pile constituée d'une lame de cuivre de 15 g immergée dans une solution de sulfate de cuivre ($Cu^{2+}_{(aq)} + SO^{2-}_{4(aq)}$).

L'équation modélisant le fonctionnement de la pile est :

$2\,Ag^+_{(aq)} + Cu_{(s)} \rightarrow 2\,Ag_{(s)} + Cu^{2+}_{(aq)}$.

→ Déterminer la capacité électrique Q_{max} de cette pile.

Données. $M(Cu) = 63{,}5\ g \cdot mol^{-1}$; $F = 96\,500\ C \cdot mol^{-1}$.

SOLUTION

• On calcule les quantités de matière initiales des réactifs de la pile.

$n_i(Ag^+) = C \times V = 1{,}0 \times 50{,}0 \times 10^{-3} = 5{,}0 \times 10^{-2}$ mol.

$n_i(Cu) = \frac{m(Cu)}{M(Cu)} = \frac{15}{63{,}5} = 2{,}4 \times 10^{-1}$ mol.

• On construit un tableau d'avancement en faisant apparaître dans une colonne la quantité de matière d'électrons échangés dans la réaction. La pile est usée lorsque le réactif limitant est entièrement consommé.

Équation	$2\,Ag^+_{(aq)}$ +	$Cu_{(s)}$	$\rightarrow 2\,Ag_{(s)}$ +	$Cu^{2+}_{(aq)}$	$n(e^-)$
État initial ($x = 0$ mol)	$5{,}0 \times 10^{-2}$	$2{,}0 \times 10^{-1}$	0	0	0
État final	$5{,}0 \times 10^{-2} - 2x_{max}$	$2{,}0 \times 10^{-1} - x_{max}$	$2x_{max}$	x_{max}	$2x_{max}$

Si Ag^+ est le réactif limitant : $5{,}0 \times 10^{-2} - 2x_{max} = 0$ soit $x_{max} = 2{,}5 \times 10^{-2}$ mol.
Si Cu est le réactif limitant : $2{,}0 \times 10^{-1} - x_{max} = 0$ soit $x_{max} = 2{,}0 \times 10^{-1}$ mol.
On garde la plus petite valeur des deux $x_{max} = 2{,}5 \times 10^{-2}$ mol et Ag^+ est le réactif limitant.

• On calcule la charge électrique correspondant à la quantité de matière $n(e^-)$ échangée jusqu'à l'usure de la pile :

$Q_{max} = n(e^-) \times N_A \times e = n(e^-) \times F$.

LE RÉFLEXE À AVOIR

$1\,A \cdot h = 3\,600$ C.

$Q_{max} = 2x_{max} \times F = 2 \times 2{,}5 \times 10^{-2} \times 96\,500 = 4{,}8 \times 10^3\ C = 1{,}3\ A \cdot h$.

Méthode 6 Étudier une électrolyse

ÉNONCÉ

On réalise l'électrolyse d'une solution de sulfate de cuivre ($Cu^{2+}_{(aq)} + SO^{2-}_{4(aq)}$) de concentration $1{,}0 \times 10^{-1}$ mol·L⁻¹. On utilise des électrodes inertes en graphite (carbone). Les couples mis en jeu sont $Cu^{2+}_{(aq)} / Cu_{(s)}$ et $O_{2(g)} / H_2O_{(\ell)}$.

1. Réaliser un schéma annoté de l'expérience, donnant, en particulier : le sens du courant, le sens des électrons, les demi-équations électroniques ayant lieu aux électrodes et le nom de chaque électrode (anode ou cathode).

2. Déterminer la quantité de matière et la masse de cuivre formée lors de cette électrolyse si la durée de l'électrolyse est $\Delta t = 20$ min et l'intensité du courant d'électrolyse est $I = 3{,}0$ A.

Données. $M(Cu) = 63{,}5\ g \cdot mol^{-1}$. $F = 96\,500\ C \cdot mol^{-1}$.

SOLUTION

1. • Dans un circuit électrique, le courant électrique va de la borne + vers la borne – à l'extérieur du générateur. À l'inverse, les électrons se déplacent de la borne – vers la borne + à l'extérieur du générateur.

On identifie dans les couples donnés, les espèces chimiques présentes dans le système : dans la solution, il y a présence d'ions $Cu^{2+}_{(aq)}$, d'eau $H_2O_{(\ell)}$ et d'ions sulfate $SO^{2-}_{4(aq)}$.

• On identifie le rôle (oxydant ou réducteur) de ces espèces chimiques et on écrit les demi-équations dans le sens réel, en mettant à gauche l'espèce présente dans le système.

$Cu^{2+}_{(aq)}$ joue le rôle de l'oxydant : $Cu^{2+}_{(aq)} + 2\,e^- = Cu_{(s)}$.

$H_2O_{(\ell)}$ joue le rôle du réducteur : $2\,H_2O_{(\ell)} = O_{2(g)} + 4\,H^+_{(aq)} + 4\,e^-$.

• On identifie l'électrode où se déroule chaque transformation.

La transformation des ions $Cu^{2+}_{(aq)}$ en métal $Cu_{(s)}$ nécessite l'apport d'électrons. Ils proviennent de la borne – du générateur. L'électrode branchée au pôle – du générateur est donc la cathode car il se produit une réduction.

La transformation de $H_2O_{(\ell)}$ en gaz $O_{2(g)}$ génère des électrons dans le circuit qui se dirigent vers la borne + du générateur. L'électrode branchée au pôle + du générateur est donc l'anode car il se produit une oxydation.

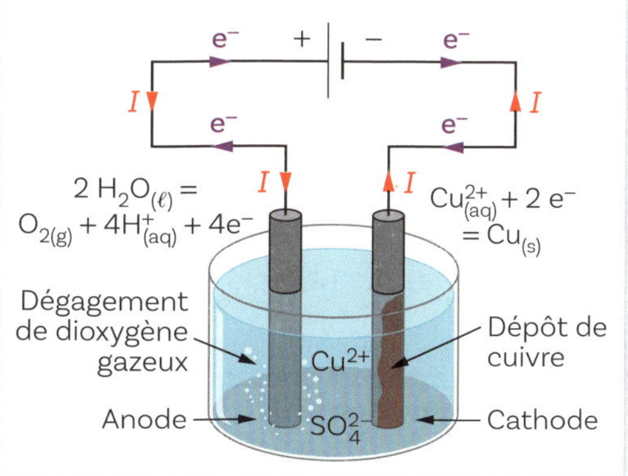

• On annote le schéma au fur et à mesure.

2. • On écrit l'équation de la réaction ayant lieu à la cathode : $Cu^{2+}_{(aq)} + 2\,e^- = Cu_{(s)}$.

• On écrit la relation entre la quantité d'électrons échangés et la quantité de matière en cuivre formé, à partir de la demi-équation électronique ou à partir du tableau d'avancement : $n_{\text{formé}}(Cu) = \dfrac{n(e^-)}{2}$ soit $n(e^-) = 2 \times n_{\text{formé}}(Cu)$.

• On écrit la relation entre l'intensité du courant I, la durée de l'électrolyse Δt et la quantité d'électrons échangés $n(e^-)$.

La charge électrique transférée lors de l'électrolyse s'écrit : $Q = I \times \Delta t$.

Cette charge électrique transférée est également liée à la quantité d'électrons échangés : $Q = n(e^-) \times F$.

On en déduit que : $I \times \Delta t = n(e^-) \times F$.

L'ERREUR À NE PAS FAIRE

Le cuivre est un produit, il doit être à droite du signe =, même dans une demi-équation.

• On remplace $n(e^-)$: $I \times \Delta t = n(e^-) \times F$ et $n(e^-) = 2 \times n_{\text{formé}}(Cu)$.

On obtient la relation suivante : $I \times \Delta t = 2 \times n_{\text{formé}}(Cu) \times F$.

• On calcule la quantité de matière en cuivre formé lors de l'électrolyse, puis la masse correspondante : $n_{\text{formé}}(Cu) = \dfrac{I \times \Delta t}{2 \times F} = \dfrac{3{,}0 \times 20 \times 60}{2 \times 96\,500} = 1{,}9 \times 10^{-2}$ mol.

• On calcule la masse correspondante : $m_{\text{formé}}(Cu) = n_{\text{formé}}(Cu) \times M(Cu)$

$m_{\text{formé}}(Cu) = 1{,}9 \times 10^{-2} \times 63{,}5 = 1{,}2$ g.

SE TESTER

Donner la ou les bonne(s) réponse(s) en 10 minutes chrono !

1. Le taux d'avancement d'une transformation totale est :

a $\tau_f = 1$ b $\tau_f = 0{,}5$ c $\tau_f \geqslant 0{,}99$

2. Au cours d'une transformation chimique, le quotient de réaction est une grandeur qui :

a varie b reste constante c tend vers une valeur limite

3. La constante d'équilibre d'une transformation chimique dépend :

a du sens d'écriture de la transformation

b de la température

c des quantités de matière initiales des réactifs.

4. Un système chimique évolue dans le sens inverse de l'équation de réaction si :

a $Q_{r,i} = K(T)$ b $Q_{r,i} > K(T)$ c $Q_{r,i} < K(T)$

5. Dans une pile, la demi-équation $Cu^{2+}_{(aq)} + 2e^- = Cu_{(s)}$ se produit :

a à la cathode b à l'anode c à la borne +

6. Dans une pile ou lors d'une électrolyse :

a une oxydation a lieu à la cathode

b une oxydation a lieu à l'anode

c une réduction a lieu à la cathode

7. La quantité de matière en électrons transférés lors d'une électrolyse d'intensité constante *I* et pendant une durée Δt est donnée par :

a $n(e^-) = I \times \Delta t$ b $n(e^-) = \dfrac{I \times \Delta t}{F}$ c $n(e^-) = I \times \Delta t \times F$

8. Lors de la charge d'un accumulateur, la transformation chimique qui assure la conversion de l'énergie électrique en énergie chimique est :

a une transformation forcée

b une transformation chimique à l'équilibre

c une transformation spontanée

→ Corrigés page 124

S'ENTRAÎNER

Exercice 1 Taux d'avancement final Voir Méthode 1 p. 110

On introduit de la poudre de zinc (Zn) en excès dans un volume $V = 200$ mL d'une solution de nitrate d'argent ($Ag^{+}_{(aq)} + NO^{-}_{3(aq)}$), à la concentration $C = 1{,}0 \times 10^{-1}\ mol \cdot L^{-1}$.
Soit la transformation modélisée par la réaction d'équation :
$2\,Ag^{+}_{(aq)} + Zn_{(s)} \rightarrow 2\,Ag_{(s)} + Zn^{2+}_{(aq)}$.
Dans l'état final de la transformation, on mesure la concentration
$[Zn^{2+}]_f = 5{,}0 \times 10^{-2}\ mol \cdot L^{-1}$.

1. Établir un tableau d'avancement de la transformation étudiée.

2. D'après les données expérimentales, déterminer l'avancement final x_f de la transformation.

3. En déduire le taux d'avancement final de la transformation et indiquer si elle est totale ou non.

→ Corrigé p. 124

Exercice 2 Constante d'équilibre Voir Méthode 2 p. 111

Dans une solution aqueuse de volume $V = 200$ mL on considère la transformation chimique qui se produit entre les ions argent (Ag^{+}) et les ions fer(II) (Fe^{2+}).
À 25 °C, lorsque le système est à l'équilibre, le bilan de matière est :

$n_{éq}(Ag^{+}) = 1{,}7 \times 10^{-2}$ mol ;

$n_{éq}(Fe^{2+}) = 6{,}5 \times 10^{-3}$ mol ;

$n_{éq}(Ag) = 1{,}4 \times 10^{-2}$ mol ;

$n_{éq}(Fe^{3+}) = 1{,}9 \times 10^{-3}$ mol.

1. Écrire l'équation de la réaction modélisant la transformation chimique.

2. Calculer la constante d'équilibre $K(T)$ à 25 °C de la transformation étudiée.

Données. Couples d'oxydoréduction $Ag^{+}_{(aq)} / Ag_{(s)}$ et $Fe^{3+}_{(aq)} / Fe^{2+}_{(aq)}$.

→ Corrigé p. 124

Exercice 3 Avancement final Voir Méthode 2 p. 111

Dans $V = 50$ mL d'une solution aqueuse contenant les ions Pb^{2+} à la concentration $[Pb^{2+}]_i = 0{,}20\ mol \cdot L^{-1}$, on introduit 0,50 mol de zinc métallique Zn.
Il se produit une transformation modélisée par la réaction d'équation :
$Pb^{2+}_{(aq)} + Zn_{(s)} = Pb_{(s)} + Zn^{2+}_{(aq)}$.
La constante d'équilibre de cette transformation à 25 °C vaut $K(T) = 2{,}0 \times 10^{21}$.

1. Établir un tableau d'avancement de la transformation.

2. Exprimer la constante d'équilibre $K(T)$ de la transformation en fonction de x_f.

3. Calculer alors la valeur de l'avancement final x_f de la transformation.

→ Corrigé p. 125

Exercice 4 **Transformation spontanée ou forcée** Voir Méthode 3 p. 111

Un système chimique de volume $V = 200$ mL est constitué d'un mélange initial de $2{,}6 \times 10^{-3}$ mol d'ions argent (Ag^+), $1{,}0 \times 10^{-3}$ mol d'ions plomb(II) (Pb^{2+}), $2{,}0 \times 10^{-3}$ mol d'argent métallique (Ag) et $1{,}5 \times 10^{-3}$ mol de plomb métallique (Pb).
Dans un état intermédiaire, le système contient $1{,}6 \times 10^{-3}$ mol d'ions argent (Ag^+), $1{,}5 \times 10^{-3}$ mol d'ions plomb(II) (Pb^{2+}), $3{,}0 \times 10^{-3}$ mol d'argent métallique (Ag) et $1{,}0 \times 10^{-3}$ mol de plomb métallique (Pb).
La transformation chimique qui se produit dans le système est modélisée par la réaction d'équation : $2\,Ag^+_{(aq)} + Pb_{(s)} \leftrightarrows 2\,Ag_{(s)} + Pb^{2+}_{(aq)}$.

La constante d'équilibre associée à cette réaction à 25 °C vaut $K(T) = 3{,}0 \times 10^{31}$.

1. Calculer la concentration des ions présents dans l'état initial et dans l'état intermédiaire.

2. Calculer les quotients de réaction initial $Q_{r,i}$ et intermédiaire $Q_{r,inter}$.

3. En déduire le type de transformation (spontanée ou forcée) mise en jeu.

→ Corrigé p. 125

Exercice 5 **Fonctionnement d'une pile** Voir Méthode 4 p. 112

On réalise la pile schématisée ci-contre.

1. Indiquer le sens de circulation du courant et des électrons.

2. Écrire les demi-équations électroniques se produisant à chaque électrodes.

3. En déduire l'équation de fonctionnement de la pile lorsqu'elle débite du courant.

4. Expliquer le rôle du pont salin et indiquer le sens de déplacement des ions contenus dans le pont salin.

5. Identifier l'anode et la cathode de la pile.

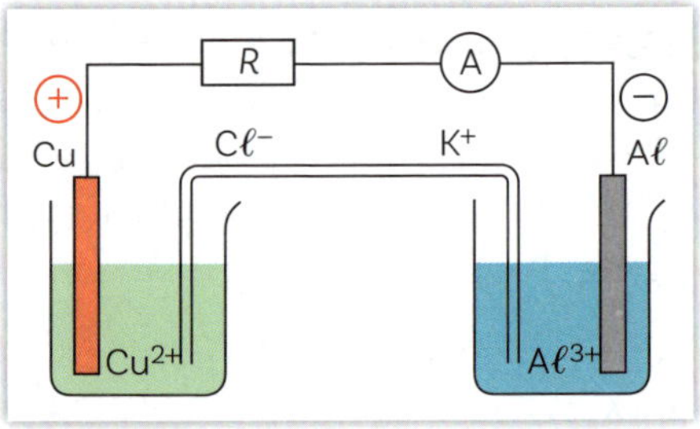

→ Corrigé p. 126

Exercice 6 **Pile et concentration** Voir Méthode 4 p. 112

On réalise une pile avec les couples $Ag^+_{(aq)}$ / $Ag_{(s)}$ et $Fe^{3+}_{(aq)}$ / $Fe^{2+}_{(aq)}$.

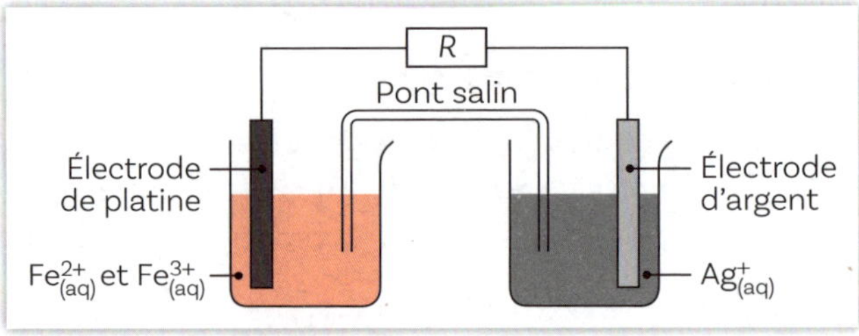

Les concentrations en quantité de matière initiales des ions dans les demi-piles sont : $[Ag^+]_i = [Fe^{2+}]_i = [Fe^{3+}]_i = 1{,}0 \times 10^{-1}\,mol \cdot L^{-1}$.
La constante d'équilibre associée à la réaction dont l'équation est :
$Ag^+_{(aq)} + Fe^{2+}_{(aq)} \leftrightarrows Ag_{(s)} + Fe^{3+}_{(aq)}$ a pour valeur $K(T) = 3{,}2$ à 25 °C.

1. Calculer le quotient de réaction à l'état initial.

2. En déduire le sens d'évolution spontanée de la transformation quand la pile fonctionne.

3. En justifiant avec les demi-équations électroniques, donner la polarité de chaque électrode.

4. On réalise une deuxième pile en modifiant les conditions initiales du système. Les concentrations initiales sont désormais
$[Ag^+]_i = [Fe^{2+}]_i = 1{,}0 \times 10^{-1}$ mol·L⁻¹ et
$[Fe^{3+}]_i = 1{,}0 \times 10^{-2}$ mol·L⁻¹.
Justifier si la polarité de chaque électrode reste la même.

CONSEIL **4.** La polarité de la pile est liée au sens d'évolution spontanée de la pile.

→ Corrigé p. 126

Exercice 7 Capacité maximale d'une pile Voir Méthode 5 p. 113

Soit une pile chrome-argent formée d'une demi-pile constituée d'un fil d'argent immergé dans une solution de nitrate d'argent ($Ag^+_{(aq)} + NO^-_{3(aq)}$), de volume $V = 50{,}0$ mL de concentration en soluté apporté $C = 1{,}0$ mol·L⁻¹, et l'autre demi-pile constituée d'une lame de chrome de 40 g immergée dans une solution de nitrate de chrome III ($Cr^{3+}_{(aq)} + 3\ NO^-_{3(aq)}$). L'équation modélisant le fonctionnement de la pile est :

$Cr_{(s)} + 3\ Ag^+_{(aq)} \rightarrow Cr^{3+}_{(aq)} + 3\ Ag_{(s)}$.

→ Déterminer la capacité électrique Q_{max} de cet accumulateur.

Données. $M(Cr) = 52{,}0$ g·mol⁻¹ ; F = 96 500 C·mol⁻¹.

→ Corrigé p. 127

Exercice 8 Schéma d'une électrolyse Voir Méthode 6 p. 114

On réalise l'électrolyse d'une solution acide de nitrate de vanadium III ($V^{3+}_{(aq)} + 3\ NO^-_{3(aq)}$) de concentration 0,10 mo·L⁻¹. On utilise des électrodes inertes en graphite, branchée aux pôles + et – d'un générateur.
Les couples oxydant/réducteur mis en jeu sont : $V^{3+}_{(aq)}$ / $V_{(s)}$ et $O_{2(g)}$ / $H_2O_{(\ell)}$.

→ Réaliser un schéma annoté de l'expérience, donnant, en particulier : le sens du courant, le sens des électrons, les demi-équations électroniques ayant lieu aux électrodes et le nom de chaque électrode (anode ou cathode).

→ Corrigé p. 127

Exercice 9 Variations de quantité de matière Voir Méthode 6 p. 114

On réalise l'électrolyse d'une solution de nitrate d'argent ($Ag^+_{(aq)} + NO^-_{3(aq)}$) pendant une durée $\Delta t = 15$ min en faisant circuler un courant d'intensité constante $I = 0{,}50$ A. On observe un dépôt d'argent sur la cathode en graphite provenant de la réduction des ions argent selon la demi-équation : $Ag^+_{(aq)} + e^- \leftrightarrows Ag_{(s)}$. À l'anode, on observe un dégagement de dioxygène gazeux provenant de l'oxydation de l'eau selon la demi-équation : $2\,H_2O_{(\ell)} = O_{2(g)} + 4\,H^+_{(aq)} + 4\,e^-$.

1. Calculer la quantité d'électricité Q ayant traversé l'électrolyseur.

2. En déduire la quantité de matière d'électrons échangés au cours de l'électrolyse.

3. D'après les demi-équations, déterminer la quantité de matière d'argent déposé à la cathode et la quantité de matière de dioxygène formé.

4. Déterminer la masse d'argent déposé et le volume de dioxygène formé au cours de l'électrolyse.

Données. F = 96 500 C·mol⁻¹. $M(Ag) = 107{,}9$ g·mol⁻¹.
Volume molaire des gaz à 20 °C et à 1 013 hPa : $V_m = 24{,}0$ L·mol⁻¹.

→ Corrigé p. 128

SE PERFECTIONNER

Exercice 10 ★ Dissolution du sulfate de baryum

On dissout une quantité $n = 0{,}10$ mol de sulfate de baryum dans une fiole jaugée de volume $V = 0{,}250$ mL.
Cette dissolution n'est pas totale.
L'équation de la réaction modélisant la dissolution du sulfate de baryum dans l'eau est : $BaSO_{4(s)} \rightleftarrows Ba^{2+}_{(aq)} + SO^{2-}_{4(aq)}$.
La constante d'équilibre associée, à 25 °C, vaut : $K(T) = 1{,}0 \times 10^{-10}$.
La masse molaire du sulfate de baryum est $M = 233{,}4\ g \cdot mol^{-1}$.
La solubilité s d'un soluté dans un solvant correspond à la masse maximale de soluté que l'on peut dissoudre par litre de solution.

1. Dresser le tableau d'avancement de la réaction de dissolution.

2. Donner l'expression de la constante d'équilibre $K(T)$ en fonction de l'avancement final x_f et du volume V de la solution.

CONSEIL Le sulfate de baryum est un solide, sa contribution dans l'expression de $K(T)$ vaut 1.

3. Résoudre l'équation obtenue pour déterminer la solubilité du sulfate de baryum à 25 °C.

→ Corrigé p. 128

Exercice 11 ★★ Étude d'une pile cuivre-aluminium

Une pile est composée de deux demi-piles reliées par un pont salin.
La première demi-pile est constituée d'une lame d'aluminium de masse $m_1 = 1{,}0$ g qui plonge dans un volume $V_1 = 50$ mL de solution de sulfate de d'aluminium ($2\,A\ell^{3+}_{(aq)} + 3\,SO^{2-}_{4(aq)}$) de concentration $[A\ell^{3+}] = 5{,}0 \times 10^{-3}\ mol \cdot L^{-1}$.
La seconde demi-pile est constituée d'une lame de cuivre de masse $m_2 = 8{,}9$g qui plonge dans un volume $V_2 = 50$mL d'une solution de sulfate de cuivre ($Cu^{2+}_{(aq)} + SO^{2-}_{4(aq)}$) de concentration $[Cu^{2+}] = 5{,}0 \times 10^{-1}\ mol \cdot L^{-1}$.
On associe à cette pile un ampèremètre et une résistance en série.
L'ampèremètre indique que le courant circule de la plaque de cuivre vers la plaque d'aluminium à l'extérieur de la pile.
L'équation de fonctionnement de la pile est : $3\,Cu^{2+}_{(aq)} + 2\,A\ell_{(s)} \leftrightarrows 3\,Cu_{(s)} + 2\,A\ell^{3+}_{(aq)}$.

1. Réaliser le schéma annoté de la pile et indiquer les polarités de celle-ci.

2. Écrire les demi-équations électroniques se produisant à chaque électrode.

3. Déterminer le quotient de réaction initial $Q_{r,i}$ du système ainsi constitué.

4. Sachant que la constante d'équilibre associée à l'équation de fonctionnement de la pile est $K(T) = 10^{200}$, le sens d'évolution observé lors du fonctionnement est-il celui de l'énoncé ?

5. Déterminer les quantités de matière des réactifs présents dans l'état initial de la transformation.

6. Déterminer la capacité électrique maximale Q_{max} de cette pile.

Données.
- Constante de Faraday : $F = 96500 \, C \cdot mol^{-1}$.
- Masses molaires : $M(A\ell) = 27{,}0 \, g \cdot mol^{-1}$; $M(Cu) = 63{,}5 \, g \cdot mol^{-1}$.
- Couples oxydant/réducteur : $Cu^{2+}_{(aq)} / Cu_{(s)}$; $A\ell^{3+}_{(aq)} / A\ell_{(s)}$.

→ Corrigé p. 128

CONSEIL **6.** La capacité électrique maximale est liée à la quantité de matière d'électrons qui peut être transférée, et donc au réactif limitant.

Exercice 12 ★★ Électrolyse d'une solution de chlorure d'étain

Les solutions de chlorure d'étain sont utilisées pour recouvrir d'étain les circuits imprimés. Cette opération d'appelle l'étamage.
On réalise l'électrolyse d'une solution de chlorure d'étain ($Sn^{2+}_{(aq)} + 2 \, C\ell^{-}_{(aq)}$) à la concentration de $0{,}10 \, mol \cdot L^{-1}$, dans un électrolyseur avec des électrodes inertes en graphite. L'intensité du courant est maintenue égale à 3,0 A et l'électrolyse est réalisée pendant une durée de 10 minutes.

1. Réaliser le schéma annoté de l'expérience.

2. Écrire les demi-équations électroniques des réactions se produisant à chaque électrode.

3. Identifier l'anode et la cathode.

4. À quelle électrode un métal se forme-t-il ? À quelle électrode un gaz se forme-t-il ?

5. Déterminer la masse d'étain et le volume de dichlore formés.

Données.
- Couples oxydant/réducteur : $Sn^{2+}_{(aq)} / Sn_{(s)}$ et $C\ell_{2(g)} / C\ell^{-}_{(aq)}$.
- Constante de Faraday : $F = 96500 \, C \cdot mol^{-1}$.
- Masse molaire de l'étain : $M(Sn) = 119{,}0 \, g \cdot mol^{-1}$.
- Volume molaire des gaz à 20 °C et à 1 013 hPa : $V_m = 24{,}0 \, L \cdot mol^{-1}$.

→ Corrigé p. 129

Exercice 13 ★★ Respirer dans la Station spatiale internationale

Ne pouvant pas envisager d'acheminer de manière quotidienne le dioxygène nécessaire aux astronautes de la Station spatiale internationale (ISS), celui-ci doit y être produit sur place.
L'*Oxygen Generation System* réalise l'électrolyse de l'eau pour produire le dioxygène nécessaire. Les équations des réactions aux électrodes sont :
$2H_2O_{(\ell)} = O_{2(g)} + 4H^{+}_{(aq)} + 4e^{-}$ et $2H_2O_{(\ell)} + 2e^{-} = H_{2(g)} + 2 \, HO^{-}_{(aq)}$.

Au repos, un adulte consomme environ 0,91 kg de dioxygène par jour. L'ISS dispose de plusieurs cellules d'électrolyse, ayant des caractéristiques identiques, permettant de générer le dioxygène. Chaque cellule utilise un courant d'intensité $I = 50{,}0 \, A$.

1. Réaliser le schéma d'une expérience d'électrolyse de l'eau. Indiquer l'anode et la cathode.

2. Calculer la quantité de matière en dioxygène produite par jour par une cellule.

3. En déduire la masse de dioxygène correspondante.

4. Combien de cellules sont nécessaires pour assurer la survie de neuf astronautes dans l'ISS ?

Données.
- Constante de Faraday : $F = 96500 \, C \cdot mol^{-1}$.
- Masse molaire du dioxygène : $M(O_2) = 32{,}0 \, g \cdot mol^{-1}$.

→ Corrigé p. 130

Exercice 14 ★★★ **PROBLÈME Durée de fonctionnement d'une pile**

On étudie le fonctionnement de la pile diiode-zinc.
Les concentrations initiales des espèces chimiques en solution dans les compartiments de la pile sont :
$[Zn^{2+}]_i = 1{,}0 \times 10^{-1} mol \cdot L^{-1}$; $[I_2]_i = 1{,}0 \times 10^{-1} mol \cdot L^{-1}$; $[I^-]_i = 5{,}0 \times 10^{-2} mol \cdot L^{-1}$.

Document 1 > Schéma de la pile diiode-zinc

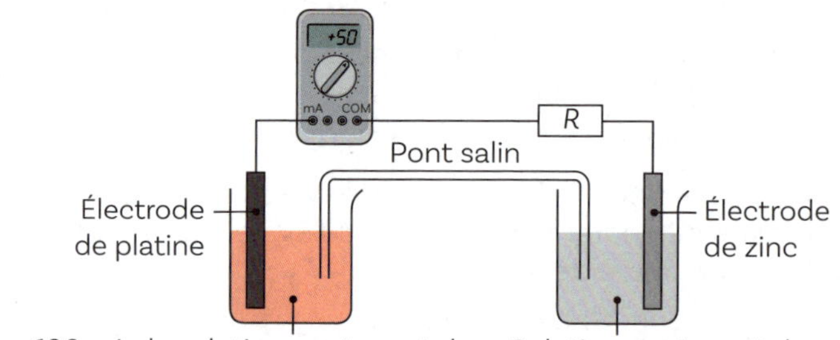

Document 2 > Protocole de titrage du diiode en solution

Pour déterminer une quantité de matière en diiode, on réalise un titrage avec une solution incolore de thiosulfate de sodium ($2\ Na^+_{(aq)} + S_2O^{2-}_{3\ (aq)}$) de concentration en soluté apporté $C_1 = 2{,}0 \times 10^{-1} mol \cdot L^{-1}$.
L'équation de la réaction support du titrage est :
$I_{2(aq)} + 2S_2O^{2-}_{3(aq)} \rightarrow 2I^-_{(aq)} + S_4O^{2-}_{6(aq)}$.
L'équivalence est obtenue lorsqu'il y a décoloration totale de la solution brune de diiode.

1. Sur le schéma de la pile, repérer le sens du courant et identifier les polarités de la pile.

2. Écrire les demi-équations des réactions modélisant les transformations se produisant aux électrodes (l'électrode de platine ne subit aucune transformation lors du fonctionnement de la pile).

3. Après une durée de fonctionnement Δt, on réalise le titrage du diiode restant dans le compartiment 2. On obtient un volume équivalent V_E = 14,7 mL.
En supposant que l'intensité délivrée par la pile est constante, calculer la durée de fonctionnement Δt de la pile.

Données.
- Couples oxydant/réducteur : $Zn^{2+}_{(aq)} / Zn_{(s)}$ et $I_{2(aq)} / I^-_{(aq)}$.
- Constante de Faraday : F = 96 500 C · mol⁻¹.

CONSEIL 3. Calculer la quantité de diiode restante $n_r(I_2)$ dans le compartiment 2 et en déduire la quantité de matière en diiode qui a été consommée $n_c(I_2)$ par le fonctionnement de la pile. Cette dernière est liée à la quantité d'électrons transférés, et donc au temps de fonctionnement de la pile.

→ Corrigé p. 131

SUJET

ÉPREUVE BAC

CONTRÔLE CONTINU

SE PRÉPARER À L'EXAMEN

SUJET

L'accumulateur nickel-cadmium (40 min)

1. Pile nickel-cadmium du laboratoire

La pile nickel-cadmium est constituée de deux demi-piles reliées par un pont salin et mettant en jeu les couples oxydant-réducteur $Ni^{2+}_{(aq)} / Ni_{(s)}$ et $Cd^{2+}_{(aq)} / Cd_{(s)}$.

Chaque demi-pile contient 20 mL de solution aqueuse :

- l'une de sulfate de nickel ($Ni^{2+}_{(aq)} + SO^{2-}_{4\,(aq)}$) ;
- l'autre de sulfate de cadmium ($Cd^{2+}_{(aq)} + SO^{2-}_{4\,(aq)}$).

Les concentrations en quantité de matière d'électrolyte de ces deux solutions aqueuses sont identiques. Leur valeur est $C_0 = 0{,}10\,mol \cdot L^{-1}$.

On considère l'équation de réaction suivante :

$Cd^{2+}_{(aq)} + Ni_{(s)} \leftrightarrows Cd_{(s)} + Ni^{2+}_{(aq)}$ (Réaction 1).

a. Exprimer et calculer le quotient de réaction initial $Q_{r,i}$ de la réaction mise en jeu.

b. Sachant que la constante d'équilibre $K(T)$ associée à la réaction 1 est égale à $2{,}2 \times 10^{-6}$ à 25 °C, prévoir le sens d'évolution spontanée du système chimique constituant la pile.

c. Écrire l'équation de fonctionnement de la pile.

d. Écrire les demi-équations électroniques. Préciser s'il s'agit d'une réduction ou d'une oxydation. Indiquer la polarité des électrodes de nickel et de cadmium.

e. Quel est le rôle du pont salin ?

> **CONSEIL**
>
> **c.** Il faut réécrire l'équation de la réaction, de telle manière que la réaction se déroule dans le sens de celle-ci.

2. L'accumulateur Ni-Cd d'un téléphone sans fil première génération

L'électrolyte est basique, il s'agit d'une solution aqueuse concentrée d'hydroxyde de potassium. Les couples d'oxydoréduction impliqués sont :

$Cd(OH)_{2(s)} / Cd_{(s)}$ et $Ni(OH)_{2(s)} / Ni_{(s)}$.

Le milieu étant basique, la réaction qui se produit à une des électrodes est :

$Cd_{(s)} + 2HO^{-}_{(aq)} = Cd(OH)_{2(s)} + 2e^{-}$.

La réaction de décharge de l'accumulateur est alors :

$Cd_{(s)} + NiO(OH)_{(s)} + 2\ H_2O_{(\ell)} \leftrightarrows Cd(OH)_{2(s)} + Ni_{(s)}$ (Réaction 2).

a. Recopier et compléter le tableau d'avancement de la réaction, donné ci-dessous.

Équation de réaction		$Cd_{(s)}$ +	$NiO(OH)_{(s)}$ +	$2H_2O_{(\ell)} \leftrightarrows$	$Cd(OH)_{2(s)}$ +	$Ni_{(s)}$	
État du système	**Avancement (en mol)**	**Quantités de matière (en mol)**					$n(e^-)$
État initial	$x = 0$	n_0	Excès	Excès	n_2	n_3	0
État final	x_{max}						

b. Le cadmium étant le réactif limitant, retrouver la relation entre la quantité de matière initiale de cadmium, notée n_0, et la quantité de matière d'électrons échangés lorsque la réaction est terminée.

c. Déterminer la quantité maximale d'électricité que peut débiter cet accumulateur.

Données.

- Masse de cadmium : $m_0 = 2{,}0\,g$.
- Constante de Faraday : $F = 96\,500\,C \cdot mol^{-1}$.
- Masse molaire : $M(Cd) = 112{,}4\,g \cdot mol^{-1}$.

→ Corrigé page 131

CORRIGÉS

SE TESTER

1. a et c ; **2.** a et c ; **3.** a et b ; **4.** b ; **5.** a et c ; **6.** b et c ; **7.** b ; **8.** a.

S'ENTRAÎNER

Exercice 1 Taux d'avancement final

1. On calcule la quantité de matière en ions Ag^+ :
$n_i(Ag^+) = C \times V = 1{,}0 \times 10^{-1} \times 0{,}200 = 2{,}0 \times 10^{-2}$ mol.

Équation de réaction		$2\,Ag^+_{(aq)}$	+ $Zn_{(s)}$	→ $2\,Ag_{(s)}$	+ $Zn^{2+}_{(aq)}$
État du système	**Avancement (en mol)**	**Quantités de matière (en mol)**			
initial	$x = 0$	$2{,}0 \times 10^{-2}$	Excès	0	0
intermédiaire	x	$2{,}0 \times 10^{-2} - 2x$	Excès	x	x
final	x_f	$2{,}0 \times 10^{-2} - 2x_f$	Excès	x_f	x_f

2. La quantité de matière finale en ions Zn^{2+} est égale à x_f. On peut calculer sa valeur :
$x_f = n_f(Zn^{2+}) = [Zn^{2+}]_f \times V = 5{,}0 \times 10^{-2} \times 0{,}200 = 1{,}0 \times 10^{-2}$ mol.

3. L'avancement maximal est obtenu si tout le réactif limitant (ici, Ag^+) est consommé. On a alors : $2{,}0 \times 10^{-2} - 2x_{max} = 0$ soit $x_{max} = 1{,}0 \times 10^{-2}$ mol.

On calcule le taux d'avancement final : $\tau = \dfrac{x_f}{x_{max}} = \dfrac{1{,}0 \times 10^{-2}}{1{,}0 \times 10^{-2}} = 1.$

La transformation chimique étudiée est donc totale.

Exercice 2 Constante d'équilibre

1. On écrit les demi-équations associées à chaque couple et on additionne membre à membre :

$Ag^+_{(aq)} / Ag_{(s)}$: $\quad Ag^+_{(aq)} + e^- = Ag_{(s)}$

$Fe^{3+}_{(aq)} / Fe^{2+}_{(aq)}$: $\quad Fe^{2+}_{(aq)} = Fe^{3+}_{(aq)} + e^-$

$$Ag^+_{(aq)} + Fe^{2+}_{(aq)} \leftrightarrows Ag_{(s)} + Fe^{3+}_{(aq)}$$

2. On exprime puis on calcule la constante d'équilibre $K(T)$:

$$K(T) = \frac{[Fe^{3+}]_{éq}}{[Ag^+]_{éq} \times [Fe^{2+}]_{éq}} = \frac{\dfrac{n_{éq}(Fe^{3+})}{V}}{\dfrac{n_{éq}(Ag^+)}{V} \times \dfrac{n_{éq}(Fe^{2+})}{V}} = \frac{n_{éq}(Fe^{3+}) \times V}{n_{éq}(Ag^+) \times n_{éq}(Fe^{2+})}.$$

$$K(T) = \frac{1{,}9 \times 10^{-3} \times 0{,}200}{1{,}7 \times 10^{-2} \times 6{,}5 \times 10^{-3}} = 3{,}4.$$

L'INFO À RETENIR

Lorsqu'un solide intervient dans l'équation de la réaction, sa contribution dans le quotient de réaction vaut 1.

Exercice 3 Avancement final

1. On calcule la quantité de matière en ions Pb^{2+} :
$n_i(Pb^{2+}) = [Pb^{2+}]_i \times V = 0{,}20 \times 0{,}050 = 0{,}010$ mol.

Équation de réaction		$Pb^{2+}_{(aq)}$ +	$Zn_{(s)}$ →	$Pb_{(s)}$ +	$Zn^{2+}_{(aq)}$
État du système	**Avancement (en mol)**	**Quantités de matière (en mol)**			
initial	$x = 0$	0,010	0,50	0	0
intermédiaire	x	$0{,}010 - x$	0,50	x	x
final	x_f	$0{,}010 - x_f$	0,50	x_f	x_f

2. On exprime $K(T)$:

$$K(T) = \frac{[Zn^{2+}]_{éq}}{[Pb^{2+}]_{éq}} = \frac{\frac{x_f}{V}}{\frac{0{,}010 - x_f}{V}} = \frac{x_f}{0{,}010 - x_f}.$$

LE RÉFLEXE À AVOIR

On peut exprimer $K(T)$ en fonction de x_f. Il faut utiliser la ligne « État final » du tableau d'avancement.

3. On développe l'expression de $K(T)$ afin de calculer x_f :

$$K(T) = \frac{x_f}{0{,}010 - x_f} = 2{,}0 \times 10^{21}$$

$x_f = 2{,}0 \times 10^{21} \times (0{,}010 - x_f)$ d'où $x_f = 2{,}0 \times 10^{19} - 2{,}0 \times 10^{21} \times x_f$

$x_f + 2{,}0 \times 10^{21} \times x_f = 2{,}0 \times 10^{19}$ d'où $x_f \times (1 + 2{,}0 \times 10^{21}) = 2{,}0 \times 10^{19}$

$$x_f = \frac{2{,}0 \times 10^{19}}{1 + 2{,}0 \times 10^{21}} = 0{,}010 \text{ mol}.$$

Exercice 4 Transformation spontanée ou forcée

1. On calcule les concentrations des ions :

• dans l'état initial : $[Ag^+]_i = \frac{n_i(Ag^+)}{V} = \frac{2{,}6 \times 10^{-3}}{0{,}200} = 1{,}3 \times 10^{-2}$ mol·L^{-1}

$[Pb^{2+}]_i = \frac{n_i(Pb^+)}{V} = \frac{1{,}0 \times 10^{-3}}{0{,}200} = 5{,}0 \times 10^{-3}$ mol·L^{-1} ;

• dans l'état intermédiaire :

$[Ag^+]_{inter} = \frac{n_{inter}(Ag^+)}{V} = \frac{1{,}6 \times 10^{-3}}{0{,}200} = 8{,}0 \times 10^{-3}$ mol·L^{-1}

$[Pb^{2+}]_{inter} = \frac{n_{inter}(Pb^+)}{V} = \frac{1{,}5 \times 10^{-3}}{0{,}200} = 7{,}5 \times 10^{-3}$ mol·L^{-1}.

LE RÉFLEXE À AVOIR

Il faut comparer l'évolution du quotient de réaction par rapport à $K(T)$.

2. On calcule les quotients de réaction :

• dans l'état initial : $Q_{r,i} = \frac{[Pb^{2+}]_i}{[Ag^+]_i^2} = \frac{5{,}0 \times 10^{-3}}{(1{,}3 \times 10^{-2})^2} = 30$;

• dans l'état intermédiaire : $Q_{r,inter} = \frac{[Pb^{2+}]_{inter}}{[Ag^+]_{inter}^2} = \frac{7{,}5 \times 10^{-3}}{(8{,}0 \times 10^{-3})^2} = 117$.

3. Le quotient de réaction augmente et se rapproche de la valeur de $K(T)$. La transformation étudiée est donc spontanée.

Exercice 5 **Fonctionnement d'une pile**

1. Le courant se déplace du + vers le – à l'extérieur de la pile.
Les électrons se déplacent en sens inverse, du – vers le + à l'extérieur de la pile.

2. Dans la demi-pile de gauche, il y a des électrons qui arrivent. La demi-équation est : $Cu^{2+}_{(aq)} + 2e^- = Cu_{(s)}$.
Dans la demi-pile de droite, il y a des électrons qui partent. La demi-équation est : $Al_{(s)} = Al^{3+}_{(aq)} + 3e^-$.

3. Pour avoir l'équation de fonctionnement de la pile, on additionne les demi-équations électronique qui se déroule à chaque demi-pile, en veillant à échanger le même nombre d'électrons :

$$Cu^{2+}_{(aq)} + 2e^- = Cu_{(s)} \quad (\times 3)$$
$$Al_{(s)} = Al^{3+}_{(aq)} + 3e^- \quad (\times 2)$$
$$3Cu^{2+}_{(aq)} + 2Al_{(s)} \rightarrow 3Cu_{(s)} + 2Al^{3+}_{(aq)}$$

4. Le pont salin assure la fermeture du circuit à l'intérieur de la pile.
Les ions $C\ell^-$ vont vers l'électrode d'aluminium (pôle -) et les ions K^+ vont vers l'électrode de cuivre (pôle +).

5. Au pôle +, il y a gain d'électrons. Il s'agit d'une réduction, qui se déroule à une cathode.
Au pôle –, il y a perte d'électrons. Il s'agit d'une oxydation, qui se déroule à une anode.

L'INFO À RETENIR
Dans le pont salin, les ions – vont compenser la perte d'électrons dans l'une des demi-piles. Les ions + vont compenser l'excès d'électrons dans l'autre demi-pile.

Exercice 6 **Pile et concentration**

1. On calcule le quotient de réaction à l'état initial :

$$Q_{r,i} = \frac{[Fe^{3+}]_i}{[Ag^+]_i \times [Fe^{2+}]_i} = \frac{1,0 \times 10^{-1}}{1,0 \times 10^{-1} \times 1,0 \times 10^{-1}} = 10.$$

2. Étant donné que $Q_{r,i} > K(T)$, la transformation va évoluer spontanément dans le sens indirect.
On réécrit l'équation de la réaction :
$Ag_{(s)} + Fe^{3+}_{(aq)} \leftrightarrows Ag^+_{(aq)} + Fe^{2+}_{(aq)}$.

3. À l'électrode de la demi-pile de gauche, se déroule alors la réaction $Fe^{3+}_{(aq)} + e^- = Fe^{2+}_{(aq)}$. Il doit y avoir un apport d'électrons à cette électrode : c'est donc le pôle +.
À l'électrode de la demi-pile de droite, se déroule alors la réaction $Ag_{(s)} = Ag^+_{(aq)} + e^-$. Il doit y avoir production d'électrons à cette électrode : c'est donc le pôle –.

L'INFO À RETENIR
L'électrode où arrivent des électrons est l'électrode + (cathode).
L'électrode d'où partent des électrons est l'électrode – (anode).

4. On calcule le quotient de réaction à l'état initial avec les nouvelles concentrations initiales : $Q_{r,i} = \frac{[Fe^{3+}]_i}{[Ag^+]_i \times [Fe^{2+}]_i} = \frac{1,0 \times 10^{-2}}{1,0 \times 10^{-1} \times 1,0 \times 10^{-1}} = 1.$

Étant donné que $Q_{r,i} < K(T)$, la transformation va évoluer spontanément dans le sens direct par rapport à celle donnée dans l'énoncé. Le transfert d'électrons se fait alors en sens inverse par rapport aux précédentes questions : les pôles de la pile sont donc inversés également.

Exercice 7 Capacité maximale d'une pile

• On calcule les quantités de matière des réactifs : $n_i(Cr) = \dfrac{m}{M(Cr)} = \dfrac{40}{52{,}0} = 0{,}77\,mol$; $n_i(Ag^+) = C \times V = 1{,}0 \times 0{,}050 = 0{,}050\,mol$.

• On dresse le tableau d'avancement et on ajoute une colonne pour la quantité de matière en électrons transférée. On détermine la valeur de x_{max}.

Équation	$Cr_{(s)}$ +	$3Ag^+_{(aq)}$ →	$Cr^{3+}_{(aq)}$ +	$3Ag_{(s)}$	$n(e^-)$
État initial ($x = 0$ mol)	0,77	0,050	0	0	0
État final x_{max}	$0{,}77 - x_{max}$	$0{,}050 - 3x_{max}$	x_{max}	$3x_{max}$	$3x_{max}$

Si $Cr_{(s)}$ est réactif limitant : $0{,}77 - x_{max} = 0$ soit $x_{max} = 0{,}77$ mol.

Si $Ag^+_{(aq)}$ est réactif limitant : $0{,}050 - 3x_{max} = 0$ soit $x_{max} = 0{,}017$ mol.

On garde la plus petite valeur des deux : $x_{max} = 0{,}017$ mol et $Ag^+_{(aq)}$ est le réactif limitant.

• On écrit la relation entre la charge électrique Q_{max} et la quantité maximale d'électrons transférée, puis on fait l'application numérique : $Q_{max} = n(e^-) \times F = 3 \times x_{max} \times F$

L'INFO À RETENIR
$1\,A \cdot h = 3\,600\,C$

$Q_{max} = 3 \times 0{,}017 \times 96\,500 = 4{,}9 \times 10^3\,C = 1{,}4\,A \cdot h$.

Exercice 8 Schéma d'une électrolyse

• On trace un premier schéma, sur lequel on indique le sens du courant I et le sens des électrons e^- : le courant I va du + vers le – du générateur ; les électrons vont en sens inverse.

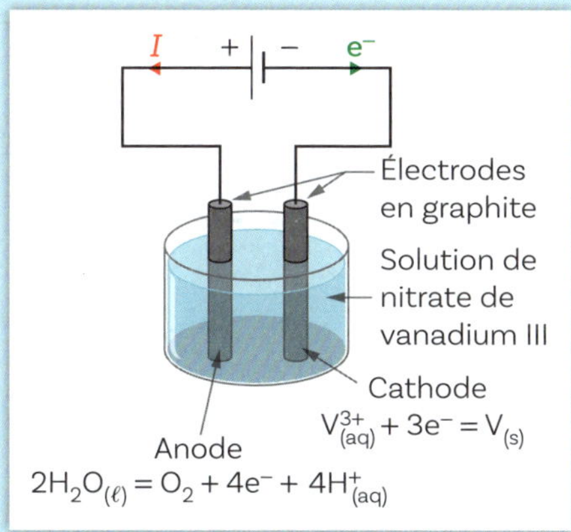

• Parmi les espèces chimiques présentes dans l'électrolyseur, on identifie l'oxydant et le réducteur mis en jeu : V^{3+} est un oxydant (il gagne des électrons) ; H_2O est un réducteur (il perd des électrons).

• On écrit les équations des réactions qui se déroulent à chaque électrode :
L'électrode branchée au pôle + subit une perte d'électrons. Il s'y déroule l'oxydation de H_2O, dont l'équation est $2H_2O_{(\ell)} = O_{2(g)} + 4e^- + 4H^+_{(aq)}$. Cette électrode est donc l'anode.

L'électrode branchée au pôle – subit une arrivée d'électrons. Il s'y déroule la réduction de V^{3+}, dont l'équation est $V^{3+}_{(aq)} + 3e^- = V_{(s)}$. Cette électrode est donc la cathode.

• On complète le schéma au fur et à mesure.

Exercice 9 **Variations de quantité de matière**

1. On utilise la relation entre Q, I et Δt : $Q = I \times \Delta t = 0{,}50 \times 15 \times 60 = 4{,}5 \times 10^2$ C.

2. On utilise la relation entre Q, $n(e^-)$ et F : $Q = n(e^-) \times F$ soit

$$n(e^-) = \frac{Q}{F} = \frac{4{,}5 \times 10^2}{96\,500} = 4{,}7 \times 10^{-3}\,\text{mol}.$$

3. Avec la demi équation $Ag^+_{(aq)} + e^- \leftrightarrows Ag_{(s)}$, on peut écrire : $\frac{n(Ag)}{1} = \frac{n(e^-)}{1}$ d'où $n(Ag) = n(e^-) = 4{,}7 \times 10^{-3}$ mol.

Avec la demi équation $2H_2O_{(\ell)} = O_{2(g)} + 4H^+_{(aq)} + 4e^-$, on peut écrire :

$$\frac{n(O_2)}{1} = \frac{n(e^-)}{4} \text{ d'où } n(O_2) = \frac{n(e^-)}{4} = \frac{4{,}7 \times 10^{-3}}{4} = 1{,}2 \times 10^{-3}\,\text{mol}.$$

4. On calcule la masse d'argent :
$m(Ag) = n(Ag) \times M(Ag) = 4{,}7 \times 10^{-3} \times 107{,}9 = 0{,}51$ g.

On calcule le volume de dioxygène :
$V(O_2) = n(O_2) \times V_m = 1{,}2 \times 10^{-3} \times 24{,}0 = 2{,}9 \times 10^{-2}\,\text{L} = 29\,\text{mL}$.

SE PERFECTIONNER

Exercice 10 **Dissolution du sulfate de baryum**

1. On dresse le tableau d'avancement.

Équation	$BaSO_{4(s)}$ $\rightleftarrows$	$Ba^{2+}_{(aq)}$ +	$SO^{2-}_{4(aq)}$
État initial ($x = 0$ mol)	0,10	0	0
État final x_f	$0{,}10 - x_f$	x_f	x_f

2. On exprime $K(T)$: $K(T) = [Ba^{2+}]_{éq} \times [SO_4^{2-}]_{éq}$ d'où $K(T) = \frac{x_f}{V} \times \frac{x_f}{V} = \left(\frac{x_f}{V}\right)^2$.

3. On pose $C_f = \frac{x_f}{V}$, la concentration finale en sulfate de baryum à l'équilibre (qui correspond à la quantité de matière qui s'est dissoute dans 1 L d'eau) : $K(T) = (C_f)^2$ d'où $C_f = \sqrt{K(T)} = \sqrt{1{,}0 \times 10^{-10}} = 1{,}0 \times 10^{-5}\,\text{mol}\cdot\text{L}^{-1}$.

On en déduit la solubilité s (en g·L^{-1}), homogène à une concentration en masse :
$s = C_f \times M = 1{,}0 \times 10^{-5} \times 223{,}4 = 2{,}2 \times 10^{-3}\,\text{g}\cdot\text{L}^{-1} = 2{,}2\,\text{mg}\cdot\text{L}^{-1}$.

Exercice 11 **Étude d'une pile cuivre-aluminium**

1. Si le courant se déplace du cuivre vers l'aluminium, c'est que l'électrode de cuivre constitue le pôle + et que l'électrode d'aluminium constitue le pôle –.

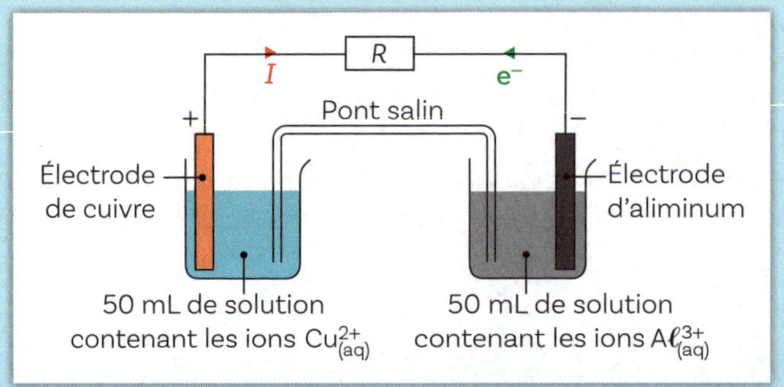

2. À l'électrode de cuivre, il y a arrivée d'électrons. La demi-équation est :
$Cu^{2+}_{(aq)} + 2\,e^- = Cu_{(s)}$.
À l'électrode d'aluminium, il y a départ d'électrons. La demi-équation est :
$A\ell_{(s)} = A\ell^{3+}_{(aq)} + 3\,e^-$.

3. On calcule le quotient de réaction initial : $Q_{r,i} = \dfrac{[A\ell^{3+}]_i^2}{[Cu^{2+}]_i^3} = \dfrac{(5{,}0 \times 10^{-3})^2}{(5{,}0 \times 10^{-1})^3} = 2{,}0 \times 10^{-4}$.

4. Étant donné que $Q_{r,i} < K(T)$, le sens spontané de la transformation chimique support du fonctionnement de la pile est le sens direct (celui de l'énoncé).

5. On calcule les quantités de matière initiales en réactifs :
$n_i(Cu^{2+}) = [Cu^{2+}] \times V_2 = 5{,}0 \times 10^{-1} \times 0{,}050 = 2{,}5 \times 10^{-2}$ mol
$n_i(A\ell) = \dfrac{m_1}{M(A\ell)} = \dfrac{1{,}0}{27{,}0} = 3{,}7 \times 10^{-2}$ mol.

6. On dresse le tableau d'avancement :

Équation	$3\,Cu^{2+}_{(aq)}$ +	$2\,A\ell_{(s)}$ ⇆	$3\,Cu_{(s)}$ +	$2\,A\ell^{3+}_{(aq)}$	$n(e^-)$
État initial ($x = 0$ mol)	$2{,}5 \times 10^{-2}$	$3{,}7 \times 10^{-2}$	0	0	0
État final x_{max}	$2{,}5 \times 10^{-2} - 3x_{max}$	$3{,}7 \times 10^{-2} - 2\,x_{max}$	$3\,x_{max}$	$2\,x_{max}$	$6\,x_{max}$

Si Cu^{2+} est réactif limitant : $2{,}5 \times 10^{-2} - 3x_{max}$ d'où $x_{max} = \dfrac{2{,}5 \times 10^{-2}}{3} = 8{,}3 \times 10^{-3}$ mol.

Si $A\ell$ est réactif limitant : $3{,}7 \times 10^{-2} - 2x_{max}$ d'où $x_{max} = \dfrac{3{,}7 \times 10^{-2}}{2} = 1{,}9 \times 10^{-2}$ mol.

On garde la valeur la plus petite : $x_{max} = 8{,}3 \times 10^{-3}$ mol.
On calcule la valeur de Q_{max} :
$Q_{max} = n(e^-) \times F = 6 \times x_{max} \times F = 6 \times 8{,}3 \times 10^{-3} \times 96\ 500 = 4{,}8 \times 10^3\ C = 1{,}3\ A \cdot h$.

Exercice 12 Électrolyse d'une solution de chlorure d'étain

1. Voir schéma ci-dessous.

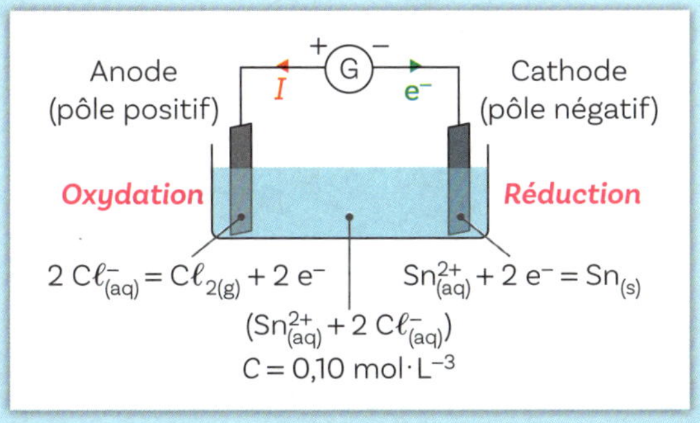

2. À l'électrode branchée au pôle + du générateur, il y a départ d'électrons. Il s'y déroule l'oxydation des ions $C\ell^-$. La demi-équation est :
$2\,C\ell^-_{(aq)} = C\ell_{2(g)} + 2\,e^-$.
À l'électrode branchée au pôle − du générateur, il y a arrivée d'électrons. Il s'y déroule la réduction des ions Sn^{2+}. La demi-équation est $Sn^{2+}_{(aq)} + 2\,e^- = Sn_{(s)}$.

3. À l'électrode branchée au pôle + se déroule une oxydation. C'est donc l'anode. À l'électrode branchée au pôle – se déroule une réduction. C'est donc la cathode.

4. Un gaz ($C\ell_2$) se forme à l'électrode branchée au pôle +.
Un métal (Sn) se forme à l'électrode branchée au pôle –.

LE RÉFLEXE À AVOIR

Selon que l'on étudie une pile ou une électrolyse, l'anode et la cathode n'ont pas la même polarité. Il faut retenir Anode = Oxydation ; Cathode = Réduction.

5. On calcule tout d'abord la quantité de matière en électrons transférés : $Q = I \times \Delta t$ et $Q = n(e^-) \times F$ d' où $n(e^-) \times F = I \times \Delta t$

$$n(e^-) = \frac{I \times \Delta t}{F} = \frac{3,0 \times 10 \times 60}{96500} = 1,9 \times 10^{-2}\,\text{mol.}$$

On écrit les relations entre quantités de matière en produit formés et quantité de matière en électrons transférés, grâce aux demi-équations :

$$\frac{n_f(C\ell_2)}{1} = \frac{n(e^-)}{2} \text{ d'où } n_f(C\ell_2) = \frac{n(e^-)}{2} = \frac{1,9 \times 10^{-2}}{2} = 9,5 \times 10^{-3}\,\text{mol}$$

$$\frac{n_f(Sn)}{1} = \frac{n(e^-)}{2} \text{ d'où } n_f(Sn) = \frac{n(e^-)}{2} = \frac{1,9 \times 10^{-2}}{2} = 9,5 \times 10^{-3}\,\text{mol.}$$

On calcule le volume de dichlore formé : $V(C\ell_2) = n_f(C\ell_2) \times V_m = 9,5 \times 10^{-3} \times 24,0 = 0,23\,L$.
On calcule la masse d'étain formé : $m(Sn) = n(Sn) \times M(Sn) = 9,5 \times 10^{-3} \times 119,0 = 1,1$ g.

Exercice 13 Respirer dans la Station spatiale internationale

1. Lors d'une électrolyse, l'anode est l'électrode branchée sur le pôle + du générateur. La cathode est l'électrode branchée sur le pôle – du générateur.

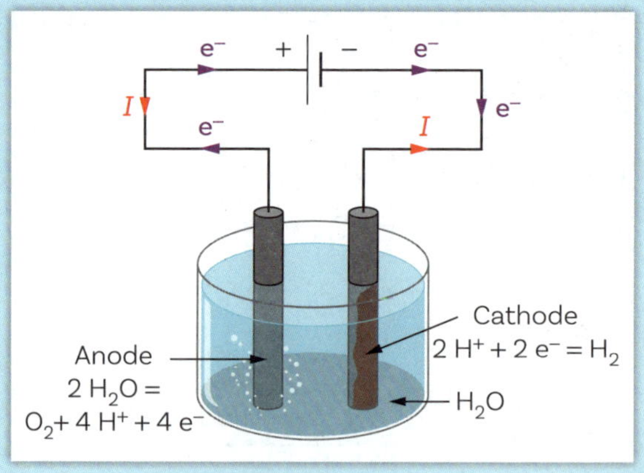

2. D'après la demi-équation associée au couple $O_{2(g)}$ / $H_2O_{(\ell)}$, on peut écrire :

$$\frac{n(O_2)}{1} = \frac{n(e^-)}{4} \text{ d'où } n(O_2) = \frac{n(e^-)}{4}.$$

Par ailleurs, la quantité d'électrons transférés est donnée par :

$$n(e^-) = \frac{I \times \Delta t}{F}.$$

On obtient : $n(O_2) = \dfrac{I \times \Delta t}{4 \times F} = \dfrac{50,0 \times 24 \times 3600}{4 \times 96500} = 11,2\,\text{mol.}$

3. On calcule la masse correspondante :
$m(O_2) = n(O_2) \times M(O_2) = 11,2 \times 32,0 = 358\,\text{g}$.

4. Pour neuf astronautes, il faut générer $9 \times 0,91 = 8,2$ kg de dioxygène par jour. Une cellule peut générer 0,358 kg de dioxygène par jour, il faut donc :
$\frac{8,2}{0,358} = 23$ cellules.

Exercice 14 **PROBLÈME** **Durée de fonctionnement d'une pile**

1. D'après l'indication de l'ampèremètre (valeur positive), l'électrode + est celle branchée sur la borne mA. Il s'agit donc de la demi-pile de gauche. La demi-pile de droite est donc la borne –.

> **LE RÉFLEXE À AVOIR**
> Pour déterminer le sens des demi-équations, il faut connaître le sens de circulation des électrons.

2. À l'électrode + de la pile, il y a arrivée d'électrons. La demi-équation qui s'y déroule est : $I_{2(aq)} + 2e^- = 2I^-_{(aq)}$.
À l'électrode – de la pile, il y a départ d'électrons. La demi-équation qui s'y déroule est : $Zn_{(s)} = Zn^{2+}_{(aq)} + 2e^-$.

3. • On écrit l'équation de la réaction support du fonctionnement de la pile :
$I_{2(aq)} + Zn_{(s)} \rightarrow Zn^{2+}_{(aq)} + 2I^-_{(aq)}$.
• On calcule la quantité de matière initiale en diiode I_2 :
$n_i(I_2) = [I_2]_i \times V_1 = 1,0 \times 10^{-1} \times 0,100 = 1,0 \times 10^{-2}$ mol.
• On calcule la quantité de matière en diiode restant $n_r(I_2)$ dans le compartiment 2 : d'après l'équation de la réaction support du titrage, on peut écrire :
$\frac{n_r(I_2)}{1} = \frac{n_{\text{versé}}(S_2O_3^{2-})}{2}$ et $n_r(I_2) = \frac{C_1 \times V_E}{2} = \frac{2,0 \times 10^{-1} \times 14,7 \times 10^{-3}}{2} = 1,5 \times 10^{-3}$ mol.
• On calcule la quantité de matière en diiode consommée $n_c(I_2)$ lors du fonctionnement de la pile : $n_i(I_2) = n_c(I_2) + n_r(I_2)$ d'où :
$n_c(I_2) = n_i(I_2) - n_r(I_2) = 1,0 \times 10^{-2} - 1,5 \times 10^{-3} = 8,5 \times 10^{-3}$ mol.
• On calcule la quantité de matière en électrons transférés :
d'après la demi-équation du couple $I_{2(aq)} / I^-_{(aq)}$: $\frac{n_c(I_2)}{1} = \frac{n(e^-)}{2}$ d'où :
$n(e^-) = 2 \times n_c(I_2) = 2 \times 8,5 \times 10^{-3} = 1,7 \times 10^{-2}$ mol.
• On calcule le temps de fonctionnement de la pile : $I \times \Delta t = n(e^-) \times F$ d'où :
$\Delta t = \frac{n(e^-) \times F}{I} = \frac{1,7 \times 10^{-2} \times 96500}{0,050} = 3,3 \times 10^4$ s $= 9,2$ h.

SE PRÉPARER À L'EXAMEN

SUJET L'accumulateur nickel-cadmium

1. Pile nickel-cadmium du laboratoire

a. On exprime $Q_{r,i}$ et on le calcule : $Q_{r,i} = \frac{[Ni^{2+}]_i}{[Cd^{2+}]_i} = \frac{C_0}{C_0} = 1$.

b. Étant donné que $Q_{r,i} > K(T)$, le sens spontané d'évolution du système est le sens indirect de celui donné par l'équation de l'énoncé.

c. L'équation de fonctionnement de la pile est donc : $Cd_{(s)} + Ni^{2+}_{(aq)} \rightarrow Cd^{2+}_{(aq)} + Ni_{(s)}$.

d. Les demi-équations électroniques sont donc :

• $Cd_{(s)} = Cd^{2+}_{(aq)} + 2e^-$; il s'agit d'une oxydation. L'électrode de cadmium subit un départ d'électrons. Elle constitue donc le pôle – de l'accumulateur.

• $Ni^{2+}_{(aq)} + 2e^- = Ni_{(s)}$; il s'agit d'une réduction. L'électrode de nickel subit une arrivée d'électrons. Elle constitue donc le pôle + de l'accumulateur.

e. Le pont salin assure la fermeture du circuit à l'intérieur de l'accumulateur.

2. L'accumulateur Ni-Cd d'un téléphone sans fil première génération

a.

Équation de réaction		$Cd_{(s)}$	$+ NiO(OH)_{(s)}$	$+ 2H_2O_{(l)}$	$\leftrightarrows Cd(OH)_{2(s)} +$	$Ni_{(s)}$	
État du système	**Avancement (en mol)**	**Quantités de matière (en mol)**					$n(e^-)$
État initial	$x = 0$	n_0	Excès	Excès	n_2	n_3	0
État final	x_{max}	$n_0 - x_{max}$	Excès	Excès	$n_2 + x_{max}$	$n_3 + x_{max}$	$2x_{max}$

b. Si le cadmium est réactif limitant, $n_0 - x_{max} = 0$, ce qui conduit à $x_{max} = n_0$.
La quantité d'électrons transférés est donc $n(e^-) = 2x_{max} = 2 \times n_0$.

c. On calcule n_0 : $n_0 = \dfrac{m_0}{M(Cd)} = \dfrac{2,0}{112,4} = 1,8 \times 10^{-2}$ mol.

On calcule Q_{max} :

$Q_{max} = n(e^-) \times F = 2 \times n_0 \times F = 2 \times 1,8 \times 10^{-2} \times 96\,500 = 3,4 \times 10^3\ C = 0,97\ A \cdot h$.

Ton **KIT DE SURVIE** pour le **BAC** avec SCHOOLMOUV

Chapitre 5 Sens d'évolution d'un système chimique

Tu viens de voir les notions à connaître sur le sens d'évolution d'un système chimique. Pour t'aider à retenir l'essentiel et t'entraîner pour le Bac, voici ton kit de révisions clé en mains conçu par SchoolMouv !

Vidéo

Pour mieux comprendre et t'en souvenir à coup sûr, regarde la vidéo. C'est parfois bien plus clair en images.

Vidéo **Les piles : générateurs électrochimiques**

https://flashbelin.fr/focusbacschoolmouv/pc/5

Contenu additionnel

Voici un bonus autour du même sujet. La curiosité n'est pas toujours un vilain défaut. Il te suffit de créer ton compte pour avoir plein de contenus supplémentaires.

Quiz **Les piles : générateurs électrochimiques**

https://www.schoolmouv.fr/eleves/cours/les-piles-generateurs-electrochimiques/qcm

Tchat avec un prof

Pour poser toutes tes questions à un prof particulier, découvre l'abonnement tchat. Tu peux le tester gratuitement pendant 7 jours : fini les questions sans réponses, tu vas devenir incollable.

https://focusbac.schoolmouv.fr/offre

6 Comparer la force des acides et des bases

LE CHAPITRE EN UN COUP D'ŒIL

RETENIR L'ESSENTIEL

SAVOIR FAIRE

SCHOOLMOUV

Ton **KIT DE SURVIE** pour le Bac p. 159

RETENIR L'ESSENTIEL

1 Constante d'acidité associée à un couple acide/base

Définitions

→ La **constante d'acidité K_A** associée à un couple AH/A^- est la constante d'équilibre qui modélise la transformation entre l'acide AH et l'eau. Elle est **sans unité**.
Pour la transformation $AH_{(aq)} + H_2O_{(\ell)} \leftrightarrows A^-_{(aq)} + H_3O^+_{(aq)}$:

$$K_A = \frac{[A^-]_{éq} \times [H_3O^+]_{éq}}{[AH]_{éq} \times c^o}$$

$[X]_{éq}$: concentration de l'espèce chimique X à l'équilibre

c^o : concentration standard, qui vaut 1 mol·L⁻¹.

→ Le **pK_A** d'un couple acide/base est défini par :

$$pK_A = -\log(K_A)$$

Cela équivaut à :

$$K_A = 10^{-pK_A}$$

Estimer une constante d'acidité par mesure de pH

L'analyse du pH d'une solution d'un acide AH, à la concentration C_i en soluté apporté, permet de déterminer sa constante d'acidité K_A.
En construisant un tableau d'avancement, on peut exprimer K_A de la manière suivante :

$$K_A = \frac{[H_3O^+]^2_{éq}}{C_i - [H_3O^+]_{éq}}$$

C_i est connu et le pH permet d'obtenir $[H_3O^+]_{éq}$.

2 Produit ionique de l'eau

Autoprotolyse de l'eau

→ L'eau « pure » n'existe pas au sens strict : elle contient toujours des ions H_3O^+ et HO^-. Ces ions sont issus de la réaction d'**autoprotolyse** de l'eau, d'équation :

$$2\,H_2O_{(\ell)} \leftrightarrows H_3O^+_{(aq)} + HO^-_{(aq)}$$

→ À 25 °C, l'eau « pure » contient les ions H_3O^+ et HO^- aux concentrations $[H_3O^+]_{éq} = [HO^-]_{éq} = 1{,}0 \times 10^{-7}$ mol·L⁻¹.

Produit ionique de l'eau

Le **produit ionique de l'eau** est la constante d'équilibre associée à la réaction d'autoprotolyse de l'eau. Il est noté $\boldsymbol{K_e}$.

$$K_e = \frac{[H_3O^+]_{éq} \times [HO^-]_{éq}}{(c°)^2} \quad \text{et} \quad pK_e = -\log(K_e)$$

À 25 °C, $K_e = 1{,}0 \times 10^{-14}$ et $pK_e = 14$.

3 Force des acides et des bases

Acide fort et acide faible

- Un **acide fort** est un acide qui réagit totalement avec l'eau. L'équation de réaction est écrite avec une flèche simple. Pour un acide fort AH, on a :

$$AH_{(aq)} + H_2O_{(\ell)} \rightarrow A^-_{(aq)} + H_3O^+_{(aq)}$$

Le taux d'avancement final de la réaction est égal à 1.

- Un **acide faible** est un acide qui ne réagit pas totalement avec l'eau. L'équation de réaction est écrite avec une double flèche.

Pour un acide faible AH, on a :

$$AH_{(aq)} + H_2O_{(\ell)} \leftrightarrows A^-_{(aq)} + H_3O^+_{(aq)}$$

Le taux d'avancement final de la réaction est inférieur à 1.

Déterminer la force d'un acide

- Pour une solution aqueuse d'**acide fort** AH, la concentration en ions H_3O^+ à l'équilibre est égale à la concentration en acide apporté C_{AH}. Le pH de la solution à l'équilibre est alors :

$$pH = -\log\left(\frac{C_{AH}}{c°}\right)$$

- Dans le cas d'une solution d'**acide faible**, le pH à l'équilibre sera supérieur :

$$pH > -\log\left(\frac{C_{AH}}{c°}\right)$$

Base forte et base faible

- Une **base forte** est une base qui réagit totalement avec l'eau. L'équation de réaction est écrite avec une flèche simple.

Pour une base forte B, on a :

$$B_{(aq)} + H_2O_{(\ell)} \rightarrow BH^+_{(aq)} + HO^-_{(aq)}$$

Le taux d'avancement final de la réaction est égal à 1.

- Une **base faible** est une base qui ne réagit pas totalement avec l'eau. L'équation de réaction est écrite avec une double flèche.

Pour une base faible B, on a :

$$B_{(aq)} + H_2O_{(\ell)} \leftrightarrows BH^+_{(aq)} + HO^-_{(aq)}$$

Le taux d'avancement final de la réaction est inférieur à 1.

Déterminer la force d'une base

- Pour une solution aqueuse de **base forte** B, la concentration en ions HO^- à l'équilibre est égale à la concentration en base apportée C_B. Le pH de la solution à l'équilibre est alors :

$$\text{pH} = 14 + \log\left(\frac{C_B}{c^o}\right)$$

- Dans le cas d'une solution de **base faible**, le pH à l'équilibre sera inférieur :

$$\text{pH} < 14 + \log\left(\frac{C_B}{c^o}\right)$$

Échelle des pK_A

- Pour une même concentration en acide apporté, un acide est d'autant plus fort qu'il cède facilement un ion H^+. Un tel acide est impliqué dans un couple ayant un **faible pK_A**.
  Pour une même concentration en base apportée, une base est d'autant plus forte qu'elle capte facilement un ion H^+. Une telle base est impliquée dans un couple ayant un **fort pK_A**.
- L'acide le plus fort qui existe dans l'eau est l'ion H_3O^+. La base la plus forte qui existe dans l'eau est l'ion HO^-.

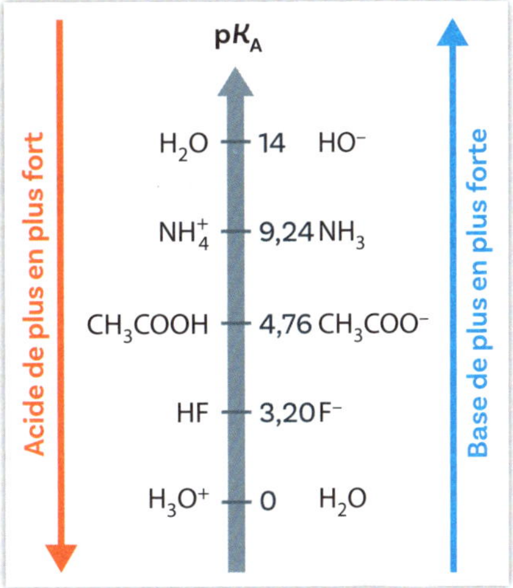

4 Diagrammes de prédominance et de distribution

Relation entre pH et pK_A (relation d'Henderson)

En utilisant l'expression de K_A et en en prenant le logarithme décimal, on obtient la **relation d'Henderson**, qui fait le lien entre pH, pK_A et les concentrations $[A^-]_{éq}$ et $[AH]_{éq}$ à l'équilibre :

$$\text{pH} = \text{p}K_A + \log\left(\frac{[A^-]_{éq}}{[AH]_{éq}}\right)$$

Diagramme de prédominance

Selon le pH de la solution, AH ou A^- prédomine, ce que l'on peut représenter par un **diagramme de prédominance** :

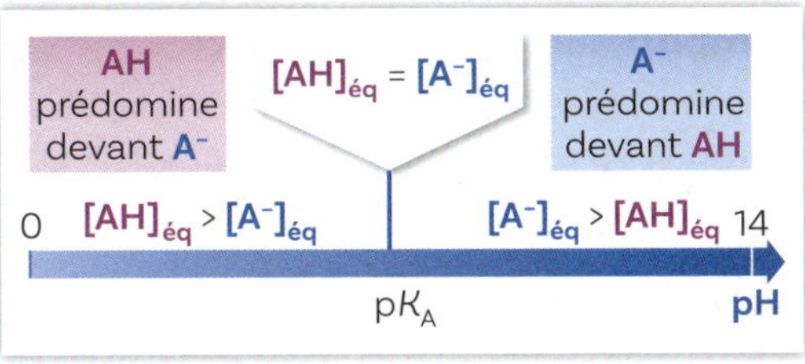

Diagramme de distribution

Un **diagramme de distribution** donne la fraction des formes acide AH et basique A^- en fonction du pH de la solution. La valeur du pK_A du couple acide/base correspond au point d'intersection des courbes représentant les proportions des deux formes.

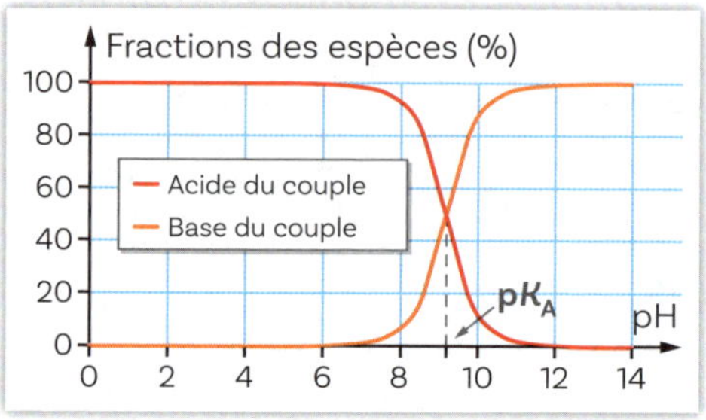

Indicateur coloré acido-basique

- Un **indicateur coloré acido-basique** est un couple acide/base dont au moins l'une des formes (acide et/ou basique) est colorée en solution.
- L'intervalle de pH $[pK_A - 1 ; pK_A + 1]$ est appelé **zone de virage**. Il correspond au changement de couleur de l'indicateur coloré. Lors d'un titrage mettant en jeu une réaction acido-basique, il faut utiliser un indicateur coloré dont la zone de virage comprend le pH à l'équivalence.

Acides alpha-aminés

- Un **acide alpha-aminé** possède une fonction amine $-NH_2$ et une fonction acide carboxylique $-COOH$ liées au même atome de carbone. Il appartient à deux couples acide/base.
- En solution aqueuse, un transfert de proton intramoléculaire à lieu dans un acide aminé. Il porte donc une charge + et une charge –. Une telle espèce est appelée **zwitterion** (ou amphion). Le zwitterion d'un acide alpha-aminé est l'acide dans un couple et la base dans l'autre couple. Un acide alpha-aminé est donc caractérisé par deux pK_A.

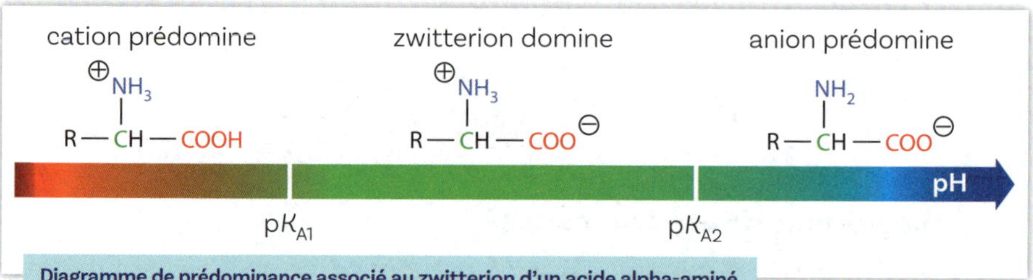

Diagramme de prédominance associé au zwitterion d'un acide alpha-aminé

Solutions tampon

Une **solution tampon** est une solution dont le pH varie très peu lorsqu'on y verse modérément un acide ou une base, ou si on la dilue modérément. C'est en général le mélange d'un acide faible et de sa base conjuguée. Le pH d'une telle solution est alors donné par la relation : $pH = pK_A + \log\left(\frac{[A^-]_{éq}}{[AH]_{éq}}\right)$.

SAVOIR FAIRE

Méthode 1 Déterminer si un acide ou une base est fort(e)

ÉNONCÉ

On considère une solution de nitrate d'ammonium $(NH_{4(aq)}^{+} + NO_{3(aq)}^{-})$ de concentration de soluté apporté $C_i = 1{,}0 \times 10^{-2}$ mol·L^{-1}. Le pH de cette solution vaut 4,6.
L'ion ammonium NH_4^+ appartient au couple acide/base $NH_{4(aq)}^{+} / NH_{3(aq)}$.

→ Déterminer si l'ion NH_4^+ est un acide fort ou faible.

SOLUTION

- On écrit l'équation de la réaction modélisant la transformation entre l'acide et l'eau. Ne sachant pas si l'acide est fort ou faible, on met une double flèche dans l'équation : $NH_{4(aq)}^{+} + H_2O_{(\ell)} \leftrightarrows H_3O_{(aq)}^{+} + NH_{3(aq)}$

- On construit un tableau d'avancement du système chimique. L'eau est en excès car c'est le solvant de la solution.
La quantité de matière initiale en ions ammonium (NH_4^+) est :
$n_i(NH_4^+) = C_i \times V = 1{,}0 \times 10^{-2} \times 0{,}100 = 1{,}0 \times 10^{-3}$ mol

Équation de réaction		$NH_{4(aq)}^{+}$	$+ \; H_2O_{(\ell)}$	$\leftrightarrows H_3O_{(aq)}^{+}$	$+ \; NH_{3(aq)}$
État du système	**Avancement**	**Quantités de matière (en mol)**			
initial	$x = 0$	$1{,}0 \times 10^{-3}$	Excès	0	0
final maximal	x_{max}	$1{,}0 \times 10^{-3} - x_{max}$	Excès	x_{max}	x_{max}

- On calcule l'avancement maximal de la transformation. Cela revient à considérer, a priori, que l'acide est fort. On en déduit ensuite la concentration maximale attendue en ions H_3O^+.
Si on considère a priori que l'acide est fort, la transformation doit donc être totale, et NH_4^+ doit donc être entièrement consommé, soit $x_{max} = 1{,}0 \times 10^{-3}$ mol.

$$[H_3O^+] = \frac{x_{max}}{V} = \frac{1{,}0 \times 10^{-3}}{0{,}100} = 1{,}0 \times 10^{-2} \text{ mol} \cdot \text{L}^{-1}$$

On calcule le pH attendu dans le cas d'un acide fort et on conclut :

$$pH = -\log\left(\frac{[H_3O^+]}{c^\circ}\right) = -\log\left(\frac{1{,}0 \times 10^{-2}}{1}\right) = 2{,}0.$$

Le pH de la solution est supérieur au pH attendu si NH_4^+ avait été un acide fort. NH_4^+ est donc un acide faible.

L'INFO À RETENIR

Pour un acide fort de concentration en soluté apporté C, on peut écrire :

$$pH = -\log\left(\frac{C}{c^\circ}\right).$$

Méthode 2 Prévoir la composition finale d'une solution d'acide faible

ÉNONCÉ

On considère un volume $V = 100$ mL de solution aqueuse d'acide éthanoïque $CH_3COOH_{(aq)}$ de concentration de soluté apporté $C_i = 1{,}0 \times 10^{-1}\ mol \cdot L^{-1}$.

→ Sachant que le pK_A du couple $CH_3COOH_{(aq)}$ / $CH_3COO^-_{(aq)}$ vaut 4,8, donner la composition finale de la solution aqueuse et calculer son pH.

SOLUTION

- On écrit l'équation de la réaction modélisant la transformation entre l'acide et l'eau. L'acide étant faible, la transformation est non totale, donc on met une double flèche dans l'équation : $CH_3COOH_{(aq)} + H_2O_{(\ell)} \leftrightarrows H_3O^+_{(aq)} + CH_3COO^-_{(aq)}$

- On construit un tableau d'avancement du système chimique. La quantité de matière initiale en acide éthanoïque est :
$n_i(CH_3COOH) = C_i \times V = 1{,}0 \times 10^{-1} \times 0{,}100 = 1{,}0 \times 10^{-2}$ mol

Équation de réaction		$CH_3COOH_{(aq)}$ +	$H_2O_{(\ell)}$ $\leftrightarrows$	$H_3O^+_{(aq)}$	+ $CH_3COO^-_{(aq)}$
État	**Avancement**	**Quantités de matière (en mol)**			
initial	$x = 0$	$1{,}0 \times 10^{-2}$	Excès	0	0
final	$x = x_{éq}$	$1{,}0 \times 10^{-2} - x_{éq}$	Excès	$x_{éq}$	$x_{éq}$

- On exprime le K_A du couple acide/base et on développe l'expression de façon à obtenir une équation du second degré :

$$K_A = \frac{[H_3O^+]_{éq} \times [CH_3COO^-]_{éq}}{[CH_3COOH]_{éq} \times c°} = \frac{\frac{x_{éq}}{V} \times \frac{x_{éq}}{V}}{\frac{1{,}0 \times 10^{-2} - x_{éq}}{V} \times 1} = \frac{x_{éq}^2}{(1{,}0 \times 10^{-2} - x_{éq}) \times V}$$

$$x_{éq}^2 = K_A \times (1{,}0 \times 10^{-2} - x_{éq}) \times V = K_A \times V \times 1{,}0 \times 10^{-2} - K_A \times V \times x_{éq}$$

D'où $x_{éq}^2 + K_A \times V \times x_{éq} - K_A \times V \times 1{,}0 \times 10^{-2} = 0$.

On termine en remplaçant K_A et V par leurs valeurs : $K_A = 10^{-pK_A} = 10^{-4{,}8}$ et $V = 1{,}00 \times 10^{-1}$ L. On obtient : $x_{éq}^2 + 10^{-5{,}8} \times x_{éq} - 10^{-7{,}8} = 0$.

- On résout l'équation en ne retenant que la solution qui respecte $0 < x_{éq} \leqslant x_{max}$.

$$\Delta = b^2 - 4ac = (10^{-5{,}8})^2 - 4 \times 1 \times (-10^{-7{,}8})$$
$$= 6{,}34 \times 10^{-8} > 0$$

$$x_{éq} = \frac{-b + \sqrt{\Delta}}{2a} = \frac{-10^{-5{,}8} + \sqrt{6{,}34 \times 10^{-8}}}{2}$$
$$= 1{,}3 \times 10^{-4}\ \text{mol}$$

FOCUS MATHS

Une équation du second degré, du type $ax^2 + bx + c$ (avec $a \neq 0$), admet deux solutions distinctes si son discriminant $\Delta = b^2 - 4ac$ est strictement positif :

$$x_1 = \frac{-b + \sqrt{\Delta}}{2a} \text{ et } x_2 = \frac{-b - \sqrt{\Delta}}{2a}.$$

• On calcule la concentration finale des espèces en solution et le pH de la solution :

$$[H_3O^+]_{éq} = [CH_3COO^-]_{éq} = \frac{x_{éq}}{V} = \frac{1,3 \times 10^{-4}}{0,100} = 1,3 \times 10^{-3}\ mol \cdot L^{-1}$$

$$[CH_3COOH]_{éq} = \frac{n_i(CH_3COOH) - x_{éq}}{V} = \frac{1,0 \times 10^{-2} - 1,3 \times 10^{-4}}{0,100} = 9,9 \times 10^{-2}\ mol \cdot L^{-1}$$

$$pH = -\log\left(\frac{[H_3O^+]_{éq}}{c^o}\right) = -\log\left(\frac{1,3 \times 10^{-3}}{1}\right) = 2,9$$

Méthode 3 Représenter et exploiter le diagramme de prédominance d'un couple acide/base

ÉNONCÉ

On considère une solution de carbonate de sodium ($2\,Na^+_{(aq)} + CO_3^{2-}{}_{(aq)}$). Quelques gouttes d'acide ont été ajoutées afin d'obtenir un pH de 8,5 pour cette solution.

1. Tracer le diagramme de prédominance des espèces chimiques appartenant aux couples de l'ion carbonate CO_3^{2-}.

2. Déterminer l'espèce prédominante dans la solution décrite dans l'énoncé.

Données. Couples acide/base et pK_A :
- $CO_2,H_2O_{(aq)}$ / $HCO^-_{3(aq)}$: $pK_A = 6,4$;
- $HCO^-_{3(aq)}$ / $CO_3^{2-}{}_{(aq)}$: $pK_A = 10,3$.

SOLUTION

1. On trace un axe orienté de gauche à droite, représentant le pH de la solution, et on indique les valeurs des pK_A. On place les espèces chimiques présentes dans les couples, en plaçant l'acide à gauche de la valeur du pK_A et la base à droite du pK_A.

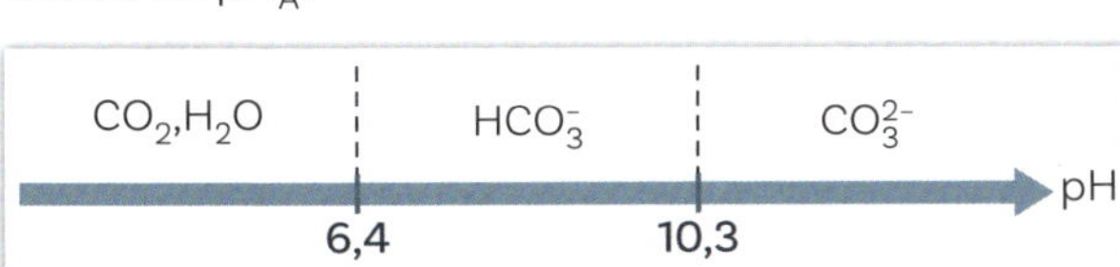

2. On utilise le diagramme de prédominance pour déterminer l'espèce majoritaire dans la solution au pH donné.
D'après le diagramme de prédominance, si le pH de la solution est de 8,5, c'est l'ion HCO_3^- qui est majoritaire dans la solution.

> **L'ERREUR À NE PAS FAIRE**
> Il ne faut pas confondre diagramme de distribution et diagramme de prédominance. Le premier donne les proportions des formes acide et basique ; l'autre ne fait qu'indiquer quelle forme est majoritaire.

Méthode 4 Exploiter un diagramme de distribution

ÉNONCÉ

On considère un volume $V = 100$ mL d'une solution de carbonate de sodium ($2\,Na^+_{(aq)} + CO^{2-}_{3(aq)}$) à la concentration $C = 1{,}0 \times 10^{-2}\ mol \cdot L^{-1}$. Quelques gouttes d'acide ont été ajoutées afin d'obtenir un pH de 9,5 pour cette solution.

→ À l'aide du diagramme de distribution ci-dessous, déterminer la quantité de matière puis la concentration de chaque espèce chimique appartenant aux couples de l'ion carbonate.

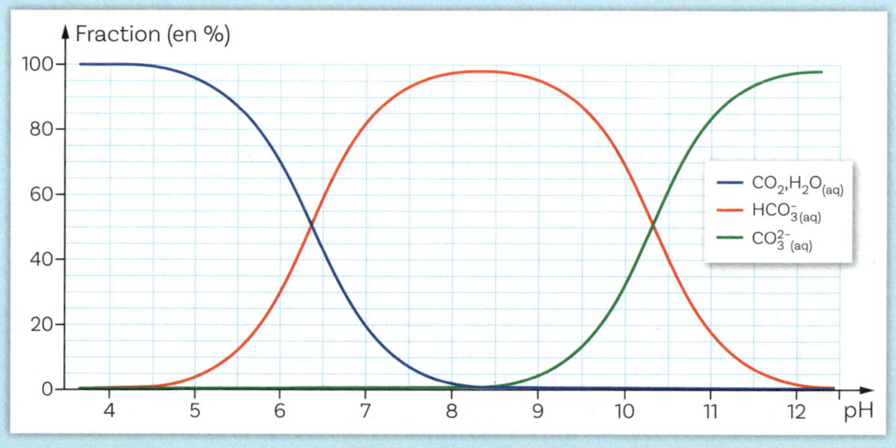

SOLUTION

- On calcule la quantité de matière initiale en ions carbonate dans la solution :
$n_i(CO_3^{2-}) = C \times V = 1{,}0 \times 10^{-2} \times 0{,}100 = 1{,}0 \times 10^{-3}\ mol$

- On détermine le pourcentage de chaque espèce chimique présent dans la solution au pH demandé : d'après le diagramme, à pH = 9,5, il y a 15 % d'ions CO_3^{2-}, 0 % de CO_2,H_2O et 85 % d'ions HCO_3^-.
On en déduit les quantités de matière de chaque espèce dans la solution à l'équilibre :

$$n_{éq}(CO_2,H_2O) = \frac{0}{100} \times n_i(CO_3^{2-}) = 0\ mol$$

$$n_{éq}(HCO_3^-) = \frac{85}{100} \times n_i(CO_3^{2-}) = 8{,}5 \times 10^{-4}\ mol$$

$$n_{éq}(CO_3^{2-}) = \frac{15}{100} \times n_i(CO_3^{2-}) = 1{,}5 \times 10^{-4}\ mol$$

- On calcule les concentrations effectives de chaque espèce chimique :

$$[CO_2,H_2O]_{éq} = \frac{n_{éq}(CO_2,H_2O)}{V} = \frac{0}{0{,}100} = 0\ mol \cdot L^{-1}$$

On trouve de même :

$[HCO_3^-]_{éq} = 8{,}5 \times 10^{-3}\ mol \cdot L^{-1}$ et $[CO_3^{2-}]_{éq} = 1{,}5 \times 10^{-3}\ mol \cdot L^{-1}$.

Méthode 5 Justifier le choix d'un indicateur coloré lors d'un titrage

ÉNONCÉ

On réalise le titrage suivi par pH-métrie d'une solution de chlorure d'hydroxylammonium ($HO{-}NH_{3(aq)}^{+} + C\ell^{-}_{(aq)}$) à l'aide d'une solution d'hydroxyde de sodium ($Na^{+}_{(aq)} + HO^{-}_{(aq)}$). L'équation de la réaction support du titrage est :

$$HO{-}NH_{3(aq)}^{+} + HO^{-}_{(aq)} \rightarrow HO{-}NH_{2(aq)} + H_2O_{(\ell)}.$$

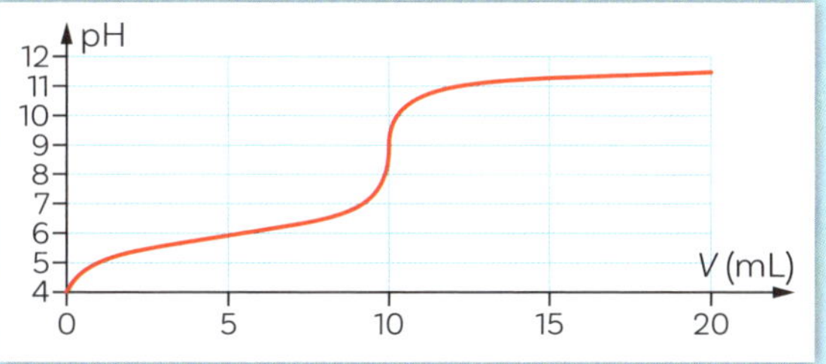

À l'avenir, on souhaite se passer du dispositif de titrage pour gagner en rapidité.

1. Déterminer la valeur du pH à l'équivalence.

2. Parmi les indicateurs colorés disponibles, lequel est plus adapté pour repérer l'équivalence lors de ce dosage ? Quel changement de couleur s'attendra-t-on à observer ?

Données. Indicateurs colorés disponibles au laboratoire :

Indicateur coloré	Couleur de la forme acide	Zone de virage	Couleur de la forme basique
Hélianthine	Rouge	3,1-4,4	Orange
Rouge de bromophénol	Jaune	6,0-7,6	Rouge
Bleu de thymol	Jaune	8,0-9,6	Bleu
Bleu Nil	Bleu	10,0-12,0	Rouge

SOLUTION

1. On utilise la méthode des tangentes : le pH à l'équivalence est de 8,8.

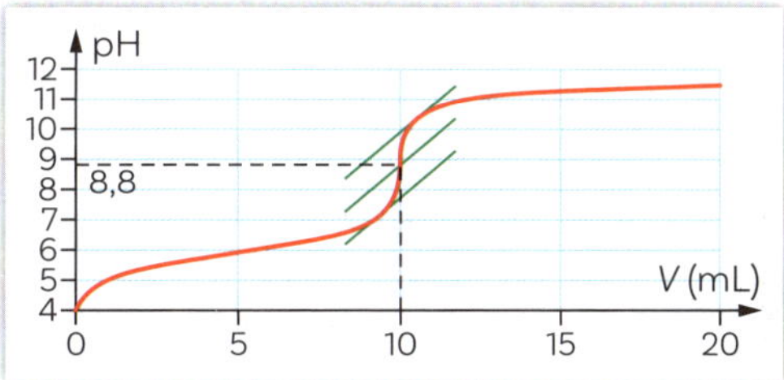

2. On repère l'indicateur coloré dont la zone de virage comprend le pH à l'équivalence (ou, à défaut, s'en approche le plus). On peut utiliser du bleu de thymol pour ce titrage, car le pH à l'équivalence (8,8) est bien compris dans sa zone de virage (8,0-9,6). Étant donné que l'on titre un acide par une base, le changement de couleur observé sera du jaune au bleu.

SE TESTER

10 min

Donner la ou les bonne(s) réponse(s) en 10 minutes chrono !

1. La constante d'acidité d'un couple AH / A⁻ est donnée par la relation :

a $K_A = \dfrac{[AH]_{éq} \times [A^-]_{éq}}{[H_3O^+]_{éq}}$

b $K_A = \dfrac{[A^-]_{éq} \times [H_3O^+]_{éq}}{[AH]_{éq}}$

c $K_A = \dfrac{[AH]_{éq} \times [H_3O^+]_{éq}}{[A^-]_{éq}}$

2. L'équation de la réaction modélisant l'autoprotolyse de l'eau est :

a $AH + H_2O \leftrightarrows A^- + H_3O^+$

b $A^- + H_3O^+ \leftrightarrows AH + H_2O$

c $2\,H_2O \leftrightarrows H_3O^+ + HO^-$

3. Plus le pK_A d'un couple acide/base est petit, plus :

a l'acide est fort

b la base est forte

c l'acide est faible

4. Le pH d'un mélange d'acide faible AH et de sa base conjuguée A⁻ est donné par :

a $pH = pK_A + \log\left(\dfrac{[AH]_{éq}}{[A^-]_{éq}}\right)$

b $pH = pK_A + \log\left(\dfrac{[A^-]_{éq}}{[AH]_{éq}}\right)$

c $pH = pK_A - \log\left(\dfrac{[A^-]_{éq}}{[AH]_{éq}}\right)$

5. Le pK_A du couple HCOOH / HCOO⁻ vaut 3,8. Alors :

a l'acide prédomine dans une solution de pH = 5

b la base prédomine dans une solution de pH = 5

c aucune espèce ne prédomine à pH = 3,8

6. Un acide alpha-aminé comporte :

a un groupe carbonyle

b une fonction acide carboxylique et une fonction amine sur deux carbones différents

c une fonction acide carboxylique et une fonction amine sur le même carbone

→ Corrigés page 152

S'ENTRAÎNER

Exercice 1 L'acide borique Voir Méthode 1 p. 139

L'acide borique est vendu en pharmacie. Il agit comme un anti-odeur à mettre dans les chaussures. On prépare un volume $V = 0{,}100$ L d'une solution d'acide borique, de formule H_3BO_3, à la concentration $C_A = 1{,}0 \times 10^{-2}$ mol·L^{-1}.

L'équation de la réaction de l'acide borique avec l'eau est :

$$H_3BO_{3(aq)} + 2\,H_2O_{(\ell)} \leftrightarrows B(OH)^-_{4(aq)} + H_3O^+_{(aq)}$$

Le pH de la solution obtenue est de 5,6.

1. Construire et compléter le tableau d'avancement de la réaction de dissolution de l'acide borique.

2. Calculer le pH théoriquement attendu, si l'on considère que l'acide borique est un acide fort.

3. Conclure sur la nature forte ou faible de l'acide borique.

→ Corrigé p. 152

Exercice 2 Solution d'acide faible Voir Méthode 2 p. 140

On prépare une solution en dissolvant une quantité de matière $n_A = 1{,}5 \times 10^{-3}$ mol d'acide propanoïque ($C_3H_6O_2$), pour obtenir une solution de volume $V = 300$ mL.

1. Écrire l'équation de la réaction de l'acide propanoïque avec l'eau.

2. Écrire l'expression de la constante d'acidité K_A de l'acide propanoïque.

3. Dresser le tableau d'avancement de la réaction.

4. Exprimer la constante d'acidité en fonction de l'avancement final x_f et du volume de la solution.

5. Déterminer la valeur de x_f en résolvant une équation du second degré.

6. Déterminer la concentration de toutes les espèces chimiques dans la solution, ainsi que le pH de celle-ci.

Données.

- Couples acide/base : $C_3H_6O_{2(aq)}$ / $C_3H_5O^-_{2(aq)}$ et $H_3O^+_{(aq)}$ / $H_2O_{(\ell)}$.
- Pour le couple $C_3H_6O_{2(aq)}$ / $C_3H_5O^-_{2(aq)}$, $K_A = 1{,}26 \times 10^{-5}$.

→ Corrigé p. 152

Exercice 3 Diagramme de prédominance Voir Méthode 3 p. 141

Le pK_A du couple $NH^+_{4(aq)}$ / $NH_{3(aq)}$ vaut 9,2.

→ Représenter le diagramme de prédominance de ce couple et préciser l'espèce prédominante pour un pH = 8,0.

→ Corrigé p. 153

Exercice 4 Acide phosphorique Voir Méthode 3 p. 141

Les espèces chimiques de l'acide phosphorique appartiennent à trois couples différents. Les couples et les pK_A associés sont :

$H_3PO_{4(aq)}$ / $H_2PO^-_{4(aq)}$: p$K_{A_1} = 2{,}1$; $H_2PO^-_{4(aq)}$ / $HPO^{2-}_{4\ (aq)}$: p$K_{A_2} = 7{,}2$;
$HPO^{2-}_{4\ (aq)}$ / $PO^{3-}_{4\ (aq)}$: p$K_{A_3} = 12{,}3$.

→ Représenter le diagramme de prédominance correspondant et préciser l'espèce prédominante pour un pH = 6,5.

→ Corrigé p. 153

Exercice 5 Diagramme de distribution Voir Méthode 4 p. 142

L'acide fluorhydrique $HF_{(aq)}$ est un acide faible très toxique. Le diagramme de distribution du couple acide/base correspondant est le suivant.

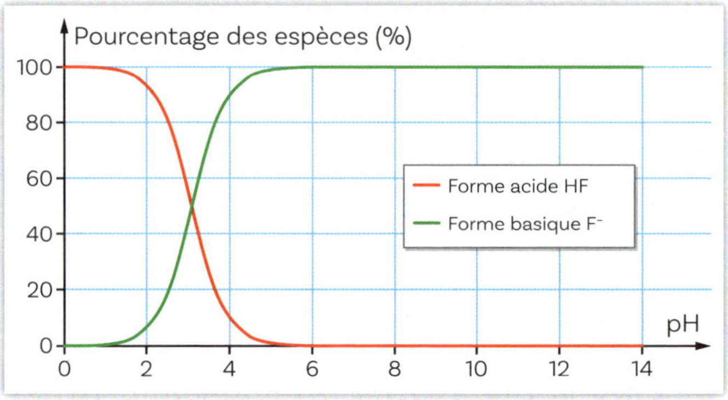

1. En quel point a-t-on égalité des concentrations des espèces conjuguées ?

2. Déterminer le pK_A du couple $HF_{(aq)}$ / $F^-_{(aq)}$ et la valeur de sa constante d'acidité.

3. Déterminer la fraction de l'espèce basique, puis de l'espèce acide, dans une solution d'acide fluorhydrique de pH = 2,0.

→ Corrigé p. 153

Exercice 6 Choix d'un indicateur coloré Voir Méthode 5 p. 143

On donne les zones de virage des indicateurs colorés suivants.

Nom de l'indicateur	Zone de virage	Changement de teinte
Phénolphtaléine	8,2-10	Incolore/Rose
Rouge de crésol	7,2-8,8	Jaune/Rouge
Bleu de bromothymol	6,0-7,6	Jaune/Bleu
Hélianthine	3,1-4,4	Rouge/Jaune

Lors du dosage par titrage pH-métrique d'un acide par une solution d'hydroxyde de sodium ($Na^+_{(aq)} + HO^-_{(aq)}$), on obtient la courbe suivante, qui représente l'évolution du pH au cours du titrage en fonction du volume V_b de solution d'hydroxyde de sodium versé.

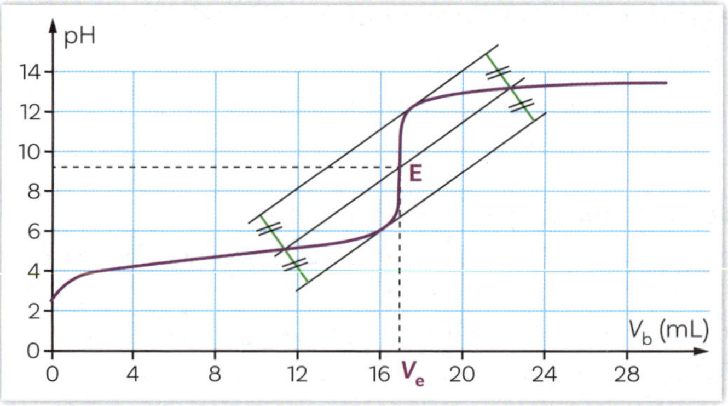

→ Quel indicateur coloré peut-on utiliser pour réaliser ce titrage pH-métrique ? Justifier.

→ Corrigé p. 154

SE PERFECTIONNER

Exercice 7 ★ Utiliser le produit ionique de l'eau

Compléter le tableau ci-dessous en utilisant la relation donnant le pH d'une solution et l'expression du produit ionique de l'eau.

Solution n°	pH	$[H_3O^+]$ (en $mol \cdot L^{-1}$)	$[HO^-]$ (en $mol \cdot L^{-1}$)
1	3,5		
2		$1{,}5 \times 10^{-3}$	
3			$1{,}0 \times 10^{-9}$
4	12		
5		$7{,}5 \times 10^{-11}$	
6			$3{,}2 \times 10^{-4}$

Donnée. À 25 °C, $K_e = 1{,}0 \times 10^{-14}$.

→ Corrigé p. 154

Exercice 8 ★ Comparer la force de deux acides

La constante d'acidité du couple de l'acide méthanoïque $HCOOH_{(aq)}$ / $HCOO^-_{(aq)}$ vaut $K_{A_1} = 1{,}7 \times 10^{-4}$. Le pK_A associé à l'acide hypochloreux $HC\ell O$ est $pK_{A_2} = 7{,}4$.

→ Déterminer l'acide le plus fort des deux.

→ Corrigé p. 154

Exercice 9 ★ Comparer la force de deux bases

Les constantes d'acidité des couples de l'acide hypoiodeux HIO et de l'acide cyanhydrique HCN ont pour valeurs respectives :

$$K_{A_1} = 2{,}5 \times 10^{-11} \text{ et } K_{A_2} = 4{,}9 \times 10^{-10}.$$

1. Écrire les formules de la base conjuguée de chaque acide.

2. Déterminer, en justifiant, la base la plus forte des deux.

→ Corrigé p. 154

Exercice 10 ★★ L'acide propanoïque

L'acide propanoïque est en partie responsable des odeurs corporelles car il est produit lors de la dégradation des acides aminés et des acides gras par les bactéries de la flore cutanée.

Une solution aqueuse d'acide propanoïque $C_2H_5{-}COOH$ de concentration en soluté apporté $C = 1{,}0 \times 10^{-1}\ mol \cdot L^{-1}$ possède un pH = 2,9.

1. Écrire l'équation de la réaction modélisant la transformation de l'acide propanoïque avec l'eau.

2. Construire un tableau d'avancement de cette transformation pour un volume $V = 1{,}0$ L de solution d'acide propanoïque, puis calculer l'avancement maximal de la transformation.

3. À partir du pH, en déduire l'avancement final de la transformation.

4. En déduire le taux d'avancement final de la transformation. Qualifier le caractère de l'acide propanoïque dans l'eau.

CONSEIL
3. L'avancement final est égal à la quantité d'ions H_3O^+ formés.

5. Calculer la constante d'acidité puis le pK_A du couple de l'acide propanoïque.

→ Corrigé p. 155

Exercice 11 ★★ Le dioxyde de carbone dans l'eau

Le carbone est principalement présent dans les océans sous trois formes qui coexistent :

- l'ion carbonate $CO_3^{2-}{}_{(aq)}$;
- l'ion hydrogénocarbonate $HCO_3^-{}_{(aq)}$;
- l'acide carbonique $CO_2,H_2O_{(aq)}$.

On pose $C_T = [CO_2,H_2O] + [HCO_3^-] + [CO_3^{2-}]$.

Le diagramme ci-dessous représente les variations en fonction du pH des rapports :

$\alpha_1 = \dfrac{[CO_2,H_2O]}{C_T}$; $\alpha_2 = \dfrac{[HCO_3^-]}{C_T}$; $\alpha_3 = \dfrac{[CO_3^{2-}]}{C_T}$.

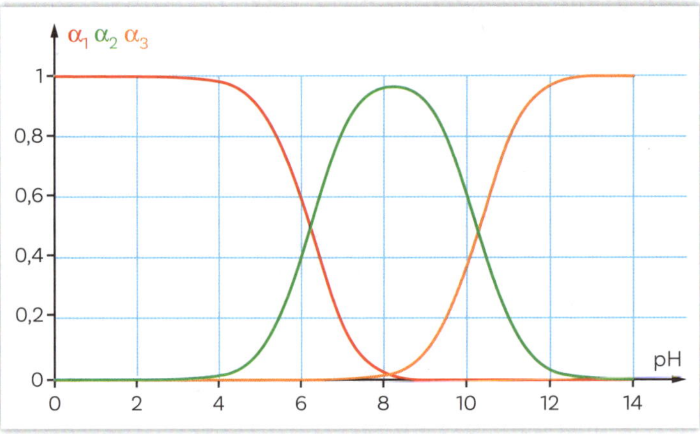

1. Exprimer les constantes d'acidité K_{A_1} et K_{A_2} associées respectivement aux couples CO_2,H_2O / HCO_3^- et HCO_3^- / CO_3^{2-}.

2. Déduire du diagramme les valeurs de pK_{A_1} et pK_{A_2}.

3. Comparer la force des deux acides des couples.

4. Placer, sur un diagramme de prédominance, les domaines de prédominance des espèces $CO_2,H_2O_{(aq)}$, $HCO_3^-{}_{(aq)}$ et $CO_3^{2-}{}_{(aq)}$.

5. Identifier l'espèce chimique prédominante dans l'eau des océans, dont le pH vaut approximativement 8,1.

6. Par lecture graphique, donner les valeurs approximatives de α_1, α_2 et α_3 dans l'eau des océans. Les valeurs trouvées sont-elles cohérentes avec la réponse à la question **5** ?

→ Corrigé p. 155

Exercice 12 ★★ Calculer le pH d'une solution d'acide faible

L'acide chloroéthanoïque $C\ell CH_2COOH$ est un acide faible dont le pK_A du couple associé est 2,87. Au laboratoire, on prépare un volume V d'une solution de cet acide à la concentration $C = 5{,}0 \times 10^{-2}\ mol \cdot L^{-1}$.

1. Écrire l'équation de la réaction modélisant la transformation de l'acide chloroéthanoïque avec l'eau.

2. Écrire l'expression de la constante d'acidité K_A de l'acide chloroéthanoïque.

3. Dresser de manière littérale le tableau d'avancement de la transformation.

4. En utilisant le tableau d'avancement et la réponse à la question **2**, montrer que la concentration en ions H_3O^+ à l'équilibre obéit à l'équation :

$$[H_3O^+]_{éq}^2 + K_A \times [H_3O^+]_{éq} - K_A \times C = 0$$

5. Résoudre l'équation du second degré pour déterminer la concentration en ions oxonium $[H_3O^+]_{éq}$ à l'équilibre.

6. En déduire le pH de la solution.

Donnée. Couple acide/base : $C\ell H_2COOH_{(aq)}$ / $C\ell CH_2COO^-_{(aq)}$.

> **CONSEILS**
> **3.** « Littéral » signifie ici qu'il ne faut pas mettre de valeur numérique pour les quantités de matière. On pourra noter n_0 la quantité initiale d'acide chloroéthanoïque.
> **4.** Utiliser l'expression de K_A et la ligne « état final » du tableau d'avancement.

→ Corrigé p. 156

Exercice 13 ★★★ PROBLÈME Solution tampon ?

Document 1 > Couple de l'acide éthanoïque

L'acide éthanoïque et l'ion éthanoate sont engagés dans le couple acide/base :

$$CH_3COOH / CH_3COO^-$$

Le pK_A associé au couple est 4,6.
La relation d'Henderson pour ce couple est :

$$pH = pK_A + \log\left(\frac{[CH_3COO^-]}{[CH_3COOH]}\right)$$

Document 2 > Solution étudiée

On considère une solution, de volume $V = 100$ mL, contenant de l'acide éthanoïque CH_3COOH et des ions éthanoate CH_3COO^- telle que les concentrations de ces espèces sont :

$$[CH_3COOH] = [CH_3COO^-] = C_i = 2{,}5 \times 10^{-2}\ mol \cdot L^{-1}$$

1. Déterminer le pH de la solution décrite dans le document 2.

2. Rappeler la définition d'une solution tampon.

3. On a accidentellement versé $V_B = 5$ mL d'une solution d'hydroxyde de sodium $(Na^+_{(aq)} + HO^-_{(aq)})$ à la concentration $C_B = 0{,}1\ mol \cdot L^{-1}$ dans la solution étudiée.

En sachant que la réaction entre CH_3COOH et HO^- est totale, déterminer la nouvelle valeur du pH de cette solution. Cette solution peut-elle être considérée comme une solution tampon ?

→ Corrigé p. 157

SE PRÉPARER À L'EXAMEN

SUJET — Un marqueur fluorescent, la fluorescéine (50 min)

La fluorescéine est obtenue par dissolution dans l'eau de fluorescéinate de sodium, solide de couleur rougeâtre. La fluorescéine est connue pour émettre une lumière « verte-fluo » quand elle est éclairée en lumière blanche ou en lumière UV. Ses applications sont nombreuses : traçage de cours d'eau souterrains, détection de fuites, angiographie de l'œil...
À la fluorescéine sont associées différentes formes acido-basiques :

Écriture simplifiée	H_3Flu^+	H_2Flu	$HFlu^-$	Flu^{2-}
Formule topologique	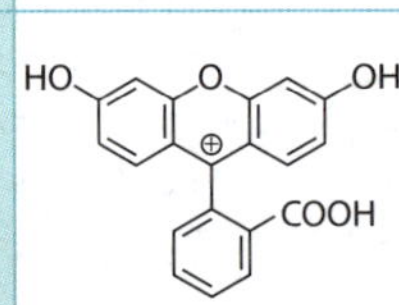 Forme cation	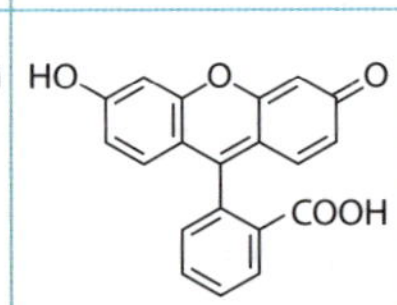 Forme quinonoïde	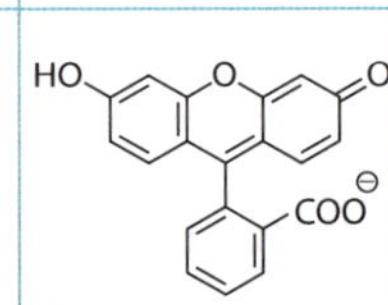 Forme anion	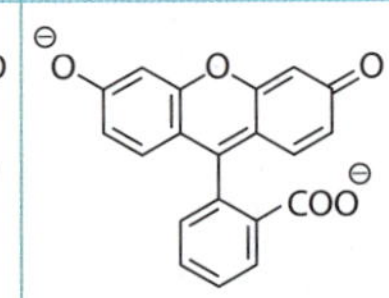 Forme dianion

La détermination des concentrations de fluorescéine par mesures d'absorbance ou d'émission de fluorescence est délicate car l'absorbance et l'émission de fluorescence dépendant fortement du pH de la solution ; parmi les différentes formes de la fluorescéine, la forme Flu^{2-} est la plus fluorescente. Le diagramme de prédominance des différentes formes de la fluorescéine figure ci-après.

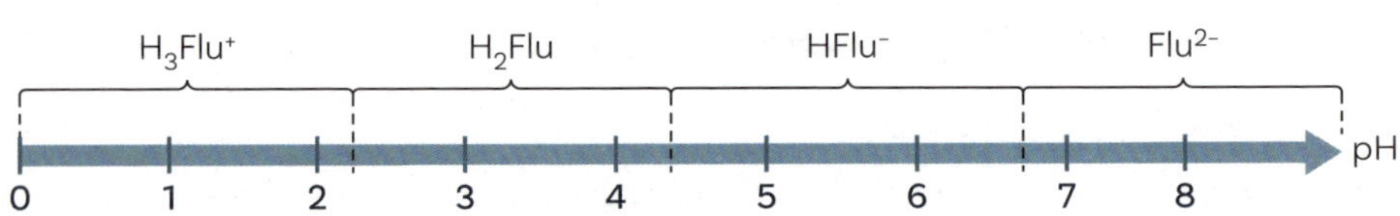

1. Identifier les différents couples acide-base associés à la fluorescéine et estimer leur pK_A.

2. On réalise une solution aqueuse S_0 en dissolvant $1{,}00 \times 10^{-2}$ g de fluorescéinate de sodium Na_2Flu dans 100 mL d'eau déminéralisée.

a. Écrire l'équation de la réaction de dissolution du fluorescéinate de sodium en ions Flu^{2-} et Na^+ dans l'eau. En déduire la concentration molaire apportée en ions fluorescéinate $[Flu^{2-}]_0$.

b. Lors de la dissolution, les ions Flu^{2-} réagissent avec l'eau.
Écrire l'équation de la réaction. De quel type de réaction s'agit-il ?

c. À l'aide d'un tableau d'avancement, justifier la relation suivante :
$[Flu^{2-}]_{éq} = [Flu^{2-}]_0 - [HFlu^-]_{éq}$, avec :
- $[Flu^{2-}]_0$: concentration molaire apportée en ions fluorescéinate ;
- $[Flu^{2-}]_{éq}$: concentration molaire en ions fluorescéinate à l'équilibre ;
- $[HFlu^-]_{éq}$: concentration molaire apportée en ions $HFlu^-$ à l'équilibre.

CONSEIL

2. c. Dans l'état initial, noter n_0 la quantité initiale d'ions Flu^{2-}. Pour répondre à la question, utiliser la ligne « état final » du tableau d'avancement

d. À partir des résultats précédents, en déduire la concentration molaire en ions $HFlu^-$ à l'équilibre, pour un pH de la solution égal à 7,0, en utilisant la relation :

$$pH = pK_A + \log\left(\frac{[Flu^{2-}]_{éq}}{[HFlu^-]_{éq}}\right)$$

CONSEIL

2. d. On démontre la relation en partant de l'expression de K_A pour le couple $HFlu^-$ / Flu^{2-}, et en prenant le log des deux côtés du signe « = ».

e. Le résultat trouvé est-il cohérent avec le diagramme de prédominance ? Justifier.

3. Pour obtenir une solution aqueuse de fluorescence maximale, on réalise (figure 1) le spectre d'absorption et d'émission en absorbance de la fluorescéine sous la forme Flu^{2-} dans une solution aqueuse d'hydroxyde de sodium ($Na^+_{(aq)} + HO^-_{(aq)}$) de concentration molaire 0,01 mol·L^{-1}. On donne aussi (figure 2) l'absorbance d'une solution de fluorescéine en fonction du pH.

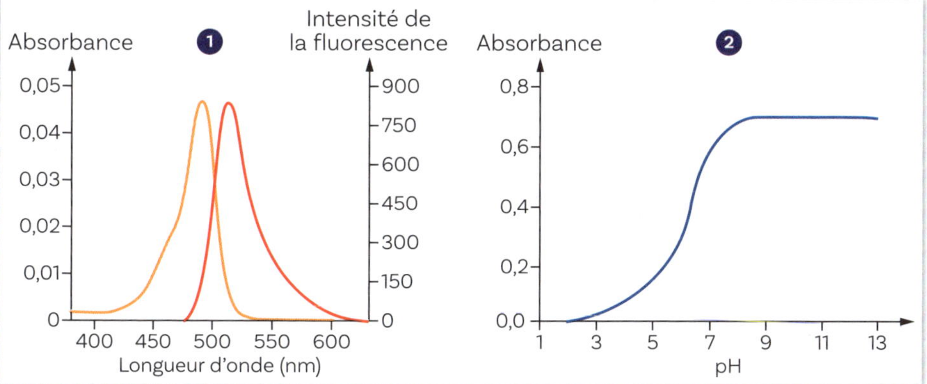

a. Vérifier que le pH d'une solution d'hydroxyde de sodium ($Na^+_{(aq)} + HO^-_{(aq)}$) de concentration molaire 0,01 mol·L^{-1} est égal à 12.

b. Cette solution permet-elle d'assurer une fluorescence maximale ? Argumenter.

c. Quelle courbe de la figure 1 correspond au spectre d'absorption de la fluorescéine, sachant qu'elle absorbe dans le bleu et fluoresce dans le vert ?

d. L'eau à la source du Lez, à Montpellier, a un pH de 8,3. Le suivi fluorimétrique du cours d'eau est-il envisageable ?

Données.

- Produit ionique de l'eau à 25 °C : $pK_e = 14$.
- Couples acide/base de l'eau : H_3O^+ / H_2O et H_2O / HO^-.

Nom	Formule brute	Masse molaire (en g·mol^{-1})	Température de changement d'état	Solubilité dans l'eau (en g·L^{-1})
Forme H_2Flu de la fluorescéine	$C_{20}H_{12}O_5$	332	T_f = 315 °C	Peu soluble
Fluorescéinate de sodium Na_2Flu	$C_{20}H_{10}O_5Na_2$	376		600

→ Corrigé page 157

CORRIGÉS

SE TESTER

1. b ; **2.** c ; **3.** a ; **4.** b ; **5.** b et c ; **6.** c.

S'ENTRAÎNER

Exercice 1 L'acide borique

1. On calcule la quantité initiale en acide borique :

$n = C_A \times V = 1{,}0 \times 10^{-2} \times 0{,}100 = 1{,}0 \times 10^{-3}$ mol

On construit le tableau d'avancement de la réaction de l'acide borique avec l'eau.

Équation de réaction		$H_3BO_{3(aq)}$ +	$2\,H_2O_{(\ell)}$ ⇆	$B(OH)^-_{4(aq)}$ +	$H_3O^+_{(aq)}$
État du système	**Avancement**	**Quantités de matière (en mol)**			
initial	$x = 0$	$1{,}0 \times 10^{-3}$	Excès	0	0
final maximal	x_{max}	$1{,}0 \times 10^{-3} - x_{max}$	Excès	x_{max}	x_{max}

2. On calcule la concentration attendue en ions H_3O^+, puis on calcule le pH correspondant. H_3BO_3 étant réactif limitant, $x_{max} = 1{,}0 \times 10^{-3}$ mol. On a donc :

$$[H_3O^+] = \frac{x_{max}}{V} = \frac{1{,}0 \times 10^{-3}}{0{,}100} = 1{,}0 \times 10^{-2}\ \text{mol}\cdot\text{L}^{-1}$$

$$\text{pH} = -\log\left(\frac{[H_3O^+]}{c°}\right) = -\log\left(\frac{1{,}0 \times 10^{-2}}{1}\right) = 2{,}0$$

3. Le pH de la solution (5,6) est supérieur au pH attendu si l'acide borique avait été un acide fort. L'acide borique est donc un acide faible.

Exercice 2 Solution d'acide faible

1. Équation de la réaction de l'acide propanoïque avec l'eau :

$C_3H_6O_{2(aq)} + H_2O_{(\ell)} \leftrightarrows C_3H_5O^-_{2(aq)} + H_3O^+_{(aq)}$.

2. Expression de la constante d'acidité : $K_A = \dfrac{[C_3H_5O_2^-]_{éq} \times [H_3O^+]_{éq}}{[C_3H_6O_2]_{éq}}$.

3.

Équation de réaction		$C_3H_6O_{2(aq)}$ +	$H_2O_{(\ell)}$ ⇆	$C_3H_5O^-_{2(aq)}$ +	$H_3O^+_{(aq)}$
État du système	**Avancement**	**Quantités de matière (en mol)**			
initial	$x = 0$	$1{,}5 \times 10^{-3}$	Excès	0	0
final	x_f	$1{,}5 \times 10^{-3} - x_f$	Excès	x_f	x_f

4. On exprime K_A en fonction de x_f :

$$K_A = \frac{[C_3H_5O_2^-]_{éq} \times [H_3O^+]_{éq}}{[C_3H_6O_2]_{éq}} = \frac{\dfrac{x_f}{V} \times \dfrac{x_f}{V}}{\dfrac{1{,}5 \times 10^{-3} - x_f}{V}} = \frac{x_f^2}{V \times (1{,}5 \times 10^{-3} - x_f)}$$

5. $1{,}26 \times 10^{-5} = \dfrac{x_f^2}{0{,}300 \times \left(1{,}5 \times 10^{-3} - x_f\right)}$

On obtient l'équation du second degré :

$x_f^2 + 3{,}78 \times 10^{-6} \times x_f - 5{,}67 \times 10^{-9} = 0$

On calcule le discriminant :

$\Delta = \left(3{,}78 \times 10^{-6}\right)^2 - 4 \times 1 \times \left(-5{,}67 \times 10^{-9}\right) = 2{,}27 \times 10^{-8} > 0$

On ne prend que la solution positive :

$$x_f = \frac{-3{,}78 \times 10^{-6} + \sqrt{2{,}27 \times 10^{-8}}}{2} = 7{,}34 \times 10^{-5}\ \text{mol}$$

LE RÉFLEXE À AVOIR

Pour s'affranchir de trop de notations, il ne faut pas hésiter à remplacer K_A et V par leurs valeurs numériques dans la résolution de l'équation.

6. • On calcule les concentrations de toutes les espèces chimiques :

$$[H_3O^+]_{éq} = [C_3H_5O_2^-]_{éq} = \frac{x_f}{V} = \frac{7{,}34 \times 10^{-5}}{0{,}300} = 2{,}45 \times 10^{-4}\ \text{mol}\cdot\text{L}^{-1}$$

$$[C_3H_6O_2]_{éq} = \frac{1{,}5 \times 10^{-3} - x_f}{V} = \frac{1{,}5 \times 10^{-3} - 7{,}34 \times 10^{-5}}{0{,}300} = 4{,}8 \times 10^{-3}\ \text{mol}\cdot\text{L}^{-1}$$

• On calcule le pH de la solution :

$$\text{pH} = -\log\left(\frac{[H_3O^+]_{éq}}{c^\circ}\right) = -\log\left(\frac{2{,}45 \times 10^{-4}}{1}\right) = 3{,}6$$

Exercice 3 Diagramme de prédominance

On inscrit la valeur du pK_A sur un axe de pH. On obtient le diagramme de prédominance suivant.

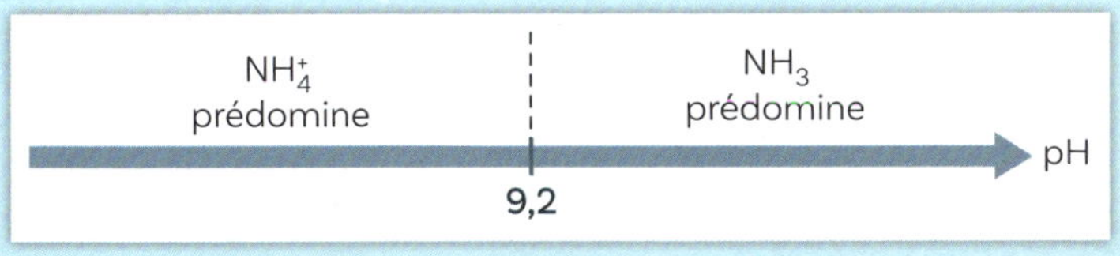

Si le pH de la solution est de 8,0, il est inférieur au pK_A. C'est donc l'acide (NH_4^+) qui prédomine dans la solution.

Exercice 4 L'acide phosphorique

On inscrit toutes les valeurs de pK_A sur un axe de pH. On obtient :

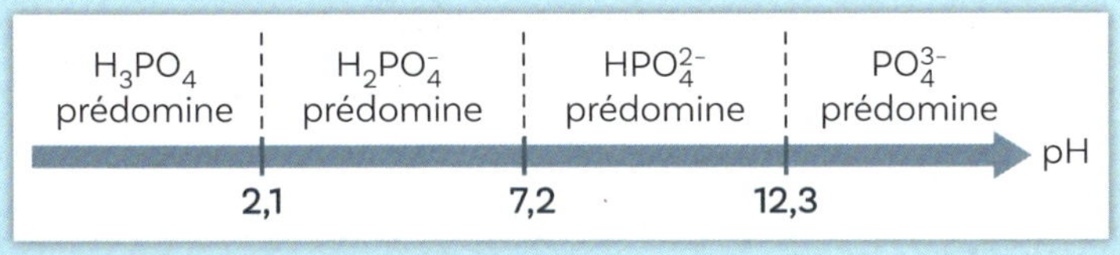

Si le pH de la solution est de 6,5, il est inférieur à pK_{A_1}. C'est donc l'ion hydrogénophosphate ($H_2PO_4^-$) qui prédomine dans la solution.

Exercice 5 Diagramme de distribution

1. On a égalité des concentrations des espèces conjuguées HF et F^- là où les deux courbes se coupent.

2. On cherche l'abscisse du point de croisement des deux courbes : on trouve pK_A = 3,1, donc $K_A = 10^{-3{,}1}$.

3. Pour pH = 2,0, on a, par lecture graphique, environ 5 % de F^- (courbe verte) et 95 % de HF (courbe rouge) dans la solution.

L'INFO À RETENIR

Si pH = pK_A, alors l'acide et la base sont en égales concentrations dans la solution.

Exercice 6 **Choix d'un indicateur coloré**

D'après la courbe de titrage, on a un pH à l'équivalence proche de 9,2. Il faut donc choisir un indicateur coloré dont la zone de virage comprend cette valeur de pH. La phénolphtaléine est parfaitement utilisable.

L'INFO À RETENIR
Le pH à l'équivalence doit être compris dans la zone de virage de l'indicateur coloré choisi.

SE PERFECTIONNER

Exercice 7 **Utiliser le produit ionique de l'eau**

• Pour la solution 1 : $[H_3O^+] = c° \times 10^{-pH} = 1{,}0 \times 10^{-3{,}5} = 3{,}2 \times 10^{-4}$ mol·L^{-1}

$$[HO^-] = \frac{K_e}{[H_3O^+]} = \frac{1{,}0 \times 10^{-14}}{3{,}2 \times 10^{-4}} = 3{,}1 \times 10^{-11} \text{ mol}\cdot\text{L}^{-1}$$

• Pour la solution 2 : $pH = -\log\left(\frac{[H_3O^+]}{c°}\right) = -\log\left(\frac{1{,}5 \times 10^{-3}}{1{,}0}\right) = 2{,}8$

$$[HO^-] = \frac{K_e}{[H_3O^+]} = \frac{1{,}0 \times 10^{-14}}{1{,}5 \times 10^{-3}} = 6{,}7 \times 10^{-12} \text{ mol}\cdot\text{L}^{-1}$$

On procède de même pour les autres solutions :

Solution n°	pH	$[H_3O^+]$ (mol·L^{-1})	$[HO^-]$ (mol·L^{-1})
1	3,5	**$3{,}2 \times 10^{-4}$**	**$3{,}1 \times 10^{-11}$**
2	**2,8**	$1{,}5 \times 10^{-3}$	**$6{,}7 \times 10^{-12}$**
3	**5,0**	**$1{,}0 \times 10^{-5}$**	$1{,}0 \times 10^{-9}$
4	12	**$1{,}0 \times 10^{-12}$**	**$1{,}0 \times 10^{-2}$**
5	**10,1**	$7{,}5 \times 10^{-11}$	**$1{,}3 \times 10^{-4}$**
6	**10,5**	**$3{,}1 \times 10^{-11}$**	$3{,}2 \times 10^{-4}$

Exercice 8 **Comparer la force de deux acides**

On compare deux acides avec les pK_A de leurs couples.

Pour le couple $HCOOH_{(aq)}$ / $HCOO^-_{(aq)}$, on a :

$pK_{A_1} = -\log(K_{A_1}) = -\log(1{,}7 \times 10^{-4}) = 3{,}8$

Pour le couple $HC\ell O_{(aq)}/C\ell O^-_{(aq)}$, on a $pK_{A_2} = 7{,}4$.

L'acide le plus fort est donc $HCOOH_{(aq)}$.

L'INFO À RETENIR
Plus un acide est fort, plus le pK_A associé à son couple est petit.

Exercice 9 **Comparer la force de deux bases**

1. La base conjuguée de HIO est IO^-. Celle de HCN est CN^-.

2. On compare deux bases avec les pK_A de leurs couples. La base la plus forte appartient au couple dont le pK_A le plus grand (c'est l'inverse des acides !).

Pour le couple $HIO_{(aq)}/IO^-_{(aq)}$, on a $pK_{A_1} = -\log(K_{A_1}) = -\log(2{,}5 \times 10^{-11}) = 10{,}6$.

Pour le couple $HCN_{(aq)}/CN^-_{(aq)}$, on a $pK_{A_2} = -\log(K_{A_2}) = -\log(4{,}9 \times 10^{-10}) = 9{,}3$.

La base la plus forte est donc $IO^-_{(aq)}$.

Exercice 10 L'acide propanoïque

1. Équation de la réaction de l'acide propanoïque avec l'eau :

$C_2H_5{-}COOH_{(aq)} + H_2O_{(\ell)} \leftrightarrows C_2H_5{-}COO^-_{(aq)} + H_3O^+_{(aq)}$

2. Pour un volume de 1,0 L de solution, la quantité de matière en acide propanoïque apporté est de $1{,}0 \times 10^{-1}$ mol. On construit le tableau d'avancement de la réaction :

Équation de réaction		$C_2H_5{-}COOH_{(aq)}$ +	$H_2O_{(\ell)}$ $\leftrightarrows$	$C_2H_5{-}COO^-_{(aq)}$ +	$H_3O^+_{(aq)}$
État	**Avancement**	**Quantités de matière (en mol)**			
initial	$x = 0$	$1{,}0 \times 10^{-1}$	Excès	0	0
final	x_f	$1{,}0 \times 10^{-1} - x_f$	Excès	x_f	x_f

Si la réaction est totale, le réactif limitant est l'acide propanoïque et $x_{max} = 1{,}0 \times 10^{-1}$ mol.

3. À partir du pH, on calcule la concentration en ions H_3O^+ à l'équilibre, puis l'avancement final x_f :

$[H_3O^+]_{éq} = c° \times 10^{-pH} = 1 \times 10^{-2{,}9} = 1{,}3 \times 10^{-3}\ mol \cdot L^{-1}$

$x_f = n_{éq}(H_3O^+) = [H_3O^+]_{éq} \times V = 1{,}3 \times 10^{-3} \times 1{,}0$

$= 1{,}3 \times 10^{-3}$ mol

L'INFO À RETENIR

Lors de la réaction d'un acide dans l'eau, x_f est égal à la quantité de matière en H_3O^+.

4. On calcule le taux d'avancement final : $\tau = \dfrac{x_f}{x_{max}} = \dfrac{1{,}3 \times 10^{-3}}{1{,}0 \times 10^{-1}} = 0{,}013 = 1{,}3\ \%$.

$\tau < 0{,}99$, donc l'acide propanoïque est un acide faible.

5. On exprime puis on calcule la constante d'acidité :

$$K_A = \frac{[C_2H_5 - COO^-]_{éq} \times [H_3O^+]_{éq}}{[C_2H_5 - COOH]_{éq}} = \frac{\dfrac{x_f}{V} \times \dfrac{x_f}{V}}{\dfrac{1{,}0 \times 10^{-1} - x_f}{V}} = \frac{x_f^2}{V \times (1{,}0 \times 10^{-1} - x_f)}$$

$$K_A = \frac{(1{,}3 \times 10^{-3})^2}{1{,}0 \times (1{,}0 \times 10^{-1} - 1{,}3 \times 10^{-3})} = 1{,}7 \times 10^{-5}\text{, donc } pK_A = -\log(K_A) = 4{,}8.$$

Exercice 11 Le dioxyde de carbone dans l'eau

1. $K_{A_1} = \dfrac{[HCO_3^-]_{éq} \times [H_3O^+]_{éq}}{[CO_2,H_2O]_{éq}}$ et $K_{A_2} = \dfrac{[CO_3^{2-}]_{éq} \times [H_3O^+]_{éq}}{[HCO_3^-]_{éq}}$

2. On déduit la valeur de pK_{A_1} par l'abscisse du point de croisement des courbes rouge et verte : $pK_{A_1} = 6{,}2$. On déduit la valeur de pK_{A_2} par l'abscisse du point de croisement des courbes verte et orange : $pK_{A_2} = 10{,}2$.

3. $pK_{A_1} < pK_{A_2}$, donc CO_2,H_2O est un acide plus fort que HCO_3^-.

4.

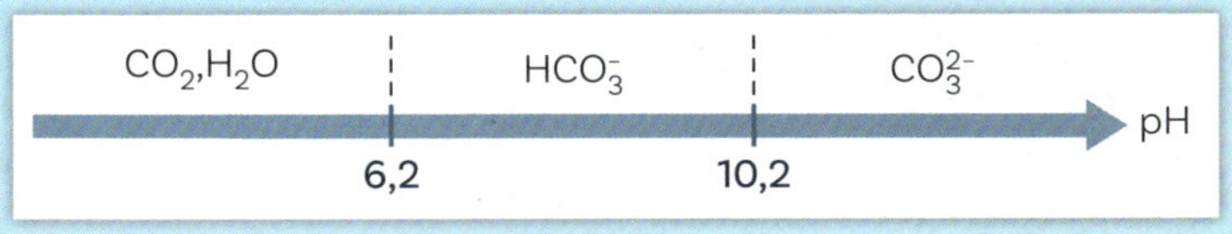

5. Le pH de l'eau des océans est compris entre les deux valeurs de pK_A. D'après le diagramme de prédominance, l'espèce chimique majoritaire est donc l'ion HCO_3^-.

6. Avec le diagramme de distribution donné dans l'énoncé, pour un pH de 8,1, on a par lecture graphique : $\alpha_1 = 0{,}015$; $\alpha_2 = 0{,}97$ et $\alpha_3 = 0{,}015$.

Cela est cohérent avec la réponse à la question **5** car $\alpha_2 > \alpha_1$ et $\alpha_2 > \alpha_3$.

Exercice 12 Calculer le pH d'une solution d'acide faible

1. Équation de la réaction de l'acide chloroéthanoïque avec l'eau :

$C\ell CH_2COOH_{(aq)} + H_2O_{(\ell)} \leftrightarrows C\ell CH_2COO^-_{(aq)} + H_3O^+_{(aq)}$

2. Expression de la constante d'acidité :

$$K_A = \frac{[C\ell CH_2COO^-]_{éq} \times [H_3O^+]_{éq}}{[C\ell CH_2COOH]_{éq}}$$

3. Tableau d'avancement de la transformation :

Équation de réaction		$C\ell CH_2COOH_{(aq)}$ +	$H_2O_{(\ell)}$	$\leftrightarrows C\ell CH_2COO^-_{(aq)}$ +	$H_3O^+_{(aq)}$
État du système	**Avancement**	**Quantités de matière**			
initial	$x = 0$	$n_0 = C \times V$	Excès	0	0
final	x_f	$C \times V - x_f$	Excès	x_f	x_f

4. On remarque tout d'abord que, d'après le tableau d'avancement, $[C\ell CH_2COO^-]_{éq} = [H_3O^+]_{éq}$. On exprime ensuite les concentrations à l'équilibre en espèce acide et en espèce basique, avec la quantité initiale de l'espèce acide introduite en solution :

$n_0 = C \times V$ d'où $n_0 = C \times V - x_f + x_f$.

On divise tout par V : $\frac{n_0}{V} = \frac{C \times V - x_f}{V} + \frac{x_f}{V}$.

D'où $C = [C\ell CH_2COOH]_{éq} + [C\ell CH_2COO^-]_{éq}$, d'où $[C\ell CH_2COOH]_{éq} = C - [H_3O^+]_{éq}$.

On peut remplacer $[C\ell CH_2COOH]_{éq}$ et $[C\ell CH_2COO^-]_{éq}$ dans l'expression de K_A par leurs expressions en fonction de $[H_3O^+]_{éq}$:

$$K_A = \frac{[C\ell CH_2COO^-]_{éq} \times [H_3O^+]_{éq}}{[C\ell CH_2COOH]_{éq}}, \text{ d'où } K_A = \frac{[H_3O^+]_{éq}^2}{C - [H_3O^+]_{éq}}.$$

On développe la nouvelle expression de K_A, ce qui donne l'égalité demandée :

$$K_A \times (C - [H_3O^+]_{éq}) = [H_3O^+]_{éq}^2, \text{ d'où : } [H_3O^+]_{éq}^2 + K_A \times [H_3O^+]_{éq} - K_A \times C = 0.$$

5. On remplace K_A et C par leurs valeurs :

$$[H_3O^+]_{éq}^2 + 10^{-2,87} \times [H_3O^+]_{éq} - 10^{-2,87} \times 5,0 \times 10^{-2} = 0$$

$$[H_3O^+]_{éq}^2 + 10^{-2,87} \times [H_3O^+]_{éq} - 5,0 \times 10^{-4,87} = 0$$

On résout l'équation du second degré obtenue.

On calcule le discriminant :

$$\Delta = (10^{-2,87})^2 - 4 \times (-5,0 \times 10^{-4,87}) = 2,7 \times 10^{-4} > 0$$

On retient la solution positive :

$$[H_3O^+]_{éq} = \frac{-10^{-2,87} + \sqrt{2,7 \times 10^{-4}}}{2} = 7,5 \times 10^{-3}\ \text{mol} \cdot \text{L}^{-1}$$

6. On calcule le pH à l'équilibre :

$$\text{pH} = -\log\left(\frac{[H_3O^+]_{éq}}{c^o}\right) = -\log\left(\frac{7,5 \times 10^{-3}}{1}\right) = 2,1$$

L'ERREUR À NE PAS FAIRE

La formule $\text{pH} = -\log\left(\frac{C_{AH}}{c^o}\right)$ n'est valable que pour les acides forts, elle n'est pas valable pour les acides faibles !

Exercice 13 **PROBLÈME** **Solution tampon ?**

1. On utilise la relation d'Henderson, avec $[CH_3COO^-] = [CH_3COOH]$.

$$pH = pK_A + \log\left(\frac{[CH_3COO^-]}{[CH_3COOH]}\right) = 4{,}6 + \log(1) = 4{,}6$$

2. Une solution tampon est une solution dont le pH varie peu lors de l'ajout modéré d'acide ou de base, ou lorsqu'on la dilue modérément.

3. • Équation de la réaction : $CH_3COOH_{(aq)} + HO^-_{(aq)} \rightarrow CH_3COO^-_{(aq)} + H_2O_{(\ell)}$

• Calcul des quantités de matière initiales en CH_3COOH, en CH_3COO^- et en HO^- :

$n_i(CH_3COOH) = n_i(CH_3COO^-) = C_i \times V = 2{,}5 \times 10^{-2} \times 0{,}100 = 2{,}5 \times 10^{-3}$ mol

$n_i(HO^-) = C_B \times V_B = 0{,}1 \times 5 \times 10^{-3} = 5 \times 10^{-4}$ mol

• On construit le tableau d'avancement de la réaction (HO^- est réactif limitant) :

Équation de réaction		$CH_3COOH_{(aq)}$	+ $HO^-_{(aq)}$ →	$CH_3COO^-_{(aq)}$	+ $H_2O_{(\ell)}$
État du système	**Avancement (en mol)**	**Quantités de matière (en mol)**			
initial	$x = 0$	$2{,}5 \times 10^{-3}$	5×10^{-4}	$2{,}5 \times 10^{-3}$	Excès
final	$x_{max} = 5 \times 10^{-4}$	$2{,}5 \times 10^{-3} - 5 \times 10^{-4}$ $= 2{,}45 \times 10^{-3}$	0	$2{,}5 \times 10^{-3} + 5 \times 10^{-4}$ $= 2{,}55 \times 10^{-3}$	Excès

• On calcule les concentrations finales en acide éthanoïque et en ions éthanoate :

$$[CH_3COOH]_f = \frac{n_i(CH_3COOH)}{V + V_B} = \frac{2{,}45 \times 10^{-3}}{(100+5) \times 10^{-3}} = 2{,}3 \times 10^{-2}\ \text{mol} \cdot \text{L}^{-1}$$

$$[CH_3COO^-]_f = \frac{n_i(CH_3COO^-)}{V + V_B} = \frac{2{,}55 \times 10^{-3}}{(100+5) \times 10^{-3}} = 2{,}4 \times 10^{-2}\ \text{mol} \cdot \text{L}^{-1}$$

• On calcule le nouveau pH de la solution et on conclut :

$$pH = pK_A + \log\left(\frac{[CH_3COO^-]_f}{[CH_3COOH]_f}\right) = 4{,}6 + \log\left(\frac{2{,}4 \times 10^{-2}}{2{,}3 \times 10^{-2}}\right) = 4{,}62$$

Le pH de la solution n'a que très peu augmenté. La solution satisfait une des conditions pour être une solution tampon. Il faudrait maintenant vérifier l'effet de la dilution sur son pH.

SE PRÉPARER À L'EXAMEN

SUJET Un marqueur fluorescent, la fluorescéine

1. On distingue trois couples sur le diagramme de prédominance :

H_3Flu^+ / H_2Flu ; $pK_{A_1} = 2{,}3$; $H_2Flu / HFlu^-$: $pK_{A_2} = 4{,}4$; $HFlu^- / Flu^{2-}$: $pK_{A_3} = 6{,}6$.

2. a. Équation de dissolution du fluorescéinate de sodium :

$$Na_2Flu_{(s)} \xrightarrow{H_2O} 2\,Na^+_{(aq)} + Flu^{2-}_{(aq)}$$

D'après cette équation de dissolution, on a :

$$[Flu^{2-}]_0 = C_0 = \frac{n_0}{V} = \frac{m_0}{M(Na_2Flu) \times V} = \frac{1{,}00 \times 10^{-2}}{376 \times 0{,}100} = 2{,}66 \times 10^{-4}\ \text{mol} \cdot \text{L}^{-1}$$

b. Équation de la réaction de Flu^{2-} avec H_2O : $Flu^{2-}_{(aq)} + H_2O_{(\ell)} \leftrightarrows HFlu^-_{(aq)} + HO^-_{(aq)}$

Il s'agit d'une réaction acide/base.

c.

Équation de réaction		$Flu^{2-}_{(aq)}$ +	$H_2O_{(\ell)}$ ⇆	$HFlu^-_{(aq)}$ +	$HO^-_{(aq)}$
État du système	**Avancement**	**Quantités de matière**			
initial	$x = 0$	$n_{Flu^{2-},0}$	Excès	0	0
final	x_f	$n_{Flu^{2-},0} - x_f$	Excès	x_f	x_f

D'après le tableau d'avancement, on a :
$n_{Flu^{2-},0} - x_f = n_{Flu^{2-},éq}$ et $x_f = n_{HFlu^-,éq}$.
On en déduit : $n_{Flu^{2-},0} - n_{HFlu^-,éq} = n_{Flu^{2-},éq}$.
On divise par le volume de la solution :
$\frac{n_{Flu^{2-},0}}{V_{Solution}} - \frac{n_{HFlu^-,éq}}{V_{Solution}} = \frac{n_{Flu^{2-},éq}}{V_{Solution}}$, d'où :
$[Flu^{2-}]_0 - [Flu^{2-}] = [HFlu^-]$.
Finalement : $[Flu^{2-}] = [Flu^{2-}]_0 - [HFlu^-]$.

L'INFO À RETENIR

La quantité de matière en acide apporté se conserve : elle se subdivise en forme basique et en forme acide restante.

d. On utilise la relation donnée pour le couple $HFlu^- / Flu^{2-}$:

$pH = pK_A + \log\left(\frac{[Flu^{2-}]}{[HFlu^-]}\right)$, d'où $\log\left(\frac{[Flu^{2-}]}{[HFlu^-]}\right) = pH - pK_A$.

On obtient : $\frac{[Flu^{2-}]}{[HFlu^-]} = 10^{pH-pK_A}$, puis $\frac{[Flu^{2-}]_0 - [HFlu^-]}{[HFlu^-]} = 10^{pH-pK_A}$

$\frac{[Flu^{2-}]_0}{[HFlu^-]} - 1 = 10^{pH-pK_A}$ et, finalement : $[HFlu^-] = \frac{[Flu^{2-}]_0}{10^{pH-pK_A}+1}$.

$[HFlu^-] = \frac{[Flu^{2-}]_0}{10^{pH-pK_A}+1} = \frac{2{,}66 \times 10^{-4}}{10^{7{,}00-6{,}7}+1} = 8{,}9 \times 10^{-5}\ mol \cdot L^{-1}$

e. $[Flu^{2-}] = [Flu^{2-}]_0 - [HFlu^-] = 2{,}66 \times 10^{-4} - 8{,}9 \times 10^{-5} = 1{,}77 \times 10^{-4}\ mol \cdot L^{-1}$
Le résultat est cohérent avec le diagramme de prédominance, car $pH > pK_{A3}$ (7,00 > 6,7) et c'est bien la forme Flu^{2-} de la fluorescéine qui prédomine devant la forme $HFlu^-$: $[Flu^{2-}] > [HFlu^-]$ ($1{,}77 \times 10^{-4}\ mol \cdot L^{-1} > 8{,}9 \times 10^{-5}\ mol \cdot L^{-1}$).

3. a. Dans une solution d'hydroxyde de sodium à la concentration de $0{,}01\ mol \cdot L^{-1}$, on a $[HO^-] = 0{,}01\ mol \cdot L^{-1}$. On calcule la concentration en ions H_3O^+. On a :

$K_e = [H_3O^+] \times [HO^-]$, d'où $[H_3O^+] = \frac{K_e}{[HO^-]} = \frac{10^{-14}}{0{,}01} = 1{,}0 \times 10^{-12}\ mol \cdot L^{-1}$.

On calcule le pH de la solution : $pH = -\log([H_3O^+]) = -\log(1{,}0 \times 10^{-12}) = 12$.

b. Cette solution permet d'obtenir une fluorescence maximale, car elle possède un pH de 12. À ce pH, la forme majoritaire de la fluorescéine est la forme Flu^{2-}, qui est celle qui donne une fluorescence maximale d'après l'énoncé.

c. La couleur bleue est située dans le domaine de longueur d'onde 450-480 nm, la couleur verte est située dans le domaine de longueur d'onde 505-550 nm. La courbe qui représente le spectre d'absorption de la fluorescéine est donc la courbe orange.

d. L'eau du Lez a un pH supérieur à pK_{A3}. Dans cette eau, c'est la forme Flu^{2-} qui prédomine. Un suivi fluorimétrique est tout à fait envisageable.

Ton **KIT DE SURVIE** pour le **BAC** avec SCHOOLMOUV

Chapitre 6 Comparer la force des acides et des bases

Tu viens de voir les notions à connaître sur la force des acides et des bases. Pour t'aider à retenir l'essentiel et t'entraîner pour le Bac, voici ton kit de révisions clé en mains conçu par SchoolMouv !

Vidéo

Pour mieux comprendre et t'en souvenir à coup sûr, regarde la vidéo. C'est parfois bien plus clair en images.

Vidéo **La force des acides et des bases**
https://flashbelin.fr/focusbacschoolmouv/pc/6

Contenu additionnel

Voici un bonus autour du même sujet. La curiosité n'est pas toujours un vilain défaut. Il te suffit de créer ton compte pour avoir plein de contenus supplémentaires.

Quiz **Force des acides et des bases**
https://www.schoolmouv.fr/eleves/cours/force-des-acides/qcm

Tchat avec un prof

Pour poser toutes tes questions à un prof particulier, découvre l'abonnement tchat. Tu peux le tester gratuitement pendant 7 jours : fini les questions sans réponses, tu vas devenir incollable.

https://focusbac.schoolmouv.fr/offre

7 Structure des molécules et synthèse

LE CHAPITRE EN UN COUP D'ŒIL

RETENIR L'ESSENTIEL

SAVOIR FAIRE

SCHOOLMOUV

Ton **KIT DE SURVIE** pour le Bac p. 185

RETENIR L'ESSENTIEL

1 Formule topologique et nomenclature

Formule topologique

La **formule topologique** permet une représentation simple et rapide des molécules organiques. Les atomes de carbone et ceux d'hydrogène qui leur sont liés ne sont pas explicités. On représente la chaîne carbonée par une ligne brisée où chaque segment est une liaison. On ne représente pas les liaisons entre H et les C, mais les H liés aux autres atomes doivent apparaître. Les liaisons doubles sont représentées par un double trait, les liaisons triples par un triple trait.

Formule semi-développée :

$CH_3-CH_2-CH_2-CH_2-OH$

Formule topologique :

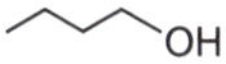

Exemple du butan-1-ol ($C_4H_{10}O$)

Diversité des chaînes carbonées

Dans une molécule organique, une chaîne carbonée peut être :
- **saturée**, lorsque les atomes de carbone ne forment entre eux que des liaisons simples ;
- **insaturée**, lorsqu'au moins deux atomes de carbone voisins sont liés par une double liaison.

Elle peut par ailleurs être :
- **linéaire**, lorsqu'un carbone est lié à d'autres carbones sans autres ramifications ;
- **cyclique**, lorsqu'elle se ferme sur elle-même ;
- **ramifiée**, lorsqu'un carbone est lié à au moins 3 carbones.

Chaîne linéaire saturée

Chaîne linéaire insaturée

Chaîne cyclique

Familles fonctionnelles

→ Certaines molécules organiques comportent un groupe d'atomes (ou atome) appelé **groupe caractéristique**. À un groupe caractéristique donné peuvent correspondre plusieurs **familles fonctionnelles**. Les composés d'une même famille fonctionnelle ont des propriétés chimiques semblables.

Famille fonctionnelle	Groupe caractéristique	Formule générale
Halogénoalcanes	$-X$ (avec X = F, Cℓ, Br ou I)	$R-X$
Esters	$-C(=O)-O-R'$	$R-COO-R'$
Amines primaires	$-NH_2$	$R-NH_2$
Amides	$-C(=O)-NH-$	$R-CO-NH-R'$

- Pour nommer un **halogénoalcane**, on fait précéder le nom de l'alcane dont il dérive du préfixe « fluoro- », « chloro- », « bromo- » ou « iodo- », avec sa position.

$$CH_3 - CHC\ell - CH_3$$
2-chloropropane

- Pour nommer un **ester**, on remplace le « -e » de l'alcane dont il dérive par le suffixe « -oate de » et on fait suivre du nom de l'alkyle lié à l'atome d'oxygène par des liaisons simples.

$$CH_3COOCH_3$$
éthanoate de méthyle

- Pour nommer une **amine primaire**, on remplace le « -e » de l'alcane dont elle dérive par le suffixe « -amine ».

$$CH_3 - CH_2 - NH_2$$
éthanamine
(ou éthylamine)

- Pour nommer un **amide**, on remplace le « -e » de l'alcane dont il dérive par le suffixe « -amide ». Les substituants attachés à l'azote sont indiqués par le préfixe N- ou N,N- selon le nombre de ceux-ci.

$$CH_3 - CO - NH - CH_3$$
N-méthyléthanamide

- Les **alcènes** sont des molécules organiques qui possèdent une double liaison carbone-carbone. Ils se nomment comme les alcanes, mais avec le suffixe « -ène » précédé de la position de cette double liaison.

Isomérie de constitution

Deux molécules qui ont la même formule brute mais des formules semi-développées différentes sont des **isomères de constitution**.
On en distingue trois types :

Isomérie de chaîne	Isomérie de position	Isomérie de fonction
Différence de chaîne carbonée	Différence de position du groupe fonctionnel (ou de la double liaison)	Différence de fonction chimique
Exemple : C_4H_{10} Butane 2-méthylpropane	*Exemple* : $C_4H_{10}O$ 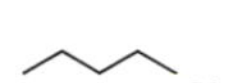 Butan-1-ol 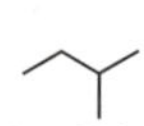 Butan-2-ol	*Exemple* : C_3H_6O 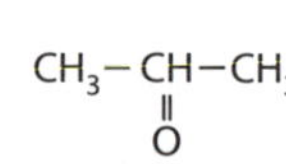 Propanone 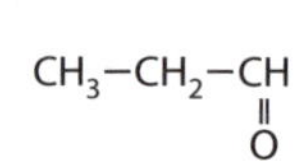 Propanal

2 Spectroscopie IR/UV-visible

- La détermination des longueurs d'onde des rayonnements absorbés par une substance en solution se fait grâce à un **spectrophotomètre**.
- Le **spectre UV-visible**, qui représente l'absorbance en fonction de la longueur d'onde λ, présente en général un maximum d'absorption pour une longueur d'onde λ_{max} caractéristique d'une substance.
- La **spectroscopie infrarouge** (IR) permet d'identifier les fonctions chimiques d'une molécule organique en repérant les bandes d'absorption. Le spectre IR représente la transmittance T (en %) en fonction du nombre d'onde σ (en cm^{-1}), qui est l'inverse de la longueur d'onde λ.

REMARQUE La spectroscopie infrarouge ne permet pas de positionner avec exactitude la fonction chimique sur la chaîne carbonée.

3 Optimisation d'une étape de synthèse

Critère d'évaluation d'une synthèse

Le **rendement** permet d'évaluer l'efficacité d'une synthèse : c'est le quotient de la masse (ou de la quantité de matière) de produit obtenue expérimentalement par celle théoriquement attendue. Il s'exprime en %.

$$\eta = \frac{n_{exp}}{n_{th}} = \frac{m_{exp}}{m_{th}}$$

Amélioration du taux d'avancement final τ_f

- Lorsqu'un système chimique, siège d'une transformation non totale, atteint son état d'équilibre, il n'évolue plus à l'échelle macroscopique.
  Les concentrations des espèces présentes n'évoluent plus, le réactif limitant n'est pas entièrement consommé et $\tau_f < 1$.
- Une **estérification** correspond à la transformation d'un acide carboxylique avec un alcool. L'**hydrolyse d'un ester** est la transformation inverse, mettant en jeu un ester et de l'eau ; c'est une transformation non totale. Un mélange équimolaire d'acide carboxylique et d'alcool primaire, ou d'ester et d'eau, conduit au même état d'équilibre avec un taux d'avancement de 67 %.

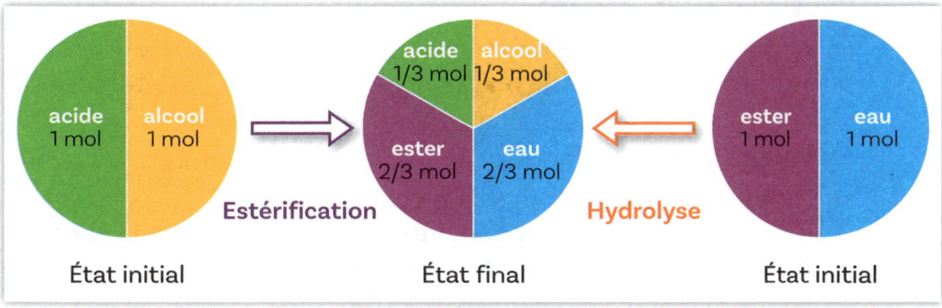

- Pour **augmenter le rendement de la synthèse**, il faut augmenter le taux d'avancement final de la réaction. Pour **augmenter le taux d'avancement final**, on peut ajouter un des réactifs en excès et/ou extraire un des produits de la transformation.

Optimiser la vitesse de formation d'un produit

Pour augmenter la vitesse de la transformation chimique, on joue sur les facteurs cinétiques en **augmentant la température** du milieu réactionnel et/ou en **augmentant la concentration** des réactifs. On peut également ajouter un **catalyseur**.

4 Stratégie de synthèse multi-étapes

Réactions de base de la synthèse organique

- Une réaction de **substitution** est une réaction au cours de laquelle un atome ou un groupe d'atomes est remplacé par un autre atome ou groupe d'atomes. On a alors deux réactifs et deux produits.
- Une réaction d'**addition** permet d'ajouter deux atomes ou groupes d'atomes sur une molécule contenant une insaturation. Elle conduit à la disparition d'une double liaison ou à la transformation d'une triple liaison en double liaison. On a alors deux réactifs, mais un seul produit.
- Une réaction d'**élimination** permet de retirer un groupe d'atomes de la molécule de départ pour obtenir une double (ou triple) liaison. On a alors un seul réactif, mais deux produits.
- Certaines réactions sont des **modifications de chaîne carbonée** : les chaînes peuvent alors être diminuées, augmentées, ramifiées, cyclisées…
- Les **réactions d'oxydoréduction** et les **réactions acide-base** sont d'autres réactions de base de la synthèse organique.

Protection/déprotection

- Si une molécule possède plusieurs groupes caractéristiques sensibles au même réactif, alors ils sont tous potentiellement sujets à réagir avec le réactif introduit. Il est nécessaire d'en **protéger** certains.
- La stratégie en trois étapes consiste en la **protection** d'un groupe caractéristique de la molécule, puis en la transformation de l'autre groupe caractéristique et en la **déprotection** du premier groupe caractéristique.

Synthèse multi-étapes

La synthèse d'un composé chimique se fait en plusieurs étapes : le chimiste puise dans une **banque de réactions** pour élaborer son protocole.

Synthèse des polymères

- Le **monomère** constitue la molécule de base d'un polymère. Un **polymère** est une macromolécule constituée de l'enchaînement répété d'un même **motif**. Les motifs correspondent aux molécules de monomère, reliées les unes aux autres par des liaisons covalentes.

- La transformation chimique permettant de passer du monomère au polymère est appelée **polymérisation**. Le polymère est représenté par $-[M]_n-$, où M est l'unité constitutive.

$$n(H_2C{=}CH_2) \rightarrow \left[H_2C{-}CH_2 \right]_n$$

Éthylène (éthène) Polyéthylène

L'**indice de polymérisation**, noté n, rend compte du nombre de motifs de monomère qui forment le polymère obtenu.

- On parle de **polyaddition** lorsque le monomère s'additionne sur lui-même sans perte d'atome. En général, l'addition se fait sur une double liaison. On parle de **polycondensation** lorsque deux monomères réagissent ensemble en libérant une petite molécule (H_2O ou $HC\ell$).

Synthèse éco-responsable

Afin d'être respectueux de l'environnement, le chimiste doit chercher à **limiter le nombre de réactifs** et les **dépenses énergétiques**, à **valoriser les sous-produits** des synthèses et à **utiliser des solvants moins polluants**.

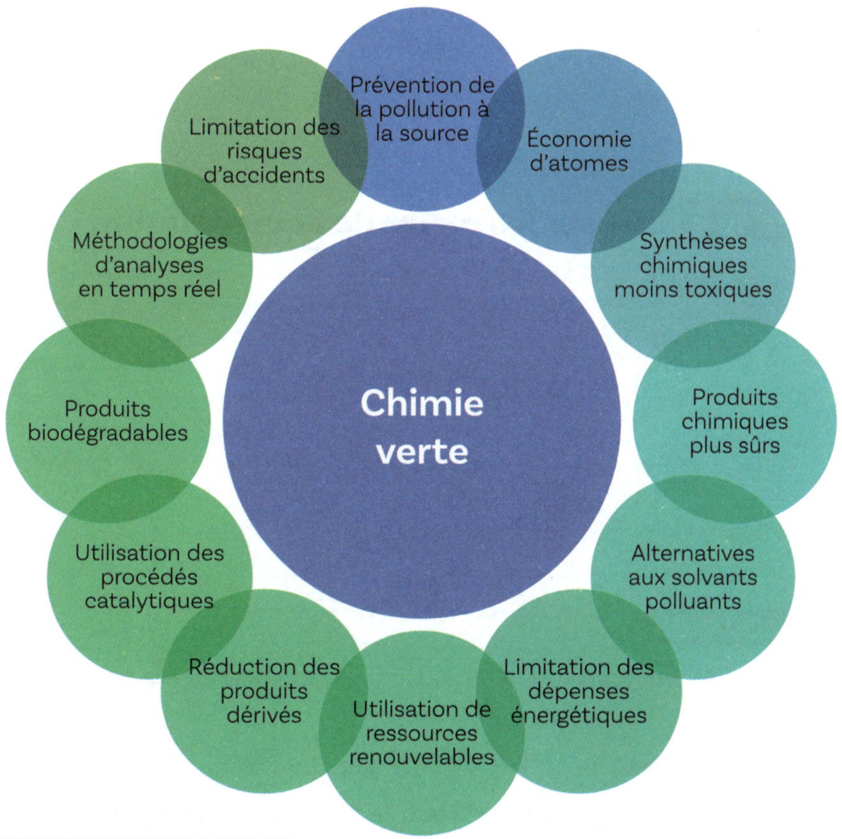

Les principes de la chimie verte

SAVOIR FAIRE

Méthode 1 Représenter une espèce chimique en formule topologique

ÉNONCÉ

On considère un composé de formule semi-développée :

$$\begin{array}{ccccccccccccc} & & CH_3 & & & & O & & & & & & \\ & & | & & & & \| & & & & & & \\ H_3C & - & CH & - & CH_2 & - & C & - & O & - & CH_2 & - & CH_3 \end{array}$$

→ Donner la formule topologique de ce composé.

SOLUTION

On utilise les règles données p. 161.

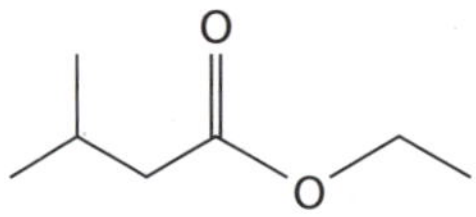

L'INFO À RETENIR

En formule topologique, il ne faut pas représenter les C ou les H liés aux C. Les autres atomes, eux, apparaissent toujours.

Méthode 2 Utiliser les règles de nomenclature

ÉNONCÉ

On considère un composé de formule semi-développée :

$$\begin{array}{ccccccccccccc} & & CH_3 & & & & O & & & & & & \\ & & | & & & & \| & & & & & & \\ H_3C & - & CH & - & CH_2 & - & C & - & O & - & CH_2 & - & CH_3 \end{array}$$

1. Représenter le groupe caractéristique de ce composé et dire quelle est la famille correspondante.

2. Donner le nom de ce composé en nomenclature officielle.

SOLUTION

1. On entoure le groupe caractéristique pour mieux le visualiser.

$$\begin{array}{ccccccccccccc} & & CH_3 & & & & O & & & & & & \\ & & | & & & & \| & & & & & & \\ H_3C & - & CH & - & CH_2 & - & C & - & O & - & CH_2 & - & CH_3 \end{array}$$

Ici, la molécule fait partie de la famille des esters, dont le groupe caractéristique est le groupe carboxyle : –COO–.

2. Les esters sont constitués de deux chaînes carbonées : une principale liée au groupe carboxyle et une liée à l'atome d'oxygène par des liaisons simples.

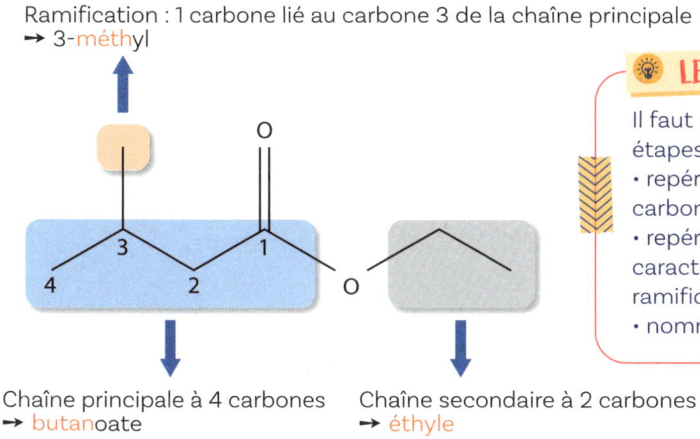

> **LE RÉFLEXE À AVOIR**
>
> Il faut procéder par étapes :
> - repérer la chaîne carbonée la plus longue ;
> - repérer le groupe caractéristique et les ramifications (s'il y en a) ;
> - nommer la molécule.

Il s'agit donc du 3-méthylbutanoate d'éthyle.

Méthode 3 Interpréter un spectre infrarouge

ÉNONCÉ

On cherche à identifier une substance dont la formule brute est C_2H_4O. Après isolement et analyse de ce composé, on obtient le spectre IR ci-contre.

1. Quelle est la nature de ce composé ? On s'aidera des tables de nombres d'onde en fin d'ouvrage.

2. Donner le nom de la molécule en nomenclature officielle.

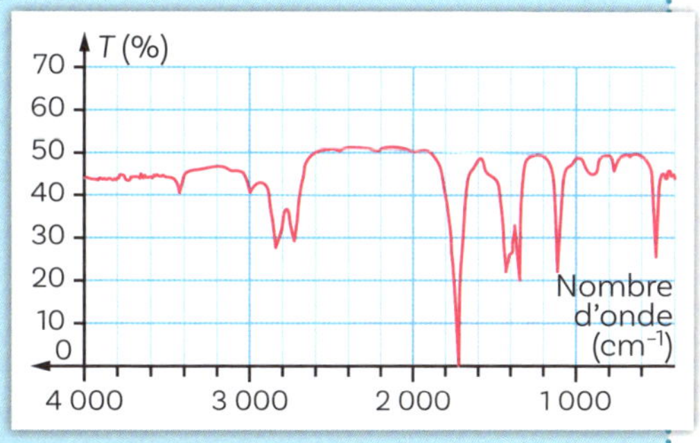

SOLUTION

1. • On analyse les pics qui sont généralement au-dessus de 1 000 cm^{-1} :
- on note la présence d'un pic fin et intense à 1 750 cm^{-1} (1) ;
- il y a également présence d'un doublet fin et faible vers 2 800 cm^{-1} (2).

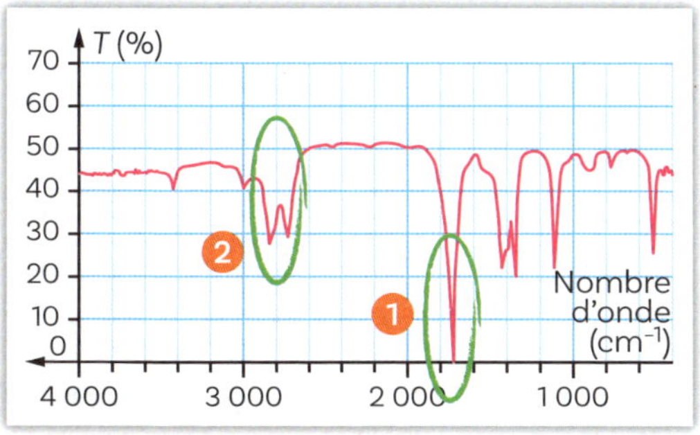

> **LE RÉFLEXE À AVOIR**
>
> Il ne faut pas chercher à tout analyser. On regarde surtout la présence ou l'absence de bandes d'absorption correspondant aux vibrations des groupes caractéristiques, à l'aide de tables qui sont obligatoirement données.

• À l'aide des tables de nombres d'onde, on cherche à identifier la liaison responsable de chaque pic :
- le pic fin et intense à 1 750 cm^{-1} correspond à une liaison C=O ;
- le doublet fin et faible vers 2 800 cm^{-1} correspond à la liaison C–H d'un aldéhyde.

2. Une fois tous les pics analysés, on cherche une structure possible pour la molécule. On cherche donc un aldéhyde avec 2 carbones. Il n'y a qu'une seule possibilité : il s'agit donc de l'éthanal.

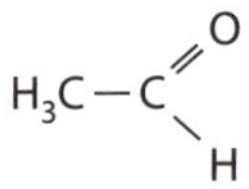

Méthode 4 Justifier l'augmentation du rendement d'une synthèse avec un excès de réactif

ÉNONCÉ

On souhaite réaliser la synthèse d'un ester à partir d'un acide carboxylique et d'un alcool primaire. La réaction d'estérification est symbolisée par l'équation :

$$\text{acide} + \text{alcool} \leftrightarrows \text{ester} + \text{eau}$$

La constante d'équilibre $K(T)$ associée à cette réaction vaut 4,0.
La mise en réaction de 1 mol d'acide carboxylique avec 1 mol d'alcool primaire fournit l'ester souhaité avec un taux d'avancement de 67 %.

1. Calculer le taux d'avancement final de la réaction si l'on met en réaction 1,00 mol d'acide carboxylique avec 5,00 mol d'alcool primaire. Pour la démonstration, le volume du milieu réactionnel total sera noté V.

2. Augmenter la quantité initiale d'un des réactifs permet-il d'augmenter le rendement de la synthèse ?

SOLUTION

1. On dresse le tableau d'avancement de la transformation chimique et on détermine la valeur de x_{max}.

Équation	acide +	alcool $\leftrightarrows$	ester +	eau
État initial	1,00 mol	5,00 mol	0 mol	0 mol
État final	$1{,}00 - x_f$	$5{,}00 - x_f$	x_f	x_f

L'acide carboxylique est ici le réactif limitant et $x_{max} = 1{,}00$ mol.

• On écrit l'expression de la constante d'équilibre de la réaction en fonction des concentrations de toutes les espèces chimiques, puis en fonction de l'avancement final x_f :

$$K(T) = \frac{[\text{ester}] \times [\text{eau}]}{[\text{acide}] \times [\text{alcool}]}$$

$$K(T) = \frac{\frac{x_f}{V} \times \frac{x_f}{V}}{\left(\frac{1 - x_f}{V}\right) \times \left(\frac{5 - x_f}{V}\right)}$$

L'ERREUR À NE PAS FAIRE

Ici, l'eau n'est pas le solvant de la réaction, mais un produit à part entière. Il ne faut pas oublier de la faire apparaître dans $K(T)$.

D'où $K(T) = \dfrac{x_f^{\,2}}{(1 - x_f) \times (5 - x_f)}$.

• $K(T) = \dfrac{x_f^{\,2}}{(1 - x_f) \times (5 - x_f)} = 4{,}0$,

On développe l'expression au dénominateur de $K(T)$ pour obtenir une équation du second degré :

$3x_f^{\,2} - 24x_f + 20 = 0$

• On résout l'équation du second degré et on ne garde que la solution qui a un sens physique (celle qui est inférieure à x_{max}).

$\Delta = b^2 - 4ac = (-24)^2 - 4 \times 3 \times 20 = 336$

$$x_f = \frac{-b - \sqrt{\Delta}}{2a} = \frac{-(-24) - \sqrt{336}}{2 \times 3} = 0{,}95 \text{ mol}$$

• On calcule le taux d'avancement de la réaction :

$$\tau = \frac{x_f}{x_{max}} = \frac{0{,}95}{1{,}00} = 0{,}95 \text{ soit } 95\ \%.$$

2. Le taux d'avancement final de la réaction (95 %) est supérieur à celui obtenu lorsqu'on met une réaction 1 mol de chacun des deux réactifs (67 % selon l'énoncé). Augmenter la quantité de matière initiale d'un réactif permet d'augmenter le taux d'avancement final de la réaction de synthèse, donc son rendement.

Méthode 5 Identifier un type de réaction

ÉNONCÉ

On considère trois réactions, modélisées par les équations suivantes.

a. $CH_3{-}CH_2{-}CH{=}CH_2 + HBr \rightarrow CH_3{-}CH_2{-}CH_2{-}CH_2{-}Br$

b. $CH_3{-}CHOH{-}CH_{3(\ell)} \rightarrow CH_3{-}CH{=}CH_{2(g)} + H_2O_{(\ell)}$

c. $CH_3{-}CH_2{-}O^- + CH_3{-}CH_2{-}I \rightarrow CH_3{-}CH_2{-}O{-}CH_2{-}CH_3 + I^-$

1. Réécrire chaque équation de réaction avec les formules brutes.

2. Pour chaque équation, dire s'il s'agit d'une réaction de substitution, d'élimination ou d'addition.

SOLUTION

1. a. $C_4H_8 + HBr \rightarrow C_4H_9Br$

b. $C_3H_8O_{(\ell)} \rightarrow C_3H_{6(g)} + H_2O_{(\ell)}$

c. $C_2H_5O^- + C_2H_5I \rightarrow C_4H_{10}O + I^-$

2. a. La transformation suit le schéma d'une addition : A + B → C. On constate bien que les deux molécules de réactifs contribuent à ne former qu'un seul produit de réaction et on remarque également que la double liaison C=C a disparu.

b. La transformation suit le schéma d'une élimination : A → B + C. On constate bien que le réactif contribue à former deux produits de la réaction, dont l'un est de petite taille (H_2O). On remarque également qu'une double liaison C=C s'est formée.

c. La transformation suit le schéma d'une substitution : A + B → C + D. On constate bien que deux réactifs contribuent à former deux produits de la réaction.

> **LE RÉFLEXE À AVOIR**
> Pour identifier la nature de la réaction, il faut analyser le nombre de liaisons rompues et formées.

Méthode 6 Élaborer une séquence réactionnelle de synthèse d'une espèce chimique

ÉNONCÉ

À partir de la banque de réactions fournie, on cherche à élaborer la séquence réactionnelle permettant d'obtenir le 2-méthylpropanoate d'éthyle à partir du 2-méthylpropan-1-ol et de l'éthanol.

2-méthyl-propan-1-ol	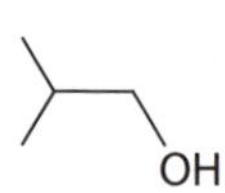
Éthanol	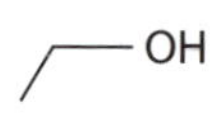
2-méthyl-propanoate d'éthyle	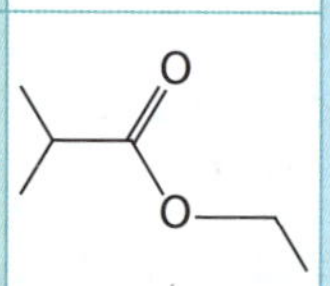

Banque de réactions
(a) 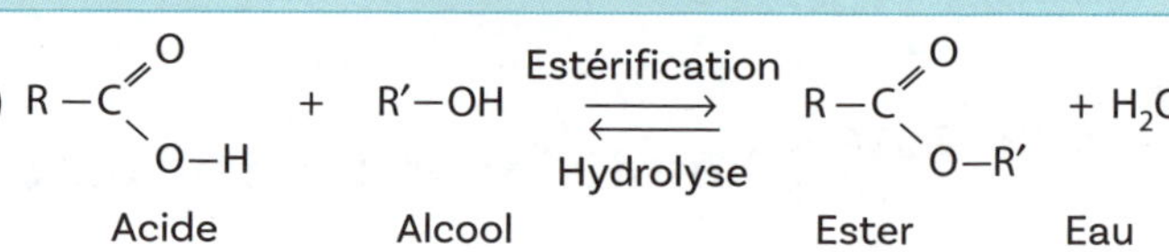
(b) 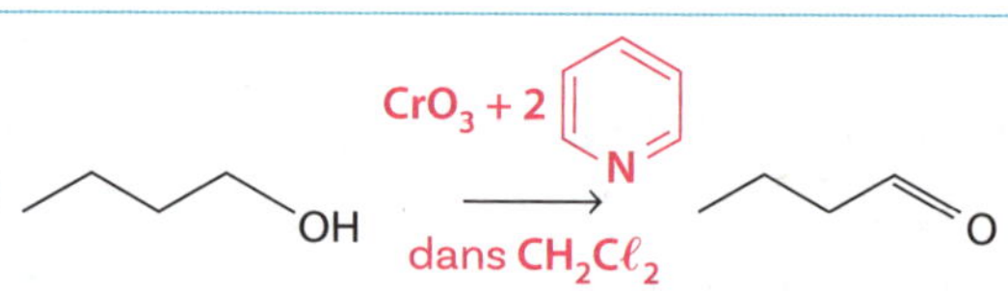
(c) 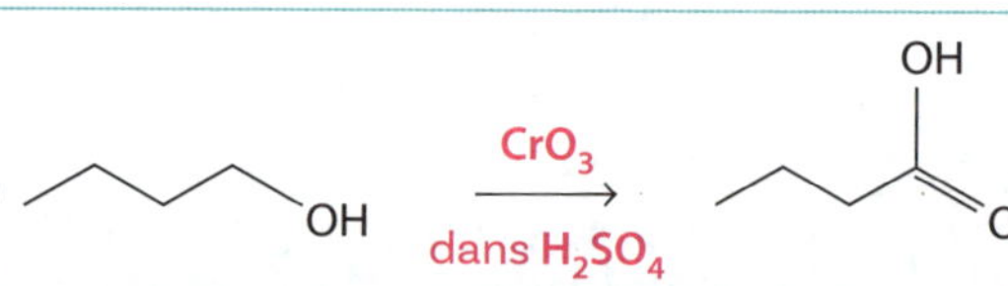

1. À partir de la réaction d'estérification (a), identifier quels sont l'acide et l'alcool à faire réagir pour obtenir l'ester.

2. Quelle transformation chimique permet d'obtenir l'acide souhaité à partir des réactifs disponibles (éthanol et 2-méthylpropan-1-ol) ?

3. Élaborer la séquence réactionnelle qui permet d'obtenir l'ester souhaité à partir des réactifs disponibles.

SOLUTION

1. Il faut utiliser les formules topologiques fournies des alcools et de l'acide carboxylique pour identifier ce que représentent les groupements R et R′.
Il faut comparer :

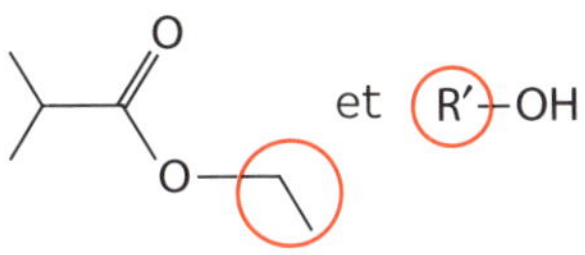

et comparer :

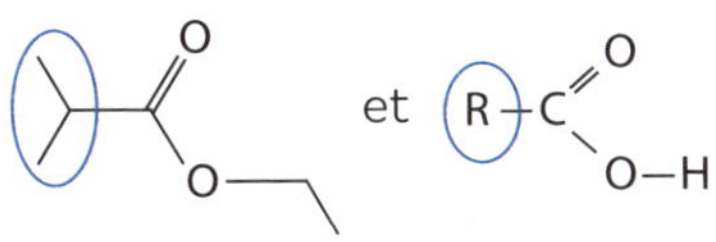

LE RÉFLEXE À AVOIR

Il faut comparer la structure des molécules disponibles avec celles des molécules de la banque de réactions.

L'acide à utiliser doit être l'acide 2-méthylpropanoïque, de formule :

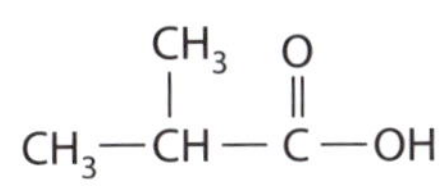

L'alcool à utiliser est l'éthanol.

2. On identifie l'alcool à faire réagir pour obtenir l'acide 2-méthylpropanoïque : ces deux molécules doivent avoir des structures proches. On doit utiliser le 2-méthylpropan-1-ol et le transformer en acide 2-méthylpropanoïque : on utilise la réaction (c).

3. • On identifie, dans la banque de réactions, celle qui permet de former le produit souhaité à partir de l'acide 2-méthylpropanoïque et de l'éthanol. Il s'agit de la réaction (a).

• On identifie, dans la banque de réactions, celle qui permet de former de l'éthanol, à moins que celui-ci ne soit disponible. L'éthanol étant disponible, il n'y a pas besoin de le synthétiser.

• On écrit la séquence réactionnelle, en utilisant les réactions proposées dans la banque de réactions, mais en utilisant les formules topologiques des molécules nécessaires à la synthèse souhaitée.

Étape n° 1 : synthèse de l'acide 2-méthylpropanoïque à partir du 2-méthylpropan-1-ol

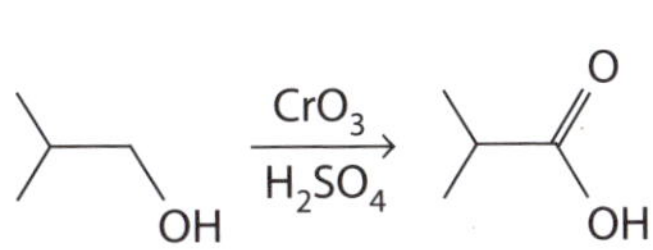

Étape n° 2 : synthèse du 2-méthylpropanoate d'éthyle

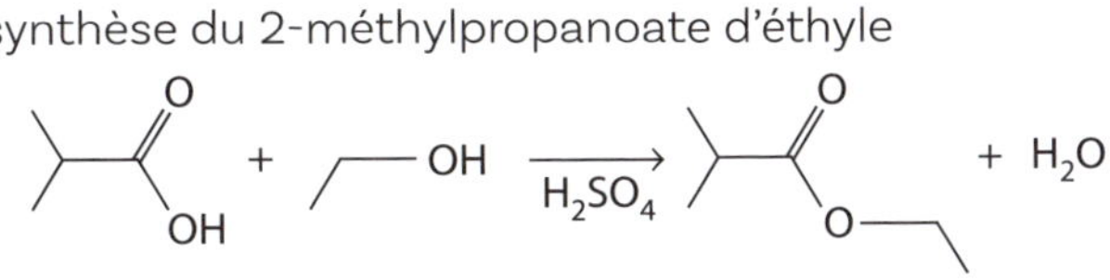

Méthode 7 Identifier le motif d'un polymère

ÉNONCÉ

La colle forte contient du cyanoacrylate de méthyle, une molécule ayant la capacité de polymériser en milieu humide. Le polymère obtenu, qui assure le collage entre deux matériaux, est appelé polycyanoacrylate de méthyle et a pour structure :

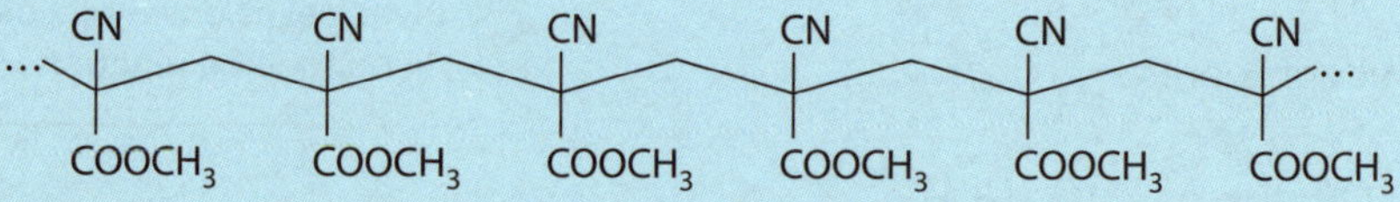

1. Entourer le motif élémentaire qui se répète dans la structure du polymère.

2. Écrire le polymère dans une représentation du type $-[M]_n-$.

3. Donner la formule topologique du monomère.

SOLUTION

1. On entoure le motif élémentaire :

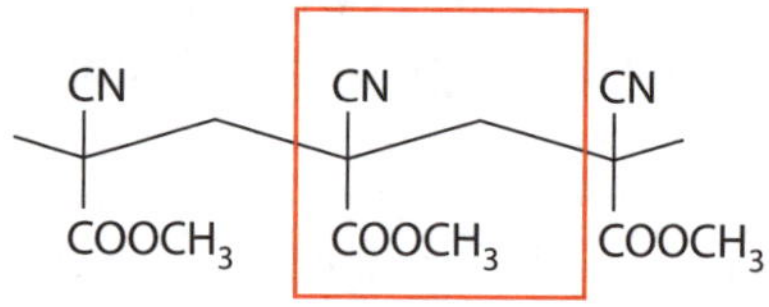

L'INFO À RETENIR

Le motif élémentaire se répète un très grand nombre de fois dans la structure du polymère.

2. On place le motif élémentaire entre les crochets, et on place un *n* en indice, traduisant le grand nombre de motifs liés les uns aux autres.

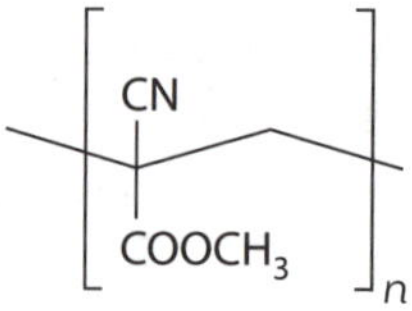

3. Le motif élémentaire correspond à la structure du monomère. Cependant, il ne faut pas oublier qu'avant la polymérisation, c'est une double liaison C=C qui était présente initialement.

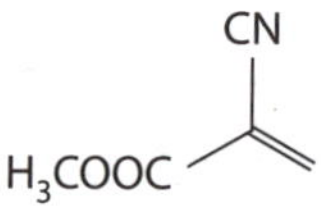

En formule topologique, on ne fait apparaître ni les atomes de carbone ni ceux d'hydrogène liés aux carbones. Cela donne plus précisément :

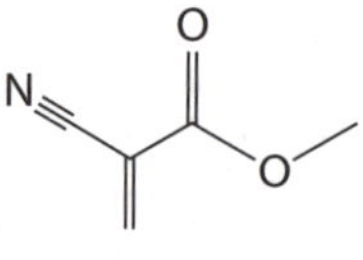

SE TESTER

Donner la ou les bonne(s) réponse(s) en 10 minutes chrono !

1. Une représentation topologique fait apparaître :

- **a** tous les atomes
- **b** tous les atomes, sauf C et H
- **c** tous les atomes, sauf les atomes de C et de H liés aux C

2. CH_3CH_2I est :

- **a** un alcène
- **b** un halogénoalcane
- **c** une amine

3. Un spectre infrarouge permet de déterminer :

- **a** la formule topologique d'un composé
- **b** les liaisons covalentes qui composent une molécule
- **c** les groupes caractéristiques de la molécule

4. Après une étape d'addition, la molécule obtenue :

- **a** a une chaîne carbonée plus longue
- **b** a perdu une double ou une triple liaison
- **c** contient plus d'atomes

5. La réaction d'un alcool sur un acide carboxylique pour former un ester et de l'eau peut être considérée comme une réaction :

- **a** d'addition
- **b** d'élimination
- **c** de substitution

6. 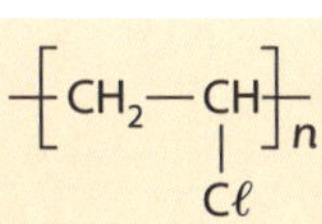 **peut être obtenu à partir de :**

- **a** 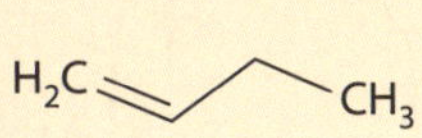
- **b** 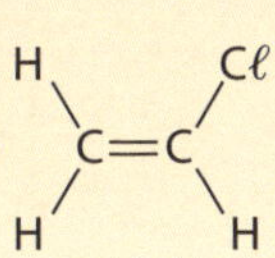
- **c** 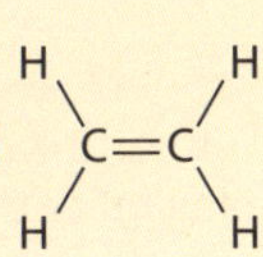

→ Corrigés page 180

S'ENTRAÎNER

Exercice 1 Molécules de la chimie organique Voir Méthode 1 p. 166

Écrire les formules semi-développées et topologiques et des molécules organiques suivantes.

a. 2-méthylpropène
b. 3-méthylbutanal
c. butan-2-amine
d. N-éthyl-N-méthyl-4-méthylpentanamide
e. 4-méthylpentanal
f. 2-méthylbutanoate d'éthyle
g. éthanamide
h. éthanoate d'éthyle

→ Corrigé p. 180

Exercice 2 Nommer des molécules Voir Méthode 2 p. 166

1. Associer les formules semi-développées aux formules topologiques correspondantes.

I
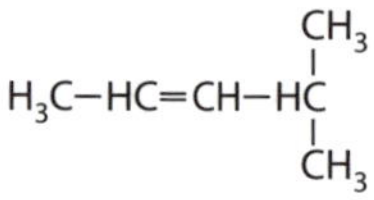

II
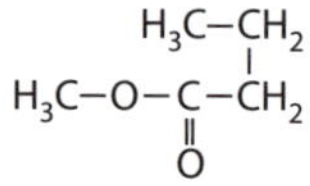

III
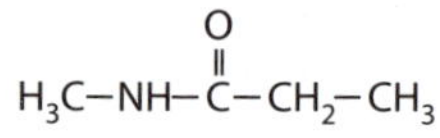

IV
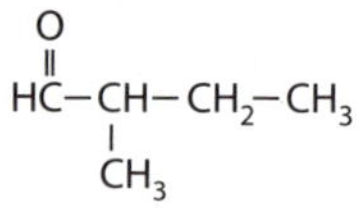

V
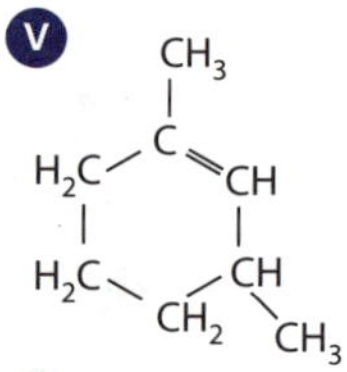

1
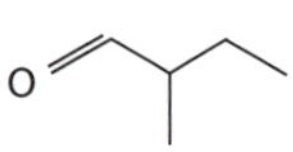

2
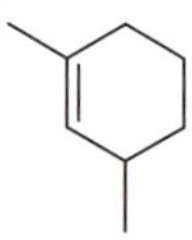

3
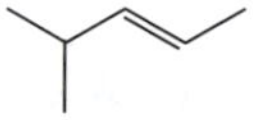

4
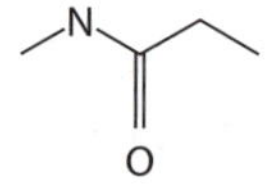

5
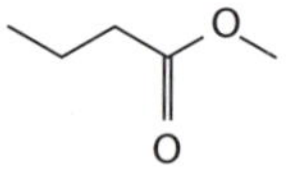

a N-méthylpropanamide

b 2-méthylbutanal

c 4-méthylpent-2-ène

d 1,3-diméthylcyclohexène

e Butanoate de méthyle

2. Entourer les groupes caractéristiques sur les formules topologiques, puis les nommer.

3. Attribuer le nom correspondant à chacune des molécules proposées.

→ Corrigé p. 180

Exercice 3 Interpréter un spectre infrarouge Voir Méthode 3 p. 167

On donne ci-contre le spectre IR et, ci-dessous, la formule topologique du but-3-èn-1-ol.

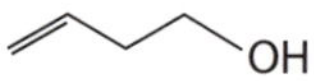

→ Analyser le spectre et identifier les bandes d'absorption qui y sont présentes en les reliant à la structure de la molécule.

Donnée. Tables de nombres d'onde en fin d'ouvrage.

→ Corrigé p. 181

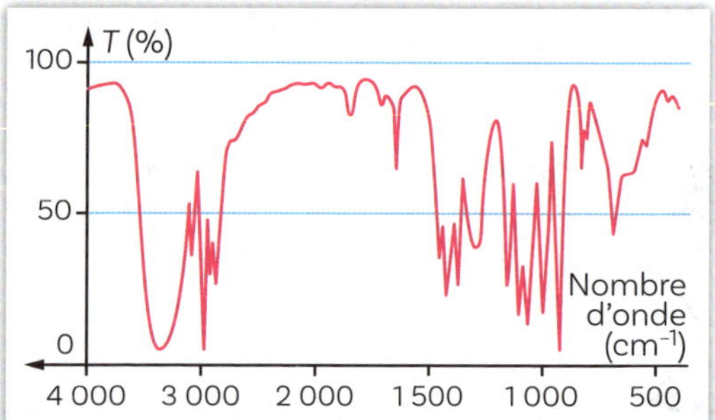

Exercice 4 Augmenter le rendement d'une synthèse Voir Méthode 4 p. 168

On réalise la synthèse du méthanoate de méthyle, le plus petit des esters, en mettant en réaction 0,1 mol d'acide méthanoïque et 0,1 mol de méthanol, en présence d'acide sulfurique.
La transformation est modélisée par une réaction d'équation :

acide méthanoïque + méthanol ⇆ ester + eau

Après chauffage à reflux pendant 10 minutes, on réalise une distillation fractionnée du mélange réactionnel.

1. Écrire l'expression de la constante d'équilibre $K(T)$ associée à cette réaction.

2. Lors de la distillation fractionnée, quel composé chimique est extrait le premier du mélange réactionnel ? Justifier.

3. Avant distillation, on considère que le système est à l'équilibre ($Q_{r,f} = K(T)$).
Comment évolue le quotient de réaction Q_r pendant la distillation ?

4. Justifier que l'on puisse atteindre un rendement supérieur aux 67 % habituellement observés pour une estérification.

Données. Températures d'ébullition des espèces chimiques mises en jeu :
- Acide méthanoïque : $T_{éb}$ = 101 °C.
- Méthanol : $T_{éb}$ = 65 °C.
- Ester : $T_{éb}$ = 32 °C.
- Eau : $T_{éb}$ = 100 °C.

→ Corrigé p. 181

Exercice 5 Identifier une addition Voir Méthode 5 p. 169

Le benzène, composé hautement toxique, peut être réduit en cyclohexane à l'aide de la réaction d'hydrogénation catalytique suivante.

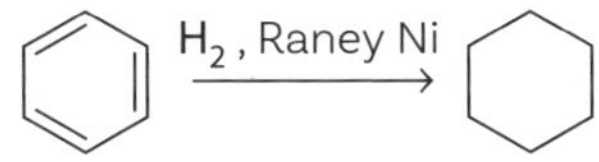

Benzène Cyclohexane

1. Donner les formules brutes du benzène et du cyclohexane.

2. Écrire l'équation de la réaction à l'aide des formules brutes.

3. Montrer que cette transformation chimique est bien une réaction d'addition.

→ Corrigé p. 181

Exercice 6 Motif d'un polymère Voir Méthode 7 p. 172

La synthèse du polychlorure de vinyle (PVC) se produit par polymérisation de molécule de chlorure de vinyle.
Cette réaction peut s'écrire :

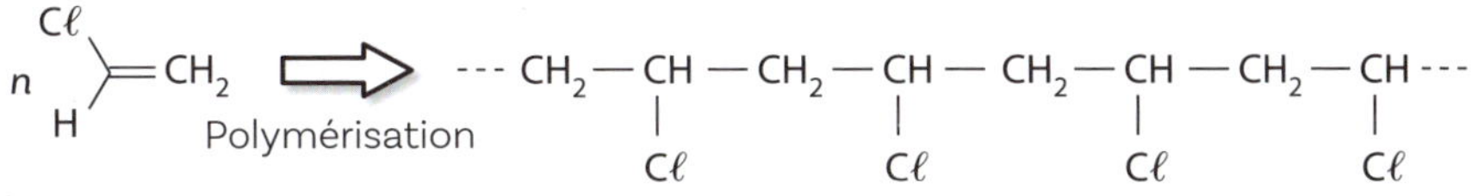

1. Identifier le motif qui se répète dans la représentation du polymère fournie.

2. Écrire alors la formule générale associée au polychlorure de vinyle sous la forme $-[M]_n-$.

→ Corrigé p. 181

SE PERFECTIONNER

Exercice 7 ★ Identifier une étape de protection/déprotection

La réaction d'acétalisation, schématisée ci-dessous, est une réaction de protection de la fonction cétone.

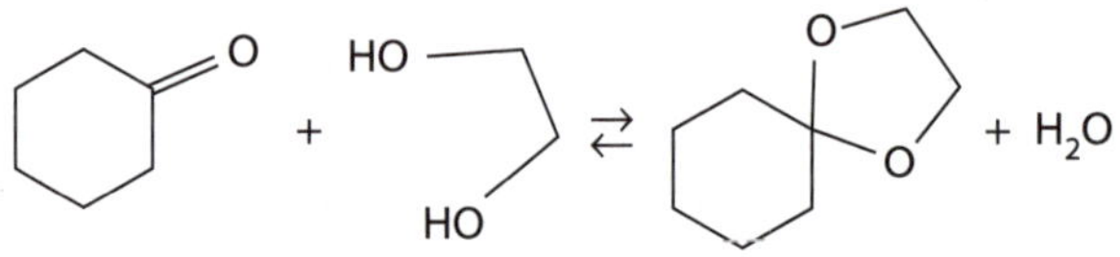

1. Quelle fonction organique est également protégée durant une acétalisation ?

2. Écrire l'équation de la réaction de déprotection à partir du schéma de réaction.

→ Corrigé p. 182

CONSEIL
1. Repérer les deux groupes caractéristiques qui réagissent pour donner l'acétal.

Exercice 8 ★ Identification d'une substance

Une molécule organique a pour formule brute C_4H_8O. Son spectre infrarouge est donné ci-contre.

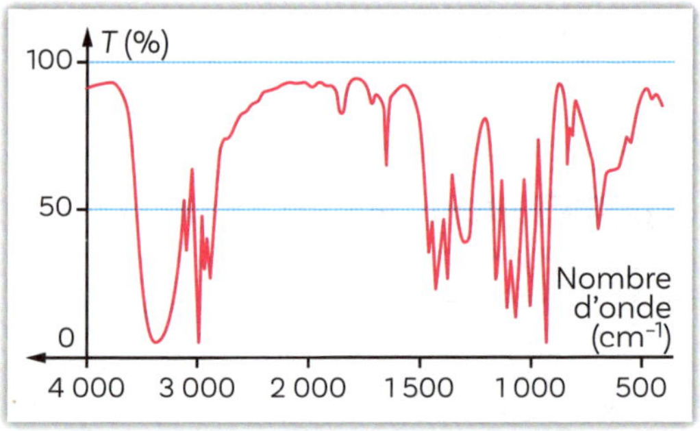

1. Donner les formules semi-développées possibles de cette molécule ayant un seul groupe caractéristique.
Pour plus de simplicité, on ne représentera pas les molécules comportant un cycle.

CONSEIL
1. Procéder par étapes :
• trouver des molécules à chaîne carbonée de 4 carbones, puis de 3 carbones ;
• essayer de trouver des molécules avec des groupes carbonyle, hydroxyle, une double liaison C=C, qui sont ramifiées ou non, etc.

2. Déterminer le groupe caractéristique en analysant le spectre infrarouge de cette molécule, puis identifier la molécule (voir tables en fin d'ouvrage).

→ Corrigé p. 182

Exercice 9 ★★ Étude d'une synthèse d'un alcène à partir d'une amine

En 1857, le chimiste allemand A. W. Hofmann découvre une succession de transformations chimiques, schématisée ci-dessous, qui lui permet de synthétiser un alcène à partir d'une amine.

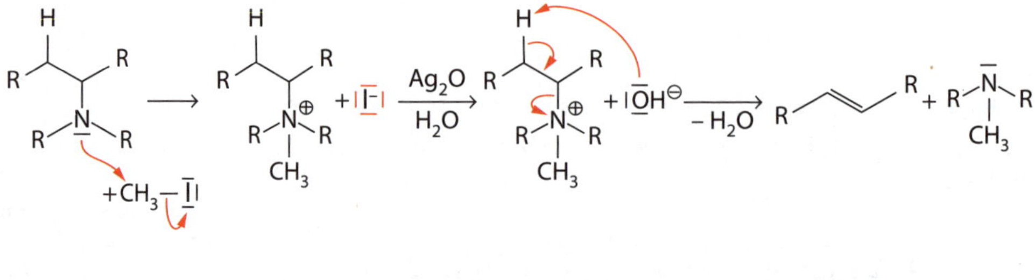

1. Montrer que la première étape est une substitution.

2. Identifier la nature de la dernière étape.

3. La dernière étape se fait généralement à chaud. Indiquer l'effet de cette condition expérimentale sur la vitesse de formation des produits et le rendement de la réaction.

→ Corrigé p. 182

Exercice 10 ★★ Stratégie de synthèse

La glycine, ou acide aminoéthanoïque, de formule NH_2-CH_2-COOH, est l'un des 22 acides aminés fondamentaux qui permettent de coder l'ADN. On souhaite réaliser sa synthèse au laboratoire à l'aide du 2-aminoéthanol ($NH_2-CH_2-CH_2-COOH$) en s'aidant de la banque de réactions suivante.

Oxydation	Protection/déprotection
$CH_3-CH_2-OH_{(aq)} \xrightarrow{MnO_4^-} CH_3COOH_{(aq)}$	$RNH_2 + H_2CO \rightarrow RNCH_2 + H_2O$
$CH_3-NH_{2(g)} \xrightarrow{MnO_4^-} CH_3NO_{2(\ell)}$	$R-CH_2OH_{(aq)} + H_2CO_{(\ell)} \rightarrow RCH_2OCH_2OH_{(\ell)}$

CONSEIL
1. Analyser l'effet de l'oxydation sur la fonction alcool et sur la fonction amine.

1. Montrer qu'une oxydation du 2-aminoéthanol ne permet pas d'obtenir directement la glycine.

2. Indiquer quelle fonction organique il faut protéger avant l'oxydation.

3. Compléter alors le schéma de synthèse ci-contre et donner les formules de A et B.

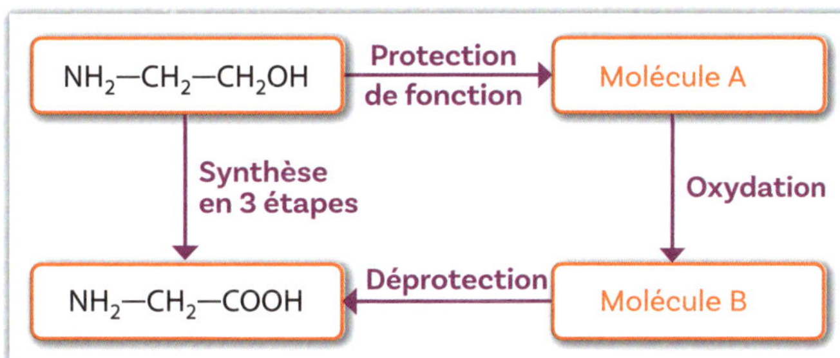

→ Corrigé p. 182

Exercice 11 ★★ Suivi de transformation

On étudie la transformation d'hydroboration suivante.

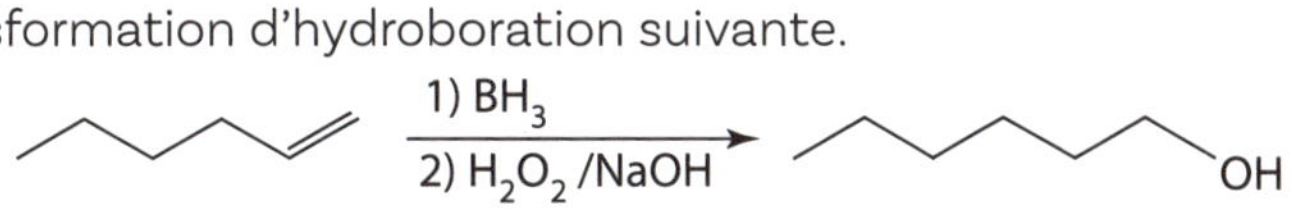

1. Quelles bandes d'absorption IR s'attend-on à voir apparaître et/ou disparaître lors de cette réaction ? On s'aidera des tables en fin d'ouvrage.

2. Interpréter alors les spectres IR du réactif et du produit obtenu donnés ci-dessous.

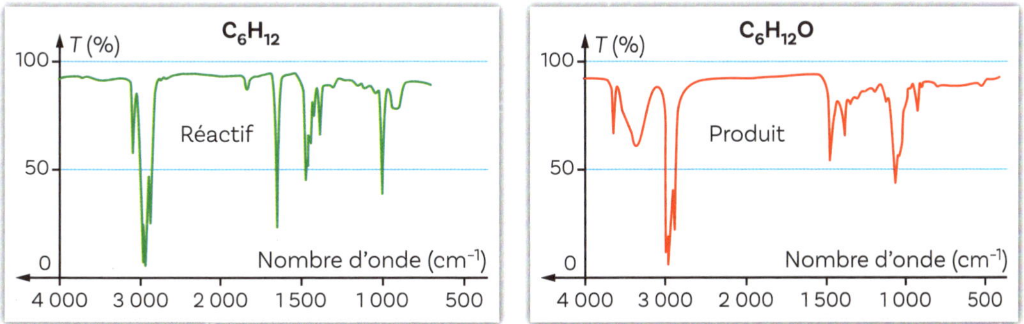

→ Corrigé p. 183

Exercice 12 ★★★ PROBLÈME Produits possibles lors de la réduction du composé (R)

On souhaite réaliser la réduction du 3-phénylprop-2-ènal (R) en 3-phénylprop-2-èn-1-ol. Une étudiante dispose de deux protocoles utilisant deux réducteurs différents : l'un utilise du dihydrogène en présence de nickel de Raney (un alliage de nickel et d'aluminium) comme catalyseur, l'autre du tétrahydruroborate de sodium ($NaBH_4$).
Il n'est cependant pas précisé sur ces protocoles si la réduction concerne la fonction aldéhyde ou la double liaison C=C.
Ainsi, la réaction peut conduire à différents produits :

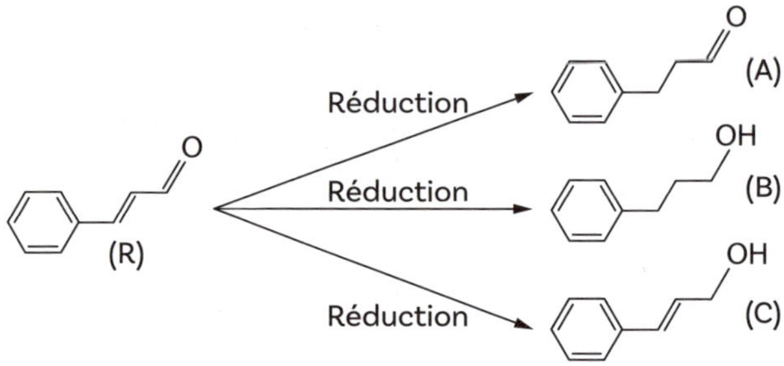

L'analyse du substrat (le réactif) fournit le spectre IR ci-dessous.

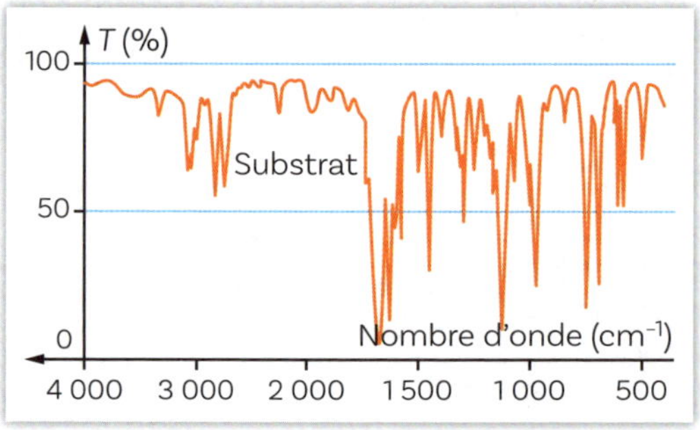

La réaction avec le dihydrogène en présence de nickel de Raney conduit à un composé qui, après analyse, fournit le spectre IR 1. En présence de tétrahydruroborate de sodium, le réactif conduit à un composé qui fournit le spectre IR 2.

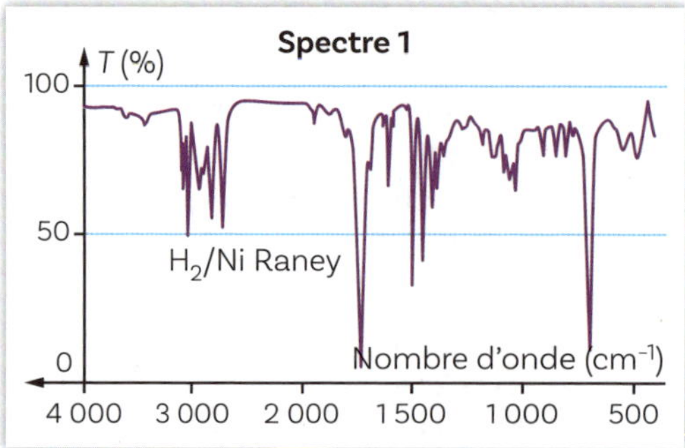

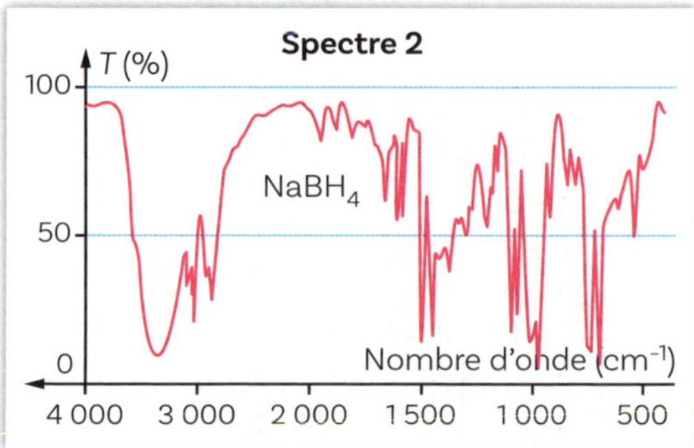

→ Après avoir nommé les molécules en présence et interprété les spectres IR, associer les molécules à leur spectre correspondant et indiquer quel protocole permet d'obtenir le composé désiré. On s'aidera des tables de nombres d'onde en fin d'ouvrage.

→ Corrigé p. 183

CONSEIL
Il faut repérer les bandes qui apparaissent ou disparaissent en passant du substrat aux molécules obtenues lors de leur réaction avec H_2 / Ni Raney, ou avec $NaBH_4$.

SE PRÉPARER À L'EXAMEN

SUJET

Synthèse de molécules odorantes (30 min)

On considère trois molécules : l'acide valérique **A**, un acide carboxylique à l'odeur désagréable, et deux molécules **B** et **C**, utilisées en chimie des parfums.

A

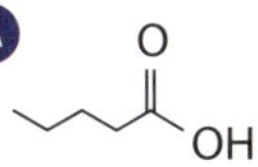

B

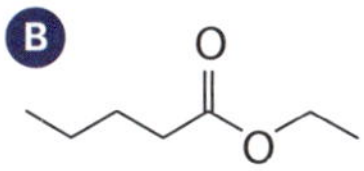

C

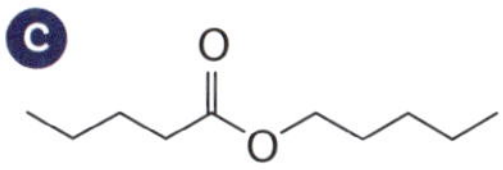

1. Nommer en nomenclature officielle les molécules **A**, **B** et **C**.

2. Indiquer à quelle famille de composés chimiques elles appartiennent en analysant les groupes caractéristiques qu'elles comportent.

3. Indiquer, en justifiant, si les composés **B** et **C** sont isomères de position.

4. Le spectre infrarouge du composé **A** est obtenu après analyse du produit pur avant synthèse. Montrer que ce spectre (doc. 1) est bien celui de l'acide valérique en indiquant les bandes caractéristiques remarquables de cette molécule.

5. La transformation que l'on doit opérer entre l'acide valérique et l'éthanol pour obtenir le produit **B** peut être suivie par spectroscopie IR. En s'appuyant sur le spectre IR de l'éthanol (doc. 2), indiquer quelle bande caractéristique serait présente si une fois la transformation terminée, des traces d'éthanol restaient présentes dans le produit de la transformation.

6. Une fois la réaction entre **A** et un alcool terminée, le spectre du doc. 3 est obtenu. Valider le fait que l'on a bien obtenu soit le composé **B** soit le composé **C**.

7. Justifier qu'il ne soit pas possible de différencier les composés **B** et **C** par spectroscopie IR.

CONSEILS

4. Les tables de nombres d'onde sont données en fin d'ouvrage.

5. Il faut repérer le groupe caractéristique présent sur l'éthanol, et se souvenir de la bande obtenue sur un spectre IR avec ce groupe.

Document 1 > Spectre IR de l'acide valérique

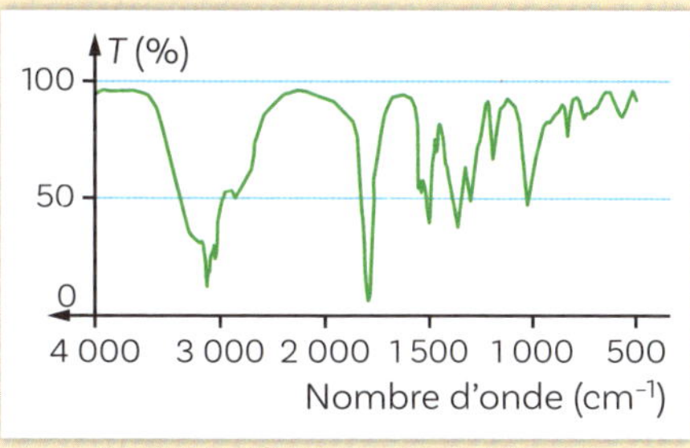

Document 2 > Spectre IR de l'éthanol

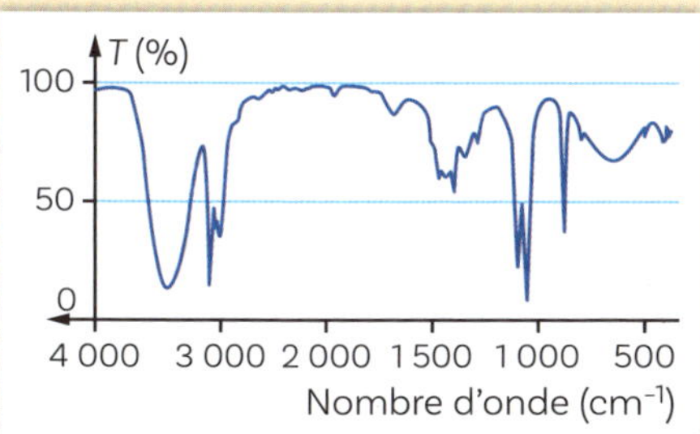

Document 3 > Spectre IR de B ou de C

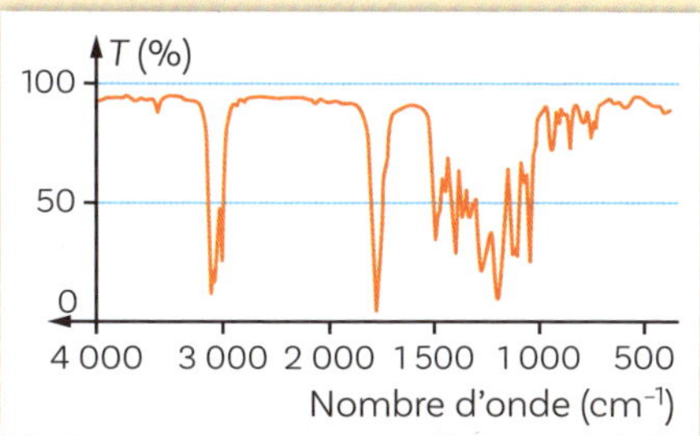

→ Corrigé page 184

CORRIGÉS

SE TESTER

1. c ; 2. b ; 3. c ; 4. b et c ; 5. c ; 6. b.

S'ENTRAÎNER

Exercice 1 Molécules de la chimie organique

Molécule	Formule semi-développée	Formule topologique
a.	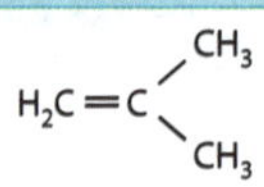	
b.	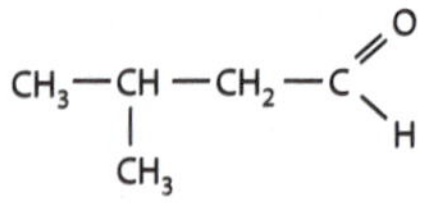	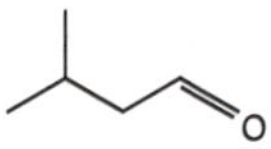
c.	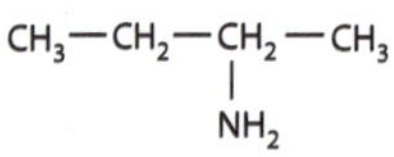	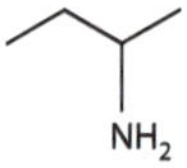
d.	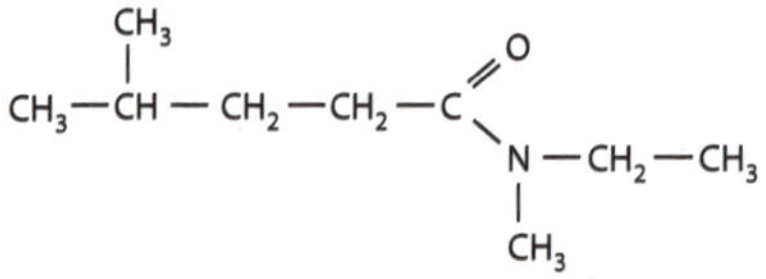	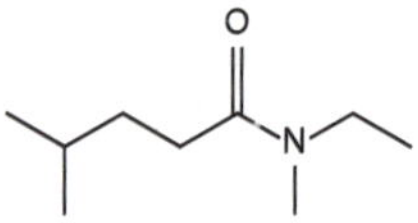
e.	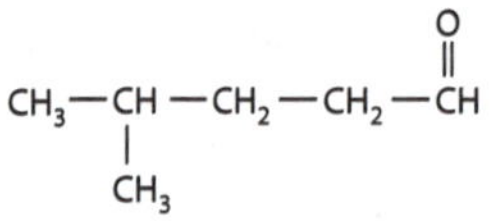	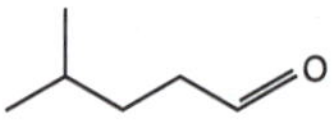
f.	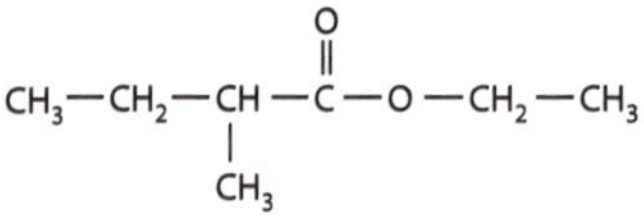	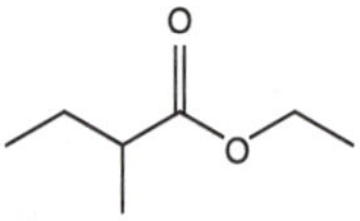
g.	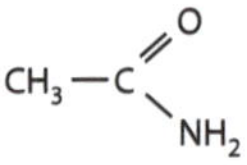	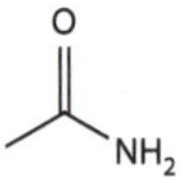
h.	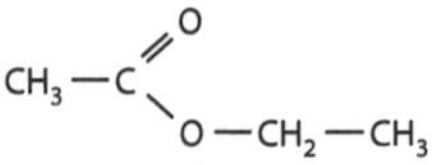	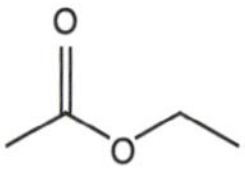

Exercice 2 Nommer des molécules

1. et 3.

I 3 c ;
II 5 e ;
III 4 a ;
IV 1 b ;
V 2 d.

L'ERREUR À NE PAS FAIRE

La présence d'une liaison C=O n'implique pas forcément la présence d'une fonction cétone. Il faut absolument regarder les autres atomes liés au C de la liaison C=O.

2.

Numéro de molécule	I	II	III	IV	V
Groupe entouré	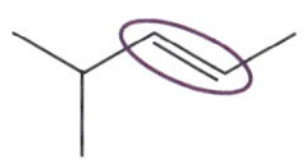	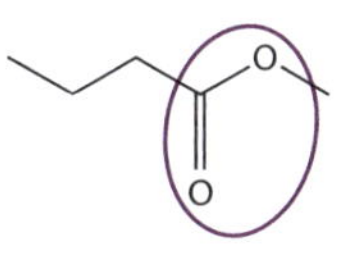	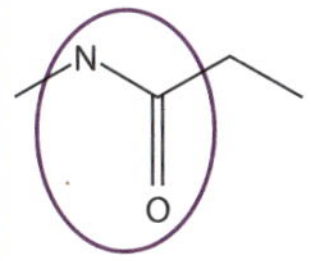	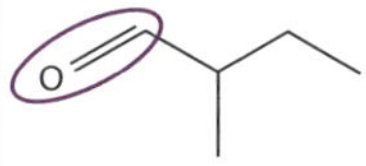	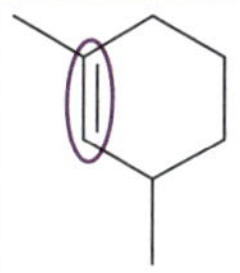
Famille de molécules	Alcène	Ester	Amide	Aldéhyde	Alcène

Exercice 3 Interpréter un spectre infrarouge

Il y a présence d'une bande fine à environ 1 600 cm^{-1}, qui correspond à la double liaison C=C. On note aussi une bande large entre 3 000 et 3 600 cm^{-1}, qui correspond à la liaison O–H de l'alcool.

Exercice 4 Augmenter le rendement d'une synthèse

1. La constante d'équilibre associée à la réaction est :

$$K(T) = \frac{[\text{ester}]_{\text{éq}} \times [\text{eau}]_{\text{éq}}}{[\text{acide méthanoïque}]_{\text{éq}} \times [\text{méthanol}]_{\text{éq}}}$$

2. Lors de la distillation, c'est le méthanoate de méthyle (l'ester) qui est extrait le premier, car il a la température d'ébullition la plus basse.

3. Pendant la distillation, le quotient de réaction diminue car la concentration en ester diminue dans le milieu réactionnel.

4. Si Q_r diminue, la réaction chimique n'est plus à l'équilibre, et évolue à nouveau dans le sens direct (celle de la formation de l'ester). En éliminant l'ester du milieu réactionnel, on peut en synthétiser davantage et donc augmenter le rendement.

Exercice 5 Identifier une addition

1. La formule brute du benzène est C_6H_6, celle du cyclohexane est C_6H_{12}.

2. L'équation de la réaction est : $C_6H_{6(\ell)} + 3\ H_{2(g)} \rightarrow C_6H_{12(\ell)}$.

3. On part de deux réactifs et on n'obtient qu'un seul produit à la fin. Les doubles liaisons ont disparu : en effet, sur chaque double liaison C=C, une molécule de H_2 est venue s'additionner.

Exercice 6 Motif d'un polymère

1. Le motif qui se répète est :

$$-\underset{\displaystyle C\ell}{\underset{|}{CH}}-CH_2-$$

2. Le monomère a une liaison multiple en plus par rapport au motif.

La formule générale du polymère est :

$$\left[\underset{\displaystyle C\ell}{\underset{|}{CH}}-CH_2\right]_n$$

L'ERREUR À NE PAS FAIRE

Il ne faut pas confondre motif (enchaînement qui se répète) et monomère (molécule de base pour le polymère).

SE PERFECTIONNER

Exercice 7 Identifier une étape de protection/déprotection

1. L'acétalisation permet également de protéger une fonction alcool (car elle met en jeu une fonction cétone ou une fonction aldéhyde, avec deux fonctions alcool).

2. Il s'agit de l'équation de la réaction inverse de celle donnée dans l'énoncé. Pour l'écrire avec les formules brutes, il faut préalablement compter les atomes de carbone, hydrogène et oxygène qui constituent les quatre molécules. On obtient :

$C_8H_{14}O_2 + H_2O \rightarrow C_6H_{10}O + C_2H_6O_2$

Exercice 8 Identification d'une substance

1. Il y a 10 possibilités de molécules non cycliques ;

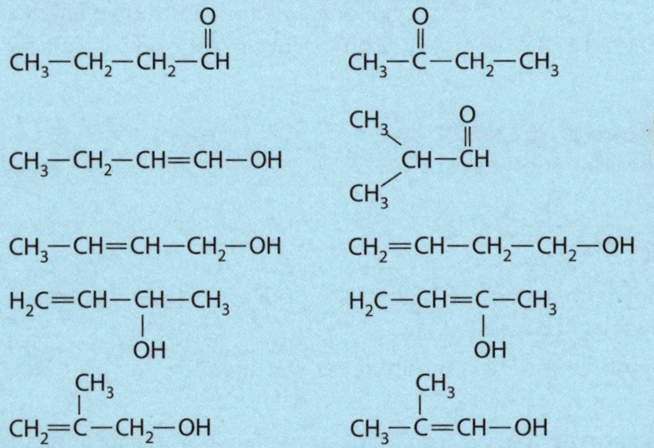

LE RÉFLEXE À AVOIR

Pour une molécule contenant les atomes C, H et O, si le nombre de carbones dans la molécule correspond à la moitié du nombre d'hydrogènes, il y a nécessairement une double liaison (ou un cycle).

À titre informatif, il y a aussi 3 possibilités de molécules cycliques, représentées ici en formules topologiques :

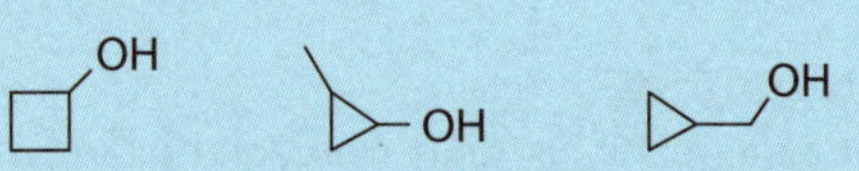

2. On voit une bande forte et fine vers 1 720 cm^{-1}, elle est caractéristique de la liaison C=O. On ne voit pas de bandes vers 2 650 cm^{-1}, donc il n'y a pas de liaison C–H d'aldéhyde. On en déduit qu'il s'agit de la butan-2-one (seule cétone trouvée à la question **1**).

Exercice 9 Étude d'une synthèse d'un alcène à partir d'une amine

1. La première étape est une réaction de substitution : on part de deux espèces chimiques et on en obtient deux autres. Sur l'iodométhane, l'iode a été remplacé par l'amine (il n'y a pas formation de double liaison ou d'addition sur une double liaison, cela ne peut donc pas être une élimination ou une addition).

2. On a formé une insaturation (double liaison) et on a éliminé une molécule, il s'agit d'une réaction d'élimination.

3. Chauffer augmente la vitesse de la réaction, mais n'a pas d'influence sur le rendement de la réaction.

Exercice 10 Stratégie de synthèse

1. Une oxydation de l'amino-alcool ne permet pas d'obtenir directement la glycine, puisque l'alcool et l'amine peuvent réagir avec les ions permanganate d'après la banque de réactions. Si l'on fait réagir l'amino-alcool (NH_2–CH_2–CH_2–OH) avec du permanganate de potassium, on obtiendrait le produit suivant : O_2N–CH_2–COOH.

2. Avant l'oxydation, il faut protéger la fonction amine, puis on réalise l'oxydation de l'alcool en acide carboxylique, et enfin on déprotège l'amine.

LE RÉFLEXE À AVOIR

Pour savoir quelle fonction doit être protégée, il faut chercher laquelle ne doit pas être modifiée entre le réactif de départ et le produit recherché.

3. Grâce à une protection sélective de la fonction amine, on trouve que la molécule A est $H_2C{=}N{-}CH_2{-}CH_2{-}OH$. Puis, après oxydation de l'alcool, on obtient la molécule B : $H_2C{=}N{-}CH_2{-}COOH$. Une déprotection de l'amine permet d'obtenir le produit attendu : $NH_2{-}CH_2{-}COOH$.

Exercice 11 Suivi de transformation

1. Pour le réactif : la bande correspondant à la liaison C=C vers 1 625 - 1 685 cm^{-1} disparaît quand on a le produit.
Il y a apparition, avec le produit, d'une liaison O–H, qui va vibrer à 3 200 - 3 400 cm^{-1}.

2. Pour C_6H_{12} : on note une bande à 1 650 cm^{-1}, que l'on attribue à la liaison C=C.
Pour $C_6H_{12}O$: on note une bande O–H vers 3 300 - 3 400 cm^{-1} ainsi qu'une bande O–H libre vers 3 700 cm^{-1}.

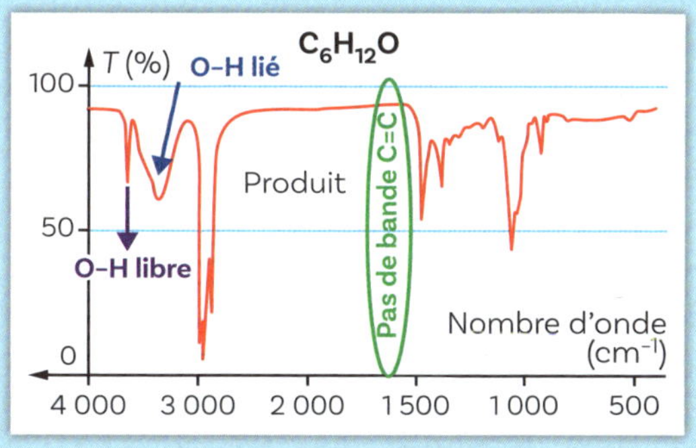

Exercice 12 PROBLÈME Produits possibles lors de la réduction du composé (R)

• La molécule (A) est le 3-phénylpropanal ; la molécule (B) est le 3-phénylpropan-1-ol ; la molécule (C) est le 3-phénylprop-2-èn-1-ol (le produit souhaité).

• On étudie les bandes du spectre IR du réactif : vers 2 650 - 2 800 cm^{-1}, on note le doublet correspondant au C–H de l'aldéhyde. Vers 1 690 cm^{-1}, on note la bande correspondant à la liaison C=O (fine et forte). À 1 620 cm^{-1}, on note la bande correspondant à la liaison C=C (moyenne et fine).

L'INFO À RETENIR

Les bandes du spectre IR correspondant aux liaisons C=C ; C=O et O–H sont des incontournables, qu'il faut savoir repérer en un clin d'œil.

Dans le spectre 1 « H_2 / Ni Raney » : on voit une bande correspondant à la liaison C=O vers 1 710 cm^{-1} et on constate l'absence de bande caractéristique de la liaison O–H, donc il s'agit nécessairement de la molécule (A). On observe également les bandes moyennes et fines de la liaison C–H des aldéhydes.
Dans le spectre 2 « $NaBH_4$ » : on voit une bande caractéristique de la liaison O–H vers 3 300 cm^{-1}, donc il y a un groupe hydroxyle sur la molécule. On voit aussi une bande vers 1 650 cm^{-1} que l'on attribue à C=C. Il s'agit donc de la molécule (C).
On ne forme donc pas la molécule (B). Pour l'avoir, il faudrait avoir la bande correspondant à O–H et, de plus, que la bande vers 1 650 cm^{-1} disparaisse, car elle est caractéristique de la double liaison C=C.

• D'après les spectres IR, on peut en conclure que H_2 / Ni Raney cible les liaisons C=C qui ne font pas partie du cycle aromatique (le cycle avec alternance de C–C et C=C). Ce réactif ne touche pas à la double liaison C=O.
En revanche, $NaBH_4$ ne touche pas aux liaisons C=C, mais vient réduire la fonction aldéhyde en alcool. C'est donc ce réactif qu'il faut utiliser.

SE PRÉPARER À L'EXAMEN

SUJET Synthèse de molécules odorantes

1. La molécule **A** est l'acide pentanoïque. La molécule **B** est le pentanoate d'éthyle. La molécule **C** est le pentanoate de pentyle.

2. Les trois molécules possèdent un groupe carboxyle. L'espèce **A** est un acide carboxylique car son groupe carboxyle contient aussi un H. **B** et **C** sont des esters car leurs groupes carboxyles ne sont liés qu'à des chaînes carbonées.

3. Ces molécules ne sont pas des isomères car elles n'ont pas la même formule brute ($C_7H_{14}O_2$ pour la molécule **B** et $C_{10}H_{20}O_2$ pour la molécule **C**).

L'INFO À RETENIR
Deux isomères ont obligatoirement la même formule brute.

4. Le spectre IR (doc. 1) de cet acide carboxylique présente une bande caractéristique vers 3 100 cm^{-1} attribuée à la liaison O–H. De même, on voit une bande fine et forte vers 1 700 cm^{-1}, correspondant à la liaison C=O.

5. S'il restait de l'éthanol, on observerait sur le spectre IR une bande forte et large vers 3 300 cm^{-1}, qui correspondrait à une liaison O–H d'un alcool.

6. Le spectre IR (doc. 3) ne présente pas de bande O–H vers 3 100 cm^{-1}, donc il n'y a plus d'acide carboxylique (molécule **A**) et plus d'éthanol car on ne voit pas non plus de bande large et forte vers 3 300 cm^{-1}. On observe par contre une bande C=O qui vibre vers 1 750 cm^{-1} ainsi que la bande forte et fine de la liaison C–O des esters à 1 150 cm^{-1}. Ce spectre correspond bien soit à la molécule **B**, soit à la molécule **C** qui sont toutes deux des esters, mais on ne peut pas trancher grâce à la spectroscopie IR.

7. L'infrarouge ne permet pas de déterminer la structure d'une molécule. Elle permet de connaître ses groupes caractéristiques.

Ton **KIT DE SURVIE** pour le **BAC** avec SCHOOLMOUV

Chapitre 7 Structure des molécules et synthèse

Tu viens de voir les notions à connaître sur la structure des molécules organiques et leur synthèse. Pour t'aider à retenir l'essentiel et t'entraîner pour le Bac, voici ton kit de révisions clé en mains conçu par SchoolMouv !

Vidéo

Pour mieux comprendre et t'en souvenir à coup sûr, regarde la vidéo. C'est parfois bien plus clair en images.

Vidéo **Structure des molécules organiques et propriétés**
https://flashbelin.fr/focusbacschoolmouv/pc/7

Contenu additionnel

Voici un bonus autour du même sujet. La curiosité n'est pas toujours un vilain défaut. Il te suffit de créer ton compte pour avoir plein de contenus supplémentaires.

Quiz **Structure des molécules organiques**
https://www.schoolmouv.fr/eleves/cours/structure-des-molecules-organiques/qcm

Tchat avec un prof

Pour poser toutes tes questions à un prof particulier, découvre l'abonnement tchat. Tu peux le tester gratuitement pendant 7 jours : fini les questions sans réponses, tu vas devenir incollable.

https://focusbac.schoolmouv.fr/offre

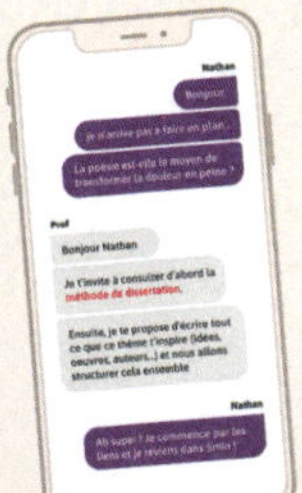

8 Cinématique et deuxième loi de Newton

LE CHAPITRE EN UN COUP D'ŒIL

RETENIR L'ESSENTIEL

SAVOIR FAIRE

SCHOOLMOUV Ton **KIT DE SURVIE** pour le Bac p. 211

RETENIR L'ESSENTIEL

1 Les bases de la cinématique

Modélisation du système

Le système est modélisé par un point appelé **centre de masse** noté G.

Vecteur position $\overrightarrow{OG}$

→ Le **vecteur position** $\overrightarrow{OG}$ donne les coordonnées $(x\,;y)$ du système, dans un repère cartésien $(O\,;\vec{i},\vec{j})$. Il dépend généralement du temps :

$$\overrightarrow{OG}(t)\begin{cases} x(t) \\ y(t) \end{cases}.$$

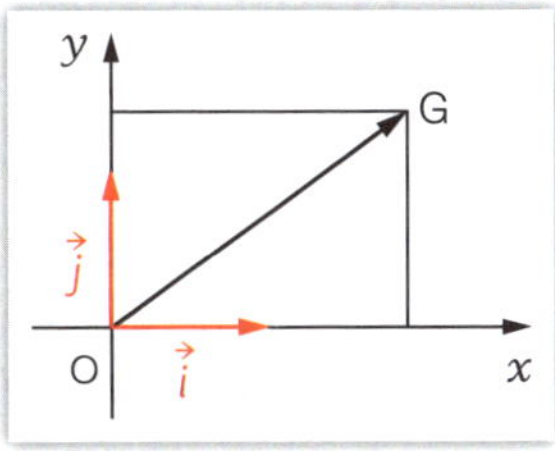

→ La **norme du vecteur** $\overrightarrow{OG}$: $\|\overrightarrow{OG}\| = \sqrt{x^2 + y^2}$ s'exprime en m.

Vecteurs vitesse

→ Le **vecteur vitesse moyenne** $\vec{v}_{moy}$ est obtenu en divisant la variation du vecteur position par la variation de temps correspondante :

$$\vec{v}_{moy} = \frac{\Delta\overrightarrow{OG}}{\Delta t} = \frac{\Delta x}{\Delta t}\vec{i} + \frac{\Delta y}{\Delta t}\vec{j}.$$

→ Le **vecteur vitesse instantanée** $\vec{v}_G(t)$ est la dérivée du vecteur position par rapport à t :

$$\vec{v}_G(t) = \frac{d\overrightarrow{OG}(t)}{dt} = \frac{dx(t)}{dt}\vec{i} + \frac{dy(t)}{dt}\vec{j} \quad \text{ou} \quad \vec{v}_G(t)\begin{cases} v_x(t) = \dfrac{dx(t)}{dt} \\ v_y(t) = \dfrac{dy(t)}{dt} \end{cases}.$$

→ La **norme du vecteur** $\vec{v}_G$: $\|\vec{v}_G\| = \sqrt{v_x^2 + v_y^2}$ s'exprime en $m \cdot s^{-1}$.

Vecteurs accélération

→ Le **vecteur accélération moyenne** $\vec{a}_{moy}$ est obtenu en divisant la variation du vecteur vitesse par la variation de temps correspondante :

$$\vec{a}_{moy} = \frac{\Delta\vec{v}}{\Delta t} = \frac{\Delta v_x}{\Delta t}\vec{i} + \frac{\Delta v_y}{\Delta t}\vec{j}.$$

→ Le **vecteur accélération instantanée** $\vec{a}_G(t)$ est la dérivée du vecteur vitesse par rapport à t :

$$\vec{a}_G(t) = \frac{d\vec{v}(t)}{dt} = \frac{dv_x}{dt}\vec{i} + \frac{dv_y}{dt}\vec{j} \quad \text{ou} \quad \vec{a}_G(t)\begin{cases} a_x(t) = \dfrac{dv_x(t)}{dt} \\ a_y(t) = \dfrac{dv_y(t)}{dt} \end{cases}.$$

→ La **norme du vecteur** $\vec{a}_G$: $\|\vec{a}_G\| = \sqrt{a_x^2 + a_y^2}$, s'exprime en $m \cdot s^{-2}$.

2 Mouvements particuliers

Mouvements rectilignes

→ Dans un référentiel donné, le mouvement du centre de masse G est **rectiligne** si son vecteur $\vec{v}_G$ garde **une direction constante** et que sa trajectoire est une **droite**.

- $\vec{a}_G$ garde la même direction que $\vec{v}_G$ mais peut avoir un sens différent.
- $\vec{v}_G(t)$ et $\vec{a}_G(t)$ n'ont de valeur que sur une seule coordonnée.

→ Si le mouvement est **rectiligne uniforme** :

$$\vec{v}_G(t) = \vec{v}_{G_0} \text{ vecteur constant et } \vec{a}_G(t) = \vec{0}.$$

→ Si le mouvement est **rectiligne uniformément accéléré** :

$$\vec{v}_G(t) \text{ varie et } \vec{a}_G(t) = \vec{a}_{G_0} \text{ vecteur constant.}$$

Mouvements circulaires

→ Les **mouvements circulaires** sont étudiés dans le **repère de Frenet** : c'est un repère mobile dont l'origine est située en G à n'importe quelle date t et constitué de deux vecteurs unitaires $\vec{u}_\tau$ et $\vec{u}_n$.

→ **Dans le repère de Frenet** :

$$\vec{v}_G(t) = v_G(t)\vec{u}_\tau \quad \text{et}$$

$$\vec{a}_G(t) = \frac{d\vec{v}_G(t)}{dt} = \frac{dv_G(t)}{dt}\vec{u}_\tau + \frac{v_G^2(t)}{R}\vec{u}_n$$

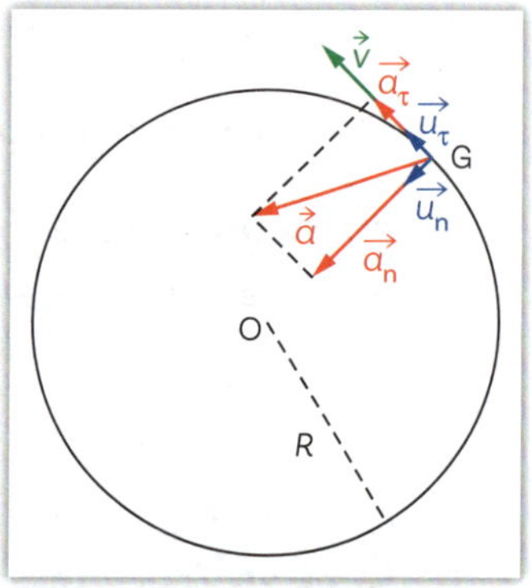

→ Si le mouvement est **circulaire uniforme,** v_G est constante et l'expression de $\vec{a}(t)$ se simplifie :

$$\vec{a}_G(t) = \frac{v_G^2}{R}\vec{u}_n$$

Le vecteur $\vec{a}_G(t)$ est alors normal à la trajectoire, dirigé vers le centre et de norme constante.

REMARQUE Dans un mouvement circulaire uniforme, la norme de la vitesse est constante, mais sa direction varie. L'accélération est constante mais pas nulle.

3 La deuxième loi de Newton

Notion de référentiel galiléen

Un **référentiel galiléen** est un référentiel dans lequel la première loi de Newton peut s'appliquer. Les référentiels terrestre, géocentrique et héliocentrique pourront être considérés comme galiléens selon la durée du mouvement étudié.

Deuxième loi de Newton

Dans un référentiel galiléen, la **somme vectorielle des forces extérieures** appliquées au système est égale au **produit de la masse du système et de son vecteur accélération**. $\sum\vec{F}_{ext}$ et $\vec{a}_G$ ont même direction et même sens :

$$\sum\vec{F}_{ext} = m\vec{a}_G.$$

4 Étude énergétique d'un mouvement

Différentes formes d'énergie

→ L'**énergie cinétique** E_c (en J) est liée à la vitesse v du système :

$$E_c = \frac{1}{2} \times m \times v^2$$

m : masse du système (en kg)
v : vitesse du système (en $m \cdot s^{-1}$)

→ L'**énergie potentielle de pesanteur** E_{pp} (en J) est liée à l'altitude z du système :

$$E_{pp} = m \times g \times z$$

m : masse du système (en kg)
g : intensité de pesanteur (en $m \cdot s^{-2}$)
z : altitude du système (en m)

→ L'**énergie potentielle électrique** E_{pe} (en J) est liée à la charge électrique q d'un système dans un potentiel électrique V :

$$E_{pe} = q \times V$$

q : charge électrique du système (en C)
V : potentiel électrique du système (en V)

REMARQUE Les énergies potentielles sont définies à une constante près. Ici on a pris $E_{pp} = 0$ au sol, et $E_{pe} = 0$ à l'infini.

→ L'**énergie mécanique** E_m est la somme de l'énergie cinétique et des énergies potentielles :

$$E_m = E_c + E_{pp} + E_{pe}.$$

REMARQUE Un système peut ne pas posséder toutes les formes d'énergie.

Théorème de l'énergie cinétique

Pour un système se déplaçant d'un point A à un point B, la **variation d'énergie cinétique** du système est égale à **la somme des travaux de toutes les forces** qui s'appliquent sur lui :

$$\Delta E_c = E_c(B) - E_c(A) = \Sigma W_{AB}(\vec{F}).$$

Théorème de l'énergie mécanique

→ Pour un système se déplaçant d'un point A à un point B, la **variation d'énergie mécanique** du système est égale à la **somme des travaux des forces non conservatives** (notées $\vec{F}_{NC}$) qui s'appliquent sur lui :

$$\Delta E_m = \Sigma W_{AB}(\vec{F}_{NC})$$

Une force non conservative est une force dont le travail dépend du chemin suivi. **Les forces de frottement sont non conservatives.**

→ Si le système n'est soumis qu'à des forces conservatives, son énergie mécanique est constante (elle se conserve) et alors $\Delta E_m = 0$.

→ Avec la définition de l'énergie mécanique, on peut également écrire :

$$\Delta E_m = E_m(B) - E_m(A) = \Delta E_c + \Delta E_{pp} + \Delta E_{pe}.$$

SAVOIR FAIRE

Méthode 1 Établir les coordonnées des vecteurs $\vec{v}(t)$ et $\vec{a}(t)$ dans un repère cartésien

ÉNONCÉ

En 2012, Felix Baumgartner effectuait un saut d'une altitude d'environ 40 km par rapport au sol terrestre. Ses coordonnées depuis son point de départ sont modélisées par les équations :

$$\begin{cases} x(t) = 0 \\ y(t) = 4{,}83 \times t^2 \end{cases}$$

1. Indiquer le sens de l'axe (Oy). Justifier.

2. Déterminer les équations horaires de la vitesse $v_x(t)$ et $v_y(t)$.

3. Calculer la vitesse v à l'instant t = 14 s.

4. Déterminer les équations horaires de l'accélération $a_x(t)$ et $a_y(t)$.

5. Déterminer la norme de l'accélération. Dépend-elle du temps ?

SOLUTION

1. L'axe (Oy) est orienté vers le bas, car Félix Baumgartner tombe sur Terre et la distance par rapport à son point de départ augmente. Le mouvement et l'axe (Oy) ont donc le même sens.

2. Pour déterminer $v_x(t)$ et $v_y(t)$, on dérive $x(t)$ et $y(t)$ par rapport à t :

$$v_x(t) = \frac{dx(t)}{dt} = 0\,\text{m}\cdot\text{s}^{-1}\,;\; v_y(t) = \frac{dy(t)}{dt} = 9{,}66 \times t\,\text{m}\cdot\text{s}^{-1}.$$

3. On calcule la norme du vecteur vitesse :

$$v(t) = \sqrt{\left(v_x(t)\right)^2 + \left(v_y(t)\right)^2} = \sqrt{0^2 + \left(9{,}66 \times t\right)^2} = 9{,}66 \times t.$$

Et à la date t = 14 s : $v(t = 14) = 9{,}66 \times 14 = 135\,\text{m}\cdot\text{s}^{-1}$.

4. Pour déterminer $a_x(t)$ et $a_y(t)$, on dérive $v_x(t)$ et $v_y(t)$ par rapport à t :

$$a_x(t) = \frac{dv_x(t)}{dt} = 0\,\text{m}\cdot\text{s}^{-2}$$

$$a_y(t) = \frac{dv_y(t)}{dt} = 9{,}66\,\text{m}\cdot\text{s}^{-2}.$$

5. On détermine la norme de $\vec{a}(t)$:

$$a(t) = \sqrt{\left(a_x(t)\right)^2 + \left(a_y(t)\right)^2} = \sqrt{0^2 + 9{,}66^2} = 9{,}66\,\text{m}\cdot\text{s}^{-2}.$$

La norme du vecteur accélération ne dépend pas du temps.

L'INFO À RETENIR

On retrouve $a = g \simeq 9{,}81\,\text{m}\cdot\text{s}^{-2}$, l'intensité de pesanteur terrestre, car Félix Baumgartner est en chute libre (voir chapitre 9).

Méthode 2 Utiliser le repère de Frenet pour étudier un mouvement circulaire

ÉNONCÉ

On considère que la Lune effectue un mouvement circulaire uniforme autour de la Terre, avec une période de révolution $T = 27$ jours sur une orbite de rayon $R = 3{,}84 \times 10^8$ m.

1. Calculer la vitesse de la Lune autour de la Terre.

2. Écrire l'expression du vecteur accélération dans le repère de Frenet.

3. Simplifier cette expression dans le cas d'un mouvement circulaire uniforme.

4. Déterminer la norme du vecteur accélération de la Lune autour de la Terre.

5. Faire un schéma de la situation en représentant la base de Frenet et, sans soucis d'échelle, le vecteur accélération de la Lune.

SOLUTION

1. On utilise la formule classique qui permet de calculer une vitesse.
La distance parcourue par la Lune correspond au périmètre du cercle qui représente son orbite ($2\pi R$) et le temps correspond à sa période de révolution T (temps pour faire un tour autour de la Terre) :

$v = \dfrac{d}{\Delta t}$ soit ici :

$$v = \frac{2\pi R}{T} = \frac{2\pi \times 3{,}84 \times 10^8}{27 \times 24 \times 3\,600} = 1{,}0 \times 10^3 \text{ m} \cdot \text{s}^{-1}.$$

L'ERREUR À NE PAS FAIRE

Ne pas oublier de convertir T en s.

2. On écrit l'expression du vecteur accélération dans le repère de Frenet :

$$\vec{a}(t) = \frac{dv(t)}{dt}\vec{u}_\tau + \frac{v^2(t)}{R}\vec{u}_n.$$

3. Pour un mouvement uniforme :

$v(t) = v$ donc $\dfrac{dv(t)}{dt} = 0$

On obtient : $\vec{a} = \dfrac{v^2}{R}\vec{u}_n$.

La norme du vecteur accélération est indépendante de t.

L'INFO À RETENIR

« Mouvement uniforme » signifie que la norme de la vitesse est constante.

4. On fait l'application numérique :

$a = \|\vec{a}\| = \dfrac{v^2}{R}$ car $\|\vec{u}_n\| = 1$.

$$a = \frac{(1{,}0 \times 10^3)^2}{3{,}84 \times 10^8} = 2{,}6 \times 10^{-3} \text{ m} \cdot \text{s}^{-2}.$$

5. Voir schéma ci-contre : le vecteur $\vec{a}$ doit être dirigé selon le vecteur unitaire $\vec{u}_n$.

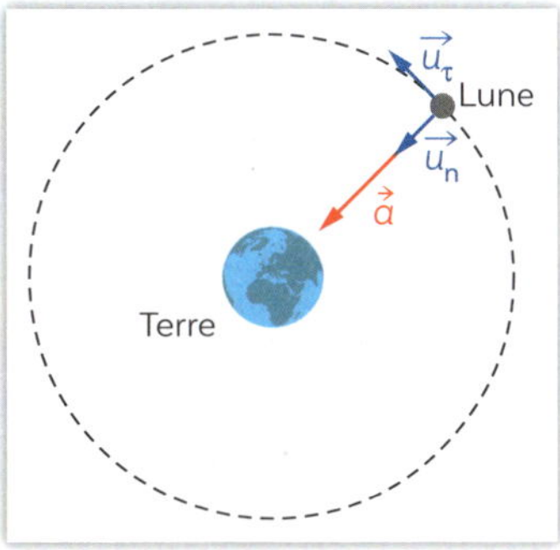

Méthode 3 Appliquer la deuxième loi de Newton pour déterminer la résultante des forces appliquées

ÉNONCÉ

Une voiture de course, de masse $m = 600\,kg$, passe de 0 à $100\,km \cdot h^{-1}$ en $\Delta t = 2{,}5\,s$, en ligne droite.

1. Déterminer la direction et le sens du vecteur accélération $\vec{a_G}$ de la voiture par rapport à ceux du vecteur vitesse $\vec{v}$.

2. Calculer l'accélération moyenne de la voiture.

3. À l'aide de la loi 2e de Newton, déterminer la norme de la résultante des forces qui s'appliquent sur la voiture, $||\sum\overrightarrow{Forces}||$.

4. Déterminer la direction et le sens du vecteur $\sum\overrightarrow{Forces}$.

SOLUTION

1. Le mouvement est rectiligne et la vitesse augmente, donc le vecteur accélération $\vec{a_G}$ a la même direction et le même sens que le vecteur $\vec{v}$.

2. On convertit la vitesse finale en $m \cdot s^{-1}$:

$$100\,km \cdot h^{-1} = \frac{100}{3{,}6}\,m \cdot s^{-1} = 27{,}8\,m \cdot s^{-1}.$$

On calcule la norme de l'accélération moyenne :

$$||\vec{a_G}|| = \left|\left|\frac{\Delta\vec{v}}{\Delta t}\right|\right| = \frac{27{,}8 - 0}{2{,}5 - 0} = 11\,m \cdot s^{-2}.$$

L'ERREUR À NE PAS FAIRE

Ne pas oublier de convertir dans les unités du système international : vitesse en $m \cdot s^{-1}$ et masse en kg.

3. On applique la 2e loi de Newton :

$\sum\overrightarrow{Forces} = m\vec{a_G}$ d'où $||\sum\overrightarrow{Forces}|| = ma_G = 600 \times 11 = 6{,}6 \times 10^3\,N$.

4. D'après la 2e loi de Newton, les vecteurs $\vec{a_G}$ et $\sum\overrightarrow{Forces}$ sont colinéaires et de même sens. Le vecteur $\sum\overrightarrow{Forces}$ est donc horizontal et dans le sens du mouvement.

Méthode 4 Appliquer la deuxième loi de Newton pour déterminer la norme du vecteur $\vec{a}$

ÉNONCÉ

Un drone de masse $m = 110\,g$ décolle verticalement.
Sa force de propulsion est $F = 1{,}3\,N$.

1. Déterminer la direction et le sens de son vecteur $\vec{a_G}$.

2. Calculer la norme du vecteur $\sum\overrightarrow{Forces}$.

3. Calculer la norme de son vecteur accélération.

Donnée. Intensité de la pesanteur sur Terre : $g = 9{,}81\,m \cdot s^{-2}$.

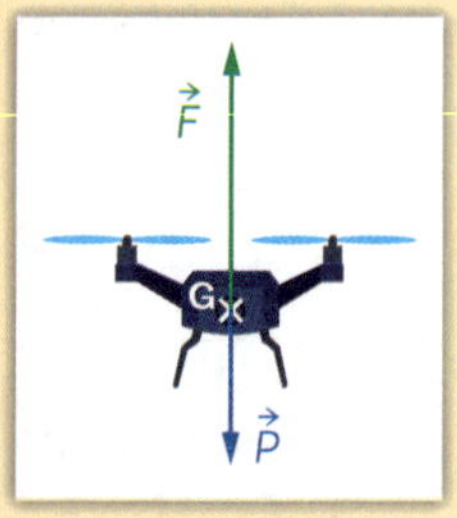

SOLUTION

1. On fait un bilan des forces : deux forces s'appliquent sur le drone, son poids $\vec{P}$, vers le bas, et la force de propulsion $\vec{F}$, vers le haut.
On a $F = 1{,}3\,\text{N}$ et $P = mg = 0{,}110 \times 9{,}81 = 1{,}08\,\text{N}$.

Ainsi, $F > P$, donc $\overrightarrow{\Sigma \text{Forces}} = \vec{P} + \vec{F}$ est dirigé vers le haut. Il est en de même pour le vecteur $\vec{a}$, car il est colinéaire et de même sens que $\overrightarrow{\Sigma \text{Forces}}$.

2. On projette les vecteurs forces sur un axe (Oy) montant pour en déduire la norme de $\overrightarrow{\Sigma \text{Forces}}$.

$\overrightarrow{\Sigma \text{Forces}} = \vec{P} + \vec{F}$, en projetant sur un axe (Oy) orienté vers le haut, on a :

$\|\overrightarrow{\Sigma \text{Forces}}\| = F - P = 1{,}3 - 1{,}08 = 0{,}22\,\text{N}$.

3. On applique la 2e loi de Newton :

$$\|\overrightarrow{\Sigma \text{Forces}}\| = ma_G \text{ donc } a_G = \frac{\|\overrightarrow{\Sigma \text{Forces}}\|}{m} = \frac{0{,}22}{0{,}110} = 2{,}0\,\text{m}\cdot\text{s}^{-2}.$$

Méthode 5 Exploiter le théorème de l'énergie cinétique

ÉNONCÉ

On considère une balle, lancée d'un point A à la vitesse $v_A = 15{,}0\,\text{m}\cdot\text{s}^{-1}$ et à l'altitude initiale $z_A = 30{,}0\,\text{cm}$ par rapport au sol.

→ À l'aide du théorème de l'énergie cinétique, déterminer la vitesse v_B à laquelle la balle arrivera au sol au point B, si on néglige toute force de frottement sur la balle.

SOLUTION

- On fait un bilan des forces : seul le poids $\vec{P}$ de la balle s'applique sur celle-ci.
- On énonce le théorème de l'énergie cinétique : $\Delta E_c = E_c(B) - E_c(A) = \Sigma W_{AB}(\vec{F})$.
- On écrit l'expression des travaux des forces : $W_{AB}(\vec{P}) = mg(z_A - z_B)$.
Le point B étant au sol, on a $z_B = 0$ donc : $W_{AB}(\vec{P}) = mgz_A$.

L'ERREUR À NE PAS FAIRE

Ne pas tenir compte de la « force de lancer », seules les forces qui s'appliquent durant tout le mouvement sont à considérer.

- On applique le théorème de l'énergie cinétique :

$E_c(B) - E_c(A) = W_{AB}(\vec{P})$ d'où $\frac{1}{2}mv_B^2 - \frac{1}{2}mv_A^2 = mgz_A$ soit $\frac{1}{2}(v_B^2 - v_A^2) = gz_A$ ce qui donne $v_B^2 = v_A^2 + 2gz_A$. Finalement :

$$v_B = \sqrt{v_A^2 + 2gz_A} = \sqrt{15{,}0^2 + 2 \times 9{,}81 \times 0{,}300} = 15{,}2\,\text{m}\cdot\text{s}^{-1}.$$

Méthode 6 Exploiter le théorème de l'énergie mécanique

ÉNONCÉ

On considère un ion xénon Xe^{2+} de charge électrique $q = 3{,}20 \times 10^{-19}$ C et de masse $m = 2{,}18 \times 10^{-25}$ kg, entrant avec une vitesse initiale négligeable entre les armatures du condensateur plan d'un moteur ionique.

La plaque A est au potentiel électrique V_A, la plaque B est au potentiel électrique V_B.

La tension aux bornes des armatures est $U_{AB} = 5{,}0$ kV.

Les plaques sont séparées d'une distance AB = 10,0 cm.

→ À l'aide du théorème de l'énergie mécanique, déterminer la vitesse v_B à laquelle l'ion xénon arrivera sur l'armature B.

On considèrera que seule la force électrique s'exerce sur lui.

SOLUTION

• On fait un bilan des forces : seule la force électrique $\vec{F_e}$ s'exerce sur l'ion xénon durant tout le mouvement.

• On énonce le théorème de l'énergie mécanique :

$$\Delta E_m = \Delta E_c + \Delta E_{pe} = \sum W_{AB}\left(\overrightarrow{F_{NC}}\right) = 0.$$

E_{pe} est l'énergie potentielle électrostatique ; $\overrightarrow{F_{NC}}$ est une force non conservative, comme les forces de frottements (ici, inexistante), d'où $\sum_i W_{AB}\left(\overrightarrow{F_{NC}}\right) = 0$.

• On écrit l'expression des variations d'énergie cinétique et potentielle électrostatique : $\Delta E_c = E_c(B) - E_c(A)$. Or, l'ion xénon est immobile en A, donc $E_c(A) = 0$. On a donc :

$$\Delta E_c = E_c(B) = \frac{1}{2} m v_B^2$$

$$\Delta E_{pe} = E_{pe}(B) - E_{pe}(A) = qV_B - qV_A$$
$$= q(V_B - V_A) = -qU_{AB}.$$

L'INFO À RETENIR

L'énergie mécanique est constante s'il n'y a pas de frottements.

• On applique le théorème de l'énergie mécanique :

$\Delta E_m = \Delta E_c + \Delta E_{pe} = 0$ d'où $\frac{1}{2} m v_B^2 - qU_{AB} = 0$ soit $\frac{1}{2} m v_B^2 = qU_{AB}$ ce qui donne $v_B^2 = \frac{2qU_{AB}}{m}$ d'où :

$$v_B = \sqrt{\frac{2qU_{AB}}{m}} = \sqrt{\frac{2 \times 3{,}20 \times 10^{-19} \times 5{,}0 \times 10^3}{2{,}18 \times 10^{-25}}} = 1{,}2 \times 10^5 \text{ m}\cdot\text{s}^{-1}.$$

SE TESTER

10 min

Donner la ou les bonne(s) réponse(s) en 10 minutes chrono !

1. Le vecteur vitesse instantané $\overrightarrow{v_G}(t)$ est :

a) la variation du vecteur position divisée par une courte durée

b) la dérivée du vecteur position par rapport au temps

c) $\overrightarrow{v_G}(t) = \dfrac{d\overrightarrow{OG}}{dt}$

2. Si $\overrightarrow{OG}(t) \begin{cases} x(t) = 10t \\ y(t) = -4t^2 + 3 \end{cases}$, alors :

a) $\overrightarrow{v_G}(t) \begin{cases} v_x(t) = 10 \\ v_y(t) = -8t \end{cases}$

b) $\overrightarrow{a_G}(t) \begin{cases} a_x(t) = 0 \\ a_y(t) = -8 \end{cases}$

c) $v_G(1{,}0\ s) = 12{,}8\ m \cdot s^{-1}$

3. Le mouvement du centre de masse G est rectiligne uniforme si :

a) $\vec{v} = \overrightarrow{constante}$

b) $\overrightarrow{OG} = \overrightarrow{constante}$

c) $\vec{a} = \vec{0}$

4. La formule correspondant à l'expression de l'accélération d'un système en mouvement circulaire uniforme est :

a) $a = \dfrac{R}{v}$

b) $a = \dfrac{v^2}{R}$

c) $a = \dfrac{R^2}{v}$

5. Si le mouvement du centre de masse G est circulaire uniforme alors :

a) $a = 0$

b) $v = constante$

c) $a \neq 0$

6. La deuxième loi de Newton s'exprime par :

a) $\sum \vec{F}_{ext} = m\overrightarrow{v_G}$

b) $\sum \vec{F}_{ext} = m\overrightarrow{a_G}$

c) $\sum \vec{F}_{ext} = m\dfrac{d\overrightarrow{v_G}}{dt}$

7. Le vecteur accélération du centre d'inertie d'un système en mouvement et la somme vectorielle des forces qui s'y exercent ont :

a) même direction et même intensité

b) même sens et même intensité

c) même sens et même direction

→ Corrigés page 203

S'ENTRAÎNER

Exercice 1 Mouvement d'un ballon de basket Voir Méthode 1 p. 190

Le mouvement d'un ballon de basket, lancé par un joueur en direction du panier, est donné par les équations horaires $x(t)$ et $y(t)$ de son vecteur position : $x(t) = 3{,}5\,t$ et $y(t) = -4{,}9\,t^2 + 3{,}5\,t + 2$.

1. Déterminer les expressions de $v_x(t)$, $v_y(t)$, $a_x(t)$ et $a_y(t)$.

2. Calculer la norme de $\vec{v}(t)$ et de $\vec{a}(t)$ à la date $t = 2\,s$.

→ Corrigé p. 203

Exercice 2 Voiture au démarrage Voir Méthode 1 p. 190

Les positions d'une voiture au démarrage ont été enregistrées toutes les secondes :

t(s)	0	1	2	3	4	5
x(m)	0	3	12	27	48	75

1. Préciser le référentiel d'étude.

2. À l'aide de la calculatrice, tracer le graphe de x en fonction de t. Modéliser la courbe et donner l'équation de $x(t)$.

3. En déduire les équations horaires de $v(t)$.

4. Calculer les valeurs de la vitesse à chaque instant.

5. À l'aide d'une calculatrice, tracer le graphe de v en fonction de t. En déduire la nature du mouvement de la voiture.

→ Corrigé p. 203

Exercice 3 Mouvement circulaire uniforme Voir Méthode 2 p. 191

On fait l'hypothèse selon laquelle la Terre a un mouvement circulaire et uniforme autour du Soleil.

1. Faire un schéma de la situation (échelle : 1 cm pour $5{,}0 \times 10^{10}$ m).

2. Calculer la vitesse de la Terre en $m \cdot s^{-1}$.

3. Calculer l'accélération de la Terre en $m \cdot s^{-2}$.

4. Tracer le vecteur $\vec{a}$ pour trois positions de la Terre (échelle : 1 cm pour $3 \times 10^{-3}\ m \cdot s^{-2}$).

Donnée. Distance Terre-Soleil : $R = 1{,}5 \times 10^{11}$ m.

→ Corrigé p. 204

Exercice 4 Repère de Frenet Voir Méthode 2 p. 191

On considère un enfant sur un manège type carrousel. Le manège a un diamètre $d = 10\,m$, tourne à vitesse constante et effectue un tour toutes les 20 secondes.

1. Calculer la vitesse de l'enfant, s'il se trouve à l'extrémité du manège.

2. Écrire et simplifier l'expression du vecteur accélération de l'enfant dans le repère de Frenet.

3. Calculer la valeur de l'accélération de l'enfant.

→ Corrigé p. 204

Exercice 5 **Force de frottement** Voir Méthode 3 p. 192

Une balle de golf de masse $m = 46$ g roule sur un green. Sa vitesse passe de $10\,m \cdot s^{-1}$ à $0\,m \cdot s^{-1}$ en 4,0 s à cause de l'action des frottements $\vec{f}$ de l'herbe sur la balle.

→ À l'aide de la deuxième loi de Newton, calculer la norme de $\sum \overrightarrow{F_{ext}}$ et la norme de $\vec{f}$.

→ Corrigé p. 205

Exercice 6 **Accélération d'un avion** Voir Méthode 4 p. 192

Un avion de masse $m = 15$ t possède une force de propulsion $F = 150$ kN horizontale, une portance $\overrightarrow{F_z}$ verticale. On néglige toutes les forces de frottements.

→ Estimer la norme de son accélération $\overrightarrow{a_G}$.

→ Corrigé p. 205

Exercice 7 **Canon à électrons** Voir Méthode 5 p. 193

Le canon à électrons permet de produire un faisceau d'électrons.
Les électrons immobiles au point O sont arrachés et attirés par l'anode sous l'action d'une force électrostatique $\overrightarrow{F_e}$.
Les plaques du condensateur sont soumises à une tension d'accélération $U_{OA} = 4\,000$ V.
Il règne dans le dispositif un vide poussé pour rendre les frottements nuls.
On rappelle que le travail de la force électrostatique sur le trajet OA est donné par $W_{OA}\left(\overrightarrow{F_e}\right) = |q| \times U_{OA}$.

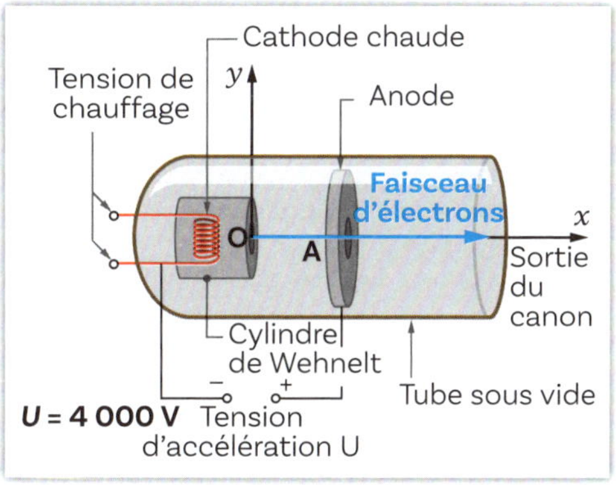

→ En utilisant le théorème de l'énergie cinétique, déterminer la vitesse v_A de l'électron lorsqu'il arrive au point A.

Données.
- Charge de l'électron : $q = -e = -1{,}6 \times 10^{-19}$ C.
- Masse de l'électron : $m_e = 9{,}11 \times 10^{-31}$ kg.

→ Corrigé p. 205

Exercice 8 **Hauteur maximale d'un projectile** Voir Méthode 6 p. 194

Dans le référentiel terrestre supposé galiléen on lance un projectile vers le haut avec une vitesse initiale $v_A = 30\,m \cdot s^{-1}$ et une altitude initiale nulle.
Le projectile n'est soumis qu'à son propre poids.

1. En utilisant le théorème de l'énergie mécanique, déterminer la vitesse du projectile v_B lorsqu'il se situe à une altitude $z_B = 10$ m.

2. Toujours en utilisant le théorème de l'énergie mécanique, déterminer la hauteur maximale atteinte qu'il atteindra.

→ Corrigé p. 205

Exercice 9 **Force de freinage d'une voiture** Voir Méthode 6 p. 194

On considère une voiture de masse $m = 1{,}24$ t qui freine sur un trajet AB = 50 m horizontal jusqu'à s'arrêter. Sa vitesse initiale est $v_A = 50\,km \cdot h^{-1}$.

→ À l'aide du théorème de l'énergie mécanique, déterminer la norme f de la force de freinage de la voiture, sachant que son travail est donné par $W_{AB}\left(\vec{f}\right) = -f \times AB$.

→ Corrigé p. 206

SE PERFECTIONNER

Exercice 10 ★ En route vers l'espace

Dans un futur proche, l'Agence spatiale européenne (ESA) enverra une sonde en direction d'Alpha du Centaure, l'étoile la plus proche de notre système solaire.
Elle sera lancée depuis une base lunaire et se déplacera en ligne droite.

La sonde aura une accélération constante $a = 10\,\text{m}\cdot\text{s}^{-2}$ jusqu'à atteindre une vitesse de $v = 17\,\text{km}\cdot\text{s}^{-1}$. À ce moment, son accélération deviendra nulle et sa vitesse restera constante.

1. Déterminer la durée nécessaire à la sonde pour atteindre sa vitesse de croisière.

2. Déterminer la distance parcourue par la sonde lorsque la vitesse de croisière sera atteinte.

3. Déterminer la durée nécessaire à la sonde pour atteindre Alpha du Centaure.

4. Conclure.

> **CONSEIL**
> **3.** On peut négliger le temps mis pour que la sonde atteigne sa vitesse de croisière.

Données.
- Distance Soleil-Alpha du Centaure : $d_{\text{S-AdC}} = 270\,000$ UA (unité astronomique).
- $1\,\text{UA} = 1{,}50 \times 10^8\,\text{km}$.

→ Corrigé p. 206

Exercice 11 ★ L'aéroport du futur

Dans un projet européen d'aéroport, la piste de décollage circulaire d'un rayon de près de 1,5 km permettra aux avions de décoller face au vent, ce qui permet d'augmenter la force de portance et facilite le décollage.
Un avion prêt à décoller se déplace sur le tarmac à une vitesse constante de $36\,\text{km}\cdot\text{h}^{-1}$.

1. Calculer la durée d'un tour de piste.

2. Calculer son accélération.

> **CONSEIL**
> **1.** Ne pas oublier d'exprimer la vitesse en $\text{m}\cdot\text{s}^{-1}$.

→ Corrigé p. 207

Exercice 12 ★★ Mouvement circulaire accéléré

Une boule de démolition est composée d'une masse attachée à un câble de longueur $L = 3{,}0\,\text{m}$ fixé à un point O immobile.
La masse est écartée de sa position d'équilibre verticale et on étudie sa chute dans la partie descendante.
On a mesuré la vitesse de la boule pour les positions M_0, M_1 et M_2 à intervalle de temps $\Delta t = 0{,}40\,\text{s}$:

$v_0 = 0{,}0\,\text{m}\cdot\text{s}^{-1}$; $v_1 = 2{,}0\,\text{m}\cdot\text{s}^{-1}$; $v_2 = 5{,}0\,\text{m}\cdot\text{s}^{-1}$.

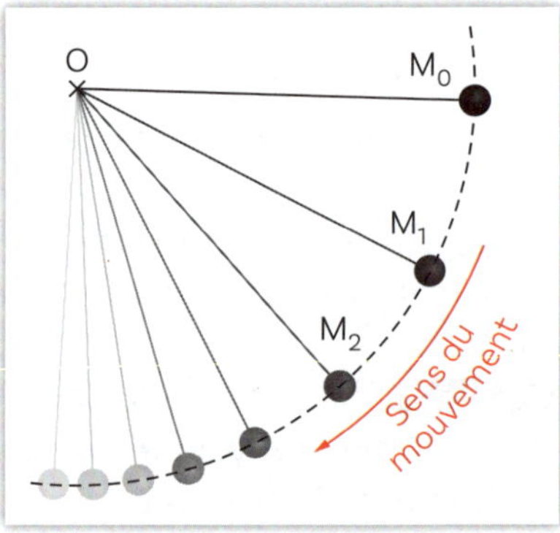

1. Préciser le référentiel d'étude et la nature du mouvement de la masse.

2. Dans le repère de Frenet, calculer $a_{\tau 1}$ et a_{n1} de la boule en M_1.

3. En déduire la valeur de l'accélération a_1 de la boule en M_1.

CONSEIL
2. On peut calculer $a_{\tau 1}$ avec le calcul de l'accélération moyenne entre les points 0 et 2.

4. Représenter les composantes $a_{\tau 1}$, a_{n1} et $\vec{a}_1$ sans soucis d'échelle.

→ Corrigé p. 207

Exercice 13 ★★ Étude énergétique avec Python

Le mouvement d'une balle lancée en cloche est filmé puis étudié à l'aide d'un logiciel de pointage.
Les données de la partie montante du mouvement sont traitées à l'aide d'un programme écrit en langage Python qui permet de calculer les énergies cinétique (E_C), potentielle de pesanteur (E_{pp}) et mécanique (E_m) de la balle.

Document 1 > Programme Python

```
#importation des bibliothèques
import numpy as np
import matplotlib.pyplot as plt
#valeurs expérimentales
z=np.array([0.869,1.17,1.41,1.6,1.75,1.86,1.94,1.97,1.96])
t=np.array([0,0.067,0.133,0.2,0.267,0.333,0.4,0.467,0.533])
vx=np.array([7.61,7.712,7.595,7.334,7.329,7.239,7.065,6.997,6.997])
vz=np.array([4.8,4.154,3.219,2.515,2.008,1.447,0.7198,0.1782,-0.4165])
#calculs des énergies
m=0.440
g=9.81
...=(vx**2+vz**2)**(1/2)
...=0.5*m*v**2
...=m*g*z
...=0.5*m*v**2+m*g*z
```

Document 2 > Représentation de E_C, E_{pp}, E_m en fonction du temps

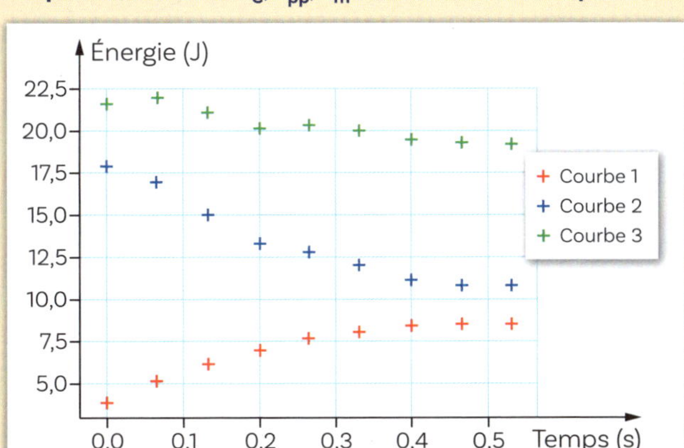

1. Identifier les grandeurs calculées aux lignes 12, 13, 14 et 15.

2. Estimer la valeur de la vitesse initiale v_0 du centre de masse de la balle.

3. En justifiant, attribuer à chaque courbe l'énergie qui lui correspond.

4. Expliquer en quoi les résultats expérimentaux permettent de considérer que l'action de l'air sur le sac n'est pas négligeable devant le poids de la balle.

→ Corrigé p. 207

Exercice 14 ★★ Accélération d'un noyau d'hélium

Un noyau d'hélium est placé au voisinage de la plaque positive A au potentiel $V_A = 4\,000$ V d'un condensateur plan.
La tension $U_{AB} = V_A - V_B$ entre les deux plaques du condensateur placé dans le vide permet d'accélérer horizontalement le noyau d'hélium, qui arrive sur la plaque B avec une vitesse v_B.
Le noyau d'hélium n'est soumis qu'à la force électrostatique qui est conservative. Le référentiel du laboratoire est supposé galiléen.
Le poids du noyau d'hélium est négligé devant la force électrostatique.

1. Calculer l'énergie mécanique initiale $E_m(A)$ du noyau.

2. Déterminer la valeur de l'énergie mécanique du noyau au point B.

3. Calculer la vitesse v_B du proton juste avant de toucher la plaque B.

CONSEIL
2. L'énergie mécanique se conserve si le système n'est soumis qu'à des forces conservatives.

Données.
- Masse du noyau d'hélium $m_{He} = 6{,}64 \times 10^{-27}$ kg.
- Charge du noyau d'hélium $q_{He} = 3{,}2 \times 10^{-19}$ C.
- Tension appliquée $U_{AB} = 4\,000\,V$.

→ Corrigé p. 208

Exercice 15 ★★★ Vitesse d'un choc et hauteur de chute

À l'auto-école, on enseigne qu'un choc frontal à la vitesse de 50 km·h^{-1} équivaut à une chute du haut du 4e étage d'un immeuble. On néglige les frottements.

→ Vérifier cette affirmation, du point de vue de l'énergie mécanique.

CONSEIL
Utiliser le théorème de l'énergie mécanique pour exprimer la vitesse d'un objet qui arrive au sol, après une chute.

Données.
- Intensité de la pesanteur terrestre : $g = 9{,}81\,\text{m}\cdot\text{s}^{-2}$.
- Hauteur moyenne d'un étage : 2,5 m.

→ Corrigé p. 208

SE PRÉPARER À L'EXAMEN

SUJET

Décollage de la fusée Ariane 5 (40 min)

On reproduit ci-dessous une chronophotographie réalisée au décollage de la fusée Ariane 5.

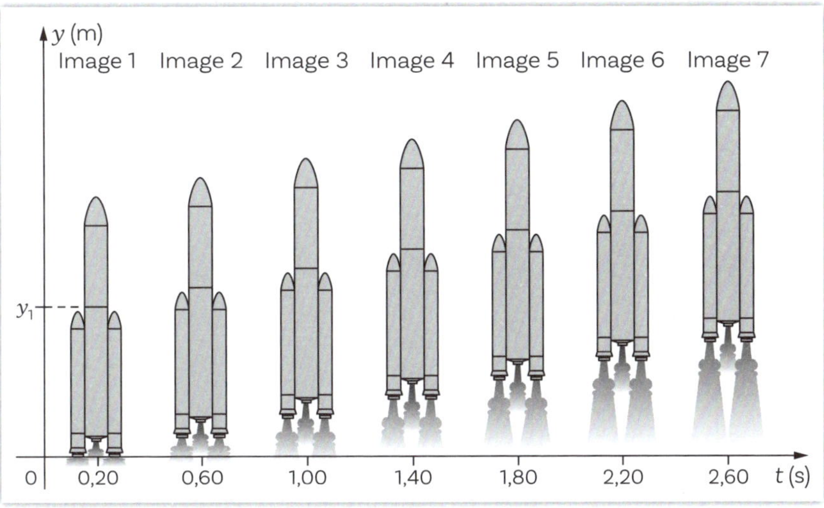

Pour faciliter les mesures, les différentes images de la fusée ont été décalées horizontalement les unes par rapport aux autres.
L'étude de cette chronophotographie donne les résultats suivants.
L'axe vertical a pour origine la base de la fusée.

Image i	t(s)	y_i(m)	$v_i(m \cdot s^{-1})$
1	0,20	$y_1 = 30,1$	
2	0,60	31,5	v_2
3	1,00	33,3	6,8
4	1,40	36,9	9,6
5	1,80	y_5	12
6	2,20	46,5	15
7	2,60	52,9	

L'image 1 de la chronophotographie précise l'endroit de la fusée qui sert à repérer son mouvement vertical.
Son ordonnée sur l'axe des y est y_1.

Données.

- Intensité de la pesanteur : $g = 9,8 \text{ m} \cdot \text{s}^{-2}$.
- Débit massique d'éjection de gaz du moteur Vulcain : $270 \text{ kg} \cdot \text{s}^{-1}$.
- Débit massique d'éjection de gaz de chaque booster : $1,8 \times 10^3 \text{ kg} \cdot \text{s}^{-1}$.
- Masse d'Ariane 5 au décollage : $m = 750$ t.
- Force de poussée : entre 12 000 et 13 000 kN.

1. Calculer la masse des gaz éjectés pendant la durée de l'étude, soit 2,40 s, sachant qu'il y a un moteur et deux boosters. La comparer à la masse au décollage de la fusée. Commenter.

On considère dans la suite de l'exercice que la masse totale de la fusée est constante pendant la durée de l'étude.

2. Estimer, à l'aide de la chronophotographie, la valeur de y_5. Détailler la démarche.

CONSEILS

2. Déterminer l'échelle de la chronophotographie avec l'image 1.

3. a. Calculer une vitesse moyenne sur une petite distance.

3. b. Faire le lien entre accélération et l'allure de la courbe.

5. Utiliser la deuxième loi de Newton et projeter sur l'axe (Oy).

3. On donne ci-dessous le graphe représentant l'évolution de la vitesse de la fusée au cours du temps.

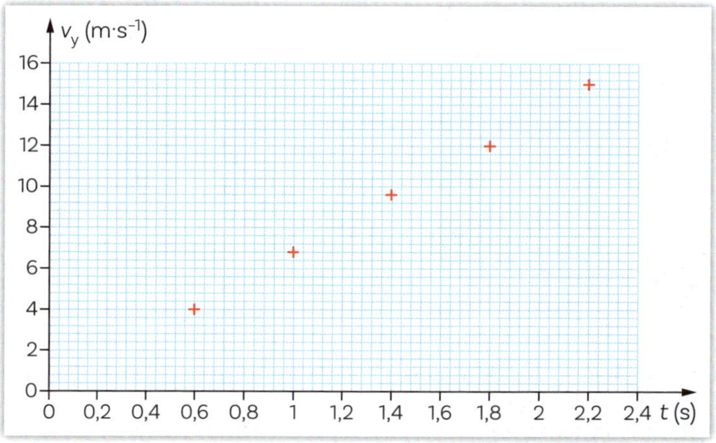

a. Estimer à l'aide du tableau de l'énoncé, la valeur de v_2. Détailler la démarche et vérifier que ce résultat est cohérent avec le graphe ci-dessus.

b. Montrer que la valeur de l'accélération de la fusée pendant la durée de l'étude est proche de $7\,m \cdot s^{-2}$.

c. Préciser, en justifiant, la direction et le sens du vecteur accélération de la fusée.

4. Choisir parmi les propositions ci-dessous, le schéma compatible avec le décollage de la fusée. Justifier.

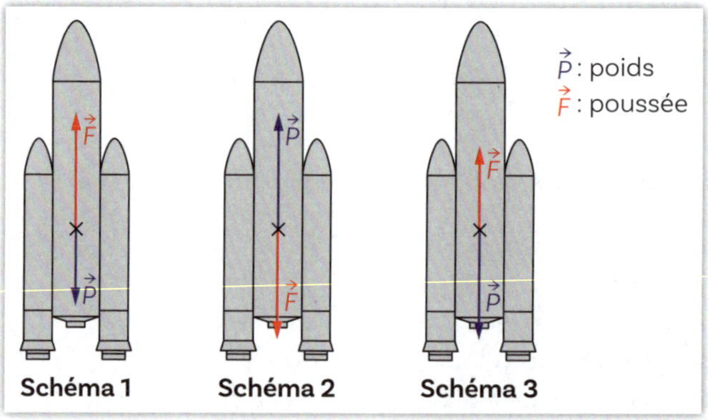

5. À partir des résultats précédents, estimer la valeur de la force de poussée. Vérifier la cohérence de ce résultat avec les données.

→ Corrigé page 209

CORRIGÉS

SE TESTER

1. a, b et c ; **2.** a, b et c ; **3.** a et c ; **4.** b ; **5.** b et c ; **6.** b et c ; **7.** c.

S'ENTRAÎNER

Exercice 1 Mouvement d'un ballon de basket

1. Pour avoir l'expression de $v_x(t)$ et de $v_y(t)$, on dérive respectivement $x(t)$ et $y(t)$ par rapport à t : $v_x(t) = \dfrac{dx(t)}{dt} = 3{,}5$ et $v_y(t) = \dfrac{dy(t)}{dt} = -9{,}8\,t + 3{,}5$.

Pour avoir l'expression de $a_x(t)$ et de $a_y(t)$, on dérive respectivement $v_x(t)$ et $v_y(t)$ par rapport à t : $a_x(t) = \dfrac{dv_x(t)}{dt} = 0$ et $a_y(t) = \dfrac{dv_y(t)}{dt} = -9{,}8$.

2. On détermine l'expression de la norme de $\vec{v}(t)$:

$\|\vec{v}(t)\| = \sqrt{v_x^2(t) + v_y^2(t)} = \sqrt{3{,}5^2 + (-9{,}8\,t + 3{,}5)^2}$.

À la date $t = 2$, on a $\|\vec{v}(t = 2)\| = \sqrt{3{,}5^2 + (-9{,}8 \times 2 + 3{,}5)^2} = 16{,}5\ \text{m} \cdot \text{s}^{-1}$.

De même pour l'accélération : $\|\vec{a}(t)\| = \sqrt{a_x^2(t) + a_y^2(t)} = \sqrt{0^2 + (-9{,}8)^2} = 9{,}8$.

Et à la date $t = 2$ (et à n'importe quelle date), on a $\|\vec{a}\| = 9{,}8\ \text{m} \cdot \text{s}^{-2}$.

Exercice 2 Voiture au démarrage

1. On étudie ce mouvement dans le référentiel terrestre supposé galiléen.

2. Voir courbe ci-dessous. La modélisation donne $x(t) = 3\,t^2$.

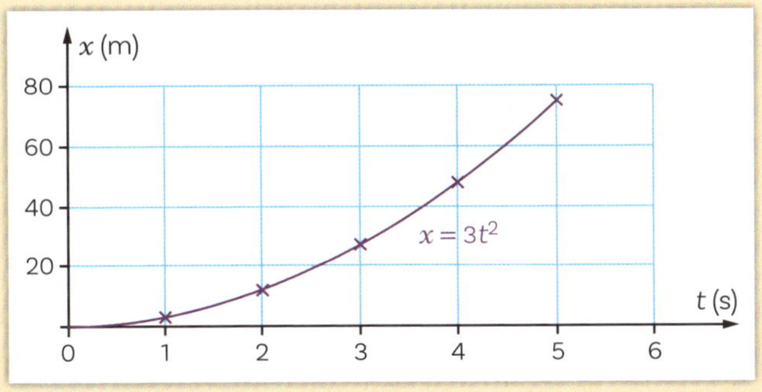

3. Pour avoir l'équation horaire $v(t)$, il faut dériver $x(t)$ par rapport à t : $v(t) = \dfrac{dx(t)}{dt} = 6\,t$.

4. Pour avoir la vitesse en chaque date, il faut remplacer t par chaque valeur :

t(s)	0	1	2	3	4	5
v(m·s⁻¹)	0	6	12	18	24	30

5. Le graphique qui représente $v(t)$ est une droite qui passe par l'origine du repère. Le mouvement est donc rectiligne et uniformément accéléré.

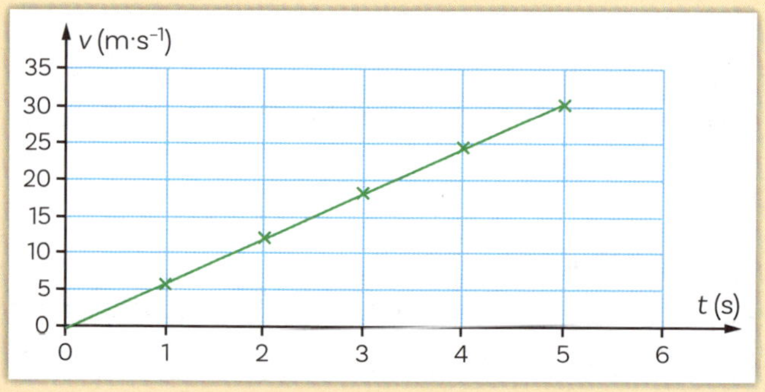

Exercice 3 Mouvement circulaire uniforme

1. Voir schéma ci-dessous. Il faut tracer un cercle de 3 cm de rayon.

2. On calcule la vitesse de la Terre autour du Soleil en divisant le périmètre de son orbite par le temps qu'elle met pour en faire le tour (1 an) :

$$v = \frac{2\pi R}{T} = \frac{2\pi \times 1{,}5 \times 10^{11}}{1 \times 365 \times 24 \times 3\,600} = 3{,}0 \times 10^4\ \text{m} \cdot \text{s}^{-1}.$$

> **L'ERREUR À NE PAS FAIRE**
> Ne pas oublier de convertir dans les unités du système international : R en m et T en s.

3. L'accélération lors d'un mouvement circulaire uniforme est donnée par :

$$a = \frac{v^2}{R} = \frac{(3{,}0 \times 10^4)^2}{1{,}5 \times 10^{11}} = 6{,}0 \times 10^{-3}\ \text{m} \cdot \text{s}^{-2}.$$

4. Voir schéma ci-contre. D'après l'échelle donnée, il faut tracer un vecteur qui mesure 2 cm. Il doit être dirigé vers le centre de la trajectoire car le mouvement de la Terre est circulaire et uniforme.

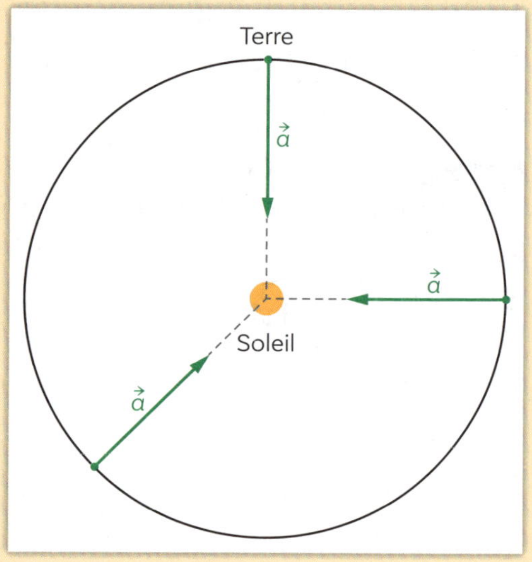

Exercice 4 Repère de Frenet

1. On calcule la vitesse de l'enfant : $v_G = \frac{\pi R^2}{T} = \frac{\pi \times 5{,}0^2}{20} = 3{,}9\ \text{m} \cdot \text{s}^{-1}$.

2. Dans le repère de Frenet : $\vec{a}_G = \frac{dv_G}{dt}\vec{u}_\tau + \frac{v_G^2}{R}\vec{u}_n$.

Et pour un mouvement uniforme : $\frac{dv_G}{dt} = 0$ et $\vec{a}_G = \frac{v_G^2}{R}\vec{u}_n$.

3. Calcul de l'accélération de l'enfant : $a_G = \frac{v_G^2}{R} = \frac{3{,}9^2}{5{,}0} = 3{,}0\ \text{ms}^{-2}$.

Exercice 5 **Force de frottement**

On étudie le mouvement de la balle de golf dans le référentiel terrestre supposé galiléen.

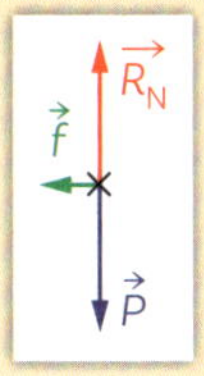

- On fait un bilan des forces : la balle est soumise à son poids $\vec{P}$, à la réaction normale du support $\vec{R_N}$ et à la force de frottement $\vec{f}$ qui est en sens opposé au mouvement.

Comme le mouvement est horizontal, $\vec{R_N}$ et $\vec{P}$ se compensent.

- On calcule l'accélération moyenne de la balle de golf :

$$a_{moy} = \left|\frac{\Delta v}{\Delta t}\right| = \left|\frac{0-10}{4{,}0-0}\right| = |-2{,}5| \text{ soit } a_{moy} = 2{,}5\,\text{m}\cdot\text{s}^{-1}.$$

- On écrit l'expression de la deuxième loi de Newton :

$\sum \vec{F}_{ext} = \vec{f} + \vec{R_N} + \vec{P} = \vec{f} = m\vec{a_G}$ d'où

$\|\vec{f}\| = m\|\vec{a_G}\| = 0{,}046 \times 2{,}5 = 0{,}12\,\text{N}.$

L'INFO À RETENIR

La projection de l'accélération est négative, $\vec{a}$ et $\vec{v}$ sont en sens opposés, car le mouvement est décéléré. Pour la suite des calculs, il faut néanmoins garder la norme de l'accélération (donc la valeur positive).

Exercice 6 **Accélération d'un avion**

On étudie le mouvement de l'avion dans le référentiel terrestre supposé galiléen.

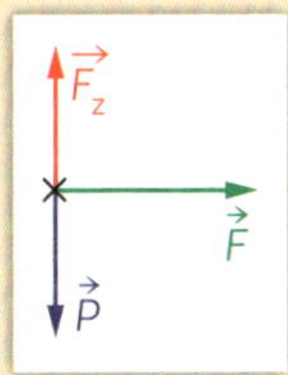

- On fait un bilan des forces : l'avion est soumis à son poids $\vec{P}$, à la force de portance $\vec{F_z}$ verticale vers le haut et à la force de propulsion $\vec{F}$ qui est dans le sens au mouvement.

Comme le mouvement est horizontal, $\vec{F_z}$ et $\vec{P}$ se compensent.

- On écrit l'expression de la deuxième loi de Newton :

$$\sum \vec{F}_{ext} = \vec{F} + \vec{F_z} + \vec{P} = \vec{F} = m\vec{a_G} \text{ d'où } \|\vec{a_G}\| = \frac{\|\vec{F}\|}{m} = \frac{150 \times 10^3}{15 \times 10^3} = 10\,\text{m}\cdot\text{s}^{-2}.$$

Exercice 7 **Canon à électrons**

On écrit l'expression du théorème de l'énergie cinétique, sachant que seule la force électrique s'applique sur le système {électron} :

$\Delta E_C = W_{AB}\left(\vec{F_e}\right)$ d'où $E_c(A) - E_c(O) = |q|U_{OA}$. Comme l'électron est immobile au point O et que $|q| = e$, on a $E_c(O) = 0$ et finalement $E_c(A) = eU_{OA}$. On remplace $E_c(A)$ par son expression et on calcule v_A :

$$\frac{1}{2}m_e v_A^2 = eU_{OA} \text{ d'où } v_A = \sqrt{\frac{2eU_{OA}}{m_e}} = \sqrt{\frac{2 \times 1{,}6 \times 10^{-19} \times 4\,000}{9{,}11 \times 10^{-31}}} = 3{,}7 \times 10^7\,\text{m}\cdot\text{s}^{-1}.$$

Exercice 8 **Hauteur maximale d'un projectile**

1. On écrit l'expression du théorème de l'énergie mécanique, sachant que le projectile ne possède que de l'énergie cinétique et de l'énergie potentielle de pesanteur : $\Delta E_m = \Delta E_c + \Delta E_{pp} = 0$.

L'INFO À RETENIR

Si seul le poids du système s'applique, alors son énergie mécanique est constante : $\Delta E_m = 0$.

D'où $E_C(B) - E_c(A) + E_{pp}(B) - E_{pp}(A) = 0$ soit :

$\frac{1}{2}mv_B^2 - \frac{1}{2}mv_A^2 + mgz_B - mgz_A = 0$ d'où :

$\frac{1}{2}v_B^2 - \frac{1}{2}v_A^2 + gz_B - gz_A = 0.$

D'après l'énoncé, $z_A = 0$. Donc on peut écrire :

$\frac{1}{2}v_B^2 - \frac{1}{2}v_A^2 + gz_B = 0$ et finalement : $v_B = \sqrt{v_A^2 - 2gz_B}$

$v_B = \sqrt{30^2 - 2 \times 9{,}81 \times 10} = 27\,\text{m}\cdot\text{s}^{-1}$.

2. On reprend l'expression du théorème de l'énergie mécanique, mais cette fois on cherche $z_{B,max}$. Cette altitude est atteinte lorsque la balle cesse de monter. On a alors $v_B = 0$:

$-\frac{1}{2}v_A^2 + gz_B = 0$ soit donc $z_{B,max} = \frac{v_A^2}{2g} = \frac{30^2}{2 \times 9{,}81} = 46\,\text{m}$.

Le projectile atteindra une hauteur maximale de 46 m.

Exercice 9 Force de freinage d'une voiture

Le système est soumis à une force de freinage (force de frottement) donc non conservative. On écrit l'expression du théorème de l'énergie mécanique :

$\Delta E_m = \Delta E_c + \Delta E_{pp} = W_{AB}(\vec{f})$ mais la route étant horizontale, on a $\Delta E_{pp} = 0$.

On a $\Delta E_c = E_c(B) - E_c(A)$, mais la voiture s'arrêtant en B, on a $E_c(B) = 0$.

Cela nous donne $-E_c(A) = W_{AB}(\vec{f})$ soit $-\frac{1}{2}mv_A^2 = -f \times AB$ d'où $f = \frac{mv_A^2}{2AB}$.

On convertit la vitesse initiale de la voiture en $\text{m}\cdot\text{s}^{-1}$: $v_A = \frac{50}{3{,}6}\,\text{m}\cdot\text{s}^{-1} = 14\,\text{m}\cdot\text{s}^{-1}$.

$f = \frac{mv_A^2}{2AB} = \frac{1{,}24 \times 10^3 \times 14^2}{2 \times 50} = 2{,}4 \times 10^3\,\text{N}$.

SE PERFECTIONNER

Exercice 10 En route vers l'espace

1. Dans le cas d'une accélération constante, on peut écrire :

$a = \frac{\Delta v}{\Delta t}$ soit $\Delta t = \frac{\Delta v}{a} = \frac{17 \times 10^3}{10} = 1{,}7 \times 10^3\,\text{s} = 28\,\text{min}\,12\,\text{s}$.

2. La distance parcourue avec une accélération constante et une vitesse initiale nulle est donnée par : $d = \frac{1}{2}a \times \Delta t^2 = \frac{1}{2} \times 10 \times (1{,}7 \times 10^3)^2 = 1{,}4 \times 10^7\,\text{m} = 1{,}4 \times 10^4\,\text{km}$.

3. Pour calculer la durée que mettra la sonde à atteindre Alpha du Centaure, on divise la distance qui nous sépare de l'étoile par la vitesse de croisière de la sonde (on suppose la distance d précédemment calculée, négligeable) :

$\Delta t' = \frac{d_{S-AdC}}{v} = \frac{270\,000 \times 1{,}5 \times 10^{11}}{17 \times 10^3} = 2{,}4 \times 10^{12}\,\text{s} = 7{,}6 \times 10^4\,\text{ans}$.

4. Soit 760 siècles … l'exploration de l'espace semble se limiter à notre système solaire, avec les technologies actuelles.

Exercice 11 **L'aéroport du futur**

1. Pour calculer la durée d'un tour de piste, on utilise la formule de base pour une vitesse moyenne. La distance parcourue est le périmètre du cercle qui représente la piste. Avec $v = 36\,\text{km}\cdot\text{h}^{-1} = 10\,\text{m}\cdot\text{s}^{-1}$ on a :

$$v = \frac{d}{\Delta t} = \frac{2\pi R}{\Delta t} \text{ d'où :}$$

$$\Delta t = \frac{2\pi R}{v} = \frac{2\pi \times 1{,}5 \times 10^3}{10} = 9{,}4 \times 10^2\,\text{s} = 15\,\text{min}\,42\,\text{s}.$$

L'INFO À RETENIR

Dans le cas d'un mouvement circulaire et uniforme, la norme de la vitesse est constante, mais sa direction varie, donc l'accélération n'est pas nulle !

2. On écrit l'expression de l'accélération pour un mouvement circulaire uniforme :

$$a = \frac{v^2}{R} = \frac{10^2}{1{,}5 \times 10^3} = 6{,}7 \times 10^{-2}\,\text{m}\cdot\text{s}^{-2}.$$

Exercice 12 **Mouvement circulaire accéléré**

1. On étudie ce mouvement dans le référentiel terrestre supposé galiléen. La vitesse de la boule augmente et elle est suspendue à un fil : elle a donc un mouvement circulaire et accéléré, de rayon $R = L = 3{,}0\,\text{m}$.

2. Dans le repère de Frenet : $a_\tau = \dfrac{dv}{dt}$. Mais on ne dispose pas de l'expression de v pour effectuer l'opération de dérivation. On approxime alors a_τ par une variation de vitesse pendant une très courte durée (calcul d'une accélération moyenne) :

$$a_{\tau 1} \approx \frac{v_2 - v_0}{t_2 - t_0} = \frac{v_2 - v_0}{2 \times \Delta t} = \frac{5{,}0 - 0{,}0}{2 \times 0{,}40} = 6{,}3\,\text{m}\cdot\text{s}^{-2}$$

$$\text{et } a_{n1} = \frac{v_1^2}{R} = \frac{2{,}0^2}{3{,}0} = 1{,}3\,\text{m}\cdot\text{s}^{-2}.$$

3. On calcule la norme de $\vec{a}_1$:

$$a_1 = \sqrt{a_{\tau 1}^2 + a_{n1}^2} = \sqrt{6{,}3^2 + 1{,}3^2} = 6{,}4\,\text{m}\cdot\text{s}^{-2}.$$

4. Voir schéma ci-contre.

$a_{\tau 1}$ doit être tangent à la trajectoire ; a_{n1} doit être dirigé vers le centre de celle-ci.

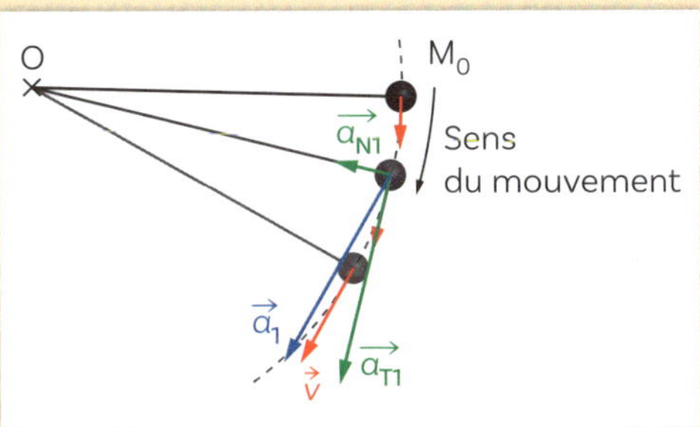

Exercice 13 **Étude énergétique avec Python**

1. Ligne 12 : calcul de la norme de la vitesse v ; ligne 13 : calcul de E_c ; ligne 14 : calcul de E_{pp} ; ligne 15 : calcul de E_m.

2. On estime la valeur de v_0 à l'aide des premières valeurs de **vx** et de **vz**, et en calculant la norme : $v_0 = \sqrt{v_{x0}^2 + v_{z0}^2} = \sqrt{7{,}61 + 4{,}8^2} = 9{,}0\,\text{m}\cdot\text{s}^{-1}$.

3. La courbe 1 correspond à E_{pp} car sa valeur augmente. Il est dit dans l'énoncé qu'on étudie la partie montante du mouvement de la balle.

La courbe 2 correspond à E_c car la vitesse de la balle diminue lors de la phase montante.

La courbe 3 correspond à E_m car sa valeur est presque constante.

4. L'action de l'air (frottements) n'est pas négligeable car l'énergie mécanique diminue légèrement pendant le mouvement.

Exercice 14 **Accélération d'un noyau d'hélium**

1. Le noyau d'hélium peut posséder de l'énergie cinétique et de l'énergie potentielle électrique. Au point A, il est immobile (donc $E_c(A) = 0$). On exprime et on calcule son énergie mécanique au point A :

$E_m(A) = E_c(A) + E_{pe}(A) = E_{pe}(A) = q_{He}V_A$

$E_m(A) = 3{,}2 \times 10^{-19} \times 4\,000 = 1{,}3 \times 10^{-15}$ J.

2. Il est dit dans l'énoncé que la force électrique est conservative, donc l'énergie mécanique du système se conserve. Elle a donc toujours la même valeur au cours du mouvement. Au point B, on a $E_m(B) = 1{,}3 \times 10^{-15}$ J.

LE RÉFLEXE À AVOIR

Dans les exercices avec l'énergie mécanique, il faut repérer une phrase qui indique sa conservation (absence de frottements…).

3. • On calcule le potentiel électrique V_B au point B :

$U_{AB} = V_A - V_B$ d'où $V_B = V_A - U_{AB} = 4\,000 - 4\,000 = 0$ V.

Au point B, le noyau d'hélium n'a donc plus d'énergie potentielle électrique.

• On écrit l'expression de l'énergie mécanique au point B pour calculer v_B :

$E_m(B) = E_c(B) + E_{pe}(B) = E_c(B) = \frac{1}{2}m_{He}v_B^2$ d'où :

$$v_B = \sqrt{\frac{2 \times E_m(B)}{m_{He}}} = \sqrt{\frac{2 \times 1{,}3 \times 10^{-15}}{6{,}64 \times 10^{-27}}} = 6{,}3 \times 10^5 \text{ m} \cdot \text{s}^{-1}.$$

Exercice 15 **Vitesse d'un choc et hauteur de chute**

• On étudie le mouvement d'un système en chute dans le référentiel terrestre, supposé galiléen.

• Bilan de forces : on considère que seul le poids s'applique sur le système. C'est une force conservative, qui implique que l'énergie mécanique est constante durant tout le mouvement.

• On écrit l'expression du théorème de l'énergie mécanique entre les points A (4e étage) et B (le sol) : $\Delta E_m = \Delta E_c + \Delta E_{pp} = E_c(B) - E_c(A) + E_{pp}(B) - E_{pp}(A) = 0$.

• Au point B, l'altitude est nulle. On a donc $E_{pp}(B) = 0$.

Au point A, la vitesse est nulle. On a donc $E_c(A) = 0$.

• On exprime alors v_B : $\Delta E_m = E_c(B) - E_{pp}(A) = 0$ d'où $E_c(B) = E_{pp}(A)$.

On a donc $\frac{1}{2}mv_B^2 = mgz_A$ et $\frac{v_B^2}{2} = gz_A$ et finalement : $v_B = \sqrt{2gz_A}$.

• On fait l'application numérique, avec $z_A = 4 \times 2{,}5 = 10$ m d'altitude :

$v_B = \sqrt{2 \times 9{,}81 \times 10} = 14 \text{ m} \cdot \text{s}^{-1} = 50 \text{ km} \cdot \text{h}^{-1}$.

L'affirmation de l'auto-école est donc juste : l'énergie mécanique d'un choc à 50 km/h est la même que l'énergie d'une chute du 4e étage.

SE PRÉPARER À L'EXAMEN

SUJET Décollage de la fusée Ariane 5

1. Le débit d'éjection total de la fusée est de $270 + 2 \times 1{,}8 \times 10^3 = 3{,}9 \times 10^3\ \text{kg} \cdot \text{s}^{-1}$. Durant toute l'étude, la masse de gaz éjectés est donc :
$m_{gaz} = 2{,}40 \times 3{,}9 \times 10^3 = 9{,}4 \times 10^3\ \text{kg} = 9{,}4\ \text{t}$.
Cette masse est négligeable devant la masse totale de la fusée au décollage (cela représente $\frac{9{,}4}{750} \times 100 = 1{,}3\ \%$ de la masse totale).

2. Il faut tout d'abord mesurer sur la chronophotographie la distance y_1 à partir de l'axe des abscisses. Cela permettra d'avoir l'échelle (exprimée en m/cm), en divisant la valeur réelle de y_1 (30,1 m) par la mesure faite sur la chronophotographie.
On mesure ensuite sur la chronophotographie, la distance entre le même point de la fusée et l'axe des abscisses, que l'on multiplie par l'échelle. On obtient quelque chose proche de $y_5 = 41{,}1\ \text{m}$.

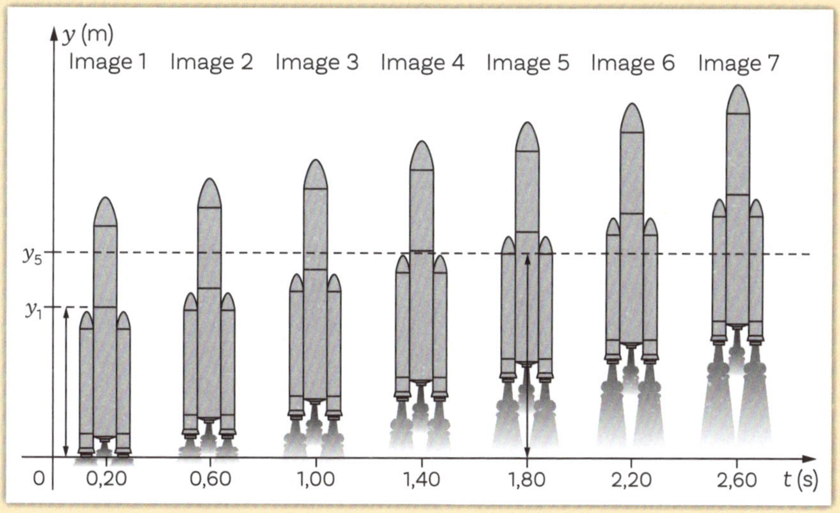

3. a. Pour estimer la valeur de v_2, on calcule une vitesse moyenne entre les images 1 et 3 :

$$v_2 = \frac{y_3 - y_1}{t_3 - t_1} = \frac{33{,}3 - 30{,}1}{1{,}00 - 0{,}20} = 4{,}0\ \text{m} \cdot \text{s}^{-1}.$$

Sur le graphique de l'énoncé, c'est bien cette valeur de vitesse que l'on peut déterminer à la date $t_2 = 0{,}6\ s$.

b. L'accélération correspond à la dérivée de la vitesse par rapport au temps.
C'est donc également le coefficient directeur de la droite représentée dans le graphique de l'énoncé. On calcule sa valeur, à l'aide des données des images 3 et 6 (par exemple !) :

$$a = \frac{v_6 - v_3}{t_6 - t_3} = \frac{15 - 6{,}8}{2{,}20 - 1{,}00} = 6{,}8\ \text{m} \cdot \text{s}^{-2}.$$

La valeur calculée est bien proche de celle donnée dans l'énoncé.

L'INFO À RETENIR
Le mouvement de la fusée étant vertical, la vitesse et l'accélération ne sont dirigées que par l'axe (Oy).

c. Étant donné que l'accélération calculée est positive (en réalité, c'est la coordonnée de l'accélération sur l'axe (Oy)), elle est donc verticale et vers le haut.

4. Pour que la fusée décolle, il faut que la poussée $\vec{F}$ soit supérieure au poids $\vec{P}$. La flèche qui représente $\vec{F}$ doit donc être plus grande que celle qui représente $\vec{P}$. Le bon schéma est donc le n° 1.

5. On applique la deuxième loi de Newton pour déterminer le sens de $\overrightarrow{a_G}$:

$\sum\vec{F}_{ext} = m\overrightarrow{a_G}$ or $\sum\vec{F}_{ext} = \vec{P} + \vec{F} = m\vec{g} + \vec{F}$ donc $m\overrightarrow{a_G} = m\vec{g} + \vec{F}$.

On projette cette expression sur l'axe (Oy) : $ma_G = -mg + F$.

Soit donc : $F = ma_G + mg = m \times (a_G + g)$

$F = 750 \times 10^3 \times (7 + 9{,}8) = 1{,}3 \times 10^7$ N.

Cette valeur est bien cohérente avec celle des données de l'énoncé.

Ton **KIT DE SURVIE** pour le **BAC** avec SCHOOLMOUV

Chapitre 8 Cinématique et deuxième loi de Newton

Tu viens de voir les notions à connaître sur l'étude des mouvements et la deuxième loi de Newton. Pour t'aider à retenir l'essentiel et t'entraîner pour le Bac, voici ton kit de révisions clé en mains conçu par SchoolMouv !

Vidéo

Pour mieux comprendre et t'en souvenir à coup sûr, regarde la vidéo. C'est parfois bien plus clair en images.

Vidéo **Modélisation d'un mouvement**

https://flashbelin.fr/focusbacschoolmouv/pc/8

Contenu additionnel

Voici un bonus autour du même sujet. La curiosité n'est pas toujours un vilain défaut. Il te suffit de créer ton compte pour avoir plein de contenus supplémentaires.

Quiz **Modélisation d'un mouvement**

https://www.schoolmouv.fr/eleves/cours/modelisation-d-un-mouvement/qcm

Tchat avec un prof

Pour poser toutes tes questions à un prof particulier, découvre l'abonnement tchat. Tu peux le tester gratuitement pendant 7 jours : fini les questions sans réponses, tu vas devenir incollable.

https://focusbac.schoolmouv.fr/offre

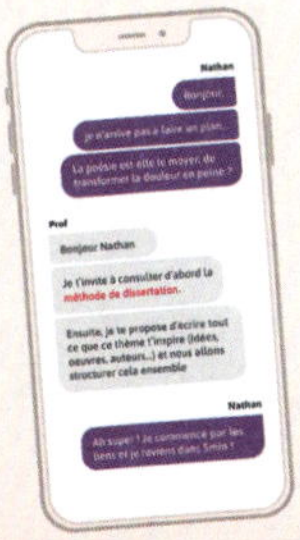

9 Mouvement dans un champ

LE CHAPITRE EN UN COUP D'ŒIL

RETENIR L'ESSENTIEL

SAVOIR FAIRE

SCHOOLMOUV

Ton **KIT DE SURVIE** pour le Bac p. 237

RETENIR L'ESSENTIEL

1 Mouvement dans un champ de pesanteur uniforme

Équations horaires du mouvement

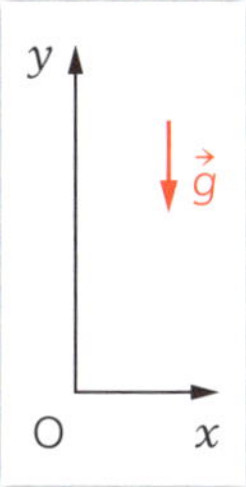

- On étudie le mouvement d'un système, représenté par son **centre de gravité** G, auquel on associe toute la **masse** m de ce système.
- Le système est plongé dans un **champ de pesanteur** $\vec{g}$ supposé **uniforme**. Il n'est soumis qu'à son poids $\vec{P} = m\vec{g}$. Toute autre force est négligée.
- La **deuxième loi de Newton** s'écrit : $\sum \overrightarrow{F_{ext}} = \vec{P} = m\vec{g} = m\overrightarrow{a_G}$ soit : $\overrightarrow{a_G}(t) = \vec{g}$.

  Dans un repère cartésien, d'axe (Oy) ascendant : $\overrightarrow{a_G}(t)\begin{cases} a_x(t) = 0 \\ a_y(t) = -g \end{cases}$.
- On obtient **les coordonnées du vecteur $\vec{v}(t)$** en prenant la primitive des coordonnées du vecteur $\vec{a}(t)$: $\overrightarrow{v_G}(t)\begin{cases} v_x(t) = v_{0x} \\ v_y(t) = -gt + v_{0y} \end{cases}$

  v_{0x} et v_{0y} étant des constantes à déterminer grâce aux conditions initiales sur la vitesse du système (vecteur vitesse initiale $\overrightarrow{v_0} = \vec{v}(t = 0)$).
- On obtient **les coordonnées du système** en prenant la primitive des coordonnées du vecteur $v(t)$: $\overrightarrow{OG}(t)\begin{cases} x(t) = v_{0x}t + x_0 \\ y(t) = -\dfrac{1}{2}gt^2 + v_{0y}t + y_0 \end{cases}$

  x_0 et y_0 étant des constantes à déterminer grâce aux conditions initiales sur la position du système (vecteur position initiale $\overrightarrow{OG_0} = \overrightarrow{OG}(t = 0)$).

Mouvement d'un projectile

- L'**équation de la trajectoire** $y(x)$ relie l'ordonnée y et l'abscisse x du système, sans la variable t.
- Pour un projectile lancé avec une vitesse initiale v_0 faisant un angle α avec l'axe horizontal et d'une altitude initiale nulle, on a :

  $$y(x) = -\frac{1}{2}\frac{g}{(v_0\cos\alpha)^2}x^2 + x\tan\alpha.$$

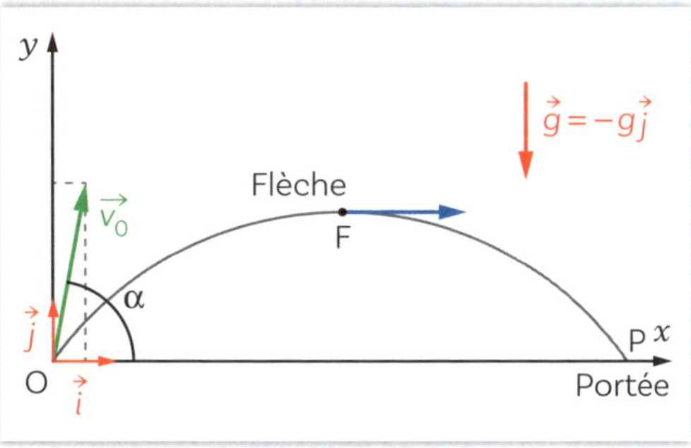

- La trajectoire est une **parabole**.

- Le point F est appelé **flèche** du tir. C'est le point de plus haute altitude. En ce point, la coordonnée verticale de la vitesse $v_y(t)$ est nulle.
- Le point P est appelé **portée** du tir. C'est le point le plus éloigné du point de lancement, au sol. En ce point, l'ordonnée $y(x)$ du projectile est nulle.

2 Mouvement dans un champ électrique uniforme

Équations horaires du mouvement

- On étudie le mouvement d'un système, représenté par son **centre de gravité** G, auquel on associe toute sa **masse** m et sa **charge électrique** q.
- Le système est plongé dans un **champ électrique** $\vec{E}$ supposé **uniforme**. Il n'est alors soumis qu'à la force électrique $\vec{F_e} = q\vec{E}$. Toute autre force est négligée.
- Le champ électrique $\vec{E}$ est généré en appliquant une tension U_{AB} (en V) entre les armatures d'un condensateur, distantes de d. V_A et V_B sont les **potentiels électriques** appliqués aux armatures :

$$U_{AB} = V_A - V_B.$$

RAPPEL Le champ électrique est donné par $E = \dfrac{U_{AB}}{d}$; il est toujours dirigé de l'armature + vers l'armature –.

- La **deuxième loi de Newton** s'écrit : $\sum \overrightarrow{F_{ext}} = \vec{F_e} = q\vec{E} = m\overrightarrow{a_G}$ soit :

$$\overrightarrow{a_G}(t) = \frac{q}{m}\vec{E}.$$

Dans un repère cartésien d'axe (Ox) orienté dans le sens de $\vec{E}$:

$$\overrightarrow{a_G}(t)\begin{cases} a_x(t) = \dfrac{q}{m}E \\ a_y(t) = 0. \end{cases}$$

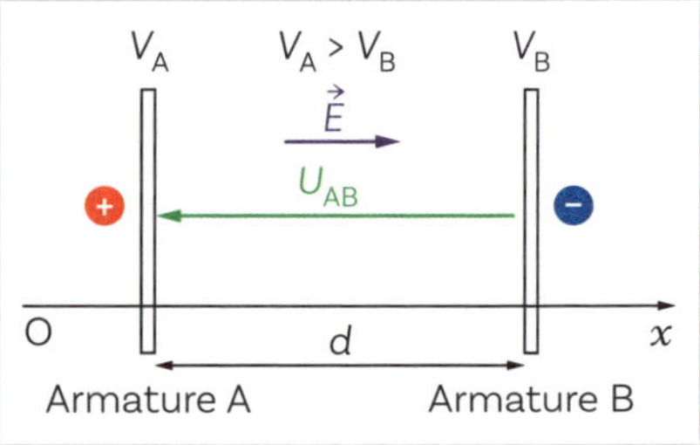

- On obtient les coordonnées du vecteur $\vec{v}(t)$ en prenant la primitive des coordonnées du vecteur $\vec{a}(t)$:

$$\overrightarrow{v_G}(t)\begin{cases} v_x(t) = \dfrac{q}{m}Et + v_{0x} \\ v_y(t) = v_{0y} \end{cases}$$

v_{0x} et v_{0y} étant des constantes à déterminer grâce aux conditions initiales sur la vitesse du système (vecteur vitesse initiale $\overrightarrow{v_0} = \vec{v}(t = 0)$).

- On obtient les coordonnées du système en prenant la primitive des coordonnées du vecteur $v(t)$:

$$\overrightarrow{OG}(t)\begin{cases} x(t) = \dfrac{q}{2m}Et^2 + v_{0x}t + x_0 \\ y(t) = v_{0y}t + y_0 \end{cases}$$

L'INFO À RETENIR
Selon le signe de q et l'orientation de E, le sens du mouvement du système peut changer.

x_0 et y_0 étant des constantes à déterminer grâce aux conditions initiales sur la position du système (vecteur position initiale $\overrightarrow{OG_0} = \overrightarrow{OG}(t = 0)$).

Mouvement d'une particule chargée

Si $\vec{E}$ et $\vec{v_0}$ ont la même direction, le mouvement d'une particule chargée est rectiligne et accéléré. C'est le cas dans un **accélérateur linéaire de particules**. Sinon, la trajectoire d'une particule chargée dans un champs électrique uniforme est une **parabole**.

3 Mouvement des satellites

Les lois de Kepler

→ La **première loi** est appelée **loi des orbites**.
Dans le référentiel héliocentrique, la trajectoire du centre d'une planète est une ellipse dont l'un des foyers est le centre du Soleil.

- a est le demi-grand axe.
- Le point A est appelé **aphélie**. C'est le point de l'orbite le plus éloigné du Soleil.
- Le point P est appelé **périhélie**. C'est le point de l'orbite le plus proche du Soleil.

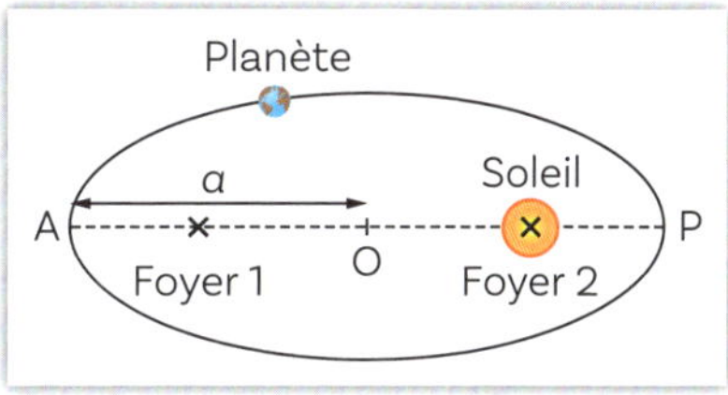

→ La **deuxième loi** est appelée **loi des aires**.
Le rayon-vecteur reliant le centre d'une planète au centre du Soleil balaie des aires égales pendant des durées égales.
Si la planète met la même durée pour aller de P_1 à P_2, que pour aller de P_3 à P_4, alors les aires $\mathscr{A}$ et $\mathscr{A}'$ sont égales.
Conséquence : plus la planète est éloignée du Soleil, moins sa vitesse est grande (et inversement).

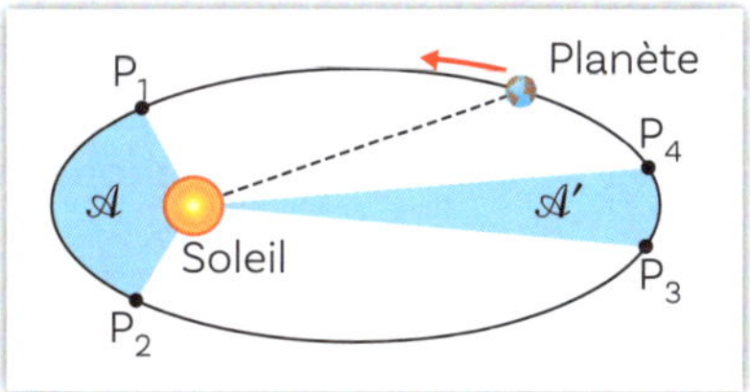

→ La **troisième loi** est appelée **loi des périodes**.
Pour toutes les planètes du système solaire, on peut écrire :

$$\frac{T^2}{a^3} = k$$

T : période de révolution (en s)
a : demi-grand axe (en m)
k : constante (en $s^2 \cdot m^{-3}$)

REMARQUE
La constante k dépend de l'astre attracteur mais ne dépend pas de la planète.

Étude du mouvement

→ On étudie le mouvement d'une planète (ou d'un satellite), représenté par son centre de gravité G, auquel on associe toute la masse m de la planète (ou du satellite), et qui tourne autour d'une étoile (ou d'une planète) de masse M sur une orbite quasi circulaire de rayon R.

→ Le Soleil exerce une **force de gravitation** $\vec{F}_g$ sur la planète :

$$\vec{F}_g = G\frac{m \times M}{R^2}\vec{u}_n$$

$\vec{F}_g$: force de gravitation (en N)
G = 6,67 × 10^{-11} N · m^2 · kg^{-2}, constante de gravitation universelle
m : masse de la planète (en kg)
M : masse du Soleil (en kg)
R : distance du centre de l'astre au satellite (en m)
$\vec{u}_n$: vecteur unitaire du repère de Frenet

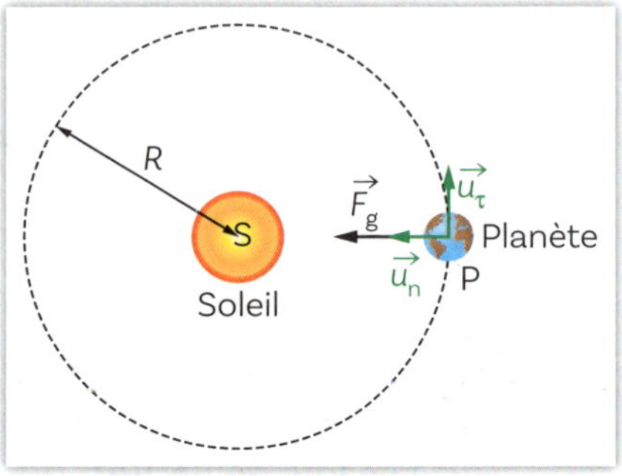

→ La **deuxième loi de Newton** s'écrit : $\sum\overrightarrow{F_{ext}} = \vec{F}_g = G\frac{m \times M}{R^2}\vec{u}_n = m\vec{a}_G$.

Dans le repère de Frenet : $\vec{a}_G(t) = G\frac{M}{R^2}\vec{u}_n$.

→ Dans le cas d'un mouvement circulaire uniforme : $\vec{a}_G = \frac{v^2}{R}\vec{u}_n$. On en déduit que la norme de la vitesse est constante :

$$v = \sqrt{G\frac{M}{R}}$$

v : norme de la vitesse (en m · s^{-1})
G = 6,67 × 10^{-11} N · m^2 · kg^{-2}, constante de gravitation universelle
M : masse du Soleil (en kg)
R : distance du centre de l'astre au satellite (en m)

→ La vitesse du système peut également être exprimée grâce au périmètre du cercle ($2\pi R$) qui représente son orbite et sa période de révolution T :

$$v = \frac{2\pi R}{T}$$

→ L'identification de ces deux expressions, qui donnent toutes deux la même valeur de la vitesse, permet de retrouver l'expression de la 3e loi de Kepler, dans le cas d'un mouvement circulaire et uniforme :

$$\frac{T^2}{R^3} = \frac{4\pi^2}{G \times M} = \text{constante}$$

La constante de la loi de Kepler ne dépend que de la masse de l'astre attracteur.

Les satellites géostationnaires

→ Un satellite est dit **géosynchrone** s'il effectue une rotation autour du centre de la Terre dans le même sens qu'elle, pendant qu'elle-même fait une rotation autour de son axe. Un tel satellite a une orbite inclinée par rapport au plan de l'équateur terrestre.

→ Un satellite **géostationnaire** est un cas particulier de satellite géosynchrone, qui est fixe par rapport à la surface de la Terre. Un tel satellite se trouve obligatoirement dans le plan de l'équateur terrestre et à une altitude d'environ 36 000 km par rapport à la surface.

SAVOIR FAIRE

Méthode 1 Établir les équations horaires du mouvement

ÉNONCÉ

On considère un sportif qui effectue un plongeon du haut d'un tremplin.

À l'instant $t = 0$, le centre de masse G du plongeur est G_0 de coordonnées $(x_0 ; y_0)$. Il s'élance avec une vitesse initiale v_0 inclinée d'un angle β par rapport à l'axe (Ox).

On considère que celui-ci n'est soumis qu'à son poids.

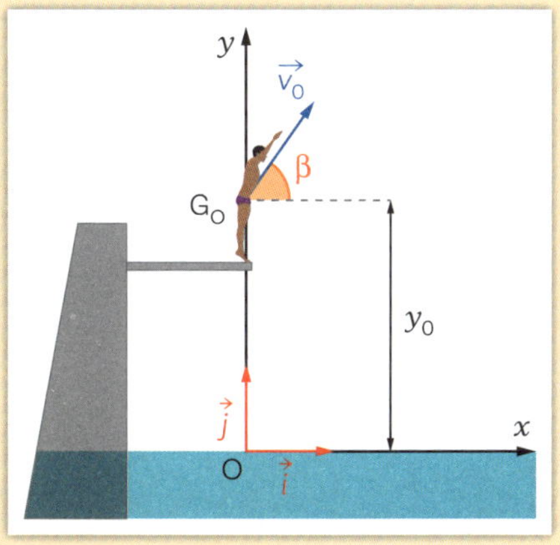

1. Déterminer les coordonnées $a_x(t)$ et $a_y(t)$ du vecteur accélération du plongeur.

2. Déterminer les coordonnées du vecteur vitesse initial $\vec{v_0}$.

3. Déterminer les équations horaires de la vitesse du plongeur $v_x(t)$ et $v_y(t)$.

4. Déterminer les équations horaires du mouvement du plongeur $x(t)$ et $y(t)$.

SOLUTION

1. On étudie le système {sportif} dans le référentiel terrestre, supposé galiléen. On applique la deuxième loi de Newton, sachant que seul le plongeur n'est soumis qu'à son poids : $\sum \vec{F}_{ext} = m\vec{a}_G$ or $\sum \vec{F}_{ext} = \vec{P} = m\vec{g}$. On en déduit : $\vec{a}_G = \vec{g}$.
On projette le vecteur $\vec{a}_G$ sur le repère $(O ; \vec{i}, \vec{j})$: $\vec{a}_G \begin{cases} a_x(t) = 0 \\ a_y(t) = -g. \end{cases}$

LE RÉFLEXE À AVOIR

Bien observer les axes du repère proposé sur le schéma.

2. On projette le vecteur $\vec{v_0}$ sur le repère $(O ; \vec{i}, \vec{j})$. Ses coordonnées en fonction de l'angle β sont obtenues avec les relations trigonométriques :

$$\vec{v_0} \begin{cases} v_{0x} = v_0\cos(\beta) \\ v_{0y} = v_0\sin(\beta) \end{cases}.$$

3. On prend la primitive de $a_x(t)$ pour obtenir $v_x(t)$ et la primitive de $a_y(t)$ pour obtenir $v_y(t)$: $\vec{v_G}(t) \begin{cases} v_x(t) = K_1 \\ v_y(t) = -gt + K_2 \end{cases}.$

K_1 et K_2 sont des constantes que l'on détermine grâce aux conditions initiales :
$v_x(0) = v_{0x} = v_0\cos(\beta)$ or $v_x(0) = K_1$ d'où $K_1 = v_0\cos(\beta)$;
$v_y(0) = v_{0y} = v_0\sin(\beta)$ or $v_y(0) = -g \times 0 + K_2 = K_2$ d'où $K_2 = v_0\sin(\beta)$.

Donc finalement : $\overrightarrow{v_G}(t)\begin{cases} v_x(t) = v_0\cos(\beta) \\ v_y(t) = -gt + v_0\sin(\beta) \end{cases}$.

4. On prend la primitive de $v_x(t)$ pour obtenir $x(t)$ et la primitive de $y_y(t)$ pour obtenir $y(t)$: $\overrightarrow{OG}(t)\begin{cases} x(t) = v_0\cos(\beta)t + K_3 \\ y(t) = -\dfrac{1}{2}gt^2 + v_0\sin(\beta)t + K_4. \end{cases}$

K_3 et K_4 sont des constantes que l'on détermine grâce aux conditions initiales :
$x(0) = x_0 = 0$ or
$x(0) = v_0\cos(\beta) \times 0 + K_3 = K_3$ d'où
$K_3 = x_0 = 0$. Et $y(0) = y_0$ or
$y(0) = -\dfrac{1}{2}g \times 0^2 + v_0\sin(\beta) \times 0 + K_4 = K_4$
d'où $K_4 = y_0$.
Donc finalement :

$$\overrightarrow{OG}(t)\begin{cases} x(t) = v_0\cos(\beta)t \\ y(t) = -\dfrac{1}{2}gt^2 + v_0\sin(\beta)t + y_0. \end{cases}$$

LE RÉFLEXE À AVOIR

La résolution tient en 5 étapes :
- nommer le système et le référentiel ;
- faire le bilan des forces ;
- établir les conditions initiales sur la position et la vitesse ;
- appliquer la deuxième loi de Newton pour obtenir $\vec{a}(t)$;
- déterminer $\vec{v}(t)$ et $\overrightarrow{OG}(t)$ en prenant des primitives.

Méthode 2 Établir une équation d'une trajectoire

ÉNONCÉ

Les équations horaires des coordonnées d'une particule à l'intérieur d'un condensateur plan sont données par : $x(t) = v_0t$ et $y(t) = \dfrac{eU}{2md}t^2$.

→ Déterminer l'équation de sa trajectoire et indiquer sa nature.

SOLUTION

- On écrit l'expression de t en fonction de x à l'aide de la 1re équation :

$x(t) = v_0t$ donc $t = \dfrac{x}{v_0}$.

- On remplace t dans l'expression de y, par son expression déterminée précédemment en fonction de x.

On a $y(t) = \dfrac{eU}{2md}t^2$ et $t = \dfrac{x}{v_0}$. On obtient : $y(x) = \dfrac{eU}{2md} \times \left(\dfrac{x}{v_0}\right)^2$.

- On conclut sur la nature de la trajectoire : la trajectoire est une parabole car l'équation de trajectoire est un polynôme de degré 2.

Méthode 3 Exploiter les équations du mouvement

ÉNONCÉ

On considère un lanceur de balle de base-ball. Il envoie une balle avec une vitesse initiale $v_0 = 15\ \text{m}\cdot\text{s}^{-1}$, un angle de lancer $\alpha = 45°$ par rapport à l'horizontale et à partir d'une altitude $h_0 = 30\ \text{cm}$ par rapport au sol.

Les équations horaires de la vitesse et de la position de la balle sont :

$$\begin{cases} v_x(t) = v_0\cos(\alpha) \\ v_y(t) = -gt + v_0\sin(\alpha) \end{cases} \qquad \begin{cases} x(t) = v_0\cos(\alpha)t \\ y(t) = -\dfrac{1}{2}gt^2 + v_0\sin(\alpha)t + h_0 \end{cases}.$$

L'équation de la trajectoire de la balle est :

$$y(x) = -\frac{1}{2}\frac{g}{v_0^2\cos^2(\alpha)}x^2 + \tan(\alpha)x + h_0.$$

1. Déterminer l'abscisse x_P de la portée P du tir, c'est-à-dire la distance à laquelle la balle tombera au sol.

2. Déterminer la date t_P à laquelle la balle arrive au point P.

3. Déterminer la date t_F à laquelle la balle est à son altitude maximale (point F, appelé flèche).

4. En déduire l'abscisse x_F et l'ordonnée y_F du point F.

SOLUTION

1. Le point P a une ordonnée $y_P = 0$. On cherche pour quelle valeur de x, on a $y = 0$, avec l'équation de la trajectoire :

$$y(x_P) = -\frac{1}{2}\frac{g}{v_0^2\cos^2(\alpha)}x_P^2 + \tan(\alpha)x_P + h_0 = 0.$$

On remplace par les valeurs : $-\dfrac{1}{2}\dfrac{9{,}81}{15^2\cos^2(45)}x_P^2 + \tan(45)x_P + 0{,}30 = 0$

soit $-0{,}0436 \times x_P^2 + x_P + 0{,}30 = 0$.

On résout l'équation du second degré :

$\Delta = b^2 - 4ac = 1^2 - 4 \times (-0{,}0436) \times 0{,}30 = 1{,}052$.

On ne garde que la solution positive, la seule qui a un sens physique (la balle se déplace dans le sens des x croissants) :

$$x_P = \frac{-b-\sqrt{\Delta}}{2a} = \frac{-1-\sqrt{1{,}052}}{2\times(-0{,}0436)} = 23{,}2\ \text{m}.$$

2. On utilise l'équation horaire qui relie la date t avec l'abscisse x :

$x_P = x(t_P) = v_0\cos(\alpha)t_P$ d'où :

$$t_P = \frac{x_P}{v_0\cos(\alpha)} = \frac{23{,}2}{15\times\cos(45)} = 2{,}2\ \text{s}.$$

3. Lorsque la balle est à la flèche du tir, sa vitesse sur l'axe des ordonnées v_y est nulle : $v_y(t_F) = -gt_F + v_o \sin(\alpha) = 0$.

On en déduit : $t_F = \dfrac{v_o \sin(\alpha)}{g} = \dfrac{15 \times \sin(45)}{9{,}81} = 1{,}1\,\text{s}$.

4. Pour obtenir x_F et y_F on remplace t_F dans les équations horaires $x(t)$ et $y(t)$:
$x_F = x(t_F) = v_0 \cos(\alpha) t_F = 15 \times \cos(45) \times 1{,}1 = 12\,\text{m}$;

$$y_F = y(t_F) = -\frac{1}{2} g t_F^2 + v_o \sin(\alpha) t_F + h_0$$

$$y_F = -\frac{1}{2} \times 9{,}81 \times 1{,}1^2 + 15 \times \sin(45) \times 1{,}1 + 0{,}30 = 6\,\text{m}.$$

Méthode 4 Démontrer la troisième loi de Kepler

ÉNONCÉ

La Lune est le satellite naturel de la Terre. Elle a un mouvement circulaire et uniforme autour du centre de la Terre. La Lune n'est soumise qu'à la force de gravitation $\vec{F}$ exercée par la Terre.

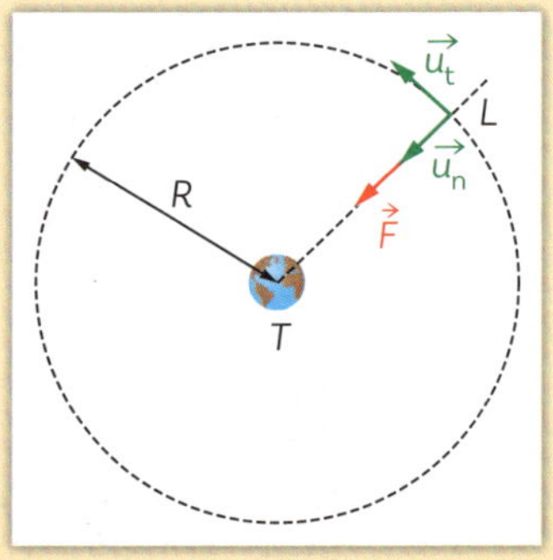

On note : m_L la masse de la Lune, M_T la masse de la Terre et R le rayon de l'orbite de la Lune.

Dans le repère de Frenet, l'expression de $\vec{F}$ est :
$\vec{F} = G \times \dfrac{M_T \times m_L}{R^2} \vec{u_n}$.

1. Déterminer les caractéristiques du vecteur accélération de la Lune dans le repère de Frenet.

2. Démontrer que la vitesse de la Lune autour de la Terre est constante et déterminer son expression.

3. Démontrer que le rayon R de l'orbite de la Lune et sa période de révolution T sont liés par la relation : $\dfrac{T^2}{R^3} = \dfrac{4\pi^2}{GM_T}$.

SOLUTION

1. On étudie le système {Lune} dans le référentiel géocentrique, supposé galiléen. On écrit la 2e loi de Newton : $\sum \vec{F}_{ext} = m_L \vec{a_G}$.

Or $\sum \vec{F}_{ext} = \vec{F} = G \times \dfrac{M_T \times m_L}{R^2} \vec{u_n}$ donc $\vec{a_G} = G \times \dfrac{M_T}{R^2} \vec{u_n}$.

Le vecteur accélération est donc dirigé selon le vecteur unitaire $\vec{u_n}$, donc vers le centre de la trajectoire.

L'ERREUR À NE PAS FAIRE

Dans la 2e loi de Newton, c'est la **masse du système** qui apparait, ici m_L.

2. Dans le repère de Frenet : $\overrightarrow{a_G} = \frac{dv}{dt}\overrightarrow{u_\tau} + \frac{v^2}{R}\overrightarrow{u_n}$

et on a démontré :

$\overrightarrow{a_G} = G \times \frac{M_T}{R^2}\overrightarrow{u_n}$ donc $\frac{v^2}{R} = G \times \frac{M_T}{R^2}$ et $\frac{dv}{dt} = 0$.

Si $\frac{dv}{dt} = 0$ alors v = constante. Le mouvement est bien uniforme.

On détermine l'expression de v : $\frac{v^2}{R} = G \times \frac{M_T}{R^2}$ d'où $v = \sqrt{\frac{G \times M_T}{R}}$ = constante.

3. • On exprime la vitesse de la Lune en fonction de la distance qu'elle parcourt pendant sa période de révolution : $v = \frac{d}{\Delta t}$ d'où $v = \frac{2\pi R}{T}$, $d = 2\pi R$ étant le périmètre du cercle qui représente l'orbite de la Lune, et $\Delta t = T$, la période de révolution de la Lune autour de la Terre.

• On compare les deux expressions de la vitesse précédemment obtenues et on en déduit l'expression de la 3e loi de Kepler :

$v = \sqrt{\frac{G \times M_T}{R}}$ et $v = \frac{2\pi R}{T}$ d'où $\sqrt{\frac{G \times M_T}{R}} = \frac{2\pi R}{T}$.

On en déduit : $\frac{G \times M_T}{R} = \frac{4\pi^2 R^2}{T^2}$ et finalement :

$$\frac{T^2}{R^3} = \frac{4\pi^2}{GM_T}.$$

Méthode 5 Exploiter la troisième loi de Kepler

ÉNONCÉ

1. Cérès est la plus petite planète naine connue de notre système solaire, ou encore le plus gros astéroïde de la ceinture principale, située entre Mars et Jupiter.

Calculer la période de révolution T_C de Cérès autour du Soleil.

2. Pour étudier les effets du réchauffement climatique sur notre planète, l'Agence spatiale européenne souhaite mettre en orbite un satellite d'observation.

Calculer l'altitude h du satellite pour qu'il soit géostationnaire.

Données.

- Demi-grand axe de l'orbite de Cérès autour du Soleil : $a_C = 4{,}14 \times 10^8$ km.
- Demi-grand axe de l'orbite de la Terre autour du Soleil : $a_T = 1{,}49 \times 10^8$ km.
- Rayon de la Terre : $R_T = 6\,380$ km.
- Masse de la Terre : $M_T = 5{,}97 \times 10^{24}$ kg.
- Durée d'un jour sidéral : 23 h 56 min 04 s.
- Constante universelle de la gravitation : $G = 6{,}67 \times 10^{-11}$ m$^3 \cdot$kg$^{-1} \cdot$s^{-2}.

SOLUTION

1. • On écrit l'expression de la troisième loi de Kepler : $\frac{T^2}{a^3}$ = constante.

La constante ne dépend que de la masse du Soleil, astre attracteur de la Terre et de Cérès. Quel que soit l'astre attiré considéré (Cérès ou la Terre), $\frac{T^2}{a^3}$ = constante.

• On a donc : $\frac{T_C^2}{a_C^3} = \frac{T_T^2}{a_T^3}$

soit $T_C^2 = T_T^2 \times \left(\frac{a_C}{a_T}\right)^3$

d'où $T_C = T_T \times \left(\frac{a_C}{a_T}\right)^{\frac{3}{2}}$.

$T_C = 1{,}00 \times \left(\frac{4{,}14 \times 10^8}{1{,}49 \times 10^8}\right)^{\frac{3}{2}}$

$= 4{,}63$ ans.

LE RÉFLEXE À AVOIR

Attention aux unités : T est en s et a est en m.

L'INFO À RETENIR

La période de révolution de la Terre autour du Soleil est $T_T = 1{,}00$ an.

LE RÉFLEXE À AVOIR

La relation étant « symétrique », on met a_T et a_C dans la même unité (peu importe laquelle) et si T_T est en années, T_C sera aussi en années.

2. • La période de révolution d'un satellite géostationnaire, dans le référentiel géocentrique, est égale à la période de rotation de la Terre dans ce même référentiel, soit un jour sidéral : T = 23 h 56 min 04 s soit T = 86 164 s.

• On écrit l'expression de la troisième loi de Kepler :

$\frac{T^2}{R^3} = \frac{4\pi^2}{GM_T}$ d'où $R^3 = \frac{G \times M_T \times T^2}{4\pi^2}$

soit $R = \sqrt[3]{\frac{G \times M_T \times T^2}{4\pi^2}}$.

• L'altitude h du satellite se mesure à partir de la surface de la Terre, alors que R est mesurée depuis le centre de la Terre.

On a : $h = R - R_T$ d'où :

$h = \sqrt[3]{\frac{G \times M_T \times T^2}{4\pi^2}} - R_T$.

$h = \sqrt[3]{\frac{6{,}67 \times 10^{-11} \times 5{,}97 \times 10^{24} \times 86\,164^2}{4\pi^2}} - 6\,380 \times 10^3$

$= 3{,}58 \times 10^7$ m ≈ 35 800 km.

FOCUS MATHS

$\sqrt{x} = x^{\frac{1}{2}}$

$\sqrt[3]{x} = x^{\frac{1}{3}}$

SE TESTER

10 min

Donner la ou les bonne(s) réponse(s) en 10 minutes chrono !

Dans les questions **1** et **2**, on étudie le mouvement du centre de masse G d'un projectile de masse m dans le repère $(O ; \vec{i}, \vec{j})$. Il est lancé avec une vitesse initiale $\vec{v_0}$ faisant un angle α avec l'horizontale. L'intensité de la pesanteur est notée g.

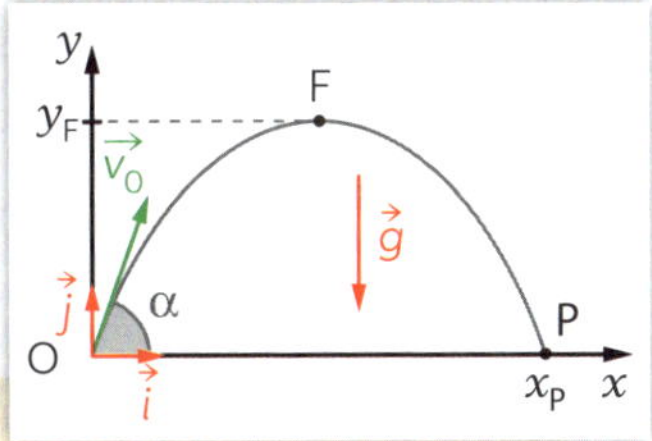

1. Les coordonnées du vecteur $\vec{v_0}$ sont :

a $\vec{v_0}\begin{cases} v_{0x} = \sin(\alpha) \\ v_{0y} = \cos(\alpha) \end{cases}$

b $\vec{v_0}\begin{cases} v_{0x} = \cos(\alpha) \\ v_{0y} = \sin(\alpha) \end{cases}$

c $\vec{v_0}\begin{cases} v_{0x} = -\cos(\alpha) \\ v_{0y} = \sin(\alpha) \end{cases}$

2. Au sommet de sa trajectoire, le vecteur vitesse du système est :

a maximal
b vertical
c horizontal

Dans les questions **3** et **4**, on étudie, dans le repère $(O ; \vec{i}, \vec{j})$, le mouvement d'une particule de charge q et de masse m, introduite avec une vitesse initiale horizontale ($\vec{v_0} = v_0 \vec{i}$), dans un champ électrostatique uniforme $\vec{E} = E_0 \vec{j}$.

3. Si la particule a une charge $q > 0$, sa trajectoire est :

a une ligne droite
b une parabole montante
c une parabole descendante

4. Plus la masse de la particule est grande et plus :

a son accélération est grande
b son accélération est petite
c sa vitesse augmente rapidement

5. La vitesse d'une planète autour du Soleil est :

a constante
b plus grande à son périhélie
c plus grande à son aphélie

6. Un satellite géostationnaire :

a peut se situer à la verticale de Paris
b possède une orbite circulaire autour de la Terre
c se situe toujours à 36 000 km de la surface de la Terre

→ Corrigés page 229

S'ENTRAÎNER

Exercice 1 Équations horaires Voir Méthode 1 p. 217

On considère une particule de masse m et de charge électrique q en mouvement dans un champ électrique $\vec{E}$.

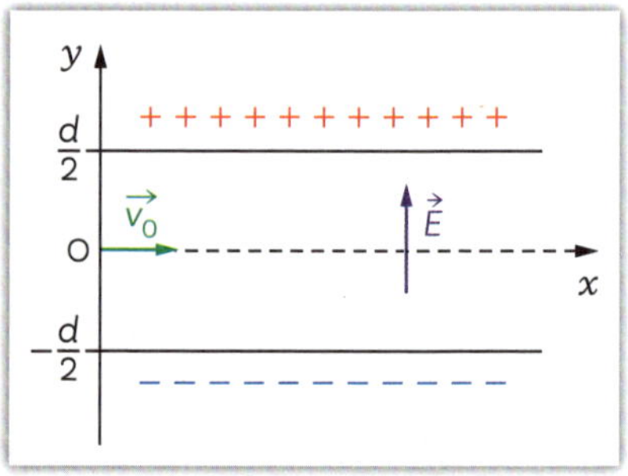

1. En exploitant le schéma ci-contre, donner les coordonnées des vecteurs position initiale $\overrightarrow{OG_0}$ et vitesse initiale $\vec{v_0}$.

2. En appliquant la deuxième loi de Newton, déterminer les coordonnées $a_x(t)$ et $a_y(t)$ du vecteur accélération $\vec{a_G}(t)$ de la particule.

3. Déterminer les équations du mouvement $v_x(t)$, $v_y(t)$, $x(t)$ et $y(t)$.

→ Corrigé p. 229

Exercice 2 Équation d'une trajectoire Voir Méthode 2 p. 218

On considère une balle de tennis, renvoyée par un joueur à son adversaire.
Les équations horaires donnant les coordonnées de cette balle sont :

$x(t) = v_0\cos(\alpha)t$ et $y(t) = -\frac{1}{2}gt^2 + v_0\sin(\alpha)t + h_0$.

→ Déterminer l'équation de sa trajectoire et déterminer sa nature.

→ Corrigé p. 230

Exercice 3 Exploiter les équations du mouvement Voir Méthode 3 p. 219

On considère un électron, lancé à la vitesse v_0, qui pénètre entre les armatures d'un condensateur plan, avec un angle α par rapport au plan des armatures, entre lesquelles règne un champ électrique $\vec{E}$ uniforme.
L'électron a une charge $q = -e$ et une masse m_e.
Les armatures sont déparées d'une distance d :

l'armature négative est à l'ordonnée $y_- = \frac{d}{2}$ et

l'armature positive à l'ordonnée $y_+ = -\frac{d}{2}$.

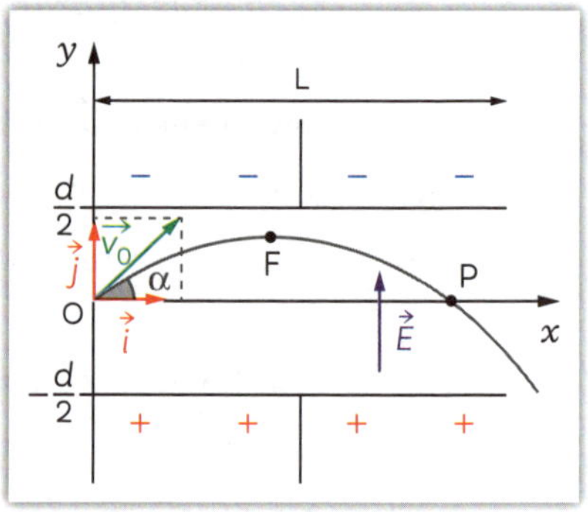

Les deux armatures ont une longueur L.
Les équations horaires de la vitesse et de la position de l'électron sont :

$$\begin{cases} v_x(t) = v_0\cos(\alpha) \\ v_y(t) = -\frac{eE}{m_e}t + v_0\sin(\alpha) \end{cases} \quad \text{et} \quad \begin{cases} x(t) = v_0\cos(\alpha)t \\ y(t) = -\frac{eE}{2m_e}t^2 + v_0\sin(\alpha)t \end{cases}.$$

L'équation de la trajectoire de l'électron est : $y(x) = -\frac{eE}{2m_e v_0^2\cos^2(\alpha)}x^2 + \tan(\alpha)x$.

1. Déterminer la date t_F à laquelle l'électron est à son altitude maximale (point F).

2. Vérifier que l'électron n'entre pas en collision avec l'armature supérieure, en calculant l'ordonnée y_F du point F.

3. Déterminer l'abscisse x_P de l'électron lorsqu'il arrive précisément au milieu des deux armatures. Est-il alors sorti du condensateur plan ?

4. Déterminer l'ordonnée du point ayant pour abscisse $x = L$. L'électron entre-t-il en collision avec l'armature inférieure, ou sort-il du condensateur plan sans problème ?

Données.
- $d = 5{,}0$ cm ; $L = 10$ cm ; $E = 60\ \text{kV} \cdot \text{m}^{-1}$.
- $e = 1{,}6 \times 10^{-19}$ C ; $m_e = 9{,}11 \times 10^{-31}$ kg.
- $v_0 = 3{,}5 \times 10^7\ \text{m} \cdot \text{s}^{-1}$; $\alpha = 20°$.

→ Corrigé p. 230

Exercice 4 Système en mouvement circulaire Voir Méthode 4 p. 220

On considère Io, un satellite de Jupiter de masse m_{Io}, en mouvement circulaire autour de cette planète. Il décrit une orbite circulaire de rayon R. Il n'est soumis qu'à la force de gravitation exercée par Jupiter de masse M_J.

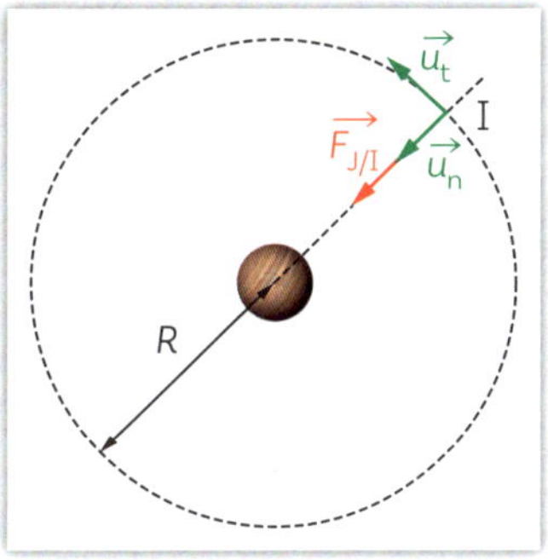

1. Avec la deuxième loi de Newton, donner l'expression du vecteur accélération $\vec{a_G}(t)$ de Io dans le repère de Frenet.

2. Avec l'expression générale du vecteur $\vec{a_G}(t)$ dans le repère de Frenet, montrer que Io a un mouvement circulaire uniforme autour de Jupiter. Donner l'expression de sa vitesse et la calculer.

3. Exprimer et calculer la période de révolution de Io autour de Jupiter.

Données.
- $M_J = 1{,}90 \times 10^{27}$ kg ; $R = 4{,}22 \times 10^8$ m.
- Constante universelle de la gravitation : $G = 6{,}67 \times 10^{-11}\ \text{m}^3 \cdot \text{kg}^{-1} \cdot \text{s}^{-2}$.

→ Corrigé p. 231

Exercice 5 Troisième loi de Kepler Voir Méthode 5 p. 221

Titan est le satellite naturel de Saturne. Il a une période de révolution $T = 16$ jours et le rayon de son orbite est $R = 1{,}2 \times 10^6$ km.

→ Calculer la masse M_S de Saturne.

Donnée. Constante universelle de la gravitation : $G = 6{,}67 \times 10^{-11}\ \text{m}^3 \cdot \text{kg}^{-1} \cdot \text{s}^{-2}$.

→ Corrigé p. 231

Exercice 6 Orbite de comète Voir Méthode 5 p. 221

La comète de Halley est connue pour être visible tous les 76 ans. Elle possède une trajectoire elliptique autour du Soleil.

→ Sachant que la Terre gravite à une distance moyenne de 150 millions de kilomètres du Soleil, évaluer le demi-grand axe de l'orbite de la comète.

→ Corrigé p. 231

SE PERFECTIONNER

Exercice 7 ★ Station spatiale internationale (ISS)

La station spatiale de masse $m_{ISS} = 420$ t possède un mouvement quasi circulaire à une distance $h = 400$ km de la surface terrestre.

1. Calculer la force gravitationnelle exercée par la Terre sur la station. Représenter sur un schéma la Terre, la station ISS et l'interaction gravitationnelle.

2. En déduire l'accélération de la station.

3. En déduire la vitesse de la station.

4. En déduire la période de révolution de la station.

Données.
- Rayon de la Terre : $R_T = 6\,730$ km.
- Masse de la Terre : $M_T = 5{,}97 \times 10^{24}$ kg.
- Constante universelle de la gravitation : $G = 6{,}67 \times 10^{-11}\ m^3 \cdot kg^{-1} \cdot s^{-2}$.

→ Corrigé p. 232

Exercice 8 ★ Satellite marsostationnaire

Dans le cadre de la conquête martienne, la NASA souhaite placer un satellite en orbite marsostationnaire autour de Mars.

1. Rappeler l'expression de la 3e loi de Kepler, pour un mouvement circulaire uniforme.

2. Exprimer et calculer l'altitude h à laquelle le satellite doit être placé par rapport à la surface de Mars, pour qu'il soit marsostationnaire.

CONSEIL
2. Dans la 3e loi de Kepler, la distance R est le rayon de la trajectoire. Ici, il faut prendre en compte le rayon de la planète.

Données.
- Rayon de Mars : $R_M = 3\,380$ km.
- Masse de Mars : $M_M = 6{,}4 \times 10^{23}$ kg.
- Période de rotation de Mars : $T_M = 24{,}6$ h.
- Constante universelle de la gravitation : $G = 6{,}67 \times 10^{-11}\ m^3 \cdot kg^{-1} \cdot s^{-2}$.

→ Corrigé p. 232

Exercice 9 ★★ Toboggan aquatique

Une enfant glisse le long d'un toboggan et arrive à une hauteur $H = 50$ cm au-dessus la surface de l'eau d'une piscine avec une vitesse initiale $v_0 = 5{,}0\ m \cdot s^{-1}$ horizontale.
On étudie le mouvement de l'enfant dans le référentiel terrestre supposé galiléen lorsqu'elle quitte le toboggan.
La seule force exercée sur l'enfant est son poids.

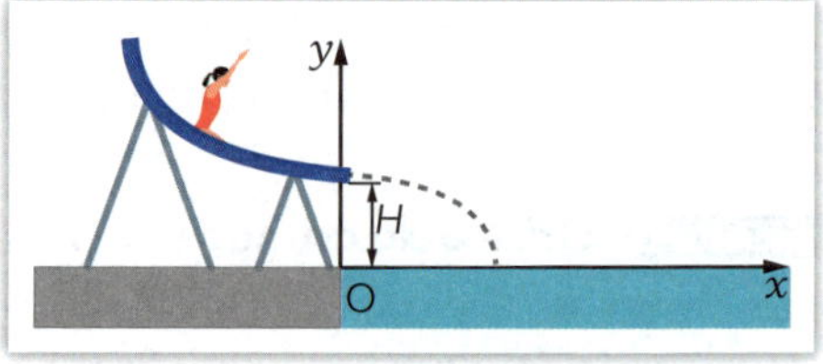

1. Établir les équations horaires du vecteur vitesse $\vec{v}(t)$.

2. Établir les équations horaires du vecteur position $\overrightarrow{OG}(t)$.

3. Établir l'équation de la trajectoire $y(x)$.

4. À quelle distance du point O, l'enfant tombe-t-elle dans l'eau ?

CONSEIL
Avant de commencer, établir les conditions initiales sur la position et la vitesse du système.

→ Corrigé p. 233

Exercice 10 ★★★ Le télescope Hubble

Le télescope spatial Hubble a été lancé en 1990. Il a une masse $m = 11$ t, et est positionné sur une « orbite basse » à une altitude quasi constante $h = 600$ km de la surface de la Terre.
On étudie le système {Hubble} dans le référentiel géocentrique supposé galiléen en négligeant l'interaction gravitationnelle du Soleil avec le télescope.

1. Décrire la trajectoire du télescope Hubble dans ce référentiel.

2. À partir de la deuxième loi de Newton, montrer que, dans l'approximation d'une trajectoire circulaire, le mouvement du télescope Hubble est uniforme.

3. Justifier que l'interaction gravitationnelle Soleil-Hubble peut être négligée par rapport l'interaction Terre-Hubble.

4. Montrer que l'expression de la valeur de la vitesse v du satellite dans le référentiel géocentrique est : $v = \sqrt{\dfrac{G \times M_T}{R_T \times h}}$.

5. Établir l'expression de sa période de révolution T en fonction de R_T, h et v.

6. Montrer que dans le cas du télescope spatial Hubble, on a la relation :
$\dfrac{T^2}{R^3} = \dfrac{4 \times \pi^2}{G \times M_T}$ où $R = R_T + h$ représente la distance entre le centre de la Terre et le télescope spatial.

7. Calculer la période de révolution T du télescope spatial Hubble, exprimée en minutes.

Données.
- Masse du Soleil : $M_S = 1{,}99 \times 10^{30}$ kg.
- Masse de la Terre : $M_T = 5{,}97 \times 10^{24}$ kg.
- Distance moyenne Soleil-Terre : $d = 149{,}6 \times 10^6$ km.
- Rayon de la Terre : $R_T = 6\,370$ km.
- Constante universelle de la gravitation : $G = 6{,}67 \times 10^{-11}\ m^3 \cdot kg^{-1} \cdot s^{-2}$.

→ Corrigé p. 233

Exercice 11 ★★★ PROBLÈME Le canon à électron

Un canon à électrons produit un faisceau d'électrons utilisé dans le microscope électronique.
Les électrons immobiles au point O sont arrachés du cylindre de Wehnelt et attirés par l'anode sous l'action d'une force électrostatique $\vec{F}$.
Les plaques du condensateur sont soumises à une tension d'accélération U et sont écartées de OA = 2,0 cm. Il règne dans le dispositif un vide poussé pour rendre les frottements nuls.
On veut étudier le mouvement d'un électron dans le référentiel du laboratoire supposé galiléen.

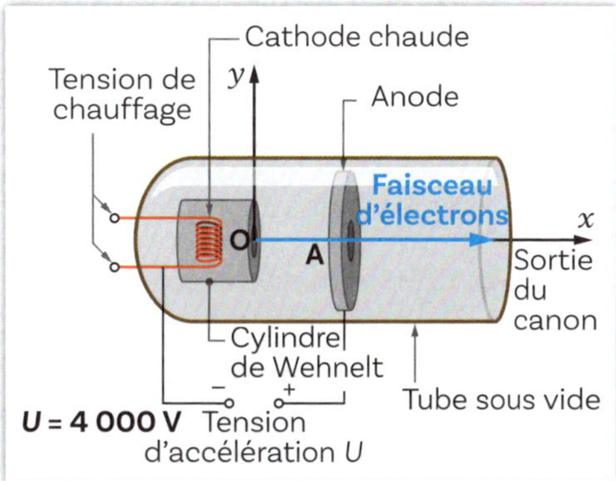

→ Calculer la vitesse maximale de l'électron à la sortie du canon à électron.

Données.
- Masse d'un électron : $m_e = 9{,}11 \times 10^{-31}$ kg.
- Charge d'un électron : $q = -e = -1{,}60 \times 10^{-19}$ C.

CONSEIL
Déterminer les équations du mouvement et exprimer v en fonction de x.

→ Corrigé p. 235

SE PRÉPARER À L'EXAMEN

SUJET — Service et réception au volley-ball (30 min)

On considère une balle de volley, frappée en un point B_0. La hauteur h désigne l'altitude initiale du centre du ballon. Le vecteur vitesse initiale $\vec{v_0}$ du ballon est horizontal et perpendiculaire à la ligne de fond du terrain.
Le mouvement du ballon est étudié dans le référentiel terrestre supposé galiléen muni du repère (Oxy) et l'instant de la frappe est choisi comme origine des temps : $t = 0$ s.

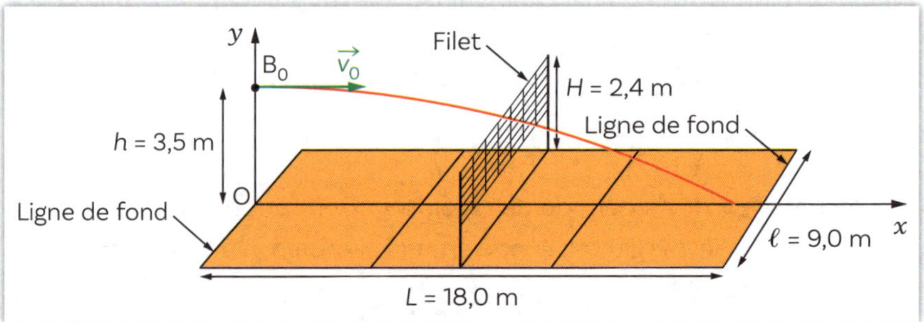

Donnée. Constante universelle de la gravitation : $G = 6{,}67 \times 10^{-11}\ \text{m}^3 \cdot \text{kg}^{-1} \cdot \text{s}^{-2}$.

1. Validité du service

Le service est effectué depuis le point B_0 à la vitesse $v_0 = 21{,}0\ \text{m} \cdot \text{s}^{-1}$. Le service est considéré comme valide à condition que le ballon franchisse le filet sans le toucher et qu'il retombe dans le terrain adverse.

a. Montrer que, si on néglige l'action de l'air, les coordonnées du vecteur accélération du centre du ballon après la frappe sont : $a_x(t) = 0$ et $a_y(t) = -g$.

b. Établir que les équations horaires de la position du centre du ballon sont : $x(t) = v_0 t$ et

$$y(t) = -\frac{1}{2} g t^2 + h.$$

En déduire que l'équation de la trajectoire reliant x et y s'écrit : $y(x) = -\frac{1}{2}\frac{g x^2}{v_0^2} + h$.

c. En admettant que le ballon franchisse le filet, vérifier qu'il touche le sol avant la ligne de fond.

> **CONSEILS**
>
> **1. a. b.** Suivre la méthode de résolution habituelle : appliquer la seconde loi de Newton, prendre les primitives, déterminer les constantes avec les conditions initiales, exprimer t en fonction de x.
>
> **1. c.** Calculer l'abscisse de la balle quand elle touche le sol.
>
> **2.** Commencer par déterminer l'abscisse x du point d'ordonnée $y = 0{,}80$.

2. Réception du ballon par un joueur de l'équipe adverse

Au moment où le joueur frappe le ballon ($t = 0$ s), un joueur de l'équipe adverse est placé au niveau de la ligne de fond de son terrain. Il débute sa course vers l'avant pour réceptionner le ballon en réalisant une « manchette ».
Le contact entre le ballon et le joueur adverse se fait au point R situé à une hauteur de 80 cm au-dessus du sol.

→ Évaluer la vitesse moyenne minimale du déplacement de ce joueur adverse pour qu'il réalise la réception. Cette vitesse est-elle réaliste ?

→ Corrigé page 236

CORRIGÉS

SE TESTER

1. b ; 2. c ; 3. b ; 4. b ; 5. b ; 6. c

S'ENTRAÎNER

Exercice 1 Équations horaires

1. La position initiale est confondue avec l'origine du repère ; le vecteur vitesse initiale est horizontal.

On a donc : $\overrightarrow{OG_0}\begin{cases} x_0 = 0 \\ y_0 = 0 \end{cases}$ et $\overrightarrow{v_0}\begin{cases} v_{0x} = v_0 \\ v_{0y} = 0. \end{cases}$

2. On étudie le système {particule} dans le référentiel terrestre, supposé galiléen. Seule la force électrique $\vec{F_e} = q\vec{E}$ s'exerce sur la particule. On note que le champ $\vec{E}$ est dirigé verticalement et vers le haut.

On applique la deuxième loi de Newton : $\Sigma\vec{F}_{ext} = m\overrightarrow{a_G}$ or $\Sigma\vec{F}_{ext} = \vec{F_e} = q\vec{E}$. On en déduit : $\overrightarrow{a_G} = \dfrac{q}{m}\vec{E}$.

On projette le vecteur $\overrightarrow{a_G}$ sur le repère (Oxy) :

$$\overrightarrow{a_G}(t)\begin{cases} a_x(t) = 0 \\ a_y(t) = \dfrac{q}{m}E \end{cases}.$$

> **LE RÉFLEXE À AVOIR**
> Il faut bien regarder la direction et le sens du vecteur $\vec{E}$.

3. • On prend la primitive de $a_x(t)$ pour obtenir $v_x(t)$ et la primitive de $a_y(t)$ pour obtenir $v_y(t)$: $\overrightarrow{v_G}(t)\begin{cases} v_x(t) = K_1 \\ v_y(t) = \dfrac{q}{m}Et + K_2. \end{cases}$ K_1 et K_2 étant des constantes qui sont déterminées grâce aux conditions initiales : $K_1 = v_{0x} = v_0$ et $K_2 = v_{oy} = 0$.

Finalement : $\overrightarrow{v_G}(t)\begin{cases} v_x(t) = v_0 \\ v_y(t) = \dfrac{q}{m}Et. \end{cases}$

• On prend la primitive de $v_x(t)$ pour obtenir $x(t)$ et la primitive de $y_y(t)$ pour obtenir $y(t)$: $\overrightarrow{OG}(t)\begin{cases} x(t) = v_0t + K_3 \\ y(t) = \dfrac{q}{2m}Et^2 + K_4. \end{cases}$ K_3 et K_4 étant des constantes qui sont déterminées grâce aux conditions initiales : $K_3 = x_0 = 0$ et $K_4 = y_0 = 0$.

Finalement : $\overrightarrow{OG}(t)\begin{cases} x(t) = v_0t \\ y(t) = \dfrac{q}{2m}Et^2 \end{cases}.$

> **L'INFO À RETENIR**
> Les constantes K_1 à K_4 correspondent aux conditions initiales.

Exercice 2 Équation d'une trajectoire

• On exprime t en fonction de x avec la première équation horaire :

$x(t) = v_0\cos(\alpha)t$ d'où $t = \dfrac{x}{v_0\cos(\alpha)}$.

• On remplace t dans l'expression de $y(t)$, par son expression en fonction de x :

$y(t) = -\dfrac{1}{2}gt^2 + v_0\sin(\alpha)t + h_0$ et $t = \dfrac{x}{v_0\cos(\alpha)}$ d'où

$$y(t) = -\frac{1}{2}g\left(\frac{x}{v_0\cos(\alpha)}\right)^2 + v_0\sin(\alpha)\times\left(\frac{x}{v_0\cos(\alpha)}\right) + h_0.$$

Finalement : $y(x) = -\dfrac{1}{2}\dfrac{g}{v_0^2\cos^2(\alpha)}x^2 + x\tan(\alpha) + h_0$.

FOCUS MATHS

$\tan(\alpha) = \dfrac{\sin(\alpha)}{\cos(\alpha)}$

Exercice 3 Exploiter les équations du mouvement

1. L'électron est à son altitude maximale lorsque sa vitesse selon l'axe (Oy) est nulle. On cherche donc t_F tel que $v_y(t = t_F) = 0$: $v_y(t_F) = -\dfrac{eE}{m_e}t_F + v_o\sin(\alpha) = 0$ d'où :

$$t_F = \frac{m_e v_0\sin(\alpha)}{eE} = \frac{9{,}11\times10^{-31}\times3{,}5\times10^{7}\times\sin(20)}{1{,}6\times10^{-19}\times60\times10^{3}} = 1{,}1\times10^{-9}\ \text{s} = 1{,}1\,\text{ns}.$$

2. Pour obtenir y_F, on remplace t par t_F dans l'expression de $y(t)$:

$$y_F = y(t = t_F) = -\frac{eE}{2m_e}t_F^2 + v_o\sin(\alpha)t_F$$

$$y_F = -\frac{1{,}6\times10^{-19}\times60\times10^{3}}{2\times9{,}11\times10^{-31}}\times\left(1{,}1\times10^{-9}\right)^2 + 3{,}5\times10^{7}\times\sin(20)\times1{,}1\times10^{-9}$$

$y_F = 6{,}8\times10^{-3}$ m $= 0{,}68$ cm

$y_F < \dfrac{d}{2} = 2{,}5$ cm donc l'électron n'entre pas en collision avec l'armature supérieure du condensateur plan.

3. On utilise l'équation de la trajectoire. Il faut trouver l'abscisse x_P telle que $y(x_P) = 0$ car les deux armatures sont symétriques par rapport à l'axe des abscisses :

$y(x_P) = -\dfrac{eE}{2m_e v_0^2\cos^2(\alpha)}x_P^2 + \tan(\alpha)x_P = 0$. En factorisant par x_P :

$x_P\left(\tan(\alpha) - \dfrac{eE}{2m_e v_0^2\cos^2(\alpha)}x_P\right) = 0$. Il y a deux solutions :

$x_P = 0$ qui est l'origine du mouvement et $\tan(\alpha) - \dfrac{eE}{2m_e v_0^2\cos^2(\alpha)}x_P = 0$ soit :

$\dfrac{eE}{2m_e v_0^2\cos^2(\alpha)}x_P = \tan(\alpha)$ d'où $x_P = \dfrac{2m_e v_0^2\cos^2(\alpha)}{eE}\tan(\alpha)$

$x_P = \dfrac{2m_e v_0^2\cos(\alpha)\sin(\alpha)}{eE}$ soit $x_P = \dfrac{m_e v_0^2\sin(2\alpha)}{eE}$.

FOCUS MATHS

$\cos^2(\alpha)\tan(\alpha) = \cos(\alpha)\sin(\alpha)$

$2\cos(\alpha)\sin(\alpha) = \sin(2\alpha)$

$$x_P = \frac{9{,}11\times10^{-31}\times\left(3{,}5\times10^{7}\right)^2\times\sin(2\times20)}{1{,}6\times10^{-19}\times60\times10^{3}} = 7{,}5\times10^{-2}\ \text{m}.$$

$x_P = 7{,}5$ cm $< L$: L'électron n'est pas encore sorti du condensateur.

4. On cherche cette fois y tel que $x = L$. On utilise l'équation de la trajectoire :

$$y(x = L) = -\frac{eE}{2m_e v_0^2 \cos^2(\alpha)} L^2 + \tan(\alpha) L$$

$$y(x = L) = -\frac{1{,}6 \times 10^{-19} \times 60 \times 10^3}{2 \times 9{,}11 \times 10^{-31} \times (3{,}5 \times 10^7)^2 \times \cos^2(20)} \times 0{,}10^2 + \tan(20) \times 0{,}10$$

$$y(x = L) = -1{,}2 \times 10^{-2}\,\text{m} = -1{,}2\,\text{cm}$$

$y(x = L) > -\frac{d}{2}$ donc l'électron sort du condensateur plan sans problème.

Exercice 4 Système en mouvement circulaire

1. On écrit la 2e loi de Newton : $\sum \vec{F}_{ext} = m_{Io}\vec{a}_G$ or $\sum \vec{F}_{ext} = \vec{F} = G \times \frac{M_J \times m_{Io}}{R^2}\vec{u}_n$ donc : $\vec{a}_G = G \times \frac{M_J}{R^2}\vec{u}_n$.

2. Dans le repère de Frenet : $\vec{a}_G = \frac{dv}{dt}\vec{u}_\tau + \frac{v^2}{R}\vec{u}_n$ et on a démontré : $\vec{a}_G = G \times \frac{M_J}{R^2}\vec{u}_n$ donc $\frac{v^2}{R} = G \times \frac{M_J}{R^2}$ et $\frac{dv}{dt} = 0$.

On détermine l'expression de v : $\frac{v^2}{R} = G \times \frac{M_J}{R^2}$ donc $v = \sqrt{\frac{G \times M_J}{R}}$

$$v = \sqrt{\frac{6{,}67 \times 10^{-11} \times 1{,}90 \times 10^{27}}{4{,}22 \times 10^8}} = 1{,}73 \times 10^4\,\text{m} \cdot \text{s}^{-1} = 17{,}3\,\text{km} \cdot \text{s}^{-1}.$$

3. On exprime la vitesse de la Lune en fonction de la distance qu'elle parcourt pendant sa période de révolution : $v = \frac{2\pi R}{T}$.

On en déduit : $T = \frac{2\pi R}{v} = \frac{2\pi \times 4{,}22 \times 10^8}{1{,}73 \times 10^4} = 1{,}53 \times 10^5\,\text{s} = 1{,}77$ jours.

Exercice 5 Troisième loi de Kepler

On écrit l'expression de la troisième loi de Kepler et on exprime la masse de Saturne M_S en fonction des autres grandeurs : $\frac{T^2}{R^3} = \frac{4\pi^2}{GM_S}$ d'où $M_S = \frac{4\pi^2 \times R^3}{G \times T^2}$

$$M_S = \frac{4\pi^2 \times (1{,}2 \times 10^9)^3}{6{,}67 \times 10^{-11} \times (16 \times 86\,400)^2} = 5{,}4 \times 10^{26}\,\text{kg}.$$

LE RÉFLEXE À AVOIR

1 jour = 86 400 s

1 km = 10^3 m

Exercice 6 Orbite de comète

On utilise l'expression de la loi de Kepler, pour un mouvement elliptique avec le demi-grand axe a et non pas le rayon R : $\frac{T^2}{a^3} = $ constante.

La constante ne dépend que de la masse du Soleil, astre attracteur pour la Terre et aussi pour la comète de Halley. En mettant les indices T pour la Terre et CH pour la comète de Halley, on peut donc écrire : $\frac{T_T^2}{a_T^3} = \frac{T_{CH}^2}{a_{CH}^3}$ d'où $a_{CH}^3 = a_T^3 \times \left(\frac{T_{CH}}{T_T}\right)^2$ et donc $a_{CH} = a_T \times \left(\frac{T_{CH}}{T_T}\right)^{\frac{2}{3}}$.

D'après l'énoncé, la période de révolution de la comète est $T_{CH} = 76$ ans et on sait que celle de la Terre est $T_T = 1$ an. On calcule le demi grand-axe de l'orbite de la comète :

$$a_{CH} = 150 \times 10^6 \times \left(\frac{76}{1}\right)^{\frac{2}{3}} = 2{,}7 \times 10^9 \text{ km.}$$

LE RÉFLEXE À AVOIR

Si une formule est « symétrique », on peut se passer des conversions : ici on laisse a en années et T en km.

SE PERFECTIONNER

Exercice 7 Station spatiale internationale (ISS)

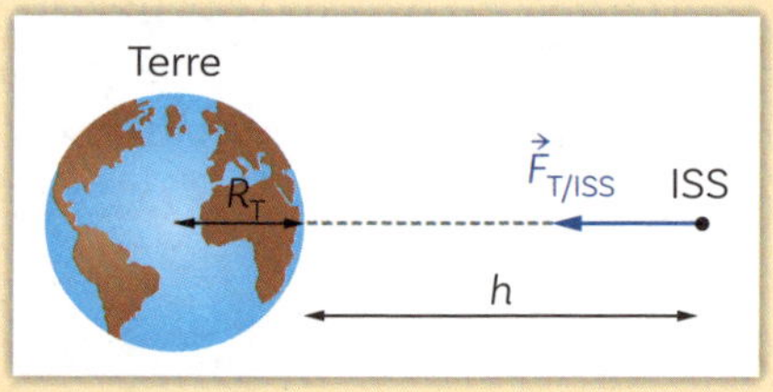

1. On étudie le système {ISS} dans le référentiel géocentrique, supposé galiléen.
On exprime et on calcule l'intensité de la force gravitationnelle. Le rayon de l'orbite de l'ISS est $R = R_T + h$:

$$F_g = G \times \frac{M_T \times m_{ISS}}{(R_T + h)^2} = 6{,}67 \times 10^{-11} \times \frac{5{,}97 \times 10^{24} \times 420 \times 10^3}{[(6\,370 + 400) \times 10^3]^2} = 3{,}60 \times 10^6 \text{ N.}$$

2. On écrit la deuxième loi de Newton non vectorielle car il n'y a qu'une seule force qui s'exerce sur l'ISS : $F_g = m_{ISS} \times a_G$ d'où $a_G = \dfrac{F_g}{m_{ISS}} = \dfrac{3{,}60 \times 10^6}{400 \times 10^3} = 9{,}00 \text{ m}\cdot\text{s}^{-2}$.

3. En considérant que l'ISS a un mouvement circulaire et uniforme, son accélération et sa vitesse sont liées par : $a_G = \dfrac{v^2}{R} = \dfrac{v^2}{R_T + h}$ d'où $v = \sqrt{a_G \times (R_T + h)}$.

$$v = \sqrt{9{,}00 \times (6\,370 + 400) \times 10^3} = 7{,}81 \times 10^3 \text{ m}\cdot\text{s}^{-1} = 7{,}81 \text{ km}\cdot\text{s}^{-1}.$$

4. On peut exprimer v en fonction de T et de $(R_T + h)$: $v = \dfrac{2\pi R}{T} = \dfrac{2\pi(R_T + h)}{T}$

$$T = \frac{2\pi(R_T + h)}{v} = \frac{2\pi \times (6\,370 + 400) \times 10^3}{7{,}81 \times 10^3} = 5{,}45 \times 10^3 \text{ s} = 1 \text{ h } 31 \text{ min.}$$

Exercice 8 Satellite marsostationnaire

1. Dans le cas du mouvement circulaire et uniforme d'un système autour de Mars, la troisième loi de Kepler s'écrit : $\dfrac{T^2}{R^3} = \dfrac{4\pi^2}{GM_M}$.

2. Pour que le satellite soit marsostationnaire, il faut $R = R_M + h$ et $T = T_M$. On peut donc écrire : $\dfrac{T_M^2}{(R_M + h)^3} = \dfrac{4\pi^2}{GM_M}$.

On exprime h en fonction des autres grandeurs : $(R_M + h)^3 = \dfrac{GM_M}{4\pi^2} T_M^2$ d'où

$$R_M + h = \sqrt[3]{\frac{GM_M}{4\pi^2} T_M^2} \text{ et finalement } h = \sqrt[3]{\frac{GM_M}{4\pi^2} T_M^2} - R_M$$

$$h = \sqrt[3]{\frac{6{,}67 \times 10^{-11} \times 6{,}42 \times 10^{23}}{4\pi^2} \times (24{,}6 \times 3\,600)^2} - 3\,380 \times 10^3$$

$$= 1{,}70 \times 10^7 \text{ m}$$

$h \approx 17\,000$ km.

L'ERREUR À NE PAS FAIRE

Ne pas oublier de tout mettre dans les unités SI.

Exercice 9 Toboggan aquatique

1. • On écrit les conditions initiales sur la vitesse et la position : $\vec{v_0}\begin{cases} v_{0x} = v_0 \\ v_{0y} = 0 \end{cases}$ et $\overrightarrow{OG_0}\begin{cases} x_0 = 0 \\ y_0 = H \end{cases}$.

• On étudie le système {enfant} dans le référentiel terrestre, supposé galiléen. On écrit la deuxième loi de Newton, sachant que l'enfant n'est soumise qu'à son poids lorsqu'elle quitte le toboggan : $\Sigma\vec{F}_{ext} = m\vec{a_G}$ or $\Sigma\vec{F}_{ext} = \vec{P} = m\vec{g}$. On en déduit $\vec{a_G} = \vec{g}$.

• On projette le vecteur $\vec{a_G}$ sur le repère (Oxy) : $\vec{a_G}(t)\begin{cases} a_x(t) = 0 \\ a_y(t) = -g. \end{cases}$

• On prend la primitive de $a_x(t)$ pour obtenir $v_x(t)$ et la primitive de $a_y(t)$ pour obtenir $v_y(t)$: $\vec{v_G}(t)\begin{cases} v_x(t) = K_1 \\ v_y(t) = -gt + K_2 \end{cases}$. K_1 et K_2 étant des constantes déterminées grâce aux conditions initiales : $K_1 = v_{0x} = v_0$ et $K_2 = v_{oy} = 0$.

Finalement : $\vec{v_G}(t)\begin{cases} v_x(t) = v_0 \\ v_y(t) = -gt \end{cases}$.

• On prend la primitive de $v_x(t)$ pour obtenir $x(t)$ et la primitive de $y_y(t)$ pour obtenir $y(t)$:

$$\overrightarrow{OG}(t)\begin{cases} x(t) = v_0t + K_3 \\ y(t) = \frac{1}{2}gt^2 + K_4 \end{cases}$$

K_3 et K_4 étant des constantes déterminées grâce aux conditions initiales : $K_3 = x_0 = 0$ et $K_4 = y_0 = H$.

Finalement : $\overrightarrow{OG}(t)\begin{cases} x(t) = v_0t \\ y(t) = \frac{1}{2}gt^2 + H \end{cases}$.

3. • On écrit l'expression de t en fonction de x : $x(t) = v_0t$ d'où $t = \frac{x}{v_0}$.

• On remplace t dans l'expression de y, par son expression déterminée précédemment en fonction de x : $y(t) = -\frac{1}{2}gt^2 + H$ et $t = \frac{x}{v_0}$ d'où $y(x) = -\frac{g}{2v_0^2}x^2 + H$.

4. On cherche x tel que $y(x) = 0$: $y(x) = -\frac{g}{2v_0^2}x^2 + H = 0$ d'où $\frac{g}{2v_0^2}x^2 = H$.

$$x = v_0\sqrt{\frac{2H}{g}} = 5{,}0 \times \sqrt{\frac{2 \times 0{,}50}{9{,}81}} = 1{,}6\,\text{m}.$$

L'enfant tombera dans l'eau à 1,6 m de l'extrémité du toboggan.

Exercice 10 Le télescope Hubble

1. Hubble n'est soumis qu'à la force de gravitation de la Terre et son altitude est quasi constante, il a donc une trajectoire circulaire.

2. On applique la 2e loi de Newton au système {Hubble}. Le rayon de l'orbite de Hubble est $R = R_T + h$: $\Sigma\vec{F}_{ext} = m\vec{a_G}$ or $\Sigma\vec{F}_{ext} = \vec{F} = G \times \frac{M_T \times m}{(R_T + h)^2}\vec{u_n}$. On en déduit : $\vec{a_G} = G \times \frac{M_T}{(R_T + h)^2}\vec{u_n}$.

Dans le repère de Frenet : $\overrightarrow{a_G} = \frac{dv}{dt}\overrightarrow{u_\tau} + \frac{v^2}{R_T + h}\overrightarrow{u_n}$ et on a démontré : $\overrightarrow{a_G} = G \times \frac{M_J}{(R_T + h)^2}\overrightarrow{u_n}$

donc $\frac{v^2}{R_T + h} = G \times \frac{M_J}{(R_T + h)^2}$ et $\frac{dv}{dt} = 0$.

$\frac{dv}{dt} = 0$, donc la vitesse de Hubble autour de la Terre est constante et son mouvement est uniforme.

3. On calcule le quotient des forces de gravitation exercée par la Terre et par le Soleil sur Hubble. On considère que la distance Hubble-Soleil est égale à la distante Terre-Soleil d :

$$\frac{F_g(\text{Terre})}{F_g(\text{Soleil})} = \frac{G \times \frac{M_T \times m}{(R_T + h)^2}}{G \times \frac{M_S \times m}{d^2}} \text{ d'où } \frac{F_g(\text{Terre})}{F_g(\text{Soleil})} = \frac{\frac{M_T}{(R_T + h)^2}}{\frac{M_S}{d^2}} = \frac{M_T}{M_S} \times \left(\frac{d}{R_T + h}\right)^2 \text{ soit :}$$

$$\frac{F_g(\text{Terre})}{F_g(\text{Soleil})} = \frac{5{,}97 \times 10^{24}}{1{,}99 \times 10^{30}} \times \left(\frac{149{,}6 \times 10^6}{6\,370 + 600}\right)^2 \approx 1\,465.$$

La force de gravitation exercée par la Terre sur Hubble est bien supérieure à celle exercée par le Soleil. On peut donc négliger cette dernière.

4. On détermine l'expression de v avec le résultat de la question 2 : $\frac{v^2}{R_T + h} = G \times \frac{M_T}{(R_T + h)^2}$

d'où $v = \sqrt{\frac{G \times M_T}{R_T + h}}$

$$v = \sqrt{\frac{6{,}67 \times 10^{-11} \times 1{,}90 \times 10^{27}}{4{,}22 \times 10^8}} = 1{,}73 \times 10^4 \text{ m}\cdot\text{s}^{-1} = 17{,}3 \text{ km}\cdot\text{s}^{-1}.$$

5. On exprime la vitesse de Hubble en fonction de la distance qu'il parcourt pendant sa période de révolution : $v = \frac{2\pi(R_T + h)}{T}$ d'où $T = \frac{2\pi(R_T + h)}{v}$.

6. On compare les deux expressions de la vitesse des questions **4** et **5** :

$$v = \sqrt{\frac{G \times M_T}{R_T + h}} \text{ et } v = \frac{2\pi(R_T + h)}{T} \text{ d'où } \sqrt{\frac{G \times M_T}{R_T + h}} = \frac{2\pi(R_T + h)}{T} \text{ soit donc } \frac{G \times M_T}{R_T + h} = \frac{4\pi^2(R_T + h)^2}{T^2}$$

et finalement : $\frac{T^2}{(R_T + h)^3} = \frac{4\pi^2}{G \times M_T}$.

7. On exprime et on calcule T avec la relation précédemment démontrée :

$$T^2 = \frac{4\pi^2}{G \times M_T}(R_T + h)^3 \text{ d'où}$$

$$T = 2\pi\sqrt{\frac{(R_T + h)^3}{G \times M_T}} = 2\pi\sqrt{\frac{\left((6\,730 + 600) \times 10^3\right)^3}{6{,}67 \times 10^{-11} \times 5{,}97 \times 10^{24}}} = 6{,}25 \times 10^3 \text{ s} = 1 \text{ h } 44 \text{ min}.$$

Exercice 11 **Le canon à électron**

Pour résoudre ce problème, il faut déterminer les équations horaires du mouvement de l'électron entre O et A.

- Seule la force électrique $\vec{F_e} = q\vec{E}$ s'applique sur l'électron, avec $q = -e$. Il faut remarquer que $\vec{E}$ est dirigé du + vers le –, donc vers la gauche d'après le schéma (sens inverse de l'axe (Ox)).

- On écrit les conditions initiales sur la vitesse et la position : $\vec{v_0}\begin{cases} v_{0x} = 0 \\ v_{0y} = 0 \end{cases}$ et $\overrightarrow{OG_0}\begin{cases} x_0 = 0 \\ y_0 = 0 \end{cases}$.

- On applique la deuxième loi de Newton : $\Sigma\vec{F}_{ext} = m_e\vec{a_G}$ or $\Sigma\vec{F}_{ext} = \vec{F_e} = -e\vec{E}$ donc $\vec{a_G} = -\dfrac{e}{m}\vec{E}$.

- On projette le vecteur $\vec{a_G}$ sur le repère (Oxy) : $\vec{a_G}(t)\begin{cases} a_x(t) = \dfrac{eE}{m} \\ a_y(t) = 0 \end{cases}$.

- On prend la primitive de $a_x(t)$ pour obtenir $v_x(t)$ et la primitive de $a_y(t)$ pour obtenir $v_y(t)$: $\vec{v_G}(t)\begin{cases} v_x(t) = \dfrac{eE}{m}t + K_1 \\ v_y(t) = K_2 \end{cases}$. K_1 et K_2 étant des constantes déterminées grâce aux conditions initiales : $K_1 = v_{0x} = 0$ et $K_2 = v_{oy} = 0$.

Finalement $\vec{v_G}(t)\begin{cases} v_x(t) = \dfrac{eE}{m}t \\ v_y(t) = 0 \end{cases}$. On en déduit la norme du vecteur vitesse :

$$v(t) = \left\|\vec{v}(t)\right\| = \sqrt{v_x^2(t) + v_y^2(t)} = \sqrt{\left(\frac{eE}{m}t\right)^2 + 0^2} \text{ d'où } v(t) = \frac{eE}{m}t.$$

- On prend la primitive de $v_x(t)$ pour obtenir $x(t)$ et la primitive de $y_y(t)$ pour obtenir $y(t)$: $\overrightarrow{OG}(t)\begin{cases} x(t) = \dfrac{eE}{2m}t^2 + K_3 \\ y(t) = K_4 \end{cases}$. K_3 et K_4 étant des constantes déterminées grâce aux conditions initiales : $K_3 = x_0 = 0$ et $K_4 = y_0 = 0$.

Finalement : $\overrightarrow{OG}(t)\begin{cases} x(t) = \dfrac{eE}{2m}t^2 \\ y(t) = 0 \end{cases}$.

- On cherche à exprimer t en fonction de x : $x(t) = \dfrac{eE}{2m}t^2$ d'où $t = \sqrt{\dfrac{2m}{eE}x}$.

On remplace t dans l'expression de v par son expression en fonction de x :

$$v(t) = \frac{eE}{m}t \text{ et } t = \sqrt{\frac{2m}{eE}x} \text{ d'où } v(x) = \frac{eE}{m} \times \sqrt{\frac{2m}{eE}x} = \sqrt{\frac{2eE}{m}x}.$$

Et sachant que $E = \dfrac{U}{d}$, on obtient finalement : $v(x) = \sqrt{\dfrac{2eU}{md}x}$.

- L'électron atteint sa vitesse maximale lorsqu'il sort du condensateur, car il n'est alors plus soumis au champ $\vec{E}$ et n'est donc plus accéléré. On cherche v pour $x = d$:

$$v_{max} = v(x = d) = \sqrt{\frac{2eU}{m}} = \sqrt{\frac{2 \times 1{,}6 \times 10^{-19} \times 4\,000}{9{,}11 \times 10^{-31}}} = 3{,}7 \times 10^7\ \text{m}\cdot\text{s}^{-1}.$$

SE PRÉPARER À L'EXAMEN

SUJET Service et réception au volley-ball

1. a. On étudie le système {balle} dans le référentiel terrestre, supposé galiléen. On applique la deuxième loi de Newton, sachant que la balle n'est soumise qu'à son poids : $\sum \vec{F}_{ext} = m \cdot \vec{a}_g$ or $\sum \vec{F}_{ext} = \vec{P} = m\vec{g}$ donc $\vec{a}_G = \vec{g}$.

On projette le vecteur $\vec{a}_G$ sur le repère (Oxy) : $\vec{a}_G(t)\begin{cases} a_x(t) = 0 \\ a_y(t) = -g \end{cases}$.

b. • On écrit les conditions initiales sur la vitesse et la position : $\vec{v}_0\begin{cases} v_{0x} = v_0 \\ v_{0y} = 0 \end{cases}$ et $\overrightarrow{OB_0}\begin{cases} x_0 = 0 \\ y_0 = h \end{cases}$.

• On prend la primitive de $a_x(t)$ pour obtenir $v_x(t)$ et la primitive de $a_y(t)$ pour obtenir $v_y(t)$: $\vec{v}_G(t)\begin{cases} v_x(t) = K_1 \\ v_y(t) = -gt + K_2 \end{cases}$, K_1 et K_2 étant des constantes déterminées grâce aux conditions initiales : $K_1 = v_{0x} = v_0$ et $K_2 = v_{oy} = 0$. Finalement $\vec{v}_G(t)\begin{cases} v_x(t) = v_0 \\ v_y(t) = -gt \end{cases}$.

• On prend la primitive de $v_x(t)$ pour obtenir $x(t)$ et la primitive de $y_y(t)$ pour obtenir $y(t)$: $\overrightarrow{OB}(t)\begin{cases} x(t) = v_0 t + K_3 \\ y(t) = \frac{1}{2}gt^2 + K_4 \end{cases}$, K_3 et K_4 étant des constantes qui sont déterminées grâce aux conditions initiales : $K_3 = x_0 = 0$ et $K_4 = y_0 = h$. Finalement : $\overrightarrow{OB}(t)\begin{cases} x(t) = v_0 t \\ y(t) = \frac{1}{2}gt^2 + h \end{cases}$.

• On remplace t dans l'expression de y, par son expression déterminée précédemment en fonction de x : $y(t) = -\frac{1}{2}gt^2 + h$ et $t = \frac{x}{v_0}$ d'où : $y(x) = -\frac{g}{2v_0^2}x^2 + h$.

c. Pour savoir si la balle touche le sol avant la ligne de fond, on calcule son abscisse lorsqu'elle arrive au sol. On cherche donc x tel que $y(x) = 0$. On résout $y(x) = -\frac{g}{2v_0^2}x^2 + h = 0$ soit $\frac{g}{2v_0^2}x^2 = h$. Finalement $x = v_0\sqrt{\frac{2h}{g}} = 21{,}0 \times \sqrt{\frac{2 \times 3{,}5}{9{,}81}} = 17{,}7\,\text{m}$. La ligne de fond étant située à 18 m du point de lancer, le ballon tombe bien dans les limites du terrain.

2. • On sait que le joueur adverse réceptionne le ballon lorsque celui-ci est encore à $y = 80$ cm d'altitude. On cherche l'abscisse x du point de la trajectoire du ballon tel que $y(x) = 0{,}80\,\text{m}$: $y(x) = -\frac{g}{2v_0^2}x^2 + h = 0{,}80$ d'où $\frac{g}{2v_0^2}x^2 = h - 0{,}80$.

Soit $x = v_0\sqrt{\frac{2(h-0{,}80)}{g}} = 21{,}0 \times \sqrt{\frac{2 \times (3{,}5 - 0{,}80)}{9{,}81}} = 15{,}6\,\text{m}$.

• On cherche t pour $x = 15{,}6\,\text{m}$: $x(t) = v_0 t$ soit $t = \frac{x}{v_0} = \frac{15{,}6}{21{,}0} = 0{,}74\,\text{s}$.

• On détermine maintenant la distance d que doit parcourir le joueur adverse pour réceptionner la balle, sachant qu'il part du fond du terrain : $d = 18 - 15{,}6 = 2{,}4\,\text{m}$.

• On calcule alors la vitesse moyenne minimale du joueur adverse : $v = \frac{d}{t} = \frac{2{,}4}{0{,}76} = 3{,}2\,\text{m}\cdot\text{s}^{-1}$.

Cette vitesse est réaliste, mais il faut que le joueur démarre vite sa course !

Chapitre 9 Mouvement dans un champ

Tu viens de voir les notions à connaître sur le mouvement dans un champ uniforme. Pour t'aider à retenir l'essentiel et t'entraîner pour le Bac, voici ton kit de révisions clé en mains conçu par SchoolMouv !

Vidéo

Pour mieux comprendre et t'en souvenir à coup sûr, regarde la vidéo. C'est parfois bien plus clair en images.

Vidéo **Mouvement dans un champ uniforme**

https://flashbelin.fr/focusbacschoolmouv/pc/9

Contenu additionnel

Voici un bonus autour du même sujet. La curiosité n'est pas toujours un vilain défaut. Il te suffit de créer ton compte pour avoir plein de contenus supplémentaires.

Quiz **Mouvement dans un champ uniforme**

https://www.schoolmouv.fr/eleves/cours/mouvement-dans-un-champ-de-pesanteur-uniforme/qcm

Tchat avec un prof

Pour poser toutes tes questions à un prof particulier, découvre l'abonnement tchat. Tu peux le tester gratuitement pendant 7 jours : fini les questions sans réponses, tu vas devenir incollable.

https://focusbac.schoolmouv.fr/offre

Modéliser l'écoulement d'un fluide

LE CHAPITRE EN UN COUP D'ŒIL

SCHOOLMOUV

Ton **KIT DE SURVIE** pour le Bac p. 255

RETENIR L'ESSENTIEL

1 Fluide au repos

Rappels de Première

On considère un fluide (liquide ou gaz) au repos, dans un champ de pesanteur $\vec{g}$ uniforme et dans le référentiel terrestre supposé galiléen. D'après la **loi fondamentale de la statique des fluides**, l'intensité des forces pressantes augmente avec la profondeur d'immersion :

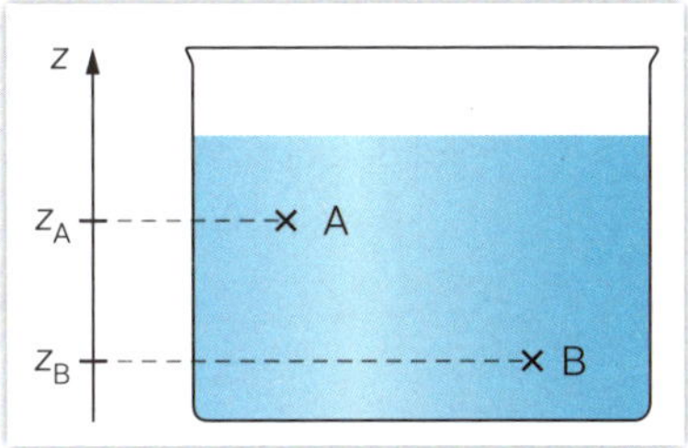

$$P_B - P_A = \rho_f \times g \times (z_A - z_B)$$

P_A et P_B : pressions aux points A et B (en Pa)
ρ_f : masse volumique du fluide (en kg · m^{-3})
g : intensité de la pesanteur (en N · kg^{-1})
z_A et z_B : altitudes des points A et B (en m)

Poussée d'Archimède

- Le **principe d'Archimède** énonce que « tout corps totalement immergé dans un fluide au repos est soumis à une force (dite de poussée), verticale, dirigée vers le haut, et égale à l'opposé du poids du volume de fluide déplacé ». Cette force de poussée est appelée **poussée d'Archimède**.
- Le volume de fluide déplacé, pour un solide complètement immergé, est égal au volume du solide. Le point d'application de la force est appelé centre de poussée (noté C) et correspond au centre de masse de fluide déplacé.
- La **poussée d'Archimède** est notée $\vec{A}$ et a pour norme :

$$A = m_{fluide} \times g = \rho_{fluide} \times V_f \times g$$

m_{fluide} : masse de fluide déplacé (en kg)
ρ_{fluide} : masse volumique du fluide (en kg · m^{-3})
g : intensité de la pesanteur (en N · kg^{-1})
$V_f = V_{corps\ immergé}$: volume de fluide déplacé (en m^3)

D'un point de vue vectoriel :

$$\vec{A} = -\vec{P}_{fluide} = -m_{fluide} \times \vec{g} = -\rho_f \times V_f \times \vec{g}$$

où $\vec{P}_{fluide}$ est le poids du fluide déplacé.

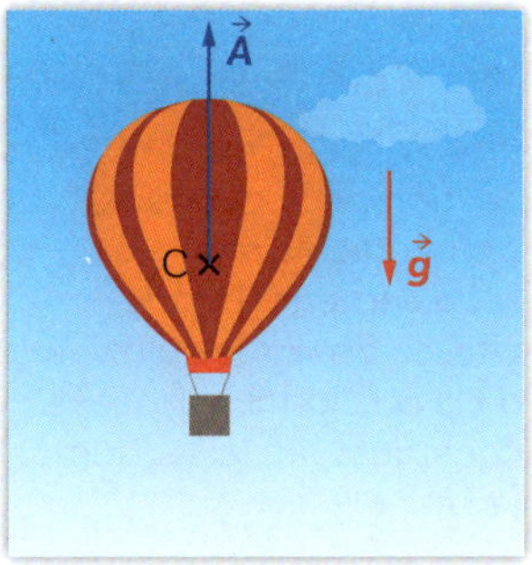

Conditions de flottaison

- Un solide qui flotte à la surface de l'eau est partiellement immergé dans deux fluides (l'eau et l'air).
- Un solide coule si son poids est supérieur à la poussée d'Archimède.
- Si, à la surface de l'eau, ces deux forces sont égales, alors le solide flotte.

Solide qui a coulé : $\vec{P}+\vec{A}+\vec{R}=\vec{0}$

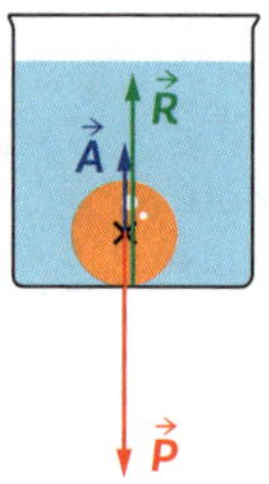

Solide qui flotte : $\vec{P}+\vec{A}=\vec{0}$

avec : $\vec{A}+\vec{A}_{liquide}+\vec{A}_{air}\approx\vec{A}_{liquide}$

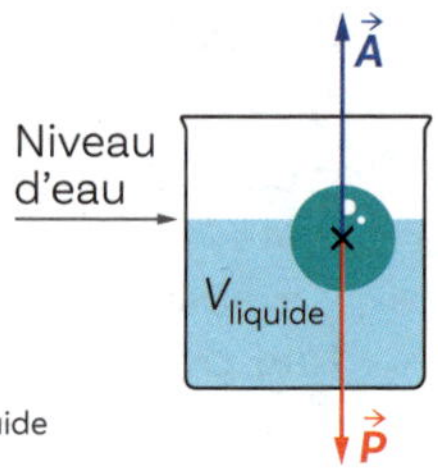

2 Fluide en écoulement

Hypothèses de travail

L'étude d'un fluide en mouvement est un problème complexe et il faut respecter plusieurs hypothèses de travail.

- Le fluide doit être **parfait** (non visqueux, c'est-à-dire qu'on néglige toutes forces de frottements entre les molécules qui le composent), **incompressible** et **homogène** (sa masse volumique est constante). Cela est respecté par les liquides, et les gaz si la vitesse de ces derniers est inférieure à celle du son dans l'air.
- L'écoulement doit être supposé **non tourbillonnaire** (le fluide ne doit pas avoir un mouvement à caractère rotatif) et **permanent** (la vitesse et la pression du fluide sont donc indépendantes du temps).

Débit volumique

- Le **débit volumique** correspond au volume de fluide qui traverse la section droite d'une conduite par unité de temps. Il peut être calculé par :

$$D_V = \frac{V}{\Delta t}$$

D_V : débit volumique (en $m^3 \cdot s^{-1}$)
V : volume de fluide écoulé (en m^3)
Δt : durée de l'écoulement (en s)

- Le **débit volumique** peut être lié à la vitesse du fluide par la relation :

$$D_V = S \times v$$

D_V : débit volumique (en $m^3 \cdot s^{-1}$)
S : section de la conduite perpendiculaire à l'écoulement (en m^2)
v : vitesse de fluide au niveau de la section S, supposée constante sur la section (en $m \cdot s^{-1}$)

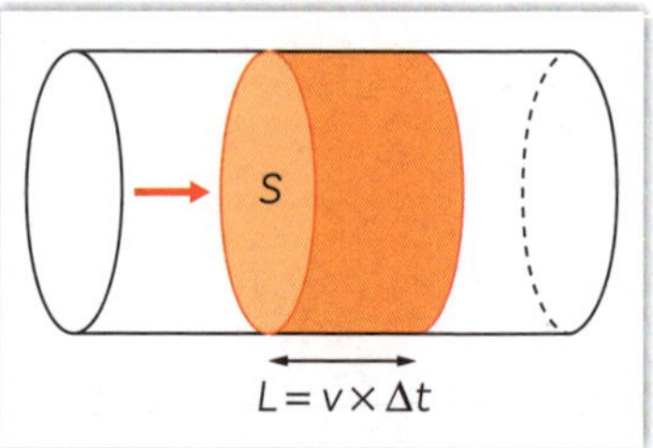

Conservation du débit volumique

- Si le fluide est incompressible, il y a **conservation du débit volumique** :

$$D_{V_1} = D_{V_2}$$

- Dans une canalisation dont la section diminue, la vitesse d'écoulement du fluide augmente :

$$S_1 \times v_1 = S_2 \times v_2$$

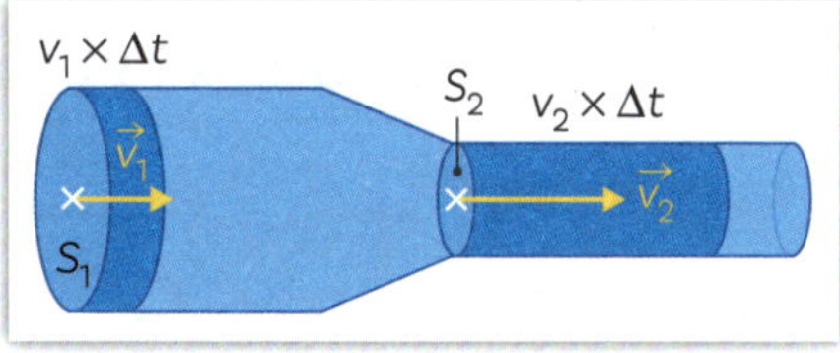

Relation de Bernoulli

Soit un écoulement qui satisfait les hypothèses précédentes. Avec un axe (Oz) vertical vers le haut, la **relation de Bernoulli** permet d'écrire en tout point du fluide que :

$$\frac{\rho v^2}{2} + \rho \times g \times z + p = \text{constante}$$

- ρ : masse volumique du fluide (en $kg \cdot m^{-3}$)
- v : vitesse du fluide au point considéré (en $m \cdot s^{-1}$)
- g : intensité de pesanteur (en $N . kg^{-1}$)
- z : altitude du fluide au point considéré (en m)
- p : pression du fluide au point considéré (en Pa)

Ainsi, dans les conditions ci-contre, la relation de Bernoulli s'écrit :

$$\frac{\rho v_1^2}{2} + \rho \times g \times z_1 + P_1 = \frac{\rho v_2^2}{2} + \rho \times g \times z_2 + P_2$$

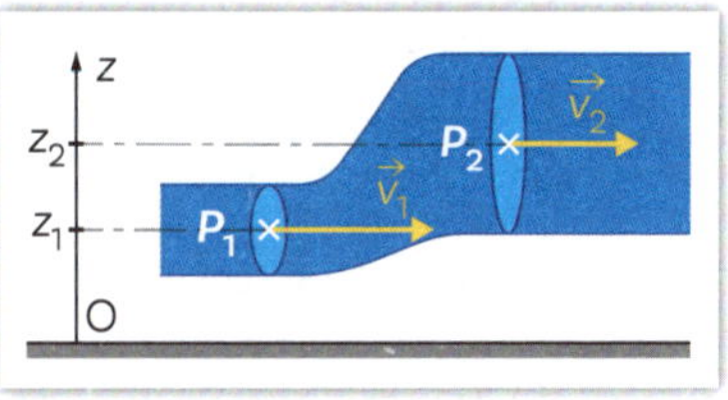

Effet Venturi

Dans une conduite horizontale qui se rétrécit, une **diminution de pression** (dépression) est observée au voisinage de l'étranglement : elle est d'autant plus importante que la section diminue. La dépression s'accompagne d'une **augmentation de la vitesse** d'écoulement du fluide : dans l'étranglement, plus la pression diminue, plus la vitesse d'écoulement du fluide augmente.

$$P_B = P_A + \frac{\rho v_A^2}{2}\left(1 - \left(\frac{S_A}{S_B}\right)^2\right) < P_A :$$

car $1 - \left(\frac{S_A}{S_B}\right)^2 < 0$

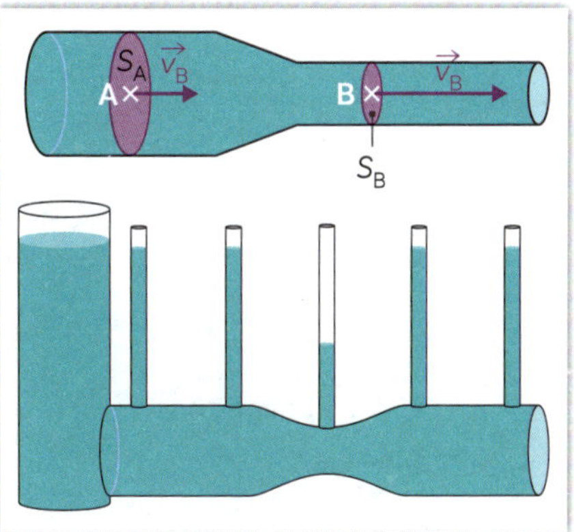

SAVOIR FAIRE

Méthode 1 Utiliser l'expression de la poussée d'Archimède

ÉNONCÉ

On considère un ballon gonflé à l'hélium, que l'on assimile à une boule de rayon $R = 15$ cm.

1. Déterminer la norme de la poussée d'Archimède exercée par l'air sur le ballon.

2. Déterminer le poids du ballon, en négligeant la masse de la baudruche qui contient le gaz.

3. Donner les caractéristiques de ces deux forces et en déduire le mouvement du ballon.

Données.
- Masse volumique de l'air : $\rho_{air} = 1{,}3\ \text{g} \cdot \text{L}^{-1}$.
- Masse volumique de l'hélium : $\rho_{He} = 0{,}17\ \text{g} \cdot \text{L}^{-1}$.
- Intensité du champ de pesanteur terrestre : $g = 9{,}81\ \text{N} \cdot \text{kg}^{-1}$.
- Volume d'une boule de rayon R : $V = \frac{4}{3}\pi R^3$.

SOLUTION

1. • On exprime la norme de la poussée d'Archimède en identifiant le volume de fluide déplacé :

$A = m_{air} \times g$ soit $A = \rho_{air} \times V_{air} \times g$ avec $V_{air} = \frac{4}{3}\pi R^3$.

• On calcule la norme de la poussée d'Archimède :

$$A = \rho_{air} \times \frac{4}{3}\pi R^3 \times g = 1{,}3 \times \frac{4}{3}\pi \times 0{,}15^3 \times 9{,}81 = 0{,}18\ \text{N}$$

2. • On exprime le poids de l'hélium :

$P = m_{He} \times g$ soit $P = \rho_{He} \times V \times g = \rho_{He} \times \frac{4}{3}\pi R^3 \times g$.

• On calcule la norme du poids :

$$P = 0{,}17 \times \frac{4}{3}\pi \times 0{,}15^3 \times 9{,}81 = 0{,}024\ \text{N}$$

3.

Force	Poussée d'Archimède	Poids
Point d'application	Centre du ballon	Centre du ballon
Direction	Verticale	Verticale
Sens	Vers le haut	Vers le bas
Norme	$A = 0{,}18$ N	$P = 0{,}024$ N

Étant donné que $A > P$, le ballon va vers le haut.

L'ERREUR À NE PAS FAIRE

Attention aux unités ! La masse volumique doit être en $\text{kg} \cdot \text{m}^{-3}$ si l'on exprime R en m :
$1\ \text{g} \cdot \text{L}^{-1} = 1\ \text{kg} \cdot \text{m}^{-3}$

Méthode 2 Exploiter la conservation du débit volumique

ÉNONCÉ

Le débit d'eau moyen dans un tuyau d'arrosage de rayon $R_1 = 19\,\text{mm}$ est $D_V = 18\,\text{L} \cdot \text{min}^{-1}$.

1. Calculer la vitesse de l'eau dans le tuyau, que l'on modélisera par un cylindre de rayon R_1.

2. Afin d'arroser plus loin, on raccorde un second tuyau, de diamètre $R_2 = 13\,\text{mm}$.
Calculer la vitesse de l'eau dans le second tuyau.

SOLUTION

1. • On utilise la formule du débit volumique pour exprimer v :

$D_V = S \times v$, d'où : $v = \dfrac{D_V}{S}$.

• On exprime l'aire de la section du tuyau d'arrosage, en étant vigilant sur la donnée de l'énoncé (rayon ou diamètre).
L'aire de la section du tuyau est l'aire du disque de rayon R, soit $S = \pi R^2$.

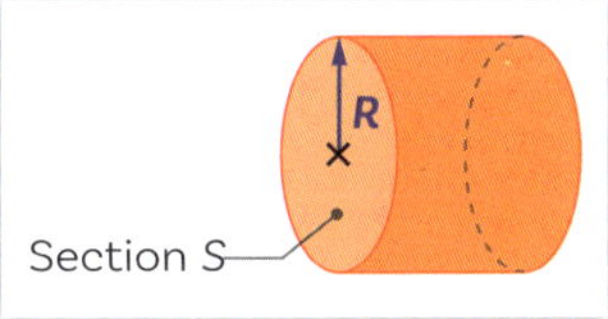

• On convertit le débit volumique dans l'unité du SI (le $\text{m}^3 \cdot \text{s}^{-1}$) :

$$D_V = 18\,\text{L} \cdot \text{min}^{-1} = \frac{18\,\text{L}}{1\,\text{min}} = \frac{18 \times 10^{-3}\,\text{m}^3}{60\,\text{s}} = 3{,}0 \times 10^{-4}\,\text{m}^3 \cdot \text{s}^{-1}$$

• On calcule la vitesse, en $\text{m} \cdot \text{s}^{-1}$:

$$v_1 = \frac{D_V}{S_1} = \frac{D_V}{\pi R_1^2} = \frac{3{,}0 \times 10^{-4}}{\pi \times \left(19 \times 10^{-3}\right)^2} = 0{,}27\,\text{m} \cdot \text{s}^{-1}$$

2. On utilise la conservation du débit volumique :

$D_V = v_1 \times S_1 = v_2 \times S_2$

Sachant que $S = \pi R^2$, on a :

$v_1 \times R_1^2 = v_2 \times R_2^2$

D'où $v_2 = v_1 \times \left(\dfrac{R_1}{R_2}\right)^2$.

$$v_2 = 0{,}27 \times \left(\frac{19}{13}\right)^2 = 0{,}58\,\text{m} \cdot \text{s}^{-1}$$

L'INFO À RETENIR

Si le rayon de la canalisation diminue, la vitesse d'écoulement du fluide augmente.

LE RÉFLEXE À AVOIR

Ici, on a le quotient de deux rayons. On peut laisser leurs valeurs en mm.

Méthode 3 Exploiter la relation de Bernoulli

ÉNONCÉ

Dans une installation de chauffage central, l'eau sort de la chaudière dans un tuyau de rayon intérieur $r_A = 10$ cm sous une pression $P_A = 5{,}0 \times 10^5$ Pa, avec un débit volumique $D_V = 18\ \text{L} \cdot \text{min}^{-1}$.

→ Calculer la pression de l'eau en un point du radiateur situé à $z_B = 3{,}0$ m d'altitude au-dessus de la chaudière, elle-même à l'altitude $z_A = 0$ m, sachant que l'eau circule dans un tuyau de rayon intérieur $r_B = 2{,}5$ mm.

Données.

- Masse volumique de l'eau : $\rho_{eau} = 1{,}0 \times 10^3\ \text{kg} \cdot \text{m}^{-3}$.
- Intensité du champ de pesanteur terrestre : $g = 9{,}81\ \text{N} \cdot \text{kg}^{-1}$.

SOLUTION

- On utilise la relation de Bernoulli pour exprimer P_B :

$$P_B = P_A + \frac{\rho}{2} \times \left(v_A^2 - v_B^2\right) + \rho \times g(z_A - z_B)$$

- On identifie les grandeurs de la relation de Bernoulli avec les unités du Système international :

Chaudière	Radiateur
$z_A = 0$ m	$z_B = 3{,}0$ m
v_A à calculer en $\text{m} \cdot \text{s}^{-1}$	v_B à calculer en $\text{m} \cdot \text{s}^{-1}$
$P_A = 5{,}0 \times 10^5$ Pa	P_B inconnue

- On utilise la conservation du débit volumique pour exprimer v_A et v_B.

Le débit volumique est donné par $D_V = v \times S$ et on sait que $S = \pi \times r^2$.

Donc : $v_A = \dfrac{D_V}{\pi \times r_A}$ et $v_B = \dfrac{D_V}{\pi \times r_B}$.

- On convertit le débit volumique dans l'unité du Système international :

$D_V = 18\ \text{L} \cdot \text{min}^{-1}$, soit $D_V = 3{,}0 \times 10^{-4}\ \text{m}^3 \cdot \text{s}^{-1}$

- On calcule v_A et v_B :

$$v_A = \frac{D_V}{\pi \times r_A} = \frac{3{,}0 \times 10^{-4}}{\pi \times \left(10 \times 10^{-2}\right)^2} = 9{,}5 \times 10^{-3}\ \text{m} \cdot \text{s}^{-1}$$

$$v_B = \frac{D_V}{\pi \times r_B} = \frac{3{,}0 \times 10^{-4}}{\pi \times \left(2{,}5 \times 10^{-3}\right)^2} = 15\ \text{m} \cdot \text{s}^{-1}$$

- On calcule P_B. On a : $P_B = P_A + \dfrac{\rho}{2}\left(v_A^2 - v_B^2\right) + \rho \times g(z_A - z_B)$.

$$P_B = 5{,}0 \times 10^5 + \frac{1{,}0 \times 10^3}{2} \times \left(\left(9{,}5 \times 10^{-3}\right)^2 - 15^2\right) + 1{,}0 \times 10^3 \times 9{,}81 \times (0 - 3{,}0)$$

$$P_B = 3{,}6 \times 10^5\ \text{Pa}$$

SE TESTER

10 min

Donner la ou les bonne(s) réponse(s) en 10 minutes chrono !

1. La poussée d'Archimède :

- **a** est toujours orientée vers le haut
- **b** est toujours orientée vers le bas
- **c** peut être orientée vers le haut ou vers le bas

2. Un objet de masse volumique ρ totalement immergé dans l'eau coule si :

- **a** la norme de son poids est plus petite que la norme de la poussée d'Archimède
- **b** $\rho > \rho_{eau}$
- **c** $\rho < \rho_{eau}$

3. L'unité SI d'un débit volumique est le :

- **a** $L \cdot s^{-1}$
- **b** $m^3 \cdot s^{-1}$
- **c** $L \cdot min^{-1}$

4. L'eau en sortie du tuyau d'un lavabo, de diamètre 10 mm, a un débit volumique de 20 cL · s^{-1}. La vitesse de l'eau en sortie du tuyau est :

- **a** $v = 0{,}64\ m \cdot s^{-1}$
- **b** $v = 25\ m \cdot s^{-1}$
- **c** $v = 2{,}5\ m \cdot s^{-1}$

5. Au sein d'un écoulement vérifiant la relation de Bernoulli, si la vitesse augmente :

- **a** la pression p augmente pour une altitude z constante
- **b** l'altitude z augmente pour une pression p constante
- **c** l'altitude z diminue pour une pression p constante

6. Un fluide incompressible s'écoule en régime permanent dans une canalisation horizontale de rayon *r* avec une vitesse *v*. Dans une zone où le rayon *r* de la canalisation est multiplié par 2, la vitesse du fluide est :

- **a** divisée par 2
- **b** divisée par 4
- **c** multipliée par 4

→ Corrigés page 250

S'ENTRAÎNER

Donnée pour tous les exercices. Intensité de la pesanteur terrestre : $g = 9{,}81\ \text{N} \cdot \text{kg}^{-1}$.

Exercice 1 Poussée d'Archimède Voir Méthode 1 p. 242

En décembre 1783, Jacques Charles et les frères Robert construisirent un ballon de 800 m^3 rempli de dihydrogène, qui s'éleva depuis le jardin des Tuileries, à Paris.

1. Calculer la norme de la poussée d'Archimède qui s'exerçait sur le ballon.

2. Représenter les forces appliquées au ballon lors de son vol.

3. Calculer la masse maximale totale qui pouvait être soulevée par le ballon.

Donnée. Masse volumique de l'air : $\rho_{air} = 1{,}30\ \text{kg} \cdot \text{m}^{-3}$.

→ Corrigé p. 250

Exercice 2 Flottaison d'un ballon Voir Méthode 1 p. 242

Un ballon de rayon $R = 30{,}0$ cm flotte à la surface de l'eau et est à moitié immergé.

→ Calculer les normes des poussées d'Archimède dues à l'air et à l'eau, puis les comparer.

Données.
- Masse volumique de l'air : $\rho_{air} = 1{,}30\ \text{kg} \cdot \text{m}^{-3}$.
- Masse volumique de l'eau : $\rho_{eau} = 1{,}00 \times 10^3\ \text{kg} \cdot \text{m}^{-3}$

→ Corrigé p. 250

Exercice 3 Conservation du débit volumique Voir Méthode 2 p. 243

En fonctionnement, un nettoyeur haute pression débite $10{,}2\ \text{L} \cdot \text{min}^{-1}$ sous une pression de 15 MPa.

1. La vitesse de l'eau dans le tuyau est de $1{,}5\ \text{m} \cdot \text{s}^{-1}$. Calculer le diamètre du tuyau.

2. La section en sortie de tuyau est de $1{,}0\ \text{mm}^2$. Calculer la vitesse de sortie de l'eau.

→ Corrigé p. 251

Exercice 4 Relation de Bernoulli Voir Méthode 3 p. 244

De l'eau s'écoule dans une canalisation d'un point A vers un point B.

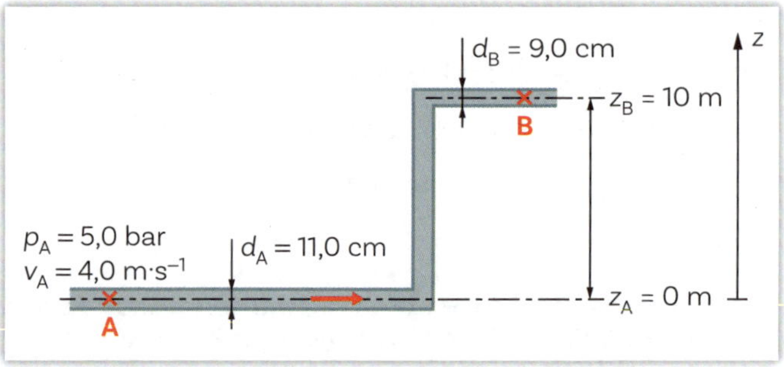

1. Déterminer la vitesse v_B de l'eau au point B.

2. Évaluer la pression P_B au point B.

Données.
- Masse volumique de l'eau : $\rho_{eau} = 1{,}00 \times 10^3\ \text{kg} \cdot \text{m}^{-3}$.
- 1 bar = 10^5 Pa

→ Corrigé p. 251

SE PERFECTIONNER

Donnée pour tous les exercices. Intensité de la pesanteur terrestre : $g = 9{,}81\ \mathrm{N \cdot kg^{-1}}$.

Exercice 5 ★ Ajustement de lestage pour plongée

Benjamin, intégralement équipé pour plonger, déplace un volume d'eau $V = 100$ L. Il règle son lest (une masse supplémentaire) pour être en équilibre dans l'eau du lac d'eau douce (densité : $d_{lac} = 1{,}00$), puis souhaite plonger en mer (densité : $d_{mer} = 1{,}03$) avec le même équipement.

1. Calculer la norme de la poussée d'Archimède exercée par l'eau douce sur Benjamin et son équipement, puis en déduire le poids de Benjamin et de son équipement.

2. Calculer la norme de la poussée d'Archimède exercée par l'eau de mer sur Benjamin et son équipement, et indiquer comment évolue Benjamin dans l'eau de mer s'il ne modifie pas son lestage.

3. Calculer la masse supplémentaire dont doit se lester Benjamin pour plonger dans l'eau de mer avec le même équipement.

> **CONSEIL**
> **3.** Écrire un équilibre de forces s'exerçant sur le système {Benjamin + lest}. On négligera la poussée d'Archimède exercée sur le lest.

Donnée. Masse volumique de l'eau douce : $\rho_{eau\ douce} = 1{,}00 \times 10^3\ \mathrm{kg \cdot m^{-3}}$.

→ Corrigé p. 251

Exercice 6 ★★ La partie immergée de l'iceberg

On considère un iceberg de volume total $V_{iceberg}$. Le volume de la partie immergée (sous l'eau) est noté V_i et le volume de la partie émergée (à l'air libre) est noté V_{ext}.

1. Dresser le bilan des forces auxquelles est soumis l'iceberg.

2. Représenter les forces sur un schéma.

3. Donner l'expression de $V_{iceberg}$ en fonction de V_i et V_{ext}.

4. Exprimer le poids P de l'iceberg et la poussée d'Archimède A qu'il subit.

5. Quelle condition y a-t-il sur les valeurs de A et P pour que l'iceberg flotte ?

6. À l'aide des réponses aux questions précédentes, déterminer le pourcentage du volume de l'iceberg qui est immergé.

Données.
- Masse volumique de la glace : $\rho_{glace} = 9{,}2 \times 10^2\ \mathrm{kg \cdot m^{-3}}$.
- Masse volumique de l'eau liquide : $\rho_{eau} = 1{,}00 \times 10^3\ \mathrm{kg \cdot m^{-3}}$.

→ Corrigé p. 252

Exercice 7 ★★ PROBLÈME Pommeau de douche

Les pommeaux de douche économiques permettent d'économiser l'eau grâce à un système d'injection d'air, sans diminuer le confort du lavage ou du rinçage.

Document 1 > Caractéristiques d'un pommeau de douche économique

- 90 trous en silicone de forme tronconique et de diamètre 0,40 mm.
- Raccord standard de diamètre 1,27 cm.

Document 2 > Vue en coupe d'un pommeau de douche économique

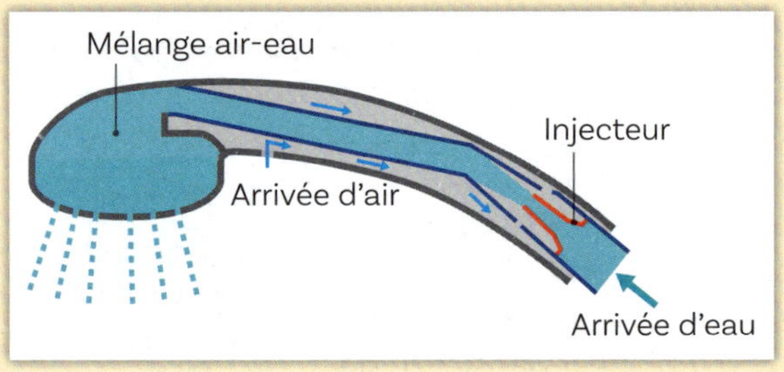

Document 3 > Débit de différents pommeaux de douche

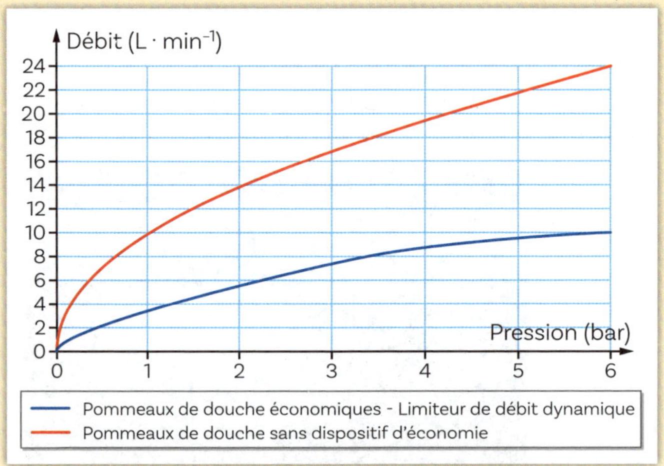

1. Expliquer l'effet à l'origine de l'économie d'eau réalisée (doc. 2).

2. Estimer les vitesses dans le tuyau de douche et en sortie du pommeau économique (docs 1 et 3).

3. Sachant que le prix moyen du m^3 d'eau est de 3,50 €, estimer l'économie, en €, réalisée par une famille de 4 personnes qui utilise un pommeau de douche économique plutôt qu'un pommeau classique.

Données.
- Pression moyenne du réseau de distribution de l'eau : $P = 3{,}4$ bar.
- Durée d'une douche : 5,0 min.

CONSEIL

3. Calculer le coût de l'eau sans pommeau économique. Pour s'éviter les mêmes calculs avec le pommeau économique, il faut remarquer que le coût de l'eau et le débit sont proportionnels.

→ Corrigé p. 252

Exercice 8 ★★★ Débitmètre Venturi

Un débitmètre Venturi, ou débitmètre à pression différentielle, est un dispositif permettant de mesurer le débit volumique par effet Venturi.

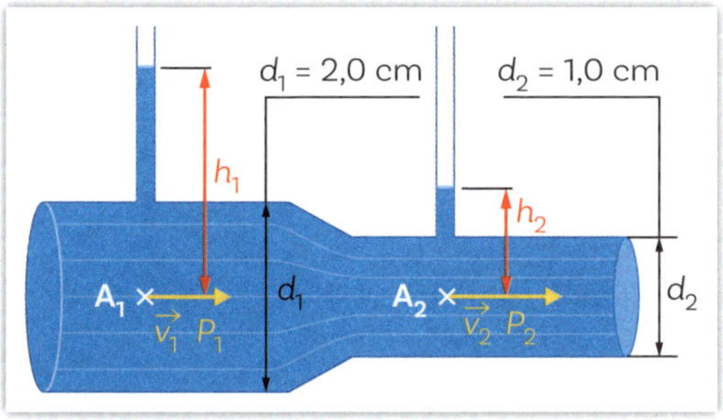

1. À l'aide de la relation de Bernoulli, donner l'expression de $P_1 - P_2$ en fonction des autres variables.

2. À l'aide de la loi fondamentale de la statique des fluides, appliquée en A_1 et en A_2, donne une nouvelle expression pour $P_1 - P_2$.

3. À l'aide des réponses précédentes, exprimer $\Delta h = h_2 - h_1$ en fonction de v_1, v_2 et g.

4. En utilisant l'expression du débit volumique aux points A_1 et A_2, donner une nouvelle expression de Δh en fonction de d_1, d_2 et g.

5. En considérant que Δh = 10 cm, déterminer le débit volumique de la canalisation. Convertir le résultat en $L \cdot s^{-1}$.

→ Corrigé p. 253

Exercice 9 ★★★ Trompe à eau

Une trompe à eau est un équipement de laboratoire qui permet de faire le vide dans une enceinte confinée, par exemple lors d'une distillation à pression réduite ou d'une filtration sur entonnoir Büchner.
On donne les caractéristiques d'une trompe à eau de laboratoire.
Pour une pression de circulation d'eau de 4,5 bar (absolus) et à température d'eau de 12 °C :

- Consommation d'eau : 340 $L \cdot h^{-1}$ environ.
- Pression finale : 16 mbar.
- Pouvoir aspirant à pression atmosphérique : 950 $L \cdot h^{-1}$ en air.

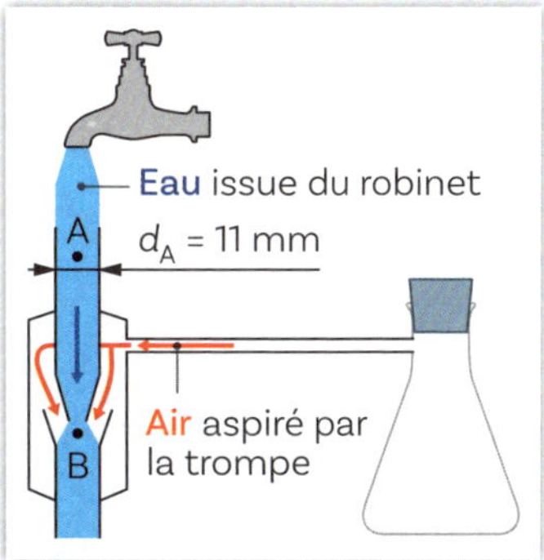

1. Expliquer l'effet mis en jeu lors du fonctionnement de la trompe à eau.

2. Calculer le diamètre d_B au point B nécessaire pour répondre aux caractéristiques de cette trompe à eau.

Donnée. 1 bar = 10^5 Pa

CONSEILS

2. La démonstration est longue : on peut donc se permettre des calculs intermédiaires pour se simplifier la tâche. Utiliser la relation de Bernoulli et les expressions du débit volumique. On pourra négliger la différence d'altitude entre les deux points.

→ Corrigé p. 254

CORRIGÉS

SE TESTER

1. a ; **2.** b ; **3.** b ; **4.** c ; **5.** c ; **6.** b.

S'ENTRAÎNER

Exercice 1 Poussée d'Archimède

1. On utilise l'expression de la norme de la poussée d'Archimède :
$A = \rho_{air} \times V_{ballon} \times g = 1{,}30 \times 800 \times 9{,}81 = 1{,}02 \times 10^4$ N

2.

La poussée d'Archimède est toujours verticale et dirigée vers le haut ; le poids est toujours vertical et dirigé vers le bas.

3. La masse maximale que le ballon pouvait soulever a un poids P qui correspond à la poussée d'Archimède du ballon :
$m_{max} \times g = \rho_{air} \times V_{ballon} \times g$ d'où :
$m_{max} = \rho_{air} \times V_{ballon}$
$m_{max} = 1{,}30 \times 800 = 1{,}04 \times 10^3$ kg $= 1{,}04$ t

Exercice 2 Flottaison d'un ballon

• **Étape 1.** Calcul du volume du ballon :

$$V_{ballon} = \frac{4}{3} \times \pi \times R^3 = \frac{4}{3} \times \pi \times 0{,}300^3 = 0{,}113 \text{ m}^3$$

• **Étape 2.** Calcul du volume immergé et du volume émergé du ballon :

$$V_{imm} = V_{ém} = \frac{V_{ballon}}{2} = \frac{0{,}113}{2} = 0{,}057 \text{ m}^3$$

LE RÉFLEXE À AVOIR

Pour éviter toute erreur sur les unités, il faut se placer dans le Système international : les longueurs sont en m et les volumes en m^3.

• **Étape 3.** Calculs des poussées d'Archimède dues à l'air et à l'eau :
$A_{eau} = \rho_{eau} \times V_{imm} \times g = 1{,}00 \times 10^3 \times 0{,}057 \times 9{,}81 = 5{,}6 \times 10^2$ N
$A_{air} = \rho_{air} \times V_{ém} \times g = 1{,}3 \times 0{,}057 \times 9{,}81 = 0{,}73$ N

• **Étape 4.** Comparaison des deux forces :

$$\frac{A_{eau}}{A_{air}} = \frac{\rho_{eau}}{\rho_{air}} = \frac{1{,}00 \times 10^3}{1{,}30} = 770$$

La poussée d'Archimède due à l'air peut donc être négligée devant celle due à l'eau (pour des volumes de fluides déplacés comparables). Attention cependant, elles sont toutes les deux dirigées vers le haut !

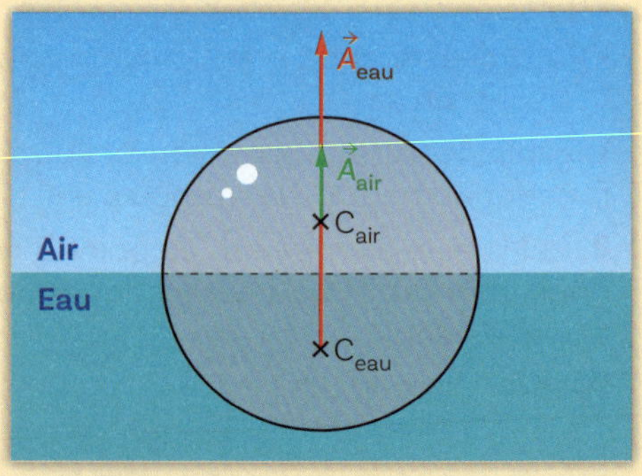

Exercice 3 **Conservation du débit volumique**

1. On convertit le débit volumique de l'énoncé dans son unité du Système international :

$$10{,}2\,\text{L}\cdot\text{min}^{-1} = \frac{10{,}2\,\text{L}}{1\,\text{min}} = \frac{10{,}2\times10^{-3}\,\text{m}^3}{60\,\text{s}} = 1{,}70\times10^{-4}\,\text{m}^3\cdot\text{s}^{-1}$$

On exprime le débit volumique D_V en fonction de la vitesse v du fluide et de la section S du tuyau :

$D_V = v \times S$

Avec $S = \pi \times r^2 = \pi \times \frac{d^2}{4}$, on obtient : $D_V = v \times \pi \times \frac{d^2}{4}$.

D'où $d = \sqrt{\frac{4\times D_V}{v\times\pi}} = \sqrt{\frac{4\times1{,}70\times10^{-4}}{1{,}5\times\pi}} = 0{,}012\,\text{m} = 1{,}2\,\text{cm}$.

> **LE RÉFLEXE À AVOIR**
> Pour modifier une unité à la puissance –1, la méthode décrite en correction fonctionne à tous les coups !

2. On exprime la vitesse v du fluide en fonction du débit volumique D_V et de la section S :

$D_V = v \times S$ d'où $v = \frac{D_V}{S}$.

$$v = \frac{1{,}70\times10^{-4}}{1{,}0\times10^{-6}} = 1{,}7\times10^{2}\,\text{m}\cdot\text{s}^{-1}$$

Exercice 4 **Relation de Bernoulli**

1. On utilise la loi de conservation du débit volumique entre les points A et B :

$D_V = v_A \times S_A = v_B \times S_B$

On en déduit :

$$v_B = v_A \times \frac{S_A}{S_B} = v_A \times \left(\frac{d_A}{d_B}\right)^2 = 4{,}0 \times \left(\frac{11{,}0}{9{,}0}\right)^2 = 6{,}0\,\text{m}\cdot\text{s}^{-1}$$

2. On écrit la relation de Bernoulli entre les points A et B :

$$P_A + \frac{1}{2}\rho\times v_A^2 + \rho\times g\times z_A = P_B + \frac{1}{2}\rho\times v_B^2 + \rho\times g\times z_B$$

D'où : $P_B = P_A + \frac{1}{2}\rho\left(v_A^2 - v_B^2\right) + \rho\times g(z_A - z_B)$.

> **LE RÉFLEXE À AVOIR**
> Pour plus de simplicité dans la relation de Bernoulli, factoriser immédiatement les termes en v^2 et les termes en z.

$$P_B = 5{,}0\times10^5 + \frac{1}{2}\times1{,}00\times10^3\times\left(4{,}0^2 - 6{,}0^2\right) + 1{,}00\times10^3\times9{,}81\times(0-10)$$

$P_B = 3{,}9\times10^5\,\text{Pa} = 3{,}9\,\text{bar}$

SE PERFECTIONNER

Exercice 5 **Ajustement de lestage pour plongée**

1. Si Benjamin est en équilibre dans l'eau du lac, cela signifie que son poids compense la poussée d'Archimède exercée par l'eau sur lui.

Ces deux forces ont donc la même norme : $P = A_{lac}$.

On calcule la masse volumique de l'eau du lac :

$\rho_{lac} = d_{lac} \times \rho_{eau\ douce} = 1{,}00 \times 1{,}00\times10^3 = 1{,}00\times10^3\,\text{kg}\cdot\text{m}^{-3}$

On calcule A_{lac}, qui est égal au poids de Benjamin et de son équipement :

$A_{lac} = \rho_{lac} \times V \times g = 1{,}00\times10^3 \times 0{,}100 \times 9{,}81 = 981\,\text{N} = P$

2. On calcule la masse volumique de l'eau de mer :

$\rho_{mer} = d_{mer} \times \rho_{eau\ douce} = 1{,}03 \times 1{,}00\times10^3 = 1{,}03\times10^3\,\text{kg}\cdot\text{m}^{-3}$

On calcule la poussée d'Archimède exercée par l'eau de mer sur Benjamin :
$A_{mer} = \rho_{mer} \times V \times g = 1{,}03 \times 10^3 \times 0{,}100 \times 9{,}81 = 1{,}01 \times 10^3$ N
On a donc $A_{mer} > P$, ce qui veut dire que Benjamin va flotter à la surface de la mer.

3. Pour plonger, Benjamin devra donc se lester, c'est-à-dire se rajouter un peu de masse.
Pour retrouver un équilibre dans l'eau de mer, on doit avoir :
$\vec{A}_{mer} + \vec{P}_{Benjamin} + \vec{P}_{lest} = \vec{0}$
soit, en normes : $P_{Benjamin} + P_{lest} = A_{mer}$.
$P_{lest} = A_{mer} - P_{Benjamin}$ et $P_{lest} = m_{lest} \times g$.
On en déduit la masse de lest nécessaire :

$$m_{lest} = \frac{A_{mer} - P_{Benjamin}}{9{,}81} = \frac{1{,}01 \times 10^3 - 981}{9{,}81} = 2{,}96 \text{ kg}$$

L'INFO À RETENIR
Dans les équilibres de forces, la norme des forces dirigées vers le haut est égale à la norme des forces dirigées vers le bas.

Exercice 6 La partie immergée de l'iceberg

1. L'iceberg est soumis à son poids $\vec{P}$ et à la poussée d'Archimède due à l'eau $\vec{A}$.
On néglige la poussée d'Archimède due à l'air.

2.
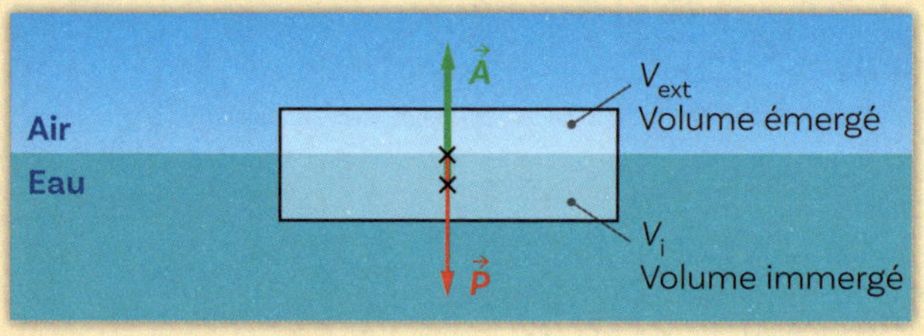

3. Le volume total de l'iceberg est la somme du volume immergé et du volume émergé :
$V_{iceberg} = V_i + V_{ext}$

4. • Expression du poids de l'iceberg :
$P = m_{iceberg} \times g = \rho_{glace} \times V_{iceberg} \times g$.
• Expression de la poussée d'Archimède due à l'eau :
$A = \rho_{eau} \times V_i \times g$

5. Si l'iceberg flotte à la surface de l'eau, son poids $\vec{P}$ compense la poussée d'Archimède $\vec{A}$ qu'il subit :
$\vec{A} + \vec{P} = \vec{0}$ soit, en normes : $P = A$.

L'ERREUR À NE PAS FAIRE
L'iceberg n'est pas totalement immergé : il ne faut pas utiliser son volume total pour l'expression de la poussée d'Archimède.

6. On remplace P et A par leurs expressions déterminées à la question **4** :
$P = A$, d'où $\rho_{glace} \times V_{iceberg} \times g = \rho_{eau} \times V_i \times g$.
On simplifie par g :
$\rho_{glace} \times V_{iceberg} = \rho_{eau} \times V_i$

D'où : $\dfrac{V_i}{V_{iceberg}} = \dfrac{\rho_{glace}}{\rho_{eau}} = \dfrac{9{,}2 \times 10^2}{1{,}00 \times 10^3} = 0{,}92 = 92\,\%$.

En conclusion, 92 % du volume d'un iceberg se trouve sous l'eau.

Exercice 7 PROBLÈME Pommeau de douche

1. D'après le doc. 2, l'injecteur permet de créer une dépression par effet Venturi et provoque l'aspiration de l'air qui se mélange avec l'eau, diminuant ainsi le volume d'eau consommée.
Remarque : La forme de cône en sortie de chacun des petits trous permet d'accélérer l'eau en sortie : la section diminue, donc la vitesse de l'eau augmente.

2. • D'après le doc. 3, pour $P = 3{,}4$ bar, le débit volumique du pommeau économique (courbe bleue) est de $8{,}0\ \mathrm{L \cdot min^{-1}}$.

On convertit ce débit volumique dans son unité du Système international :

$$8{,}0\ \mathrm{L \cdot min^{-1}} = \frac{8{,}0\ \mathrm{L}}{1\ \mathrm{min}} = \frac{8{,}0 \times 10^{-3}\ \mathrm{m^3}}{60\ \mathrm{s}} = 1{,}33 \times 10^{-4}\ \mathrm{m^3 \cdot s^{-1}}$$

• On utilise la conservation du débit volumique pour calculer la vitesse de l'eau dans le tuyau : $D_V = v_{tuyau} \times S_{tuyau}$, le diamètre du tuyau étant donné dans le doc. 1.

$$v_{tuyau} = \frac{D_V}{S_{tuyau}} = \frac{4D_V}{\pi \times d_{tuyau}^2} = \frac{4 \times 1{,}33 \times 10^{-4}}{\pi \times 0{,}0127^2} = 1{,}05\ \mathrm{m \cdot s^{-1}}$$

• On calcule la section d'un petit trou :

$$s = \frac{\pi \times d_{trou}^2}{4} = \frac{\pi \times (0{,}40 \times 10^{-3})^2}{4} = 1{,}3 \times 10^{-7}\ \mathrm{m^2}$$

L'INFO À RETENIR

L'aire d'un disque de diamètre d est $\pi \times \frac{d^2}{4}$.

• On utilise la conservation du débit volumique pour calculer la vitesse de l'eau en sortie des 90 trous : $D_V = v_{trou} \times 90 \times s$.

$$\text{D'où } v_{trou} = \frac{D_V}{90 \times s} = \frac{1{,}33 \times 10^{-4}}{90 \times 1{,}3 \times 10^{-7}} = 12\ \mathrm{m \cdot s^{-1}}$$

3. Pour une pression du réseau de 3,4 bar, le débit d'un pommeau classique est de $18\ \mathrm{L \cdot min^{-1}}$ (d'après la courbe rouge du doc. 3).
En admettant que chaque membre de la famille prend une douche de 5 minutes chaque jour, cela fait : $4 \times 18 \times 5 \times 365 = 131\ \mathrm{m^3}$ consommés par an, soit $3{,}50 \times 131 = 460$ €/an d'eau (sans compter la dépense due au chauffage de l'eau).
Pour une même pression avec un pommeau économique, le débit passe à environ $8\ \mathrm{L \cdot min^{-1}}$, soit une réduction d'un facteur $\frac{18}{8} = 2{,}25$, soit une dépense de 204 €/an, ce qui permet de réaliser une économie de :
$460 - 204 = 256$ €/an.

Exercice 8 Débitmètre Venturi

1. On écrit la relation de Bernoulli entre les points A_1 et A_2 :

$$P_1 + \frac{1}{2}\rho \times v_1^2 + \rho \times g \times z_1 = P_2 + \frac{1}{2}\rho \times v_2^2 + \rho \times g \times z_2$$

Étant donné que $z_1 = z_2$, on peut simplifier :

$$P_1 + \frac{1}{2}\rho \times v_1^2 = P_2 + \frac{1}{2}\rho \times v_2^2 \text{ d'où : } P_1 - P_2 = \frac{1}{2}\rho(v_2^2 - v_1^2).$$

2. On utilise la loi fondamentale de la statique des fluides pour exprimer P_1 en fonction de h_1 et P_2 en fonction de h_2.
En notant P_0 la pression atmosphérique, on peut écrire :
$P_1 = P_0 + \rho \times g \times h_1$ et $P_2 = P_0 + \rho \times g \times h_2$
On obtient : $P_1 - P_2 = \rho \times g(h_1 - h_2) = \rho \times g \times \Delta h$

3. On a : $P_1 - P_2 = \frac{1}{2}\rho(v_2^2 - v_1^2)$ et $P_1 - P_2 = \rho \times g(h_1 - h_2) = \rho \times g \times \Delta h$.
On en déduit :

$$g \times \Delta h = \frac{v_2^2 - v_1^2}{2}, \text{ d'où : } \Delta h = \frac{v_2^2 - v_1^2}{2g}.$$

4. On exprime le débit volumique D_V en fonction de v_1 d'un côté et de v_2 de l'autre : $D_V = v_1 \times S_1$ et $D_V = v_2 \times S_2$.

On peut écrire : $\Delta h = \dfrac{D_V^2}{2g}\left(\dfrac{1}{S_2^2} - \dfrac{1}{S_1^2}\right)$.

Avec $S = \dfrac{\pi d^2}{4}$, on a : $\Delta h = \dfrac{8D_V^2}{g \times \pi^2}\left(\dfrac{1}{d_2^4} - \dfrac{1}{d_1^4}\right)$.

5. De la relation précédente, on déduit :

$$D_V = \pi\sqrt{\frac{g \times \Delta h}{8} \times \left(\frac{1}{d_2^4} - \frac{1}{d_1^4}\right)^{-1}}$$

$$= \pi\sqrt{\frac{9{,}81 \times 0{,}10}{8} \times \left(\frac{1}{0{,}010^4} - \frac{1}{0{,}020^4}\right)^{-1}}$$

$$= 1{,}1 \times 10^{-4}\ \text{m}^3 \cdot \text{s}^{-1} = 0{,}11\ \text{L} \cdot \text{s}^{-1}$$

Exercice 9 Trompe à eau

1. L'effet Venturi consiste en la diminution de pression d'un fluide incompressible ayant un débit volumique constant, lorsque celui-ci traverse une section de canalisation plus étroite. Cette baisse de pression s'accompagne d'une augmentation de la vitesse du fluide.

2. • **Étape 1**. On écrit la relation de Bernoulli entre les points A et B :

$$P_A + \frac{1}{2}\rho \times v_A^2 + \rho \times g \times z_A = P_B + \frac{1}{2}\rho \times v_B^2 + \rho \times g \times z_B$$

D'où : $P_A - P_B = \dfrac{1}{2}\rho\left(v_B^2 - v_A^2\right) + \rho g\left(z_B - z_A\right)$.

On néglige la différence d'altitude $z_B - z_A$, ce qui conduit à :

$$P_A - P_B = \frac{1}{2}\rho\left(v_B^2 - v_A^2\right)$$

• **Étape 2.** On convertit le débit volumique dans son unité du Système international :

$$340\ \text{L} \cdot \text{h}^{-1} = \frac{340\ \text{L}}{1\ \text{h}} = \frac{0{,}340\ \text{m}^3}{3\,600\ \text{s}} = 9{,}44 \times 10^{-5}\ \text{m}^3 \cdot \text{s}^{-1}$$

• **Étape 3.** On calcule v_A à partir du débit volumique D_V et du diamètre d_A de la section du robinet :

$$D_V = v_A \times \pi\frac{d_A^2}{4}$$

D'où $v_A = \dfrac{4D_V}{\pi d_A^2} = \dfrac{4 \times 9{,}44 \times 10^{-5}}{\pi \times 0{,}011^2} = 1{,}0\ \text{m} \cdot \text{s}^{-1}$.

> **LE RÉFLEXE À AVOIR**
>
> Pour les démonstrations fastidieuses, on peut se permettre les calculs intermédiaires pour se simplifier la tâche.

• **Étape 4.** On exprime et on calcule v_B :

$$v_B = \sqrt{v_A^2 + \frac{2\left(P_A - P_B\right)}{\rho}} = \sqrt{1{,}0^2 + \frac{2 \times \left(4{,}5 - 0{,}016\right) \times 10^5}{1{,}0 \times 10^3}} = 30\ \text{m} \cdot \text{s}^{-1}$$

• **Étape 5.** On calcule d_B à partir du débit volumique D_V et de la vitesse v_B du fluide :

$$D_V = v_B \times \pi\frac{d_B^2}{4}$$

D'où $d_B = \sqrt{\dfrac{4D_V}{\pi v_B}} = \sqrt{\dfrac{4 \times 9{,}44 \times 10^{-5}}{\pi \times 30}} = 2{,}0 \times 10^{-3}\ \text{m} = 2{,}0\ \text{mm}$.

Chapitre 10 Modéliser l'écoulement d'un fluide

Tu viens de voir les notions à connaître sur l'écoulement d'un fluide. Pour t'aider à retenir l'essentiel et t'entraîner pour le Bac, voici ton kit de révisions clé en mains conçu par SchoolMouv !

Vidéo

Pour mieux comprendre et t'en souvenir à coup sûr, regarde la vidéo. C'est parfois bien plus clair en images.

Vidéo **Écoulement d'un fluide incompressible**
https://flashbelin.fr/focusbacschoolmouv/pc/10

Contenu additionnel

Voici un bonus autour du même sujet. La curiosité n'est pas toujours un vilain défaut. Il te suffit de créer ton compte pour avoir plein de contenus supplémentaires.

Quiz **Écoulement d'un fluide incompressible**
https://www.schoolmouv.fr/eleves/cours/ecoulement-d-un-fluide-incompressible/qcm

Tchat avec un prof

Pour poser toutes tes questions à un prof particulier, découvre l'abonnement tchat. Tu peux le tester gratuitement pendant 7 jours : fini les questions sans réponses, tu vas devenir incollable.

https://focusbac.schoolmouv.fr/offre

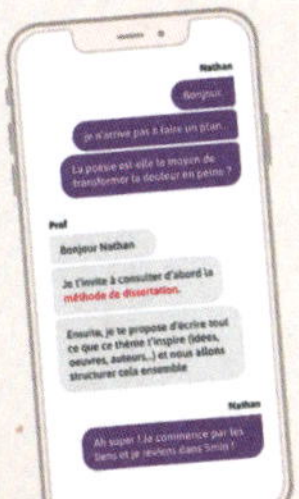

11 Gaz parfait et bilan d'énergie d'un système

LE CHAPITRE EN UN COUP D'ŒIL

RETENIR L'ESSENTIEL

1 Décrire un système thermodynamique

Échelles microscopique et macroscopique

→ Pour décrire l'état d'un **système thermodynamique**, on utilise des grandeurs telles que la pression, la température, le volume occupé ou la quantité de matière : ce sont des **grandeurs d'état**.

→ La **pression** est une donnée macroscopique issue de la résultante $\vec{F}$ des forces exercées par les chocs des molécules sur la surface S de la paroi (échelle microscopique).

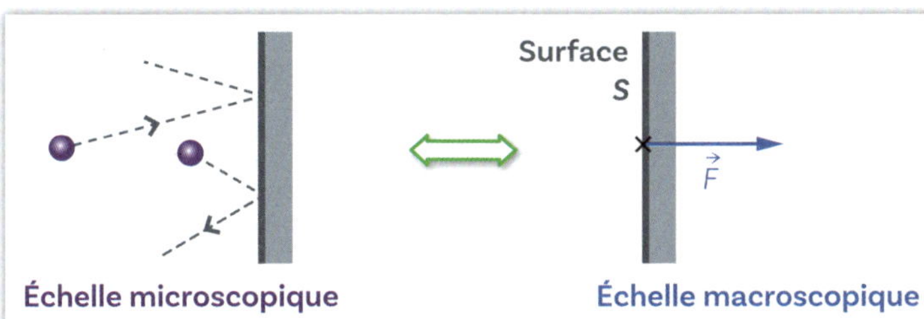

$$P = \frac{F}{S}$$

P : pression (en Pa)
F : force pressante (en N)
S : surface (en m^2)

→ La **température** d'un gaz est liée à l'agitation des molécules à l'échelle microscopique. À une température de 0 K (zéro absolu), la molécule serait totalement au repos. La température fournit une mesure macroscopique de l'énergie cinétique des molécules.

RAPPEL Les températures en kelvins (K) et en degrés Celsius (°C) sont liées par la relation :
$T(\text{K}) = T(°\text{C}) + 273{,}15$

Modèle du gaz parfait

→ Un gaz est considéré comme **parfait** si :
- les molécules constituant le gaz sont assimilées à des points matériels (on néglige leur volume) ;
- les interactions à distance entre molécules sont négligées.

Ces conditions sont respectées pour de **faibles valeurs de pression**.

→ On peut alors appliquer l'**équation d'état du gaz parfait** :

$$P \times V = n \times R \times T$$

P : pression du gaz (en Pa)
V : volume occupé par le gaz (en m^3)
n : quantité de matière de gaz (en mol)
R : constante des gaz parfaits ($R = 8{,}314\ J \cdot K^{-1} \cdot mol^{-1}$)
T : température du gaz (en K)

2 Premier principe de la thermodynamique

Énergie interne

→ L'**énergie interne** U d'un système thermodynamique est la somme de l'énergie cinétique microscopique d'agitation thermique et de l'énergie potentielle microscopique due aux interactions entre molécules :

$$U = E_{c,micro} + E_{p,micro}$$

U : énergie interne (en J)
$E_{c,micro}$: énergie cinétique microscopique (en J)
$E_{p,micro}$: énergie potentielle microscopique (en J)

→ Un système thermodynamique est dit :
- **isolé** s'il ne peut échanger ni matière ni énergie avec l'extérieur ;
- **fermé** s'il peut échanger de l'énergie mais pas de matière avec l'extérieur ;
- **ouvert** s'il peut échanger de la matière et de l'énergie avec l'extérieur.

→ Il existe deux formes de transferts énergétiques entre un système et l'extérieur : le **travail**, noté ***W***, et le **transfert thermique**, noté ***Q***. Ce sont des **grandeurs algébriques** (exprimées en J). Elles sont :
- **positives** si l'énergie est effectivement reçue par le système ;
- **négatives** si l'énergie est effectivement fournie au milieu extérieur par le système.

Expression du premier principe

→ La **variation d'énergie interne** d'un système **fermé** entre son état initial et son état final est la somme du travail et du transfert thermique échangés par le système avec le milieu extérieur :

$$\Delta U = W + Q$$

ΔU : variation d'énergie interne (en J)
W : travail (en J)
Q : transfert thermique (en J)

→ Si le système est **isolé**, l'énergie interne U est une grandeur constante :

$$\Delta U = 0$$

Modes de transferts thermiques

Les transferts thermiques se font spontanément **depuis la zone la plus chaude vers la zone la plus froide**.
Il existe trois modes de transferts thermiques :
- la **conduction**, qui se fait par contact entre corps de températures différentes ;
- le **rayonnement**, qui se fait par le biais d'un rayonnement électromagnétique ;
- la **convection**, qui se fait par déplacement macroscopique d'un fluide.

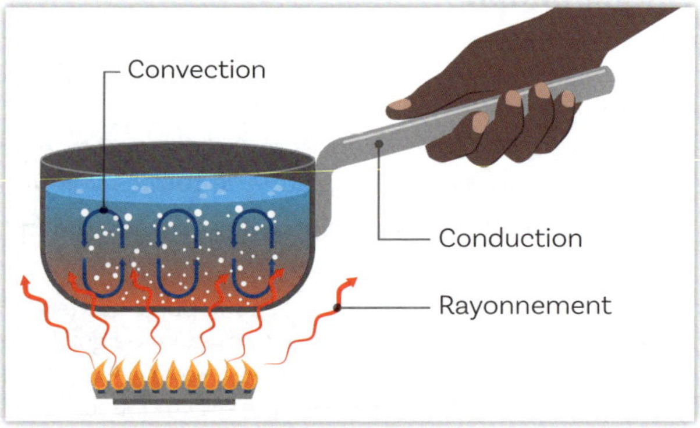

Flux thermique

→ Un transfert thermique n'est pas un événement instantané. On introduit le **flux thermique Φ** pour évaluer la vitesse du transfert d'énergie à travers les parois du système.

→ Le **flux thermique à travers une paroi** dépend de la différence de température ΔT entre les deux côtés de la paroi et de la nature du matériau qui la constitue.

$$\Phi = \frac{|\Delta T|}{R_{th}}$$

Φ : flux thermique (en W)
$|\Delta T|$: variation absolue de température (en °C ou en K)
R_{th} : résistance thermique (en $K \cdot W^{-1}$)

→ Une paroi d'isolant est caractérisée par sa **résistance thermique** R_{th}, qui dépend de son épaisseur e, de sa surface S et de la **conductivité thermique** λ du matériau qui la constitue. Elle est donnée par :

$$R_{th} = \frac{e}{\lambda \times S}$$

R_{th} : résistance thermique (en $K \cdot W^{-1}$)
e : épaisseur (en m)
λ : conductivité thermique (en $W \cdot m^{-1} \cdot K^{-1}$)
S : surface (en m^2)

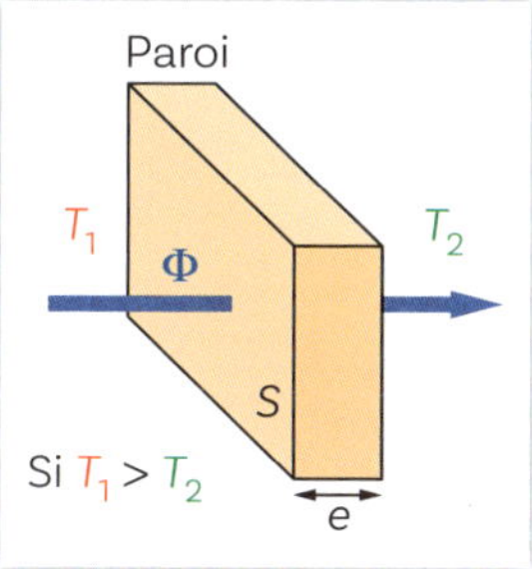

3 Bilans d'énergie interne

Variation de température d'un système

→ La **capacité thermique** C (en $J \cdot K^{-1}$) d'un système correspond à l'énergie à fournir au système pour élever sa température d'un degré. Pour un système **incompressible** (dont la masse volumique ne varie pas), la variation d'énergie interne s'exprime par :

$$\Delta U = C \times \Delta T$$

ΔU : variation d'énergie interne (en J)
C : capacité thermique (en $J \cdot K^{-1}$)
ΔT : variation de température du système (en °C ou en K)

→ Chaque corps possède une **capacité thermique massique** c_m. Il s'agit de l'énergie à fournir à chaque kilogramme du corps pour augmenter sa température d'un degré.
La capacité thermique s'écrit alors :

$$C = m \times c_m$$

C : capacité thermique (en $J \cdot K^{-1}$)
m : masse du corps (en kg)
c_m : capacité thermique massique (en $J \cdot kg^{-1} \cdot K^{-1}$)

Bilan thermique du système Terre-atmosphère

- La Terre reçoit du Soleil un rayonnement dont le flux lumineux moyen (ou puissance surfacique moyenne) est de 340 $W \cdot m^{-2}$, puis réémet un rayonnement dans le domaine de l'infrarouge (phénomène d'**albédo**).
- La température théorique de la Terre peut être calculée avec la **loi de Stefan-Boltzmann** :

$$P_s = \sigma \times T^4$$

P_S : puissance surfacique (en $W \cdot m^{-2}$)
σ : constante de Stefan-Boltzmann ($\sigma = 5{,}67 \times 10^{-8}\ W \cdot m^{-2} \cdot K^{-4}$)
T : température (en K)

On trouve alors une température moyenne de 8 °C. En réalité, la prise en compte de l'**effet de serre**, dû à l'atmosphère, fait que la température terrestre avoisine les 15 °C.

Évolution de la température d'un système

- Un **thermostat** est un système capable d'échanger de l'énergie sous forme de transferts thermiques en gardant une température constante.
- La **loi phénoménologique de Newton** permet de caractériser les échanges thermiques élémentaires δQ d'un solide ou d'un liquide en contact avec un thermostat pendant une durée infinitésimale dt :

$$\delta Q(t) = h \times S \times (T_{ext} - T(t)) \times dt$$

δQ : échange thermique élémentaire (en W)
h : coefficient d'échange conducto-convectif (en $W \cdot m^{-2} \cdot K^{-1}$)
S : surface d'échange (en m^2)
T_{ext} : température du thermostat (en K)
T : température du système (en K)

- Un bilan d'énergie interne donne l'**équation différentielle** qui régit l'évolution de la température d'un système de capacité thermique C en contact avec un thermostat, au cours du temps :

$$\frac{dT(t)}{dt} + \frac{h \times S}{C} \times T(t) = \frac{h \times S}{C} \times T_{ext}$$

La résolution de cette équation différentielle donne l'évolution de la température du système au cours du temps :

$$T(t) = (T_0 - T_{ext}) \times e^{-\frac{h \times S}{C}t} + T_{ext}$$

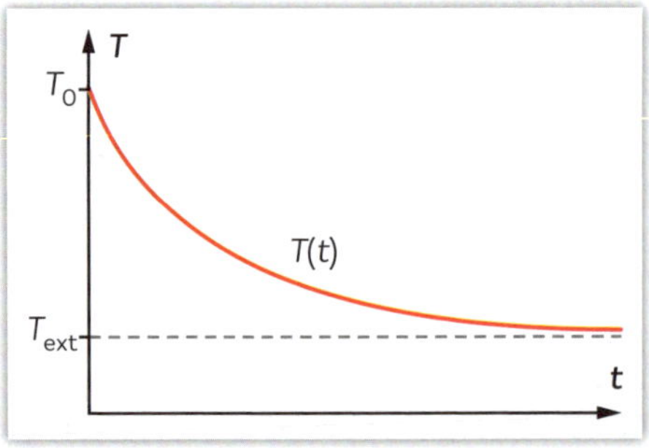

REMARQUE

La grandeur $\tau = \frac{C}{h \times S}$ est un temps caractéristique : la température du système cesse d'évoluer après une durée égale à 5τ.

SAVOIR FAIRE

Méthode 1 Utiliser l'équation d'état des gaz parfaits

ÉNONCÉ

Un siphon à chantilly contient 0,25 L de protoxyde d'azote (N_2O) à la pression $P = 15$ bar et à la température $T = 20$ °C.

→ Calculer la quantité de matière en protoxyde d'azote contenu dans le siphon.

Données.
- Constante des gaz parfaits : $R = 8{,}314\ J \cdot mol^{-1} \cdot K^{-1}$.
- 1 bar = 10^5 Pa.

SOLUTION

- On énonce l'équation d'état des gaz parfaits et on exprime la quantité de matière de gaz en fonction des autres paramètres :

$$P \times V(N_2O) = n(N_2O) \times R \times T \quad \text{d'où :} \quad n(N_2O) = \frac{P \times V(N_2O)}{R \times T}.$$

- On convertit les grandeurs de l'énoncé dans leurs unités du Système international et on fait l'application numérique :

$$V(N_2O) = 0{,}25\,L = 0{,}25 \times 10^{-3}\,m^3$$

$$P = 15\,bar = 15 \times 10^5\,Pa$$

$$T = 20\,°C = 20 + 273{,}15 = 293{,}15\,K$$

$$n(N_2O) = \frac{15 \times 10^5 \times 0{,}25 \times 10^{-3}}{8{,}314 \times 293{,}15} = 0{,}15\,mol$$

L'ERREUR À NE PAS FAIRE

Attention aux unités dans l'équation d'état des gaz parfaits :
- la pression s'exprime en Pa (1 bar = 10^5 Pa) ;
- le volume en m^3 (1 m^3 = 10^3 L) ;
- la température en K :
  $T(K) = T(°C) + 273{,}15$

Méthode 2 Identifier les transferts d'énergie entre le système et le milieu extérieur

ÉNONCÉ

Une voiture miniature se déplace à vitesse constante grâce à un moteur électrique alimenté par une batterie. Durant le fonctionnement du moteur, sa température reste constante à 40 °C au contact de l'air. Le système étudié est le moteur.

1. Identifier les trois transferts d'énergie entre le système et le milieu extérieur.

2. Quelle est la variation d'énergie interne du système ?

3. Illustrer le bilan énergétique du système à l'aide d'un schéma, en précisant le signe des échanges d'énergie.

SOLUTION

1. Il faut identifier les échanges entre le moteur (système) et les autres éléments (milieu extérieur) :
- le moteur reçoit un travail électrique de la part de la batterie : $W_{él}$;
- le moteur fournit un travail mécanique à la voiture : W_m ;
- le moteur échange de l'énergie thermique avec l'air ambiant : Q.

2. On fait le lien entre la variation de l'énergie interne et la variation de température du système. La température du moteur reste constante, son énergie interne ne varie pas : $\Delta U = 0$.

3. On symbolise les énergies reçues (positives) et perdues (négatives) par le système :

$\Delta U = W_{él} + W_m + Q = 0$

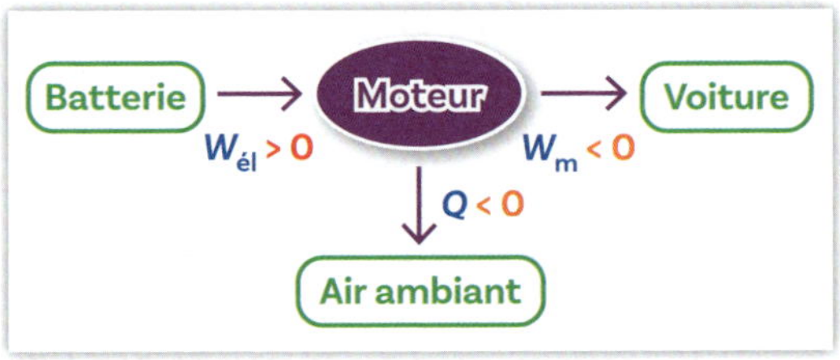

L'INFO À RETENIR

Faire le bilan d'énergie d'un système consiste à additionner toutes les énergies qu'il échange (transferts thermiques) de manière algébrique. Si le système est isolé, cette somme doit être nulle.

Méthode 3 Exploiter la variation d'énergie interne d'un système

ÉNONCÉ

On considère une bague constituée d'électrum, un alliage de 2,80 g d'or et de 1,50 g d'argent.

→ Calculer l'énergie à fournir au système {or + argent} pour amener ces deux métaux de la température $T_i = 20$ °C jusqu'à leurs températures de fusion respectives.

Données.
- Capacité thermique massique de l'or : $c_{Au} = 129 \text{ J·kg}^{-1}\text{·K}^{-1}$; de l'argent : $c_{Ag} = 235 \text{ J·kg}^{-1}\text{·K}^{-1}$.
- Température de fusion de l'or : $T_{fus}(Au) = 1\,064$ °C ; de l'argent : $T_{fus}(Ag) = 962$ °C.

SOLUTION

- On exprime et on calcule la variation d'énergie interne de l'or :

$\Delta U(\text{Au}) = m_{\text{Au}} \times c_{\text{Au}} \times \Delta T(\text{Au}) = m_{\text{Au}} \times c_{\text{Au}} \times (T_{\text{fus}}(\text{Au}) - T_{\text{i}})$

$\Delta U(\text{Au}) = 2{,}80 \times 10^{-3} \times 129 \times (1\,064 - 20)$

$= 377 \text{ J}$

- On fait de même avec l'argent :

$\Delta U(\text{Ag}) = m_{\text{Au}} \times c_{\text{Au}} \times (T_{\text{fus}}(\text{Ag}) - T_{\text{i}})$

$= 1{,}50 \times 10^{-3} \times 235 \times (962 - 20)$

$= 332 \text{ J}$

- On additionne les deux résultats pour avoir la variation d'énergie interne du système {or + argent} :

$\Delta U_{\text{système}} = \Delta U(\text{Au}) + \Delta U(\text{Ag}) = 377 + 332$

$= 709 \text{ J}$

L'INFO À RETENIR

Une variation de température peut indifféremment être exprimée en °C et en K car $T(\text{K}) = T(°\text{C}) + 273{,}15$.

Méthode 4 Exploiter la relation entre le flux thermique, la résistance thermique et l'écart de température

ÉNONCÉ

On considère le mur d'un bâtiment, constitué de béton aggloméré, d'une épaisseur $e = 20$ cm et d'une surface $S = 12{,}5 \text{ m}^2$.

La température intérieure est $T_{\text{int}} = 20$ °C et la température extérieure est $T_{\text{ext}} = 5$ °C.

1. Calculer la résistance thermique du mur de béton décrit dans l'énoncé.

2. Déterminer le flux thermique qui traverse le mur de béton.

Donnée. Conductivité thermique du béton : $\lambda = 0{,}87 \text{ W}\cdot\text{m}^{-1}\cdot\text{K}^{-1}$.

SOLUTION

1. On utilise la relation donnant R_{th} en faisant attention aux unités :

$$R_{\text{th}} = \frac{e}{\lambda \times S}$$

$$= \frac{0{,}20}{0{,}87 \times 12{,}5} = 1{,}8 \times 10^{-2} \text{ K}\cdot\text{W}^{-1}$$

2. On utilise la relation donnant le flux thermique Φ :

$$\Phi = \frac{|\Delta T|}{R_{\text{th}}} = \frac{T_{\text{int}} - T_{\text{ext}}}{R_{\text{Th}}}$$

$$= \frac{20 - 5}{1{,}8 \times 10^{-2}} = 8{,}3 \times 10^{2} \text{ W}$$

Méthode 5 Effectuer le bilan radiatif de la Terre

ÉNONCÉ

Le Soleil est notre plus grande source d'énergie naturelle. L'application de la loi de Stefan-Boltzmann permet de déterminer la température à la surface de la Terre.

1. Calculer la puissance thermique surfacique reçue par la Terre de la part du Soleil.

2. Calculer la puissance thermique reçue par la surface éclairée de la Terre.

3. Calculer la puissance surfacique moyenne reçue par la surface terrestre.

4. Calculer la température de la Terre si elle n'avait pas d'atmosphère.

Données.

- Puissance irradiée par le Soleil : $P_{Soleil} = 3{,}9 \times 10^{26}$ W.
- Rayon de la Terre : $R_T = 6{,}37 \times 10^6$ m.
- Distance Terre-Soleil : $d_{TS} = 1{,}50 \times 10^{11}$ m.
- Surface d'une sphère de rayon R : $S_{sphère} = 4\pi R^2$, d'un disque de rayon R : $S_{disque} = \pi R^2$.
- Constante de Stefan-Boltzmann : $\sigma = 5{,}67 \times 10^{-8}$ W·m^{-2}·K^{-4}

SOLUTION

1. On calcule la puissance surfacique reçue par la Terre de la part du Soleil. Il faut considérer que le Soleil rayonne dans toutes les directions et que sa puissance se répartit sur une sphère de rayon d_{TS} (donc de surface $S_1 = 4\pi \times d_{TS}^2$).

$$P_{S_1} = \frac{P_{Soleil}}{4\pi d_{TS}^2} = \frac{3{,}9 \times 10^{26}}{4\pi \times \left(1{,}50 \times 10^{11}\right)^2} = 1{,}4 \times 10^3 \text{ W}\cdot\text{m}^{-2}$$

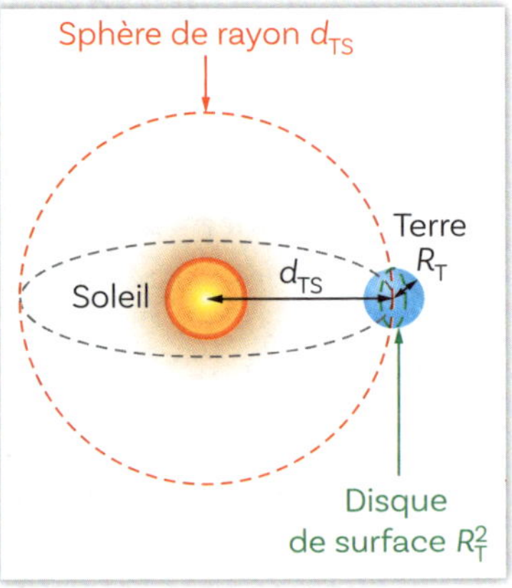

2. On calcule la puissance reçue sur la surface terrestre éclairée par le Soleil. Il faut considérer un disque de surface $S_2 = \pi R_T^2$ car la Terre vue par le Soleil apparaît comme un disque (de même que la Lune apparaît comme un disque depuis la Terre) :

$$P_{Terre} = P_{S_1} \times \pi R_T^2 = 1{,}4 \times 10^3 \times \pi \times \left(6{,}37 \times 10^6\right)^2 = 1{,}8 \times 10^{17} \text{ W}$$

3. On divise la puissance reçue par la zone éclairée de la Terre par sa surface totale (celle d'une sphère de surface $S_3 = 4\pi R_T^2$) :

$$P_{s,reçue} = \frac{P_{Terre}}{4\pi R_T^2} = \frac{1{,}8 \times 10^{17}}{4\pi \times \left(6{,}37 \times 10^6\right)^2} = 353 \text{ W}\cdot\text{m}^{-2}$$

4. On utilise la loi de Stefan-Boltzmann et on exprime T en fonction des autres grandeurs : $P_{s,reçue} = \sigma \times T_{Terre}^4$, d'où :

$$T_{Terre} = \left(\frac{P_{s,reçue}}{\sigma}\right)^{\frac{1}{4}} = \left(\frac{353}{5{,}67 \times 10^{-8}}\right)^{\frac{1}{4}} = 281 \text{ K} = 8 \text{ °C}$$

Méthode 6 Effectuer un bilan d'énergie et établir l'expression de la température d'un système

ÉNONCÉ

Un système a été chauffé à une température T_0. À $t = 0$, le système est mis en contact avec le milieu extérieur, de température T_{ext}.

1. Avec un bilan d'énergie interne et les relations du cours, établir l'équation différentielle que vérifie la température du système au cours du temps.

2. Résoudre l'équation différentielle pour obtenir l'équation donnant l'évolution de la température du système au cours du temps.

SOLUTION

1. Seul le milieu extérieur échange de l'énergie avec le système, sous forme de transfert thermique. On peut en déduire que $\delta W = 0$. Le premier principe de la thermodynamique s'écrit donc : $\mathrm{d}U(t) = \delta Q(t)$.

- D'après la loi phénoménologique de Newton :
$\mathrm{d}U(t) = \delta Q(t) = h \times S \times (T_{ext} - T(t)) \times \mathrm{d}t$. On utilise la relation entre $\mathrm{d}U$ et $\mathrm{d}T$:
$\mathrm{d}U(t) = C \times \mathrm{d}T(t) = h \times S \times (T_{ext} - T(t)) \times \mathrm{d}t$.

- On met ce qui dépend de t à gauche du « = » et ce qui est constant à droite :
$\dfrac{\mathrm{d}T(t)}{\mathrm{d}t} = \dfrac{h \times S}{C} \times (T_{ext} - T(t))$ d'où $\dfrac{\mathrm{d}T(t)}{\mathrm{d}t} + \dfrac{h \times S}{C} T(t) = \dfrac{h \times S}{C} \times T_{ext}$.

2. On pose $\tau = \dfrac{C}{h \times S}$. L'équation différentielle devient : $\dfrac{\mathrm{d}T(t)}{\mathrm{d}t} + \dfrac{T(t)}{\tau} = \dfrac{T_{ext}}{\tau}$.

On écrit la forme de la solution générale de l'équation différentielle avec second membre : $T(t) = A \times \mathrm{e}^{-kt} + B$, où A, k et B sont des constantes à déterminer.

- À $t = 0$, on sait que $T(0) = T_0$. On remplace t par 0 dans la solution :
$T(0) = A \times \mathrm{e}^0 + B = T_0$, d'où $A + B = T_0$.

- On introduit la solution proposée dans l'équation différentielle :
$\dfrac{\mathrm{d}T(t)}{\mathrm{d}t} + \dfrac{T(t)}{\tau} = \dfrac{T_{ext}}{\tau}$. On obtient : $-k \times A \times \mathrm{e}^{-kt} + \dfrac{A \times \mathrm{e}^{-kt} + B}{\tau} = \dfrac{T_{ext}}{\tau}$.

D'où : $\dfrac{A}{\tau} \times \mathrm{e}^{-kt} + \dfrac{B}{\tau} = \dfrac{T_{ext}}{\tau} + k \times A \times \mathrm{e}^{-kt}$.

- On identifie les termes constants l'un avec l'autre, et les termes en facteurs de l'exponentielle l'un avec l'autre : $\dfrac{A}{\tau} \times \mathrm{e}^{-kt} + \dfrac{B}{\tau} = \dfrac{T_{ext}}{\tau} + k \times A \times \mathrm{e}^{-kt}$.

On en déduit : $\dfrac{A}{\tau} = k \times A$, d'où $k = \dfrac{1}{\tau}$ et $\dfrac{B}{\tau} = \dfrac{T_{ext}}{\tau}$, d'où $B = T_{ext}$.

- On détermine l'expression de A : $A + B = T_0$ et $B = T_{ext}$, d'où $A = T_0 - T_{ext}$.
- On remplace A, k et B par leurs expressions dans la solution proposée.

$T(t) = A \times \mathrm{e}^{-kt} + B$, d'où : $T(t) = (T_0 - T_{ext}) \times \mathrm{e}^{-\frac{t}{\tau}} + T_{ext}$.

SE TESTER

10 min

Donner la ou les bonne(s) réponse(s) en 10 minutes chrono !

1. Le comportement d'un gaz parfait dépend :

a de sa température b de sa nature c de sa pression

2. Le modèle du gaz parfait :

a ne prend pas en compte la taille des molécules de gaz

b est valable quelle que soit la pression

c n'est valable que lorsque la pression n'est pas trop élevée

3. L'énergie interne d'un solide ou d'un liquide dépend :

a de sa pression

b de sa température

c de sa nature

4. Les transferts thermiques se font spontanément :

a du corps chaud vers le corps froid

b du corps froid vers le corps chaud

c de manière aléatoire

5. Le flux thermique Φ à travers un mur est d'autant plus grand que :

a la différence de température entre intérieur et extérieur est grande

b l'épaisseur du mur est grande

c la conductivité thermique du matériau qui le constitue est petite

6. D'après la loi phénoménologique de Newton, l'énergie cédée par un corps :

a augmente avec la durée de l'expérience

b augmente avec la surface du corps

c est constante

7. En l'absence d'atmosphère terrestre, la température à la surface de la Terre serait :

a plus grande b plus petite c la même

→ Corrigés page 273

S'ENTRAÎNER

Exercice 1 Bouteille de dioxygène Voir Méthode 1 p. 261

Une bouteille de volume $V = 10{,}0$ L contient du dioxygène (O_2), que l'on considérera comme un gaz parfait, à la pression $P = 1{,}20 \times 10^6$ Pa et à la température $T = 20$ °C.

1. Calculer la quantité de matière de dioxygène contenue dans la bouteille.

2. En déduire la masse de dioxygène correspondante.

3. Calculer le volume occupé par la totalité du gaz une fois sorti de la bouteille.

Données.
- Masse molaire du dioxygène : $M(O_2) = 32{,}0$ g·mol^{-1}.
- Constante des gaz parfaits : R = 8,314 J·mol^{-1}·K^{-1}.
- Pression atmosphérique : $P_0 = 1\,013$ hPa.

→ Corrigé p. 273

Exercice 2 Pompe à chaleur Voir Méthode 2 p. 261

On donne ci-dessous le schéma de conversion d'énergie d'une pompe à chaleur domestique, qui est le système étudié dans cet exercice.

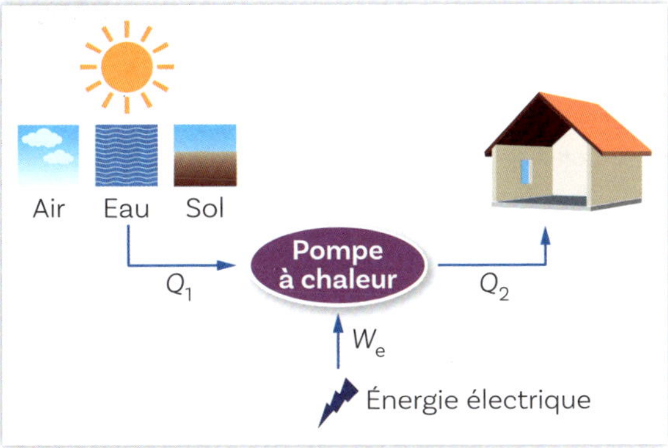

1. Comment nomme-t-on les transferts thermiques Q et W ?

2. Donner les signes de Q_1, Q_2 et W_e.

3. Sachant que l'énergie interne de la pompe à chaleur est constante, donner l'expression qui relie Q_1, Q_2 et W_e.

→ Corrigé p. 273

Exercice 3 Variation d'énergie interne Voir Méthode 3 p. 262

Un chauffe-biberon permet de chauffer du lait de 20 °C à 37 °C, température qui correspond à celle du lait maternel.

1. Calculer la variation de l'énergie interne de 150 g de lait lors de sa préparation dans le chauffe-biberon.

2. Calculer le flux (puissance) thermique transférée au lait si l'on souhaite que ce lait soit prêt en 3,0 minutes.

Donnée. Capacité thermique massique du lait : $c_{m,\text{lait}} = 4{,}18 \times 10^3$ J·kg^{-1}·°C^{-1}.

→ Corrigé p. 273

Exercice 4 Calcul d'un transfert thermique Voir Méthode 4 p. 263

En hiver, la température d'un appartement est de 18 °C alors que la température extérieure est de –3,0 °C.
On considère un mur de surface $S = 25\ \text{m}^2$, d'épaisseur $e = 30$ cm et constitué de béton plein.

1. Calculer la résistance thermique du mur décrit dans l'énoncé.

2. Calculer la valeur du flux thermique à travers le mur.

3. En déduire l'énergie thermique transférée en une journée.

Donnée. Conductivité thermique du béton : $\lambda_{\text{béton}} = 1{,}75\ \text{W}\cdot\text{m}^{-1}\cdot\text{K}^{-1}$.

→ Corrigé p. 273

Exercice 5 Bilan radiatif de Vénus Voir Méthode 5 p. 264

Vénus est la deuxième planète la plus proche du Soleil : elle reçoit donc une grande quantité de rayonnement solaire.

1. Calculer la puissance thermique surfacique reçue par Vénus de la part du Soleil.

2. Calculer la puissance thermique reçue par la surface éclairée de Vénus.

3. Calculer la puissance surfacique moyenne reçue par la surface de Vénus.

4. Calculer la température de Vénus si elle n'avait alors ni atmosphère ni albédo.

Données.
- Puissance irradiée par le Soleil : $P_{\text{Soleil}} = 3{,}9 \times 10^{26}$ W.
- Rayon de Vénus : $R_V = 6{,}05 \times 10^6$ m.
- Distance Vénus-Soleil : $d_{VS} = 1{,}08 \times 10^{11}$ m.
- Surface d'une sphère de rayon R : $S_{\text{sphère}} = 4\pi R^2$.
- Surface d'un disque de rayon R : $S_{\text{disque}} = \pi R^2$.
- Constante de Stefan-Boltzmann : $\sigma = 5{,}67 \times 10^{-8}\ \text{W}\cdot\text{m}^{-2}\cdot\text{K}^{-4}$.

→ Corrigé p. 274

Exercice 6 Évolution de la température d'un système Voir Méthode 6 p. 265

On considère un morceau de cuivre, de surface $S = 24\ \text{cm}^2$ et de capacité thermique $C = 40\ \text{J}\cdot\text{K}^{-1}$, placé dans un thermostat à la température $T_{\text{ext}} = 0$ °C. La température initiale de ce solide est notée T_0.
L'équation différentielle qui régit l'évolution de sa température au cours du temps est :

$$\frac{\text{d}T(t)}{\text{d}t} + \frac{h \times S}{C} T(t) = 0$$

1. Résoudre l'équation différentielle et écrire la relation donnant la température du solide au cours du temps.

2. Calculer le temps caractéristique du refroidissement $\tau = \dfrac{C}{h \times S}$. On considérera que le coefficient d'échange conducto-convectif est égal à $h = 10\ \text{W}\cdot\text{m}^{-2}\cdot\text{K}^{-1}$.

3. On considère que le refroidissement est terminé au bout d'une durée égale à 5τ. Calculer la durée du refroidissement.

→ Corrigé p. 274

SE PERFECTIONNER

Exercice 7 ★ Azote liquide

L'azote liquide est incolore et sa masse volumique est $\rho = 809 \text{ kg} \cdot \text{m}^{-3}$. Il est obtenu par distillation fractionnée de l'air liquide et est utilisé dans de nombreux domaines comme la médecine ou la biologie.

1. Calculer le volume de diazote nécessaire à 20 °C et sous une pression de 1,0 bar pour obtenir 1,0 L d'azote liquide.

2. En déduire le volume d'air qu'il faut utiliser pour fabriquer 1,0 L d'azote liquide.

CONSEIL
1. Commencer par calculer la quantité de matière contenue dans 1,0 L d'azote liquide.

Données.
- Masse molaire de l'azote : $M(\text{N}) = 14{,}0 \text{ g} \cdot \text{mol}^{-1}$.
- $1 \text{ bar} = 10^5 \text{ Pa}$.
- Composition de l'air : 78 % de N_2 ; 21 % de O_2 ; 1 % d'autres gaz.

→ Corrigé p. 275

Exercice 8 ★ Exploiter la loi de Newton

1. Effectuer une analyse dimensionnelle afin de déterminer l'unité du coefficient conducto-convectif h, présent dans la loi de Newton :

$$\delta Q(t) = h \times S \times (T_{\text{ext}} - T(t)) \times \text{d}t$$

2. Déterminer le signe des échanges conducto-convectifs modélisés par la loi de Newton dans les cas suivants.

a. T_{ext} est supérieure à la température T du système.

b. T_{ext} est inférieure à la température T du système.

3. En déduire le sens du transfert thermique dans chacun des cas.

→ Corrigé p. 275

Exercice 9 ★★ Cuisson des pâtes

Un étudiant souhaite faire chauffer de l'eau dans une casserole afin de se préparer des pâtes. Pour cela, il chauffe, à l'aide d'une plaque électrique, une casserole en acier inoxydable contenant 2,0 L d'eau à la température initiale $T_i = 15$ °C. La température de l'eau souhaitée avant immersion des pâtes est $T_f = 100$ °C.

1. Calculer l'énergie thermique Q_{eau} reçue par l'eau et celle Q_{inox} reçue par la casserole sachant que la casserole a une masse de 2,0 kg.

2. La plaque est constituée d'une résistance électrique de puissance égale à 3,0 kW. En considérant que toute l'énergie électrique est convertie en énergie thermique, calculer la durée de fonctionnement nécessaire à la plaque électrique pour arriver à ce résultat.

CONSEIL
2. Une puissance est une énergie divisée par une durée.

Données.
- Capacité thermique massique de l'eau : $c_{\text{eau}} = 4{,}18 \times 10^3 \text{ J} \cdot \text{kg}^{-1} \cdot \text{K}^{-1}$
- Capacité thermique massique de l'inox : $c_{\text{inox}} = 502 \text{ J} \cdot \text{kg}^{-1} \cdot \text{K}^{-1}$.
- Masse volumique de l'eau : $\rho_{\text{eau}} = 1{,}0 \text{ kg} \cdot \text{L}^{-1}$.

→ Corrigé p. 276

Exercice 10 ★★ Isolation d'une maison

Émilie vit dans une maison dont la surface au sol est de 150 m^2. Elle désire isoler sa cave avec des plaques en polystyrène de 10 cm d'épaisseur et son grenier avec de la laine de verre pulvérisée sur une couche de 15 cm d'épaisseur.
On considère une température intérieure de 20 °C et une température extérieure de 3 °C.

→ Déterminer les flux thermiques transmis par le sol et par le plafond avant et après l'isolation.

On admettra que la résistance thermique d'une paroi est égale à la somme des résistances thermiques des couches qui la constituent

Données.

• Résistances thermiques du sol et du plafond avant l'isolation :
$R_{th}(\text{sol}) = 1{,}0 \times 10^{-2}\ K \cdot W^{-1}$;
$R_{th}(\text{plafond}) = 2{,}33 \times 10^{-2}\ K \cdot W^{-1}$.

• Conductivités thermiques des matériaux d'isolation :
$\lambda(\text{laine de verre}) = 0{,}035\ W \cdot m^{-1} \cdot K^{-1}$;
$\lambda(\text{polystyrène}) = 0{,}036\ W \cdot m^{-1} \cdot K^{-1}$.

→ Corrigé p. 276

Exercice 11 ★★ Refroidissement du café

On mélange un volume $V_1 = 100$ mL de café à une température $T_1 = 60$ °C avec un volume $V_2 = 20$ mL de lait sortant du frigo à une température $T_2 = 4$ °C.
Les capacités thermiques massiques des deux liquides sont considérées égales à celle de l'eau.

1. Déterminer la température que possède le mélange une fois l'équilibre thermique atteint.

2. Quelle quantité de lait faut-il rajouter pour abaisser la température de 5 °C de plus ?

> **CONSEIL**
> **1.** Utiliser le premier principe de la thermodynamique en considérant le système comme isolé.

Données.

• Capacité thermique massique de l'eau : $c_{eau} = 4{,}18\ J \cdot g^{-1} \cdot K^{-1}$.

• Masse volumique de l'eau : $\rho_{eau} = 1{,}0\ g \cdot mL^{-1}$.

→ Corrigé p. 276

Exercice 12 ★★ Évacuer l'énergie d'un processeur d'ordinateur

Une pièce essentielle d'un ordinateur est son processeur. Les températures qui y règnent atteignent des valeurs proches de 100 °C.
Le flux thermique évacué par convection s'exprime par la loi de Newton :

$$\Phi = h \times S(T_{ext} - T).$$

Φ est exprimé en W, S représente la surface de contact entre le système et l'extérieur, en m^2. T est la température du système.

Si T est fixée, il y a deux possibilités pour augmenter le flux de chaleur évacué :

• **Méthode 1 :** augmenter le coefficient d'échange convectif h, ce qui revient à déplacer l'air à proximité en augmentant la vitesse de l'écoulement et/ou diminuer la température de l'air extérieur T_{ext}. Dans la plupart des applications, augmenter h au maximum ne suffit pas à évacuer le flux de chaleur souhaité et, bien souvent, le coût est trop élevé (installation de pompes ou ventilateurs puissants et encombrants). Réduire T_{ext} est bien souvent infaisable dans l'installation.

• **Méthode 2** : cette deuxième solution est beaucoup plus simple à mettre en œuvre. Il s'agit d'augmenter la surface d'échange S, en utilisant des ailettes s'étendant à partir du solide dans le milieu environnant (voir figure ci-dessous).

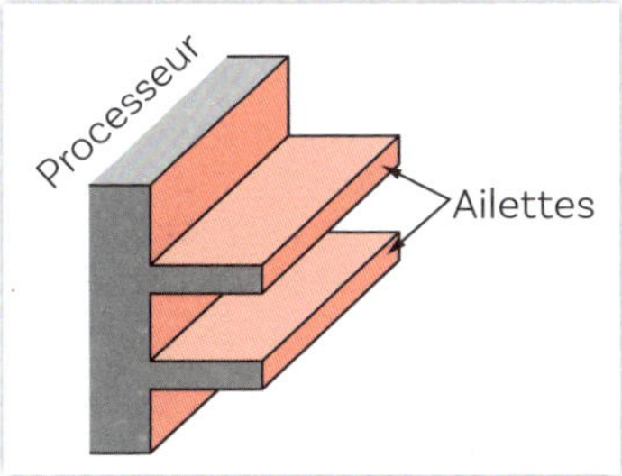

1. Citer les différents modes de transferts d'énergie engagés pour évacuer l'énergie thermique d'un processeur doté d'une ailette de refroidissement.

2. Évaluer le flux thermique évacué par convection en l'absence puis en présence d'une ailette.

3. Discuter l'intérêt de l'ailette.

4. Expliquer pourquoi les ventilateurs sont mentionnés dans l'énoncé.

CONSEIL
2. Il faut comprendre que les ailettes ont deux faces.

5. On utilise aujourd'hui une technologie faisant intervenir un refroidissement par circulation d'eau à proximité du processeur. Expliquer l'intérêt de cet usage.

Données.
- Coefficient d'échange convectif de l'air : $h_{air} = 5{,}0\ W \cdot m^{-2} \cdot K^{-1}$
- Coefficient d'échange convectif de l'eau : $h_{eau} = 100\ W \cdot m^{-2} \cdot K^{-1}$
- Dimensions de l'ailette de refroidissement : 40 × 40 × 20 mm.

→ Corrigé p. 277

Exercice 13 ★★★ Température sur la Lune

La Lune se trouve à une distance $d = 150 \times 10^9$ km du Soleil et est assimilée à une sphère de rayon $r_L = 1{,}7 \times 10^3$ km. La puissance surfacique relevée au niveau du sol (dont le Soleil est à l'origine) est égale à environ $1{,}4\ kW \cdot m^{-2}$. La Lune possède un albédo de 0,10, qui correspond à la fraction de lumière renvoyée par la Lune.
Sans réelle atmosphère, la Lune est telle que sa température monte pendant la journée à +120 °C pour retomber, du côté sombre, à –180 °C environ. La différence de température que présente un rocher entre sa face éclairée et celle plongée dans l'ombre atteint ainsi 300 °C, valeur plus de 10 fois supérieure aux écarts que l'on connaît sur Terre. Le sous-sol est un véritable permafrost, gelé à 2 m de profondeur par –17 °C.

1. Expliquer pourquoi les variations de température sont aussi importantes sur la Lune, contrairement à la Terre.

2. Déterminer le flux thermique reçu par la Lune.

3. En déduire la température du sol lunaire, sachant que l'on assimile la Lune à un corps noir (qui réémet toute l'énergie qu'il reçoit). On supposera dans un premier temps que le sol lunaire n'est responsable d'aucun albédo.

4. Refaire le calcul en prenant en compte l'albédo du sol lunaire. Commenter le résultat.

Donnée. Constante de Stefan-Boltzmann : $\sigma = 5{,}67 \times 10^{-8}\ W \cdot m^{-2} \cdot K^{-4}$.

→ Corrigé p. 278

SE PRÉPARER À L'EXAMEN

SUJET Économie d'énergie (30 min)

Le propriétaire d'un appartement souhaite réaliser quelques travaux par souci d'économie d'énergie. Il décide de remplacer son chauffe-eau électrique par un chauffe-eau solaire et ses fenêtres simple vitrage par du double vitrage.

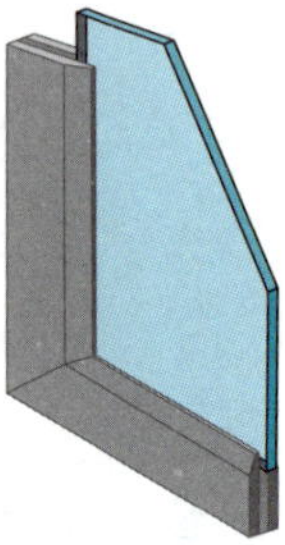

Épaisseur du verre : 4,0 mm

Simple vitrage

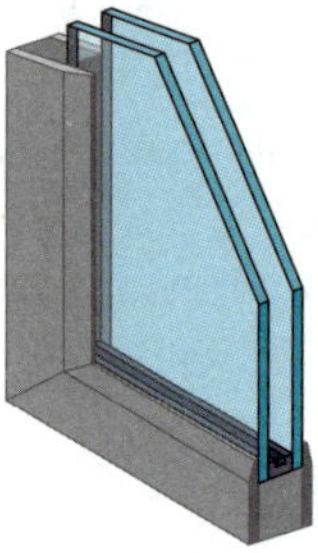

Épaisseur de chaque verre : 4,0 mm

1 cm d'air entre chaque verre

Double vitrage

Partie A. Remplacement des fenêtres

En plein mois de décembre, on considère que la température extérieure moyenne est de 3,0 °C. À l'intérieur de la maison, le propriétaire souhaite conserver une température de 18 °C.

1. Dans quel sens s'effectue le transfert thermique au niveau des fenêtres ?

2. Calculer la résistance thermique correspondant à l'ensemble des surfaces vitrées de l'appartement dans le cas d'un simple et d'un double vitrage.

> **CONSEIL**
> **2.** Pour des matériaux collés les uns aux autres, les résistances thermiques sont additives.

3. En déduire la valeur du flux thermique à travers la surface vitrée totale de l'appartement dans le cas du simple et du double vitrages.

Partie B. Remplacement du chauffe-eau électrique

Le ballon d'eau chaude électrique déjà présent a une capacité de 300 L.
On considère que les 300 L d'eau sont chauffés de 10 °C à 60 °C en 6 h et cela 1 fois par jour en moyenne.

1. Calculer l'énergie thermique reçue par l'eau du ballon du chauffe-eau électrique en une journée.

2. En déduire la puissance électrique minimale du chauffe-eau.

3. Évaluer l'économie effectuée par le remplacement de ce chauffe-eau par un modèle relié à un panneau solaire thermique lors d'une journée ensoleillée.

Données.
- Résistance thermique d'une lame d'air de 1,0 cm d'épaisseur et de surface 10 m^2 : $R_{air} = 0{,}038\ \text{K} \cdot \text{W}^{-1}$
- Surface vitrée de la maison : $S = 10\ \text{m}^2$.
- Conductivité thermique du verre : $\lambda = 1{,}15\ \text{W} \cdot \text{m}^{-1} \cdot \text{K}^{-1}$.
- 1 kWh = $3{,}6 \times 10^6$ J
- Prix moyen du kilowattheure : 0,158 € TTC.
- Capacité thermique massique de l'eau : $c_{eau} = 4{,}18 \times 10^3\ \text{J} \cdot \text{kg}^{-1} \cdot °\text{C}^{-1}$.
- Masse volumique de l'eau : $\rho = 1{,}00 \times 10^3\ \text{kg} \cdot \text{m}^{-3}$.

→ Corrigé page 278

CORRIGÉS

SE TESTER

1. a et c ; **2.** a et c ; **3.** b et c ; **4.** a ; **5.** a et c ; **6.** a et b ; **7.** b.

S'ENTRAÎNER

Exercice 1 Bouteille de dioxygène

1. D'après l'équation d'état des gaz parfaits :

$P \times V = n \times R \times T$, d'où $n = \dfrac{P \times V}{R \times T}$.

$$n = \frac{1{,}20 \times 10^6 \times 10{,}0 \times 10^{-3}}{8{,}314 \times (20 + 273{,}15)} = 4{,}9 \text{ mol}$$

L'ERREUR À NE PAS FAIRE

Ne pas oublier d'exprimer V en m^3 et T en K dans l'équation d'état des gaz parfaits.

2. On utilise une relation de chimie, vue en classe de Première :
$m = n \times M(O_2) = 4{,}9 \times 32{,}0 = 1{,}6 \times 10^2$ g.

3. On utilise à nouveau l'équation d'état des gaz parfaits pour calculer le nouveau volume occupé par le gaz :

$P_0 \times V' = n \times R \times T$, d'où $V' = \dfrac{n \times R \times T}{P_0}$.

$$V' = \frac{n \times R \times T}{P_0} = \frac{4{,}9 \times 8{,}314 \times (20 + 273{,}15)}{1{,}013 \times 10^5} = 0{,}12 \text{ m}^3 = 120 \text{ L}$$

Exercice 2 Pompe à chaleur

1. Q est appelé transfert thermique et W est appelé travail.

2. Q_1 est gagné par la pompe à chaleur : $Q_1 > 0$.
Q_2 et W_e sont cédés par la pompe à chaleur : $Q_2 < 0$ et $W_e < 0$.

3. Si l'énergie interne de la pompe à chaleur est constante, on peut écrire :
$\Delta U = Q_1 + Q_2 + W_e = 0$

L'INFO À RETENIR

On échange du travail avec l'action de forces ou d'un courant électrique. On échange un transfert thermique (ou chaleur) à cause d'une différence de température.

Exercice 3 Variation d'énergie interne

1. On exprime et on calcule la variation d'énergie interne lors d'une variation de température :

$$\Delta U = m \times c_{m,\text{lait}} \times \Delta T$$
$$= 0{,}150 \times 4{,}18 \times 10^3 \times (37 - 20) = 1{,}07 \times 10^4 \text{ J}$$

L'INFO À RETENIR

$\Delta U = C \times \Delta T = c_m \times m \times \Delta T$

2. Une puissance correspond à une énergie divisée par une durée. La puissance thermique minimale pour chauffer le biberon en 3 minutes est :

$$P = \frac{\Delta U}{\Delta t} = \frac{1{,}07 \times 10^4}{3{,}0 \times 60} = 59 \text{ W}$$

Exercice 4 Calcul d'un transfert thermique

1. On utilise l'expression permettant de calculer la résistance thermique :

$$R_{th} = \frac{e}{\lambda_{\text{béton}} \times S} = \frac{0{,}30}{1{,}75 \times 25} = 6{,}9 \times 10^{-3} \text{ K} \cdot \text{W}^{-1}.$$

2. On calcule le flux thermique :

$$\Phi = \frac{\Delta T}{R_{th}} = \frac{18-(-3)}{6{,}9\times10^{-3}} = 3{,}0\times10^{2}\ \text{W}$$

3. On calcule l'énergie qui traverse le mur pendant une journée ($\Delta T = 24\times3\,600$ s) :

$$E = \Phi\times\Delta t = 3{,}0\times10^{2}\times24\times3\,600 = 2{,}6\times10^{7}\ \text{J} = 26\ \text{MJ}$$

L'INFO À RETENIR

Un flux thermique est une puissance (vitesse de transfert d'énergie) : il s'exprime donc en watts (W).

Exercice 5 Bilan radiatif de Vénus

1. On calcule la puissance surfacique reçue par la Vénus de la part du Soleil. Il faut considérer que le Soleil rayonne dans toutes les directions, et que sa puissance se répartit sur une sphère de rayon d_{VS} (donc de surface $S_1 = 4\pi d_{VS}^2$).

$$P_{S_1} = \frac{P_{\text{Soleil}}}{4\pi d_{VS}^2} = \frac{3{,}9\times10^{26}}{4\pi\times\left(1{,}08\times10^{11}\right)^2} = 2{,}7\times10^{3}\ \text{W}\cdot\text{m}^{-2}$$

2. On calcule la puissance reçue sur la surface de Vénus éclairée par le Soleil. Il faut considérer un disque de surface $S_2 = \pi R_V^2$:

$$P_{\text{Vénus}} = P_{S_1}\times\pi R_V^2 = 2{,}7\times10^{3}\times\pi\times\left(6{,}05\times10^{6}\right)^2 = 3{,}1\times10^{17}\ \text{W}$$

3. On divise la puissance reçue par la zone éclairée de Vénus par sa surface totale (celle d'une sphère de surface $S_3 = 4\pi R_V^2$) :

$$P_{s,\text{reçue}} = \frac{P_{\text{Vénus}}}{4\pi R_V^2} = \frac{3{,}1\times10^{17}}{4\pi\times\left(6{,}05\times10^{6}\right)^2} = 674\ \text{W}\cdot\text{m}^{-2}$$

4. On utilise la loi de Stefan-Boltzmann et on exprime T en fonction des autres grandeurs :

$$P_{s,\text{reçue}} = \sigma\times T_{\text{Vénus}}^4 \text{ d'où } T_{\text{Vénus}} = \left(\frac{P_{s,\text{reçue}}}{\sigma}\right)^{\frac{1}{4}} = \left(\frac{674}{5{,}67\times10^{-8}}\right)^{\frac{1}{4}} = 330\ \text{K} = 603\ °\text{C}$$

Remarque : Les calculs surestiment cette température, qui est en réalité plutôt de 460 °C. En effet, nous n'avons pas tenu compte ici de l'atmosphère de Vénus, qui est très dense, ou de l'effet d'albédo.

Exercice 6 Évolution de la température d'un système

1. • On pose tout d'abord $\tau = \frac{C}{h\times S}$. L'équation différentielle devient : $\frac{dT(t)}{dt} + \frac{T(t)}{\tau} = 0$

• On écrit la forme de la solution générale de l'équation différentielle sans second membre : $T(t) = A\times e^{-kt}$, où A et k sont des constantes à déterminer.

• On utilise les conditions initiales avec la solution type proposée.
À $t = 0$, on sait que $T(0) = T_0$. On remplace t par 0 dans la solution proposée :
$T(0) = A\times e^{0} = T_0$, d'où $A = T_0$.

• On introduit la solution proposée dans l'équation différentielle :

$$\frac{dT(t)}{dt} + \frac{T(t)}{\tau} = 0 \text{ et } T(t) = T_0\times e^{-kt}, \text{ d'où : } -k\times T_0\times e^{-kt} + \frac{T_0\times e^{-kt}}{\tau} = 0.$$

• On simplifie par $T_0\times e^{-kt}$: $-k + \frac{1}{\tau} = 0$, d'où $k = \frac{1}{\tau}$.

• Finalement : $T(t) = T_0\times e^{-\frac{t}{\tau}}$.

2. On calcule τ en convertissant la surface S en m^2 :

$$\tau = \frac{C}{h \times S} = \frac{40}{10 \times 24 \times 10^{-4}} = 1{,}7 \times 10^3\ \text{s}$$

3. Le refroidissement est terminé au bout de :

$5 \times 1{,}7 \times 10^3 = 8{,}5 \times 10^3\ \text{s} = 142\ \text{h}$

SE PERFECTIONNER

Exercice 7 Azote liquide

1. On exprime tout d'abord la masse d'azote liquide en fonction de son volume :

$m = \rho \times V_{\text{liquide}}$

On utilise l'équation d'état des gaz parfaits et on exprime la quantité de matière de gaz en fonction des autres grandeurs :

$P \times V_{\text{gaz}} = n \times R \times T$ d'où $n = \dfrac{P \times V_{\text{gaz}}}{R \times T}$ et, sachant que $n = \dfrac{m}{M(N_2)}$, on peut écrire :

$\dfrac{P \times V_{\text{gaz}}}{R \times T} = \dfrac{m}{M(N_2)}$ et, enfin : $\dfrac{P \times V_{\text{gaz}}}{R \times T} = \dfrac{\rho \times V_{\text{liquide}}}{M(N_2)}$.

> **L'ERREUR À NE PAS FAIRE**
>
> Dans cet exercice, V_{liquide} est exprimé en L et V_{gaz} est exprimé en m^3 : il ne faut donc pas les exprimer dans la même unité !

On calcule le volume de diazote gazeux V_{gaz} nécessaire :

$$V_{\text{gaz}} = \frac{\rho \times V_{\text{liquide}} \times R \times T}{M(N_2) \times P} = \frac{809 \times 1{,}0 \times 8{,}314 \times (20 + 273)}{2 \times 14{,}0 \times 1{,}0 \times 10^5} = 0{,}70\ \text{m}^3 = 700\ \text{L}$$

2. Étant donné que l'air est composé de 78 % de diazote, il faudra $\dfrac{700}{0{,}78} = 897$ L d'air.

Exercice 8 Exploiter la loi de Newton

1. On exprime h en fonction des autres paramètres, et on écrit l'équation aux unités correspondante :

$\delta Q = h \times S(T_{\text{ext}} - T)\text{d}t$ d'où : $h = \dfrac{\delta Q}{S(T_{\text{ext}} - T)\text{d}t}$.

$$\text{unité de } h = \frac{\text{unité de } \delta Q}{\text{unité de } S \times \text{unité de } (T_{\text{ext}} - T) \times \text{unité de d}t}$$

$$\text{unité de } h = \frac{\text{J}}{\text{m}^2 \times \text{K} \times \text{s}} = \text{J} \times \text{s}^{-1} \times \text{m}^{-2} \times \text{K}^{-1}$$

Sachant que les $\text{J} \cdot \text{s}^{-1}$ sont équivalents à des W, l'unité de h est le $\text{W} \cdot \text{m}^{-2} \cdot \text{K}^{-1}$.

2. a. et **3. a.** Dans le cas où $T_{\text{ext}} > T$, on a alors $T_{\text{ext}} - T > 0$, ce qui implique $\delta Q > 0$. Le système reçoit alors de l'énergie de la part du milieu extérieur.

2. b. et **3. b.** Dans le cas où $T_{\text{ext}} < T$, on a alors $T_{\text{ext}} - T < 0$, ce qui implique $\delta Q < 0$. Le système cède alors de l'énergie au milieu extérieur.

> **L'INFO À RETENIR**
>
> Un transfert thermique se fait toujours du plus chaud vers le plus froid.

Exercice 9 **Cuisson des pâtes**

1. On calcule l'énergie thermique reçue par l'eau :

$Q_{eau} = m_{eau} \times c_{eau} \times \Delta T$, soit :

$Q_{eau} = \rho_{eau} \times V_{eau} \times c_{eau} \times (T_f - T_i)$.

$Q_{eau} = 1{,}0 \times 2{,}0 \times 4{,}18 \times 10^3 \times (100 - 15) = 7{,}1 \times 10^5$ J

On calcule l'énergie thermique reçue par la casserole :

$Q_{inox} = m_{inox} \times c_{inox} \times (T_f - T_i) = 2{,}0 \times 502 \times (100 - 15) = 8{,}5 \times 10^4$ J

2. On exprime et on applique la relation de base pour une puissance :

$$P = \frac{E}{\Delta t} = \frac{Q_{eau} + Q_{inox}}{\Delta t}$$

$$\text{D'où } \Delta t = \frac{Q_{eau} + Q_{inox}}{P} = \frac{7{,}1 \times 10^5 + 8{,}5 \times 10^4}{3{,}0 \times 10^3}$$

$$= 2{,}7 \times 10^2 \text{ s} = 4{,}5 \text{ min}$$

LE RÉFLEXE À AVOIR

L'exercice prenant appui sur une situation de la vie quotidienne, il est d'autant plus simple de vérifier la vraisemblance du résultat !

Exercice 10 **Isolation d'une maison**

• On commence par calculer les flux thermiques avant isolation. On dispose déjà des résistances thermiques. Il n'y a plus qu'à faire les calculs de Φ :

$$\Phi_{sol} = \frac{\Delta T}{R_{th}(sol)} = \frac{20 - 3{,}0}{1{,}0 \times 10^{-2}} = 1{,}7 \times 10^3 \text{ W}$$

$$\Phi_{plafond} = \frac{\Delta T}{R_{th}(plafond)} = \frac{20 - 3{,}0}{2{,}33 \times 10^{-2}} = 7{,}3 \times 10^2 \text{ W}$$

• Pour faire les mêmes calculs avec isolation, il faut déterminer les nouvelles résistances thermiques. Comme en électricité, deux résistances mises en série s'additionnent. Aux résistances thermiques données dans l'énoncé, il faut rajouter la résistance thermique apportée par l'isolation :

$$R'_{th}(sol) = R_{Th}(sol) + \frac{e_{polystyrène}}{\lambda(polystyrène) \times S} = 1{,}0 \times 10^{-2} + \frac{0{,}10}{0{,}036 \times 150} = 2{,}9 \times 10^{-2} \text{ K} \cdot \text{W}^{-1}$$

$$R'_{th}(plafond) = R_{th}(plafond) + \frac{e_{laine\ de\ verre}}{\lambda(laine\ de\ verre) \times S}$$

$$R'_{th}(plafond) = 2{,}33 \times 10^{-2} + \frac{0{,}15}{0{,}035 \times 150} = 5{,}2 \times 10^{-2} \text{ K} \cdot \text{W}^{-1}$$

• On peut maintenant calculer les nouveaux flux thermiques :

$$\Phi'_{sol} = \frac{\Delta T}{R'_{th}(sol)} = \frac{20 - 3{,}0}{2{,}9 \times 10^{-2}} = 5{,}9 \times 10^2 \text{ W}$$

$$\Phi'_{plafond} = \frac{\Delta T}{R'_{th}(plafond)} = \frac{20 - 3{,}0}{5{,}2 \times 10^{-2}} = 3{,}3 \times 10^2 \text{ W}$$

Exercice 11 **Refroidissement du café**

1. On commence par exprimer les énergies thermiques Q_1 et Q_2 échangées respectivement par le café et le lait. La température finale est notée T_f et est pour le moment inconnue ; on exprime directement la masse par le produit $\rho \times V$:

$Q_1 = \rho_{eau} \times V_1 \times c_{eau} \times (T_f - T_1)$ et $Q_2 = \rho_{eau} \times V_2 \times c_{eau} \times (T_f - T_2)$.

En considérant le système {café + lait} comme isolé, et en considérant que le récipient qui les contient n'échange pas d'énergie avec le système, on peut appliquer le premier principe de la thermodynamique : $\Delta U = Q_1 + Q_2 + W = 0$

Le système étant isolé, on a $\Delta U = 0$ et, le système n'échangeant pas de travail, on a $W = 0$. On obtient : $Q_1 + Q_2 = 0$. On remplace Q_1 et Q_2 par leurs expressions et on cherche à exprimer T_f en fonction des autres paramètres :

L'INFO À RETENIR

Si le système ne subit ni l'action de forces ni le passage d'un courant électrique, alors $W = 0$.

$\rho_{eau} \times V_1 \times c_{eau} \times (T_f - T_1) + \rho_{eau} \times V_2 \times c_{eau} \times (T_f - T_2) = 0$

En simplifiant par ρ_{eau} et par c_{eau}, on obtient : $V_1 \times (T_f - T_1) + V_2 \times (T_f - T_2) = 0$.

D'où $V_1 \times T_f - V_1 \times T_1 + V_2 \times T_f - V_2 \times T_2 = 0$.

Soit $T_f \times (V_1 + V_2) - (V_1 \times T_1 + V_2 \times T_2) = 0$.

Enfin :

$$T_f = \frac{V_1 \times T_1 + V_2 \times T_2}{V_1 + V_2} = \frac{100 \times 60 + 20 \times 4{,}0}{100 + 20} = 51\,°\text{C}.$$

2. On réutilise la relation précédente, mais en remplaçant V_2 par V_2', nouveau volume de lait à verser pour abaisser la température du café. On exprime ensuite V_2' en fonction des autres paramètres.

On cherche alors V_2' pour $T_f = 51 - 5 = 46\,°\text{C}$:

$V_1 \times (T_f - T_1) + V_2' \times (T_f - T_2) = 0$, d'où :

$$V_2' = -\frac{V_1 \times (T_f - T_1)}{T_f - T_2} = -\frac{100 \times (46 - 60)}{46 - 4{,}0} = 33\,\text{mL}$$

Il faudrait donc rajouter $V_2' - V_2 = 33 - 20 = 13$ mL de plus.

LE RÉFLEXE À AVOIR

Il n'est pas nécessaire d'exprimer les volumes en m^3 car si V_1 est en mL, V_2' l'est aussi.

Exercice 12 Évacuer l'énergie d'un processeur d'ordinateur

1. L'évacuation de l'énergie thermique se fait par conduction (le processeur cède de la chaleur au radiateur), convection (il y a échange entre le radiateur et l'air avec mouvement de l'air) et par rayonnement (tout corps chaud émet des rayonnements).

2. • Sans les ailettes et en choisissant une température extérieure de 20 °C :

$\Phi = h \times S \times (T_{ext} - T) = 5{,}0 \times (40 \times 10^{-3})^2 \times (20 - 100)$

$= -0{,}64$ W

• Avec les 10 ailettes : $\Phi' = 10 \times h \times S' \times (T_{ext} - T) - \Phi$

$\Phi' = 10 \times 5{,}0 \times 2 \times 40 \times 10^{-3} \times 20 \times 10^{-3} \times (20 - 100) - 0{,}67$

$= -7{,}0$ W

L'INFO À RETENIR

Un flux thermique négatif signifie que celui-ci est perdu par le système.

Remarque : le coefficient 2 indique que les ailettes ont deux faces.

Avec les ailettes, la puissance dissipée est 11 fois plus importante !

3. La présence d'ailettes permet un transfert thermique plus important en raison d'une surface d'échange beaucoup plus importante. L'évacuation d'énergie thermique est donc plus efficace.

4. La présence d'un ventilateur à proximité des ailettes permet d'augmenter h, ce qui permet d'augmenter la valeur du flux thermique et donc une meilleure évacuation d'énergie.

5. La présence d'eau à proximité du processeur permet un meilleur refroidissement de celui-ci car $h_{eau} > h_{air}$.

Exercice 13 **Température sur la Lune**

1. Les variations de température sont plus importantes car il n'y a pas d'atmosphère lunaire, donc pas d'effet de serre.

2. La puissance P reçue, aussi appelée flux thermique, vaut :

$$P = P_S \times \pi r_L^2 = 1{,}4 \times 10^3 \times \pi \times (1{,}7 \times 10^6)^2 = 1{,}3 \times 10^{16}\ \text{W}$$

3. On détermine la puissance surfacique rayonnée par la Lune, qui est une sphère de rayon r_L :

$$P_{\text{s,rayonnée}} = \frac{P}{4\pi r_L^2} = \frac{1{,}3 \times 10^{16}}{4\pi \times (1{,}7 \times 10^6)^2} = 350\ \text{W} \cdot \text{m}^{-2}$$

On applique la loi de Stefan : $P_{\text{s,rayonnée}} = \sigma \times T^4$, d'où :

$$T = \left(\frac{P_{\text{s,rayonnée}}}{\sigma}\right)^{\frac{1}{4}} = \left(\frac{350}{5{,}67 \times 10^{-8}}\right)^{\frac{1}{4}} = 280\ \text{K} = 3\ °\text{C}$$

4. En tenant compte de l'albédo, la puissance reçue est uniquement de :
$0{,}90 \times 1{,}3 \times 10^{16} = 1{,}17 \times 10^{16}\ \text{W}$
En refaisant les calculs des questions **2** et **3**, la puissance surfacique rayonnée est donc de $315\ \text{W} \cdot \text{m}^{-2}$ et la température estimée est alors de $T = 273\ \text{K} = 0\ °\text{C}$. Cette valeur est encore éloignée de la température en profondeur de –17 °C, car certains paramètres n'ont pas été pris en compte.

SE PRÉPARER À L'EXAMEN

SUJET Économie d'énergie

A. 1. Au niveau des fenêtres, le transfert thermique s'effectue de l'intérieur vers l'extérieur de la maison (du corps chaud vers le corps froid).

2. Pour le simple vitrage (SV) : $R_{th}(\text{SV}) = \dfrac{e_{\text{verre}}}{\lambda \times S} = \dfrac{4{,}0 \times 10^{-3}}{1{,}15 \times 10} = 3{,}5 \times 10^{-4}\ \text{K} \cdot \text{W}^{-1}$

Pour le double vitrage (DV) :
$R_{th}(\text{DV}) = 2 \times R_{th}(\text{SV}) + R_{\text{air}} = 2 \times 3{,}5 \times 10^{-4} + 0{,}038 = 0{,}039\ \text{K} \cdot \text{W}^{-1}$

3. Pour le simple vitrage : $\Phi_{\text{SV}} = \dfrac{\Delta T}{R_{th}(\text{SV})} = \dfrac{18 - 3{,}0}{3{,}5 \times 10^{-4}} = 4{,}3 \times 10^4\ \text{W}.$

Pour le double vitrage : $\Phi_{\text{DV}} = \dfrac{\Delta T}{R_{th}(\text{DV})} = \dfrac{18 - 3{,}0}{0{,}039} = 385\ \text{W}.$

B. 1. On calcule la variation d'énergie interne de l'eau lorsqu'elle passe de 10 à 60 °C :
$\Delta U_{\text{eau}} = \rho_{\text{eau}} \times V_{\text{eau}} \times c_{\text{eau}} \times \Delta T.$
$\Delta U_{\text{eau}} = 1{,}00 \times 10^3 \times 0{,}300 \times 4{,}18 \times 10^3 \times (60 - 10) = 6{,}3 \times 10^7$

2. La puissance moyenne du chauffage est : $P = \dfrac{\Delta U_{\text{eau}}}{\Delta t} = \dfrac{6{,}3 \times 10^7}{6 \times 3\,600} = 2{,}9 \times 10^3\ \text{W}.$

3. On convertit les $6{,}3 \times 10^7$ J en kWh et on calcule le coût de cette énergie :

$$6{,}3 \times 10^7\ \text{J} = \frac{6{,}3 \times 10^7}{3{,}6 \times 10^6}\ \text{kWh} = 17{,}5\ \text{kWh}$$

L'économie réalisée sur une journée est donc $17{,}5 \times 0{,}158 = 2{,}77$ €.

Chapitre 11 Gaz parfait et bilan d'énergie d'un système

Tu viens de voir les notions à connaître sur les systèmes thermodynamiques. Pour t'aider à retenir l'essentiel et t'entraîner pour le Bac, voici ton kit de révisions clé en mains conçu par SchoolMouv !

Vidéo

Pour mieux comprendre et t'en souvenir à coup sûr, regarde la vidéo. C'est parfois bien plus clair en images.

Vidéo **Description d'un système thermodynamique**

https://flashbelin.fr/focusbacschoolmouv/pc/11

Contenu additionnel

Voici un bonus autour du même sujet. La curiosité n'est pas toujours un vilain défaut. Il te suffit de créer ton compte pour avoir plein de contenus supplémentaires.

Quiz **Description d'un système thermodynamique**

https://www.schoolmouv.fr/eleves/cours/description-d-un-systeme-thermodynamique/qcm

Tchat avec un prof

Pour poser toutes tes questions à un prof particulier, découvre l'abonnement tchat. Tu peux le tester gratuitement pendant 7 jours : fini les questions sans réponses, tu vas devenir incollable.

https://focusbac.schoolmouv.fr/offre

12 Propriétés des ondes

LE CHAPITRE EN UN COUP D'ŒIL

RETENIR L'ESSENTIEL

SAVOIR FAIRE

SCHOOLMOUV Ton **KIT DE SURVIE** pour le Bac p. 305

RETENIR L'ESSENTIEL

1 Propagation du son et sensation auditive

Intensité sonore

- Le son est une **onde mécanique** qui se propage dans un milieu matériel (air, eau, métal...).
- **L'intensité sonore** I est la puissance sonore P reçue par unité de surface S :

REMARQUE
Comme toutes les ondes, le son transporte de l'énergie mais ne transporte pas de matière.

$$I = \frac{P}{S}$$

I : intensité sonore (en $W \cdot m^{-2}$)
P : puissance (en W)
S : surface (en m^2)

- Le **seuil d'audibilité sonore** est fixé à $I_0 = 1{,}0 \times 10^{-12}\ W \cdot m^{-2}$.

Niveau d'intensité sonore

- Le **niveau d'intensité sonore** L permet de quantifier la sensation auditive :

$$L = 10 \times \log\left(\frac{I}{I_0}\right) \Leftrightarrow I = I_0 \times 10^{\frac{L}{10}}$$

L : niveau d'intensité sonore (en dB)
I : intensité sonore (en $W \cdot m^{-2}$)
$I_0 = 1{,}0 \times 10^{-12}\ W \cdot m^{-2}$ seuil d'audibilité

- Si I est multipliée par 2^n, alors L augmente de $3 \times n$ dB.

Atténuation

- À une distance R d'une source sonore émettant dans toutes les directions, l'intensité vaut :

$$I = \frac{P}{4\pi R^2}$$

I : intensité sonore (en $W \cdot m^{-2}$)
P : puissance de la source (en W)
$4\pi R^2$: surface de la sphère de rayon R (en m^2)

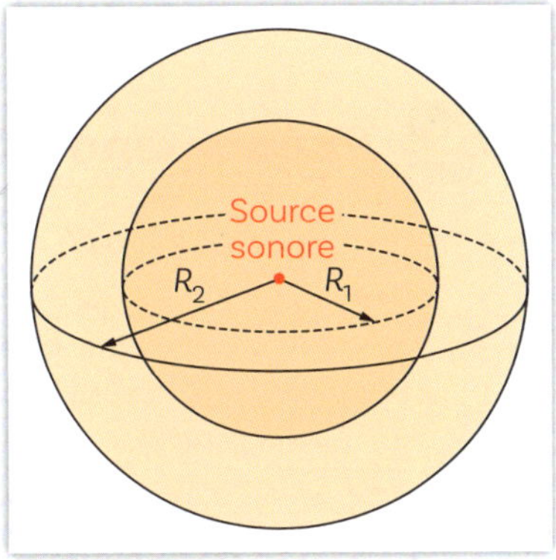

- L'**atténuation** A en dB correspond à la différence entre un niveau sonore initial L_i et un niveau sonore final L_f lorsqu'on s'est éloigné d'une source sonore :

$$A = L_i - L_f.$$

- Si l'on passe d'une distance R_1 à une distance R_2 d'une source sonore qui émet dans toutes les directions, l'**atténuation** est : $A = 20 \log\left(\frac{R_2}{R_1}\right)$.
- Si on se trouve à la distance R (en m) d'une source sonore de puissance P et qui émet dans toutes les directions, le **niveau d'intensité sonore** est donné par : $L = 10 \log\left(\frac{P}{4\pi I_0}\right) - 20 \log(R)$.

2 Diffraction des ondes

Définition et condition d'observation

→ La **diffraction** est une modification de la direction de propagation d'une onde périodique quand elle rencontre un **obstacle** ou une **ouverture** de **dimension a inférieure ou de l'ordre de grandeur de la longueur d'onde**.

→ La fréquence f, la longueur d'onde λ et la célérité v (vitesse de propagation) de l'onde **ne sont pas modifiées**.

Angle caractéristique de diffraction

→ Dans le cas d'une onde lumineuse traversant une fente fine, on observe **une tache centrale** et des **taches latérales** deux fois plus petites.

→ L'**angle caractéristique** θ est donné par :

$$\theta = \frac{\lambda}{a}$$

θ : angle caractéristique (en rad)
λ : longueur d'onde de l'onde (en m)
a : largeur de l'ouverture (en m)

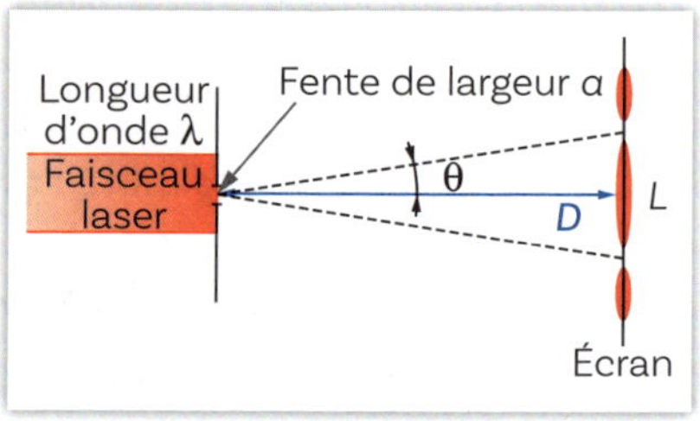

→ On peut montrer (en appliquant l'approximation des petits angles) que **la largeur de la tache centrale** est :

$$L = \frac{2\lambda D}{a}$$

L : largeur de la tache centrale (en m)
λ : longueur d'onde de l'onde (en m)
D : distance entre la fente et l'écran (en m)
a : largeur de l'ouverture (en m)

FOCUS MATHS
Lorsqu'on a un angle $\theta < 0{,}1$ rad, on peut faire l'approximation « des petits angles » : $\tan(\theta) \approx \theta$.

3 Phénomène d'interférences

Mise en évidence

→ Lorsque deux ondes **cohérentes** (même fréquence et un déphasage constant) se croisent, elles **interfèrent**.

→ Soit deux ondes provenant de deux sources S_1 et S_2 :
- si elles sont en phase, alors ces deux ondes se renforcent : les interférences sont dites **constructives** ;
- si elles sont en opposition de phase, alors ces deux ondes s'annulent : les interférences sont dites **destructives**.

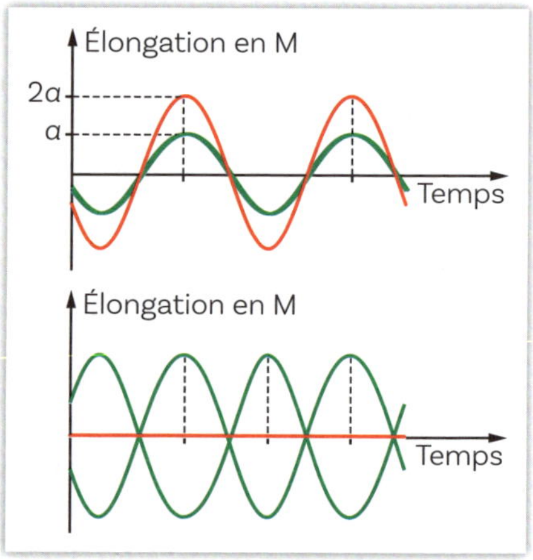

Conditions d'interférences

Deux sources S_1 et S_2 émettent des ondes qui interfèrent en un point M.

→ On définit la **différence de marche** δ comme la différence entre la distance S_2M et la distance S_1M : $\delta = S_2M - S_1M$.

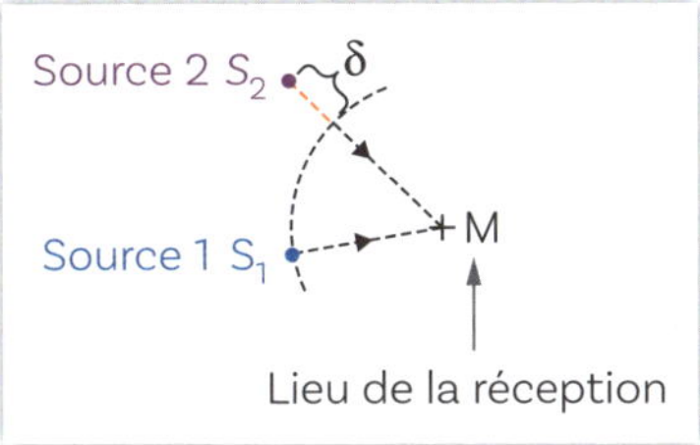

→ On obtient ($k \in \mathbb{Z}$) :
- des **interférences constructives** si les deux ondes arrivent en phase : $\delta = k \times \lambda$;
- des **interférences destructives** si les deux ondes arrivent en opposition de phase : $\delta = \left(k + \frac{1}{2}\right) \times \lambda$.

Interférences lumineuses

→ Dans l'**expérience des trous d'Young**, une source lumineuse éclaire deux très petits trous, séparés d'une petite distance *b*. Sur un écran placé derrière, on observe une alternance de bandes lumineuses (franges claires) et de bandes sombres (franges sombres). La lumière est diffractée par chaque trou, qui deviennent deux sources d'ondes cohérentes pouvant interférer entre elles.

→ La distance entre deux franches claires consécutives (ou deux franges sombres consécutives) est appelée **interfrange** et notée *i*. Dans le cas de l'expérience des trous d'Young :

REMARQUE
Les cercles concentriques sont dus à la diffraction et l'alternance des bandes sombres et lumineuses est due aux interférences. Il ne faut pas confondre diffraction et interférences.

$$i = \frac{\lambda D}{b}$$

- i : interfrange (en m)
- λ : longueur d'onde de la lumière dans le milieu (en m)
- D : distance entre les trous d'Young et l'écran (en m)
- b : distance entre les deux trous d'Young (en m)

→ On définit l'**indice optique** ou **indice de réfraction** d'un milieu :

$$n = \frac{c}{v} = \frac{\lambda_0}{\lambda}$$

- n : indice de réfraction du milieu (sans unité)
- c : célérité de la lumière dans le vide (en $m \cdot s^{-1}$)
- v : célérité de la lumière dans le milieu (en $m \cdot s^{-1}$)
- λ_0 : longueur d'onde de la lumière étudiée dans le vide (en m)
- λ : longueur d'onde de la lumière étudiée dans le milieu (en m)

REMARQUE
Dans un milieu différent du vide, la lumière est ralentie : $c \geqslant v$ donc on a toujours : $n \geqslant 1$.

→ Un rayon parcourt la distance *d* dans un milieu transparent et homogène d'indice de réfraction *n*.
On définit le **chemin optique** (en m) par : $\ell = n \times d$.

→ On considère deux sources lumineuses cohérentes S_1 et S_2.
Les conditions d'interférences de leurs rayons en un point M dépendent de leur **différence de chemins optiques** $\delta_{optique}$:

$$\delta_{optique} = \ell_{S_2M} - \ell_{S_1M} = n \times S_2M - n \times S_1M = n \times (S_2M - S_1M) = n \times \delta.$$

Si le milieu de propagation est l'air, on a $n_{air} \approx 1$ et donc $\delta_{optique} = \delta$.
On obtient ($k \in \mathbb{Z}$) :

- des **interférences constructives** si $\delta_{optique} = n \times k \times \lambda$;
- des **interférences destructives** si $\delta_{optique} = n \times \left(k + \frac{1}{2}\right) \times \lambda$.

4 L'effet Doppler

Mise en évidence et description

→ Lorsqu'une voiture munie d'une sirène s'approche de nous, nous percevons le son qu'elle émet plus aigu (fréquence plus grande) et lorsqu'elle s'éloigne, nous percevons le son qu'elle émet plus grave (fréquence plus faible) : c'est la manifestation de **l'effet Doppler**.

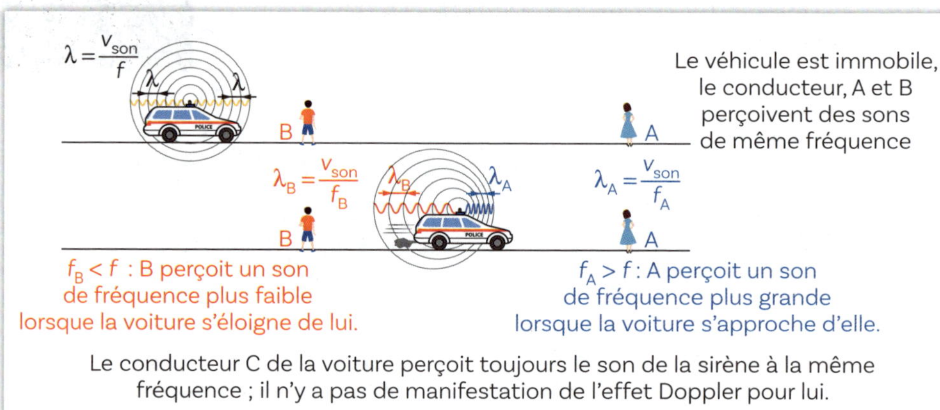

→ L'effet Doppler est le **décalage de fréquence d'une onde**, entre son émission et sa réception, **lorsque la distance entre émetteur et récepteur varie**.

Expression du décalage Doppler

→ Si l'émetteur E (fréquence f_E) est en mouvement à la vitesse v par rapport au récepteur R, la fréquence reçue f_R par le récepteur est donnée par :

$$f_R = f_E \times \frac{v_{onde}}{v_{onde} - v}$$

- Si l'émetteur se rapproche de la source : $v > 0$ et $f_R > f_E$.
- Si l'émetteur s'éloigne de la source : $v < 0$ et $f_R < f_E$.

→ Dans les deux cas, si $v_{onde} \gg v$, la valeur absolue du décalage Doppler est :

$$|\Delta f| = |f_R - f_E| = f_E \frac{v}{v_{onde}}$$

REMARQUE
Pour certains cas particuliers (comme le radar routier), l'expression de Δf est différente. Cette expression sera donnée dans l'énoncé.

SAVOIR FAIRE

Méthode 1 Calculer l'atténuation d'un son

ÉNONCÉ

On considère une source sonore de puissance P émettant dans toutes les directions. Le niveau d'intensité sonore mesuré à une distance $R_1 = 2{,}0$ m de cette source est $L_1 = 70$ dB.

1. Calculer l'intensité sonore I_1 de ce son, perçue à la distance R_1.

2. Calculer la puissance P de la source sonore.

3. Déterminer le niveau sonore L_2 perçu à une distance $R_2 = 8$ m de la source.

4. Calculer l'atténuation A du son entre les distances R_1 et R_2.

Donnée. Seuil d'audibilité : $I_0 = 1{,}0 \times 10^{-12}\ \text{W} \cdot \text{m}^{-2}$.

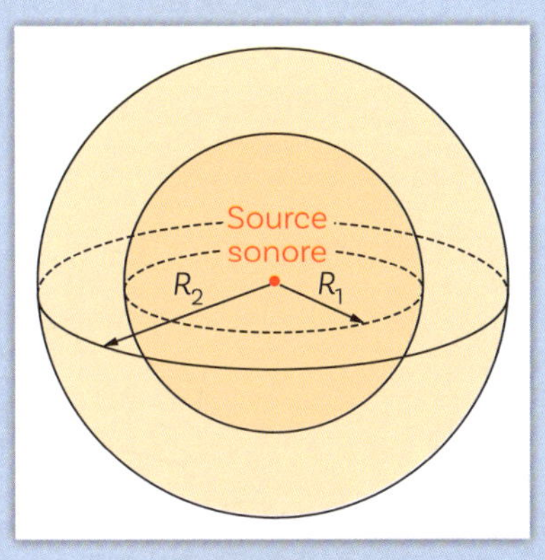

SOLUTION

1. On calcule l'intensité sonore I_1 à la distance R_1 :

$$I_1 = I_0 \times 10^{\frac{L_1}{10}} = 1{,}0 \times 10^{-12} \times 10^{\frac{70}{10}} = 1{,}0 \times 10^{-5}\ \text{W} \cdot \text{m}^{-2}.$$

2. On calcule la puissance de la source. La surface à considérer est celle d'une sphère car la source émet dans toutes les directions : $I = \dfrac{P}{S} = \dfrac{P}{4\pi R^2}$

d'où $P = 4\pi R_1^2 I_1 = 4\pi \times 2{,}0^2 \times 1{,}0 \times 10^{-5} = 5{,}0 \times 10^{-4}$ W.

3. On exprime I_2 en fonction de P et de R_2 : $I_2 = \dfrac{P}{S} = \dfrac{P}{4\pi R_2^2}$.

On utilise la relation donnant le niveau sonore : $L_2 = 10 \log\left(\dfrac{I_2}{I_0}\right)$.

On en déduit :

$$L_2 = 10 \log\left(\frac{P}{4\pi R_2^2 I_0}\right) = 10 \log\left(\frac{P}{4\pi I_0}\right) + 10 \log\left(\frac{1}{R_2^2}\right)$$

$$L_2 = 10 \log\left(\frac{P}{4\pi I_0}\right) + 20 \log(R_2) \quad \text{et donc :}$$

$$L_2 = 10 \log\left(\frac{5{,}0 \times 10^{-4}}{4\pi \times 1{,}0 \times 10^{-12}}\right) - 20 \log(8) = 58\ \text{dB}.$$

FOCUS MATHS

$\log(a \times b) = \log(a) + \log(b)$

$\log\left(\dfrac{a}{b}\right) = \log(a) - \log(b)$

4. On calcule l'atténuation : $A = A_1 - A_2 = 70 - 58 = 12$ dB.

Méthode 2 Déterminer la largeur d'une fente de diffraction

ÉNONCÉ

On éclaire une fente de largeur a avec une lumière laser de longueur d'onde $\lambda = 650$ nm. La figure de diffraction est observée sur un écran placé à une distance $D = 2{,}0$ m de la fente : on mesure la largeur de la tache $L = 5{,}2$ cm.

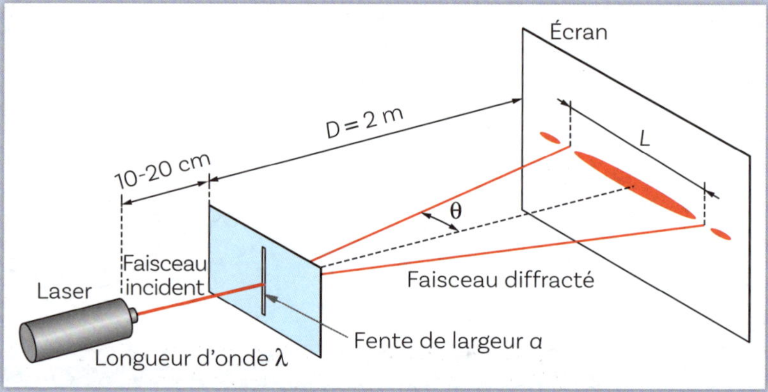

1. Exprimer la largeur a de la fente en fonction de L, D et λ.

2. Calculer la valeur de la largeur de la fente.

SOLUTION

1. • On écrit l'expression donnant l'écart angulaire θ en fonction de λ et a : $\theta = \dfrac{\lambda}{a}$.

• Dans le triangle rectangle de grand côté D et de petit côté $\dfrac{L}{2}$: $\tan(\theta) = \dfrac{\frac{L}{2}}{D} = \dfrac{L}{2D}$.

θ est petit donc on applique l'approximation des petits angles : $\tan(\theta) \approx \theta$ et donc $\theta \approx \dfrac{L}{2D}$.

> **FOCUS MATHS**
> Lorsqu'on a un angle $\theta < 0{,}1$ rad, on peut faire l'approximation « des petits angles » : $\tan(\theta) \approx \theta$.

• On compare les deux expressions précédentes pour exprimer a en fonction des autres paramètres :

$\theta = \dfrac{\lambda}{a}$ et $\theta = \dfrac{L}{2D}$ donc $\dfrac{L}{2D} = \dfrac{\lambda}{a}$ et finalement $a = \dfrac{2\lambda D}{L}$.

2. On fait l'application numérique en mettant toutes les grandeurs dans l'unité du Système international de distance : le mètre.

$$a = \frac{2\lambda D}{L} = \frac{2 \times 650 \times 10^{-9} \times 2{,}0}{0{,}052} = 5{,}0 \times 10^{-5}\ \text{m} = 50\ \mu\text{m}.$$

Méthode 3 Exploiter la relation exprimant un interfrange

ÉNONCÉ

On éclaire deux fines fentes séparées d'une distance b avec une lumière laser de longueur d'onde $\lambda = 650$ nm.

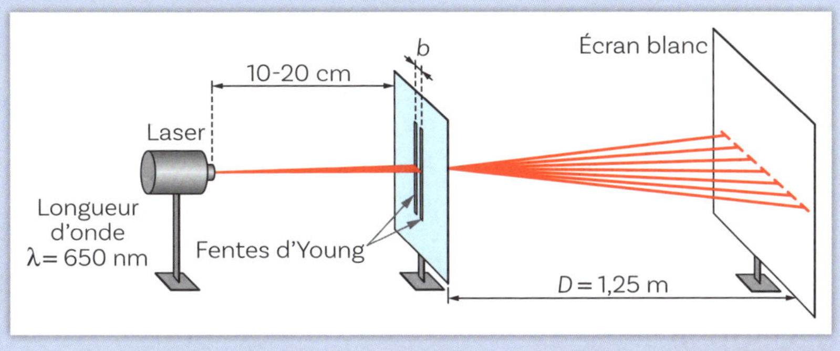

La figure d'interférences est observée sur un écran placé à une distance $D = 1{,}25$ m de la fente.

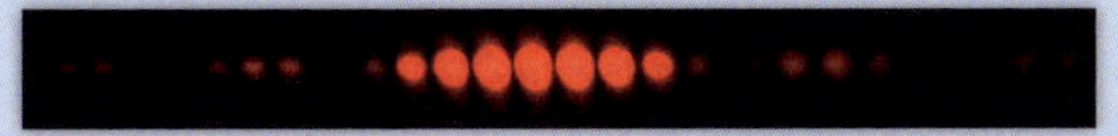

La distance entre deux franges claires successives (interfrange) i, est donnée par : $i = \dfrac{\lambda D}{b}$.

1. Sur la figure d'interférences, déterminer la valeur de i avec un maximum de précision.

2. En déduire la valeur expérimentale de la distance b entre les deux fentes.

SOLUTION

1. Pour déterminer i avec le plus de précision possible, on mesure un intervalle de plusieurs i afin de faire une moyenne et d'en réduire l'incertitude-type.
Sur la figure, on mesure la distance qui correspond à 7 interfranges : $7\,i = 1{,}9$ cm

d'où $i = \dfrac{1{,}9}{7} = 0{,}27$ cm.

2. On écrit la relation exprimant l'interfrange i en fonction de la distance b entre les fentes, en mettant toutes les grandeurs dans l'unité du Système international de distance, le mètre : $i = \dfrac{\lambda D}{b}$ d'où $b = \dfrac{\lambda D}{i}$ soit :

$$b = \frac{650 \times 10^{-9} \times 1{,}25}{0{,}0027} = 3{,}0 \times 10^{-4}\ \text{m} \simeq 300\ \mu\text{m}.$$

> **LE RÉFLEXE À AVOIR**
> Pour déterminer une interfrange, prendre en compte le plus grand nombre possible d'interfranges, puis diviser par ce nombre la valeur trouvée.

Méthode 4 Exploiter l'expression du décalage Doppler

ÉNONCÉ

On s'intéresse au son émis par un hélicoptère et perçu par un observateur immobile. La valeur de la fréquence de l'onde sonore émise par l'hélicoptère est $f_E = 8{,}1 \times 10^2$ Hz.

L'observateur mesure la fréquence de l'onde reçue lorsque l'hélicoptère est en mouvement à la vitesse v. Il relève $f_R = 1{,}01 \times 10^3$ Hz.

1. L'hélicoptère se rapproche-t-il ou s'éloigne-t-il de l'observateur ? Justifier.

2. Donner l'expression de la fréquence reçue f_R en fonction de f_E, v et v_{son}.

3. Calculer la vitesse de l'hélicoptère.

Donnée. Célérité du son dans l'air : $v_{son} = 340\ \text{m} \cdot \text{s}^{-1}$.

SOLUTION

1. La fréquence de l'onde reçue par l'observateur est supérieure à la fréquence émise par l'hélicoptère ($f_R > f_E$). On en déduit que l'hélicoptère se rapproche de l'observateur.

2. On utilise l'expression de f_R dans le cas d'un émetteur qui se rapproche du récepteur, en comptant la vitesse positivement : $f_R = f_E \times \left(\frac{v_{son}}{v_{son} - v}\right)$.

3. On utilise la relation précédente et on exprime v en fonction des autres paramètres : $f_R = f_E \times \left(\frac{v_{son}}{v_{son} - v}\right)$ d'où :

$$\frac{f_R}{f_E} = \frac{v_{son}}{v_{son} - v} \text{ soit donc :}$$

$$v_{son} - v = \frac{f_E}{f_R} \times v_{son} \text{ d'où}$$

$$v = v_{son} - \frac{f_E}{f_R} \times v_{son}$$

et finalement $v = v_{son} \times \left(1 - \frac{f_E}{f_R}\right)$

$$v = 340 \times \left(1 - \frac{8{,}1 \times 10^2}{1{,}01 \times 10^3}\right) = 67\ \text{m} \cdot \text{s}^{-1} \approx 240\ \text{km} \cdot \text{h}^{-1}.$$

L'ERREUR À NE PAS FAIRE

Attention de ne pas se tromper sur le signe de la vitesse dans la formule du décalage des fréquences. Retenir une seule formule avec le signe « – » et compter la vitesse positivement ou négativement selon que l'émetteur se rapproche ou s'éloigne.

L'INFO À RETENIR

L'effet Doppler est d'autant plus marqué que la vitesse de l'émetteur est importante.

SE TESTER

10 min

Donner la ou les bonne(s) réponse(s) en 10 minutes chrono !

1. Le niveau sonore *L* s'exprime en :

a $W \cdot m^{-2}$ b W c dB

2. Le niveau sonore d'un son d'intensité $I = 1{,}0 \times 10^{-5}\ W \cdot m^{-2}$ est :

a 50 dB b 70 dB c 170 dB

3. Le phénomène de diffraction :

a correspond à une augmentation de la fréquence des ondes
b concerne les ondes mécaniques et les ondes électromagnétiques
c correspond à une modification de la direction de propagation des ondes

4. Le phénomène de diffraction est d'autant plus marqué que :

a l'ouverture est grande b l'ouverture est petite
c l'amplitude des ondes est importante

5. Lorsque des ondes lumineuses interfèrent, on observe :

a une tache centrale plus grande que les taches latérales
b une modification de la longueur d'onde de la lumière
c une alternance de franges claires et sombres équidistantes

6. Les interférences de deux sources cohérentes sont constructives si :

a $\delta = \frac{1}{2}\lambda$ b $\delta = 0$ c $\delta = -\lambda$

7. Le décalage Doppler est d'autant plus grand que :

a la vitesse d'approche de l'émetteur est grande
b la fréquence émise par l'émetteur est grande
c la vitesse d'éloignement de l'émetteur est grande

8. Lorsqu'un émetteur d'onde se rapproche du récepteur :

a la fréquence de l'onde perçue augmente
b la fréquence de l'onde perçue diminue
c la longueur d'onde de l'onde perçue diminue

→ Corrigés page 298

S'ENTRAÎNER

Données pour tous les exercices.
Seuil d'audibilité : $I_0 = 1{,}0 \times 10^{-12}$ W·m^{-2}. Vitesse du son dans l'air : $v_{son} = 340$ m·s^{-1}.

Exercice 1 Niveau sonore Voir Méthode 1 p. 285

Un auditeur situé à 10 m d'un trompettiste reçoit une intensité sonore $I = 5 \times 10^{-6}$ W·m^{-2}.

1. Calculer le niveau sonore correspondant.

2. Quel serait le niveau sonore perçu par l'auditeur si quatre trompettistes se trouvaient à la même distance de lui ? On considère que tous les trompettistes produisent la même intensité sonore.

→ Corrigé p. 298

Exercice 2 Atténuation sonore Voir Méthode 1 p. 285

Dans l'atelier d'une usine, l'intensité sonore mesurée est de $I = 1{,}6 \times 10^{-3}$ W·m^{-2}. Il est recommandé de ne pas percevoir sur de longues durées des sons de niveau sonore supérieur à 80 dB.

→ Un ouvrier portant un casque qui atténue le son de 22 dB est-il protégé ?

→ Corrigé p. 298

Exercice 3 Diamètre d'un cheveu Voir Méthode 2 p. 286

Un cheveu de diamètre a est éclairé par un laser rouge de longueur d'onde $\lambda = 650$ nm. L'écart angulaire θ vaut alors 0,45°.

1. Calculer le diamètre a de ce cheveu.

2. Comment évoluerait l'écart angulaire si on remplaçait le laser rouge par un laser bleu pour éclairer le même cheveu ? Justifier.

→ Corrigé p. 298

Exercice 4 Diamètre d'un fil d'araignée Voir Méthode 2 p. 286

On souhaite déterminer le diamètre a d'un fil d'araignée. On éclaire ce fil avec un laser rouge de longueur d'onde $\lambda = 650$ nm. La distance entre le fil et l'écran est fixée à $D = 2{,}0$ m. La figure de diffraction obtenue est donnée ci-contre.

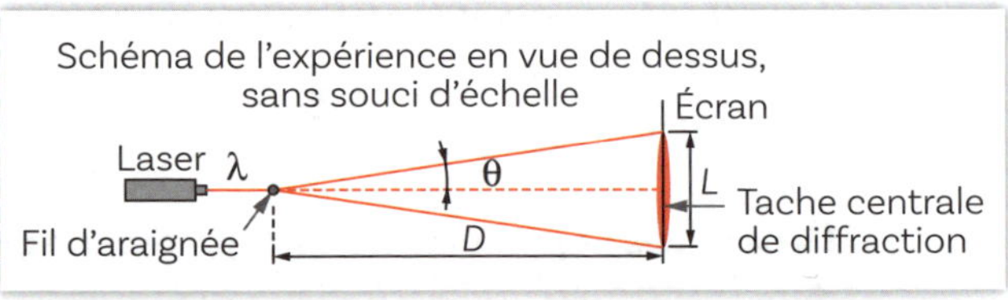

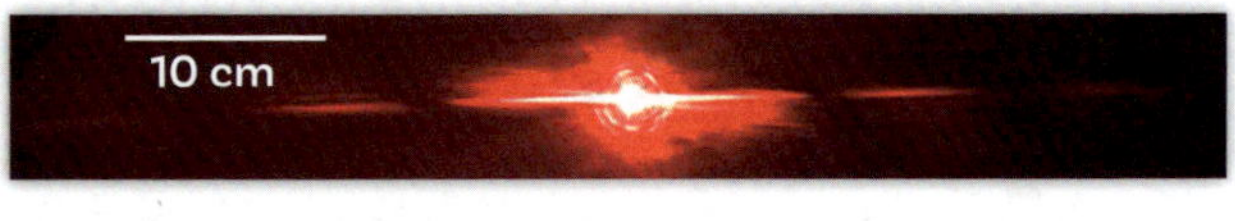

1. En exploitant la figure de diffraction, déterminer la largeur L de la tache centrale.

2. En appliquant l'approximation des petits angles, démontrer que $a = \dfrac{2\lambda D}{L}$.

3. Calculer alors le diamètre a du fil d'araignée en utilisant les données expérimentales.

4. Comparer la dimension a obtenue avec les dimensions de la photographie (à l'échelle 1 mm ↔ 10 μm) du fil d'araignée ci-contre.

→ Corrigé p. 298

Exercice 5 Interférences Voir Méthode 3 p. 287

Deux fentes fines F_1 et F_2 sont éclairées par un même laser. Sur l'écran, on observe une figure d'interférences comportant des zones sombres et des zones claires.

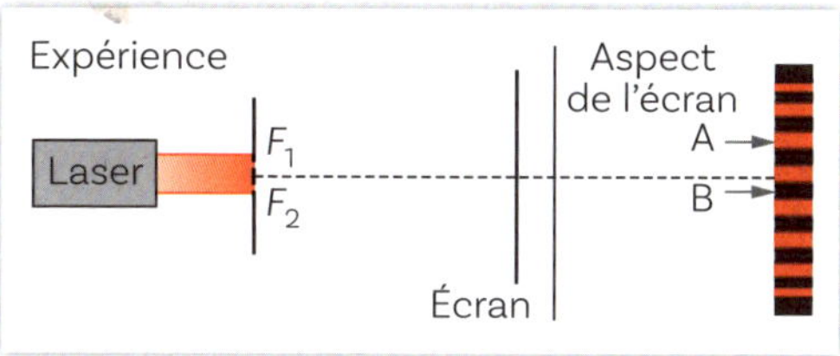

1. Caractériser les interférences en A et en B.

2. Parmi les ondes a, b et c ci-contre, choisir en justifiant les deux ondes qui interfèrent en A et les deux ondes qui interfèrent en B permettant de rendre compte des observations.

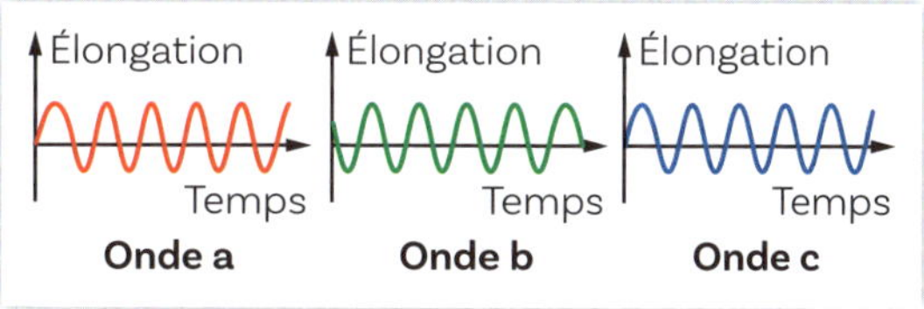

→ Corrigé p. 299

Exercice 6 Interfrange et longueur d'onde Voir Méthode 3 p. 287

On éclaire deux fentes fines, séparées d'une distance $b = 300\ \mu\text{m}$ et situées à une distance $D = 1{,}90\ \text{m}$ d'un écran, avec un laser de longueur d'onde λ. L'interfrange est donné par $i = \dfrac{\lambda D}{b}$. La figure d'interférences obtenue est donnée ci-dessous en grandeur réelle.

1. Déterminer la valeur de l'interfrange de la manière la plus précise possible.

2. Calculer alors la valeur de la longueur d'onde du laser.

3. L'incertitude-type sur la valeur de la longueur d'onde est donnée par :

$$u(\lambda) = \lambda \times \sqrt{\left(\frac{u(D)}{D}\right)^2 + \left(\frac{u(b)}{b}\right)^2 + \left(\frac{u(i)}{i}\right)^2}.$$

Déterminer l'incertitude-type sur la valeur de la longueur d'onde. On prendra $u(D) = 1\ \text{cm}$; $u(b) = 10\ \mu\text{m}$ et $u(i) = 0{,}1\ \text{mm}$.

4. Sachant que le constructeur du laser indique une longueur d'onde $\lambda_{\text{théorique}} = 405\ \text{nm}$, la mesure réalisée est-elle acceptable ?

→ Corrigé p. 299

Exercice 7 Effet Doppler Voir Méthode 4 p. 288

Un groupe de musiciens monte dans un train et joue une note bien précise : un « La », suffisamment fort pour couvrir le bruit de la locomotive. D'autres musiciens postés le long de la voie ferrée écoutent le groupe et identifient un « La# ».

Note	Fa	Fa#	Sol	Sol#	La	La#	Si
f (Hz)	349	370	392	415	440	466	494

1. Déterminer si le train s'approche ou s'éloigne des musiciens. Justifier.

2. Déterminer la valeur de la vitesse à laquelle le train circule.

→ Corrigé p. 299

SE PERFECTIONNER

Exercice 8 ★ Dans une salle de sport

Dans un cours de fitness, le coach utilise de la musique pour créer des chorégraphies et motiver ses élèves.

1. Dans la salle de sport, le son émis par un haut-parleur a une puissance sonore de 15 W. Calculer l'intensité sonore du son perçu par un élève se situant à 10 m du haut-parleur. Comment cette intensité est-elle modifiée s'il recule de 10 m ?

2. À quels niveaux sonores correspondent les deux intensités sonores précédentes ? Sachant que des problèmes auditifs irréversibles peuvent survenir à partir de 85 dB, ces sportifs sont-ils en sécurité ?

3. À quelle distance devrait se mettre l'élève pour n'avoir aucun risque auditif ?

→ Corrigé p. 300

Exercice 9 ★ Maille d'une grille

On souhaite déterminer la taille des mailles carrées de côté a d'une grille métallique. Pour cela, on l'éclaire à l'aide d'un laser de longueur d'onde $\lambda = 650$ nm.
Le laser est placé à une distance $d = 40$ cm de la grille ; la distance entre la grille et l'écran vaut $D = 2{,}0$ m.

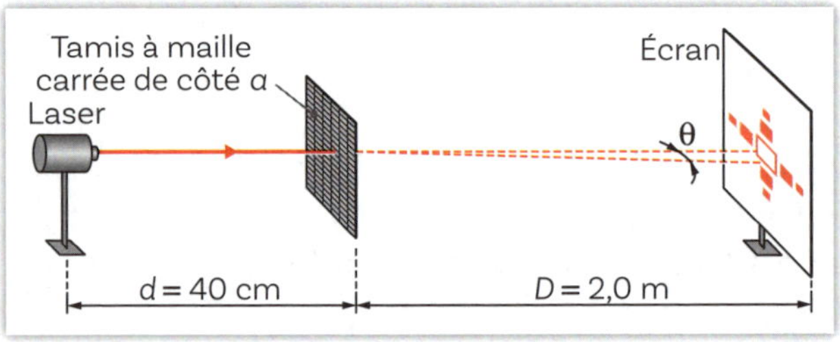

CONSEIL
1. Pour plus de précision, mesurer la largeur de la tache centrale et des deux premières taches de part et d'autre.

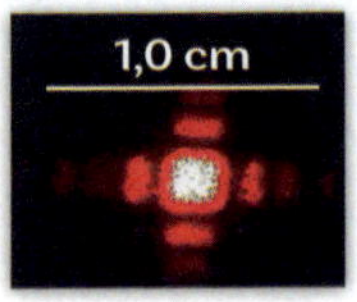

1. En exploitant la figure de diffraction obtenue ci-contre, déterminer, le plus précisément possible, la largeur L de la tache centrale.

2. Montrer, à l'aide du schéma et de vos connaissances, que $a = \dfrac{2\lambda D}{L}$. On se placera dans l'approximation des petits angles : $\tan(\theta) = \theta$ (rad).

3. Calculer alors la dimension a d'une maille de la grille en utilisant les données expérimentales données ci-dessus.

4. Comparer la dimension a obtenue avec les dimensions de la photographie de la grille ci-contre.

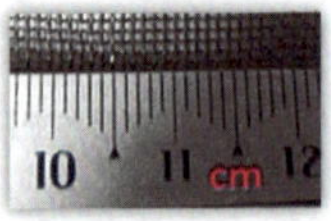

→ Corrigé p. 300

Exercice 10 ★ Échographie Doppler

On envoie une onde ultrasonore, de fréquence $f_E = 10$ MHz, au niveau du bras d'un patient. L'onde se réfléchit sur les globules rouges présents dans le sang, qui sont animés d'une vitesse v. L'onde réfléchie est ensuite détectée par le récepteur.
La vitesse v des globules rouges dans le vaisseau sanguin est donnée par la relation :
$v = \dfrac{c_{son}}{2\cos(\theta)} \times \dfrac{\Delta f}{f_E}$ où Δf est le décalage en fréquence entre l'onde émise et l'onde

réfléchie, c_{son} la célérité des ultrasons dans le sang et θ l'angle entre la direction de la sonde et celle du vaisseau sanguin étudié.
On donne $c_{son} = 1{,}57 \times 10^3\ \text{m} \cdot \text{s}^{-1}$ et $\theta = 45°$.
Le graphique ci-contre donne la vitesse de l'écoulement du sang dans différents types de vaisseaux.

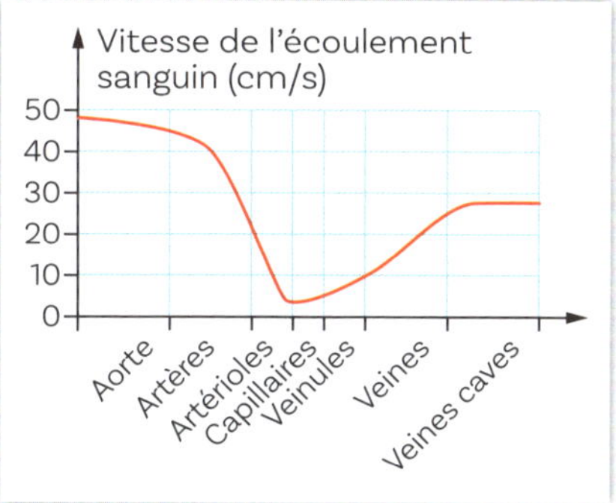

1. Le décalage en fréquence mesuré par le récepteur est $\Delta f = 1{,}5\ \text{kHz}$. Identifier le(s) type(s) de vaisseaux sanguins dont il pourrait s'agir.

2. Pour les mêmes vaisseaux sanguins et dans les mêmes conditions de mesure, on augmente la fréquence des ultrasons émis f_E. Comment évolue le décalage en fréquence Δf ? Justifier.

CONSEIL
2. Chercher une relation de proportionnalité entre f_E et Δf.

→ Corrigé p. 301

Exercice 11 ★★ Trafic routier et niveau sonore

On considère une route rectiligne de longueur ℓ dont le trafic produit une puissance acoustique P uniformément répartie. Au cours de la propagation du son, cette puissance se répartit sur la surface extérieure d'un demi-cylindre dont la route constitue l'axe. La surface latérale d'un cylindre de rayon R est $S_{Cyl} = 2\pi R\ell$.

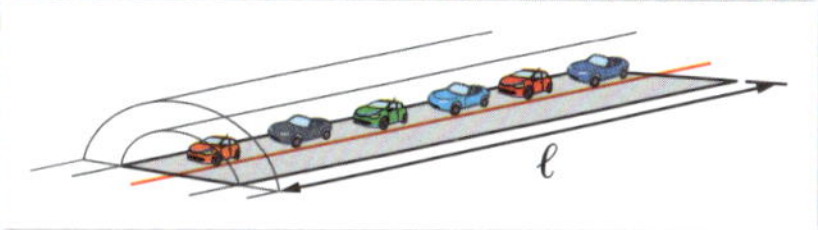

1. Montrer que le niveau sonore à une distance R de la route s'exprime par la relation : $L = 10\log\left(\dfrac{P}{\pi I_0 \ell}\right) - 10\log(R)$.

2. En déduire que lorsque la distance R double, le niveau sonore diminue de 3 dB.

→ Corrigé p. 301

Exercice 12 ★★ PROBLÈME Diffraction par des trous d'Young

On éclaire des trous d'Young avec un laser de longueur d'onde $\lambda = 633\ \text{nm}$. On observe la figure sur un écran placé à $D = 2{,}0\ \text{m}$ des trous.

Document 1 > Diffraction par des trous

La figure obtenue lors de la diffraction par un trou de diamètre a et éclairé par une source de longueur d'onde λ se compose de plusieurs cercles concentriques.
L'écart angulaire θ entre le centre de la tache centrale et la première extinction est donné par : $\theta = 1{,}22 \times \dfrac{\lambda}{a}$.
L'interfrange i est donné par : $i = \dfrac{\lambda D}{b}$.

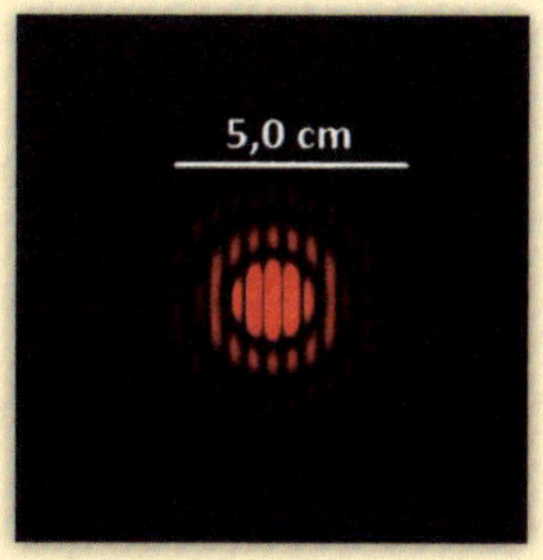

Document 2 > Données fournies par le fabricant

Diamètre des trous d'Young : $a = 0{,}15\ \text{mm}$.
Distance entre les trous : $b = 0{,}3\ \text{mm}$.
Précision : $< 10\ \mu\text{m}$.

1. Exploiter le document 1 et la photographie pour déterminer la valeur du diamètre a des trous d'Young et la valeur de la distance b entre les trous d'Young.

2. Les valeurs obtenues sont-elles cohérentes avec les données fournies par le fabricant des trous d'Young ?

→ Corrigé p. 301

CONSEIL

1. La valeur de a est liée au diamètre du cercle au centre de la figure.
La valeur de b est liée à la distance entre les franges claires (ou sombres).

Exercice 13 ★★★ **Conditions d'interférences**

On considère deux sources cohérentes d'ondes (de nature quelconque) S_1 et S_2, émettant des ondes sinusoïdales d'amplitude A, de période temporelle T et de célérité v, modélisées par les équations

$s_1(t) = A \times \cos\left(\dfrac{2\pi t}{T}\right)$ et $s_2(t) = A \times \cos\left(\dfrac{2\pi}{T}(t - \tau)\right)$ où

τ est le retard de s_2 par rapport à s_1 lorsqu'elles interfèrent en un point M. On définit la différence de marche δ par $\delta = S_2M - S_1M$.

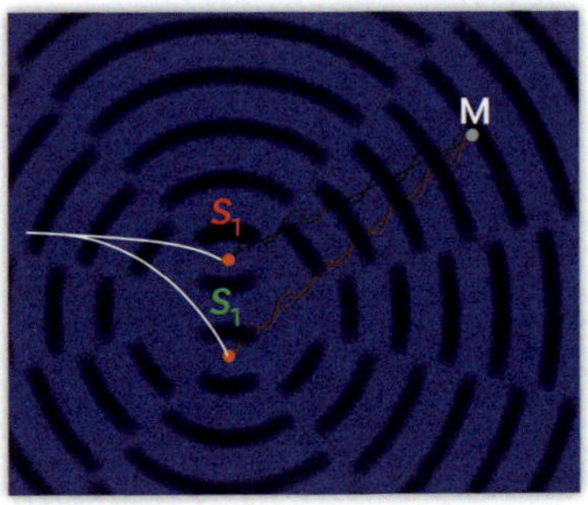

1. Écrire la relation entre δ, τ et v.

2. Montrer que l'expression de $s_2(t)$ peut se mettre sous la forme

$s_2(t) = A \times \cos\left(\dfrac{2\pi t}{T} - \varphi\right)$ avec φ le déphase de s_2 par rapport à s_1 tel que $\varphi = \dfrac{2\pi\delta}{\lambda}$.

3. Le programme Python ci-dessous permet de déterminer l'amplitude de la somme des deux signaux au point M, en fonction du déphasage φ.
Compléter les lignes 13 et 14 pour que le programme fonctionne.

```
1  from matplotlib import pyplot as plt
2  from math import pi
3  import numpy as np
4  A=3  # amplitude des signaux S1 et S2
5  T=5  # période des signaux S1 et S2
6  AmplitudeSomme=[]
7  Dephasage=[]
8  t=np.linspace(0,10,1000)  # créé une liste de t de pas 0,01 ms
9  S1=A*np.cos(2*pi*t/T)     # donne la valeur de S2 pour chaque t
10 for i in range (0,65):    # calcule l'amplitude max
11     Phi=i*pi/8            # pas de Pi/8 pour le déphasage phi
12 Dephasage.append(Phi)     # valeur de Phi dans une liste
13     S2=...    # valeur de S2 pour chaque t avec le déphasage Phi
14     S=...     # calcul de l'amplitude totale
15     AmplitudeSomme.append(max(S))    # on met la valeur de l'intensité
   maximale de S dans une liste
16 plt.plot(Dephasage, AmplitudeSomme, label=Maximum amplitude, color='red')
   # trace le graphique de l'amplitude max en fonction de Phi
17 plt.xlabel('Phi (en rad)')
18 plt.ylabel('max d intensité de la somme des signaux')
19 plt.xlim(0,25)
20 plt.ylim(0,8)
21 plt.grid()
22 plt.show()
```

4. Le programme complété permet de tracer la courbe ci-contre.
De manière générale, pour quelles valeurs de φ obtient-on des interférences constructives ? destructives ?

5. Retrouver alors les conditions nécessaires sur δ et λ pour obtenir des interférences constructives et destructives stables.

→ Corrigé p. 301

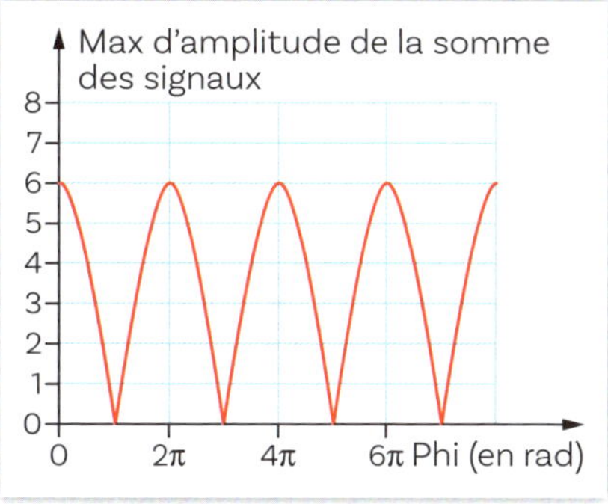

Exercice 14 ★★★ Vitesse de rotation de Jupiter

On dispose ici d'un spectre obtenu à l'aide d'un télescope sur lequel on a adapté un spectrographe. Une fente permet d'étudier la lumière au niveau de l'équateur de Jupiter, dans la zone du doublet jaune du sodium (autour de 600 nm).

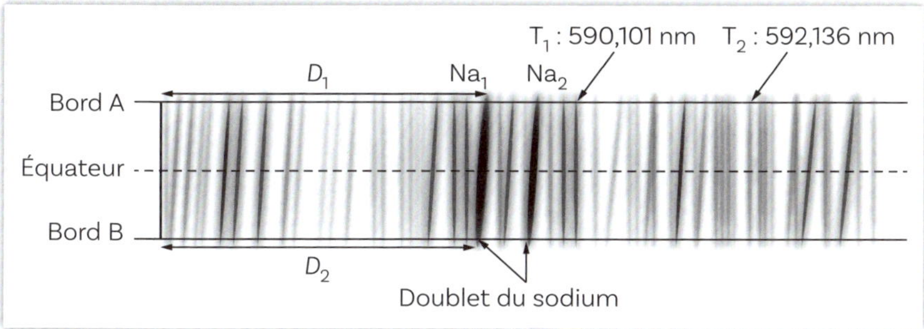

Sur ce spectre ont été identifiées des raies bien connues : le doublet du sodium (Na_1 et Na_2) et deux raies dites telluriques (T_1 et T_2), dues à l'eau de l'atmosphère terrestre. Les raies du sodium sont obliques à cause de la rotation de Jupiter sur elle-même ; les raies telluriques, elles, sont bien droites et clairement identifiables en longueur d'onde. Au laboratoire, sur Terre, les longueurs d'onde des raies du doublet du sodium sont : $\lambda(Na_1) = 588{,}995$ nm et $\lambda(Na_2) = 589{,}592$ nm.
Dans le cas du spectre de Jupiter, et pour un décalage en longueur d'onde d'une raie, mesuré entre le bord A et le bord B, l'effet Doppler peut être traduit par la relation suivante : $\Delta\lambda = 4 \times \dfrac{\lambda v}{c}$.

1. En utilisant le spectre de donné dans l'énoncé, déterminer le décalage en longueur d'onde $\Delta\lambda$.

2. En déduire la vitesse de Jupiter au niveau de son équateur.

> **CONSEIL**
> **1.** Mesurer les valeurs de D_1 et D_2, en tenant compte de l'échelle, et les soustraire.

3. Dans les tables de données, on trouve le rayon de Jupiter $R_J = 71\,492$ km et sa période de révolution $T_J = 9{,}9$ h. Déterminer sa vitesse de rotation avec ces données et comparer le résultat à celui de la question 2.

Donnée. Célérité de la lumière dans le vide : $c = 3{,}00 \times 10^8$ m·s^{-1}.

→ Corrigé p. 302

SE PRÉPARER À L'EXAMEN

SUJET 1 Le cor des Alpes (30 min)

Chaque année, au mois de juillet, se déroule le festival international du cor des Alpes à Haute Nendaz, en Suisse. Cet instrument folklorique était jadis utilisé par les bergers pour communiquer entre eux.

Document 1 > Carte de paysage alpin

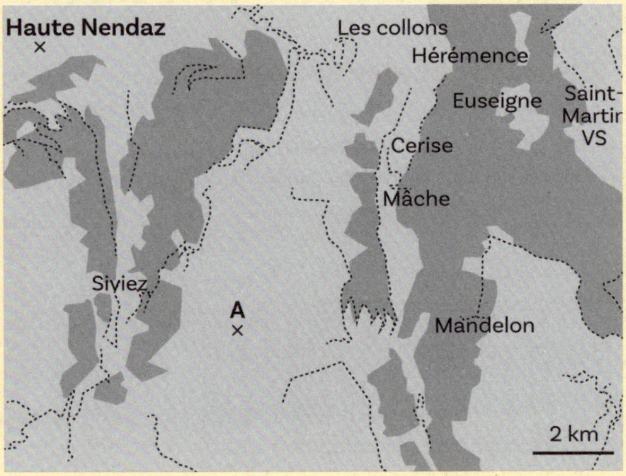

Document 2 > L'intensité sonore d'une source isotrope

Pour une source isotrope (émettant la même énergie dans toutes les directions) de puissance P, l'intensité sonore I au point M dépend de la distance d à la source et s'exprime : $I = \frac{P}{4\pi d^2}$ avec I en $W \cdot m^{-2}$; P en W ; d en m.

Document 3 > Seuil d'audibilité humaine en fonction de la fréquence

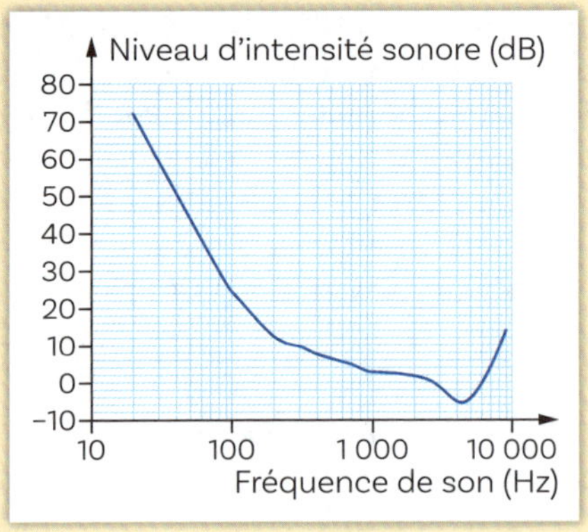

Un berger, situé au sommet d'une colline (point A sur la carte) joue la note la plus grave de son cor des Alpes, dont la fréquence est $f = 50$ Hz.

On fait les hypothèses suivantes :

• l'amortissement de l'onde n'est pas pris en compte : la dissipation d'énergie au cours de la propagation est négligeable ;

• le rayonnement de la source est supposé isotrope (se fait dans toutes les directions).

→ Pourra-t-on entendre le berger à Haute Nendaz si le niveau d'intensité sonore est de 100 dB à un 1 m de l'instrument ?

CONSEILS

Déterminer l'intensité sonore mesurée à 1 m du cor. En déduire le niveau sonore au village, en considérant que la puissance sonore est constante.

→ Corrigé page 302

SUJET 2 Étude d'un écran de smartphone (30 min)

1. Diffraction par un petit miroir

Lorsqu'un faisceau laser rencontre un objet réfléchissant, comme un miroir suffisamment petit, on observe sur un écran une figure de diffraction obtenue dans ce cas par réflexion.

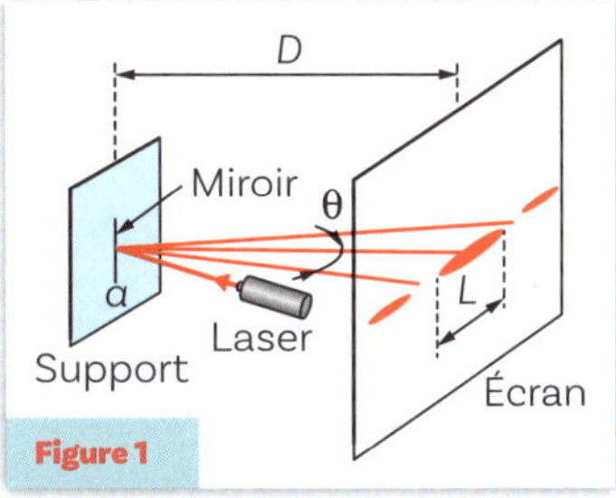

Figure 1

a. Quel caractère de la lumière met-on en évidence ?

Les deux figures de diffraction par réflexion de la figure 2 sont à la même échelle et ont été obtenues sur un écran avec un laser vert et un laser rouge, dans les mêmes conditions d'expérience.

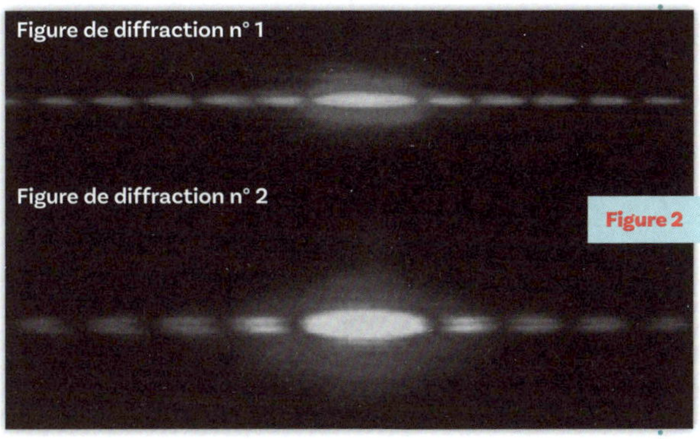

Figure 2

> **CONSEILS**
> **1. b.** Faire le lien entre L et λ.
> **1. c.** L et λ sont proportionnels. On peut obtenir λ_{vert} en mesurant les largeurs des deux taches centrales.

b. déterminer le laser utilisé pour chaque figure de diffraction.

c. Le laser rouge utilisé a une longueur d'onde $\lambda_{rouge} = 632{,}8$ nm. En déduire la longueur d'onde du laser vert.

2. Détermination de la taille d'un pixel d'un écran de smartphone

On considère l'écran d'un smartphone, constitué d'un quadrillage de pixels très petits, correspondant à autant de carrés réfléchissants accolés. On éclaire l'écran avec un laser et on observe la figure obtenue par réflexion sur l'écran quadrillé. Elle est reproduite figure 3 et elle permet de déterminer la largeur d'un pixel. En effet, on peut relier la distance i entre deux points lumineux présents sur l'écran quadrillé à la distance b séparant les centres de deux pixels accolés de l'écran du smartphone par la relation : $i = \dfrac{\lambda \times D}{b}$.

Figure 3
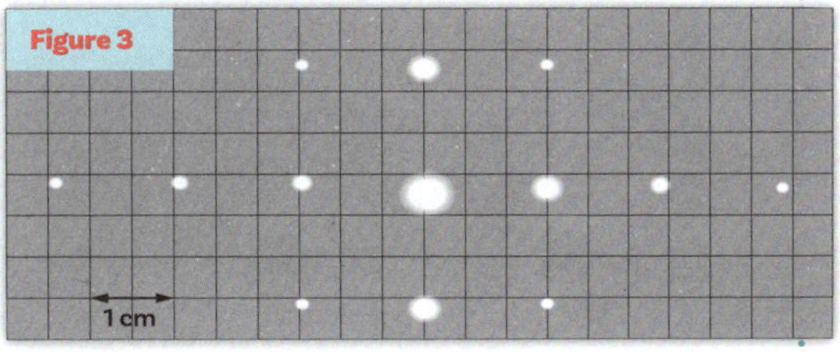

a. Déterminer le plus précisément possible la distance i entre deux points lumineux.

b. En déduire que la valeur de la largeur d'un pixel est proche de 75 m.

> **CONSEILS**
> **2. a.** Mesurer une distance qui correspond à plusieurs i pour faire une moyenne.

Données.
- Distance entre l'écran du smartphone et l'écran quadrillé : $D = 1{,}74$ m.
- Longueur d'onde de la lumière laser utilisée $\lambda = 632{,}8$ nm.

→ Corrigé page 303

CORRIGÉS

SE TESTER

1. c ; **2.** b ; **3.** b et c ; **4.** b ; **5.** c ; **6.** b et c ; **7.** a, b et c ; **8.** a et c.

S'ENTRAÎNER

Exercice 1 Niveau sonore

1. On calcule le niveau sonore : $L = 10\log\left(\frac{I}{I_0}\right) = 10 \times \log\left(\frac{5 \times 10^{-6}}{1{,}0 \times 10^{-12}}\right) = 67$ dB.

2. L'intensité sonore correspondant au son émis par les quatre trompettistes correspond à 4 fois l'intensité sonore émise par un seul trompettiste. On calcule le nouveau niveau sonore L' :

$$L' = 10\log\left(\frac{4I}{I_0}\right) = 10 \times \log\left(\frac{4 \times 5 \times 10^{-6}}{1{,}0 \times 10^{-12}}\right) = 73 \text{ dB.}$$

L'INFO À RETENIR

L'intensité sonore (en $W \cdot m^{-2}$) est additive, le niveau sonore (en dB) ne l'est pas !

Exercice 2 Atténuation sonore

On calcule le niveau sonore L_1 perçu sans casque :

$$L_1 = 10\log\left(\frac{I}{I_0}\right) = 10 \times \log\left(\frac{1{,}6 \times 10^{-3}}{1{,}0 \times 10^{-12}}\right) = 92 \text{ dB.}$$

On calcule le niveau sonore L_2 après atténuation par le casque :
$L_2 = L_1 - A = 92 - 22 = 70$ dB.
On ouvrier portant un casque est donc bien protégé.

Exercice 3 Diamètre d'un cheveu

1. On convertit l'angle θ en radians :

$$\theta = 0{,}45° = 0{,}45 \times \frac{\pi}{180} \text{ rad} = 7{,}9 \times 10^{-3} \text{ rad.}$$

On calcule le diamètre a du cheveu : $\theta = \frac{\lambda}{a}$ d'où

$$a = \frac{\lambda}{\theta} = \frac{650 \times 10^{-9}}{7{,}9 \times 10^{-3}} = 8{,}2 \times 10^{-5} \text{ m} = 82\ \mu\text{m.}$$

RAPPEL

Le spectre visible s'étend de 400 nm (violet) à 800 nm (rouge).

2. La lumière bleue a une plus petite longueur d'onde que le laser rouge. Pour un cheveu de même diamètre, si on remplace le laser rouge par un laser bleu, l'écart angulaire θ serait plus petit, car θ et λ sont proportionnels.

Exercice 4 Diamètre d'un fil d'araignée

1. On détermine la largeur de la tache centrale en utilisant l'échelle. Il faut prendre soin de mesurer entre les centres des extinctions de chaque côtés d'elle.

	Schéma	Réalité
Échelle	1,3 cm	10 cm
Tache centrale	2,65	$L = 20{,}4$ cm

2. À l'aide du schéma, on exprime la tangente de l'angle θ : $\tan(\theta) = \frac{\frac{L}{2}}{D} = \frac{L}{2D}$. On applique l'approximation des petits angles : $\tan(\theta) \approx \theta$ d'où $\theta = \frac{L}{2D}$.

On sait également que $\theta = \dfrac{\lambda}{a}$, ce qui donne $\dfrac{L}{2D} = \dfrac{\lambda}{a}$ d'où $a = \dfrac{2\lambda D}{L}$.

3. On détermine le diamètre a d'un fil de toile d'araignée :

$$a = \frac{2\lambda D}{L} = \frac{2 \times 650 \times 10^{-9} \times 2{,}0}{0{,}204} = 1{,}3 \times 10^{-5}\,\text{m} = 13\,\mu\text{m}.$$

4. Grâce à l'échelle fournie, on trouve environ 20 µm, soit le même ordre de grandeur que le diamètre du fil d'araignée.

Exercice 5 Interférences

1. En A, on a une zone brillante, donc les interférences sont constructives. En B, on a une zone sombre, donc des interférences destructives.

2. Les ondes a et c sont en phase, ce sont donc elles qui interfèrent en A. Les ondes a et b sont en opposition de phase, ce sont donc elles qui interfèrent en B. (b et c étaient également une réponse valide).

Exercice 6 Interfrange et longueur d'onde

1. Afin d'être le plus précis possible, on mesure la distance qui correspond à plusieurs interfranges. Pour 7 interfranges, on mesure 1,85 cm : $7i = 1{,}85$ cm d'où

$$i = \frac{1{,}85}{7} = 0{,}264\ \text{cm} = 2{,}64\ \text{mm}.$$

LE RÉFLEXE À AVOIR

Pour mesurer un interfrange, il faut mesurer la distance du milieu d'une tache au milieu de la tache d'à côté.

2. On calcule la longueur d'onde du laser : $i = \dfrac{\lambda D}{b}$

d'où $$\lambda = \frac{i \times b}{D} = \frac{2{,}64 \times 10^{-3} \times 300 \times 10^{-6}}{1{,}90}.$$

$$= 4{,}17 \times 10^{-7}\,\text{m} = 417\,\text{nm}$$

3. On détermine l'incertitude sur la valeur de λ :

$$u(\lambda) = \lambda \times \sqrt{\left(\frac{u(D)}{D}\right)^2 + \left(\frac{u(b)}{b}\right)^2 + \left(\frac{u(i)}{i}\right)^2} = 417 \times \sqrt{\left(\frac{1}{190}\right)^2 + \left(\frac{10}{300}\right)^2 + \left(\frac{0{,}1}{2{,}64}\right)^2} = 21\,\text{nm}.$$

4. La mesure est acceptable si la valeur théorique se situe dans l'intervalle $[\lambda - 2u(\lambda) ; \lambda + 2u(\lambda)]$, soit donc $[417 - 2 \times 21 ; 417 + 2 \times 21]$, et donc $[375 ; 459]$. La valeur théorique de 405 nm entre bien dans cet intervalle : la mesure est donc acceptable.

Exercice 7 Effet Doppler

1. La fréquence perçue, La#, de fréquence 466 Hz, est supérieure à la fréquence émise qui est un La de fréquence 440 Hz. L'expérience a donc été réalisée lors de l'approche du train.

2. On exprime la fréquence reçue f_R sur le quai de la gare, dans le cas où l'émetteur se rapproche du récepteur, en fonction des autres paramètres :

$f_R = f_E \times \left(\dfrac{v_{son}}{v_{son} - v}\right)$ d'où $\dfrac{f_R}{f_E} = \dfrac{v_{son}}{v_{son} - v}$; $\dfrac{f_E}{f_R} = \dfrac{v_{son} - v}{v_{son}}$;

$\dfrac{f_E}{f_R} = 1 - \dfrac{v}{v_{son}}$; $\dfrac{v}{v_{son}} = 1 - \dfrac{f_E}{f_R}$ et finalement

$$v = v_{son} \times \left(1 - \frac{f_E}{f_R}\right) = 340 \times \left(1 - \frac{440}{466}\right) = 19{,}0\,\text{m}\cdot\text{s}^{-1}.$$

LE RÉFLEXE À AVOIR

Utiliser toujours la même formule et compter la vitesse positive si la source se rapproche et négative si elle s'éloigne.

SE PERFECTIONNER

Exercice 8 Dans une salle de sport

1. On calcule l'intensité I sonore perçue à 10 m, dans le cas où la source émet dans toutes les directions : $I = \frac{P}{S} = \frac{P}{4\pi R_2} = \frac{15}{4 \times \pi \times 10^2} = 1{,}2 \times 10^{-2}\ \text{W} \cdot \text{m}^{-2}$.

On calcule l'intensité I' perçue à une distance de 20 m :

$$I' = \frac{P}{4\pi R'^2} = \frac{15}{4 \times \pi \times 20^2} = 3{,}0 \times 10^{-3}\ \text{W} \cdot \text{m}^{-2}.$$

2. On calcule les niveaux sonores L et L', correspondant respectivement aux intensités sonores I et I' :

$L = 10 \log\left(\frac{I}{I_0}\right) = 10 \log\left(\frac{1{,}2 \times 10^{-2}}{1{,}0 \times 10^{-12}}\right) = 1{,}0 \times 10^2$ dB et

$L' = 10 \log\left(\frac{I'}{I_0}\right) = 10 \log\left(\frac{3{,}0 \times 10^{-3}}{1{,}0 \times 10^{-12}}\right) = 95$ dB. Les sportifs sont donc en danger, car le niveau sonore perçu est supérieur à 85 dB.

FOCUS MATHS

$$L = 10 \times \log\left(\frac{I}{I_0}\right) \Leftrightarrow I = I_0 \times 10^{\frac{L}{10}}$$

3. On cherche l'intensité sonore correspondant à un niveau sonore de 85 dB :

$$I = I_0 \times 10^{\frac{L}{10}} = 1{,}0 \times 10^{-12} \times 10^{\frac{85}{10}} = 3{,}2 \times 10^{-4}\ \text{W} \cdot \text{m}^{-2}.$$

On calcule la distance d à laquelle il faut se placer par rapport à la source, pour percevoir le son avec cette intensité sonore :

$$I = \frac{P}{4\pi d^2} \quad \text{d'où} \quad d = \sqrt{\frac{P}{4\pi I}} = \sqrt{\frac{15}{4\pi \times 3{,}2 \times 10^{-4}}} = 61\ \text{m}.$$

Pour ne pas avoir de problèmes auditifs, il faut se placer à une distance minimale de 61 m.

Exercice 9 Maille d'une grille

1. On détermine la largeur de la tache centrale en utilisant l'échelle. Pour plus de précision, on mesure la largeur de la tache centrale et des deux premières taches situées de part et d'autre d'elles (soit une largeur totale égale à $2L$). Il faut prendre soin de mesurer entre les centres des extinctions. On en déduit $L = 0{,}29$ cm environ.

	Schéma	Réalité
Échelle	1,8 cm	1,0 cm
Tache centrale + 2 taches latérales	1,05	$2\,L = 0{,}58$ cm

2. Sur le schéma, on a

$$\tan(\theta) = \frac{\frac{L}{2}}{D} = \frac{L}{2D} \text{ or } \tan(\theta) \approx \theta$$

d'où $\theta = \frac{L}{2D}$.

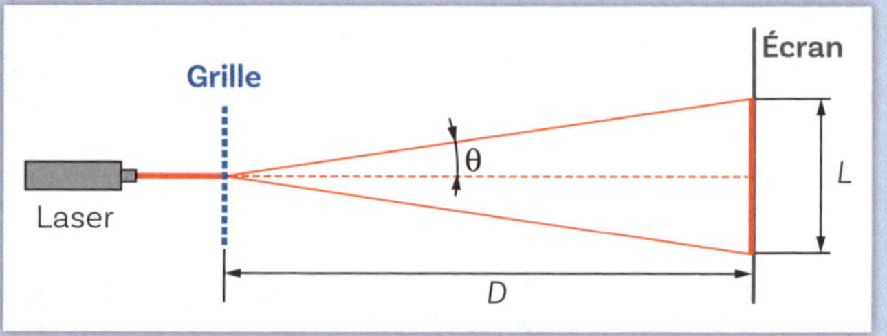

On sait également que $\theta = \frac{\lambda}{a}$,

ce qui donne $\frac{L}{2D} = \frac{\lambda}{a}$ d'où $a = \frac{2\lambda D}{L}$.

3. On calcule : $a = \frac{2\lambda D}{L} = \frac{2 \times 650 \times 10^{-9} \times 2{,}0}{0{,}29 \times 10^{-2}} = 9{,}0 \times 10^{-4} = 0{,}90$ mm.

4. Avec la précision de la photo fournie, on voit qu'une maille mesure presque 1 mm, ce qui est cohérent avec la valeur de 0,90 mm trouvée précédemment.

Exercice 10 **Échographie Doppler**

1. À l'aide de la formule de l'énoncé, on calcule la vitesse du sang :

$$v = \frac{c_{son}}{2\cos(\theta)} \times \frac{\Delta f}{f_E} = \frac{1{,}57 \times 10^3}{2 \times \cos(45)} \times \frac{1{,}5 \times 10^3}{10 \times 10^6} = 0{,}17\ \text{m}\cdot\text{s}^{-1} = 17\ \text{cm}\cdot\text{s}^{-1}.$$

D'après le graphique donné, il pourrait s'agir d'artérioles ou de veines.

2. Pour le même type de veines, si on augmente la fréquence de l'émetteur, le décalage Doppler Δf augmente également car ces deux grandeurs sont proportionnelles.

Exercice 11 **Trafic routier et niveau sonore**

1. La surface à considérer est la surface latérale d'un demi-cylindre comme le montre le schéma. On exprime l'intensité sonore en fonction de la puissance : $I = \dfrac{P}{\dfrac{S_{cyl}}{2}} = \dfrac{P}{\pi R \ell}$.

On exprime le niveau sonore : $L = 10\log\left(\dfrac{I}{I_0}\right) = 10\log\left(\dfrac{P}{\pi R \ell I_0}\right) = 10\log\left(\dfrac{P}{\pi \ell I_0}\right) + 10\log\left(\dfrac{1}{R}\right)$

donc $L = 10\log\left(\dfrac{P}{\pi \ell I_0}\right) - 10\log(R)$.

FOCUS MATHS

$\log(a \times b) = \log a + \log b$

$\log\left(\dfrac{a}{b}\right) = \log a - \log b$

2. On exprime le niveau sonore L' perçu à la distance $R' = 2R$:

$L' = 10\log\left(\dfrac{P}{\pi I_0 \ell}\right) - 10\log(R')$ d'où $L' = 10\log\left(\dfrac{P}{\pi I_0 \ell}\right) - 10\log(2R)$.

Ainsi $L' = 10\log\left(\dfrac{P}{\pi I_0 \ell}\right) - 10\log(R) - 10\log(2)$ d'où $L' = L - 10\log(2)$ soit $L' = L - 3$.

Lorsque la distance à la route est doublée, le niveau sonore diminue donc de 3 dB.

Exercice 12 **PROBLÈME** **Diffraction par des trous d'Young**

1. • On détermine a : soit L le diamètre de la tache centrale ; à l'aide de l'échelle fournie, on mesure $L = 2{,}0$ cm. On a $\tan(\theta) = \dfrac{\frac{L}{2}}{D} = \dfrac{L}{2D}$ or $\tan(\theta) \approx \theta$ d'où $\theta = \dfrac{L}{2D}$. On sait également que $\theta = 1{,}22 \times \dfrac{\lambda}{a}$, donc $\dfrac{L}{2D} = 1{,}22 \times \dfrac{\lambda}{a}$ soit

$$a = \frac{2{,}44 \times \lambda D}{L} = \frac{2{,}44 \times 633 \times 10^{-9} \times 2{,}0}{0{,}020} = 1{,}5 \times 10^{-4} = 0{,}15\ \text{mm}.$$

• On détermine b : en faisant une moyenne sur plusieurs interfranges et en utilisant l'échelle donnée, on mesure $i = 0{,}41$ cm.

On sait que $i = \dfrac{\lambda \times D}{b}$ d'où

$$b = \frac{\lambda \times D}{i} = \frac{633 \times 10^{-9} \times 2{,}0}{0{,}41 \times 10^{-2}} = 3{,}1 \times 10^{-4}\ \text{m} = 0{,}31\ \text{mm}.$$

LE RÉFLEXE À AVOIR

Pour plus de précision, mesurer plusieurs interfranges et faire la moyenne.

2. Les valeurs de a et b sont cohérentes avec les données du constructeur.

Exercice 13 **Conditions d'interférences**

1. τ est le retard de S_2 sur S_1 et δ est la différence de marche entre les deux ondes. Δ correspond donc à la distance parcourue par S_2 à la célérité v et pendant une durée égale à τ.

On peut donc écrire : $v = \dfrac{\delta}{\tau}$ d'où $\tau = \dfrac{\delta}{v}$.

2. On reprend l'expression de $s_2(t)$ donnée dans l'énoncé et on remplace τ par son expression en fonction de v et δ :

$$s_2(t) = A \times \cos\left(\frac{2\pi}{T}(t-\tau)\right) = A \times \cos\left(\frac{2\pi}{T}\left(t-\frac{\delta}{v}\right)\right) = A \times \cos\left(\frac{2\pi t}{T} - \frac{2\pi}{T}\frac{\delta}{v}\right).$$

Or, dans le cas des ondes périodiques, le produit $v \times T$ est égal à la longueur d'onde λ. On a donc :

$$s_2(t) = A \times \cos\left(\frac{2\pi t}{T} - \frac{2\pi\delta}{\lambda}\right), \text{ soit en posant } \varphi = \frac{2\pi\delta}{\lambda} : s_2(t) = A \times \cos\left(\frac{2\pi t}{T} - \varphi\right).$$

3. • Ligne 13 : il faut mettre l'expression qui permet de calculer l'amplitude de $s_2(t)$ pour plusieurs valeurs de φ : `S2=A*np.cos(2*pi*t/T-Phi)`.

• Ligne 14 : il faut calculer l'amplitude de la somme des deux signaux : `S=S1+S2`.

4. On obtient des interférences constructives lorsque φ est un multiple entier de 2π.
On obtient des interférences destructrives lorsque φ est un multiple impair de π.

5. D'après la réponse précédente :

• pour avoir des interférences destructives, il faut que $\varphi = k \times 2\pi$. Or, $\varphi = \frac{2\pi\delta}{\lambda}$. On a donc : $\frac{2\pi\delta}{\lambda} = k \times 2\pi$ d'où $\frac{\delta}{\lambda} = k$ et donc $\delta = k \times \lambda$ avec $k \in \mathbb{Z}$;

• pour avoir des interférences destructives, il faut que $\varphi = k \times 2\pi - \pi$ soit donc $\varphi = \pi \times (2k-1)$. Or, $\varphi = \frac{2\pi\delta}{\lambda}$. On a donc : $\frac{2\pi\delta}{\lambda} = \pi \times (2k-1)$ d'où $\frac{2\delta}{\lambda} = 2k-1$ et donc $\delta = \left(k - \frac{1}{2}\right) \times \lambda$ avec $k \in \mathbb{Z}$.

Exercice 14 Vitesse de rotation de Jupiter

1. Sur le spectre, et en tenant compte de l'échelle, le décalage Doppler en longueur d'onde est donné par $\Delta\lambda = D_1 - D_2$. En utilisant la raie $\lambda(Na_1)$, on trouve $\Delta\lambda = 0{,}096$ nm.

2. On détermine la vitesse de Jupiter au niveau de son équateur :

$$v = \frac{c \times \Delta\lambda}{4 \times \lambda(Na_1)} = \frac{3{,}00 \times 10^8 \times 0{,}096}{4 \times 588{,}995}$$

$$= 1{,}2 \times 10^4 \text{ m}\cdot\text{s}^{-1} = 4{,}3 \times 10^4 \text{ km}\cdot\text{h}^{-1}$$

LE RÉFLEXE À AVOIR

Laisser $\Delta\lambda$ et λ en nm puisqu'ils apparaissent au numérateur et au dénominateur.

3. Avec les nouvelles données de l'énoncé, on détermine une autre valeur de cette même vitesse :

$v = \frac{2\pi R_J}{T_J} = \frac{2\pi \times 71\,492}{9{,}9} = 4{,}5 \times 10^4 \text{ km}\cdot\text{h}^{-1}$. Les deux valeurs sont très proches.

SE PRÉPARER À L'EXAMEN

SUJET 1 Le cor des Alpes

• On commence par déterminer la distance qui sépare le berger (point A) du village de Haute-Nendaz. D'après la carte et l'échelle fournie, on mesure une distance $D = 8{,}8$ km.

• On calcule l'intensité sonore correspondant au niveau sonore $L = 100$ dB, mesuré à 1 m de l'instrument : $I = I_0 \times 10^{\frac{L}{10}} = 1{,}0 \times 10^{-12} \times 10^{\frac{100}{10}} = 1{,}0 \times 10^{-2}$ W·m^{-2}.

• On détermine l'intensité sonore I' qui sera perçue au village de Haute-Nendaz.
La puissance sonore est constante (pas de dissipation d'énergie d'après l'énoncé) :

$$I = \frac{P}{4\pi d^2} \text{ d'où } P = 4\pi I d^2.$$

$$\left.\begin{array}{r}\text{À 1 m du cor} : P = 4\pi I d^2 \\ \text{à Haute-Nendaz} : P = 4\pi I' D^2\end{array}\right\} \text{On a donc } 4\pi I d^2 = 4\pi I' D^2$$

Soit $Id^2 = I'D^2$ et finalement $I' = I \times \left(\frac{d}{D}\right)^2$

soit

$$I' = 1{,}0 \times 10^{-2} \times \left(\frac{1}{8{,}8 \times 10^3}\right)^2 = 1{,}3 \times 10^{-10}\ \text{W}\cdot\text{m}^{-2}.$$

• On calcule le niveau sonore L' correspondant, qui sera perçu au village :

$$L' = 10 \log\left(\frac{I'}{I_0}\right) = 10 \log\left(\frac{1{,}3 \times 10^{-10}}{1{,}0 \times 10^{-12}}\right) = 21\ \text{dB}.$$

• Pour savoir si le son du cor des Alpes sera perçu au village, on regarde sur la courbe du doc. 3. Pour une fréquence de 50 Hz, le seuil d'audibilité est à 44 dB. Le son du cor ne sera donc pas entendu au village de Haute-Nendaz.

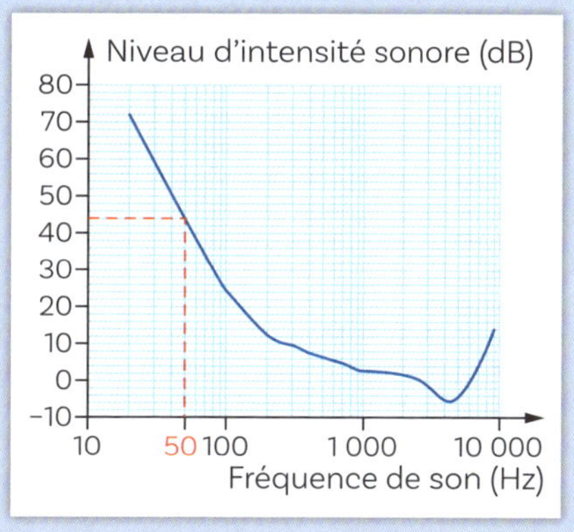

SUJET 2 Étude d'un écran de smartphone

1. a. Le caractère mis en évidence par l'apparition d'une figure de diffraction est son caractère ondulatoire (la lumière est une onde).

b. Le laser rouge a une plus grande longueur d'onde que le laser vert. Le demi-angle θ doit donc être plus élevé pour la lumière rouge que pour la verte, ce qui donne une tache centrale plus grande pour le rouge. La figure de diffraction 2 correspond donc au laser rouge, et la figure de diffraction 1 au laser vert.

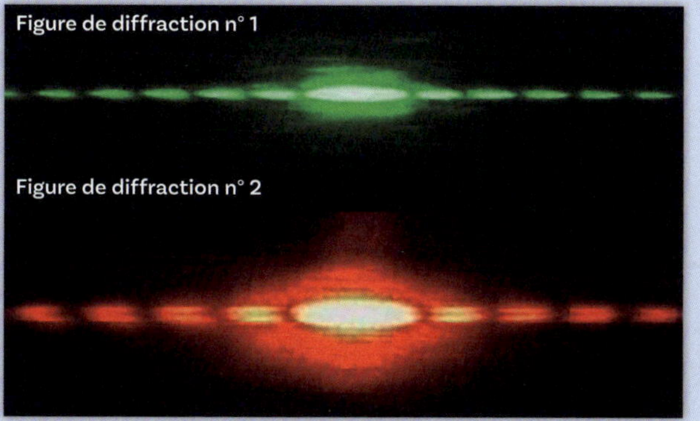

c. Les deux expériences de diffraction sont réalisées avec un obstacle de même largeur a.

On a $\theta = \frac{\lambda}{a}$ soit donc $a = \frac{\lambda}{\theta}$

Pour le vert : $a = \dfrac{\lambda_{rouge}}{\theta_{rouge}}$

Pour le rouge : $a = \dfrac{\lambda_{vert}}{\theta_{vert}}$

On a donc $\dfrac{\lambda_{vert}}{\theta_{vert}} = \dfrac{\lambda_{rouge}}{\theta_{rouge}}$ et donc $\lambda_{vert} = \lambda_{rouge} \times \dfrac{\theta_{vert}}{\theta_{rouge}}$.

D'après la figure 1, on a : $\tan(\theta) \approx \theta$ et $\tan(\theta) = \dfrac{L}{2D}$ soit $\theta = \dfrac{L}{2D}$.

Cette relation est valable dans le cas des deux lasers, mais θ et L prennent des valeurs différentes en fonction de la couleur des lasers. En reprenant la relation précédemment démontrée :

$$\lambda_{vert} = \lambda_{rouge} \times \frac{\theta_{vert}}{\theta_{rouge}} = \lambda_{rouge} \times \frac{\frac{L_{vert}}{2D}}{\frac{L_{rouge}}{2D}} \text{ et donc } \lambda_{vert} = \lambda_{rouge} \times \frac{L_{vert}}{L_{rouge}}.$$

Il suffit maintenant de mesurer les largeurs des taches centrales dans les deux cas et de les introduire directement dans la formule. Elles sont toutes deux proportionnelles à l'échelle, qui n'a pas besoin d'être explicitée : $\lambda_{vert} = \lambda_{rouge} \times \dfrac{L_{vert}}{L_{rouge}} = 632{,}8 \times \dfrac{1{,}5}{1{,}8} = 527\ \text{nm}$.

2. a. Pour déterminer i avec la plus grande précision, on mesure la distance entre les points situés les plus à gauche et à droite de la photo : on mesure alors une distance égale à $6i$, grâce au papier millimétré : $6i = 9{,}1\ \text{cm}$ d'où $i = \dfrac{9{,}1}{6} = 1{,}5\ \text{cm}$.

b. On calcule la largeur b d'un pixel : $i = \dfrac{\lambda \times D}{b}$ soit

$$b = \frac{\lambda \times D}{i} = \frac{632{,}8 \times 10^{-9} \times 1{,}74}{1{,}5 \times 10^{-2}} = 7{,}3 \times 10^{-5}\ \text{m} = 73\ \mu\text{m}.$$

La largeur d'un miroir est donc bien proche de $75\ \mu\text{m}$.

Chapitre 12 Propriétés des ondes

Tu viens de voir les notions à connaître sur les ondes. Pour t'aider à retenir l'essentiel et t'entraîner pour le Bac, voici ton kit de révisions clé en mains conçu par SchoolMouv !

Vidéo

Pour mieux comprendre et t'en souvenir à coup sûr, regarde la vidéo. C'est parfois bien plus clair en images.

Vidéo **L'effet Doppler**

https://flashbelin.fr/focusbacschoolmouv/pc/12

Contenu additionnel

Voici un bonus autour du même sujet. La curiosité n'est pas toujours un vilain défaut. Il te suffit de créer ton compte pour avoir plein de contenus supplémentaires.

Quiz **Diffraction d'une onde**

https://www.schoolmouv.fr/eleves/cours/diffraction-d-une-onde/qcm

Tchat avec un prof

Pour poser toutes tes questions à un prof particulier, découvre l'abonnement tchat. Tu peux le tester gratuitement pendant 7 jours : fini les questions sans réponses, tu vas devenir incollable.

https://focusbac.schoolmouv.fr/offre

13 La lunette astronomique

LE CHAPITRE EN UN COUP D'ŒIL

RETENIR L'ESSENTIEL

SAVOIR FAIRE

SCHOOLMOUV

Ton **KIT DE SURVIE** pour le Bac p. 325

RETENIR L'ESSENTIEL

1 Modèle optique d'une lunette astronomique

→ La lunette astronomique est constituée de deux systèmes convergents, d'axes optiques confondus : l'**objectif** et l'**oculaire**.

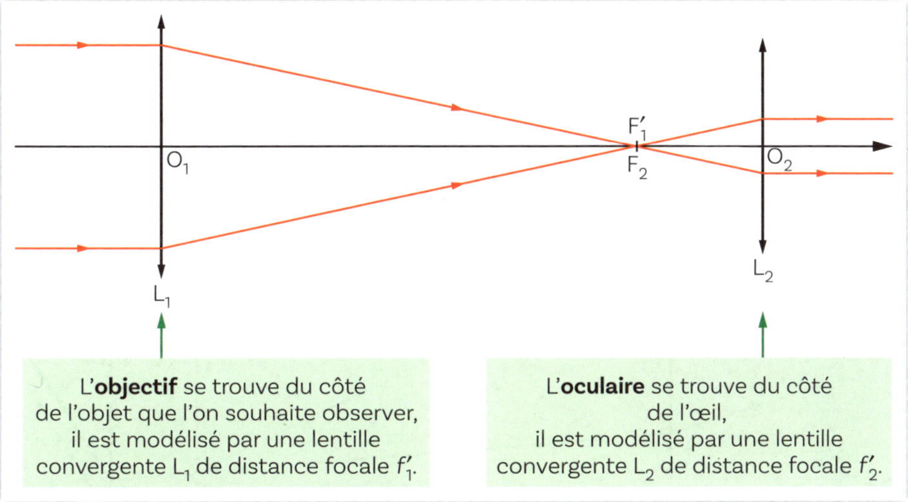

→ L'objet observé est situé à l'infini.

RAPPEL Un objet ou une image est « à l'infini » si la distance lentille-objet ou lentille-image est très grande devant la distance focale de la lentille. Ainsi, les rayons provenant de l'objet ou arrivant à l'image sont parallèles entre eux.

→ Dans le cas d'une lunette afocale, **le foyer image F'_1 de l'objectif est confondu avec le foyer objet F_2 de l'oculaire**.

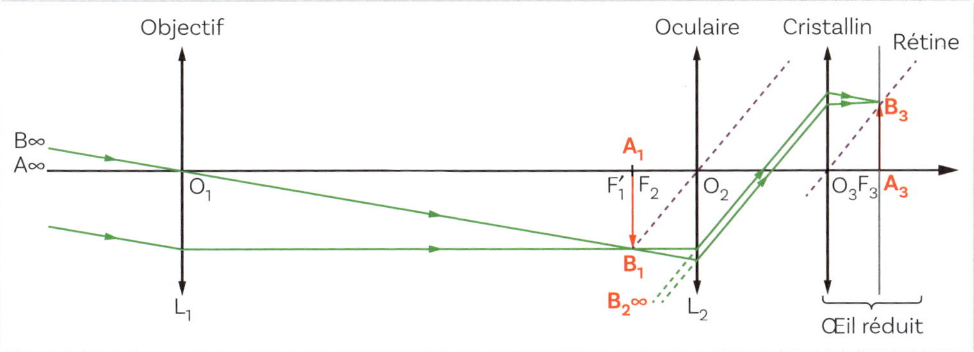

→ L'objectif forme, de l'objet AB, une **image intermédiaire** A_1B_1, qui sert d'objet pour l'oculaire.

- L'image intermédiaire A_1B_1 est dans le **plan focal image** de l'objectif et dans le **plan focal objet** de l'oculaire (ces deux plans étant confondus).
- L'image d'un objet situé à l'infini est formée **à l'infini**. Ainsi, l'œil n'a pas besoin d'accommoder pour voir l'image finale A_2B_2.

2 Grossissement d'une lunette astronomique

- Les angles α et α' sont appelés **diamètres apparents** :
  - α est l'angle avec lequel l'objet est vu à l'œil nu ;
  - α' est l'angle avec lequel l'objet est vu à travers la lunette.

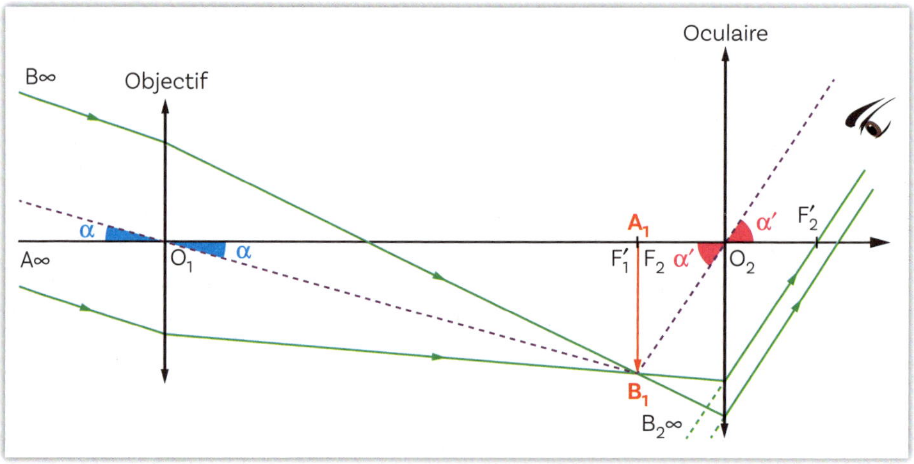

- On définit le **grossissement** *G* de la lunette astronomique par :

$$G = \frac{\alpha'}{\alpha}$$

G : grossissement (sans unité)
α : diamètre apparent à l'œil nu (en rad)
α' : diamètre apparent avec la lunette (en rad)

On peut montrer également que :

$$G = \frac{f'_1}{f'_2} = \frac{f'_{\text{objectif}}}{f'_{\text{oculaire}}}$$

f'_1 et f'_2 dans la même unité.

- Dans le cas des angles inférieurs à 0,1 radian, on peut faire l'**approximation** dite « **des petits angles** » :

$$\tan(\alpha) \approx \alpha.$$

Les diamètres apparents qui interviennent dans les différents exercices sur la lunette astronomique vérifient toujours cette approximation.

SAVOIR FAIRE

Méthode 1 Représenter le faisceau émergent d'une lunette afocale

ÉNONCÉ

Le schéma ci-contre montre le trajet d'un rayon provenant d'un objet situé à l'infini.

→ Poursuivre le tracé du rayon incident à travers la lunette astronomique jusqu'à l'œil.

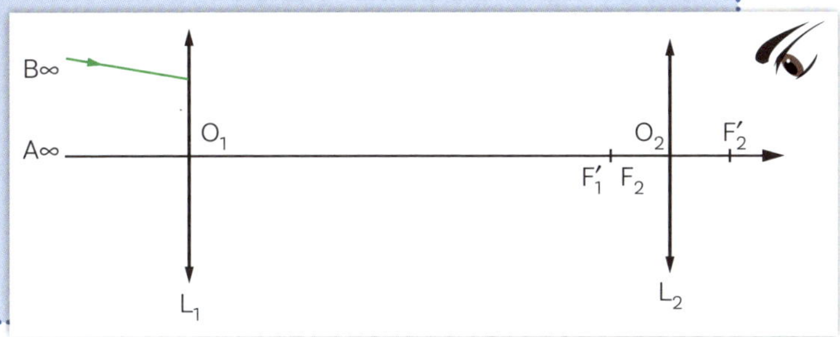

SOLUTION

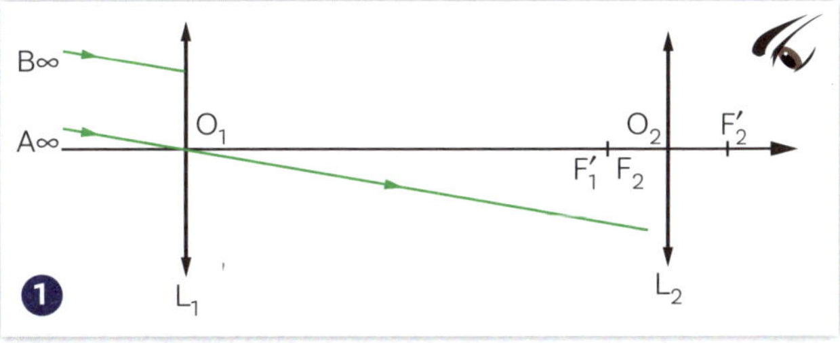

❶ L'objet étant à l'infini, les faisceaux incidents sont parallèles entre eux. On trace le rayon passant par le centre optique O_1 qui n'est pas dévié.

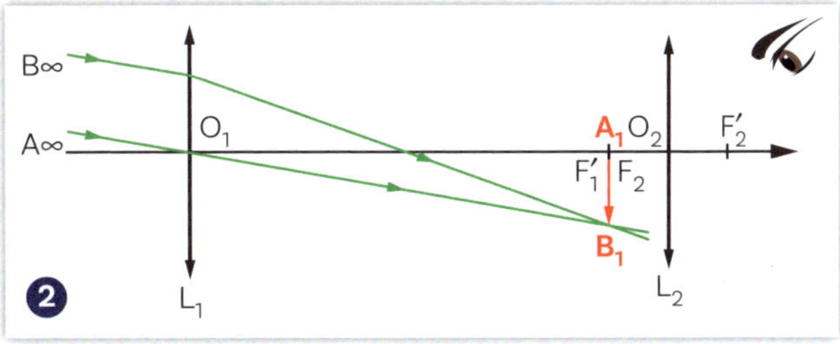

❷ • Puisque les rayons incidents sont parallèles entre eux, les rayons émergents de L_1 vont se croiser dans le plan focal image de L_1.

• Le point A_1 est placé sur l'axe optique de façon à obtenir l'image intermédiaire A_1B_1 perpendiculaire à l'axe optique.

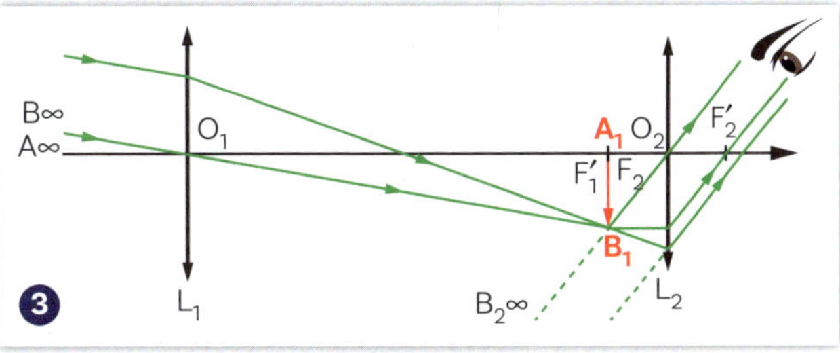

❸ • On considère désormais l'image intermédiaire A_1B_1 comme un objet pour l'oculaire L_2. On cherche l'image de B_1 à travers L_2. On choisit le rayon passant par le centre optique O_2 et le rayon parallèle à l'axe qui émerge en passant par le foyer image F'_2.

• L'image intermédiaire se trouvant dans le plan focal objet de l'oculaire, tous les faisceaux émergents sont parallèles entre eux : l'image définitive A_2B_2 est à l'infini (c'est le but de la lunette afocale car l'œil n'a pas à accommoder).

Méthode 2 Exprimer le grossissement d'une lunette afocale

ÉNONCÉ

On considère un objet AB, situé à l'infini et observé à travers une lunette astronomique.

α et α' sont les diamètres apparents sous lesquels est vu l'objet AB respectivement à l'œil nu et à travers la lunette.

1. Faire un schéma de la situation, avec l'objet AB à l'infini, l'image intermédiaire A_1B_1, l'image finale à l'infini A_2B_2, et les angles α et α'.

2. Établir l'expression du grossissement de la lunette astronomique en fonction des distances focales de l'objectif et de l'oculaire.

3. Calculer le grossissement de cette lunette.

Données.

- Distance focale de l'objectif : $f'_{\text{objectif}} = 500\,\text{mm}$.
- Distance focale de l'oculaire : $f'_{\text{oculaire}} = 20\,\text{mm}$.

SOLUTION

1. On réalise le schéma en prenant soin de tracer un rayon avec précision, sans oublier de l'orienter et de faire coïncider F'_1 et F_2.

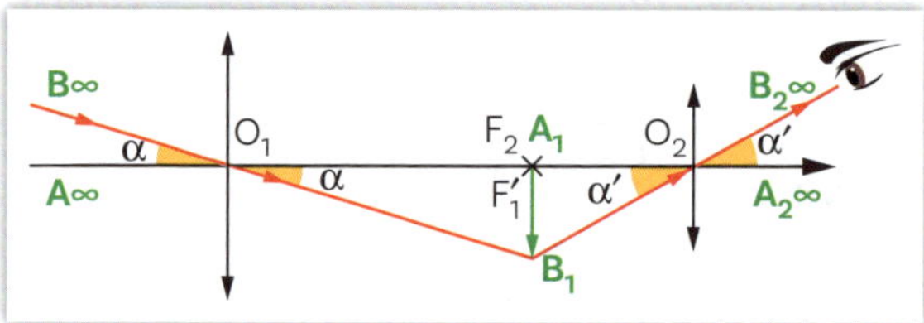

L'ERREUR À NE PAS FAIRE

α et α' sont appelés diamètres apparents, mais ce sont bien des angles, exprimés en degrés ou en radians.

2. On exprime la tangente des angles α et α' dans les triangles rectangles $O_1A_1B_1$ et $O_2A_1B_1$: $\tan(\alpha) = \dfrac{A_1B_1}{O_1F'_1} = \dfrac{A_1B_1}{f'_1}$ et $\tan(\alpha') = \dfrac{A_1B_1}{O_2F_2} = \dfrac{A_1B_1}{f'_2}$.

On utilise l'approximation des petits angles : $\tan(\alpha) \approx \alpha$, car α et α' sont petits :

$\alpha \simeq \dfrac{A_1B_1}{f'_1}$ et $\alpha' \simeq \dfrac{A_1B_1}{f'_2}$. On remplace dans l'expression de G :

$$G = \frac{\alpha'}{\alpha} = \frac{\dfrac{A_1B_1}{f'_2}}{\dfrac{A_1B_1}{f'_1}} = \frac{A_1B_1}{f'_2} \times \frac{f'_1}{A_1B_1} = \frac{f'_1}{f'_2} = \frac{f'_{\text{objectif}}}{f'_{\text{oculaire}}}.$$

3. On fait l'application numérique, en mettant les deux distances focales dans la même unité de distance. Le grossissement est sans unité :

$$G = \frac{f'_{\text{objectif}}}{f'_{\text{oculaire}}} = \frac{500}{20} = 25.$$

Le grossissement de cette lunette est de 25.

Méthode 3 Exploiter les caractéristiques d'une lunette commerciale

ÉNONCÉ

Une lunette astronomique est constituée d'un objectif possédant une distance focale de 600 mm et d'un oculaire permettant un grossissement de 25.

1. Calculer la distance focale de l'oculaire.

2. Calculer la distance qui sépare l'objectif de l'oculaire dans le cas d'une lunette afocale.

3. L'oculaire est remplacé par une lentille convergente de distance focale 4,0 cm. Indiquer quel réglage doit être fait pour conserver une lunette afocale.

4. Calculer le grossissement de cette nouvelle lunette.

SOLUTION

1. On utilise la formule du grossissement et on isole la distance focale de l'oculaire f'_{oculaire} : $G = \dfrac{f'_{\text{objectif}}}{f'_{\text{oculaire}}}$ d'où $f'_{\text{oculaire}} = \dfrac{f'_{\text{objectif}}}{G} = \dfrac{600}{25} = 24\text{ mm}$.

La distance focale de l'oculaire vaut 24 mm, soit 2,4 cm.

2. Dans une lunette afocale, les centres optiques sont séparés de la somme des distances focales de l'objectif et de l'oculaire.
La distance séparant l'objectif de l'oculaire vaut :
$D = O_1O_2 = f'_{\text{objectif}} + f'_{\text{oculaire}} = 600 + 24 = 624\text{ mm}$.

3. On fait un schéma de la situation pour comprendre l'impact du changement de lentille sur le trajet des rayons :

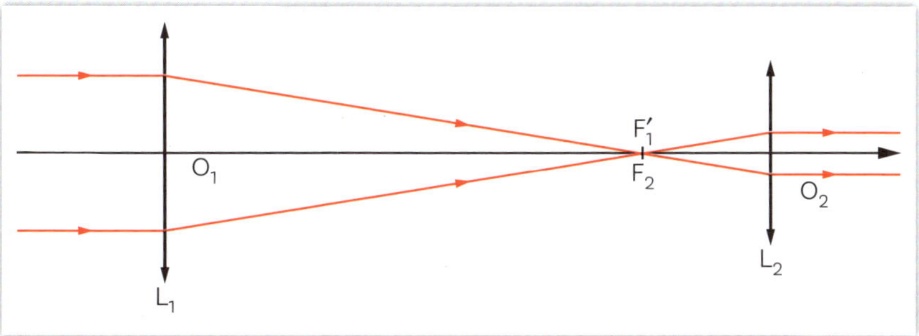

Il faut allonger la distance séparant l'objectif de l'oculaire afin de conserver la coïncidence entre le foyer image de l'objectif et le foyer objet de l'oculaire.

4. On utilise la formule du grossissement :

$$G = \frac{f'_{\text{objectif}}}{f'_{\text{oculaire}}} = \frac{600}{40} = 15$$

Le grossissement est maintenant de 15.

LE RÉFLEXE À AVOIR

Pour calculer G, les deux distances focales doivent être dans la même unité de distance.

SE TESTER

10 min

Donner la ou les bonne(s) réponse(s) en 10 minutes chrono !

1. La lunette astronomique est constituée de :

a. deux lentilles divergentes
b. deux lentilles convergentes
c. une lentille convergente et une lentille divergente

2. La lunette astronomique est également appelée lunette afocale car :

a. des rayons parallèles incidents ressortent du système en restant parallèles
b. les deux lentilles utilisées possèdent la même distance focale
c. le foyer image de l'objectif est confondu avec le foyer objet de l'oculaire

3. Pour une observation sans accommodation de l'œil avec une lunette afocale, la distance entre l'objet observé et la lunette astronomique :

a. doit être faible
b. doit être très grande
c. doit donner une image au foyer objet de l'œil

4. L'image d'un objet AB à l'infini, donnée par l'objectif, se trouve :

a. entre le centre optique O et le foyer image F′ de l'objectif
b. au foyer image F′ de l'objectif
c. après le foyer image F′ de l'objectif

5. L'image obtenue avec l'objectif, qui joue le rôle d'objet pour l'oculaire, doit se trouver :

a. entre le centre optique O et le foyer objet F de l'oculaire
b. au foyer objet F de l'oculaire
c. après le foyer objet F de l'oculaire

6. L'image finale donnée par l'oculaire se trouve :

a. à l'infini
b. entre le centre optique O et le foyer image F′ de l'oculaire
c. après le foyer image F′ de l'oculaire

→ Corrigés page 318

S'ENTRAÎNER

Exercice 1 Choix de l'objectif Voir Méthode 1 p. 309

L'objectif d'une lunette doit donner d'un objet à l'infini une image aussi grande que possible.

→ En vous aidant de deux schémas pour deux lentilles de distances focales différentes, justifier que le choix de l'objectif doit se porter sur la lentille de plus grande distance focale.

→ Corrigé p. 318

Exercice 2 Choix de l'oculaire Voir Méthode 1 p. 309

L'oculaire d'une lunette doit donner d'un objet placé en son foyer objet une image aussi grande que possible.

→ En vous aidant de deux schémas pour deux lentilles de distances focales différentes, justifier que le choix de l'oculaire doit se porter sur la lentille de distance focale la plus courte.

→ Corrigé p. 318

Exercice 3 Trajet des rayons dans une lunette astronomique Voir Méthode 1 p. 309

Une lunette astronomique donne d'un objet à l'infini une image à l'infini à travers un objectif et un oculaire.

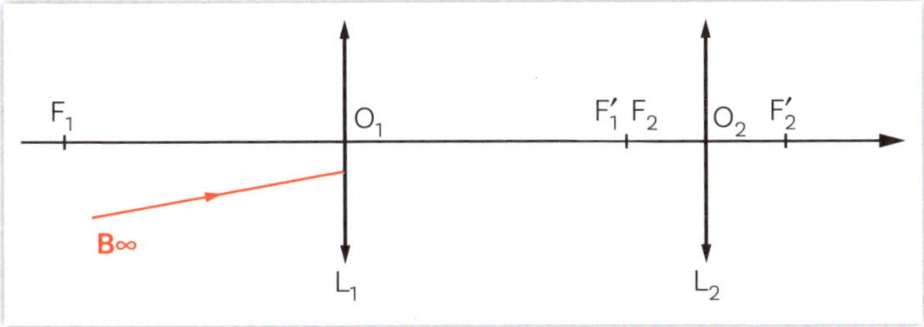

→ Compléter le schéma en poursuivant le trajet du rayon à travers le schéma de la lunette astronomique.

→ Corrigé p. 319

Exercice 4 Le bon grossissement Voir Méthode 2 p. 310

Une astronome amateure utilise sa lunette astronomique avec un oculaire de distance focale 25 mm pour observer la Lune et les anneaux de Saturne. Elle souhaiterait à présent observer le ciel profond (galaxies, nébuleuses...). Elle doit alors utiliser un grossissement inférieur afin de dézoomer.

1. Établir la formule du grossissement en s'appuyant sur un schéma.

2. Pour observer le ciel profond utilise-t-elle un oculaire de distance focale supérieure ou inférieure à 25 mm ?

→ Corrigé p. 319

Exercice 5 Estimer un grossissement Voir Méthode 2 p. 310

Lors d'une séance de TP, des élèves déterminent le grossissement d'une lunette astronomique.
Voici les valeurs obtenues par les différents groupes :
77,1 ; 75,1 ; 77,5 ; 74,1 ; 75,9 ; 76,6 ; 73,6 ; 75,6 ; 75,1.

1. Donner la meilleure estimation du grossissement et déterminer l'incertitude-type.

2. La lunette astronomique étudiée est composée d'un objectif de distance focale 900 mm et d'un oculaire de distance focale 12 mm. Déterminer si la mesure peut être validée et lister des causes d'erreurs.

→ Corrigé p. 319

Exercice 6 Caractéristiques d'une image finale Voir Méthode 3 p. 311

Lors d'un week-end en montagne, Marco et Léo souhaitent observer des chamois par la fenêtre de leur chambre.

1. Justifier que l'observation des chamois peut se faire avec une lunette astronomique.

2. L'image observée par les garçons sera (choisir les termes corrects) :
droite • renversée • agrandie • réduite.

→ Corrigé p. 320

Exercice 7 Bien choisir sa lunette Voir Méthode 3 p. 311

Lucie souhaite s'acheter une lunette astronomique. Voici les caractéristiques du modèle qu'elle a choisi.

La lunette ***Sky-Watcher 70/700*** est un instrument destiné aux débutants. Il s'agit d'une lunette astronomique classique, d'une longueur de 700 mm et d'un diamètre de 70 m, suffisants pour vos premières balades lunaires !
La lunette ***Sky-Watcher 70/700*** est livrée avec :
- un tube optique de lunette 70/700 (objectif achromatique à lentille de 70 mm de diamètre et de 700 mm de focale) avec système de translation intégré ;
- deux oculaires permettant des grossissements de 28 et de 70.

1. Déterminer les distances focales associées aux deux oculaires fournis avec la lunette *SkyWatcher 70/700*.

2. Déterminer le grossissement de la lunette si un oculaire de distance focale 4 mm est choisi.

→ Corrigé p. 320

Exercice 8 Bien choisir son oculaire Voir Méthode 3 p. 311

Afin d'observer les images les plus lumineuses possibles avec une lunette astronomique, il faut placer son œil dans le cercle oculaire, qui correspond à l'image de l'objectif donnée par l'oculaire.
Dans le cas des lunettes astronomiques afocales, on peut montrer que le diamètre d du cercle oculaire est lié au diamètre D de l'objectif par $d = \frac{D}{G}$, G étant le grossissement de la lunette.
On considère une lunette dont l'objectif a un diamètre de 70 mm et une distance focale $f'_1 = 700$ mm.

1. Calculer le grossissement minimal nécessaire pour que toute la lumière qui sort de la lunette entre dans l'œil (diamètre d'une pupille dilatée : environ 8 mm).

2. En déduire la valeur de la distance focale de l'oculaire à utiliser.

→ Corrigé p. 320

SE PERFECTIONNER

Exercice 9 ★ Viser la Lune

Johannes observe la Lune avec deux lunettes astronomiques différentes mais disposant du même objectif.

1. Rappeler la condition sur l'oculaire permettant d'obtenir la plus grande image possible.

2. Justifier le fait que cette condition est bien observée ici.

3. À l'aide des données, vérifier le rapport des deux grossissements.

Oculaire : 9 mm
Grossissement : × 100

Oculaire : 20 mm
Grossissement : × 45

→ Corrigé p. 320

Exercice 10 ★★ Saturne à la loupe

Un astronome amateur souhaite observer Saturne à l'aide d'une lunette ayant un objectif de 500 mm de distance focale.

1. Calculer le diamètre apparent de cette planète.

2. L'astronome amateur dispose de trois oculaires de 2,0 cm, 2,50 cm et de 3,00 cm de distance focale respectivement. Lequel doit-il utiliser pour obtenir le meilleur grossissement ?

3. Calculer alors le diamètre apparent de Saturne dans cet oculaire.

4. La division de Cassini est l'espace qui sépare les deux anneaux principaux de Saturne. Elle mesure à peu près 5 000 km de large. Déterminer si la division de Cassini est visible avec cet instrument, sachant qu'elle doit apparaître sous un diamètre apparent d'au moins 0,017° pour être visible et pour que l'on puisse distinguer les anneaux.

CONSEILS

2. Faire le lien entre G et f'_2.

3. Utiliser la tangente et l'approximation des petits angles $\tan(\theta) \approx \theta$.

Données.

- Distance moyenne Terre-Saturne : 1,425 milliard de kilomètres.
- Diamètre de Saturne : 58 232 km.

→ Corrigé p. 321

Exercice 11 ★★ À l'Observatoire de Paris

La lunette de Meudon en France est constituée de deux lentilles minces convergentes : un objectif de distance focale $f_1 = 16$ m et un oculaire de distance focale $f_2 = 4$ cm. L'angle de champ C de la lunette correspond à l'angle que peut viser la lunette astronomique. Il est proportionnel à celui de l'oculaire C_0 et inversement proportionnel au grossissement : $C = \frac{C_0}{G}$.

1. Déterminer le grossissement de la lunette de Meudon.

2. Déterminer le diamètre apparent de Jupiter lorsqu'elle est observée dans la lunette.

3. En supposant que l'angle de champ de l'oculaire est de 50°, calculer l'angle de champ de la lunette. Indiquer si Jupiter est entièrement visible.

Données.

- Rayon de Jupiter : 70 000 km.
- Distance moyenne Terre-Jupiter : 775 millions de km.

Exercice 12 ★★ Les taches solaires

Lorsqu'on observe le Soleil au travers de filtres appropriés, sa surface montre certaines irrégularités dans son éclat, appelées taches solaires, qui apparaissent en noir.
Pour les constructions graphiques, on utilisera horizontalement selon l'axe optique une échelle 1/10 et verticalement une échelle 1/1.

1. Sachant que la lunette est utilisée pour observer un l'objet AB situé à l'infini, préciser où se forme l'image intermédiaire A_1B_1 de l'objet AB par rapport à l'objectif et construire cette image sur un schéma en respectant l'échelle de l'énoncé.

2. L'angle α entre les rayons incidents et l'axe optique étant petit, calculer la taille de A_1B_1 à l'aide de l'approximation des petits angles.

3. Indiquer la position particulière que doit occuper A_1B_1 pour que l'image A_2B_2 soit rejetée à l'infini et donner le nom de ce type de lunette.

4. Positionner l'oculaire et tracer la marche du faisceau lumineux à travers la lunette sur votre schéma à l'échelle 1/10.

5. Déterminer le diamètre apparent α' sous lequel est observée l'image à la sortie de la lunette et en déduire le grossissement de la lunette.

6. On observe avec la lunette une tache solaire de forme circulaire avec un diamètre apparent $\alpha'_{TS} = 75{,}81''$. Calculer le diamètre d de cette tache solaire.

Données.
- Diamètre apparent du Soleil : $\alpha = 9{,}33 \times 10^{-3}$ rad.
- Approximation des petits angles : lorsqu'un angle est très petit alors $\tan(\alpha) = \alpha$
- Distance Terre-Soleil : $D_{TS} = 149{,}6 \times 10^6$ km.
- $1° = 3\,600''$ ($''$ correspond à seconde d'arc).
- Distances focales : objectif : 1,0 m ; oculaire : 20 cm.

→ Corrigé p. 322

Exercice 13 ★★★ PROBLÈME Une image renversée

La lunette astronomique donne des images renversées. Si ce n'est pas un inconvénient pour l'observation des astres, cela est un inconvénient lors de l'observation d'objets situés à la surface de la Terre.
On transforme la lunette astronomique en lunette terrestre en interposant entre l'objectif et l'oculaire une lentille convergente appelée « véhicule ».
La lunette terrestre comme la lunette astronomique possède un objectif et un oculaire.
L'objectif d'une lunette terrestre est modélisé par une lentille convergente L_1 de distance focale $f'_1 = 10{,}0$ cm.
Le véhicule est modélisé par une lentille convergente L_2 de distance focale $f'_2 = 2{,}0$ cm.
Cette lentille est placée de façon à donner de l'image intermédiaire A_1B_1 une image A_2B_2 de même taille que A_1B_1 mais inversée.
L'oculaire est modélisé par une lentille convergente L_3 de distance focale $f'_3 = 2{,}0$ cm.

CONSEILS
Avec l'énoncé, déterminer le grandissement de A_2B_2 par rapport à A_1B_1.
Utiliser ensuite la relation de conjugaison des lentilles minces pour déterminer la position O_2 du véhicule par rapport à l'image intermédiaire A_1B_1 : $\gamma = \dfrac{\overline{A'B'}}{\overline{AB}} = \dfrac{\overline{OA'}}{\overline{OA}}$.

→ Déterminer comment doit être placé le véhicule et démontrer à l'aide d'un tracé graphique à l'échelle 1/1 que l'image observée en sortie de la lunette terrestre a la même taille que l'image en sortie de la lunette astronomique mais qu'elle est à l'endroit.

Donnée. Relation de grandissement d'une lentille mince : $\gamma = \dfrac{\overline{A'B'}}{\overline{AB}} = \dfrac{\overline{OA'}}{\overline{OA}}$.

→ Corrigé p. 323

SE PRÉPARER À L'EXAMEN

SUJET Représenter une lunette astronomique (60 min)

On se propose de modéliser une lunette astronomique à l'aide de deux lentilles convergentes :
- une lentille L_1 de distance focale $f_1' = 60$ cm ;
- une lentille L_2 de distance focale $f_2' = 10$ cm.

Pour simuler sur le banc d'optique la lunette astronomique utilisée pour observer un objet AB, on place la lentille L_1 devant la lentille L_2. On se place dans le cas où l'image intermédiaire A_1B_1 est située dans le plan focal objet de la lentille L_2. La distance entre les centres optiques des deux lentilles est fixée à 70 cm. Le diamètre de l'objectif est $D = 70$ mm.

1. Indiquer le rôle de A_1B_1 pour la lentille L_2.

2. Donner le rôle des lentilles L_1 et L_2 dans le système optique.

3. En respectant les échelles suivantes : horizontalement : 1/10 et verticalement : 1/1, tracer un axe optique et y placer :
- la lentille L_1 et son centre optique O_1 ainsi que la lentille L_2 et son centre optique O_2 ;
- les foyers des deux lentilles L_1 et L_2 ;
- l'image intermédiaire A_1B_1 de hauteur 1 cm ;
- le tracé de deux rayons lumineux traversant les deux lentilles du système optique en passant par B_1.

4. Donner la position de l'objet AB et de l'image définitive A_2B_2 à l'aide de la construction précédente.

5. Définir le diamètre apparent α de l'objet et le diamètre apparent α' de l'image.

6. Indiquer ces deux diamètres apparents sur la figure tracée en **3**.

CONSEILS

2. Donner les noms des lentilles pour une lunette astronomique.
4. Pour se rapprocher du cours, mettre A_1B_1 vers le bas. Montrer que AB et A_2B_2 sont à l'infini à l'aide des trois rayons particuliers.
7. Utiliser l'approximation des petits angles $\tan(\alpha) \approx \alpha$.
9. Isoler et calculer $\overline{O_2O_1'}$. Attention aux signes des mesures algébriques.
10. Utiliser le théorème de Thalès.

7. Exprimer le grossissement G en fonction des distances focales des deux lentilles puis le calculer.

8. En déduire un moyen d'augmenter le grossissement d'une lunette astronomique.

9. Le cercle oculaire correspond à l'image de l'objectif, donnée par l'oculaire. C'est là qu'il faut placer son œil pour observer l'image finale A_2B_2 avec le plus de luminosité. Déterminer la position O_2O_1' du cercle oculaire par rapport à l'oculaire L_2 grâce à la relation de conjugaison des lentilles minces :

$$\frac{1}{\overline{O_2O_1'}} - \frac{1}{\overline{O_2O_1}} = \frac{1}{f_2'}.$$

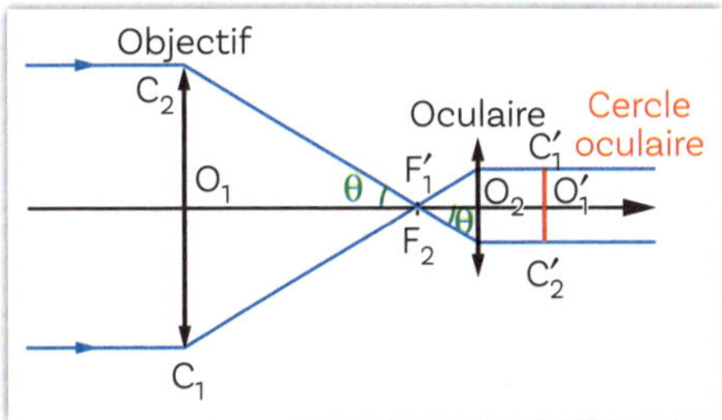

10. Déterminer le diamètre du cercle oculaire. Justifier que le diamètre de l'objectif a une importance dans le choix d'une lunette astronomique.

→ Corrigé page 323

CORRIGÉS

SE TESTER

1. b ; **2.** a et c ; **3.** b ; **4.** b ; **5.** b ; **6.** a.

S'ENTRAÎNER

Exercice 1 Choix de l'objectif

Pour un même diamètre apparent de l'objet à l'œil nu α, on observe que le diamètre apparent de l'image donnée par la lunette α' est le plus grand lorsque l'objectif L_1 possède la distance focale la plus grande.

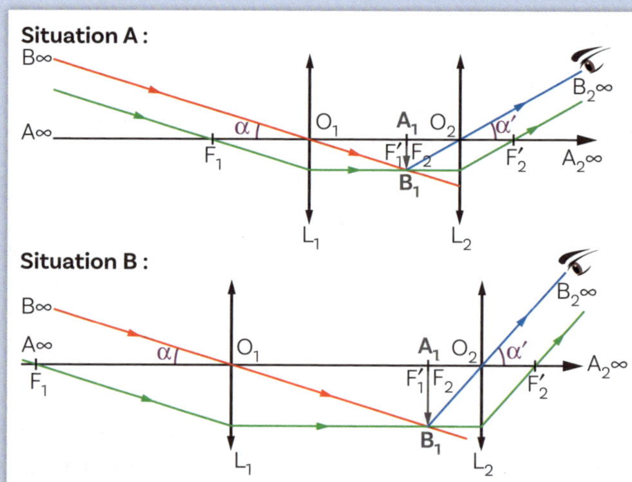

Exercice 2 Choix de l'oculaire

Pour un même diamètre apparent de l'objet à l'œil nu α, on observe que le diamètre apparent de l'image donnée par la lunette α' est le plus grand lorsque l'oculaire L_2 possède la distance focale la plus petite.

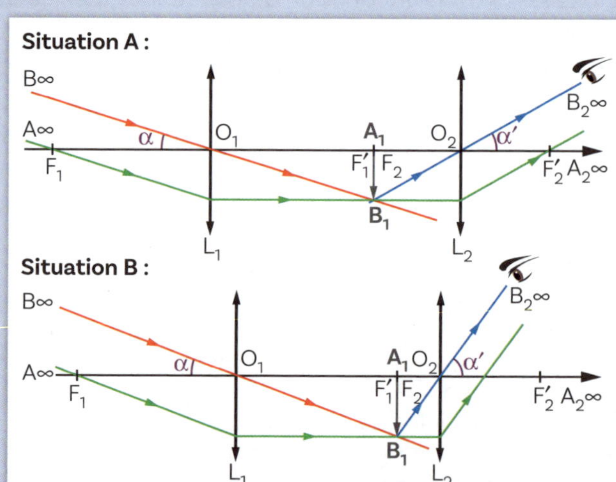

Exercice 3 Trajet des rayons dans une lunette astronomique

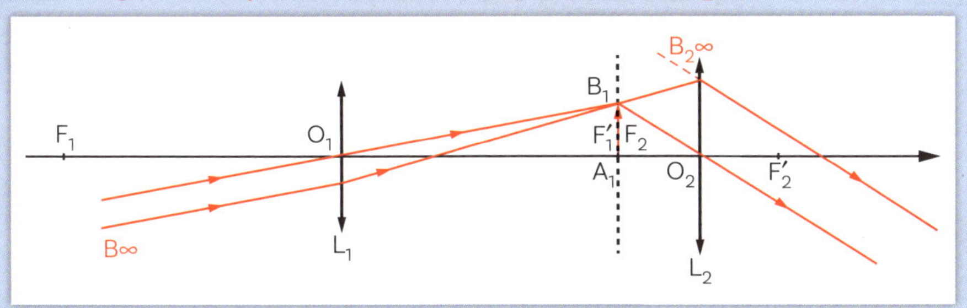

Exercice 4 Le bon grossissement

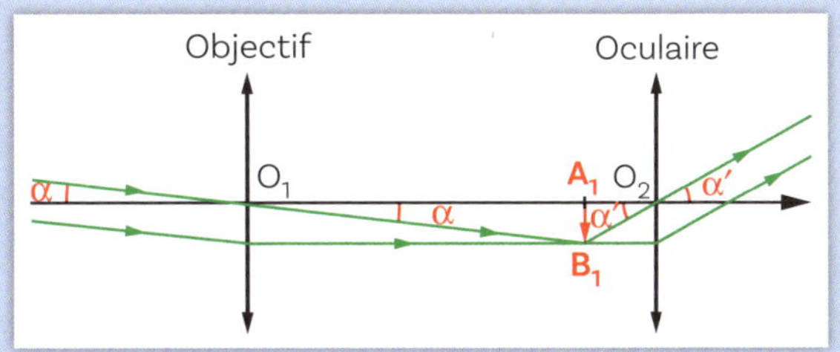

1. On exprime la tangente des angles α et α' dans les triangles rectangles $O_1A_1B_1$ et $O_2A_1B_1$: $\tan(\alpha) = \dfrac{A_1B_1}{O_1F'_1} = \dfrac{A_1B_1}{f'_1}$ et $\tan(\alpha') = \dfrac{A_1B_1}{O_2F_2} = \dfrac{A_1B_1}{f'_2}$.

On utilise l'approximation des petits angles : $\tan(\alpha) \approx \alpha$, car α et α' sont petits : $\alpha \simeq \dfrac{A_1B_1}{f'_1}$ et $\alpha' \simeq \dfrac{A_1B_1}{f'_2}$. On remplace dans l'expression de G :

$$G = \frac{\alpha'}{\alpha} = \frac{\dfrac{A_1B_1}{f'_2}}{\dfrac{A_1B_1}{f'_1}} = \frac{A_1B_1}{f'_2} \times \frac{f'_1}{A_1B_1} = \frac{f'_1}{f'_2} = \frac{f'_{\text{objectif}}}{f'_{\text{oculaire}}}.$$

2. Pour faire diminuer le grossissement, il faut choisir un oculaire de distance focale plus grande car le grossissement est inversement proportionnel à la distance focale de l'oculaire.

Exercice 5 Estimer un grossissement

1. On calcule la moyenne des grossissements : $\overline{G} = 75{,}6$.

On calcule l'écart-type expérimental : $s_{\text{exp}} = 1{,}3$.

On calcule l'incertitude-type, donnée par : $u(G) = \dfrac{s_{\text{exp}}}{\sqrt{n}}$ où n est le nombre de données échantillonnées (ici, 9) : $u(G) = \dfrac{1{,}3}{\sqrt{9}} = 0{,}43$.

FOCUS MATHS

Moyenne et écart-type s'obtiennent avec la fonction statistique de la calculatrice. Selon la marque, l'écart-type est noté différemment :

Casio : $x\sigma_{n-1}$; Texas Instruments : sx ; Numworks : « Écart-type **Échantillon** ».

2. Calcul du grossissement théorique de la lunette astronomique : $G = \dfrac{f'_1}{f'_2} = \dfrac{900}{12} = 75$.

Dans le cas d'une mesure unique, l'incertitude-type est égale à l'écart-type expérimental. Si on considère que la valeur de référence est la moyenne, la mesure est acceptable puisqu'elle appartient à l'intervalle : $[\overline{G} - 2u(G) ; \overline{G} + 2u(G)]$ soit $[74{,}7 ; 76{,}5]$.

Les sources d'erreur lors de la mesure peuvent être la position de la règle, la lecture des graduations sur la règle, la position rigoureuse des lentilles pour avoir un système afocal…

Exercice 6 **Caractéristiques d'une lunette afocale**

1. La lunette permet d'obtenir une image agrandie d'un objet à l'infini. Ici les chamois sont très éloignés et on peut considérer que les rayons qui proviennent des chamois sont parallèles.
La lunette astronomique peut donc être utilisée pour observer des chamois.

2. L'image sera renversée et agrandie.

Exercice 7 **Bien choisir sa lunette**

1. L'objectif a pour distance focale $f'_1 = 700\,\text{mm}$. Or, $G = \dfrac{f'_1}{f'_2}$ d'où $f'_2 = \dfrac{f'_1}{G}$.

Pour l'oculaire 1 : $G = 28$ donc $f'_2 = \dfrac{f'_1}{G} = \dfrac{700}{28} = 25\,\text{mm}$.

Pour l'oculaire 2 : $G = 70$ donc $f'_2 = \dfrac{f'_1}{G} = \dfrac{700}{70} = 10\,\text{mm}$.

2. Si on choisit un oculaire de distance focale $f'_2 = 4\,\text{mm}$, le grossissement est : $G = \dfrac{f'_1}{f'_2} = \dfrac{700}{4} = 175$.

Exercice 8 **Bien choisir son oculaire**

1. Dans l'énoncé, on donne la relation $d = \dfrac{D}{G}$. On calcule le grossissement nécessaire pour obtenir un cercle oculaire de diamètre égal à celui de la pupille de l'œil dilatée (8 mm) :
$G = \dfrac{D}{d} = \dfrac{700}{8} = 88$.

2. On détermine la distance focale de l'oculaire à utiliser :
$G = \dfrac{f'_1}{f'_2}$ d'où $f'_2 = \dfrac{f'_1}{G} = \dfrac{700}{88} = 8{,}0\,\text{cm}$.

SE PERFECTIONNER

Exercice 9 **Viser la Lune**

1. Pour obtenir une image la plus grande possible, il faut choisir un oculaire avec la distance focale la plus courte possible.

2. L'oculaire avec la distance focale la plus petite (9 mm) donne bien le grossissement le plus important (× 100).

3. En supposant que les deux lunettes étudiées sont réalisées avec le même objectif : $f'_{\text{obj}\,1} = f'_{\text{obj}\,2}$: $G_1 = \dfrac{f'_{\text{obj}\,1}}{f'_{\text{ocu}\,1}}$ et $G_2 = \dfrac{f'_{\text{obj}\,2}}{f'_{\text{ocu}\,2}}$.

Ainsi : $\dfrac{G_2}{G_1} = \dfrac{\dfrac{f'_{\text{obj}\,2}}{f'_{\text{ocu}\,2}}}{\dfrac{f'_{\text{obj}\,1}}{f'_{\text{ocu}\,1}}} = \dfrac{f'_{\text{ocu}\,1}}{f'_{\text{ocu}\,2}} = \dfrac{20}{9}$ or d'après les données : $\dfrac{G_2}{G_1} = \dfrac{100}{45} = \dfrac{20}{9}$.

Exercice 10 Saturne à la loupe

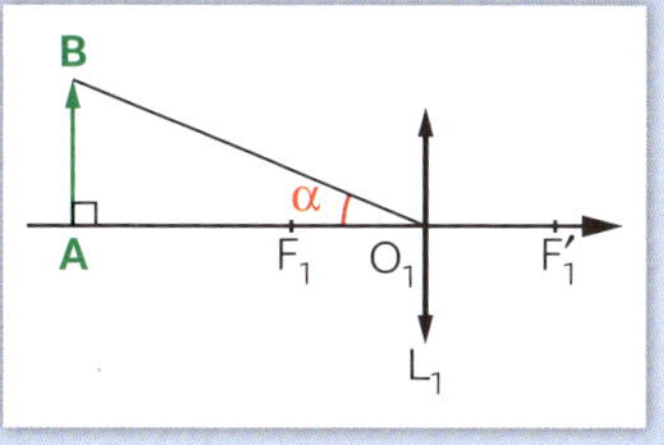

1. On calcule le diamètre apparent de Saturne à l'œil nu :

$$\alpha \approx \tan(\alpha) = \frac{AB}{O_1A} = \frac{\text{diamètre Saturne}}{\text{distance Terre – Saturne}}$$

$$\alpha \approx \frac{58\,232}{1{,}425 \times 10^9} = 4{,}086 \times 10^{-5}\ \text{rad.}$$

2. Pour obtenir le meilleur grossissement il faut choisir un oculaire avec une distance focale la plus courte possible : ici 2,00 cm.

3. On exprime le grossissement en fonction des diamètres apparents, puis en fonction des distances focales : $G = \frac{\alpha'}{\alpha}$ et $G = \frac{f'_1}{f'_2}$ d'où $\frac{\alpha'}{\alpha} = \frac{f'_1}{f'_2}$.

On exprime et on calcule le diamètre apparent α' de Saturne à travers la lunette astronomique :

$$\alpha' = \alpha \times \frac{f'_1}{f'_2} = 4{,}086 \times 10^{-5} \times \frac{500}{20{,}0} = 1{,}02 \times 10^{-3}\ \text{rad.}$$

4. On calcule le diamètre apparent de la division de Cassini à l'œil nu :

$$\alpha_{\text{Cassini}} = \frac{\text{diamètre entre anneaux}}{\text{distance Terre – Saturne}} = \frac{5\,000}{1{,}425 \times 10^9} = 3{,}509 \times 10^{-6}\ \text{rad.}$$

On en déduit ensuite le diamètre apparent de la division de Cassini à travers la lunette astronomique : $\alpha'_{\text{Cassini}} = \alpha_{\text{Cassini}} \times \frac{f'_1}{f'_2} = 3{,}509 \times 10^{-6} \times \frac{500}{20{,}0} = 8{,}77 \times 10^{-5}$ rad.

On convertit le diamètre apparent α'_{Cassini} en degrés :

$$8{,}77 \times 10^{-5}\ \text{rad} = 8{,}77 \times 10^{-5} \times \frac{180}{\pi}\ \text{degrés} = 0{,}0050°.$$

Étant donné que $\alpha'_{\text{Cassini}} < 0{,}017°$, la division de Cassini ne pourra pas être observée avec la lunette astronomique : on aura l'impression qu'il n'y a qu'un seul anneau au lieu des deux connus.

Exercice 11 À l'Observatoire de Paris

1. Le grossissement de la lunette astronomique est $G = \frac{f'_1}{f'_2} = \frac{16}{0{,}04} = 400$.

2. On calcule le diamètre apparent de Jupiter sans lunette astronomique :

$$\alpha = \frac{\text{diamètre Jupiter}}{\text{distance Terre – Jupiter}} = \frac{2 \times 70\,000}{775 \times 10^6} = 1{,}81 \times 10^{-4}\ \text{rad.}$$

On en déduit le diamètre apparent de Jupiter à travers la lunette astronomique, avec la formule du grossissement : $G = \frac{\alpha'}{\alpha}$ d'où $\alpha' = G \times \alpha = 400 \times 1{,}81 \times 10^{-4} = 7{,}24 \times 10^{-2}$ rad.

3. On convertit l'angle de champ C_0 de l'oculaire en radians :

$$C_0 = 50° = 50 \times \frac{\pi}{180}\ \text{rad} = 0{,}87\ \text{rad.}$$

On calcule l'angle de champ C de la lunette : $C = \frac{C_0}{G} = \frac{0{,}87}{400} = 2{,}18 \times 10^{-3}$ rad.

Étant donné que $\alpha < C$, Jupiter peut donc être observée en entier dans la lunette.

Exercice 12 Les taches solaires

1. Pour un faisceau de rayons parallèles provenant de l'image AB, l'image intermédiaire A_1B_1 se forme dans le plan focal image de l'objectif (A_1 et F'_1 sont confondus).
Voir schéma ci-dessous.

2. Dans le triangle $A_1O_1B_1$, on peut écrire que $\tan(\alpha) \approx \alpha = \frac{A_1B_1}{f'_1}$ donc
$A_1B_1 = \alpha \times f'_1 = 9{,}33 \times 10^{-3} \times 1{,}0 = 9{,}3 \times 10^{-3}$ m.

3. L'image A_1B_1 doit se trouver dans le plan objet image de l'oculaire pour que l'image A_2B_2 se forme à l'infini. On parle de lunette afocale.

4. Schéma de la marche des rayons (l'échelle demandée n'est pas respectée) :

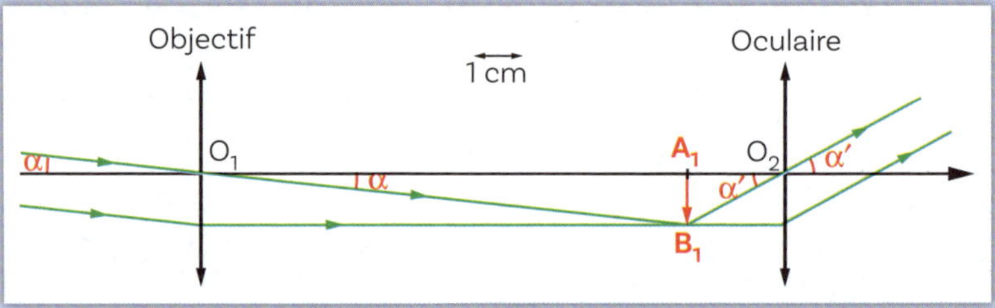

5. On calcule le diamètre apparent de l'image à travers la lunette astronomique :
$$\tan(\alpha') \approx \alpha' = \frac{A_1B_1}{f'_2} = \frac{9{,}3 \times 10^{-3}}{0{,}20} = 0{,}047 \text{ rad.}$$
On calcule le grossissement de la lunette : $G = \frac{\alpha'}{\alpha} = \frac{0{,}047}{9{,}33 \times 10^{-3}} = 5{,}0.$

6. On convertit le diamètre apparent α'_{TS} en degrés, puis en radians :
$$\alpha'_{TS} = 75{,}81'' = \frac{75{,}81}{3\,600} \text{ degrés} = \frac{75{,}81}{3\,600} \times \frac{\pi}{180} \text{ radian} = 3{,}68 \times 10^{-4} \text{ rad.}$$
On calcule le diamètre apparent α_{TS} sous lequel est vue la tache solaire à l'œil nu :
$$G = \frac{\alpha'_{TS}}{\alpha_{TS}} \text{ d'où } \alpha_{TS} = \frac{\alpha'_{TS}}{G} = \frac{3{,}68 \times 10^{-4}}{5{,}0} = 7{,}4 \times 10^{-5} \text{ rad.}$$
On en déduit enfin le diamètre de la tache solaire :
$$\alpha = \frac{d}{D_{TS}} \text{ d'où } d = \alpha \times D_{TS} = 7{,}4 \times 10^{-5} \times 149{,}6 \times 10^{6} = 1{,}1 \times 10^{4} \text{ km.}$$

Exercice 13 PROBLÈME Une image renversée

Le véhicule doit donner de l'image A_1B_1 une image de même taille mais inversée.
L'image A_1B_1 doit donc se former avant le plan focal objet de la lentille L_2.
Le grandissement γ de A_2B_2 par rapport à A_1B_1 est donc :
$$\gamma = \frac{\overline{A_2B_2}}{\overline{A_1B_1}} = \frac{\overline{O_2A_2}}{\overline{O_2A_1}} = -1 \text{ donc } \overline{O_2A_2} = -\overline{O_2A_1}.$$
On peut appliquer la relation de conjugaison des lentilles minces : $\frac{1}{\overline{O_2A_2}} - \frac{1}{\overline{O_2A_1}} = \frac{1}{f'_2}$
d'où : $-\frac{2}{\overline{O_2A_1}} = \frac{1}{f'_2}$. Soit $\overline{O_2A_1} = -2f'_2$.

Il faut donc que l'image donnée par la lentille L_1 se forme à une distance $2f'_2$ avant le centre optique de la lentille L_2. Le schéma du montage est donc :

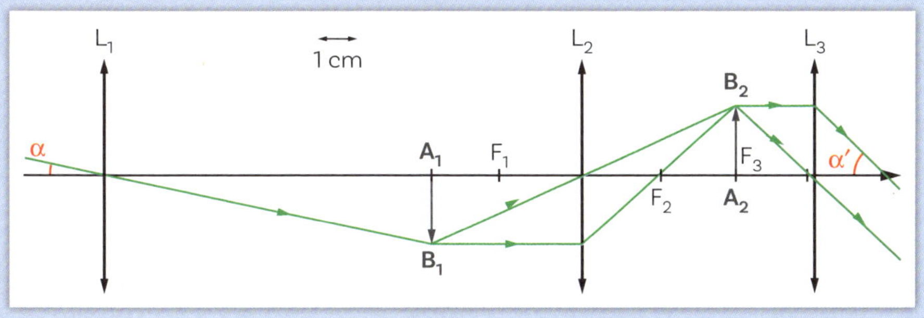

SE PRÉPARER À L'EXAMEN

SUJET Représenter une lunette astronomique

1. A_1B_1 joue le rôle d'objet pour la lentille L_2.

2. L_1 joue le rôle d'objectif et L_2 joue le rôle d'oculaire.

3. Le schéma attendu est :

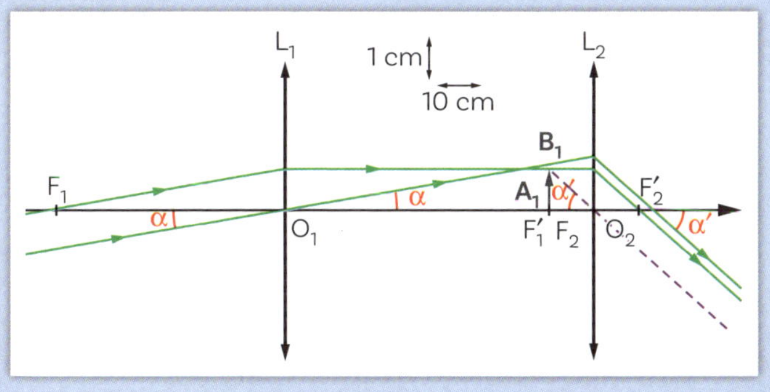

4. L'objet AB se trouve à l'infini avant le système de lentilles et l'image A_2B_2 se trouve rejetée à l'infini après le système de lentilles.

5. Le diamètre apparent α correspond à l'angle sous lequel est vu un objet à l'œil nu.
Le diamètre apparent α' correspond à l'angle sous lequel est vu un objet à travers l'instrument d'optique.

6. Voir schéma ci-dessus.

7. Dans le triangle $A_1O_1B_1$: $\tan(\alpha) \approx \alpha = \dfrac{A_1B_1}{f'_1}$ d'où $A_1B_1 = \alpha \times f'_1$.

Dans le triangle $A_1O_2B_1$: $\tan(\alpha') \approx \alpha' = \dfrac{A_1B_1}{f'_2}$ d'où $A_1B_1 = \alpha' \times f'_2$.

On en déduit $\alpha \times f'_1 = \alpha' \times f'_2$. Or, $G = \dfrac{\alpha'}{\alpha} = \dfrac{f'_1}{f'_2} = \dfrac{60}{10} = 6$.

8. Pour augmenter le grossissement d'une lunette il faut diminuer la distance focale de l'oculaire ou augmenter la distance focale de l'objectif.

9. On utilise la relation de conjugaison des lentilles, donnée dans l'énoncé, et on exprime $\overline{O_2O'_1}$ en fonction des autres paramètres :

$$\frac{1}{\overline{O_2O'_1}} - \frac{1}{\overline{O_2O_1}} = \frac{1}{f'_2} \text{ d'où } \frac{1}{\overline{O_2O'_1}} = \frac{1}{f'_2} + \frac{1}{\overline{O_2O_1}} = \frac{\overline{O_2O_1}}{f'_2 \times \overline{O_2O_1}} + \frac{f'_2}{f'_2 \times \overline{O_2O_1}}$$

$$\frac{1}{\overline{O_2O'_1}} = \frac{\overline{O_2O_1} + f'_2}{f'_2 \times \overline{O_2O_1}} \text{ et donc } \overline{O_2O'_1} = \frac{f'_2 \times \overline{O_2O_1}}{\overline{O_2O_1} + f'_2}.$$

Or, d'après le schéma, on peut remarquer que $\overline{O_2O_1} = -f'_1 - f'_2$.

On en déduit :

$$\overline{O_2O'_1} = \frac{f'_2 \times \overline{O_2O_1}}{\overline{O_2O_1} + f'_2} = \frac{f'_2 \times (-f'_1 - f'_2)}{(-f'_1 - f'_2) + f'_2} = \frac{f'_2 \times (f'_1 + f'_2)}{f'_1} = \frac{0{,}10 \times (0{,}60 + 0{,}10)}{0{,}60} = 0{,}12 \text{ m}.$$

Le cercle oculaire se trouve donc à 12 cm à droite de l'occulaire.

10. Grâce au théorème de Thalès, on peut exprimer le quotient du diamètre d du cercle oculaire $(d = C'_1C'_2)$ par le diamètre D de l'objectif $(D = C_1C_2)$:

$$\frac{C'_1C'_2}{C_1C_2} = \frac{F_2O_2}{F'_1O_1} \text{ d'où } \frac{d}{D} = \frac{f'_2}{f'_1} \text{ or on a montré que } G = \frac{f'_1}{f'_2}.$$

On en déduit : $\frac{d}{D} = \frac{1}{G}$ d'où $d = \frac{D}{G} = \frac{0{,}070}{6} = 0{,}012 \text{ m} = 1{,}2 \text{ cm}$ à droite de l'oculaire.

Ainsi, plus le diamètre de l'objectif est grand, plus il capte de lumière et plus le cercle oculaire est grand également.

Ton **KIT DE SURVIE** pour le **BAC** avec SCHOOLMOUV

Chapitre 13

La lunette astronomique

Tu viens de voir les notions à connaître sur la lunette astronomique. Pour t'aider à retenir l'essentiel et t'entraîner pour le Bac, voici ton kit de révisions clé en mains conçu par SchoolMouv !

Vidéo

Pour mieux comprendre et t'en souvenir à coup sûr, regarde la vidéo. C'est parfois bien plus clair en images.

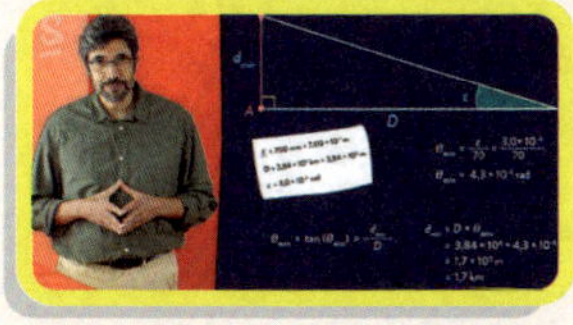

Vidéo **Optique et formation d'images : la lunette astronomique**

https://flashbelin.fr/focusbacschoolmouv/pc/13

Contenu additionnel

Voici un bonus autour du même sujet. La curiosité n'est pas toujours un vilain défaut. Il te suffit de créer ton compte pour avoir plein de contenus supplémentaires.

Quiz **Système optique et formation d'images : la lunette astronomique**

https://www.schoolmouv.fr/eleves/cours/systeme-optique-et-formation-des-images/qcm

Tchat avec un prof

Pour poser toutes tes questions à un prof particulier, découvre l'abonnement tchat. Tu peux le tester gratuitement pendant 7 jours : fini les questions sans réponses, tu vas devenir incollable.

https://focusbac.schoolmouv.fr/offre

L'effet photoélectrique

LE CHAPITRE EN UN COUP D'ŒIL

RETENIR L'ESSENTIEL

SAVOIR FAIRE

SCHOOLMOUV

Ton **KIT DE SURVIE** pour le Bac p. 343

RETENIR L'ESSENTIEL

1 L'effet photoélectrique

Le photon

→ Tout rayonnement électromagnétique peut être décrit comme un flux de « grains d'énergie », que l'on appelle **photons**. Leur énergie ne dépend que de la fréquence ν (qui se lit « nu ») du rayonnement.

→ Un photon n'a pas de masse, pas de charge électrique et a pour **vitesse** celle de la lumière dans le milieu considéré.

→ L'énergie d'un photon est donnée par la **relation de Planck** :

$$E_{photon} = h \times \nu$$

E_{photon} : énergie du photon (en J)
h : constante de Planck ($h = 6{,}63 \times 10^{-34}$ J · s)
ν : fréquence du photon (en Hz)

D'après la relation entre fréquence, longueur d'onde et célérité, on a :

$$E_{photon} = h \times \frac{c}{\lambda}$$

c : célérité de la lumière dans le vide (en m · s^{-1})
λ : longueur d'onde dans le vide du rayonnement (en m)

REMARQUE Plus la longueur d'onde du rayonnement est petite, plus l'énergie du photon associé est grande. Une lumière bleue est plus énergétique qu'une lumière rouge.

L'énergie d'un photon est généralement donnée en **électronvolt** :

$$1 \text{ eV} = 1{,}6 \times 10^{-19} \text{ J}.$$

L'effet photoélectrique

→ L'**effet photoélectrique** consiste en l'émission d'électrons par un métal soumis à un rayonnement électromagnétique. Il a été découvert par Heinrich Hertz. Il est à la base du **modèle particulaire de la lumière**, où la lumière est vue comme un flux de particules, les photons. Le modèle ondulatoire est dans l'incapacité d'expliquer l'effet photoélectrique.

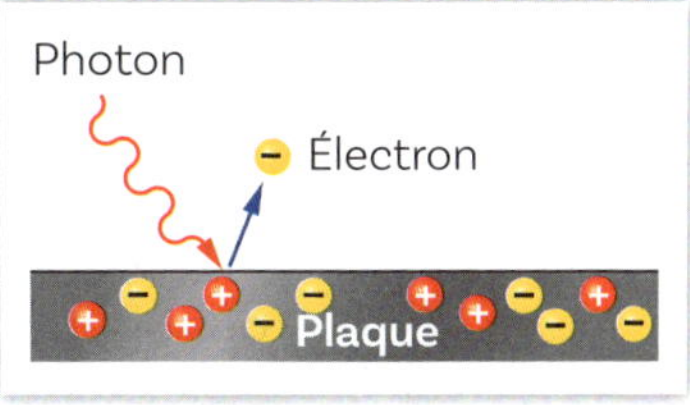

→ Il existe une **fréquence minimale** du rayonnement électromagnétique, propre à chaque métal, permettant l'extraction des électrons. Elle est appelée **fréquence seuil** et est notée ν_s. Elle est de l'ordre de 10^{15} Hz.

→ À chaque fréquence seuil, on peut associer une **longueur d'onde seuil** λ_s, qui est la **longueur d'onde maximale** du rayonnement permettant l'extraction des électrons. Elle est donnée par :

$$\lambda_s = \frac{c}{\nu_s}$$

λ_s : longueur d'onde seuil (en m)
c : célérité de la lumière dans la vide (en m · s^{-1})
ν_s : fréquence seuil (en Hz)

- L'énergie apportée par le rayonnement incident permet l'extraction d'électrons et leur fournit une certaine **énergie cinétique**.
- L'énergie minimale à apporter à un électron pour le libérer du métal est appelée **travail d'extraction**. Il est noté W_e et est propre à chaque métal. Il est donné par la relation :

$$W_e = h \times \nu_s$$

W_e : travail d'extraction (en J)
h : constante de Planck ($h = 6{,}63 \times 10^{-34}$ J·s)
ν_s : fréquence seuil (en Hz)

- Dans le cas où $\nu > \nu_s$, un électron est libéré et acquiert une **énergie cinétique** E_c. Le principe de conservation de l'énergie permet d'écrire :

$$E_{photon} = W_e + E_c$$

2 Applications de l'interaction photon-matière

L'interaction photon-matière a de nombreuses applications, parmi lesquelles les capteurs de lumière, les DEL, les spectroscopes ou les cellules photovoltaïques.

Cellule photovoltaïque

- Une **cellule photovoltaïque** permet de convertir l'énergie lumineuse en énergie électrique. Elle est constituée de deux couches de matériau à base de silicium :
  - une couche « dopée N », qui contient un léger excès d'électrons ;
  - une couche « dopée P », qui contient un léger défaut d'électrons (les électrons manquants laissent alors ce que l'on appelle un « trou »).

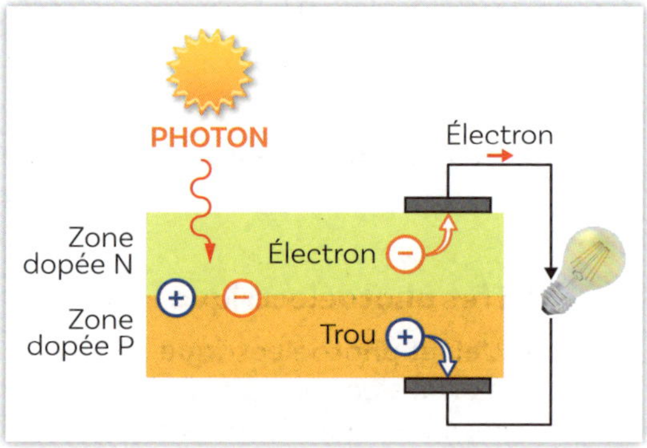

RAPPEL Exciter un électron, c'est lui donner plus d'énergie. Ici, c'est pour le libérer du silicium afin qu'il traverse un circuit électrique.

- Lorsque des photons arrivent sur la cellule, l'énergie lumineuse permet l'excitation et la libération des électrons de la couche N, qui rejoignent la couche P par l'intermédiaire d'un circuit électrique externe.

Enjeux énergétiques

- Le **rendement** η (lire « eta ») d'une cellule photovoltaïque correspond à la fraction d'énergie lumineuse transformée en énergie électrique :

$$\eta = \frac{P_{max}}{P_L}$$

P_{max} : puissance maximale délivrée par la cellule (en W)
P_L : puissance lumineuse reçue par la cellule (en W)

- La technologie actuelle permet d'atteindre jusqu'à 25 % de rendement.

SAVOIR FAIRE

Méthode 1 Établir la relation entre énergie cinétique des électrons et fréquence d'un photon incident

ÉNONCÉ

On souhaite observer l'effet photoélectrique.
Pour cela, on éclaire une plaque de lithium avec un rayonnement de fréquence $\nu = 1{,}00 \times 10^{15}$ Hz.

1. Calculer l'énergie d'un photon associé au rayonnement incident.

2. a. Justifier que des électrons peuvent être émis.

b. Calculer leur énergie cinétique.

c. Calculer la vitesse des électrons extraits.

3. Déterminer si l'effet photovoltaïque se produit si on éclaire une plaque de cuivre avec le même rayonnement.

Données.

- 1 eV = $1{,}60 \times 10^{-19}$ J.
- Constante de Planck : $h = 6{,}63 \times 10^{-34}$ J · s.
- Masse de l'électron : $m_e = 9{,}11 \times 10^{-31}$ kg.
- Travail d'extraction de quelques matériaux :

Matériau	Lithium	Argent	Zinc	Cuivre
Travail d'extraction (en eV)	2,90	4,26	4,33	4,65

SOLUTION

1. On utilise la relation de Planck :

$$E_{photon} = h \times \nu = 6{,}63 \times 10^{-34} \times 1{,}00 \times 10^{15} = 6{,}63 \times 10^{-19}\ \text{J}$$

L'énergie d'un photon vaut donc $6{,}63 \times 10^{-19}$ J, soit :

$$\frac{6{,}63 \times 10^{-19}}{1{,}60 \times 10^{-19}} = 4{,}14\ \text{eV}$$

2. a. On compare le travail d'extraction du lithium ($W_{e,Li} = 2{,}90$ eV, d'après les données) avec l'énergie du photon. Étant donné que $E_{photon} > W_{e,Li}$, des électrons vont être émis.

b. L'énergie du photon incident permet d'extraire un électron. Le surplus énergétique est transmis à l'électron sous forme d'énergie cinétique :

$E_{photon} = W_{e,Li} + E_c$ d'où :

$$E_c = E_{photon} - W_{e,Li} = 4{,}14 - 2{,}90 = 1{,}24\ \text{eV}$$

Les électrons quittent la plaque de lithium avec une énergie cinétique de 1,24 eV.

c. On convertit l'énergie cinétique calculée en J, puis on détermine la vitesse des électrons éjectés :

$1{,}24\ \text{eV} = 1{,}24 \times 1{,}60 \times 10^{-19}\ \text{J} = 1{,}98 \times 10^{-19}\ \text{J}$

$E_c = \dfrac{1}{2} m_e \times v^2.$

D'où $v = \sqrt{\dfrac{2E_c}{m_e}} = \sqrt{\dfrac{2 \times 1{,}98 \times 10^{-19}}{9{,}11 \times 10^{-31}}} = 6{,}59 \times 10^5\ \text{m} \cdot \text{s}^{-1}$

3. On compare le travail d'extraction du cuivre ($W_{e,Li} = 4{,}65$ eV) avec l'énergie du photon.
Étant donné que $E_{photon} < W_{e,Cu}$, cette fois-ci, l'énergie des photons n'est pas suffisante. Il faudrait augmenter l'énergie des photons pour y arriver (donc augmenter la fréquence du rayonnement).

Méthode 2 Déterminer le rendement d'un panneau photovoltaïque

ÉNONCÉ

Un panneau photovoltaïque de surface $S = 1{,}6\ \text{m}^2$ est installé à Nancy.

1. On souhaite déterminer la puissance électrique maximale délivrée par le panneau.
Déterminer la courbe à étudier sur le graphique ci-dessous pour déterminer cette puissance, puis donner sa valeur.

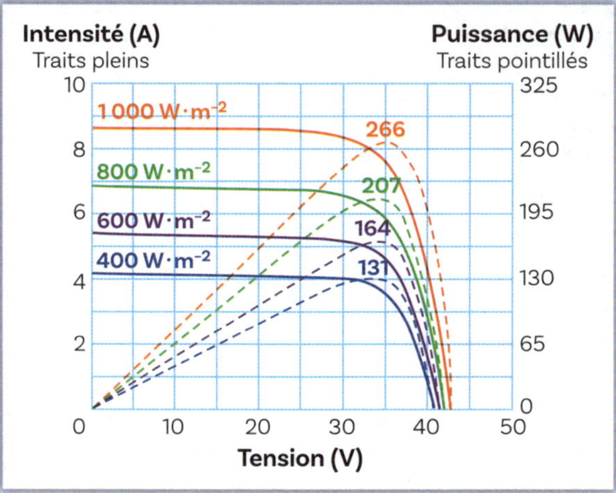

2. Déterminer l'intensité du courant électrique ainsi que la tension électrique délivrée par le panneau lorsque sa puissance est maximale.

3. Vérifier, par le calcul, que la puissance maximale P_{max} que peut produire le panneau est bien de 164 W.

4. Calculer le rendement η du panneau installé.

Donnée. À Nancy, quand il y a du soleil, la puissance lumineuse reçue par unité de surface est estimée à $P_S = 600\ \text{W} \cdot \text{m}^{-2}$.

SOLUTION

1. On commence par distinguer les courbes $I = f(U)$ et $P = g(U)$.
Les courbes de puissance ont pour origine O(0 ; 0) puisque, lorsque la tension est nulle, la puissance l'est aussi ($P = U \times I$). Ce sont donc les courbes en pointillés.
Étant donné qu'à Nancy, la puissance lumineuse par unité de surface vaut 600 $W \cdot m^2$, on utilisera la courbe violette en pointillés pour déterminer la puissance. On trouve $P_{max} = 164$ W.

2. On se place au point correspondant à P_{max} et on lit la tension optimale : U_{opt} = 34 V. Puis, à l'aide de la courbe violette en trait plein, qui représente l'intensité en fonction de la tension, on lit l'intensité optimale I_{opt} = 4,8 A.

L'INFO À RETENIR

La représentation graphique de l'intensité du courant en fonction de la tension aux bornes d'une cellule photovoltaïque s'appelle la caractéristique intensité-tension de la cellule.

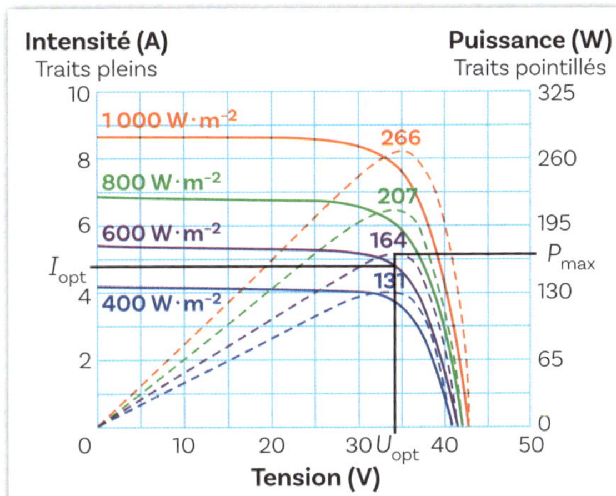

3. En électricité, la puissance est le produit d'une tension électrique et d'une intensité de courant :

$$P_{max} = U_{opt} \times I_{opt}$$
$$= 34 \times 4{,}8 = 164 \text{ W}$$

On retrouve la valeur déterminée graphiquement.

4. On calcule la puissance lumineuse P_L reçue par le panneau :

$$P_L = P_S \times S$$
$$= 600 \times 1{,}6 = 9{,}6 \times 10^2 \text{ W}$$

On calcule le rendement du panneau photovoltaïque :

$$\eta = \frac{P_{max}}{P_L}$$
$$= \frac{164}{9{,}6 \times 10^2} = 0{,}17 \text{ soit } 17\ \%.$$

L'INFO À RETENIR

Un rendement est toujours inférieur ou égal à 1 (ou 100 %).

SE TESTER

10 min

Donner la ou les bonne(s) réponse(s) en 10 minutes chrono !

1. La formule qui permet de relier l'énergie *E* et la longueur d'onde λ d'un photon est :

a $\lambda = h \times c \times E$ b $\lambda = \dfrac{h \times c}{E}$ c $\lambda = \dfrac{h \times E}{c}$

2. On considère trois photons de longueurs d'onde respectives :
$\lambda_B = 460$ nm, $\lambda_V = 524$ nm et $\lambda_R = 650$ nm.
Leurs énergies sont telles que :

a $E_B < E_V < E_R$ b $E_R < E_B < E_V$ c $E_R < E_V < E_B$

3. L'énergie transportée par un photon de longueur d'onde $\lambda = 715$ nm vaut :

a $E = 1{,}74$ eV b $E = 2{,}52$ eV c $E = 3{,}47$ eV

4. L'effet photoélectrique est une manifestation :

a du caractère ondulatoire de la lumière
b du caractère particulaire de la lumière
c de ces deux caractères

5. Pour observer l'effet photoélectrique, la fréquence de la lumière incidente doit :

a dépasser une fréquence minimale
b être inférieure à la fréquence maximale
c être inférieure à une longueur d'onde maximale

6. Un panneau solaire fournit une puissance électrique de 75 W lorsqu'il est éclairé avec un faisceau lumineux de puissance 375 W.
Le rendement de ce panneau est :

a 20 % b 5 % c 0,2 %

→ Corrigés page 338

S'ENTRAÎNER

Données pour tous les exercices.

- Constante de Planck : $h = 6{,}63 \times 10^{-34}$ J · s.
- Célérité de la lumière dans le vide : $c = 3{,}00 \times 10^{8}$ m · s^{-1}.
- Masse de l'électron : $m_e = 9{,}11 \times 10^{-31}$ kg.
- 1 eV = $1{,}60 \times 10^{-19}$ J.
- Spectre de la lumière visible :

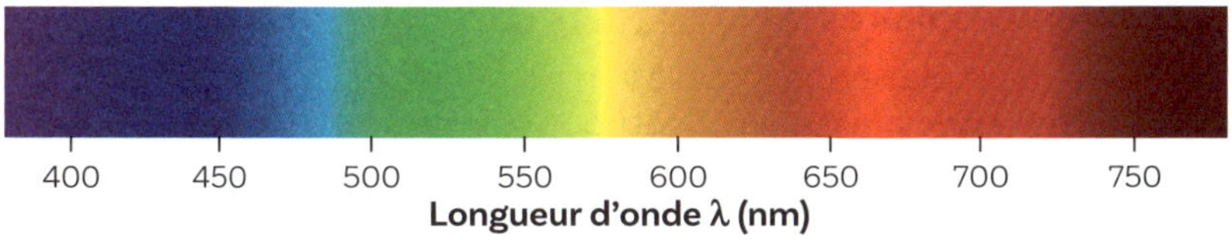

Exercice 1 Énergie cinétique et fréquence Voir Méthode 1 p. 329

Une plaque de métal est éclairée avec une radiation de longueur d'onde 0,200 µm. Le travail d'extraction d'un électron de ce métal est $3{,}00 \times 10^{-19}$ J.

1. Montrer que l'énergie apportée par la radiation est de $9{,}95 \times 10^{-19}$ J.

2. En déduire l'énergie cinétique maximale d'un électron arraché.

3. Calculer la valeur de la vitesse d'un électron arraché.

→ Corrigé p. 338

Exercice 2 Fréquence seuil de l'aluminium Voir Méthode 1 p. 329

On éclaire une cellule, dont la cathode (pôle négatif) est en aluminium, successivement avec des radiations de longueurs d'onde : $\lambda_1 = 150 \times 10^{-9}$ m et $\lambda_2 = 700 \times 10^{-9}$ m.

Le travail d'extraction d'un électron de l'aluminium est $W_e = 1{,}20 \times 10^{-18}$ J.

1. Montrer que l'émission photoélectrique n'a lieu qu'avec une seule des deux radiations utilisées.

2. Déterminer alors la vitesse des électrons arrachés.

→ Corrigé p. 338

Exercice 3 Calcul d'une longueur d'onde Voir Méthode 1 p. 329

On dispose d'une cellule photovoltaïque qui est éclairée par un faisceau de lumière, permettant d'en extraire des électrons avec une vitesse : $v = 4{,}23 \times 10^{5}$ m · s^{-1}. Le travail d'extraction d'un électron est ici de 2,45 eV.

1. Calculer l'énergie cinétique des électrons émis.

2. Calculer la longueur d'onde de la lumière qui éclaire la cellule photovoltaïque.

→ Corrigé p. 338

Exercice 4 Photoélectrode de sodium Voir Méthode 1 p. 329

Une lumière de longueur d'onde 400 nm éclaire une photoélectrode de sodium, ce qui entraîne l'éjection d'électrons ayant une énergie cinétique maximale de 0,86 eV.

1. Indiquer la couleur de la lumière incidente.

2. Déterminer la valeur du travail d'extraction pour le sodium.

3. Déterminer la fréquence minimale du rayonnement permettant d'observer l'effet photoélectrique sur cette photoélectrode.

4. En déduire la longueur d'onde maximale du rayonnement correspondant.

→ Corrigé p. 339

Exercice 5 Panneaux solaires Voir Méthode 2 p. 330

On souhaite mettre en place une installation de panneaux photovoltaïques permettant d'obtenir une puissance électrique minimale de 2 000 W.
Le rendement des panneaux est $\eta = 15$ %, les dimensions d'un panneau sont 100 cm × 80 cm.
L'installation sera éclairée avec une puissance solaire moyenne reçue par unité de surface de 800 $W \cdot m^{-2}$

→ Déterminer le nombre de panneaux photovoltaïques à installer.

→ Corrigé p. 339

Exercice 6 Caractéristique d'un panneau photovoltaïque Voir Méthode 2 p. 330

On donne, ci-dessous, la caractéristique intensité-tension d'un panneau photovoltaïque TE2200 sous un éclairement de 1,00 $kW \cdot m^{-2}$ et à la température de 25 °C. Le point de fonctionnement PF est indiqué sur la courbe.

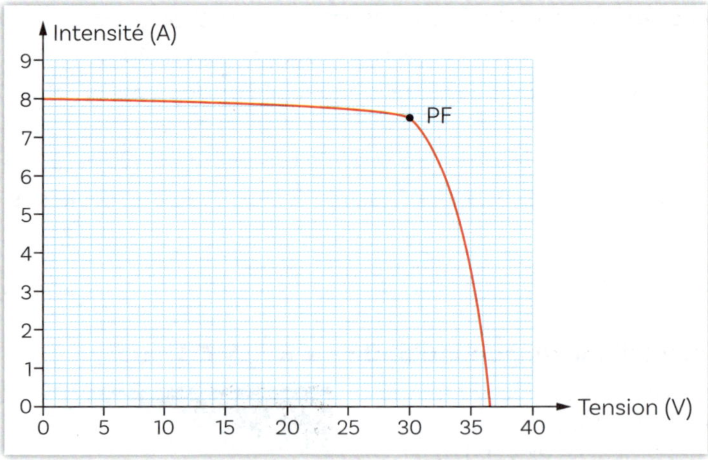

On considère que le point de fonctionnement permet au panneau de délivrer le maximum de puissance qu'il peut. La tension à ses bornes est alors à sa valeur optimale U_{opt} et l'intensité du courant est également à sa valeur optimale I_{opt}.

1. Par lecture graphique, déterminer les valeurs optimales I_{opt} et U_{opt} de l'intensité du courant délivré et de la tension aux bornes du panneau.

2. En déduire la puissance maximale de ce panneau photovoltaïque.

3. Déterminer le rendement du panneau si celui-ci a une surface $S = 1{,}5\ m^2$.

→ Corrigé p. 339

SE PERFECTIONNER

Données pour tous les exercices. Voir p. 333.

Exercice 7 ★ Extraire des électrons du potassium

Le travail d'extraction du potassium est de 2,24 eV.

1. Convertir en J la valeur du travail d'extraction du potassium.

2. Calculer la fréquence seuil et la longueur d'onde seuil du rayonnement pour le métal potassium.

3. Déterminer si ce rayonnement est visible.

→ Corrigé p. 339

Exercice 8 ★ Interpréter qualitativement l'effet photoélectrique

Un électroscope est un appareil permettant d'observer si un objet est électriquement chargé ou non. Une plaque de zinc est chargée négativement, puis placée sur un électroscope. La plaque de zinc est alors éclairée par une lumière rouge et aucun changement n'est observé même si l'intensité du rayonnement est augmentée. En revanche, lorsqu'une lumière ultraviolette, même de faible intensité, éclaire la plaque de zinc, l'électroscope s'affaisse (les feuilles d'or se rapprochent).

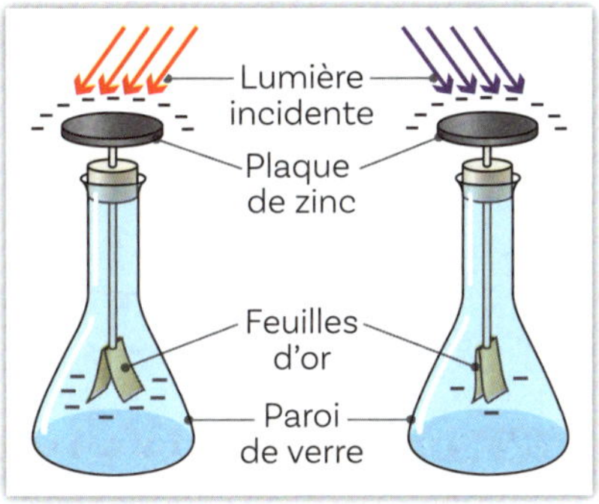

→ Interpréter cette expérience en comparant les radiations rouge et ultraviolette, notamment en termes de longueur d'onde, de fréquence et d'énergie, puis faire le lien avec la fréquence seuil d'extraction d'un électron du zinc.

→ Corrigé p. 340

Exercice 9 ★ Fonctionnement d'une cellule photovoltaïque

Une cellule photovoltaïque est éclairée par un rayonnement de puissance surfacique $P = 600\ \text{W}\cdot\text{m}^{-2}$ de longueur d'onde $\lambda = 500$ nm. La puissance surfacique correspond à l'énergie reçue en une seconde sur une surface de $1{,}00\ \text{m}^2$.

1. Nommer le phénomène permettant d'arracher les électrons à la zone N.

2. Préciser le sens de circulation du courant électrique dans le circuit extérieur.

3. Calculer l'énergie d'un photon incident.

4. En déduire le nombre d'électrons arrachés par seconde lorsqu'on éclaire $1{,}00\ \text{m}^2$ de cellules.

5. Calculer l'intensité du courant électrique qui circule dans le circuit sur lequel est branché ce panneau.

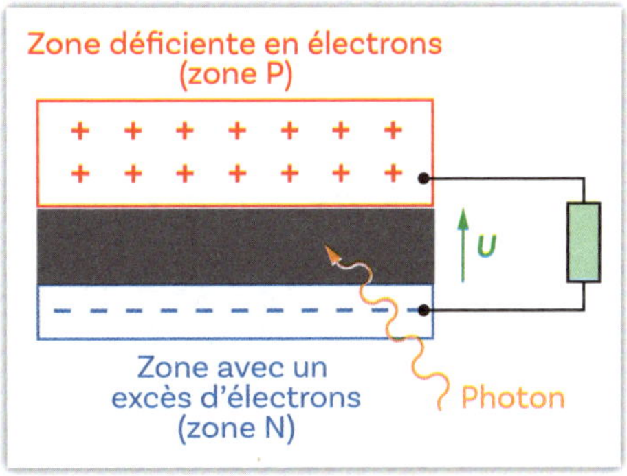

Données.

• L'ampère est l'unité de l'intensité du courant électrique. Un ampère correspond à la circulation de $6{,}242 \times 10^{18}$ électrons par seconde.

• Rendement de la cellule photovoltaïque : $\eta = 20\ \%$.

→ Corrigé p. 340

Exercice 10 ★★ Identification d'un métal

Un étudiant souhaite déterminer la nature d'une plaque de métal qu'il vient de retrouver. Pour cela, il l'éclaire avec une radiation de longueur d'onde 400 nm et il constate que des électrons sont arrachés de la plaque avec une vitesse maximale de $2{,}77 \times 10^5 \text{ m} \cdot \text{s}^{-1}$.

1. Préciser quel métal, parmi ceux proposés ci-contre, ne peut pas être celui qui compose la plaque.

2. Déterminer le métal étudié.

3. Le diagramme énergétique de l'élément constituant la plaque est fourni ci-dessous.
Représenter la transition énergétique correspondant à l'extraction de l'électron lors de l'effet photoélectrique.

Élément	Longueur d'onde seuil
Calcium	431 nm
Sodium	537 nm
Or	242 nm
Silicium	1 100 nm

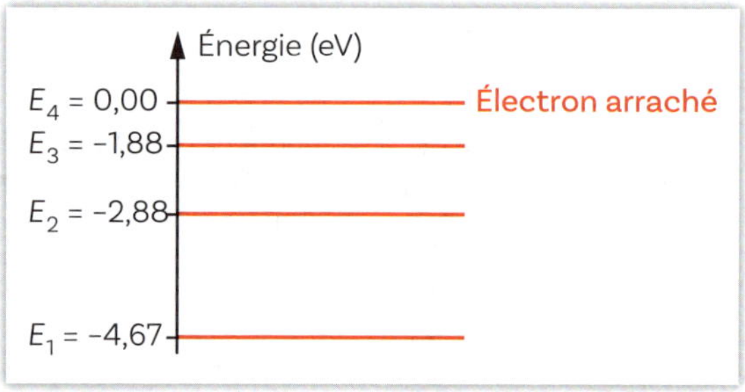

CONSEILS
1. Faire le lien entre longueur d'onde et énergie d'un photon.
2. Déterminer le travail d'extraction à partir de l'énoncé, puis en déduire la longueur d'onde seuil du métal étudié.

→ Corrigé p. 340

Exercice 11 ★★ Reproduire l'expérience de Hertz

Pour reproduire une expérience réalisée en 1886, une plaque de zinc est montée sur un électroscope.

Document 1 > Protocole de l'expérience

Une plaque de zinc, décapée et montée sur un électroscope, est chargée négativement. L'électroscope se charge et l'aiguille s'éloigne de la verticale. Puis, la plaque de zinc est éclairée avec la lumière d'une lampe à vapeur de mercure, dont le spectre est donné dans le document 2. L'électroscope se décharge et l'aiguille mobile revient à la verticale : la plaque de zinc est déchargée.

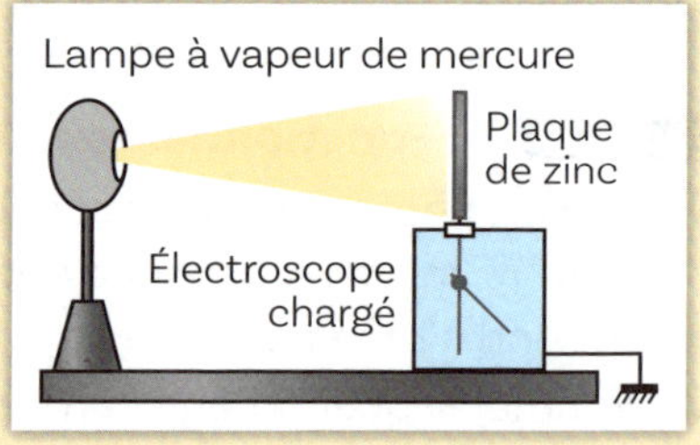

Document 2 > Spectre de la lampe à vapeur de mercure

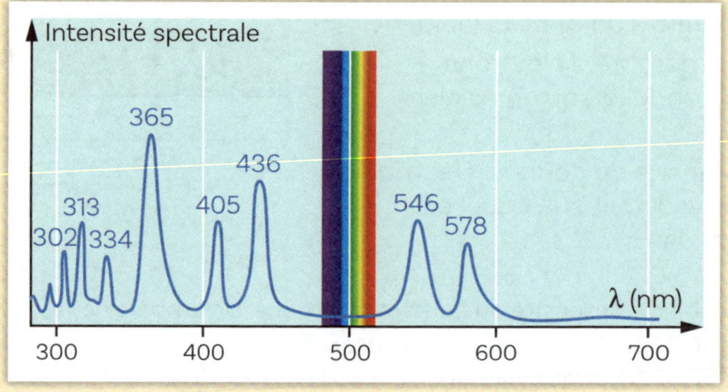

1. Décrire le modèle particulaire de la lumière.

2. Expliquer la phrase : les niveaux d'énergie d'un atome sont quantifiés. Interpréter la présence de raies d'émission dans le spectre du mercure.

3. Déterminer les radiations de la lampe au mercure qui provoquent l'effet photoélectrique. Nommer le domaine du spectre des ondes électromagnétiques où elles se situent.

4. Calculer la vitesse d'un électron provoqué par l'absorption d'un photon de longueur d'onde 365 nm.

5. Expliquer la décharge de l'électroscope lors de l'expérience.

6. Citer des applications actuelles de l'effet photoélectrique.

Donnée. Fréquence seuil du zinc : $\nu_s = 8{,}0 \times 10^{14}$ Hz.

→ Corrigé p. 341

Exercice 12 ★★★ PROBLÈME Installation de panneaux solaires

Document 1 > Données météorologiques à Metz (valeurs moyennes pour l'année 2020)

Température minimale	7,6 °C
Température maximale	16,8 °C
Durée d'ensoleillement	2 189 h

Document 2 > Ensoleillement moyen en France

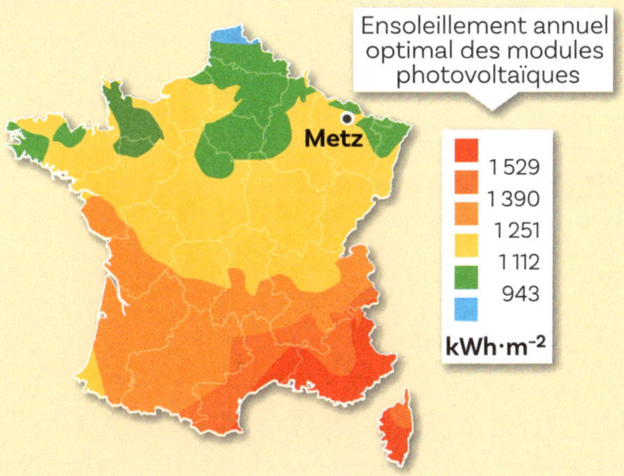

Document 3 > Caractéristiques intensité-tension d'un panneau photovoltaïque d'une surface de 12 m²

Le diagramme ci-contre permet de repérer, pour des valeurs de la puissance lumineuse reçue par unité de surface variant entre 200 et 1 000 W · m⁻², les valeurs I_{opt} et U_{opt} de l'intensité et de la tension dans les conditions optimales de fonctionnement du panneau photovoltaïque, correspondant à une puissance électrique délivrée maximale.

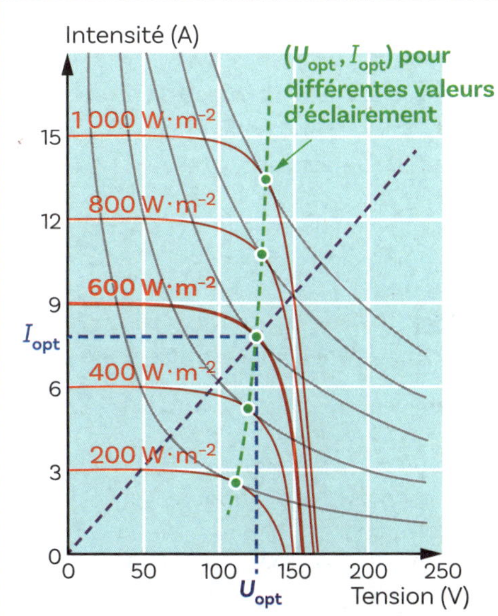

→ Déterminer le rendement d'une installation de panneaux photovoltaïques de surface 12 m² installée à Metz.

Donnée. 1 kWh = 3,6 × 10⁶ J.

→ Corrigé p. 342

CORRIGÉS

SE TESTER

1. b ; **2.** c ; **3.** a ; **4.** b ; **5.** a ; **6.** a.

S'ENTRAÎNER

Exercice 1 Énergie cinétique et fréquence

1. On utilise la relation de Planck pour calculer l'énergie du photon :

$$E_{photon} = \frac{h \times c}{\lambda} = \frac{6{,}63 \times 10^{-34} \times 3{,}00 \times 10^{8}}{0{,}200 \times 10^{-6}} = 9{,}95 \times 10^{-19}\ \text{J}$$

2. Par conservation de l'énergie, on peut écrire :
$E_{photon} = W_e + E_c$, d'où $E_c = E_{photon} - W_e$.
L'énergie cinétique maximale d'un électron arraché est donc :
$E_{c,max} = 9{,}95 \times 10^{-19} - 3{,}00 \times 10^{-19} = 6{,}65 \times 10^{-19}$ J

3. On calcule la valeur de la vitesse maximale d'un électron arraché :

$$E_c = \frac{1}{2} m_e \times v^2 \text{ d'où } v = \sqrt{\frac{2E_c}{m_e}} = \sqrt{\frac{2 \times 6{,}65 \times 10^{-19}}{9{,}11 \times 10^{-31}}} = 1{,}21 \times 10^{6}\ \text{m} \cdot \text{s}^{-1}.$$

Exercice 2 Fréquence seuil de l'aluminium

1. On calcule l'énergie du photon associé à chaque longueur d'onde :

$$E_1 = \frac{h \times c}{\lambda_1} = \frac{6{,}63 \times 10^{-34} \times 3{,}00 \times 10^{8}}{150 \times 10^{-9}} = 1{,}33 \times 10^{-18}\ \text{J}$$

$$E_2 = \frac{h \times c}{\lambda_2} = \frac{6{,}63 \times 10^{-34} \times 3{,}00 \times 10^{8}}{700 \times 10^{-9}} = 2{,}84 \times 10^{-19}\ \text{J}$$

> **L'INFO À RETENIR**
> Plus la longueur d'onde est petite, plus l'énergie associée est grande.

Étant donné que seule l'énergie du photon 1 est supérieure au travail d'extraction d'un électron de l'aluminium, seule la radiation de longueur d'onde λ_1 est capable d'arracher un électron.

2. Par conservation de l'énergie, on peut écrire :
$E_1 = W_e + E_c$ d'où $E_c = E_1 - W_e$.
L'énergie cinétique d'un électron arraché est donc :
$E_c = 1{,}33 \times 10^{-18} - 1{,}20 \times 10^{-18} = 1{,}30 \times 10^{-19}$ J
On calcule la valeur de la vitesse d'un électron arraché :

$$E_c = \frac{1}{2} m_e \times v^2 \text{ d'où : } v = \sqrt{\frac{2E_c}{m_e}} = \sqrt{\frac{2 \times 1{,}30 \times 10^{-19}}{9{,}11 \times 10^{-31}}} = 5{,}34 \times 10^{5}\ \text{m} \cdot \text{s}^{-1}$$

Exercice 3 Calcul d'une longueur d'onde

1. On calcule l'énergie cinétique des électrons émis :

$$E_c = \frac{1}{2} m_e \times v^2 = \frac{1}{2} \times 9{,}11 \times 10^{-31} \times \left(4{,}23 \times 10^{5}\right)^2 = 8{,}15 \times 10^{-20}\ \text{J}$$

2. Avec un bilan d'énergie, on calcule l'énergie d'un photon associé la lumière qui éclaire la cellule photovoltaïque :

$$E_{photon} = W_e + E_c = 2{,}45 \times 1{,}60 \times 10^{-19} + 8{,}15 \times 10^{-20}$$
$$= 4{,}74 \times 10^{-19}\ \text{J}$$

> **L'ERREUR À NE PAS FAIRE**
> Il ne faut pas oublier de convertir W_e (donnée en eV dans l'énoncé) en J, l'unité SI de l'énergie.

On en déduit la longueur d'onde de la lumière qui éclaire le panneau :

$$\lambda = \frac{h \times c}{E_{photon}} = \frac{6{,}63 \times 10^{-34} \times 3{,}00 \times 10^{8}}{4{,}74 \times 10^{-19}} = 420 \times 10^{-9}\,m = 420\,nm$$

Exercice 4 Photoélectrode de sodium

1. Une longueur d'onde de 400 nm correspond à la couleur violette.

2. On détermine le travail d'extraction d'un électron du sodium en exploitant la conservation de l'énergie :

$E_{photon} = W_e + E_c$, d'où $W_e = E_{photon} - E_c$ et donc $W_e = \frac{h \times c}{\lambda} - E_c$.

$$W_e = \frac{6{,}63 \times 10^{-34} \times 3{,}00 \times 10^{8}}{400 \times 10^{-9}} - 0{,}86 \times 1{,}60 \times 10^{-19} = 3{,}60 \times 10^{-19}\,J = 2{,}25\ eV$$

3. Par définition : $W_e = h \times \nu_s$, d'où :

$$\nu_s = \frac{W_e}{h} = \frac{3{,}60 \times 10^{-19}}{6{,}63 \times 10^{-34}} = 5{,}43 \times 10^{14}\,Hz$$

4. On calcule la longueur d'onde maximale correspondante :

$$\lambda = \frac{c}{\nu_s} = \frac{3{,}00 \times 10^{8}}{5{,}43 \times 10^{14}} = 5{,}52 \times 10^{-7}\,m = 552\ nm$$

Exercice 5 Panneaux solaires

- On calcule la surface d'un panneau : $S = 1{,}00 \times 0{,}80 = 0{,}80\ m^2$
- On calcule la puissance lumineuse reçue par un panneau :
$P_L = P_S \times S = 800 \times 0{,}80 = 640\ W$
- On calcule la puissance électrique fournie par un panneau (en tenant compte du rendement) :
$P_{fournie} = \eta \times P_L = 0{,}15 \times 640 = 96\ W$
- On calcule le nombre de panneaux nécessaires :
$\frac{2000}{96} = 21$. Il faut donc 21 panneaux.

L'INFO À RETENIR
Le rendement est le quotient de la puissance de sortie (électrique) par la puissance d'entrée (lumineuse).

Exercice 6 Caractéristique d'un panneau photovoltaïque

1. Par lecture graphique, on peut lire $I_{opt} = 7{,}5$ A et $U_{opt} = 30$ V.

2. La puissance maximale du panneau est donnée par :
$P_{max} = U_{opt} \times I_{opt} = 30 \times 7{,}5 = 225\ W$.

3. On calcule la puissance lumineuse reçue par le panneau :
$P_L = P_S \times S = 1{,}00 \times 10^3 \times 1{,}5 = 1{,}5 \times 10^3\,W$

On calcule le rendement du panneau photovoltaïque :

$$\eta = \frac{P_{max}}{P_L} = \frac{225}{1{,}5 \times 10^3} = 0{,}15, \text{ soit } 15\ \%.$$

LE RÉFLEXE À AVOIR
Pour vérifier le résultat, on peut s'assurer que le rendement du panneau ne dépasse pas 20 à 25 %.

SE PERFECTIONNER

Exercice 7 Extraire des électrons du potassium

1. On convertit le travail d'extraction en J :
$2{,}24\ eV = 2{,}24 \times 1{,}60 \times 10^{-19}\,J = 3{,}58 \times 10^{-19}\,J$

2. On calcule la fréquence seuil :

$$W_e = h \times \nu_S \text{ d'où } \nu_S = \frac{W_e}{h} = \frac{3{,}58 \times 10^{-19}}{6{,}63 \times 10^{-34}} = 5{,}41 \times 10^{14}\,Hz$$

On détermine la longueur d'onde seuil correspondante :

$$\lambda = \frac{c}{\nu_s} = \frac{3{,}00 \times 10^8}{5{,}41 \times 10^{14}} = 5{,}55 \times 10^{-7}\ \text{m} = 555\ \text{nm}$$

3. Ce rayonnement est bien visible, car sa longueur d'onde est comprise entre 400 et 800 nm.

Exercice 8 Interpréter qualitativement l'effet photoélectrique

L'électroscope se décharge (les deux feuilles d'or se rapprochent) si la charge de la plaque de zinc diminue, donc si l'effet photoélectrique se produit. Il se produit si la fréquence des photons est supérieure à la fréquence seuil du zinc.
La fréquence et la longueur d'onde sont liées par la relation $\nu = c \times \lambda$, elles sont inversement proportionnelles. Or $\lambda_{rouge} > \lambda_{UV}$ donc $\nu_{rouge} < \nu_{UV}$. On peut en déduire que la fréquence seuil du zinc est comprise entre ν_{rouge} et ν_{UV}.

Exercice 9 Fonctionnement d'une cellule photovoltaïque

1. Les électrons sont arrachés par effet photoélectrique.

2. Le courant circule en sens contraire des électrons (qui vont de la zone avec excès d'électrons N vers la zone déficitaire en électrons P). Le courant va de la zone P vers la zone N.

3. On calcule l'énergie d'un photon incident :

$$E_{photon} = \frac{h \times c}{\lambda} = \frac{6{,}63 \times 10^{-34} \times 3{,}00 \times 10^8}{500 \times 10^{-9}} = 3{,}98 \times 10^{-19}\ \text{J}$$

4. On calcule la puissance lumineuse reçue par la cellule :
$P_L = P_S \times S = 600 \times 1{,}00 = 600\ \text{W}$
On calcule l'énergie lumineuse reçue par la cellule pendant 1 seconde :
$E_L = P_L \times \Delta t = 600 \times 1 = 600\ \text{J}$
On calcule le nombre d'électrons arrachés pendant 1 seconde, en tenant compte du rendement (seuls 20 % des photons qui arrivent sur le panneau provoquent l'extraction d'un électron) :

$$N_{e^-} = \frac{E_L}{E_{photon}} \times \eta = \frac{600}{3{,}98 \times 10^{-19}} \times 0{,}20 = 3{,}0 \times 10^{20}\ \text{électrons}$$

5. On calcule l'intensité du courant : $I = \dfrac{3{,}0 \times 10^{20}}{6{,}242 \times 10^{18}} = 48\ \text{A}$.

Exercice 10 Identification d'un métal

1. Le métal étudié ne peut pas être l'or, car sa longueur d'onde seuil est plus petite que la radiation utilisée pour provoquer l'effet photoélectrique (ce qui lui donne une fréquence seuil plus élevée que la fréquence de la radiation).

2. • On utilise la conservation de l'énergie pour déterminer le travail d'extraction de l'électron :

$$E_{photon} = E_c + W_e,\ \text{d'où}\ W_e = E_{photon} - E_c \quad \text{et}\quad W_e = \frac{h \times c}{\lambda} - \frac{1}{2} m_e \times v^2.$$

$$W_e = \frac{6{,}63 \times 10^{-34} \times 3{,}00 \times 10^8}{400 \times 10^{-9}} - \frac{1}{2} \times 9{,}11 \times 10^{-31} \times \left(2{,}77 \times 10^5\right)^2$$

$W_e = 4{,}62 \times 10^{-19}\ \text{J} = 2{,}89\ \text{eV}$

• On détermine maintenant la longueur d'onde seuil λ_s correspondante pour observer l'effet photoélectrique avec le métal étudié :

L'INFO À RETENIR

La fréquence seuil est la fréquence minimale pour extraire un électron, tandis que la longueur d'onde seuil est la longueur d'onde maximale.

$$W_e = h \times \nu_s = \frac{h \times c}{\lambda_s}, \text{ d'où } \lambda_s = \frac{h \times c}{W_e}.$$

$$\lambda_s = \frac{6{,}63 \times 10^{-34} \times 3{,}00 \times 10^{8}}{4{,}62 \times 10^{-19}} = 4{,}31 \times 10^{-7}\,\text{m} = 431\,\text{nm}$$

Le métal étudié est donc le calcium.

3. Le travail d'extraction d'un électron du calcium est de 2,89 eV. Il faut donc trouver une transition sur le diagramme d'énergie permettant l'extraction de l'électron. Il s'agit ici de la transition du niveau E_2 vers le niveau E_4.

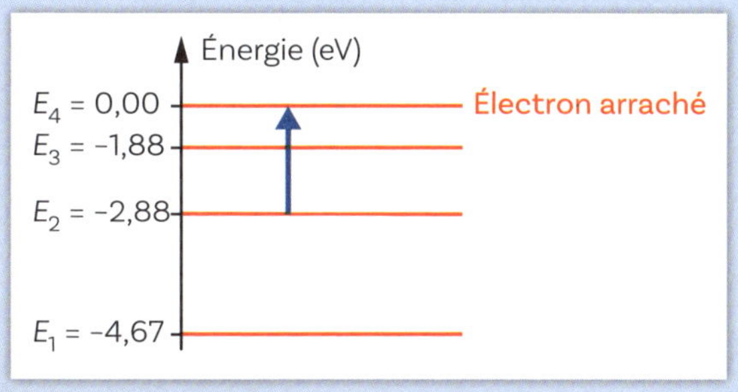

Exercice 11 **Reproduire l'expérience de Hertz**

1. Dans le modèle particulaire, la lumière est constituée d'un flux de photons (grains d'énergie).

2. Les niveaux d'énergie d'un atome ne peuvent prendre que certaines valeurs précises caractéristiques de l'atome. Une raie d'émission correspond à la désexcitation de l'atome, c'est-à-dire la transition d'un niveau d'énergie supérieur vers un niveau inférieur.

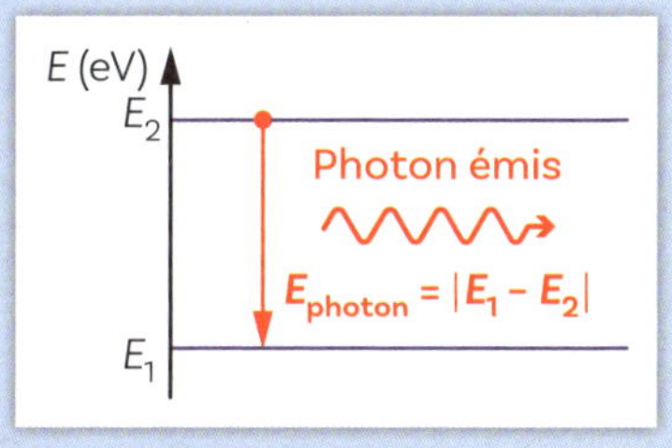

3. On calcule la longueur d'onde seuil pour le zinc :

$$\lambda_s = \frac{c}{\nu_s} = \frac{3{,}00 \times 10^{8}}{8{,}0 \times 10^{14}} = 3{,}8 \times 10^{-7}\,\text{m} = 380\,\text{nm}$$

Toutes les raies d'émissions inférieures à 380 nm peuvent provoquer l'effet photoélectrique sur le zinc, c'est-à-dire les raies à 302 nm, 313 nm, 334 nm et 365 nm.
Elles appartiennent au domaine UV.

4. Par conservation de l'énergie, on peut écrire :

$$E_{photon} = W_e + E_c, \text{ d'où } E_c = E_{photon} - W_e \text{ et } E_c = h \times \left(\frac{c}{\lambda} - \nu_s\right).$$

L'énergie cinétique d'un électron arraché est donc :

$$E_c = 6{,}63 \times 10^{-34} \times \left(\frac{3{,}00 \times 10^{8}}{365 \times 10^{-9}} - 8{,}0 \times 10^{14}\right) = 1{,}45 \times 10^{-20}\,\text{J}$$

On calcule la valeur de la vitesse d'un électron arraché :

$$E_c = \frac{1}{2} m_e \times v^2 \text{ d'où } v = \sqrt{\frac{2E_c}{m_e}} = \sqrt{\frac{2 \times 1{,}45 \times 10^{-20}}{9{,}11 \times 10^{-31}}} = 1{,}78 \times 10^{5}\,\text{m} \cdot \text{s}^{-1}.$$

5. Les radiations UV de la lampe au mercure provoquent l'émission d'électrons de la plaque de zinc par effet photoélectrique. La charge électrique diminue et la répulsion entre les charges diminue.

6. Les photodiodes ou les panneaux photovoltaïques fonctionnent grâce à l'effet photoélectrique.

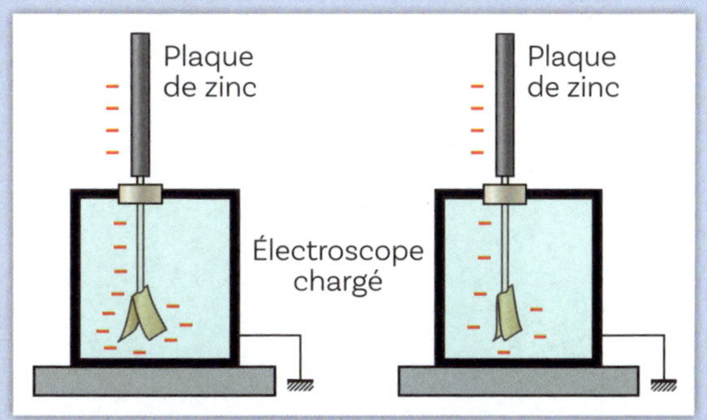

Exercice 12 **PROBLÈME** **Installation de panneaux solaires**

• On commence par déterminer la puissance lumineuse surfacique reçue en moyenne à Metz. L'ensoleillement est en moyenne $E = 1\,112$ kWh · m^{-2} et la durée moyenne d'ensoleillement est de $\Delta t = 2\,189$ h :

$$P_s = \frac{E}{\Delta t} = \frac{1\,112}{2\,189} = 0{,}508 \text{ kW} \cdot \text{m}^{-2}$$

• Sur le doc. 3, on retrace une courbe de caractéristique intensité-tension pour une puissance surfacique de 500 W · m^{-2} et on détermine l'intensité et la tension optimales :
$I_{opt} = 6{,}5$ A et $U_{opt} = 120$ V.

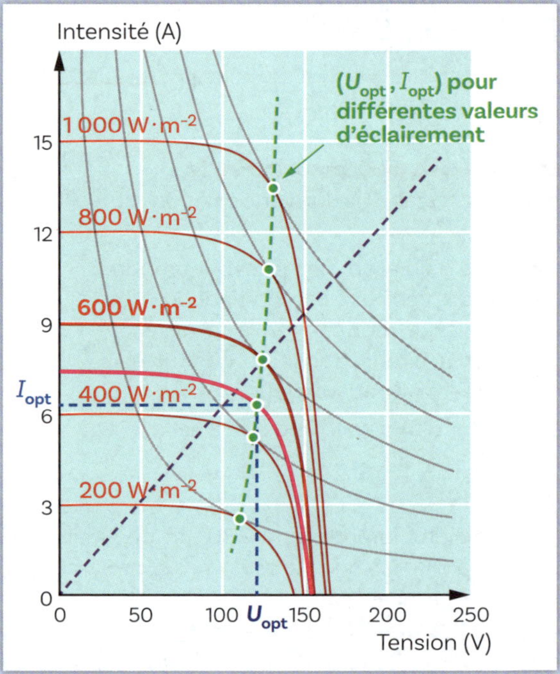

• On calcule la puissance maximale délivrée par l'installation :
$P_{max} = U_{opt} \times I_{opt} = 120 \times 6{,}5 = 780$ W

• On calcule la puissance lumineuse reçue par l'installation :
$P_L = P_S \times S = 508 \times 12 = 6{,}1 \times 10^3$ W

• On calcule le rendement de l'installation :

$$\eta = \frac{P_{max}}{P_L} = \frac{780}{6{,}1 \times 10^3} = 0{,}13 \text{ soit } 13\ \%.$$

Ton **KIT DE SURVIE** pour le **BAC** avec SCHOOLMOUV

Chapitre 14 L'effet photoélectrique

Tu viens de voir les notions à connaître sur l'effet photoélectrique. Pour t'aider à retenir l'essentiel et t'entraîner pour le Bac, voici ton kit de révisions clé en mains conçu par SchoolMouv !

Vidéo

Pour mieux comprendre et t'en souvenir à coup sûr, regarde la vidéo. C'est parfois bien plus clair en images.

Vidéo Aspect corpusculaire de la lumière

https://flashbelin.fr/focusbacschoolmouv/pc/14

Contenu additionnel

Voici un bonus autour du même sujet. La curiosité n'est pas toujours un vilain défaut. Il te suffit de créer ton compte pour avoir plein de contenus supplémentaires.

Quiz Modèle corpusculaire de la lumière : le photon

https://www.schoolmouv.fr/eleves/cours/modele-corpusculaire-de-la-lumiere-le-photon/qcm

Tchat avec un prof

Pour poser toutes tes questions à un prof particulier, découvre l'abonnement tchat. Tu peux le tester gratuitement pendant 7 jours : fini les questions sans réponses, tu vas devenir incollable.

https://focusbac.schoolmouv.fr/offre

15

Dynamique d'un système électrique

LE CHAPITRE EN UN COUP D'ŒIL

RETENIR L'ESSENTIEL

SAVOIR FAIRE

SCHOOLMOUV

Ton **KIT DE SURVIE** pour le Bac p. 367

RETENIR L'ESSENTIEL

1 Les condensateurs

Intensité du courant électrique

Par définition, l'**intensité du courant** $i(t)$ correspond à la charge infinitésimale $dq(t)$ qui traverse la section d'un conducteur divisée par une durée infinitésimale dt.

Elle est donnée par la relation :

$$i(t) = \frac{dq(t)}{dt}$$

$i(t)$: intensité du courant (en A)
$q(t)$: charge (en C)
t : temps (en s)

FOCUS MATHS
$\frac{dq(t)}{dt}$ est la dérivée de la charge qui traverse la section par rapport au temps t.

Définition et représentation du condensateur

→ Un **condensateur** est constitué de deux conducteurs dont les surfaces sont proches mais séparées par un isolant.
Les deux conducteurs constituent les **armatures** du condensateur et l'isolant est son **diélectrique**.

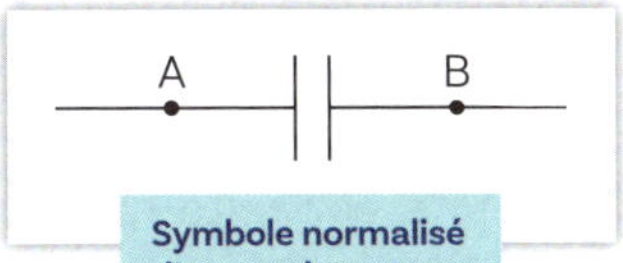

Symbole normalisé d'un condensateur

→ Un condensateur est dit **plan** si ses armatures sont planes et parallèles entre elles.

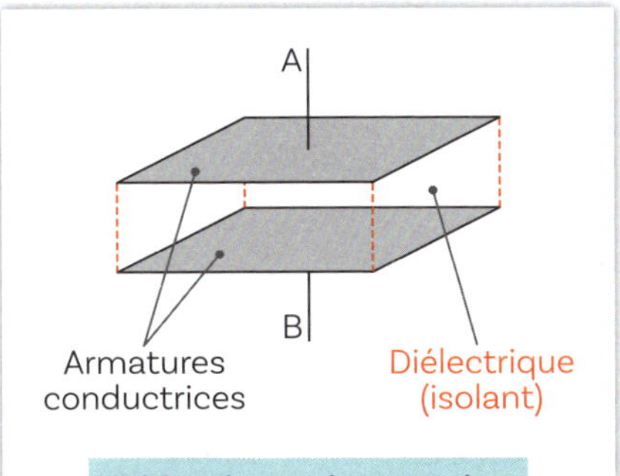

Schéma d'un condensateur plan

Capacité d'un condensateur

➔ La **charge d'un condensateur** est un phénomène progressif :

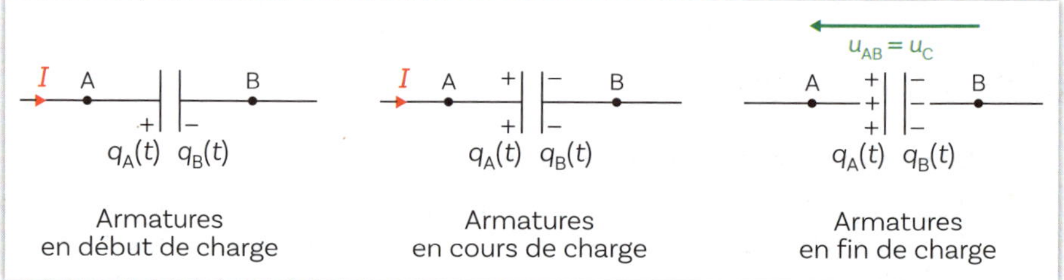

L'une des armatures se charge positivement et l'autre négativement.

REMARQUE Les conventions de représentation de l'intensité et de la tension sont les suivantes.

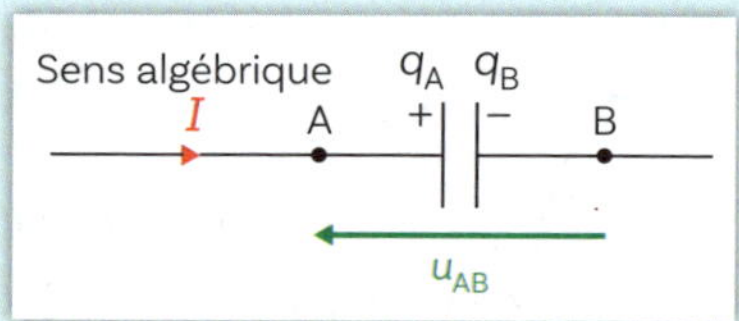

Lorsque le condensateur est chargé, l'intensité du courant qui traverse le circuit s'annule : plus aucune charge ne circule dans le circuit. Il **stocke** alors de l'énergie électrique.

➔ La charge électrique $q_A(t)$ d'une armature d'un condensateur est proportionnelle à la tension $u_C(t)$ aux bornes du condensateur. Le coefficient de proportionnalité est appelé **capacité du condensateur**.

$$q_A(t) = C \times u_C(t)$$

$q_A(t)$: charge électrique de l'armature positive (en C)
C : capacité du condensateur (en F)
$u_C(t)$: tension aux bornes du condensateur (en V)

La capacité du condensateur s'exprime en **farad** (de symbole F). Les condensateurs usuels ont une capacité qui varie entre quelques pF (picofarad ; 1 pF = 10^{-12} F) et quelques mF (millifarad).

➔ La capacité du condensateur dépend de la **géométrie des armatures**, de leur **surface** S, de la **distance** e qui les sépare et de la **nature du diélectrique** (caractérisé par sa permittivité ε).
Pour un **condensateur plan** :

$$C = \varepsilon \times \frac{S}{e}$$

C : capacité du condensateur (en F)
ε : permittivité du diélectrique (en $F \cdot m^{-1}$)
S : surface d'une armature (en m^2)
e : distance entre les armatures (en m)

Capteurs capacitifs

Les **capteurs capacitifs** sont des condensateurs ouverts dans lesquels règne un champ électrique. Lorsqu'un objet entre dans le champ électrique, la capacité du condensateur est modifiée, ce qui peut être mesuré. Les capteurs capacitifs peuvent alors être utilisés pour mesurer des déplacements, des épaisseurs, des niveaux…

2 Charge et décharge du condensateur

L'association en série d'un condensateur de capacité C et d'un conducteur ohmique de résistance R est appelée **circuit** (ou **dipôle**) **RC**.

Équations de charge et de décharge

L'application de la loi des mailles permet d'obtenir l'**équation différentielle** vérifiée par la tension $u_C(t)$ aux bornes du condensateur lors de sa charge ou de sa décharge dans un circuit RC série.

	Charge	Décharge
Circuit électrique	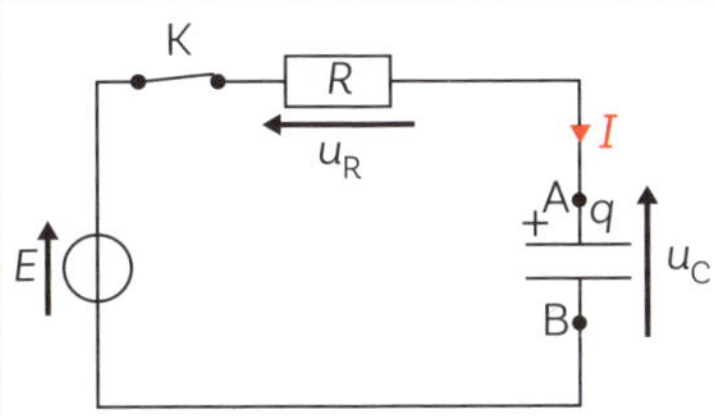	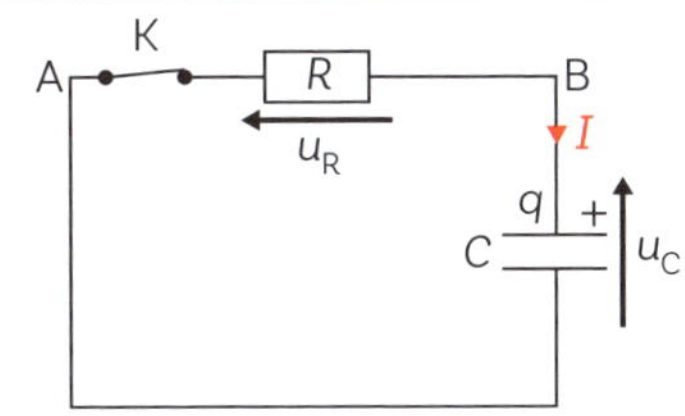
Équation différentielle vérifiée par $u_C(t)$	$\frac{du_C(t)}{dt} + \frac{u_C(t)}{R \times C} = \frac{E}{R \times C}$	$\frac{du_C(t)}{dt} + \frac{u_C(t)}{R \times C} = 0$
Solution	$u_C(t) = E\left(1 - e^{-\frac{t}{R \times C}}\right)$	$u_C(t) = E \times e^{-\frac{t}{R \times C}}$
Représentation graphique	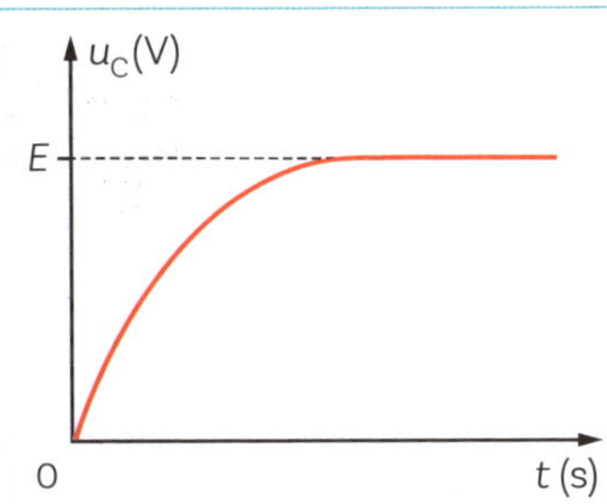	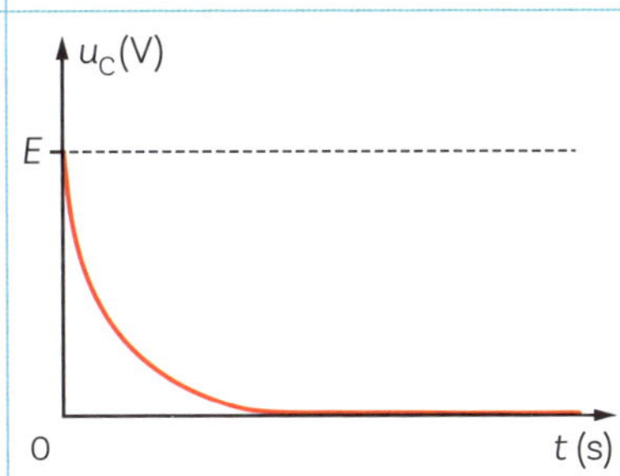

Temps caractéristique

→ Le produit $R \times C$ qui apparaît dans les expressions de $u_C(t)$ caractérise la charge ou la décharge à travers un conducteur ohmique. Il est appelé **temps caractéristique** (ou **constante de temps**) du circuit RC.

$$\tau = R \times C$$

- τ : temps caractéristique (en s)
- R : résistance du conducteur ohmique (en Ω)
- C : capacité du condensateur (en F)

On considère que le condensateur est totalement (dé)chargé au bout d'une durée égale à 5τ.

→ On peut déterminer graphiquement la valeur du temps caractéristique τ sur la courbe de (dé)charge :
- en déterminant l'abscisse du point d'ordonnée $u_C(\tau)$;
- en déterminant l'abscisse du point d'intersection de la tangente à l'origine de la courbe $u_C(t)$ et de son asymptote horizontale (**méthode de la tangente à l'origine**).

SAVOIR FAIRE

Méthode 1 Établir l'équation différentielle vérifiée par la tension aux bornes d'un condensateur en charge

ÉNONCÉ

On considère un condensateur de capacité C branché en série avec un conducteur ohmique de résistance R sous une tension constante E. Le schéma du circuit est donné ci-contre.
Lorsqu'on ferme l'interrupteur K, le condensateur est en charge.

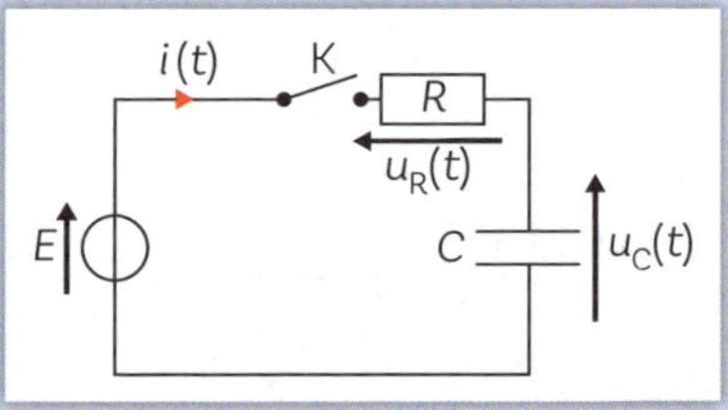

→ En appliquant la loi des mailles, écrire l'équation différentielle décrivant la charge du condensateur.

SOLUTION

1. • On applique la loi des mailles, en utilisant les flèches d'orientation des tensions. On a :
$E - u_R(t) - u_C(t) = 0$ soit $u_R(t) + u_C(t) = E$.

• On exprime $u_R(t)$ en fonction de $u_C(t)$.
Pour cela, on utilise la loi d'Ohm et les relations du cours. On sait que :

$$i(t) = \frac{dq(t)}{dt} \quad \text{et} \quad q(t) = C \times u_C(t).$$

D'où : $i(t) = C \times \dfrac{du_C(t)}{dt}$.

D'après la loi d'Ohm : $u_R(t) = R \times i(t)$.

Donc : $u_R(t) = R \times C \times \dfrac{du_C(t)}{dt}$.

L'INFO À RETENIR

La loi des mailles énonce que, le long d'une maille, la somme des tensions orientées aux bornes des dipôles est nulle.

• On remplace $u_R(t)$ dans la loi des mailles par son expression précédente :

$u_R(t) + u_C(t) = E$, d'où $R \times C \times \dfrac{du_C(t)}{dt} + u_C(t) = E$.

• On place ce qui dépend de t d'un côté du signe « = » et ce qui est constant de l'autre côté.
On obtient :

$$\frac{du_C(t)}{dt} + \frac{u_C(t)}{R \times C} = \frac{E}{R \times C}.$$

Méthode 2 Résoudre l'équation différentielle vérifiée par la tension aux bornes d'un condensateur en charge

ÉNONCÉ

L'équation différentielle décrivant la charge d'un condensateur de capacité C branché en série avec un conducteur ohmique de résistance R sous une tension constante E s'écrit : $\frac{du_C(t)}{dt} + \frac{u_C(t)}{\tau} = \frac{E}{\tau}$, avec $\tau = R \times C$ et sachant qu'à l'instant initial, $u_C(t = 0) = 0$.

→ Résoudre l'équation différentielle pour obtenir l'expression de la tension $u_C(t)$ aux bornes du condensateur au cours du temps.

SOLUTION

- On écrit la forme de la solution générale d'une équation différentielle du premier ordre à coefficients constants avec second membre :
$u_C(t) = A \times e^{-kt} + B$, où A, k et B sont des constantes à déterminer.

- On utilise les conditions initiales. À $t = 0$, on sait que $u_C(0) = 0$. On remplace t par 0 dans la solution proposée : $u_C(0) = A \times e^0 + B = 0$.
$A + B = 0$, d'où $A = -B$.

- On introduit la solution proposée dans l'équation différentielle :

$$\frac{du_C(t)}{dt} + \frac{u_C(t)}{\tau} = \frac{E}{\tau}$$

Avec $u_C(t) = A \times e^{-kt} + B$, on obtient :

$$-k \times A \times e^{-kt} + \frac{A \times e^{-kt} + B}{\tau} = \frac{E}{\tau}$$

D'où : $\frac{A}{\tau} \times e^{-kt} + \frac{B}{\tau} = \frac{E}{\tau} + k \times A \times e^{-kt}$.

FOCUS MATHS La dérivée de la fonction $t \mapsto e^{at}$ est $t \mapsto a \times e^{at}$.

- On identifie les termes constants l'un avec l'autre et les termes en facteurs de l'exponentielle l'un avec l'autre :

$$\frac{A}{\tau} \times e^{-kt} + \frac{B}{\tau} = \frac{E}{\tau} + k \times A \times e^{-kt}$$

On en déduit deux nouvelles relations :

$\frac{A}{\tau} = k \times A$ d'où $k = \frac{1}{\tau}$ et $\frac{B}{\tau} = \frac{E}{\tau}$, d'où $B = E$.

- On détermine alors l'expression de A : $A = -B$ et $B = E$, d'où $A = -E$.

- On remplace A, k et B par leurs expressions dans la solution proposée :

$$u_C(t) = A \times e^{-kt} + B = -E \times e^{-\frac{t}{\tau}} + E$$

Finalement, $u_C(t) = E \times \left(1 - e^{-\frac{t}{\tau}}\right)$.

Méthode 3 Déterminer le temps caractéristique d'un dipôle RC

ÉNONCÉ

On considère un dipôle RC branché aux bornes d'un générateur de tension constante E. La tension aux bornes du condensateur évolue selon le modèle ci-contre.

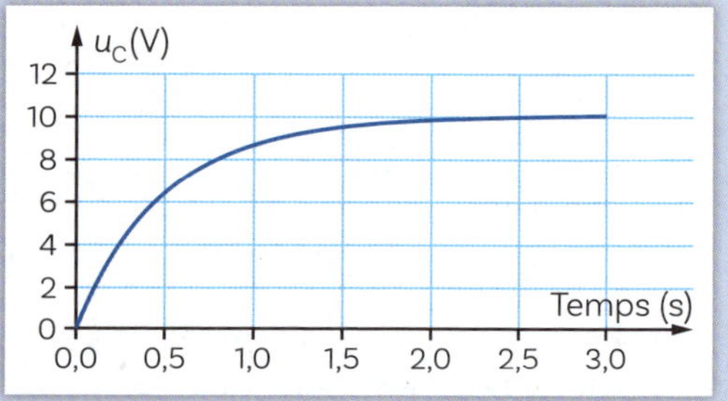

1. Déterminer la tension aux bornes du condensateur lorsque $t = \tau$.

2. En déduire graphiquement la valeur de τ.

3. Vérifier que l'on retrouve le même résultat qu'à la question **2** en utilisant la méthode de la tangente à l'origine.

SOLUTION

1. La tension aux bornes du condensateur lors de sa charge est donnée par la relation : $u_C(t) = E\left(1 - e^{-\frac{t}{R \times C}}\right)$.

Sachant que $\tau = R \times C$, et en calculant $u_C(t = \tau)$, on trouve :

$$u_C(t = \tau) = E\left(1 - e^{-\frac{\tau}{R \times C}}\right) = E\left(1 - e^{-\frac{R \times C}{R \times C}}\right) = E(1 - e^{-1}) = 0{,}63 \times E$$

Lorsque $t = \tau$, le condensateur est chargé à 63 %. Comme sur le graphique, $E = 10$ V, alors : $0{,}63 \times E = 0{,}63 \times 10 = 6{,}3$ V. Donc $u_C(t = \tau) = 6{,}3$ V.

2. On cherche sur le graphique la valeur de t pour laquelle $u_C(t) = 6{,}3$ V. Sur le graphique, on trouve $\tau = 0{,}5$ s.

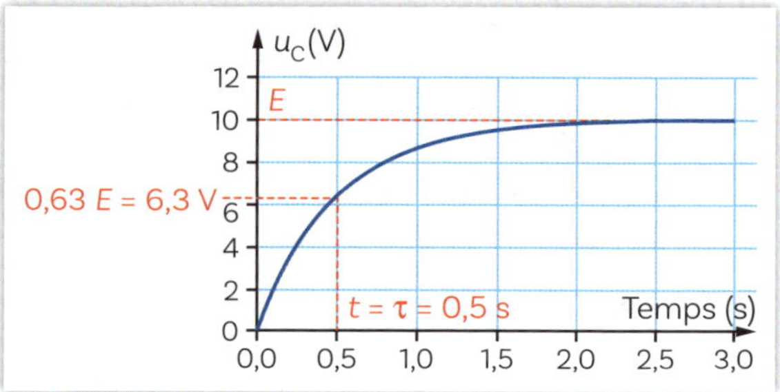

3. On trace la tangente à l'origine et l'asymptote $u_C = E$. On lit l'abscisse du point d'intersection de ces deux droites.
On trouve $\tau = 0{,}5$ s, ce qui est cohérent.

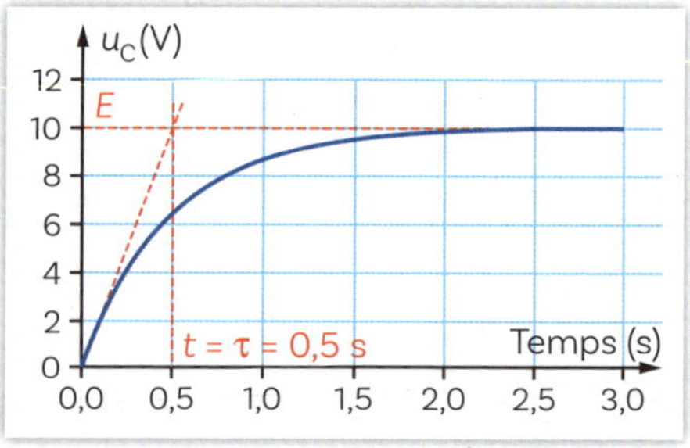

SE TESTER

10 min

Donner la ou les bonne(s) réponse(s) en 10 minutes chrono !

1. Le condensateur est un dipôle qui :

- **a** peut stocker des charges électriques sur ses armatures
- **b** laisse toujours passer le courant
- **c** possède uniquement un effet résistif

2. La capacité d'un condensateur :

- **a** s'exprime en farad (F)
- **b** dépend de la tension appliquée à ses bornes
- **c** dépend de sa géométrie propre

3. Le temps caractéristique d'un circuit RC :

- **a** s'écrit $\tau = R \times C$
- **b** s'écrit $\tau = \dfrac{1}{R \times C}$
- **c** n'a pas d'unité

4. Le temps caractéristique τ est multiplié par 2 si :

- **a** R et C sont multipliées par 2
- **b** R est multipliée par 2 et C est constante
- **c** C est multipliée par 2 et R est constante

5. Le temps de charge d'un condensateur est :

- **a** proportionnel à la tension E délivrée par le générateur
- **b** proportionnel au temps caractéristique τ du circuit
- **c** inversement proportionnel au temps caractéristique τ du circuit

6. Lors de la charge d'un condensateur, la tension à ses bornes est donnée par :

- **a** $u_C(t) = E \times e^{-\frac{t}{R \times C}}$
- **b** $u_C(t) = E \times (1 - R \times C \times e^{-t})$
- **c** $u_C(t) = E \times \left(1 - e^{-\frac{t}{R \times C}}\right)$

→ Corrigés page 359

S'ENTRAÎNER

Exercice 1 Charge d'un condensateur Voir Méthode 1 p. 348

On considère le circuit ci-dessous. Un condensateur est initialement déchargé ($q(t = 0) = 0$). À $t = 0$, le générateur bascule à une valeur E.

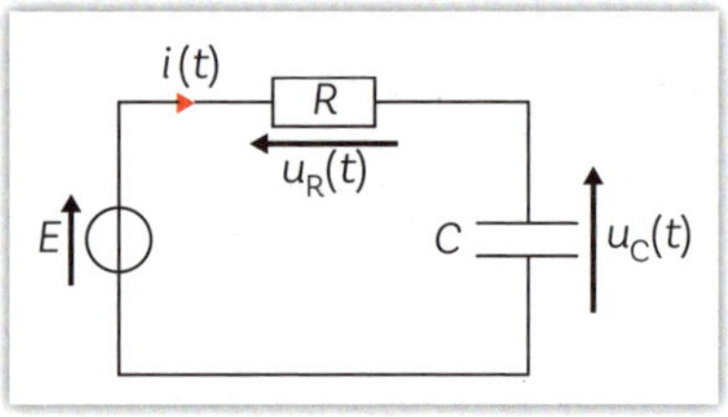

→ En appliquant la loi des mailles, établir l'équation différentielle vérifiée par la charge électrique $q(t)$ qui s'accumule aux bornes du condensateur pour $t > 0$.

→ Corrigé p. 359

Exercice 2 Décharge d'un condensateur Voir Méthode 1 p. 348

On considère le circuit ci-contre. Un condensateur est initialement chargé avec une tension : $u_C(t = 0) = E$. À $t = 0$, on ferme l'interrupteur K.

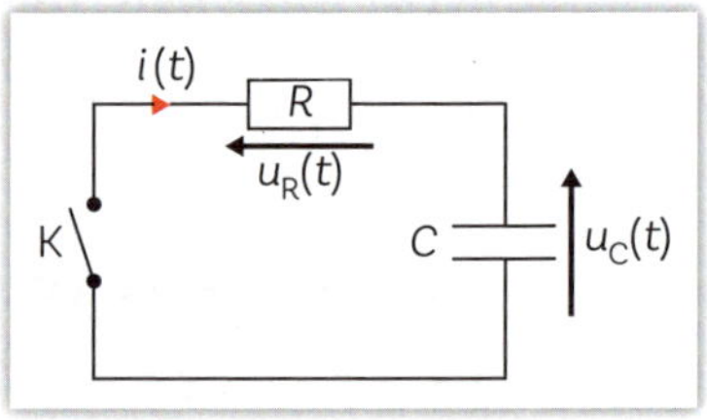

1. Donner :

a. l'expression de $u_R(t)$ en fonction de $i(t)$;

b. l'expression de $i(t)$ en fonction de $q(t)$;

c. l'expression de $q(t)$ en fonction de $u_C(t)$.

2. En déduire l'expression de $u_R(t)$ en fonction de $u_C(t)$.

3. En appliquant la loi des mailles, établir l'équation différentielle vérifiée par la tension $u_C(t)$ aux bornes du condensateur pour $t > 0$.

→ Corrigé p. 359

Exercice 3 Résolution de l'équation de décharge Voir Méthode 2 p. 349

L'équation différentielle décrivant la décharge d'un condensateur de capacité C branché en série avec un conducteur ohmique de résistance R sous une tension constante E s'écrit : $\frac{du_C(t)}{dt} + \frac{u_C(t)}{\tau} = 0$, avec $\tau = R \times C$ et sachant qu'à l'instant initial, $u_C(t = 0) = E$.

On suppose que la solution de l'équation différentielle est de la forme :

$$u_C(t) = A \times e^{-kt} + B,$$ où A, k et B sont des constantes à déterminer.

1. À l'aide des conditions initiales, déterminer une relation entre A, B et E.

2. En substituant $u_C(t)$ dans l'équation différentielle par la solution proposée dans l'énoncé, déterminer l'expression de k, puis celle de B. Déterminer alors l'expression de A.

3. Écrire l'expression finale de la solution de l'équation différentielle, en remplaçant A, B et k par leurs expressions précédemment établies.

→ Corrigé p. 360

Exercice 4 **Détermination de τ lors d'une charge** Voir Méthode 3 p. 350

On étudie la charge d'un condensateur de capacité $C = 470\ \mu F$ à travers un conducteur ohmique de résistance $R = 2{,}50\ k\Omega$, avec un générateur de tension $E = 10\ V$.

La courbe ci-contre a été obtenue par mesure de la tension aux bornes du condensateur au cours du temps.

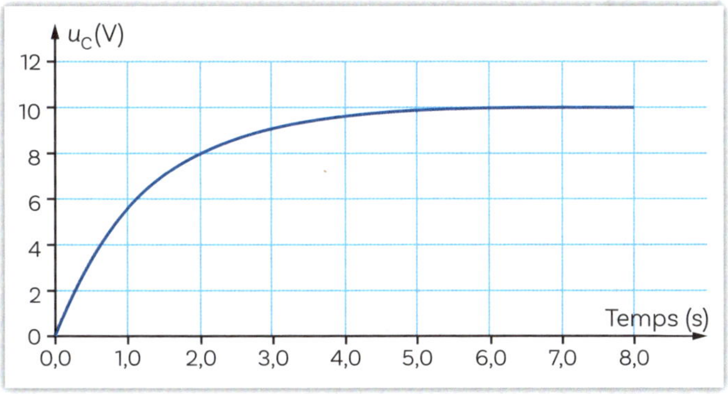

1. Déterminer la valeur de τ par la méthode de la tangente à l'origine

2. Avec les données de l'énoncé, déterminer la valeur théorique de τ, puis comparer cette valeur avec celle trouvée à la question **1**.

→ Corrigé p. 360

Exercice 5 **Détermination de τ lors d'une décharge** Voir Méthode 3 p. 350

On étudie la décharge d'un condensateur de capacité $C = 100\ nF$ à travers un conducteur ohmique de résistance $R = 30\ M\Omega$. La tension initiale aux bornes du condensateur est $u_C(t = 0) = 8{,}0\ V$.

Au cours de sa décharge, la tension aux bornes du condensateur est donnée par :

$$u_C(t) = E \times e^{-\frac{t}{\tau}}$$

La courbe suivante a été obtenue par mesure de la tension aux bornes du condensateur au cours du temps.

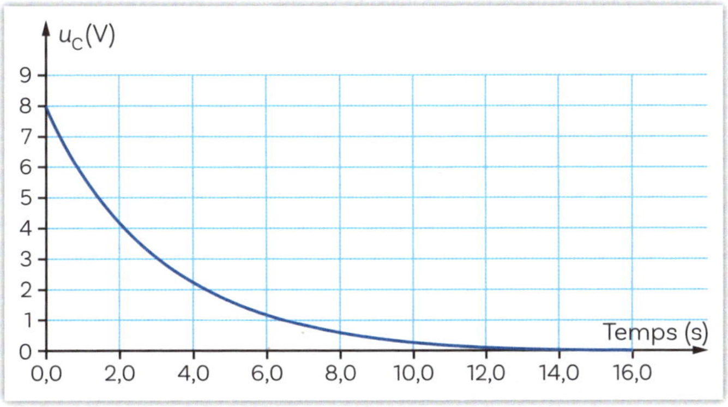

1. Déterminer la valeur de E avec la condition initiale sur $u_C(t)$.

2. Calculer la tension aux bornes du condensateur lorsque $t = \tau$.

3. Par lecture graphique, déterminer la valeur de τ.

4. Avec les données de l'énoncé, déterminer la valeur théorique de τ et la comparer avec la valeur trouvée à la question **2**.

→ Corrigé p. 361

SE PERFECTIONNER

Exercice 6 ★ Capacité d'un condensateur plan

Les armatures d'un condensateur plan ont pour surface $S = 40\ \text{cm}^2$ et sont distantes de $d = 3{,}0\ \text{mm}$. L'espace entre les armatures est constitué d'air.

→ Calculer la capacité C de ce condensateur.

Donnée. Permittivité de l'air : $\varepsilon_0 = 8{,}85 \times 10^{-12}\ \text{F} \cdot \text{m}^{-1}$.

→ Corrigé p. 361

Exercice 7 ★ Relations charge-intensité et charge-tension

On charge un condensateur de capacité $C = 1{,}5\ \mu\text{F}$ à l'aide d'une source de courant continue qui débite, pendant le temps $t = 5{,}0$ s, un courant d'intensité constante $I = 20\ \mu\text{A}$.

CONSEIL Attention, dans les calculs, à exprimer toutes les grandeurs sans les sous-multiples : par exemple, $1\ \mu\text{F} = 10^{-6}$ F.

1. Déterminer la charge acquise par le condensateur.

2. Déterminer la tension aux bornes de ce condensateur.

→ Corrigé p. 361

Exercice 8 ★★ Énergie emmagasinée dans un condensateur

Le montage ci-contre permet d'étudier la tension $u_C(t)$ aux bornes d'un condensateur de capacité C lors de sa charge alimentée par un générateur fournissant une tension E.
À $t = 0$, on ferme l'interrupteur. Le condensateur est initialement déchargé.

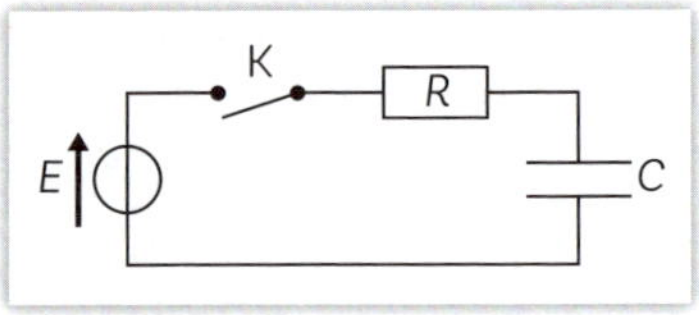

1. Déterminer le temps nécessaire pour charger totalement le condensateur.

2. Quelle est la valeur maximale de l'énergie W_{max} que peut stocker le condensateur ?

3. Quelle est la valeur de $u_C(t)$ pour $t = 8{,}0$ s ?

4. Déterminer le pourcentage énergétique atteint par le condensateur à cette date.

Données.
- $E = 80$ V ; $R = 10\ \text{k}\Omega$; $C = 220\ \mu\text{F}$.
- L'énergie emmagasinée dans un condensateur est donnée par la relation :

$$W(t) = \frac{1}{2} C \times u_C^2(t), \text{ avec } W \text{ en J, } C \text{ en F et } u_C \text{ en V.}$$

→ Corrigé p. 361

Exercice 9 ★★ Intensité et charge d'un condensateur

On réalise la charge d'un condensateur à l'aide du montage ci-contre. Le condensateur est initialement déchargé et, à $t = 0$, le circuit est fermé.

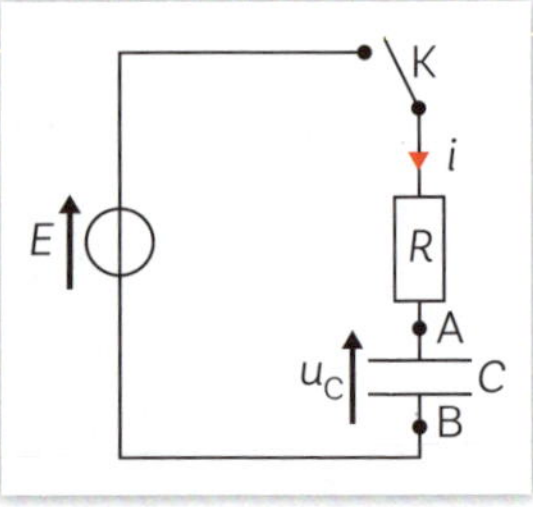

1. Établir l'équation différentielle satisfaite par $u_C(t)$ à partir de la loi des mailles.

2. Vérifier que $u_C(t) = E\left(1 - e^{-\frac{t}{R \times C}}\right)$ est solution de l'équation différentielle.

3. En déduire l'expression de $i(t)$, l'intensité du courant pendant la charge.

4. En déduire l'intensité $i(0)$ du courant au début de la charge.

5. Retrouver $i(0)$ à partir de la loi des mailles.

Données. $E = 6{,}0$ V ; $R = 250\ \Omega$; $C = 100$ pF.

CONSEIL 2. Introduire la solution proposée dans l'équation différentielle, puis vérifier que le résultat est bien $\frac{E}{R \times C}$.

→ Corrigé p. 362

Exercice 10 ★★ Charge à intensité constante

On effectue la charge d'un condensateur de capacité $C = 4\,700\ \mu F$ initialement non chargé sous une intensité constante $I = 0{,}50$ mA.

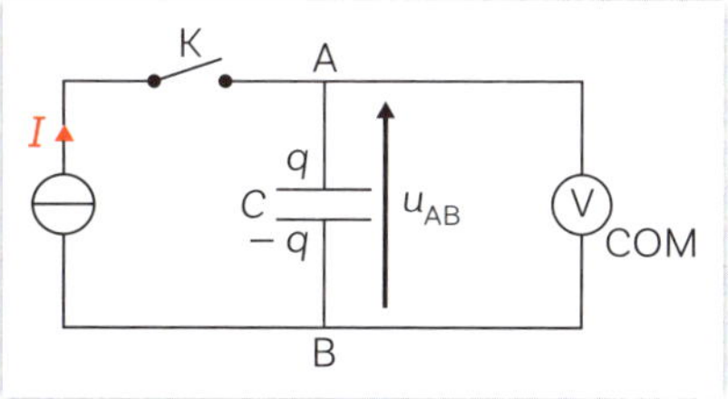

1. Exprimer, en fonction de I et de t, la charge q_A de l'armature A du condensateur.

2. Calculer q_A si le circuit est fermé depuis $t = t_0 = 30$ s.

3. Exprimer la tension u_{AB} aux bornes du condensateur. Calculer u_{AB} à l'instant t_0.

4. Déterminer la durée nécessaire pour atteindre la charge complète du condensateur, sachant qu'il peut supporter une tension maximale de 63 V.

→ Corrigé p. 363

Exercice 11 ★★ Détermination de la capacité d'un condensateur

Dans le laboratoire, on retrouve un condensateur dont la valeur de la capacité a été effacée. On se propose de la déterminer expérimentalement.

On dispose d'un générateur de tension continue $E = 20{,}0$ V et d'une boîte de résistances étalonnées ($R_1 = 400\ \Omega, R_2 = 800\ \Omega, R_3 = 1\,200\ \Omega, R_4 = 1\,600\ \Omega$).

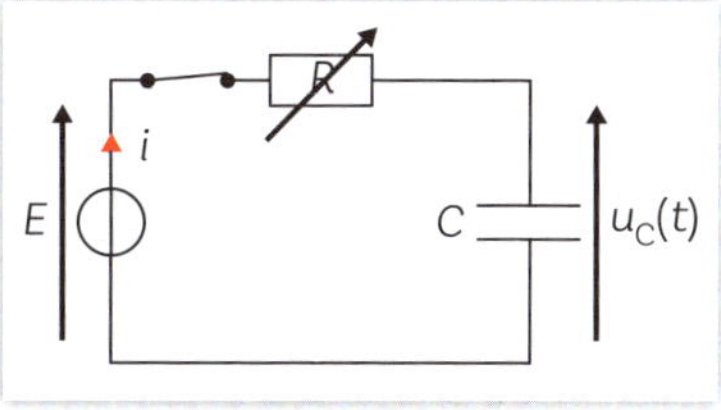

On réalise le montage décrit ci-contre, et on étudie la charge du condensateur inconnu, associé tour à tour aux quatre résistances.

Au cours de sa décharge, la tension aux bornes du condensateur est donnée par :

$$u_C(t) = E \times \left(1 - e^{-\frac{t}{\tau}}\right).$$

Les courbes de charges sont enregistrées et tracées sur le même graphique, donné ci-dessous.

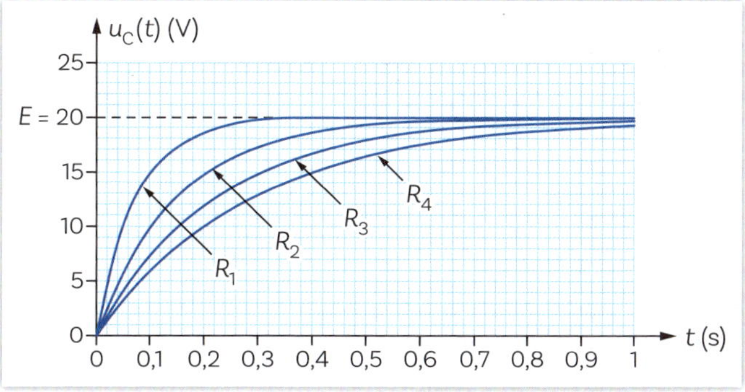

1. Déterminer la valeur de la tension aux bornes du condensateur à la date $t = \tau$.

2. En analysant les courbes de charge, déterminer le temps caractéristique τ pour chaque expérience. Décrire la méthode utilisée et consigner les résultats dans un tableau.

3. Donner l'expression de τ en fonction des caractéristiques du circuit, puis justifier son unité avec une analyse dimensionnelle.

4. Tracer le graphique représentant τ en fonction de R. Quelle est l'allure de ce graphique ?

5. Avec les réponses aux questions **2** et **3**, déterminer la capacité C du condensateur étudié, en détaillant la méthode utilisée.

CONSEIL
4. Établir l'équation de la courbe obtenue à la question **3** et la comparer à l'expression de τ donnée dans le cours.

→ Corrigé p. 363

Exercice 12 ★★★ **PROBLÈME Nature du diélectrique**

Un condensateur plan de capacité C est traversé par un courant constant $I = 1{,}0$ mA. La tension aux bornes du condensateur u_C est mesurée à différentes dates t et représentée graphiquement dans le document 2.

Document 1 > Permittivité relative de quelques diélectriques

Matériau	Air	Plastique	Papier	Verre	Porcelaine	Mica
ε_r	1,0	2,0	2,5	5,0 à 8,0	6,0	6,0 à 10,0

Document 2 > Tension aux bornes du condensateur

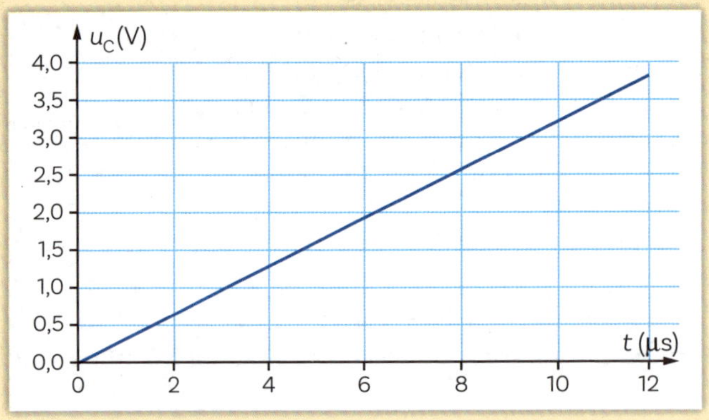

Document 3 > Données sur le condensateur plan

- Surface des armatures : $S = 200$ cm^2.
- Distance entre les armatures : $d = 0{,}30$ mm.
- Expression de la capacité du condensateur plan :

$$C = \varepsilon_r \times \varepsilon_0 \times \frac{S}{d} \text{ avec } \varepsilon_0 = 8{,}85 \times 10^{-12}\ \text{F}\cdot\text{m}^{-1}.$$

1. Déterminer la valeur de la capacité C du condensateur.

2. Déterminer la nature du diélectrique utilisé dans le condensateur.

→ Corrigé p. 364

SE PRÉPARER À L'EXAMEN

SUJET Condensateur d'un flash (45 min)

On se propose d'étudier le fonctionnement d'un flash d'appareil photographique. Pour obtenir un éclair de puissance lumineuse suffisante, on utilise un tube flash qui nécessite une forte tension (au moins 250 V) pour émettre un éclair très bref. Pour stocker l'énergie nécessaire au fonctionnement du tube flash, on utilise un condensateur de capacité C. Ce condensateur est chargé à l'aide d'un circuit électronique alimenté par une pile. On schématise le fonctionnement de ce dispositif sur le schéma du document 1.

- L'alimentation est assurée par une pile de tension continue $U_1 = 1{,}50$ V.
- Un circuit électronique permet d'élever la tension U_1 à une tension continue $U_2 = 300$ V.
- Un conducteur ohmique de résistance $R = 1{,}00$ kΩ permet la charge du condensateur de capacité $C = 150$ µF en plaçant l'interrupteur K_2 en position 1 et en fermant l'interrupteur K_1.
- Le tube flash est déclenché (une fois le condensateur chargé) en basculant l'interrupteur K_2 en position 2.

La courbe de décharge du condensateur et le circuit permettant celle-ci sont donnés respectivement dans les documents 2 et 3.

Document 1 > Schéma électrique de l'alimentation du flash

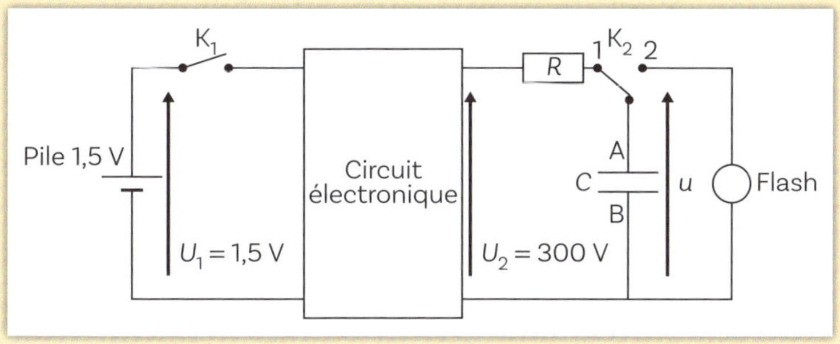

Document 2 > Évolution de la tension u au cours de la décharge

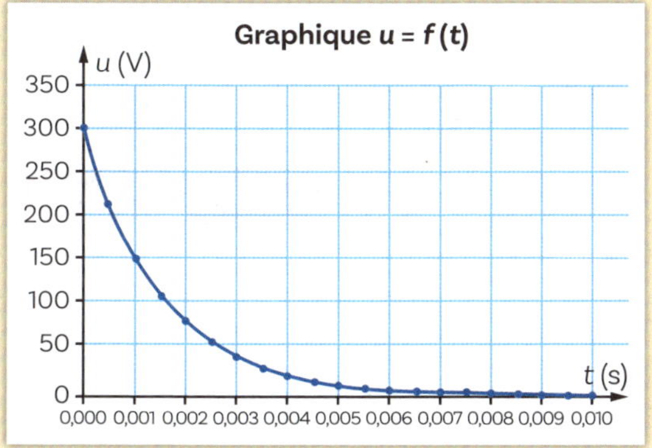

Document 3 > Circuit de décharge du condensateur

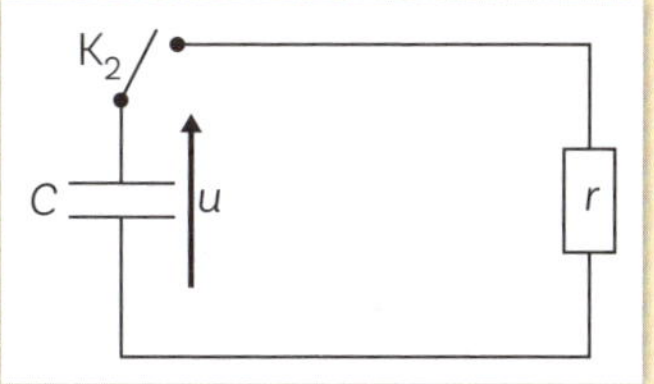

Partie A. Charge du condensateur

On charge le condensateur en fermant l'interrupteur K_1.

> **CONSEILS**
> **1.** Faire une analyse dimensionnelle.
> **2.** Faire attention aux unités.

1. On donne l'expression du temps caractéristique $\tau = R \times C$.
Vérifier que t s'exprime en seconde.

2. Calculer numériquement τ.

3. Calculer la charge électrique q_A créée sur l'armature A du condensateur en fin de charge.

Partie B. Décharge du condensateur

En plaçant l'interrupteur inverseur K_2 sur la position 2, on provoque le flash grâce à l'énergie stockée dans le condensateur. On enregistre la tension u aux bornes du condensateur (doc. 2).

> **CONSEILS**
> **1. b.** Il faut s'appuyer sur la définition d'une puissance, qui est une énergie transférée divisée par un temps.
> **2.** Appliquer la loi des mailles.
> **3.** Remplacer $u(t)$ dans l'équation différentielle par l'expression de la solution proposée.

1. Dans cette question, on compare le temps de charge et le temps de décharge.

a. Déterminer graphiquement le temps caractéristique τ' correspondant à la décharge, en précisant la méthode employée.

b. Comparer les temps caractéristiques de charge τ (calculée à la question **2** de la partie **A**) et de décharge τ'.
Justifier sans calcul que le tube flash va recevoir plus de puissance lors de la décharge du condensateur.

2. On assimilera, après son amorçage, le tube flash à un conducteur ohmique de résistance r.
À partir du schéma électrique (doc. 3), montrer que l'équation différentielle de la décharge du condensateur à travers un conducteur ohmique de résistance r est de la forme :

$$\frac{\mathrm{d}u(t)}{\mathrm{d}t} + \frac{1}{\tau'}u(t) = 0, \text{ avec } \tau' = r \times C.$$

3. Vérifier que la solution est de la forme :

$$u(t) = U_0 \times \mathrm{e}^{-\frac{t}{\tau'}}$$

4. Expliquer ce que représente la tension U_0 pour le fonctionnement du tube flash.

5. a. Déterminer U_0.

b. Cette valeur est-elle en accord avec la production de l'éclair ? Expliquer la réponse.

→ Corrigé page 365

CORRIGÉS

SE TESTER

1. a ; **2.** a et c ; **3.** a ; **4.** b et c ; **5.** b ; **6.** c.

S'ENTRAÎNER

Exercice 1 Charge d'un condensateur

• On applique la loi des mailles, en utilisant les flèches d'orientation des tensions.
On a : $E - u_R(t) - u_C(t) = 0$, soit $u_R(t) + u_C(t) = E$.

• On exprime $u_R(t)$ en fonction de $q(t)$. Pour cela, on utilise la loi d'Ohm et la relation du cours.
On sait que : $u_R(t) = R \times i(t)$ et $i(t) = \dfrac{dq(t)}{dt}$.
D'où : $u_R(t) = R \times \dfrac{dq(t)}{dt}$.

• On exprime $u_C(t)$ en fonction de $q(t)$. On sait que $q(t) = C \times u_C(t)$.
Donc $u_C(t) = \dfrac{q(t)}{C}$.

• On remplace $u_R(t)$ et $u_C(t)$ dans la loi des mailles par leurs expressions précédentes :

$u_R(t) + u_C(t) = E$, d'où : $R \times \dfrac{dq(t)}{dt} + \dfrac{q(t)}{C} = E$.

• On place ce qui dépend de t d'un côté du signe « = », et ce qui est constant de l'autre côté. On obtient :

$$\frac{dq(t)}{dt} + \frac{q(t)}{R \times C} = \frac{E}{R}$$

Exercice 2 Décharge d'un condensateur

1. a. L'expression de de $u_R(t)$ en fonction de $i(t)$ est : $u_R = R \times i(t)$ (loi d'Ohm) (1).

b. L'expression de de $i(t)$ en fonction de $q(t)$ est : $i(t) = \dfrac{dq(t)}{dt}$ (2).

c. L'expression de $q(t)$ en fonction de $u_C(t)$ est : $q(t) = C \times u_C(t)$ (3)

2. On obtient l'expression de $u_R(t)$ en fonction de $u_C(t)$ en substituant l'expression (3) dans l'expression (2), puis la nouvelle expression de $i(t)$ dans l'expression (1) :

$$u_R(t) = R \times C \times \frac{du_C(t)}{dt}$$

3. • On applique la loi des mailles, en utilisant les flèches d'orientation des tensions.
On a : $u_R(t) + u_C(t) = 0$.

• On remplace $u_R(t)$ dans la loi des mailles par son expression précédente :

$u_R(t) + u_C(t) = 0$, d'où $R \times C \times \dfrac{du_C(t)}{dt} + u_C(t) = 0$.

L'INFO À RETENIR

Pour appliquer la loi des mailles, on choisit un sens de rotation dans le circuit. Les tensions dans le même sens sont comptées positivement, sinon négativement.

On a alors : $\dfrac{du_C(t)}{dt} + \dfrac{u_C(t)}{R \times C} = 0.$

Exercice 3 Résolution de l'équation de décharge

1. On utilise les conditions initiales avec la solution type proposée :

$u_C(t) = A \times e^{-kt} + B$

À $t = 0$, on sait que $u_C(0) = E$. On remplace t par 0 dans la solution proposée :

$u_C(0) = A \times e^0 + B = E.$

$A + B = E$, d'où $A = E - B$.

2. On introduit la solution proposée dans l'équation différentielle :

$\dfrac{du_C(t)}{dt} + \dfrac{u_C(t)}{\tau} = 0$ et $u_C(t) = A \times e^{-kt} + B$.

On obtient : $-k \times A \times e^{-kt} + \dfrac{A \times e^{-kt} + B}{\tau} = 0.$

D'où : $\dfrac{A}{\tau} \times e^{-kt} + \dfrac{B}{\tau} = k \times A \times e^{-kt}.$

On identifie les termes constants l'un avec l'autre, et les termes en facteurs de l'exponentielle l'un avec l'autre :

$\dfrac{A}{\tau} \times e^{-kt} + \dfrac{B}{\tau} = k \times A \times e^{-kt}$

On en déduit deux nouvelles relations :

$\dfrac{A}{\tau} = k \times A$, d'où $k = \dfrac{1}{\tau}$.

$\dfrac{B}{\tau} = 0$ d'où $B = 0$.

On détermine alors l'expression de A :

$A = E - B$ et $B = 0$, d'où $A = E$.

3. On remplace A, k et B par leurs expressions dans la solution proposée :

$u_C(t) = A \times e^{-kt} + B = E \times e^{-\frac{t}{\tau}}.$

Exercice 4 Détermination de τ lors d'une charge

1. • Sur le graphique, on trace l'asymptote horizontale $U_{C_{max}} = E = 10$ V.

• On trace la tangente à l'origine et on détermine l'abscisse de son point d'intersection avec l'asymptote précédemment tracée. On a $t = \tau = 1{,}2$ s.

2. On calcule τ avec les données de l'énoncé, en faisant attention aux unités :

$\tau = R \times C$
$= 2{,}50 \times 10^3 \times 470 \times 10^{-6}$
$= 1{,}18$ s.

Les valeurs sont cohérentes.

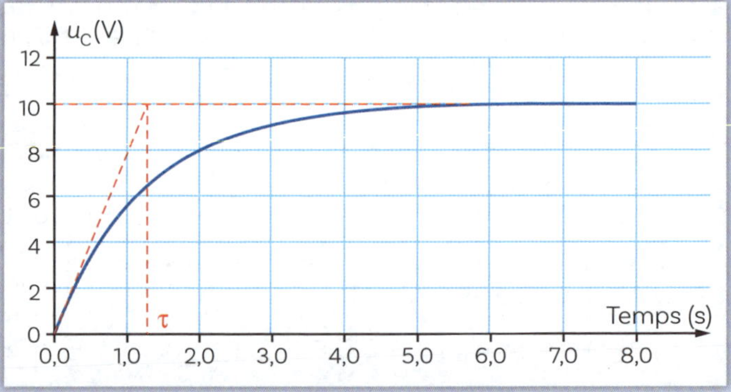

Exercice 5 **Détermination de τ lors d'une décharge**

1. On utilise l'équation de $u_C(t)$ et on détermine sa valeur à $t = 0$:
$u_C(t = 0) = E \times e^0 = E$.

Or, d'après l'énoncé, on a $u_C(t = 0) = 8{,}0$ V. On en déduit que $E = 8{,}0$ V.

2. On utilise l'équation de $u_C(t)$ et on détermine sa valeur à $t = \tau$:

$$u_C(t = \tau) = E \times e^{-\frac{\tau}{\tau}} = E \times e^{-1} = 0{,}37 \times E = 0{,}37 \times 8{,}0 = 3{,}0 \text{ V}$$

3. Par lecture graphique, on cherche la valeur de temps qui correspond à une tension $u_C = 3{,}0$ V. On lit : $t = \tau = 3{,}0$ s.

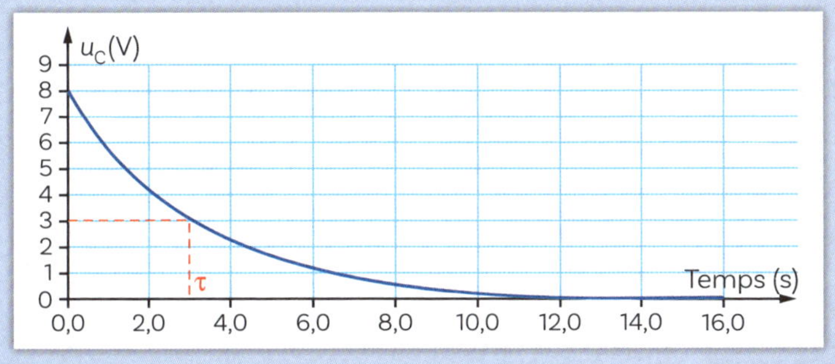

4. On calcule τ avec les données de l'énoncé, en faisant attention aux unités :
$\tau = R \times C = 30 \times 10^6 \times 100 \times 10^{-9} = 3{,}0$ s.
Les valeurs sont cohérentes.

L'INFO À RETENIR
$1 \text{ nF} = 10^{-9} \text{ F}$

SE PERFECTIONNER

Exercice 6 **Capacité d'un condensateur plan**

La capacité d'un condensateur plan dont les armatures sont séparées par de l'air est :

$$C = \varepsilon_0 \times \frac{S}{d} = 8{,}85 \times 10^{-12} \times \frac{40 \times 10^{-4}}{3{,}0 \times 10^{-3}}$$

$C = 1{,}2 \times 10^{-11}$ F $= 12$ pF

L'ERREUR À NE PAS FAIRE
Ne pas oublier de convertir les distances et les surfaces dans les unités SI :
$1 \text{ mm} = 10^{-3} \text{ m}$ et $1 \text{ cm}^2 = 10^{-4} \text{ m}^2$

Exercice 7 **Relations charge-intensité et charge-tension**

1. Dans le cas d'un courant d'intensité I constante, on a :

$$I = \frac{Q}{\Delta t}, \text{ d'où } Q = I \times \Delta t = 20 \times 10^{-6} \times 5{,}0 = 1{,}0 \times 10^{-4} \text{ C.}$$

2. La charge électrique accumulée par un condensateur est :
$Q = C \times U_C$, où U_C est la tension à ses bornes.

$$\text{D'où } U_C = \frac{Q}{C} = \frac{1{,}0 \times 10^{-4}}{1{,}5 \times 10^{-6}} = 67 \text{ V.}$$

Exercice 8 **Énergie emmagasinée dans un condensateur**

1. On calcule tout d'abord le temps caractéristique :
$\tau = R \times C = 10 \times 10^3 \times 220 \times 10^{-6} = 2{,}2$ s
On considère qu'un condensateur est chargé au bout d'une durée égale à 5τ, soit ici une durée de $5 \times 2{,}2 = 11$ s.

2. Lorsque le condensateur est totalement chargé, on a $u_C(t) = E = 80$ V.
On peut calculer l'énergie maximale alors accumulée :

$$W_{max} = \frac{1}{2}C \times E^2 = \frac{1}{2} \times 220 \times 10^{-6} \times 80^2 = 0{,}70 \text{ J}$$

3. La tension aux bornes d'un condensateur en charge, initialement déchargé, est donnée par $u_C(t) = E \times \left(1 - e^{-\frac{t}{\tau}}\right)$.

On calcule u_C à la date $t = 8{,}0$ s : $u_C(t = 8{,}0) = 80 \times \left(1 - e^{-\frac{8}{2{,}2}}\right) = 78$ V.

4. On calcule l'énergie emmagasinée par le condensateur à cette date :

$$W(t = 8{,}0) = \frac{1}{2}C \times u_C^2(t = 8{,}0) = \frac{1}{2} \times 220 \times 10^{-6} \times 78^2 = 0{,}67 \text{ J}$$

On calcule le pourcentage énergétique atteint par le condensateur à cette date :

$$\frac{W(t = 8{,}0)}{W_{max}} = \frac{0{,}67}{0{,}70} = 0{,}96, \text{ soit } 96\ \%.$$

LE RÉFLEXE À AVOIR

Il faut toujours vérifier la cohérence d'un résultat. Ici, le résultat du pourcentage énergétique ne peut pas dépasser 100 % !

Exercice 9 Intensité et charge d'un condensateur

1. Voir méthode 1, p. 348.
On trouve que l'équation différentielle de charge d'un condensateur est :

$$\frac{du_C(t)}{dt} + \frac{u_C(t)}{R \times C} = \frac{E}{R \times C}$$

2. Pour vérifier que la relation proposée est bien solution de l'équation, on remplace $u_C(t)$ par son expression dans le membre de gauche de l'équation différentielle, et on vérifie que le résultat donne bien le membre de droite (ici, $\frac{E}{R \times C}$) :

Avec $u_C(t) = E\left(1 - e^{-\frac{t}{R \times C}}\right)$, on a $\frac{du_C(t)}{dt} = E\left(\frac{1}{R \times C} \times e^{-\frac{t}{R \times C}}\right) = \frac{E}{R \times C} \times e^{-\frac{t}{R \times C}}$

D'où :

$$\frac{du_C(t)}{dt} + \frac{u_C(t)}{R \times C} = \frac{E}{R \times C} \times e^{-\frac{t}{R \times C}} + \frac{E}{R \times C}\left(1 - e^{-\frac{t}{R \times C}}\right)$$

$$= \frac{E}{R \times C} \times e^{-\frac{t}{R \times C}} + \frac{E}{R \times C} - \frac{E}{R \times C} \times e^{-\frac{t}{R \times C}} = \frac{E}{R \times C}$$

La solution proposée est donc bien solution de l'équation différentielle.

3. On sait que $i(t) = \frac{dq(t)}{dt}$ et que $q(t) = C \times u_C(t)$. On en déduit que $i(t) = C \times \frac{du_C(t)}{dt}$.

On a montré que $\frac{du_C(t)}{dt} = \frac{E}{R \times C} \times e^{-\frac{t}{R \times C}}$, d'où : $i(t) = \frac{E}{R} \times e^{-\frac{t}{R \times C}}$.

4. On calcule $i(t = 0)$.

$$i(t = 0) = \frac{E}{R} \times e^0 = \frac{E}{R} = \frac{6}{250} = 2{,}4 \times 10^{-2} \text{ A} = 24 \text{ mA}.$$

5. La loi des mailles nous donnait $u_C(t) + u_R(t) = E$.
Mais, à la date $t = 0$, on a $u_C(t = 0) = 0$.
D'après la loi d'Ohm, $u_C(t) = R \times i(t)$ et, à la date $t = 0$, on a : $R \times i(t = 0) = E$.

D'où $i(t = 0) = \frac{E}{R} = \frac{6}{250} = 2{,}4 \times 10^{-2}$ A = 24 mA.
On retrouve le même résultat.

Exercice 10 Charge à intensité constante

1. La relation entre I, t et q_A est : $q_A = I \times t$.

2. À $t = 30$ s, on a : $q_A = 0{,}50 \times 10^{-3} \times 30 = 1{,}5 \times 10^{-2}$ C

3. On a : $q_A = C \times u_C$, d'où : $u_C = \frac{q_A}{C} = \frac{1{,}5 \times 10^{-2}}{4\,700 \times 10^{-6}} = 3{,}2$ V

4. On calcule le nombre d'intervalles de 30 secondes nécessaires pour arriver à 63 V : $\frac{63}{3{,}2} = 19{,}7$. Il faudra donc un temps de charge égal à $30 \times 19{,}7 = 5{,}9 \times 10^2$ s, soit 9 min 50 s.

Exercice 11 Détermination de la capacité d'un condensateur

1. On utilise l'équation de $u_C(t)$ et on détermine sa valeur à $t = \tau$:

$$u_C(t = \tau) = E \times \left(1 - e^{-\frac{\tau}{\tau}}\right) = E\left(1 - e^{-1}\right) = E \times 0{,}63 = 20{,}0 \times 0{,}63 = 12{,}6 \text{ V}.$$

2. On détermine les valeurs de τ pour chaque valeur de résistance, en déterminant graphiquement la date à laquelle la tension aux bornes du condensateur atteint 12,6 V.

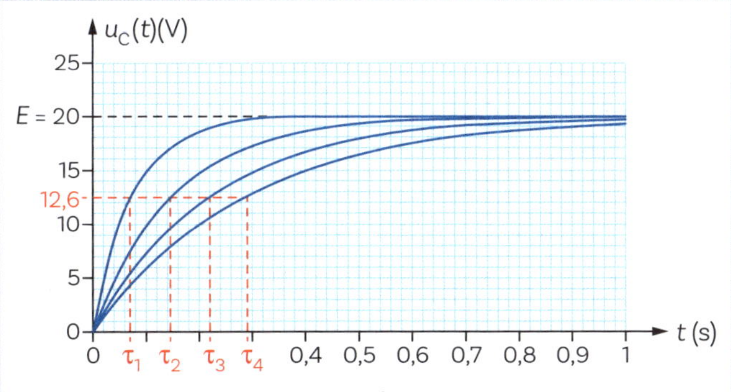

Les valeurs sont consignées dans le tableau ci-dessous :

$R_1 = 400\ \Omega$	$R_2 = 800\ \Omega$	$R_3 = 1\,200\ \Omega$	$R_4 = 1\,600\ \Omega$
$\tau_1 = 0{,}07$ s	$\tau_2 = 0{,}14$ s	$\tau_3 = 0{,}22$ s	$\tau_4 = 0{,}29$ s

3. τ est donné par la relation $\tau = R \times C$.
On fait l'analyse dimensionnelle pour avoir l'unité de τ :

$$[\tau] = [R] \times [C] = \frac{[U]}{\mathrm{I}} \times \frac{[q]}{[U]} = \frac{[U]}{\mathrm{I}} \times \frac{\mathrm{I} \times \mathrm{T}}{[U]} = \mathrm{T}$$

τ est donc bien homogène à un temps et s'exprime donc en secondes.

L'INFO À RETENIR

$[R]$ se lit « dimension de R ». La dimension d'une intensité de courant se note I ; celle d'un temps se note T. Pour les grandeurs qui n'ont pas une unité de base du Système international, on garde la notation entre crochets.

4. On trace le graphique qui représente τ (en ordonnée) en fonction de R (en abscisse). Ce graphique représente une droite qui passe par l'origine du repère.

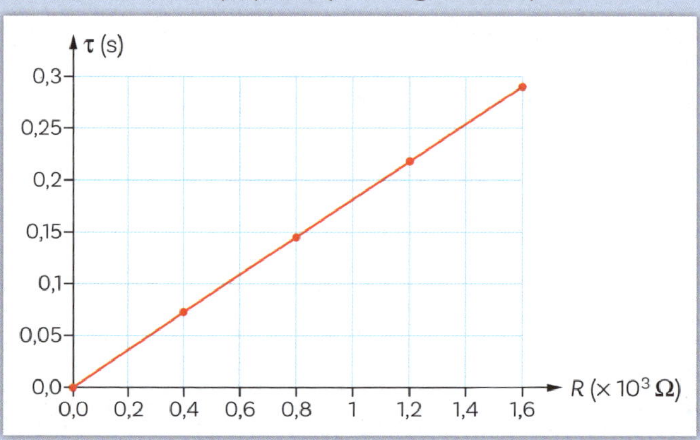

5. L'équation de la droite précédente est $\tau = k \times R$, où k est le coefficient directeur de la droite. Or, on sait que $\tau = R \times C$. On reconnait alors que le coefficient directeur est égal à C. On calcule le coefficient directeur avec les points (0 ; 0) et (1 600 ; 0,29) :

$$C = \frac{0{,}29 - 0}{1600 - 0} = 1{,}8 \times 10^{-4}\ \text{F} = 180\ \mu\text{F}$$

Exercice 12 **PROBLÈME** **Nature du diélectrique**

1. On cherche tout d'abord une relation entre $u_C(t)$ et t. Cette expression ne doit pas contenir R, car on ne connaît pas sa valeur.

On sait que $i(t) = \frac{dq(t)}{dt}$ et que $q(t) = C \times u_C(t)$.

On en déduit que : $i(t) = C \times \frac{du_C(t)}{dt}$.

Le document 2 nous donne la courbe de charge du condensateur pendant un intervalle très proche de l'instant initial. Cette portion de la courbe de charge peut donc être approximée par une droite dont le coefficient directeur est $\frac{du_C(t)}{dt}$. On calcule donc le coefficient directeur de la droite donnée dans le doc. 2, en choisissant les points (0 ; 0) et (8×10^{-6} ; 2,6) :

L'INFO À RETENIR
Le coefficient directeur d'une droite correspond à la dérivée de la fonction que représente cette droite.

$$\frac{2{,}6 - 0}{8 \times 10^{-6} - 0} = 3{,}3 \times 10^{5}\ \text{V}\cdot\text{s}^{-1}, \text{ d'où } \frac{du_C(t)}{dt} = 3{,}3 \times 10^{5}\ \text{V}\cdot\text{s}^{-1}$$ (à l'instant initial uniquement).

Étant donné que l'intensité du courant est constante, on a $i(t) = I = 1{,}0$ mA.
On peut calculer la capacité C du condensateur :

$$I = C \times \frac{du_C(t)}{dt} \text{ d'où } C = I \times \left(\frac{du_C(t)}{dt}\right)^{-1}.$$

$$C = 1{,}0 \times 10^{-3} \times \frac{1}{3{,}3 \times 10^{5}} = 3{,}0 \times 10^{-9}\ \text{F} = 3{,}0\ \text{nF}$$

2. On peut déterminer la nature du diélectrique qui constitue le condensateur en l'identifiant grâce à sa permittivité relative :

$C = \varepsilon_r \times \varepsilon_0 \times \frac{S}{d}$ d'où :

$$\varepsilon_r = \frac{C}{\varepsilon_0} \times \frac{d}{S} = \frac{3{,}0 \times 10^{-9}}{8{,}85 \times 10^{-12}} \times \frac{0{,}30 \times 10^{-3}}{200 \times 10^{-4}} = 5{,}1$$

On en déduit, grâce au doc. 1, que le diélectrique qui constitue le condensateur est du verre.

SE PRÉPARER À L'EXAMEN

SUJET Condensateur d'un flash

Partie A

1. τ est donné par la relation $\tau = R \times C$.
On fait l'analyse dimensionnelle pour avoir l'unité de τ :

$$[\tau] = [R] \times [C] = \frac{[U]}{\mathrm{I}} \times \frac{[q]}{[U]} = \frac{[U]}{\mathrm{I}} \times \frac{\mathrm{I} \times \mathrm{T}}{[U]} = \mathrm{T}$$

τ est donc bien homogène à un temps et s'exprime donc en secondes.

2. On calcule le temps caractéristique : $\tau = R \times C = 1{,}00 \times 10^3 \times 150 \times 10^{-6} = 0{,}150$ s.

3. En fin de charge, on a $q_A = C \times U_2 = 150 \times 10^{-6} \times 300 = 4{,}50 \times 10^{-2}$ C.

Partie B

1. a. On détermine τ' avec la méthode de la tangente à l'origine. On a : $\tau' = 1{,}7$ ms.

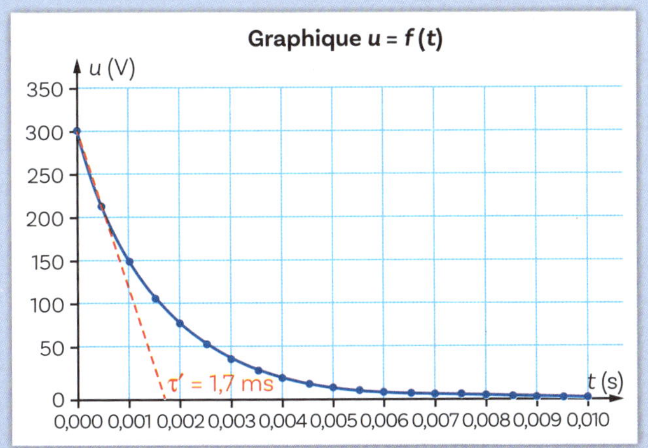

b. On voit que $\tau > \tau'$. Si on attend la décharge totale, ce qui est le cas au bout de $5\tau' = 8{,}5$ ms, on voit que cette valeur reste très faible, ce qui est en accord avec l'émission d'un éclair bref.

2. D'après la loi des mailles : $u(t) + u_r(t) = 0$.

Or $u_r = r \times i(t)$ et $i(t) = \frac{dq(t)}{dt} = C \times \frac{du(t)}{dt}$.

On obtient alors : $u(t) + r \times C \times \frac{du(t)}{dt} = 0$ d'où $\frac{du(t)}{dt} + \frac{u(t)}{r \times C} = 0$.

3. On remplace $u(t)$ dans l'équation différentielle par l'expression proposée. Si le résultat donne 0, l'expression de $u(t)$ est bien solution de l'équation différentielle.

Avec $u_C(t) = U_0 \times e^{-\frac{t}{\tau'}}$, on a $\frac{du_C(t)}{dt} = -\frac{U_0}{\tau'} \times e^{-\frac{t}{\tau'}}$.

D'où : $\frac{du_C(t)}{dt} + \frac{u_C(t)}{\tau'} = -\frac{U_0}{\tau'} \times e^{-\frac{t}{\tau'}} + \frac{U_0}{\tau'} \times e^{-\frac{t}{\tau'}} = 0$.

La solution proposée est donc bien solution de l'équation différentielle.

4. U_0 est la tension initiale aux bornes du condensateur avant la décharge (c'est donc la tension de charge du condensateur).

5. a. On a $U_0 = U_2 = 300$ V.

b. $U_0 > 250$ V. Cette valeur est donc bien en accord avec la production de l'éclair.

Ton **KIT DE SURVIE** pour le **BAC** avec SCHOOLMOUV

Chapitre 15 Dynamique d'un système électrique

Tu viens de voir les notions à connaître sur les condensateurs et les circuits RC série. Pour t'aider à retenir l'essentiel et t'entraîner pour le Bac, voici ton kit de révisions clé en mains conçu par SchoolMouv !

Vidéo

Pour mieux comprendre et t'en souvenir à coup sûr, regarde la vidéo. C'est parfois bien plus clair en images.

Vidéo Dynamique d'un circuit électrique : les capteurs capacitifs

https://flashbelin.fr/focusbacschoolmouv/pc/15

Contenu additionnel

Voici un bonus autour du même sujet. La curiosité n'est pas toujours un vilain défaut. Il te suffit de créer ton compte pour avoir plein de contenus supplémentaires.

Quiz Dynamique d'un circuit électrique : les capteurs capacitifs

https://www.schoolmouv.fr/eleves/cours/dynamique-d-un-circuit-electrique-les-capteurs-capacitifs/qcm

Tchat avec un prof

Pour poser toutes tes questions à un prof particulier, découvre l'abonnement tchat. Tu peux le tester gratuitement pendant 7 jours : fini les questions sans réponses, tu vas devenir incollable.

https://focusbac.schoolmouv.fr/offre

L'auteur remercie Sylvie Berthelot, Laurent Arer et Thierry Lévêque, ainsi que Jérôme Baumann, Régis Calba, Hervé Charrette, Jean-Michel Conraux, Julie D'Alba, Léo Fischer-Cote, Éric Jacques, Alan Kelsen, Nathalie Landraud, Jérôme Legrand, Stéphane Losson, Marc-Olivier Malgras, Christophe Marlier, Laurent Meyer, Sylvie Nardy et Tanguy Saïbi.

Crédits iconographiques
p. 18 : © Davizro/iStock ; **p. 21 :** © Deepblue4you/iStock ; **p. 48 :** © Tim UR/iStock ; **p. 148 :** © RomoloTavani/iStock ; **p. 247 :** © RomoloTavani/iStock ; **p. 268 :** © 3quarks/iStock ; **p. 333 :** © Nevodka/iStock.

Responsable éditoriale : Audrey Gérard.
Suivi éditorial : Julie Drappier, Frédéric Gomariz.
Assistante d'édition : Léa Souquet-Basiège.
Conception couverture et direction artistique : Studio Humensis, Audrey Hette.
Maquette intérieure : Studio Humensis, Audrey Hette
avec la participation de Charlotte Thomas, Marse et STDI.
Mise en pages : STDI.
Iconographie : Laetitia Jannin.
Schémas : Marse, STDI.
Photogravure et prépresse : Arthur Caillard, Marine Garguy.
Fabrication : Zoé Farré-Vilalta.

Certifié PEFC
Ce produit est issu de forêts gérées durablement et de sources contrôlées
PEFC
PEFC/14-38-00143
www.pefc-france.org

La pâte à papier utilisée pour la fabrication du papier de cet ouvrage
provient de forêts certifiées et gérées durablement.

Imprimé GraphyCems
N° d'édition : 03581954-01 – Dépôt légal : août 2021.